Cornelia Haller

Seelenfeuer

Historischer Roman

| Hoffmann und Campe |

Für Andreas

1. Auflage 2012

www.hoca.de
Redaktion: Tania Schlie
Satz: atelier eilenberger, Leipzig
Gesetzt aus der Hoefler Text
Druck und Bindung: C. H. Beck, Nördlingen
Printed in Germany
ISBN 978-3-455-40357-2

HOFFMANN
UND CAMPE

Ein Unternehmen der
GANSKE VERLAGSGRUPPE

Und ich fand bitterer als den Tod die Frau,
die Netzen gleich ist
und deren Herz Fangstricke, deren Hände Fesseln sind.
Wer Gott wohlgefällig ist, wird ihr entrinnen,
der Sünder aber wird durch sie gefangen.

7.27 Der Prediger. AT.

I

Mit aller Kraft stemmte sich Luzia gegen den eisigen Atem des bitterkalten Christmondwinds. Ein Fortkommen war beinahe unmöglich, weil der Sturm die zarte Haut ihrer Wangen mit winzigen Eiskristallen malträtierte und an ihren Röcken zerrte. Mit steifen Fingern zog sie das wollene Tuch enger um die Brust. Die junge Wehmutter ärgerte sich über sich selbst, weil sie in der Eile des Morgens keine Laterne mitgenommen hatte. So war es kein Wunder, dass sie bereits zum zweiten Mal über eine schneebedeckte Wurzel stolperte. Doch die Zeit drängte, und an Umkehr war nicht zu denken.

Noch schlief die kleine Siedlung am Ufer des Bodensees tief und fest, nur der Wind und sie lieferten sich einen erbitterten Kampf, dessen Sieger noch lange nicht feststand. Während der Sturm erste Strähnen aus dem schweren Zopf löste, mit dem Luzia ihr fuchsrotes Haar gebändigt hatte, kam sie wieder ins Rutschen und fiel in den eisigen Schnee.

Keuchend erhob sie sich, um ihren beschwerlichen Weg fortzusetzen. Die dicke Schneedecke überzog die ausgetretenen Wege und glitzerte auf den weit hinabgeneigten Dächern. In der Dunkelheit wirkten die niedrigen Häuser wie bucklige, alte Weiber, deren Lebenslasten allzu schwer geworden waren.

Dort, wo sich die schmale Gasse gabelte, blickte Luzia hoffnungsvoll zum östlichen Horizont, obwohl sie wusste, es würde noch Stunden dauern, ehe das Licht des neuen Tages den schwarzen Fluten des winterlichen Sees entsteigen würde. Auf den Brachflächen zwischen den Häusern streckten Weiden ihre Äste wie gewaltige schwarze Finger in den düsteren Himmel. Ohne Laub wirkten sie knorrig und uralt. Der gefrorene Hauch des Frostes glitzerte im fahlen Mondschein, der manchmal zwischen den dunklen, fast schwarzen Schneewolken hervorschaute.

»Der volle Mond bringt die ungeborenen Seelen. So ist es schon seit Anbeginn der Zeit.« Die Worte der Tante formten sich in Luzias Kopf. In Gedanken gab sie Elisabeth recht. Die meisten Kinder machten sich in Vollmondnächten auf den Weg ins Leben.

Wenn sich also das Kind der Korbmacherin entschlossen hatte, an diesem unwirtlichen Christmondtag zur Welt zu kommen, so war es nur recht, wenn sie der werdenden Mutter in ihrer schwersten Stunde beistand. In der abgegriffenen Hebammentasche, die sie an ihren Körper presste, um sie vor der Nässe zu schützen, fanden sich deshalb neben einem Gefäß mit Schmalz die wichtigsten Heilpflanzen. Sie waren den Hebammen heilig. In jedem einzelnen Kraut verschenkte die Erdenmutter ihre Seele zum Wohl der Menschen.

Bald hatte Luzia den Schutz der Häuser verlassen und kämpfte sich durch kniehohen Schnee den leicht ansteigenden Weg hinauf.

Als sie, halb blind von den Schneeflocken, die ihr in den Augen brannten, ein weiteres Mal zu Boden stürzte, wäre sie am liebsten liegen geblieben. Um überhaupt etwas sehen zu können, schob sie sich das schneenasse Haar unter die Haube. Nur mühsam und unter Ächzen erhob sie sich wieder.

Wenn wenigstens Nepomuk bei ihr wäre. Aber der faule Pelz lag zusammengerollt auf der warmen Winterdecke am Fußende ihres Bettes. Bei schönem Wetter begleitete der rabenschwarze Kater die Wehmutter überallhin, und während sie in den Häusern ihrer Arbeit nachging, erleichterte der flinke Räuber Seefelden um ein paar fette Mäuse.

Hinter einer scharfen Biegung schien der Weg plötzlich zu enden. Während Luzia verwirrt stehen blieb, fragte sie sich, ob sie sich im dichten Schneetreiben verlaufen hätte. Noch immer misshandelten die scharfen Eiskristalle ihr Gesicht und ihre blaugefrorenen Hände. Wie alle Rothaarigen besaß auch Luzia eine sehr helle, zarte Haut. Ihre erinnerte an frische Milch. Weiß, rein und fast ohne eine Sommersprosse.

Verunsichert sah sie sich um, ehe sie ihren Weg langsam fortsetzte. Die eiskalte Luft brannte in ihren Lungen und machte das Atmen fast unmöglich. Ihre Augen füllten sich mit Tränen, und ein erschöpftes Schluchzen bahnte sich den Weg durch ihre Kehle.

Da! War das nicht das langgezogene Heulen eines Wolfes? Die Angst fuhr Luzia wie eine eisige Klinge durch die Eingeweide, und trotz der Kälte spürte sie, wie ihr der Schweiß auf die Stirn trat. Also war sie doch vom Weg abgekommen! Schließlich wäre sie in diesem Winter nicht die Erste. Ein paar Männer aus dem Dorf hatten erst gestern den Braunwart Sepp aus dem Schnee gezogen. Auch er war den falschen Weg gegangen und im tiefen Schnee erfroren. Die Wölfe hatten den Leichnam bereits so übel zugerichtet, dass selbst Pater Wendelin beim Anblick des Toten erschrocken war. Abermals hallte das Heulen mehrerer Wölfe vom nahen Wald her. Während ihr das Blut in den Ohren rauschte, hinderte sie lähmende Angst am Weitergehen.

»Geh weiter! Du bist auf dem rechten Weg!«, drang das kaum wahrnehmbare Flüstern an ihr Ohr. Die Schneeflocken glitzerten auf einmal wie verzauberte Kristallsterne. Perchta, die uralte Erdenmutter, die Hüterin der Elemente und des Wetters, war ihr also gnädig.

»Große Mutter, Quelle der ungeborenen Seelen, danke, dass du mir den sicheren Weg weist«, flüsterte Luzia dankbar.

Mit frischer Hoffnung stapfte sie weiter. Jetzt würde sie den Weg schaffen, und da vorne, war das nicht bereits die Schmiede, die ihr warmes Licht durch den dichten Vorhang aus Schneeflocken zu ihr sandte? Wenn sie erst bei der Schmiede angekommen war, war der Weg nicht mehr weit.

Ihre Gedanken eilten voraus und waren bereits bei der Frau des Korbmachers. Hoffentlich würde Anselma die Geburt gut überstehen. Und das Kind?

Irgendwo verfing sich der Wind in einem offenen Scheunentor und begann ein trauriges Lied anzustimmen.

Nach wenigen Schritten erreichte sie das Haus des Schmieds. Sie hatte sich nicht getäuscht. Dort wurde schon gearbeitet. Luzia reckte ihren Hals, um durch die schmale, kleine Fensterluke zu spähen. In der Esse brannte bereits ein warmes, fröhliches Feuer.

Also hatte Matthias vor nicht allzu langer Zeit denselben Weg zurückgelegt wie sie. Diese Gewissheit wärmte ihr das

Herz. Sie lehnte sich im Windschatten an das Fenster, um für einen Augenblick neue Kraft zu schöpfen.

Matthias war Geselle in der alten Schmiede. Daheim in der Fischergasse wohnten Luzia und er Haus an Haus. Sein Vater fuhr genau wie Luzias Onkel Jakob als Fischer auf den Bodensee hinaus, um Tag für Tag die Ernte des Wassers einzubringen. Vor sechs Jahren hatten sie sich kennengelernt, kurz nachdem sie zur Frau geworden war und ihre Mutter sie aus Ravensburg weggeschickt hatte. Dreizehn war sie damals gewesen.

Matthias war für Luzia wie der große Bruder, den sie nie gehabt hatte. Sein Humor vermochte selbst in der dunkelsten Stunde ein Licht zu entzünden. Luzia liebte ihn für seine Wärme und für die Gabe, ihr in den unmöglichsten Situationen ein Lächeln zu entlocken. Für all seine Unbeschwertheit und Fröhlichkeit. Er war breitschultrig und groß gewachsen und wirkte wie ein gutmütiger Bär.

Oft glitzerten seine braunen Augen vor Übermut, dann sah Luzia einen kleinen Jungen vor sich, und manchmal lachte er so albern, dass sie nur den Kopf schütteln konnte. Luzia fand schon immer, dass Matthias irgendwie von innen heraus strahlte. Wie es die Esse tat oder die Sonne.

Sie hatte ihn vom ersten Tag an gemocht, denn er hatte zu den wenigen gehört, die sie vor sechs Sommersonnwenden nicht wegen ihres Haares angestarrt hatten, als gäbe es nichts anderes zu sehen. Damals war ihr Haar noch von einem geradezu leuchtenden Rübenrot gewesen. Mit der Zeit war ein warmes, strahlendes Fuchsrot daraus geworden.

Mittlerweile waren beide dem Jugendalter entwachsen. Während Luzia gerade ihren neunzehnten Winter erlebte, zählte Matthias schon etwas über zwanzig Sommer. Dennoch glaubte sie manchmal, dass er wohl nie erwachsen werden würde. Sie seufzte, dann machte sie sich wieder auf den Weg. Noch ein paar Minuten, und sie würde das Haus der Korbmacher erreichen.

»Luzia! Luuziia!«

Zunächst hörte sie Matthias' Rufe gar nicht. Erst als er mit wenigen Schritten seiner langen Beine hinter ihr stand und abermals rief, drehte sie sich um.

»Gott zum Gruße, Luzia!«, sagte Matthias mit einem fröhlichen Lachen. Dabei strich er sich die braunen Locken aus den Augen. Ein paar Schneeflocken hatten sich bereits in seinen Wimpern verfangen. »Dachte ich es mir doch, zu dieser frühen Stunde kämpft sich entweder der Pfarrer oder die Hebamme durch den Schnee, und weißt du, was?«, fragte er lachend.

Luzia schüttelte den Kopf.

»Ich freue mich, dass du es bist und nicht Pater Wendelin.«

»So, und warum, wenn ich fragen darf?«, neckte Luzia ihn. »Fürchtest du dich am Ende davor, dass der Gute dir schon vor der Morgensuppe die Leviten liest? Oder was hast du sonst gegen Pater Wendelin einzuwenden?«

Er schüttelte verwirrt den Kopf. »Ich ..., nein, vor dem Pater fürchte ich mich bestimmt nicht! Schließlich bist du weitaus strenger mit mir«, beeilte er sich zu sagen. »Aber über Pater Wendelins Besuch hätte ich mich eben nicht halb so gefreut wie über deinen.« Voller Übermut breitete er seine Arme aus und lachte wie ein kleiner Junge.

Luzia verdrehte ihre Augen. »Statt den ganzen Tag an der Esse zu stehen, um mit Feuer und Wasser zu spielen, wäre dein Platz wohl eher bei den Gauklern«, lachte sie. »Aber jetzt muss ich weiter.« Sie raffte ihr Wolltuch vor der Brust zusammen.

Matthias' raue Schmiedhände griffen nach ihren blaugefrorenen Fingern. »Du bist ja völlig durchgefroren! Wo um Gottes willen wird in dieser Herrgottsfrühe und bei diesem Wetter nach dir verlangt?«, rief er besorgt.

»Der Korbmacher war bei mir, seine Frau liegt in den Wehen. Er klang sehr verzagt, und mein Gefühl sagt mir, dass ich mich beeilen sollte, sonst kommt das Kind ohne mich zur Welt. Und dann steh uns der Herrgott bei!«

Matthias nickte. »Wenn du dir schon nicht an meiner Esse die Finger wärmen willst, hole ich dir wenigstens meinen Mantel. Dieses windige Tuch«, dabei griff er an Luzias Schultertuch, »schützt wohl kaum gegen diesen Wintersturm, außerdem ist es völlig durchnässt.«

Luzia wollte abwehren, doch er zog sie hinter sich her in die Schmiedewerkstatt. Sie blieb in der Tür stehen und klopfte sich den Schnee aus den Kleidern, bis Matthias mit einem Mantel aus dickem Wolltuch über dem Arm aus der kleinen Kammer neben der Schmiede kam. Fürsorglich legte er ihn um ihre Schultern.

»Danke, so ist es wirklich besser.« Luzia schenkte ihm ein letztes Lächeln: »Auch wenn ich mich gern auf ein Wortgefecht mit dir einlassen würde, um dich am Ende wie immer zu besiegen, muss ich mich jetzt wirklich beeilen. Ich wünsche dir einen schönen Tag. Auf bald ...!«

Matthias nickte und brachte sie zur Tür.

»Ich wünsche dir ebenfalls einen guten Tag und dass die Korbmacherin ein gesundes Kind bekommt!«, rief er ihr nach.

Luzia nickte dankbar, aber das konnte der junge Schmied schon nicht mehr sehen. Das dichte Schneetreiben hatte sie bereits verschluckt.

Das kleine, frei stehende Häuschen in der Eckgasse wirkte bereits ein wenig windschief und baufällig. Wie die anderen Häuser in Seefelden war auch die Unterkunft der Korbmacher aus unregelmäßigen Steinen und wettergegerbtem Fachwerkgebälk errichtet. Rechts schmiegte sich ein wackliger Holzverschlag an die krumme Außenmauer. Die Eckgasse bildete Seefeldens Grenze, bevor die ersten Felder kamen und der Wald begann.

Weil die Fensterluken mit einer Schweinsblase und grob gezimmerten Läden verschlossen waren, drang lediglich ein schmaler Lichtstreifen durch die fingerbreiten Ritzen, dennoch war das Leuchten anheimelnd.

Noch bevor die junge Wehmutter den Türklopfer betätigte, schwang die Tür schon auf. Irmtraud stand vor ihr. Sie war um die dreißig und wohnte im Nachbarhaus. Sie half bei der Geburt, weil sie selbst drei Kinder hatte, doch Luzia ahnte gleich, dass die kindlich wirkende Frau mit ihrer Aufgabe überfordert war.

»Dem Himmel sei Dank, dass du endlich da bist!« Die Erleichterung über das Eintreffen der Wehmutter stand Irmtraud ins Gesicht geschrieben. Völlig aufgelöst und mit hochroten Wangen stand sie vor Luzia und jammerte: »Ich glaube nicht, dass Selma das überleben wird! Wir sollten besser gleich Pater Wendelin holen lassen!«

Dabei machte Irmtraud immer noch keine Anstalten, Luzia ins Haus zu lassen, sondern klagte unentwegt weiter: »Der

Himmel steh uns bei! Glaub mir, die Umstände sind nicht günstig! Ein solcher Sturm zum vollen Mond und das auch noch so kurz vor den Raunächten – die Zeichen stehen nicht gut! Gallus, der alte Sterndeuter zu Überlingen, will gar schon einen Schweifstern gesehen haben!«

Großer Gott, Luzia mochte dieses aufgeregte Geplapper überhaupt nicht. Sie seufzte, während sie Irmtraud entschlossen zur Seite schob, um endlich in die Stube zu gelangen. Sie wusste, dass der Sturm kurz vor den Raunächten die Leute das Fürchten lehrte. Ein wenig unheimlich waren die Nächte zwischen der Thomasnacht am 21. Dezember und dem Epiphaniastag am 6. Januar ja auch. Seit jeher galten die Tage zwischen den Jahren als verwunschene Zeit. Nie war der Schleier zwischen den Welten dünner. Die Geister der Toten trieben in diesen Nächten ihr Unwesen. Im tobenden Sturm, aber auch in den dicken Nebelschwaden, die in den Herbst- und Wintermonaten den Bodensee oft tagelang unsichtbar werden ließen, fürchtete man die Grenze zu überschreiten. Die Grenze zur Anderswelt, die Schwelle zum Jenseits.

Stuben und Ställe wurden um diese Zeit mit einer Mischung aus Wacholderholz und getrockneten Holunderblüten geräuchert. Das heilige Holz der Perchta, die den Leuten vom See neben dem christlichen Glauben heilig war, reinigte die Wohnstätten von Mensch und Tier. Ebenso die Wege und Pfade der Umgebung. Die umherirrenden Seelen derer, die ungetauft gestorben waren, konnten im heiligen Rauch Perchtas endlich ihre Ruhe finden.

Nach altem Glauben besaßen Kinder, die in dieser Zeit zur Welt kamen, oft das Zweite Gesicht. Ihnen wurde nachgesagt, sie könnten Geister und Dämonen sehen.

Auch wenn Sturm und Schnee unheimlich waren, glaubte Luzia nicht, dass sie den Hergang der Geburt beeinflussen würden. Sie trug jede Niederkunft auf einem Pergament ein. Pater Wendelin gab ihr jedes Jahr einige Bögen davon und ermutigte sie, täglich ein paar Zeilen zu schreiben.

Durch ihre Aufzeichnungen wusste die Hebamme, dass die allermeisten Kinder um den vollen Mond zur Welt kamen und dass im Winter weit mehr Kinder starben als im Sommer. Aber zur Zeit der Raunächte war es noch nie zu einer Häufung der Todesfälle gekommen.

In den Jahren ihrer Hebammentätigkeit hatte Luzia schon Schlimmes erlebt. Auch dieser Entbindung begegnete sie mit größtem Respekt, doch Jammern hatte noch nie geholfen. Ehe Irmtraud also ihrer Angst noch mehr Futter geben konnte, berührte Luzia sanft den Arm der aufgebrachten Frau. Schon als Kind konnte sie allein durch eine Berührung die Gefühle und Gedanken ihrer Mitmenschen miterleben. Wellen der Trauer oder des Schmerzes brandeten bisweilen an die Ufer ihrer Seele. Manchmal fluteten sie Luzias Herz und zogen es in die Tiefe. Hass und übelwollende Gedanken brachten sie oft an die Grenzen des Ertragbaren. Dann glaubte sie selbst in Flammen zu stehen, so weh taten ihr die fremden Empfindungen. Im Kindesalter hatte Luzia auch gemerkt, dass ihre Hände Schmerz lindern und Trost spenden konnten. Gefürchtet hatte sie sich erst, als während ihres Heranwachsens auch andere Sinne die Hellsichtigkeit ihrer Hände erlangten. Ein Leben lang würde sie sich daran erinnern, als sie Azrael das erste Mal gesehen hatte. Seither begegnete sie dem dunklen Engel immer, wenn er die Seele eines Sterbenden heimbrachte. Die Mutter, der sich Luzia aus Angst anvertraut hatte, war dem »Teufelszeug« und der Andersartigkeit ihrer Tochter nicht gewachsen gewesen. Sie hatte den »Fluch ihrer Hände« immer ihrem Starrsinn zugeschrieben und war ihm mit der Rute begegnet. Erst Elisabeth hatte sie gelehrt, dass der »Fluch« ein einzigartiges Geschenk sei. Ein Segen aus der Hand Gottes.

»Nun mal ganz langsam!«, sagte Luzia und verstärkte leicht den Druck auf Irmtrauds Arm, um sie zu beruhigen. »Ich glaube, es ist das Beste, wenn du mich jetzt gleich zur Korbmacherin bringst. Erst wenn ich Anselma selbst gesehen habe, kann ich mir ein Bild vom Stand der Geburt machen.«

Irmtraud nickte abwesend, sie spürte ein ungewohntes Kribbeln auf ihrem Oberarm. Mit einem Mal fühlte sie sich sehr viel ruhiger, und ihr Gefühl sagte ihr, dass sie Luzia vertrauen konnte. Während sich ihre Angst löste, verloren Unwetter und Raunächte etwas von ihrem Schrecken.

»Ja, natürlich, aus diesem Grund bist du ja hier! Mit deiner Unterstützung wird es schon gutgehen«, sagte Irmtraud und forderte Luzia auf, ihr in die Kammer gegenüber der Eingangstür zu folgen.

Beim Eintreten in die kleine Kammer der Korbmacherin wallte Luzia eine Schwade abgestandener Luft entgegen. Sie roch den scharfen Dunst von Schweiß und von Blut. Mehrere Kohlebecken wärmten den niedrigen Raum. Wände und Decke der kleinen Stube waren schwarz vom vielen Lampenruß. Die einzige Lichtquelle war ein Feuer im offenen Kamin.

»Gott zum Gruße, alle miteinander.« Luzias Augen brauchten einen Moment, um sich an die Dunkelheit zu gewöhnen.

Unter ihren Füßen spürte sie die Binsen, die den unebenen Boden bedeckten. Gegenüber der Tür standen dreibeinige Schemel, die man dort für die Nachbarsfrauen und die Altmutter aufgestellt hatte. Eine Geburt war kein einsames Ereignis.

Luzias Blick flog zur Bettstatt aus hellem Fichtenholz, die rechts an der Wand stand. Dort lag Anselma, deren Darm sich in diesem Augenblick geräuschvoll entleerte. Die andere der beiden Nachbarsfrauen, Sieglinde, die Frau des Flickschneiders, zog das schmutzige Laken unter dem Körper der Gebärenden weg. Sie verzog das Gesicht vor Ekel und Angst und verließ rasch die Kammer. Irmtraud nahm auf einem der Schemel Platz und machte sich daran, das Ave-Maria zu beten. Die alte Wachterin, die Schwiegermutter der Gebärenden, ließ ein mürrisches Murmeln hören:

»Wird auch Zeit, dass du endlich da bist! Hat lang genug gedauert!«

Luzia nickte ihr nur kurz zu und trat an das Bett heran.

Anselma Wachter lag völlig erschöpft auf dem mit Schilf und getrocknetem Seegras gefüllten Sack, der ihr als Matratze diente. Von der großen Anstrengung war ihr Gesicht verquollen und rot. Die helfenden Frauen hatten bereits vorsorglich Anselmas langes Haar gelöst, wie es Brauch war. Sie hofften, so die gefürchteten Knoten in der Nabelschnur abzuwenden. Feucht und schwer klebten die goldblonden Strähnen der jungen Korbmacherin an ihren Schläfen.

»Die Selma stöhnt und jammert, als ob sie die einzige Frau auf dieser Erde wäre, die jemals ein Kind bekommen hat!«, meldete sich die Wachterin hinter Luzias Rücken zu Wort.

»Vergesst nicht, für sie ist es das erste Mal«, antwortete sie.

»Die soll sich nicht so anstellen«, murrte die alte Frau weiter. »Glaub mir, ich selbst habe fünf Kinder geboren. Auch Selma wird es überleben.«

»Dann wisst Ihr ja sicher auch, dass jede Geburt ein bisschen anders verläuft.« Luzia wurde zunehmend ungeduldig. Wie sollte sie der Korbmacherin helfen, wenn ihr ständig jemand dreinredete?

Sie beugte sich über die junge Frau. »Anselma, du wirst sehen, alles wird gut!«, versprach Luzia so selbstsicher, wie es ihr möglich war. Die junge Wachterin nickte schwach. Luzia hoffte im Stillen, dass wirklich alles gut werden und das Gefühl, das sich ihr aufdrängte, seit sie die Kammer betreten hatte, wieder weichen würde. Sie hatte ein schlechtes Gewissen, weil sie nicht schneller gekommen war und durch das Geplauder mit Matthias vielleicht lebenswichtige Zeit verloren hatte.

»Nun, was sagst du?« Mit diesen Worten packte die Altmutter Luzias Arm. Ohne es verhindern zu können, schoss eine gewaltige Welle Ungeduld und Furcht durch Luzias Leib.

»So habt doch Geduld und lasst mich meine Arbeit tun!«, gab Luzia zurück. Sie hatte Mühe, die Ruhe zu bewahren.

Die Wachterin wagte nicht, ihr zu widersprechen. Mit lauten Schritten stampfte sie zur Tür hinaus.

Mit jeder neuen Wehe, die über ihren Körper hinwegrollte, schrie die junge Korbmacherin laut auf und krallte die Finger in den Strohsack. »Das hier ist die Hölle«, stöhnte Anselma zwischen zwei Wehen.

Hinter sich hörte Luzia, wie Irmtraud und Sieglinde laut beteten, ansonsten rührten sie sich nicht von der Stelle. Luzia wusste, jetzt musste schnell etwas geschehen, sonst würden die Klageweiber die werdende Mutter mit sich in die Tiefe ziehen.

»Zuerst brauche ich mehr Licht. So kann ich beim besten Willen nichts sehen!«

Irmtraud sprang auf und eilte hinaus.

»Und du bringst mir heißes Wasser und ein Leinen«, scheuchte Luzia die magere Frau des Flickschneiders auf.

Auf Sieglindes Gesicht machte sich Erleichterung breit. Sie war froh, eine Aufgabe zu haben und das Zimmer verlassen zu können.

»Luzia, ich bitte dich, so hilf mir doch! Ich glaube nicht, dass ich den Sonnenaufgang noch erleben werde«, flehte die werdende Mutter mit leiser Stimme, dabei wirkte sie so müde und kraftlos, dass Luzia sich ernsthafte Sorgen machte. Anselmas Worte waren kaum mehr als ein Flüstern. Unheilvoll kündigte sich bereits die nächste Wehe an. Irmtraud kam mit zwei Talglichtern ans Bett, und Luzia konnte besser sehen, wohin ihre Hände griffen.

»Ich halte diesen Schmerz nicht mehr länger aus! Bitte mach, dass es aufhört«, bettelte Anselma hilflos, bevor sie in dem vergeblichen Versuch, den Schmerz zu ersticken, die Luft anhielt.

Luzia nickte ihr zu, ihre Hände, die immer noch kalt und steif waren, fanden ihren Weg zu Selmas Bauch. Behutsam legte die Wehmutter ihre Handflächen auf die heiße, zum Bersten gespannte Haut. Sie spürte den kühlen Schauer, der die Gebärende durchlief. Mit einem Ausatmen lehnte Anselma sich zurück in das Kissen, ihre Anspannung ließ leicht nach. Luzias Hände lagen immer noch auf Selmas Bauch, und nun setzte ein wohliges Kribbeln unter ihren Händen ein. Während Anselmas Schmerz durch ihren eigenen Leib strömte, schloss die junge Wehmutter die Augen. Bald löste sich die Gebärende aus dem eisernen Griff der Angst.

Luzia sah Anselmas fragenden Blick. Was war da gerade mit ihr geschehen?, fragte dieser Blick. Und woher kam das helle Glitzern in den Augen der Hebamme? Luzia spürte, dass Anselmas Schmerz erträglicher wurde, und schöpfte neuen Mut.

Jetzt durfte sie keine weitere Zeit mehr verlieren. Ihre kundigen Finger tasteten behutsam und fest zugleich. Stück für Stück wanderten sie über Anselmas Bauch. Wo die Wehmutter die kleinen Füße des Kindes spüren sollte, befand sich der lange, fast ausgestreckte Rücken. Während sich der Kopf auf der rechten Bauchseite der werdenden Mutter abzeichnete, befanden sich die Füße links. Das Kind lag falsch! Aus dieser Lage konnte es niemals geboren werden. Solange das Kleine quer im Mutterleib lag, waren die Wehen wirkungslos. Einzig eine Drehung konnte bewirken, dass sie ihren Zweck erfüllten und dem Kind ans Licht der Welt halfen. So brachten sie Anselma nur sinnlose Qualen. Wenn jetzt nichts geschah, würden die Wehen bald schwächer werden und dann würden sie wirklich Pater Wendelin brauchen. Luzia spürte, wie ihr der Schweiß auf die Stirn trat.

»Große Mutter, steh uns bei! Ich bitte dich, hilf mir und führe meine Hände«, betete Luzia stumm.

Sie erschrak, als sie die tanzenden Schatten an der Wand entdeckte. Schwarz und unheimlich krochen sie immer näher. Luzia meinte, sie kichern zu hören.

Entschlossen rief sie nach der alten Wachterin und reichte

ihr ein kleines, prall gefülltes Flachsbeutelchen. »Das ist Beifußkraut. Bereitet daraus einen sehr starken Aufguss, rasch! Wenn Ihr etwas weißen Wein im Haus habt, wäre das noch besser als Wasser.«

Das schwere, erdige Aroma des Beifußes breitete sich schnell in der niedrigen Kammer aus. Flink warf die Hebamme ein paar Samen des Bilsenkrauts in den dampfenden Becher und gab ihn Anselma zu trinken. Bilsenkraut nahm den Schmerz und entführte den Geist in selige Welten. Zu viel davon brachte allerdings den Tod! Als sie sicher sein konnte, dass die leicht berauschende Wirkung Selma beruhigt hatte und ihr weher Leib betäubt war, fettete Luzia ihre Hände mit Schweineschmalz. Vorsichtig, ganz behutsam glitten ihre Hände in Anselmas Leib. Die Wehen hatten dafür gesorgt, dass sich die Geburtswege unter Luzias Händen weich und weit anfühlten. Dank des Bilsenkrauts verspürte Anselma nur ein leichtes Ziehen im Leib. Obwohl sie ahnte, was die Hebamme tat, dass ihre Hände sich an einem Ort befanden, den nicht einmal sie selbst berührte, lag Anselma völlig still.

Luzia wollte versuchen, das Kind im Mutterleib zu drehen. Sie fühlte den kleinen, festen Kopf, einen kleinen Arm und ein angezogenes Beinchen. Schweiß floss ihr in einem dünnen Rinnsal von der Stirn, den Hals entlang und sammelte sich zwischen ihren Brüsten. Ein paar Strähnen ihres roten Haares klebten feucht an ihren Schläfen. Der kupferartige Geruch von Blut stieg ihr in die Nase. Luzia griff nach dem Köpfchen, um es nach unten zu drehen. Gleichzeitig versuchte sie den winzigen Körper dazu zu bringen, nach oben zu gleiten. Doch immer wenn sie glaubte, jetzt könnte es ihr gelingen, drehte sich das Kind zur Seite. Ähnlich einem kleinen Fisch entglitt ihr das Ungeborene wieder und wieder. Wenn sich das kleine, aalglatte Körperchen einen Zentimeter bewegen ließ, rutschte es im nächsten Augenblick wieder in seine ursprüngliche Lage zurück. Luzia wusste, dass allmählich die Zeit knapp wurde. Anselma wurde zunehmend unruhig, denn die Wirkung des Bilsenkrautes ließ schon wieder nach. Allzu oft durften ihre Versuche jetzt nicht mehr misslingen. Aus den Augenwinkeln sah Luzia, wie die finsteren Schatten über die Wände leckten und sie verhöhnten. »Bist eine dumme Gans«, geiferten sie im Chor.

Als sie erneut den kleinen Kopf nach unten drehen wollte, spürte sie, dass die Nabelschnur um den Hals des Kindes lag. Das Kind würde sterben, wenn es nicht bereits tot war. Welch eine Ironie, wenn die pulsierende Lebensader gleichzeitig den Tod brachte. Ihr schwand der Mut.

»Großer Gott, hilf uns! Du kannst uns jetzt nicht im Stich lassen.« In einem letzten Versuch gelang es ihr, einen Finger zwischen den winzigen Hals des Ungeborenen und die todbringende Schlinge zu bringen.

Luzias Mund fühlte sich an, als habe sie Sand gegessen. Als sie auf ihre Unterlippe biss, schmeckte sie warmes Blut auf ihrer Zunge. Es verursachte ihr fast Übelkeit. Doch nun spürte sie auch das Pulsieren der Nabelschnur. Das Kind lebte!

Jetzt zählte jeder Augenblick. Jeder hoffnungsvolle Atemzug. Jeder wertvolle Herzschlag. Hinter ihr leierten die alte Wachterin, Irmtraud und Sieglinde ihre Gebete herunter: »*Ave Maria, gratia plena … Sancta Maria, Mater Dei …*« Luzia spürte ihre Blicke auf sich ruhen. Auch ihnen war nicht entgangen, dass die Zeit verrann.

»Gib nicht auf, du bist auf dem rechten Weg!«

Luzia hob ruckartig den Kopf und sah auf die Feuerstelle. Das Flüstern war aus den Flammen gekommen. Ein kaum sichtbares Lächeln umspielte ihren Mund.

Jetzt suchte sie nach dem Augenblick. Der winzigen Lücke in den mächtigen Speichen im Rad der Zeit, in welche sie mit Gottes Hilfe den Stab des Schicksals senken konnte. Nur einen Atemzug. Und noch einen. Die Minuten vergingen. Und da, endlich vermochten Luzias Finger das Kleine zu greifen und es schließlich im Bauch der Mutter zu drehen, wobei sie die Nabelschnur über den Kopf des Kindes gleiten ließ, damit sie keinen Schaden mehr anrichten konnte.

Dann ging alles sehr schnell, und nach drei weiteren Wehen, die Selma zwar Schmerzen bereiteten, sie aber nicht in die tiefsten Abgründe rissen, gebar sie ihr Kind aus eigener Kraft. Luzia nahm das Kleine in Empfang.

»Da haben wir ja den neuen Erdenbürger!« Triumphierend hielt die Wehmutter das neugeborene Menschlein, das sich mit kräftiger Stimme über die kalte, ungewohnte Umgebung beklagte, in die Höhe. So konnte auch Selma einen ersten Blick auf ihr Kind werfen. Als sie sah, dass sie einen Jungen geboren hatte, fiel die Erleichterung noch um einiges größer aus. »Ein Bub, es ist ein Bub!«

Selbst die alte Wachterin, deren schlohweißes Haar ihr mittlerweile in wilden Büscheln um den Kopf stand, schien mit dem Ausgang der Geburt sehr zufrieden. Mit einer Regung, welche einem Lächeln schon sehr nahe kam, segnete sie die junge Mutter und das Neugeborene, indem sie beiden ihre Hand auf die Stirn legte.

Mit sanften Berührungen umfingen Luzias Hände den rosigen, kleinen Körper und hoben ihn in sein erstes Bad. Zart strichen ihre Finger über die kleinen Augen, die noch geschlossen waren. Zufrieden entspannte sich das Neugeborene von seiner langen Reise.

»Du bist wunderschön«, flüsterte Luzia.

Der Knabe öffnete seine tiefblauen Augen und schaute sie an, als verstehe er jedes Wort.

Luzia wickelte das Kind in Leinen, ehe sie es Anselma in die Arme legte. Im Anschluss warf sie mit sicherer Hand trockenes Holunderholz in die glimmenden Kohlen des Wärmebeckens. Eine kleine Flamme entstob den rot glühenden Kohlen. Ganz offensichtlich betrachtete Perchta ihr Opfer mit Wohlwollen. »Weise Mutter, ich danke dir für dein unerschöpfliches Wissen. Nimm das heilige Holz des Holunders und behüte Mutter und Kind. Schütze sie vor allem, was ihnen Böses will.«

Inzwischen brachte die Altmutter den frischen Schilfgrassack. Traditionell wurden ihm die Kräuter des Frauenbündels beigemischt. In der Regel handelte es sich um Labkraut, Quendel, Leinkraut, Dost, Weidenröschen, Kamille, Gundelrebe, Frauenmantel und Johanniskraut, die von den Frauen zwischen Sommersonnwende und den Hundstagen gesammelt wurden. Auf diese Weise hielt die große Mutter durch ihre heiligen Schätze ihre schützende Hand über die Wöchnerin und ihr Neugeborenes. Die wertvollen Heilpflanzen bewahrten Mutter und Kind auch vor den Druden. Vor den unheimlichen Nachtmahren fürchtete sich jeder. Sie krochen durch Schlüssellöcher und Fensterritzen, um die ungeschützten

Menschenseelen zu entführen oder gegen ein Feenkind auszutauschen.

Luzia setzte sich einen Augenblick und nippte an dem Dünnbier, das ihr die Altmutter servierte.

Andächtige Stille erfüllte die kleine Kammer, einzig durchbrochen von den leisen Atemgeräuschen und dem zarten Schmatzen des Kindes, das im Arm seiner Mutter lag. Diesem Moment wohnte immer etwas Heiliges inne.

Der Anfang jeden Lebens gleicht einem Wunder, dachte Luzia. Um dieses Wunder zu ermöglichen, durchschreitet die Frau alle Tiefen der Unterwelt. Sie bezahlt mit ihrem Schmerz, einem Herzen voller Angst und ihrem Schweiß. Erst wenn sie dem Tod als Unterpfand ein kleines Stück ihrer Seele überlässt, darf sie die heilige Flamme des Lebens weiterreichen. So lautet der Handel. Das ist der Preis.

2

Luzia bückte sich nach den leuchtenden Ringelblumen, die neben vielen anderen Heilpflanzen, Gemüsen und Blumen in Elisabeths Garten wuchsen.

»Calendula officinalis«, sagte sie und lächelte. Pater Wendelin bestand darauf, dass sie auch die lateinischen Namen aller Heilpflanzen kannte. Sie pflückte eine Handvoll Blütenköpfe und schüttelte dabei vorsichtig die Regentropfen der letzten Nacht ab. Sie würde aus den Blüten eine Salbe bereiten und etwas davon dem Pater bringen. Er litt unter offenen Beingeschwüren.

Mit einem Korb voller Blüten betrat sie das kleine Fischerhaus von Jakob und Elisabeth. Die sanfte Kühle des dicken Gemäuers umfing sie angenehm und frisch. Wie die anderen Häuser in der Fischergasse war auch dieses aus weißen und in allen Grautönen schimmernden Flusssteinen errichtet. Das über die Jahre gedunkelte Fachwerk bildete einen lebhaften Kontrast zu den unbehauenen Steinen. Luzia ging in die Küche und legte die Blüten auf den Tisch. Sie öffnete die kleinen Fensterluken zur Seeseite hin und bemerkte Nepomuk, der ihr maunzend um die Röcke strich.

»Dann hat's mit der Jagd wohl nicht geklappt? Na komm!« Sie stellte dem Kater ein Schüsselchen Milch hin und streichelte ihm über das Fell. Im Anschluss schüttelte sie die braunen Schaffelle aus, die auf den Bänken lagen, und rückte Holztisch und Sitzbänke zurecht. Im großen gemauerten Herd brannte schon ein Feuer für die Morgensuppe. Und bald kochte in dem verbeulten Eisenkessel ein dicker Dinkelbrei. Nur ihre Tante ließ noch auf sich warten. Sicher jätete sie noch das Unkraut unter den Essigrosen, denn noch war es nicht so unerträglich heiß, doch die Vorboten der Hitze waren schon jetzt spürbar. Nach dem Gewitter und den sintflutartigen Regengüssen der letzten Nacht würde es ein schwüler, drückender Tag werden. Dabei begannen die Hundstage erst in vier Wochen. Heute war schließlich erst der 21. Tag des Weidemonats im Jahre 1483. Heute war Sommersonnwende.

Luzia beeilte sich, denn sie hatte an diesem Tag noch viel zu tun. Sie machte einen kurzen Wochenbettbesuch in der Kreuzgasse und freute sich, dass die Wöchnerin wohlauf war. Dann sah sie bei der Schäferin vorbei, die ihr drittes Kind erwartete.

»Ein Kind zu Sonnwend. Das wäre schön«, sagte die junge Frau.

»Freu dich nicht zu früh!«, entgegnete Luzia lächelnd und hoffte, sie möge recht behalten. Wie alle jungen Frauen und Männer wollte auch sie die kürzeste Nacht des Jahres feiern. »Ich glaube nicht, dass dein Kind schon heute kommt«, sagte sie, nachdem sie den Bauch abgetastet hatte. »Lass ihm nur noch ein wenig Zeit und ruh dich aus. Ich sehe morgen wieder nach dir.«

Sie ermahnte die beiden Töchter der Schäferin, gut auf ihre Mutter zu achten, dann machte sie sich auf den Weg den Hügel hinauf, der zusammen mit dem Wald und den Feldern Seefelden umschloss. Am Hang des Hügels fing sich die Sonne, hier wuchsen die besten Kräuter. Heilpflanzen, die zur Sommersonnwende gepflückt wurden, hatten besondere Kräfte. Jetzt musste gesammelt werden, was das Jahr über gebraucht wurde. Selbstverständlich waren die Kräuter für die Hebammentasche schon beisammen und zum Trocknen aufgehängt. Aber ihren eigenen Kräuterbuschen wollte Luzia unbedingt noch pflücken.

Sie lief den kleinen Berg hinauf und genoss den atemberaubenden Blick über das tiefblaue Wasser des Sees, der unter ihr lag. Vereinzelt tanzten ein paar Wellen auf der glatten Oberfläche. Im Osten erhoben sich riesige Berge. Viele von ihnen waren schneebedeckt. Auf den weißen Gipfeln der Eisriesen dauerte der Winter das ganze Jahr.

»Wie weit die Sicht von dort oben wohl sein mag?«, fragte sie Nepomuk, der sie wie immer begleitete. Doch der Kater beachtete sie nicht. Mit zuckendem Schwanz pirschte er sich an einen Kohlweißling heran. Er machte einen Satz auf das Insekt zu, verfehlte es aber und setzte dem davonfliegenden Tier in ausgelassenen Sprüngen nach. Luzia lachte still in sich hinein und bückte sich nach den ersten Johanniskräutern. Quendel und Kamille wuchsen hier im Überfluss. Den Beifuß, eines der wichtigsten Sonnwendkräuter, ließ sie stehen, er wuchs bei ihr zu Hause. Die Ringelblume ebenfalls. Nach Eisenkraut und Schafgarbe musste sie länger suchen.

Als ihr Arm nicht mehr Zweige fassen konnte, rief sie Nepomuk und machte sich auf den Heimweg.

Sie ging direkt in den Garten, weil sie dem heilbringenden Strauß noch eine große, gelbe Königskerze in die Mitte stellen wollte. Elisabeth stand neben der Kuhschelle und zupfte vorsichtig die blauen Blütenblätter ab.

»Luzia, da bist du ja«, rief Elisabeth und säuberte ihre mit Erde bedeckten Hände an der Schürze. »Pater Wendelin hat nach dir geschickt. Er klang sehr aufgeregt. Wie es scheint, haben ihm die Mönche des Klosters Reichenau ein paar neue Pflanzen geschickt und du sollst ihm beim Einsetzen helfen.«

»Dann wurde seine Geduld ja endlich belohnt«, entgegnete Luzia und legte die bunten Sonnwendkräuter auf die kleine Bank neben der Haustür. »Er wartet schon seit Tagen auf die Setzlinge, denn eigentlich ist die Pflanzzeit schon längst vorüber.«

Elisabeth lachte. »Wenn ich mich nicht täusche, bist auch du begierig auf die Schätze von der Reichenau«, neckte sie.

»Du weißt doch, wie gerne ich selbst einmal durch den Klostergarten des Walahfrid Strabo gehen würde.«

Elisabeth hoffte, dass Luzia einmal die Gelegenheit bekommen würde. Doch bei der Abtei handelte es sich nun einmal um ein reines Männerkonvent. Besucher waren zwar willkommen, ihnen gestattete der Abt auch, die Messe zu besuchen und die Besucherräume zu betreten. Doch der Garten blieb ihnen verschlossen.

»Na, dann geh schon und lass den Pater nicht mehr länger warten!«

Luzia nickte. »Sobald ich die Kräuter für die Sonnwendfeier versorgt habe.«

Elisabeth sah ihrer Nichte nach, als sie den bunten Strauß

ins Haus trug. Sie dankte Gott für jeden Tag, den Luzia bei ihr und ihrem Mann wohnte. Luzia war ihr wie eine Tochter. Die einzige Tochter und ihr einziges Kind. Luzia war für Jakob und sie ein Geschenk des Himmels. Wenn sie an die Zeit seit jenem heißen Tag des Erntemonats vor sechs Jahren zurückdachte, konnte sie sich nur an Gutes erinnern. Anna, ihre engherzige Schwester, hatte die damals Dreizehnjährige von Ravensburg zu ihnen nach Seefelden gebracht. Als uneheliches Kind aus einer flüchtigen Nacht geboren, war Luzia ihrer Mutter vom ersten Tag an eher eine Last als eine Freude gewesen. Anna und Luzia waren wie Feuer und Wasser, daran hatte sich bis heute nichts geändert. Anna war froh, Luzia weit weg bei ihrer Schwester zu wissen. Wenn Elisabeth nur daran dachte, wie verdreckt und geschunden das Mädchen damals bei ihnen angekommen war. Doch in ihrem Hause war sie aufgeblüht. Wie eine Blume ihr Gesicht nach der Sonne dreht und gedeiht, so war Luzia in der Wärme und Fürsorge von Elisabeth und Jakobs Haus gediehen.

Schon als sie noch in Ravensburg gelebt hatte, war Elisabeth der kleinen Luzia nahe gewesen. Fremde hielten sie oft für Mutter und Tochter. Besaßen sie doch beide jenes rote, wilde Haar, welches sich nur mühsam bändigen ließ. Ebenso blickten beide aus wachen, fast veilchenblauen Augen immer eine Spur zu neugierig in die Welt. Selbst die weiblichen Formen schien Luzia sehr viel eher von ihrer Tante zu haben als von ihrer Mutter. Beide umgab eine sinnliche Aura der Warmherzigkeit und des Mitgefühls.

Als die Glocke von St. Martin zur Vesper läutete, rannte Luzia wie der Wind durch die Fischergasse zum Kirchplatz.

Sie betrat das kleine Pfarrhaus, und Pater Wendelin erhob sich von seinem Platz am Schreibtisch.

»Luzia, wie schön, dass du so schnell kommen konntest«, sagte Wendelin freudig. »Nun lassen wir die Bücher erst einmal liegen und wenden uns Wichtigerem zu!«

Luzia nickte und folgte dem Pater durch die kleine Schreibstube.

»Hier habe ich Euch noch ein wenig von der Calendulasalbe mitgebracht«, sagte sie und stellte das irdene Gefäß neben die anderen Behältnisse in das Regal neben dem Vorratsschrank. Hier verwahrte der Pater neben Weißdornwein und Spitzwegerichsirup noch weitere Schätze, die seiner Gesundheit dienten. »Legt sie zur Nacht als Salbenverband um Eure Unterschenkel, dann fällt Euch das Gehen bald wieder leichter.«

Wendelin nickte anerkennend. »Genau so werde ich verfahren. Danke, mein Kind. Gott schütze dich.«

Luzia machte einen Knicks und bedankte sich für den Segen.

»Möchtest du dich vielleicht setzen und einen Schluck Bier oder zur Feier des Tages einen Schoppen Wein mit mir trinken?«

Luzia lehnte sein Angebot ab, wusste sie doch, dass er nur höflich sein wollte. Später würde noch genügend Zeit bleiben, ein wenig beisammenzusitzen.

»Lasst uns lieber sehen, was Euch die Brüder geschickt haben. Ich merke doch, dass es Euch unter den Nägeln brennt und Ihr es kaum erwartet, bis die grüne Pracht sicher und wohl in der Erde sitzt.«

Wendelin nickte zustimmend und rollte die Ärmel seiner

Soutane zurück. Ein zufriedenes Lächeln umspielte seine vollen Lippen. »Zielstrebig und wissbegierig wie immer! So gefällt es mir. Gott hat seine Freude an den Menschen, aber allen voran an jenen, die mit Freude bei der Arbeit sind.« Mit beiden Händen schob er die junge Frau in den kühlen Wirtschaftsraum, der in den großen, sorgfältig angelegten Garten führte.

Als der alte Pater im angrenzenden Schuppen verschwand und es hinter den verwitterten Brettern lautstark rumorte, rührte sich auch in Luzia die Neugierde.

Nach kurzer Zeit rief er sie zu sich. Gemeinsam schleppten sie die schwere Holzkiste in den Pfarrgarten. Als sie die erdverkrustete Kiste neben dem weitläufigen Beet abstellten, reichte sie ihnen bis zum Knie. Der Pater wischte sich den Schweiß von der Stirn. Dann lachte er still in sich hinein und genoss Luzias erwartungsvollen Blick. Mit wenigen Handgriffen öffnete Wendelin den Deckel und bald strömte ihnen ein wunderbarer Duft entgegen. Würzig, holzig und sehr aromatisch. Luzia erschnupperte schwere balsamische Nuancen sowie frische Anklänge von Zitrone.

»Und, was sagst du zu unseren Schätzen?«, wollte der Pater wissen, während er sich die grobe Gartenschürze umband, um sein dunkles Gewand zu schützen. »Abt Johann von Nordstetten und Bruder Markus haben sich wieder einmal überaus großzügig gezeigt. Weiß er doch um unsere große Freude über jede einzelne Pflanze, die noch nicht im Kirchgarten gedeiht. Du weißt ja, ich stehe in regem Austausch mit dem findigen Botanicus. Schon oft habe ich ihm von deinem Interesse an den Medizinalpflanzen berichtet.«

Luzias senkte den Blick und errötete leicht. »Oh, das solltet

Ihr nicht! Mein Wissen ist viel zu gering. Jedenfalls lohnt es nicht, darüber zu sprechen.«

Wendelin schüttelte tadelnd den Kopf. »Deine Bescheidenheit ehrt dich, mein Kind, aber du hast mehr in deinem schönen Kopf als viele, die sich mit dem Beruf des Medicus schmücken. Selbst vor jenen, die für die Heilkunst ein Studium auf sich nahmen, brauchst du dich nicht zu verstecken!«

Um die Peinlichkeit des Lobes nicht länger ertragen zu müssen, wechselte sie rasch das Thema. »Wollen wir uns nicht endlich Euren Pflanzen zuwenden? Mit dem Duft allein ist es ja nicht getan.«

Das Ablenkungsmanöver schien gelungen, denn der Pater nickte eifrig.

Gemeinsam wanderte ihr Blick in die dunkle Truhe. Bruder Markus, der Botanicus, hatte für den Transport alle Blätter entfernt und jedes der kleinen Gewächse sorgfältig zurückgeschnitten. Zusätzlich hatte er die kleinen Wurzelballen mit einer Handvoll Erde in einen Streifen Sackleinen geschlagen. Hier reichte Liebhaberei allein nicht aus. Nur das geschulte Auge erkannte, um welche Pflanzen es sich handelte.

»Jetzt bringe ich dir noch eine Abschrift unseres lieben Walahfrid, und du kannst die Pflänzchen an den richtigen Stellen im Garten einpflanzen.«

Luzia und Pater Wendelin hatten den Pfarrgarten gemäß den Empfehlungen angelegt, die Walahfrid Strabo, der frühere Abt des Klosters Reichenau, in seinem bereits im Jahre 827 verfassten *Liber de cultura hortorum*, auch bekannt als *Hortulus*, vorgegeben hatte. Die Schrift, wonach eine kluge und wohldurchdachte Nachbarschaft der Medizinalpflanzen ihr gegenseitiges Wachstum förderte, war in Versform verfasst und sorgfältig aufgezeichnet. Weil sie den *Hortulus* schon oft gemeinsam gelesen hatten, schenkten sie den ersten drei Abschnitten heute keine weitere Beachtung, sondern begannen gleich mit den Zeilen, die Strabo dem Salbei gewidmet hatte.

Später kniete Luzia dann auf dem weichen Sandboden und wartete mit ausgestreckter Hand darauf, dass der Pater ihr den ersten Setzling reichte.

Pater Wendelin hob einen Wurzelballen aus der geheimnisvollen Kiste.

»Marrubium vulgare?« Gespannt wartete er auf Luzias Antwort.

»Der gemeine Andorn. Er gehört zur Familie der Labiaten, also ein Lippenblütler. Sein Duft ist bitter und ein wenig krautig. Schon die heilige Hildegard empfahl den Andorn mit Fenchel und Königskerze bei Husten und Brusthitze.«

Der Pater nickte zufrieden. »Der Name Marrubium kommt ursprünglich aus dem Hebräischen. Wobei ›Mar‹ bitter bedeutet und ›Rob‹ viel heißt.«

»In dem Fall wurde beides in gleicher Weise ins Lateinische übernommen«, bemerkte Luzia und blies sich eine freche Strähne ihres roten Haares aus dem Gesicht. Sie setzte den feuchten Ballen mit dem fleischigen Stängel vorsichtig in die gelockerte Erde.

»Nepeta cataria?«, fragte der Pater gespannt.

»Die echte Katzenminze. Ihr Duft ist minzig-frisch. Katzen lieben den Geruch der blühenden Pflanze.«

»Sehr gut!«

Auch diesen Setzling legte Luzia in die feuchte Erde.

»Artemisia absinthum?«, wollte Pater Wendelin wissen.

»Der gemeine Wermut. Ebenfalls eine Beifußart. Er wird auch als bitterer Beifuß bezeichnet.«

Pater Wendelins Augen verrieten, wie außerordentlich stolz er auf Luzia war. Dabei merkte sie, wie ihr schon wieder die Wärme in die Wangen stieg. Nachdem auch dieser Setzling mit Erde bedeckt war, reichte der Pater ihr den nächsten.

»Hier haben wir etwas Lieblicheres. Artemisia abrotanum?«

»Die Eberraute. Eine weitere Beifußart. Ihr Duft ist leicht und frisch. Sie wird in der Volkssprache auch Pfarrerkraut genannt«, entgegnete Luzia und konnte sich ein Lachen nicht verkneifen.

Während der nächsten halben Stunde gruben sie Löcher, setzten die restlichen Pflanzen ein und drückten die Erde vorsichtig an. Dann betrachteten sie die getane Arbeit. Als Luzia die Kräuter gießen wollte, meinte der Pater:

»Du musst dir keine Sorgen machen, das Wässern werde ich übernehmen! Ich weiß doch, dass du heute Abend wie alle jungen Frauen und Männer zum Johannisfeuer möchtest.«

Luzia nickte zögernd.

An diesem Tag feierten die Menschen das Fest des längsten Tages und der kürzesten Nacht mit dem Sonnwendfeuer. Die katholische Kirche sah das nicht gern und beging stattdessen das Fest des Johannes. Der Pater würde am kommenden Sonntag ausführlich über Johannes predigen. Aber heute würde es keine Andacht geben. Pater Wendelin galt als gemäßigter Gottesmann. Er las die Messe höchstens einmal am Tag, doch mit dieser Haltung machte er sich nicht nur Freunde. Anderen, die dachten wie er, war es schlecht ergangen. Im nahen Elsass war einem Geistlichen, der angeblich dem Bösen verfallen war, vorgeworfen worden, einen Pakt mit dem

Teufel zu unterhalten. Der Papst hatte seine Enthauptung veranlasst. Papst Sixtus beklagte sich, weil immer mehr Menschen vom rechten Glauben abfielen, und warf ihnen vor, sich dem Bösen zuzuwenden.

Pater Wendelin hielt von all diesem verrückten Treiben überhaupt nichts. Wenn sich seine Schäfchen bereitwillig zur heiligen Messe einfanden, ihre Sünden angemessen bereuten und in Frieden miteinander lebten, ließ er die Mitglieder seiner kleinen Gemeinde zufrieden. Dafür liebten die Menschen den gutmütigen Mann. Aber Wendelin war klug genug, um die Gefahren zu sehen, die sein nachsichtiger Umgang mit den alten Mythen mit sich bringen konnte. Er wäre nicht der erste Gottesmann, den die Kirche mit Exkommunikation oder Schlimmerem bedrohte. Wendelin schüttelte ein wenig unwillig den Kopf. An diesem Abend wollte er sich über seinen Garten freuen und sich keine Sorgen machen.

»Ich werde heute früh zu Bett gehen«, sagte er zu Luzia. »Aber vorher lass uns einen Becher Wein auf die getane Arbeit trinken.«

Bei einem Glas Elbling plauderten sie über die Klosterinsel Reichenau.

»Bruder Markus würde dich von Herzen gerne kennenlernen. Möchtest du mich nicht einmal in den fast schon legendären Klostergarten begleiten? Es wäre mir eine Ehre«, versicherte Wendelin mit einem Lächeln.

Luzia fehlten die Worte. Helle Freude wirbelte durch ihren Kopf.

»Pater Wendelin, damit würdet Ihr mir einen meiner innigsten Wünsche erfüllen! Einmal den wunderschönen Kräutergarten Walahfrid Strabos betreten und ausgiebig studieren zu dürfen! Diesen Wunsch hege ich schon, seitdem mein Onkel Basilius mir zum ersten Mal davon erzählt hat!«

Wendelin wusste, dass Luzias Liebe zu den Heilpflanzen durch die Weitsicht ihres Onkels Basilius geweckt worden war, der die Apotheke in Ravensburg betrieb. Schon früh hatte Basilius den außerordentlich wachen Geist der kleinen Luzia erkannt. Er war es auch gewesen, der das Schulgeld für sie bezahlt hatte, obwohl ihre Mutter den Besuch einer Schule für bloße Zeitverschwendung gehalten hatte.

Und damit hatte das Drama angefangen, das erst mit Luzias Übersiedelung nach Seefelden ein Ende gefunden hatte. Eusebius Grumper, der hartherzige Schulmeister, der zu allem Überfluss auch noch ein Mann der Kirche war, hatte für Luzias wissbegieriges Wesen nicht sonderlich viel übriggehabt. Ihr rotes Haar hatte er mehr als alles andere gehasst. Vom ersten Tag an hatte er sie spüren lassen, dass sie in seinen Augen eine »Rote« war, ein Kind der Wollust. Während der unreinen Tage ihrer Mütter gezeugt, umgaben die Roten etwas zutiefst Sündiges. Nachdem Luzia es zum ersten Mal gewagt hatte, dem Schulmeister vor den anderen Kindern zu widersprechen – es war dabei um den Namen einer Pflanze gegangen und Luzia hatte recht behalten –, hatte Kaplan Grumper keine Gelegenheit ausgelassen, Luzia zu bestrafen. Er demütigte und quälte sie bei jeder Gelegenheit. Manchmal steigerte sich seine Wut ins Unermessliche, weil Luzia nach wie vor unbeirrt zu ihm in den Unterricht kam. Die Unerbittlichkeit des Mädchens war für den Kaplan ein weiterer Beweis für ihre Gefährlichkeit. Ihr rotes Haar, die ungewöhnlich dunkelblauen Augen und der messerscharfe Verstand – sie alle waren seiner Einschätzung nach augenfällige Hinweise für ihre Andersartigkeit. Stolz und aufrecht trug sie ihr unbedecktes Haar durch die Gassen der Stadt. Daneben fehlte ihr die nötige Demut, was sie zu einer Feindin des wahren Glaubens machte.

»Mädchen wie du gehören hinter dicke Klostermauern, wo sie ihren Mitmenschen keinen Schaden zufügen können, oder besser noch gleich auf den Scheiterhaufen«, brüllte er sie an. Um sie auf den rechten Weg zu bringen, verlangte er von ihr, jeden Sonntag nach der Messe zu ihm zu kommen. Dort zwang er sie, stundenlang auf einem scharfkantigen Holzscheit kniend das Paternoster zu beten. Als die ersten Zeichen ihrer erblühenden Weiblichkeit erkennbar wurden, ging der Schulmeister dazu über, Luzia, während sie auf dem Boden kniete, mit einer Rute zu züchtigen. Dabei hatte er es besonders auf Luzias nacktes Gesäß und ihren entblößten Rücken abgesehen.

Die Vorstellung, wie sich der Kaplan beim Anblick von Luzias knospenden Brüsten ergötzt haben mochte, verursachte Wendelin heute noch Übelkeit. Der Pater hatte oft nach dem Grund für Luzias Beharrlichkeit gesucht. Nach der Quelle, die ihr die Kraft verliehen hatte, diese Jahre zu überleben. »Ich kann es Euch nicht sagen, aber meine Neugier siegte tagtäglich über die furchtbare Angst«, hatte ihm Luzia zur Antwort gegeben. Sie konnte nur von einer höheren Macht gekommen sein, dessen war sich Wendelin sicher. Selbst heute erinnerte sich der Geistliche noch beinahe an jedes ihrer Worte. Nach und nach hatte ihm das Mädchen die ganze Geschichte anvertraut. Einiges davon unter dem Geheimnis der Beichte. Manchmal waren ihre Geständnisse furchtbar gewesen. So schrecklich, dass auch ihm die Tränen gekommen waren.

»Ich würde Euch wirklich furchtbar gern begleiten«, antwortete Luzia, bevor sie einen Schluck aus ihrem Becher nahm.

Ihre Worte rissen den Pater aus seinen Gedanken. Er atmete tief durch und rieb sich das Gesicht, um die Erinnerungen hinter sich zu lassen. Ein Blick auf Luzia zeigte ihm, dass auch sie an ihre Kindheit in Ravensburg gedacht hatte. Er nickte ihr aufmunternd zu.

»Auf dein Wohl«, sagte er und hob seinen Becher.

»Also ist es beschlossene Sache?«, fragte Luzia nach.

»Bruder Markus wird dich ins Herz schließen und auch du wirst ihn mögen«, versicherte Wendelin und leerte seinen Becher.

»Ich hoffe, das Kind der jungen Schäferin geduldet sich wirklich noch bis morgen. Ich möchte doch so gerne mit den anderen zum Sonnwendfeuer.«

Elisabeth nickte und legte den gewaltigen Hecht zur Seite, den sie gerade schuppte. »Natürlich gehst du hin. Wenn die Schäferin dich braucht, kann man dich benachrichtigen.« Sie seufzte tief. »Die Jugend vergeht viel zu schnell, also nutze jede Gelegenheit zum Tanz.«

Die letzten Worte kamen Elisabeth fast ein wenig traurig über die Lippen. Immerhin hatte die weise Wehmutter bereits die vierzig überschritten. Doch sie war immer noch eine anziehende Frau. Als Jakob zu ihnen in die Küche kam, lehnte sich Elisabeth bei ihm an.

»Wollen wir auch zum Sonnwendtanz gehen?«, neckte sie ihn.

»Wenn du möchtest, begleite ich dich auch zum Sonnwendfeuer.« Jakobs Worte wurden von einem Augenzwinkern begleitet. Sein ehemals dunkles Haar glänzte mittlerweile eher silbern. Was ihn für seine Elisabeth weitaus wertvoller machte. Silber war nun einmal von höherem Wert als Ebenholz, pflegte sie zu sagen. Sein Humor und sein einnehmendes Wesen machten Jakob zu einem gerngesehenen Mann in Seefelden.

»Und du gehst mit Matthias?«, wandte Jakob sich an Luzia.

Luzia hörte die hoffnungsvolle Erwartung in seiner Stimme. Sie wusste, er sähe es gern, wenn sie sich bald entschließen könnte zu heiraten.

»Du weißt, wenn du heute Nacht mit einem Burschen übers Feuer springst, bringt das lebenslanges Glück.«

»Natürlich weiß ich das, und Matthias gibt sicher einen guten Ehemann ab, aber ich bin doch noch viel zu jung zum Heiraten«, versuchte Luzia das leidige Thema zu beenden und begann das Gemüse zu putzen, das in einem Korb auf dem Tisch stand. Sie hoffte, ihr geschäftiges Tun würde ihren Onkel davon abhalten, ihr zum hundertsten Male seine Sicht der Dinge anzutragen. Himmel, wie Luzia diesen Vortrag hasste!

»Zu jung bist du sicher nicht, allenfalls zu störrisch! Dabei solltest du dich freuen, einen wie Matthias zu haben.« Großer Gott, wenn er doch nur schweigen würde, dachte Luzia, während sie den Kohlkopf auf den Tisch warf und in die kleine Vorratskammer neben der Küche stürmte.

»Jakob«, mischte sich Elisabeth mahnend ein, während sie den verbeulten Kessel auf den Haken über dem Feuer hängte.

»Ja, ja, ich meine es ja nur gut«, brummte Jakob.

Diese Unterhaltung hatten sie schon oft geführt. Jakob ärgerte sich über Luzias Starrsinn. Die wenigsten Mädchen wurden gefragt, wen sie heiraten wollten.

Obwohl Luzia in der Vorratskammer rumorte und mehr Lärm erzeugte, als nötig gewesen wäre, redete Jakob unbeirrt weiter: »Im Gegensatz zu manch anderem würde Matthias dich auf Händen tragen. Einen Besseren wirst du nicht finden.«

»Ich weiß ja, dass du recht hast«, lenkte Luzia ein, während sie die Tür zur Kammer wieder schloss. Sie wusste, dass Jakob sonst keine Ruhe geben würde. »Aber einen Grobian würde ich ohnehin nicht nehmen. Und sicher auch keinen Dummen. Zudem habe ich noch so viel zu lernen, frag Pater Wendelin, wenn du mir nicht glaubst! Wie gerne würde ich einmal den Kanon der Medizin von Avicenna lesen. Oder die *Physica* sowie die *Causae et curae*, welche beide von der großartigen Hildegard von Bingen verfasst wurden«, schwärmte Luzia, während ihre Hände den Kohlkopf zerteilten.

Jakob nickte. »Ich weiß, und ich wünsche es dir auch von ganzem Herzen, dass du Gelegenheit zum Studium dieser Bücher bekommst. Aber ich kann dir versichern, Matthias würde dir keinen Stein in den Weg legen.«

»Wahrscheinlich nicht, aber Matthias ist eben fast wie ein großer Bruder für mich. Ich mag ihn – aber heiraten könnte ich ihn nicht«, entgegnete Luzia beharrlich. »Außerdem ist er einfach ein Kindskopf.«

Elisabeth knuffte Jakob in die Seite. »Jetzt lass es gut sein! Wir wissen doch, wie Luzia über eine Heirat denkt, oder etwa nicht?«

Jakob gab sich geschlagen und nickte. Der Gedanke, seine starrköpfige Nichte könnte einmal einen Mann heiraten, der sie schlug oder ihr gar noch Schlimmeres antat, erfüllte Jakob mit Grauen. Natürlich gab er Luzia recht: Matthias hatte immer irgendwelche Grillen im Kopf, aber bei ihm hätte sie es gut. Und seine Nichte war auch nicht ohne. Im Gegensatz zu ihr war ein Esel geradezu einsichtig. Und was war eigentlich so falsch daran, dass er ihr einen geeigneten Mann wünschte? Einen, der bereit sein würde, ihre stürmische Natur allenfalls ein wenig zu bändigen. Und es war doch wichtig, dass sie heiratete. Eine unverheiratete Frau besaß keinerlei Rechte und war völlig schutzlos. Sie durfte weder etwas kaufen, was über Lebensmittel oder Haushaltswaren hinausging, noch etwas anderes verkaufen. Was sollte denn aus Luzia werden, wenn er und Elisabeth eines Tages nicht mehr sein würden?

Der Duft der Sommernacht war überwältigend. Süß und fruchtig brachte er die Kunde schwerer, reifer Sommerfrüchte. Jetzt bot die Natur alles im Überfluss und die Menschen schwelgten in dieser Fülle. Sie feierten den Sommer und mit ihm das Licht, das schon bald wieder sterben würde.

Ein sanfter Wind streifte Luzias warme Haut. Nepomuk strich um ihre Röcke und tat seine Ungeduld mit einem lauten Maunzen kund.

Mit wiegenden Schritten verließ Luzia die schmale Fischergasse und bog landeinwärts in die Schilfgasse ein. Hier standen die Häuser dicht an dicht. Am Ende der schmalen Gasse wohnte ihre Freundin Magdalena.

Luzia war froh, sich für das leichte Kleid aus moosgrünem Flachs entschieden zu haben. Es bildete einen lebhaften Kontrast zu ihrem feurigen Haar. Noch froher war sie allerdings über den glimpflichen Ausgang des Disputs mit ihrem Onkel. Luzia wusste, dass er sich im Grunde nur Sorgen um ihre Zukunft machte, aber trotzdem ... Sie atmete seufzend aus.

»Luzia, na endlich, ich dachte schon, die Schäferin hätte dich im letzten Augenblick doch noch gerufen.« Das war die Stimme von Magdalena, die vor dem Haus auf sie wartete.

Luzia schüttelte den Kopf.

»Als ich heute Morgen bei ihr war, sah es nicht danach aus, als habe es das Kleine sonderlich eilig.«

Arm in Arm machten sie sich auf den Weg Richtung Seeufer. Die Freundinnen erreichten schon bald den moosbewachsenen Weg, der sie durch den kleinen Riedwald bis ans Ufer des Bodensees führte. Erdig, feucht, fast ein wenig saftig roch das Moos in der warmen Sommernacht. Sie folgten der in großen Schwüngen verlaufenden Seefelder-Ache. Den murmelnden Bach säumten viele knorrige Weiden. In der Dämmerung wirkten sie wie alte, weise, ehrwürdige Weiber, wie silberweiße, lichtgrüne Nebelfrauen. Luzia liebte die riesigen Bäume, deren weit hinabhängenden Äste teilweise den kleinen Fluss berührten, als würden sie ihn sanft streicheln. Sonst war es zwischen den alten Bäumen einsam und still, aber heute trug der milde Abendwind neben dem Duft von Seegras auch die Stimmen der jungen Leute herüber. In einem Halbrund öffneten sich die Bäume zum Ufer des Bodensees. Zusammen mit der gewaltigen Landzunge, die weit in den See hinausragte, entstand ein großer, fast runder Platz. Die untere Grenze bildete das Wasser.

Hier am Ufer des Sees war Perchta, die uralte Erdenmutter, noch immer allgegenwärtig. Aus jedem Stein, jedem Tropfen

Wasser, ja selbst aus der prickelnden Abendluft strahlte ihre Anwesenheit und verzauberte die Menschen.

Als sie den Platz erreichten, sahen sie, dass die Burschen des Dorfes bereits das Feuerholz aufgeschichtet hatten. Sie standen um den riesigen Holzstoß herum, und mit ihnen die jungen Frauen des Dorfes, die wie Luzia und Magdalena einen Teil ihrer Johannisbuschen zum Kranz gewunden im Haar trugen. Die duftenden, bunten Sommerblumen schmückten die Frauen wie eine Sommerbraut oder eine Korngöttin. Fast alle trugen ihr Haar offen und hatten sich in ihre schönsten Gewänder gekleidet.

»Ich kann Hans gar nicht entdecken. Er wird doch heute Abend kommen?«, fragte Luzia.

Magdalenas Blick war schwer zu deuten.

»Ich weiß doch, dass er dir gefällt«, ermutigte Luzia die Freundin.

»Ich hätte doch lieber das rote Kleid wählen sollen. Oder meinst du, ich gefalle ihm auch in diesem blauen, alten Lumpen?«, fragte Magdalena zögernd. Sie wirkte plötzlich unsicher, obwohl es dafür überhaupt keinen Grund gab. Dennoch wusste Luzia, dass Magdalena sich ihrer Zähne schämte. Erst kürzlich musste sie der Bader wieder um einen Eckzahn erleichtern. Seither lachte Magdalena nicht mehr so gerne. Luzia fand das sehr schade.

»Mach dir nicht so viele Gedanken! Natürlich wird dich Hans schön finden! Sieh doch nur dein wunderschönes Haar!«

Magdalenas Arme legten sich um Luzias Mitte, und sie fand sich in einer stürmischen Umarmung wieder. Sie spürte Magdalenas Glück und die Ungeduld, mit der sie sich nach Hans umsah. Luzia konnte die Aufregung ihrer Freundin nur halb nachvollziehen. Sie war anders. Sie legte keinen Wert darauf, den jungen Männern aus dem Dorf den Kopf zu verdrehen.

Nach und nach trafen immer mehr junge Männer und Frauen beim großen Festplatz auf der Landzunge ein. Traditionell bestand das Holz für die Sonnwendfeier aus neunerlei unterschiedlichen Sorten: Eiche, Birke, Erle, Esche, Holunder, Ahorn, Weißdorn, Schwarzdorn und Weide wurden von einem jungen Paar entzündet. In diesem Jahr war die Wahl auf Josef, den jungen Schuster, und seine zukünftige Frau, Elisa, gefallen.

Bald brannte ein großes Sonnwendfeuer. Zweige knisterten und Funken stoben in die samtblaue Nacht. Der Mohrenwirt war mit seinem Karren von der Langen Gasse, wo sein Wirtshaus stand, bis ans Ufer des Sees gekommen. Unter den Bäumen hatte er seinen Stand aufgebaut und schenkte heißen Met aus. Luzia schaute ins Feuer. Glühend schossen die hellen Zungen weit in den Nachthimmel. Heute Nacht waren die Tore zur Anderswelt weit geöffnet. Dicht über der Wasseroberfläche schwebten silberne Schleier. Eine leichte Bö trug das leise Lachen der Wassergeister bis auf die Landzunge.

An eine Weide gelehnt verfolgte Matthias, wie Luzia ein wenig abseits des Feuers barfuß und mit gerafften Röcken im Wasser stand. Er schaute ihr schon eine ganze Weile zu, wie sie tief in Gedanken versunken auf den See hinaus blickte. Sie verzauberte ihn, so wie sie es immer tat. Es fiel ihm schwer, sich von ihrem Anblick zu lösen. Das silberne Licht des Mondes tanzte wie eine geheimnisvolle Brücke aus Feenhaar über dem nachtschwarzen See. Mondschein und Feuer hüllten Luzia in einen Mantel aus Licht, das sich im Wasser zu ihren Füßen spiegelte. Wie gerne hätte Matthias mit dem Licht getauscht. Aber Luzia ließ ihn nie richtig an sich heran.

Einen Augenblick hielt Luzia inne, um dem tiefen Herzschlag des Gewässers zuzuhören. Das grüne Haar des Sees bewegte sich im rhythmischen Puls der unsichtbaren Strömung. Neugierig liebkoste das kühle Nass ihre nackten Füße. Das leise Murmeln kam von der anderen Seite des Sees. Dort gab es einen unheimlichen Platz. Teufelstisch nannten die Leute die geheimnisvolle Felsnadel, die aus dem Wasser ragte. Über den Teufelstisch erzählte man sich furchterregende Dinge. Mitunter sollten dort riesige Welse leben. Halbe Seeungeheuer, die jedes Fischerboot mit sich in die Tiefe zogen. Boot und Fischer blieben auf ewig verschwunden.

Sie entdeckte Matthias, der langsam Richtung Feuer ging. Sie winkte ihm zu, und er kam zu ihr.

»Luzia, wie schön, dass du gekommen bist. Ich weiß nicht, mit wem ich sonst getanzt hätte«, begrüßte er sie.

»Ach nein, weil es hier außer mir keine weitere Frau gibt, oder wie?«, neckte sie und bereute es gleich, weil Matthias' Miene sich verdüsterte.

»Darf ich dich zu einem Becher Met einladen?«, fragte er zögernd.

Luzia deutete eine Verbeugung an. »Mit Vergnügen!«, erwiderte sie. Sie wollte heute ausgelassen sein. Lachen und tanzen, bis ihr schwindelte. Und ein paar Becher Met waren auch nicht zu verachten.

»Dann lass uns zum Mohrenwirt hinübergehen und sehen, was er dabeihat. Vielleicht verkauft er wieder die fettigen

Küchlein vom letzten Jahr.« Luzia nickte und ein Grinsen stahl sich auf ihr Gesicht.

»Die, von denen du schon zur Wintersonnwende zu viele gegessen hast?«

Matthias stutzte. »Das weißt du noch?«

Sie nickte. »Ich werde nie vergessen, wie du jammernd auf deinem Bett gelegen hast und mich davon überzeugen wolltest, dein letztes Stündlein habe geschlagen – dabei hattest du dich einfach nur überfressen! Ich hoffe, du hast daraus deine Lehren gezogen. Jedenfalls holst du mich nicht wieder zu nachtschlafender Zeit aus dem Bett, hörst du?«

Matthias musste ebenfalls lachen. »War es wirklich so schlimm?«

»Schlimmer!«, bestätigte Luzia und rannte Richtung Mohrenwirt davon.

Sonnwendküchlein gab es tatsächlich, aber beide aßen nur sehr wenig davon. Dafür sprachen sie dem Met etwas ausgiebiger zu. Der heiße Honigwein rann ihnen die Kehlen hinunter und erzeugte einen leichten Schwindel.

»Lass uns tanzen!«, schlug Matthias übermütig vor. Gemeinsam schlossen sie sich dem tanzenden Reigen an. Männer und Frauen hielten sich an den Händen und umtanzten das Feuer. Auch Magdalena und Hans hatten sich bereits unter die Tanzenden gemischt. Luzia freute sich, als sie die beiden ausgelassen lachen sah.

Der Klang der Fidel trieb sie zu immer schnelleren Drehungen an. Die jungen Leute lachten und tanzten so ausgelassen, dass manch einem schwindlig wurde. Doch müde durfte man ein andermal werden. Heute war die Nacht zu schade. Lau und süß flüsterte sie den Menschen Unerhörtes ins Ohr.

Als das Feuer kleiner wurde, begannen die jungen Leute durch die reinigenden Flammen zu springen. Die Flammen des Sonnwendfeuers galten als heilig. Sie schützten die, die durch sie hindurchsprangen, im neuen Jahr vor Krankheit und Leid. Im warmen Feuerschein glitzerten Luzias tiefblaue Augen dunkel und unergründlich. Lächelnd nahm sie ein paar Finger voll Teufelsklau aus ihrer Tasche. Im Alltag puderte sie damit rote Kinderpopos. Ins Feuer geworfen, knallte der Sporenstaub des Keulenbärlapps und glühte hell auf.

Matthias lachte. »Seit wann kannst du denn zaubern?«

»Das würdest du wohl gerne wissen!« Luzia beugte sich ganz nah an Matthias' Ohr. »Schon immer. Hast du das denn nicht gewusst?«, flüsterte sie geheimnisvoll, während ihre weichen Lippen die erhitzte Haut seines Nackens streiften.

Matthias stand in Flammen. Eine prickelnde Gänsehaut umfing ihn von den Zehen bis zu den Haarspitzen. Luzias geheimnisvolles Lachen klang in seinen Ohren warm, süß und verlockend. Nur eine Handbreit trennte ihn jetzt noch von ihrem Mund. Doch bevor er sie küssen konnte, entzog sie sich ihm und tanzte allein um das kleiner werdende Feuer.

Matthias lief ihr nach und sprang neben Luzia durch die Flammen. Er beobachtete sie von der Seite. Ihr Haar schien in Flammen zu stehen. Der helle Feuerschein brachte die langen, roten Flechten zum Leuchten. Manchmal glaubte er an ihr etwas Geheimnisvolles zu entdecken, als sei sie eine weise Frau, die das Wissen längst vergangener Zeiten in sich trug. Dann schienen ihre Augen unendlich tief wie zwei Seen. Er meinte dann zu sehen, wie sich zwei schwarze Rädchen in atemberaubender Geschwindigkeit um die Pupille drehten und jeden hineinzogen, der ihr zu nahe kam. In solchen Momenten kamen ihm die Augen der Hebamme geheimnisvoll und wissend vor. Aber bevor er sich vergewissern konnte, verschloss sich ihr Blick wieder und er meinte, sich getäuscht zu haben.

»Fang mich, wenn du kannst!«, rief sie übermütig und rannte vor ihm davon.

Matthias setzte ihr nach und packte sie am Arm. »Hab dich! Wenn du denkst, du kannst mir entkommen, liegst du falsch!« Niemals würde er sie entkommen lassen. Er wollte sein Leben mit ihr verbringen.

Gemeinsam rannten sie wieder zum Karren des Mohrenwirts und ließen sich dort erschöpft unter einer Weide nieder.

Matthias war glücklich. So war es immer, wenn er mit Luzia zusammen war. Leicht und selbstverständlich wie ein Herzschlag. Er drehte sich zu ihr herum. Der warme Feuerschein zauberte einen goldenen Schimmer auf ihre Haut, die vom vielen Tanzen glühte. Dankbar sog Matthias den warmen Duft nach Kräutern und Honig ein, der ihrer erhitzten Haut entströmte. Genauso roch Luzia. So hatte sie schon vom allerersten Tag an gerochen, an dem er sie gesehen hatte.

Ermutigt durch das Lächeln, das sie ihm schenkte, erhob er sich, klemmte die zerzausten Locken hinter die Ohren und trat von einem Bein auf das andere.

Sicher wäre jetzt der richtige Moment, Luzia zu fragen, ob sie seine Frau werden wollte. Er holte tief Luft, um die Worte zu sprechen, doch als Luzia ihn fragend ansah, verließ ihn der Mut wieder.

3

Fast zwei Monate später, am 6. des Erntemonats, brachte ein vorbeiziehender Handelsreisender einen Brief für Luzia. Er kam von ihrem Onkel Basilius Gassner in Ravensburg.

Jakob und Elisabeth baten den grauhaarigen Mann und seine beiden Söhne ins Haus und boten den verschwitzten Männern einen Krug Dünnbier und Brot an.

»Wie lange seid Ihr denn schon unterwegs?«, fragte Jakob und setzte sich zu den Leuten an den Tisch.

»Erst seit zwei Tagen. Wir hatten in Altdorf zu tun und wollen nun weiter in das Land der Eidgenossen.«

Jakob nickte. »Ich dachte nur, wegen des Briefes. Hoffentlich enthält das Schreiben keine schlechten Nachrichten.«

Der ältere Mann hob bedauernd die Schultern und setzte den Becher ab, den er durstig geleert hatte. »Diese Hoffnung kann ich Euch leider nicht lassen, der Apothekarius, der mir den Brief gegeben hat, klang sehr besorgt. Ich musste ihm versichern, Seefelden in spätestens zwei Tagen zu erreichen. Der Inhalt des Schreibens scheint von großer Wichtigkeit zu sein.«

Elisabeth drehte das gesiegelte Schreiben nervös zwischen ihren Fingern hin und her. Sie hatte die große Schrift ihres Bruders Basilius gleich erkannt. Wenn er schrieb, dann musste es um etwas Wichtiges gehen.

»Wo ist Luzia denn?«, wollte Jakob wissen. Ungeduldig erhob er sich und ging zum schmalen Fenster, von dem aus er die Straße überblicken konnte. Auch ihm stand die Sorge ins Gesicht geschrieben.

»Bei den Metzgers«, antwortete Elisabeth und füllte den Bierkrug der Besucher ein weiteres Mal. »Die Sofia bekommt ihr Kind. Aber sie ist schon seit den frühen Morgenstunden fort. Allzu lange kann es nicht mehr dauern.« An den Reisenden gewandt, fuhr sie fort: »Hat Euch Basilius denn gar nichts gesagt?«, fragte sie.

Der Fremde schüttelte den Kopf. »Nein. Nur, dass es sehr dringend sei.«

»Ich weiß, dass dieses Pergament schlechte Nachrichten enthält! Ich kann es fühlen«, flüsterte Elisabeth mehr zu sich. Dabei flackerten ihre wachen, blauen Augen voller Angst. Es half auch nicht, dass Jakob ihre Hand nahm.

Der grauhaarige Handelsreisende erhob sich. »Ich glaube, wir sollten langsam gehen«, sagte er und räusperte sich in Richtung seiner Söhne. Die warfen sich Blicke zu, stopften sich eilig die letzten Bissen in den Mund und standen ebenfalls auf. Sie fühlten sich in dem kleinen Haus, welches ihnen vorher so gemütlich erschienen war, nicht mehr recht wohl. Da schien sich etwas zusammenzubrauen und sie wollten auf keinen Fall dabei sein, wenn dieser unheimliche Brief geöffnet wurde. »Wir danken Euch für Eure Gastfreundschaft. Gott sei mit Euch.« Damit waren sie schon aus der Tür.

Als Luzia wenig später von Sofia kam, währte die Freude über die gesunde Tochter der Metzgers nicht lange. Auch sie ahnte gleich, dass der Brief nichts Gutes enthielt. Mit zitternden Fingern brach sie das kleine, rote Siegel der Gassners. Hastig überflog sie die Zeilen.

Liebste Luzia, liebe Elisabeth, werter Jakob, es tut mir sehr leid, dass ihr diese Zeilen lesen müsst. Ich hätte sie euch gerne erspart! Aber es hilft alles nichts, also werde ich nicht lange um den heißen Brei herumreden. Luzia, deine Mutter ist gestorben.

Luzia merkte, wie die Buchstaben vor ihren Augen verschwammen. Wieder und wieder las sie dieselben Zeilen: *Deine Mutter ist gestorben.*

Luzia spürte Tränen in ihren Augen brennen. Mühsam versuchte sie den Kloß, der in ihrer Kehle saß, hinunterzuschlucken. Doch es gelang ihr nicht. Ein Schluchzen stieg in ihrer Kehle auf, sie ließ das Schreiben sinken, weil die Buchstaben vor ihren Augen verschwammen. Der Raum um sie herum schien sich zu drehen. Mit einem leisen Schrei war Elisabeth bei ihr und fing sie auf, als sie zu fallen drohte. Neben den besorgten Fragen ihrer Tante vernahm sie aus den Tiefen ihres Kopfes eine Stimme aus längst vergangenen Tagen. Luzia erkannte den Tonfall, das leise Zischen der einzelnen Laute sofort. Auf ihrem Rücken tobte ein Feuer. Brennender Schmerz erfasste ihre Schulterblätter und breitete sich immer weiter aus. Sie hatte das Gefühl von rinnendem Blut, welches ihr über Rücken und Gesäß bis weit zu den Beinen hinabfloss. Roter, wilder Zorn schlug über ihr zusammen und drohte sie zu verbrennen. Spitze Gegenstände bohrten sich in ihre Knie. Harte Riemen schnitten schmerzhaft in ihre Handflächen. Dann wurde alles dunkel und still. Die Bewusstlosigkeit zog sie in die Tiefe.

Als Luzia die Augen aufschlug, wusste sie zunächst nicht, was passiert war. Sie fühlte sich matt und krank. Alle Kraft hatte ihren Körper verlassen.

Elisabeth hatte den Kopf ihrer Nichte in ihrem Schoß gebettet und streichelte ihre Wange. Jakob stand hinter seiner Frau und machte ein sorgenvolles Gesicht. »Komm, versuch dich aufzusetzen«, sagte Elisabeth sanft zu ihr. »Und dann trink einen Schluck.« Sie hielt ihr einen Becher heißen Weins mit den Blättern der Raute hin.

Luzia setzte sich an den Küchentisch und trank in kleinen Schlucken. Dabei ließ der Schwindel in ihrem Kopf etwas nach.

»Du hast das Bewusstsein verloren«, sagte Jakob. Seine Stimme klang fremd, irgendwie hölzern.

»Ich weiß nur noch, dass Mutter gestorben ist. Doch da war noch etwas anderes. Eine Stimme, die mir unbeschreibliche Angst gemacht hat. Fast vergessen, drang sie ungefragt in mein Bewusstsein. Die Nachricht von Mutters Tod war nur der Auslöser. Der Schlüssel für ein Schloss, das ich für immer verschlossen glaubte ...« Luzia senkte hilflos den Kopf und begann wieder zu weinen. Ihre Mutter war tot, die Frau, die ihr das Leben geschenkt und die sie gleichzeitig gehasst hatte. Seit beinahe sechs Jahren hatte sie kein Wort mit ihr gewechselt. Sie hatte nicht die Gelegenheit gehabt, sich mit ihr auszusprechen.

Elisabeth nickte und tupfte ihre Tränen mit einem Zipfel ihrer Schürze fort.

Luzia fühlte sich unendlich leer. »Jakob, sei so gut und lies mir vor, was mein Onkel noch schreibt.«

Jakob nahm den Brief vom Tisch und begann mit ruhiger Stimme zu lesen.

Liebste Luzia, liebe Elisabeth, werter Jakob, es tut mir sehr leid, dass ihr diese Zeilen lesen müsst. Ich hätte sie euch gerne erspart! Aber es hilft alles nichts, deshalb werde ich nicht lange um den heißen Brei herumreden. Luzia, deine Mutter ist gestorben.

Es tut mir schrecklich leid, dass du erst unter diesen Umständen wieder einmal von mir hörst. Leider sehen wir uns viel zu selten. Um dir eine Sorge zu nehmen, habe ich die Verstorbene, wie ich hoffe, in deinem Sinne beerdigt. Hiermit möchte ich euch allen mein Beileid aussprechen. Mein Mitgefühl ist euch in diesen Stunden gewiss.

Luzia, nun zu dir. Ich habe mir Gedanken über deine Zukunft gemacht, wie es meine Pflicht ist.

Du solltest möglichst bald nach Ravensburg kommen, um das Grab deiner Mutter zu besuchen.

Deine Mutter Anna hat eine Hebammentasche zurückgelassen. Sie gehört jetzt dir. Entscheide selbst, was du brauchen kannst. Nachdem nun deine Mutter nicht mehr ist, fehlt unserer Stadt auch eine tüchtige Hebamme. Ich bin der festen Meinung, dass du ihre Nachfolge antreten solltest.

Ich kann mir denken, dass du mit Schrecken an deine Kindheit in Ravensburg zurückdenkst. Ich weiß, was Eusebius

Grumper dir angetan hat. Er ist nach wie vor als Kaplan und Notar in der Stadt tätig. Dennoch hoffe ich inständig, dass ich dich überzeugen kann, nach Ravensburg zurückzukommen. Auch an Grumper ist die Zeit nicht spurlos vorübergegangen, und auf meine Unterstützung kannst du zählen. Zudem hättest du als Hebamme die Möglichkeit, das Bürgerrecht zu erlangen. Dies würde deine Position stärken.

Nach einer kurzen Vorstellung bei unseren Stadtärzten, am besten bei Johannes von der Wehr, unserem jungen Wundarzt, könntest du die Stelle schon bald antreten. Von der Wehr ist ein äußerst liebenswürdiger Mann, er bereitet dir sicher keine Schwierigkeiten.

Liebe Luzia, ich bitte dich, meinen Vorschlag in deinem Herzen zu bedenken. Natürlich würdest du in meinem Haus wohnen, und ich würde für dein Wohlergehen sorgen und auf deinen Ruf achten. Seit Annegrets Tod ist das Haus so leer und für mich allein viel zu groß. Bitte überlege es dir, Ravensburg und ich freuen uns auf dich!

Mit den allerherzlichsten Grüßen,
euer aller Basilius. Im Jahre des Herrn 1483

»Wie du es auch drehst und wendest, Ravensburg eröffnet dir ungeahnte Möglichkeiten!«, sagte Elisabeth und nahm sich seufzend ein weiteres Hemd aus dem Korb vor ihr, bei dem es ein großes Loch zu stopfen galt. »Luzia, Kind, du musst diese Gelegenheit nutzen! Auch wenn deine Erinnerungen nicht die besten sind. Bedenke, heute bist du eine erwachsene Frau, kein hilfloses Kind mehr!«

Seitdem der Brief von Basilius eingetroffen war, redeten Elisabeth und Jakob mit Engelszungen auf ihre Ziehtochter ein, obwohl ihnen die Vorstellung, dass Luzia ihr Haus verlassen würde, Angst machte. Dennoch, eine solche Gelegenheit würde nicht wiederkommen! Elisabeth wusste, sie durfte jetzt nicht an sich denken.

Luzia sollte Hebamme in einer der größten Städte der näheren Umgebung werden. Nur Konstanz, das sich auf der anderen Seite des Sees befand, zählte mehr Einwohner als Ravensburg.

Und so wurde beschlossen, dass Luzia zum Herbst hin Seefelden verlassen und ihr neues Leben in Ravensburg beginnen sollte. Viel zu schnell gingen ihre letzten Wochen in der Fischergasse vorüber, und nun war schon der Tag des Abschieds gekommen.

Noch heute Abend würde sie in das große Apothekerhaus ihres Onkels in der Marktstraße einziehen und fortan in Ravensburg wohnen. Matthias würde sie nach dem Achtuhrläuten mit ihren Habseligkeiten nach Ravensburg bringen.

In den vergangenen Tagen waren Luzias Gedanken oft nach Ravensburg, die Stadt an der Schussen, gewandert. Sie erinnerte sich noch genau an den Tag, als sie das erste Mal ohne die Mutter Basilius' Apotheke betreten hatte. Sicher war sie auch vorher schon öfter dort gewesen. Dennoch hatte sich dieser Besuch eindeutig von den vorherigen unterschieden. Luzia hatte nicht vergessen, wie sehr sie sich bemüht hatte, die kleinen Buchstaben auf den vielen großen und kleinen Gefäßen in den mannshohen Regalen zu entziffern. Zuerst hatte sie gedacht, sie hätte über Nacht das Lesen verlernt. Dann hatte der Kaplan vielleicht doch recht gehabt? Weibliche Wissbegier außerhalb einer Klostermauer stellte für ihn eine schwere Sünde des von Natur aus schwachen und dummen Weibes dar. Immer hatte der Kaplan haarscharf zwischen ihr und den anderen Buben und Mädchen der Klasse unterschieden. Die wenigen anderen Mädchen waren äußerst widerwillig und gelangweilt zur Schule gekommen. Für sie war die Welt in Ordnung gewesen, wenn sie nähen und sticken durften. Der Umgang mit den Buchstaben war ihnen im Gegensatz zu Luzia sehr schwergefallen. Sie aber war aus freien Stücken gekommen. Lesen und Schreiben waren ihr in den Schoß gefallen. Für sie hatte es schon damals nichts Spannenderes gegeben, als die Welt zu verstehen, deshalb hatte sie immer viel zu viele Fragen gestellt. Schulmeister Grumper hatte ihre unbändige Fragelust unbarmherzig mit dem Stock oder dem Riemen bestraft. Freilich, auch die Buben hatte er bestraft, wenn auch nur für ihre frechen Antworten. Doch ihnen hatte der Schulmeister allenfalls den Hosenboden strammgezogen und das auch immer während des Unterrichts. Für Luzia hatte er sich etwas Besonderes ausgedacht. Sie hatte nach dem Unterricht im Kämmerchen neben dem Schulraum zu erscheinen. Noch heute glühten ihre Wangen vor Scham, wenn sie daran dachte.

Sie hatte so viele Strafen für ihre Wissbegier hingenommen, und jetzt konnte sie die Worte auf den vielen Behältern nicht lesen. Erst Basilius' Erklärung, dass es sich hierbei um Latein, die Sprache der Gelehrten, handele, hatte Luzia zumindest ein bisschen versöhnlicher gestimmt. Zumindest hatte sie das Lesen nicht verlernt.

Schnell zog Luzia die wackelige Tür zur Schlafkammer hinter sich zu. Elisabeth sollte nicht sehen, wie sie schon wieder weinte. Auf dem Bett sitzend, kämpfte sie den in heißen Wogen aufflackernden Schmerz zurück. Erst als sie sich einigermaßen beruhigt hatte, begann sie sich anzuziehen. Rasch bürstete sie die nassen, widerspenstigen Locken und nahm die fuchsrote Mähne im Nacken mit einem Lederband zusammen.

Wehmütig ließ sie ihren Blick durch die kleine, gemütliche Kammer schweifen. Neben einem liebevoll gezimmerten Bett und einem Nachtkästchen aus dunklem Holz ließ sie den kleinen Schreibtisch zurück. Hier hatte sie oft mit Blick auf den See Pater Wendelins Pergamente beschrieben. Kleine Übersetzungen aus dem Lateinischen, Abschriften und manch andere Übung hatte sich der Pfarrer für sie ausgedacht. Sieben Jahre war dies ihre Heimat gewesen. In Seefelden hatte sie sich geborgen und angenommen gefühlt. Das Leben war leicht und selbstverständlich gewesen. Jeder kannte jeden. Die allermeisten besaßen wenig bis nichts und dennoch waren die Menschen zufrieden. Luzia schluckte schwer. Wie sehr sie sie alle vermissen würde: Elisabeth und Jakob. Magdalena, die gute Freundin der vergangenen Jahre. Wie viel Spaß hatte es gemacht, plaudernd, lachend und singend mit ihr die Wäsche zu waschen und den Brotteig zu kneten. Von Magdalena hatte sie sich bereits am Vortag unter Tränen verabschiedet. Dann waren da die vielen Kinder, denen sie auf die Welt geholfen hatte, und natürlich Matthias. Sehr bitter war ihr auch der Abschied von Pater Wendelin gewesen. Luzia dachte an die vielen Lateinstunden oder an die etwas selteneren Lektionen in Griechisch. Darüber hinaus hatte der gemütliche Pater seine fleißige Schülerin in Botanik unterwiesen. Luzia vermisste schon jetzt die gemeinsamen Stunden des Lernens und der Gartenarbeit. Doch auch Pater Wendelin hatte ihr dringend zu einer Übersiedelung nach Ravensburg geraten.

»Du tust gerade so, als wäre Ravensburg aus der Welt. Dabei ist es gerade einmal eine knappe Tagesreise von unserem See entfernt. Wenn dich das nicht überzeugt, solltest du bedenken, dass du auch von deinem Onkel noch eine Menge lernen kannst. Stell dir nur einmal vor, wie viele Bücher und Schriftrollen er besitzt.«

Natürlich wusste Luzia, dass der Pater, Elisabeth und Jakob recht hatten. In Ravensburg würde sie das angesehene, gesicherte Leben der Stadthebamme führen. Aber es gab einen Winkel in ihrem Herzen, der wusste, dass in Ravensburg auch Gefahren auf sie warteten. Seit ihrer Ohnmacht nach Basilius' Brief hatte sie immer wieder die hasserfüllte Stimme gehört und den brennenden Schmerz auf ihrem Rücken gespürt. Luzia ahnte, dass ihr in Ravensburg etwas auflauern würde. Böse und gierig griff es bereits jetzt nach ihr.

»Luzia, hast du keinen Hunger? Du musst etwas essen, bevor du dich auf den Weg machst«, mahnte Elisabeth.

Die Stimme der Tante ließ Luzia aus ihren trüben Gedanken aufschrecken.

Sie war sich gar nicht bewusst gewesen, dass sie hier am großen Tisch neben der gemauerten Feuerstelle saß und groben Dinkelbrei löffelte. Sie hatte den Geschmack nicht einmal wahrgenommen. Resigniert legte sie nach einigen weiteren Bissen den Löffel weg.

Elisabeth versuchte ein aufmunterndes Lächeln, obwohl

auch ihr weh ums Herz war. Zweifel nagten an ihr. Würde ihre Nichte in Ravensburg ihr Glück finden? Sie selbst konnte ihr schon so lange nichts mehr beibringen. Alles, was sich Elisabeth im Laufe der Jahre angeeignet hatte, wusste Luzia bereits. Zumindest würde Luzia im Haus ihres Bruders Basilius freundliche Aufnahme und Schutz finden. Mit diesen Gedanken tröstete sie sich.

»Ist es schon so weit?«, fragte Elisabeth ungläubig, als Jakob Luzias Reisetruhe vor dem Haus abstellte.

»Nicht mehr lange, und die Glocken von Sankt Martin läuten zur achten Stunde. Wie ich Matthias kenne, wird er pünktlich mit seinem Ochsenkarren vor der Tür stehen.«

Elisabeth nickte. »Dann wird es wirklich Zeit!«, sagte sie zögernd.

»Wir werden uns gegenseitig besuchen«, flüsterte Luzia sanft.

Elisabeth nickte, doch auf ihrem Gesicht lag eine große Traurigkeit.

Obwohl die Abfahrt kurz bevorstand, fiel Elisabeth ständig noch etwas anderes ein, das sie Luzia gerne mitgeben wollte. Schließlich breitete sie auf dem Küchentisch ein sauberes Leinentuch aus. Darauf legte sie einige frisch geräucherte Fische aus dem Bodensee, eine dicke Wurst, einen großen Laib Brot und ein Stückchen Käse. An einem anderen Tag wäre Luzia beim Anblick der vielen Köstlichkeiten das Wasser im Mund zusammengelaufen. Heute fühlte sich ihr Magen an, als wären kalte Steine darin.

Zur selben Zeit wurden Matthias die letzten Anweisungen eingeschärft.

»Matthias, benimm dich ordentlich!«, ermahnte ihn Otto, sein Meister. »Sei höflich und hilfsbereit! Hast du mich verstanden?«

Der junge Mann nickte. »Keine Angst, Meister, ich werde schon zusehen, dass Luzia nichts zustößt und sie heil in Ravensburg ankommt.«

»Dass mir keine Klagen kommen, hörst du?«

Matthias versicherte ihm noch einmal seine Aufrichtigkeit. Otto rieb sich den zerzausten Bart. Jetzt, kurz vor der Abfahrt seines Gesellen, kamen ihm doch Zweifel, ob es richtig war, Matthias und Luzia die Reise machen zu lassen. Aber schließlich war es seine eigene Idee gewesen, denn der Junge sollte noch einige Einkäufe für ihn tätigen. Unter anderem stand eine Sense aus Wangen auf dem Einkaufszettel. Der Gedanke, dass es nicht mehr lange dauern würde, bis er das Geheimnis der Wangener Schmiedekunst lüften würde, erfüllte ihn mit Spannung und Vorfreude.

Als er Matthias mit seiner rauen, schwieligen Hand schließich den Segen gab, war Otto wieder mit sich und der Welt zufrieden.

Matthias brachte das Ochsengespann vor dem kleinen Häuschen in der Fischergasse zum Stehen. Er und Jakob wuchteten Luzias Reisekiste auf den Wagen.

»Gott segne dich, und habt eine gute Fahrt!« Mit diesen Worten verabschiedete sich Jakob von seiner Nichte.

»Ich habe etwas für dich«, sagte Elisabeth liebevoll zu Luzia. Sie schob ihr eine Tasche in die Hand. Sie war aus dunkelbraunem Leder und roch nach Bienenwachs. Mit bequemen Henkeln und genügend Platz für alles, was eine Wehmutter zur Ausübung ihres Berufes brauchte. Die Tasche war wunderschön.

»Pass auf dich auf!«, rief die Tante und trocknete ihre Augenwinkel, »und schreib uns recht bald …«

Schnaufend und schwitzend bog in diesem Augenblick Pater Wendelin selbst in die Fischergasse. Er zog einen kleinen Handkarren hinter sich her. Erschöpft blieb er vor ihnen stehen und wischte sich den Schweiß von der Stirn.

»Gott sei Dank, dass ich dich noch erreiche. Eigentlich haben wir uns ja bereits voneinander verabschiedet, aber ich wollte dich nicht gehen lassen, ohne dir dieses Kistchen mitzugeben. Bitte mach es auf und sieh nach, ob dir der Inhalt gefällt!«

Luzia glaubte zu träumen. In der alten Holzkiste standen in Reih und Glied Ableger aller Pflanzen des Pfarrgartens.

»Dann habe ich da noch etwas«, sagte der Pater mit einem pfiffigen Lächeln. Langsam zog er einen in Schweinsleder gebundenen Oktavband hervor. Die Abbildungen der Pflanzen in dem Buch waren so farbenfroh und wirklichkeitsgetreu, dass Luzia glaubte, die einzelnen Kräutlein riechen zu können.

»Ich habe doch gesehen, wie beim Betrachten dieser Seiten deine Augen geleuchtet haben. Jetzt soll das Buch dir gehören. Es soll dich immer an unsere gemeinsame Zeit in Seefelden erinnern.«

»Ich danke Euch von Herzen«, sagte Luzia gerührt und drückte die Hand des Paters.

»Gott schütze dich, mein Kind, und nun macht euch endlich auf den Weg.«

Die Holzkiste wurde neben Luzias Reisekiste auf den Karren geladen.

»Habt tausend Dank!«

»Wir kommen dich besuchen. Vielleicht schon zu Martini!«

Luzia nickte. Aber sie wusste ganz genau, dass weder Elisabeth noch Jakob gern die weite Strecke zurücklegen würden.

»Jetzt aber los!«, rief Matthias ungeduldig und schwang sich auf den Bock. Er reichte Luzia die Hand und zog sie auf den Platz neben sich. Sie war ihm dankbar für seine Eile, denn länger hätte sie diesen Abschied nicht ertragen. Jakob reichte ihr den geflochtenen Korb, in dem Nepomuk saß.

Luzia biss sich auf die Unterlippe. Als die Ochsen den Karren anzogen, atmete sie hörbar aus. Sie hatte gar nicht gemerkt, dass sie schon eine ganze Weile den Atem angehalten hatte.

Sie winkte, bis das Haus ihrer Zieheltern hinter den wenigen Häusern verschwunden war.

4

Matthias lenkte den Ochsenkarren geschickt über die festgefahrenen Pfade. Meersburg mit seiner bulligen Burganlage, den hohen Zinnen und dem Wohnturm hatten sie rasch hinter sich gelassen. Bald säumten Felder ihren Weg. Der leichte Wind hauchte den Apfelbäumen seinen Atem ein und sorgte dafür, dass die Blätter im Wind raschelten. Dazwischen blitzte azurblau der wilde Rittersporn und vereinzelt ein paar Weidenröschen. Auf manchen Feldern wurde so spät im Jahr noch Dinkel oder Einkorn geschnitten. Oft winkten ihnen die Leute, wenn sie vorbeifuhren, dann winkten sie zurück, und Luzia spürte, wie ihr das Herz wehtat. Sie schwieg und war dankbar, dass auch Matthias nichts sagte. Einzig das gleichförmige Rumpeln der Räder war zu hören. Die Wege waren trocken, staubig und furchtbar holprig. Schon nach kurzer Zeit fand Luzia alle erdenklichen Sitzpositionen so unbequem, dass ihr immer wieder ein leises Stöhnen über die Lippen kam. Jeder kleine Stein fühlte sich bald wie ein Fels an und die ausgefahrenen Spuren des Fahrwegs erweckten den Eindruck, als seien es tiefe Täler. Sie dankte Matthias im Stillen, weil er ihre Sitzfläche mit einem

Schaffell gepolstert hatte. Auf dem hölzernen Kutschbock hätte sie noch mehr gelitten.

Eine Fahrt mit dem Ochsenkarren war auch aus einem anderen Grund kein Honigschlecken, denn die Ochsen zogen die Fliegen an. Sie schlugen mit den Schweifen, um sie zu vertreiben, und dann versuchten die lästigen Störenfriede in Richtung Kutschbock ihr Glück.

Matthias, der von Zeit zu Zeit einen scheuen Blick zu Luzia warf, hätte ihr mit Freuden eine angenehmere Reise geboten. Wenigstens mit einer harmlosen Plauderei hätte er sie gern abgelenkt. Doch wollte ihm heute nichts Gescheites einfallen. Deshalb hielt er vorerst lieber den Mund. Er hatte sich für die alte Straße entschieden. Diese führte sie ab Meersburg ins Landesinnere und verlief zwischen Bermatingen und Markdorf. Auf beiden Seiten säumten lichte Mischwälder ihren Weg. Hier im Wald war es zwar angenehm kühl, aber durch die anhaltende Trockenheit der letzten Wochen schluckten sie den Staub, den die Hufe der vor ihnen gehenden Tiere aufwirbelten. Kurz vor Markdorf waren sie von einer dicken Staubschicht überzogen. Dabei waren sie gerade einmal drei Stunden unterwegs.

»Da vorne weiß ich ein schönes Plätzchen«, sagte Matthias in die Stille hinein und deutete auf eine kleine Anhöhe, wo sich eine Wegkreuzung befand. Dort gabelte sich der Weg. Links führte die Straße in das kleine Bermatingen. Der hohe Wehrturm, der schon eine Weile sichtbar war, gehörte mit zu den ältesten Türmen in der Gegend. Mächtig wachte er über die rebenumwachsene Siedlung. An der Kreuzung spendete eine große Eiche Schatten. »Ich glaube, da machen wir Rast. Dir würde ein Schluck Wein sicher guttun.«

Luzia fuhr aus ihren Gedanken auf. Erstaunt bemerkte sie, dass sie den See weit hinter sich gelassen hatten.

»Brauchen die Ochsen Wasser?«, wollte Luzia wissen. Offensichtlich hatte sie ihm nicht zugehört.

»Nein, aber du brauchst ein wenig Wein«, erwidert Matthias mit einem Lächeln.

Wahrscheinlich bemerkt sie gar nicht, wer den Karren lenkt, dachte er. Als der Meister ihm vor einigen Tagen die Begleitfahrt aufgetragen hatte, konnte Matthias sein Glück kaum fassen. So durfte er immerhin noch ein paar kostbare Stunden mit Luzia allein verbringen. In ihrer Gesellschaft hätte er ohne Murren auch eine Ladung Dung von Seefelden nach Ravensburg kutschiert. Er hatte sich bereits vorgestellt, wie er während der mehrstündigen Fahrt mit ihr lachen und plaudern würde. In seinen Träumen hatte er sie sogar gefragt, ob sie nicht als seine Frau weiterhin in Seefelden bleiben wollte. Stattdessen saß sie nun stumm wie ein Fisch neben ihm.

Gott, er könnte sich ohrfeigen! Er hätte ihr schon vor langer Zeit einen Antrag machen sollen und nicht immer nur um den heißen Brei herumreden. Vielleicht hätte Luzia abgelehnt. Aber dann hätte er einfach nicht nachgeben dürfen. Zur Hölle! Hier und jetzt löste sich seine letzte Gelegenheit in Rauch auf. Wenn er an Luzias wunderbare Rundungen dachte, spürte er ein leises Ziehen in den Lenden. Warum nur fiel ihm jetzt nichts Geistreiches oder Amüsantes ein, um sie aufzuheitern? Sollte er einfach übers Wetter reden? Oder über die Biene, die gerade vorbeibrummte, oder über, ach zum Kuckuck, was für einen maulfaulen Ochsen gab er denn heute?

Doch Luzia spürte seine Beklommenheit gar nicht. Sie kämpfte immer noch gegen den Abschiedsschmerz. Erst als sich ein tiefes Schluchzen aus ihrer Brust löste und ihre Kehle emporstieg, merkte sie, dass ihre Wangen bereits tränennass waren.

Statt sich weiterhin Gedanken über eine möglichst einfallsreiche Unterhaltung zu machen, fasste sich Matthias schließlich ein Herz.

»Wir machen da vorn unter der Eiche eine Pause, dann kannst du dich ein wenig ausruhen!« Ohne eine Antwort abzuwarten, lenkte er die Ochsen geschickt in den Schatten.

Von ihrem Kummet befreit, machten sich die Tiere gleich über das spärliche Gras her, welches in braunen Halmen zu ihren Hufen wuchs.

Matthias half Luzia vom Wagen. Sie griff nach dem Reisekorb, in dessen Inneren sich der maunzende Nepomuk befand. Als sie den Korb öffnete, sprang ihr ein schwarzer Blitz entgegen.

»Na, da hat es aber jemand eilig!«

Luzia verstand den Kater nur zu gut. Auch ihr taten alle Glieder weh. Sie rieb sich den schmerzenden Rücken, streckte und dehnte sich wie Nepomuk nach dem Mittagsschlaf.

»Komm, setz dich hier in den Schatten. Die Rast wird dir guttun. Sieh nur!« Er wies mit dem Finger, und Luzia sah in weiter Ferne den Bodensee glitzern. Wie eine Perle lag er zu ihren Füßen. Eingebettet in dunkelgrüne Wälder und in die schneebedeckten Gipfel der Eisriesen. Luzia ließ ein letztes Mal ihren Blick schweifen, dann atmete sie tief durch und schickte in Gedanken einen letzten Gruß in die alte Heimat.

Weil sie sich danach ohne Widerworte auf das Lager setzte, wurde Matthias etwas zuversichtlicher. Er reichte ihr einen kleinen Lederschlauch, und zu seinem Erstaunen nahm Luzia einen großen Schluck von dem köstlichen Bodenseewein. Dann noch einen und schließlich noch einen. Als sie den Weinschlauch absetzte, waren ihre Wangen bereits etwas rosiger. Auch ihre kalkweißen Lippen hatten wieder Farbe bekommen.

»Danke, das tut gut«, sagte sie und strich sich mit den Fingern durch das Haar.

»Fällt dir der Abschied von Seefelden auf einmal doch so schwer?«, fragte Matthias vorsichtig, während die Hoffnung einen zarten Keim in seine Brust pflanzte.

Luzia nickte abwesend, bevor sie einen weiteren Schluck Wein nahm.

»Möchtest du noch einmal darüber schlafen? Ich meine, es wäre ein Leichtes, umzukehren und ...«, platzte es aus ihm heraus. Die letzten Worte schluckte er dann aber doch hinunter.

»Nein, es geht nicht, ich werde diesen Weg zu Ende gehen«, antwortete Luzia mit ernster Miene.

»Aber wenn es dir doch so schwerfällt!«

Luzia schüttelte den Kopf. »Morgen oder an einem anderen Tag wäre die Sache nicht anders. Letztlich muss ich die Gelegenheit wahrnehmen, denn eine weitere wird sich mir nicht bieten, und auf Dauer reicht die Arbeit in Seefelden für zwei Hebammen einfach nicht. Elisabeth war schon lange nicht mehr in den Häusern. Das Geld wurde immer knapper. Sie hätten mich niemals weggeschickt, doch sie haben es nicht verdient, heute nicht zu wissen, was sie morgen essen sollen.« Sie wandte sich ihm zu. »Aber ich freue mich, dass wir diese Reise gemeinsam machen!«

Das unerwartete Kompliment entlockte Matthias ein Lächeln und es bestärkte ihn in seinem Vorhaben, Luzia zu fragen, ob sie ...

»Zudem finde ich es reizvoll, mich auf etwas Neues einzulassen. Ich bin gespannt, was mir Ravensburg bietet.«

Seefelden war ihr also zu langweilig, schoss es ihm durch den Kopf.

»Hast du denn gar keine Angst vor der großen Stadt?«, wollte er kleinlaut wissen. Jetzt war er wieder auf der Hut.

Luzia zog die Schultern hoch.

»Nein, ich glaube nicht«, sagte sie mit einem Schulterzucken. Und obwohl ihr das Herz bis zum Halse schlug, ließ sie sich nichts anmerken.

Der schwere Bodenseewein hatte Luzia müde gemacht. Sie hätte noch ewig auf der Decke im Schatten sitzen können. Sie lehnte sich zurück und schloss halb die Augen. Bienen suchten mit dicken, gelben Beinchen auf den wilden Wiesenblumen nach Nektar. Die leichte Brise ließ die dünnen Stängel schaukeln und die bunten Blütenköpfe erzittern. Der leichte Wind trug den erdigen Duft von Baldrian und anderen späten Wiesenkräutern zu ihnen heran. Schmetterlinge in vielen bunten Farben schwebten von Blume zu Blume. Eine dicke Hummel brummte träge an ihnen vorbei.

Wenig später setzten sie ihre Fahrt fort. Die Ochsen zogen kräftig und das Gefährt nahm schnell an Fahrt auf. Kurze Zeit später erreichten sie Markdorf. Die kleine Stadt war dank ihres Weinbaus recht wohlhabend und ganz hübsch. Vollständig von Reben umgeben, lag sie am Fuße des Gehrenbergs. Auf der kleinen Anhöhe thronte die feine Sommerresidenz der Konstanzer Fürstbischöfe.

Zum Markttag drängten etliche Gefährte durch das Untertor in die quirlige Stadt und so waren sie froh, die Stadt umfahren zu können.

Matthias wollte unbedingt vermeiden, dass Luzia wieder in ihr brütendes Schweigen verfiel. Durch ihre Zugänglichkeit ermutigt, wagte er eine Frage zu stellen.

»Warum bist du eigentlich nicht bei deiner Mutter in Ravensburg geblieben? Wir kennen uns schon so viele Jahre und ich weiß auch allerhand von dir, aber von ihr hast du mir nie erzählt.« Gespannt wartete er darauf, wie sie reagieren würde.

Luzia atmete tief ein.

Matthias befürchtete schon, dass sie ihn wegen seiner Neugierde zurechtweisen würde, aber sie wandte sich ihm zu. Er war schließlich wie ein Bruder für sie, warum sollte sie ihm also die Wahrheit vorenthalten? Zudem war die Mutter nun tot, was es Luzia leichter machte, über sie zu sprechen.

»Mutter und ich haben in der Unterstadt gewohnt, nahe der hohen Stadtbefestigung. Die Krumme Gasse war mein Zuhause, oder sagen wir lieber: Dort stand mein Bett.« Die Erinnerung erfasste sie wie ein Wirbelsturm. Luzia sah wieder die schmutzige Gasse mit den winzigen, aneinandergedrängten Häusern vor sich. Sie sprach mehr zu sich selbst als zu Matthias.

»Der Wind pfiff Tag und Nacht durch die Ritzen, und in meiner Erinnerung habe ich vom Herbstmond bis weit in den Ostermond hinein gefroren. Manchmal konnte ich weder Finger noch Zehen fühlen. Es kam immer wieder vor, dass ich meine Mutter tagelang nicht zu Gesicht bekam. Wenn dem so war, gab es auch nichts zu essen.«

»Und dein Vater?« Matthias klang unsicher.

Luzia schüttelte den Kopf. »Mutter war nie verheiratet.«

Matthias wagte einen erstaunten Blick.

»Ich bin ein Kind der Sünde. Oder ein Bastard, wenn dir das besser gefällt!«

Er erschrak über die plötzliche Heftigkeit ihrer Worte. »Das ist nicht so schlimm, wie du denkst«, wollte er Luzia trösten, doch sie entzog ihm das Wort mit einer Endgültigkeit, die keine Widerworte zuließ.

»Glaub mir, es ist schlimm! Und dass ich nicht das einzige Sündenkind bin, weiß ich durchaus. Aber die Kirche verspricht uns bereits auf Erden die Hölle. Die Pfaffen hassen uns. Und manchmal wollen uns sogar unsere eigenen Mütter loswerden.«

Matthias erschrak.

»Wie kommst du auf den Gedanken, deine Mutter wollte dich loswerden?« Matthias wusste, dass die Frage dumm war. Seine Eltern hatten ihn zwar mit eiserner Hand erzogen, vor allem der Vater, dennoch hatte er sich während der Jahre seiner Kindheit im Großen und Ganzen geliebt gefühlt.

»Als ich alt genug war, mit acht Jahren, hat sie es mir selbst gesagt. Es war an meinem Geburtstag. Der Kohlkopf, den ich nach Hause brachte, war innen matschig und verfault, die Rüben waren holzig und das Brot alt. Mutter war wütend auf mich und meinte, dass Herbstkatzen noch nie zu etwas getaugt hätten. Das Beste wäre noch immer gewesen, sie beizeiten in der Schussen zu ersäufen.« Luzias Stimme wurde immer leiser, bis sie nur noch ein Flüstern war.

Matthias schalt sich einen Dummkopf, weil er Luzia nach ihrer Mutter gefragt hatte. Was hatte er da nur angerichtet? Aber hätte er das auch ahnen können? Vorsichtig sah er zu ihr hinüber, doch sie war in ihre Erinnerungen versunken.

Inzwischen empfand Luzia weder Zorn noch Ärger über die Mutter. Eher Hilflosigkeit und Trauer. Gerne hätte sie ein letztes Mal mit ihr gesprochen. Von Frau zu Frau. Doch diese Möglichkeit gab es nun nicht mehr. Nicht in diesem Leben.

Hinter ihnen auf dem Wagen maunzte der Kater kläglich und versuchte sich aus dem Korb zu befreien. »Ich weiß, du hast keine Lust mehr, bald haben wir's ja geschafft, und Matthias fährt uns doch, sagen wir, hmm ... einigermaßen sicher, oder bist du anderer Meinung?« In ihrer Stimme schwang ein wenig ihrer üblichen Heiterkeit mit.

Matthias musste über Luzias Worte grinsen. »Also fahre ich euch nur einigermaßen sicher?«

Luzia nickte, und endlich zeigte sich wieder ein kleines Lächeln auf ihren schönen Zügen.

»Geht es dir jetzt besser?«

Sie nickte. Abermals huschte ein Lächeln über ihr Gesicht. »Und hast du jetzt genug von meinen düsteren Erinnerungen?«

Matthias' Blick wurde ganz sanft. Er schüttelte den Kopf. »Nein, ich wollte nur nicht aufdringlich erscheinen. Aber wenn du mir noch mehr über deine Zeit in Ravensburg erzählen möchtest, würde mich das sehr freuen.«

Luzia sah ihn verwundert an. Soviel Ernsthaftigkeit war sie von ihm nicht gewöhnt. Weil es ihr guttat, sich die schlimmen Erinnerungen von der Seele zu reden, sprach sie weiter. Sie begann damit, dass ihre Mutter genau wie Elisabeth Hebamme gewesen war. »Aber die Frauen mochten sie nicht besonders. Mutters Worte wie auch ihre Hände waren immer grob.«

»So wärest du also in jedem Fall in ihre Fußstapfen getreten?«, fragte Matthias und klemmte seine Locken hinters Ohr.

Luzia schüttelte den Kopf. »Nein, Mutter glaubte, dass ich nicht zur Hebamme tauge. Die Herbstkatze – du erinnerst dich?«

Matthias sah die Trauer in ihren blauen Augen.

»Sie wollte mich als Magd auf einen großen Hof schicken. Hauptsache, aus den Augen. Doch ich wollte schon immer den Frauen in ihrer schwersten Stunde beistehen.«

Matthias nickte verständnisvoll. »Ich weiß, was du meinst. Mutter erzählt oft, dass ich bereits mit einem Schmiedehammer in der Hand zur Welt gekommen bin. Und es stimmt, seit ich mich erinnere, wollte ich Schmied werden. Mit Feuer und Wasser die Unbeugsamkeit des Eisens bezwingen. Ihm eine neue Form verleihen. An der Esse gelten andere Gesetze und manchmal scheint die Eisenschmelze fast wie Magie!«

Er bemerkte Luzias forschenden Blick und wurde über und über rot.

»Ich glaube, wir sollten uns langsam sputen, die Stadttore bleiben nicht die ganze Nacht offen«, sagte er schnell und trieb die Ochsen mit dem Stock an.

Nachdem sie eine Weile schweigend gefahren waren, räusperte sich Matthias umständlich. »Selbst wenn ich mir Mühe gebe, kann ich mir deine Mutter beim besten Willen nicht vorstellen. Was ich damit sagen will ... Elisabeth kenne ich seit dem Tag meiner Geburt. Sie ist eine Seele von Mensch. Deinen Onkel, den Apotheker, wie heißt er gleich ...?«

»Basilius«, half ihm Luzia.

Matthias nickte. »... Basilius kenne ich von seinen Besuchen in Seefelden, auch er scheint ein guter Mensch zu sein. Doch wie soll ich mir eine Frau vorstellen, die ..., die so wenig Herz hatte?«

Luzias Blick wurde hart. »Ja, da hast du wohl recht. Herz hatte sie wahrhaftig keins. Doch dafür war sie schön und von den Männern begehrt. Wenn sie ihr weizenblondes Haar offen trug, reichte es ihr lang und seidig bis zur Hüfte. Ich kenne niemanden, der sie nicht schön gefunden hätte. Nur ihr Herz war aus Stein. Ich erinnere mich an die junge Gisla, sie wohnte am anderen Ende der Stadt. Unverheiratet und guter Hoffnung, wie man so schön sagt. In ihrer Verzweiflung versuchte sie, ihre Schwangerschaft zu beenden und das Kind in ihrem Leib zu töten. Gisla kam in der Nacht zu meiner Mutter. Sie war voller Blut, ihr Kleid, ihre Schuhe. Es rann ihr die Beine hinab. Ich weiß nicht, was sie genommen oder ihrem Leib angetan hatte. Jedenfalls hatte sie sich in der Hoffnung auf Mutters Hilfe mit letzter Kraft zu unserem Haus geschleppt.«

Luzia sah, wie sich Matthias' Blick verdunkelte.

Männer konnten sich im Allgemeinen nicht vorstellen, zu welch schrecklichen Mitteln manche Frauen griffen, um eine ungewollte Schwangerschaft zu beenden. Aber was blieb ihnen schon anderes übrig? Die eigenen Väter saßen ihnen im Nacken, die Väter der Kinder leugneten jede Schuld, die Gemeinde schmähte sie. Und die Kirche brandmarkte die ledigen Mütter als Sünderinnen.

»Außer einem Leinen gab Mutter Gisla nichts. Dafür empfahl sie ihr zu beten, dass die Blutung zum Stillstand kommen möge, damit niemand Verdacht schöpfte. Stell dir das einmal vor! Schließlich war Mutter Hebamme!« Luzia merkte gar nicht, wie ihre Worte immer lauter geworden waren. Erst Matthias' Hand auf ihrem Arm ließ sie innehalten.

»Diese furchtbare Nacht werde ich wohl nie vergessen.«

Er nickte. »Was ich überhaupt nicht verstehe ... nun, sie selbst war ja auch nicht verheiratet, als du zur Welt kamst, oder?«

Luzia nickte. »Dafür hat sie dann auch ein Leben lang gebüßt. Nie mehr hat sie auch nur einen Mann angeschaut. Der Pfarrer hat ihr einen Bußgürtel gegeben. Dieses mit scharfen Stacheln versehene Ding trug sie oft tagelang unter ihrem Kleid. Ihr Herz war einfach aus Eis und ihre Seele taub.«

»Was wurde dann aus Gisla?«, wollte Matthias wissen.

»Mutter schickte sie nach Hause. Gislas Vater entdeckte die blutgetränkten Laken, daraufhin schleppte er seine Tochter zum Pfarrer. Zuerst veranlasste der heilige Mann, dass die junge Frau an den Pranger musste, anschließend trieben sie die Büttel mit Ruten durch die Stadt.« Luzia machte eine lange Pause. »Ein paar Tage später zog man Gislas Leichnam aus der Schussen. Als Selbstmörderin hat man ihr sogar ein Begräbnis in geweihter Erde verweigert. Mutter war sich keiner Schuld bewusst, für sie kam die Entscheidung von Gott.«

Matthias' Blick verriet mehr, als er sagen konnte. Doch insgeheim fragte auch er sich, warum sich Gisla diesem Mann so leichtfertig hingegeben hatte. Die Kirche gestand derartige Erfahrungen vor der Ehe lediglich dem Mann zu und für Weiber, die sich auf ihr Werben einließen, gab es ein paar deftige Worte. Doch seine Meinung wollte er lieber für sich behalten.

Es ging schon gegen den späten Nachmittag, und ihre Fahrt führte sie immer weiter ins Landesinnere. Die vorbeiziehende

Landschaft veränderte sich langsam, die Obstbäume wurden immer seltener, dafür fuhren sie an dunklen Nadelwäldern vorbei. Luzia hoffte, Ravensburg bald zu erreichen. Sie fühlte sich völlig zerschlagen. Staub und Schweiß überzogen ihre Haut mit einer klebrigen Schicht. In seinem Korb miaute Nepomuk kläglich.

»Was hältst du davon, wenn du mir zum Schluss unserer Reise noch etwas von dir erzählst? Sieh es als Abschiedsgeschenk«, forderte Luzia Matthias nach einer Weile auf.

An Stelle einer Antwort lenkte er die Ochsen an den Wegrand. Sein Blick wirkte unsicher, und er räusperte sich umständlich.

»Eigentlich habe ich mir das alles etwas anders vorgestellt«, begann er stockend und nahm seine Kappe ab. Er rieb vor Aufregung seine Hände und zwang die braunen Locken hinter die Ohren. »Weißt du«, sagte er und blickte auf die Kruppe der Ochsen vor ihm. »Eigentlich wollte ich nicht mit der Tür ins Haus fallen, aber die Zeit rennt mir einfach davon. Nein, also, ich hätte schon viel früher ... Ich finde, du solltest wissen, dass dir noch eine andere Möglichkeit bleibt ... dass du nicht nach Ravensburg musst, ach, zum Henker«, schimpfte er und scharrte mit den Füßen auf dem Holz des Wagens. »In solchen Dingen war ich noch nie besonders gut. Aber was ich dir sagen, nein, was ich dich fragen wollte: Willst du mich heiraten?« Jetzt war es heraus.

Luzia schluckte. Damit hatte sie nicht gerechnet. Sie hatte geglaubt, Matthias' Gefühle für sie seien ebenfalls eher geschwisterlich. Was sollte sie jetzt sagen? Während sie sich räusperte, fühlte sie Matthias' erwartungsvollen Blick auf sich.

»Das ist wirklich sehr nett von dir, und ich fühle mich sehr geschmeichelt«, begann sie. »Ich weiß, das halbe Dorf dachte, dass wir zusammengehören. Aber ich möchte noch nicht heiraten.« Und sicher keinen Kindskopf wie dich, fügte sie in Gedanken hinzu.

»Aber ich weiß, dass auch du mich liebst, ich kann es fühlen«, gab Matthias heftig zurück.

»Doch es ist zu wenig für eine Ehe. Mir ist es zu wenig!«

Matthias verstand Luzia nicht. Sie empfanden mehr füreinander als die meisten Eheleute, die er kannte. Was erwartete sie denn? Er nahm ihre Hand und legte sie auf sein Herz. »Dieses Herz schlägt nur für dich.«

Luzia wäre am liebsten im Erdboden versunken. Selten hatte sie sich so unbehaglich gefühlt. »Auch du wirst in meinem Herzen immer einen Platz haben – einen Ehrenplatz. Nur schlägt es für dich wie für einen Bruder.«

Er nickte stumm und gab Luzias Hand wieder frei. Dann lenkte er die Ochsen wieder auf den Weg und trieb sie an. Er sah starr geradeaus, während sich ein Orkan in seiner Brust Stück um Stück von seinem Herzen holte und es in ein Meer von Trauer zog. Wenigstens hatte er es versucht, tröstete er sich. Wenigstens das.

Für den Rest des Weges schluckten sie ihre Worte hinunter.

Bis Ravensburg war es jetzt nicht mehr weit. Schon kamen ihnen kleine und größere Wagen entgegen. Zumeist Bauern, die ihre Waren in die Stadt gebracht hatten.

»Sind diese Wagen Teil der Ravensburger Handelsgesellschaft?«, wollte Matthias wissen, als einige große Planwagen, die das Wappen der Stadt trugen, an ihnen vorüberfuhren.

Seine Stimme klang müde, ansonsten ließ nichts seinen Schmerz erahnen.

Luzia nickte. Sie wusste, wie sehr sie ihn enttäuscht hatte, und freute sich, dass er wieder das Wort an sie richtete.

»Sie verkaufen ihre Leinwand bis ins ferne Spanien. Gleichzeitig bringen sie Gewürze, Felle und anderes nach Ravensburg. Von dort werden diese Waren dann weiterverkauft. Seit dreihundert Jahren besitzt Ravensburg das Stadtrecht und schon um 1270 wurde es zur freien Reichsstadt erklärt. Seither unterhält Ravensburg eine Münze und eine eigene Gerichtsbarkeit.«

Hinter einer Biegung tauchte endlich das Frauentor vor ihren Augen auf. Samt der hohen, grob gemauerten Stadtmauer war es Teil der wehrhaften Stadtbefestigung, die Ravensburg umgab. In unmittelbarer Nähe glitzerte der Grüne Gefängnisturm in der Sonne. Durch die grünglasierten Ziegel auf seinem Dach entstanden im Sonnenlicht eigenartige Muster. Sie jagten Luzia einen kühlen Schauer über den Rücken.

Schon von weitem konnten die beiden sehen, dass für die Torwache ein langhaariger, recht ungepflegter Bursche verantwortlich war. Mit wütenden Bewegungen stach er in die Säcke, die auf einem wackeligen Handkarren standen und Rüben und Äpfel für eines der großen Patrizierhäuser enthielten. Der Bauer und seine junge Frau, denen das Gefährt gehörte, standen mit gesenktem Kopf daneben. Mit Entsetzen sah Luzia, dass auf dem Karren auch ein kleines Mädchen von vielleicht vier Jahren saß. Nur wenige Zentimeter gingen die Stiche der Hellebarde an dem Kind vorbei. Das Mädchen schrie vor Angst. Schließlich rannte die Mutter zu ihm und riss das Kind vom Wagen herunter, was den Wachmann nur noch wütender machte. Mittlerweile war Matthias' Ochsenkarren in Hörweite, und sie konnten vernehmen, wie der Torwächter die Leute anschrie:

»Aufsässige Bauern können wir in der Stadt nicht brauchen! Und faule Äpfel schon gar nicht!« Wieder und wieder stach er mit der Spitze seiner Hellebarde auf die Säcke ein.

Und dann bemerkte er Matthias und Luzia, die das Tor fast erreicht hatten.

Der Torposten drehte sich zu ihnen herum, und Luzia konnte seine blutunterlaufenen Augen sehen. Er hatte offensichtlich getrunken und war über die Maßen streitlustig. Mit einem gebellten Befehl wies er den Bauern an, seinen kleinen Karren zu wenden und ihn seitlich vom Tor abzustellen.

Dann waren sie an der Reihe. Matthias hielt den Wagen auf der Mitte des Weges an, wo der Torwächter ihnen breitbeinig die Weiterfahrt versperrte.

»Woher? Wohin?«, wurden sie barsch gefragt.

Luzia glaubte, ihren Ohren nicht zu trauen. Wollte dieser unverschämte Kerl nicht einmal grüßen? Nun, dann musste sie es eben versuchen. Mit ihrem schönsten Lächeln sagte sie:

»Seid gegrüßt, Torwächter! Wir möchten heute Abend noch in das schöne Ravensburg.« Luzia erstickte beinahe an ihrer Freundlichkeit. Statt salbungsvoller Worte wollten ihr ein paar Zurechtweisungen über die Lippen kommen. Ihre Laune stand auf Sturm.

Der Torwächter lachte blöde, dabei entblößte er eine Reihe schadhafter Zähne. Der rechte Schneidezahn fehlte. »So, wollt ihr also? Da seid ihr heute nicht die Ersten. Was habt ihr überhaupt in unserer Stadt zu schaffen?«, bellte er gereizt.

Er trat einen Schritt an den Karren heran, auf die Seite, wo Matthias saß, aber er sah nicht ihn an, sondern musterte Luzia von oben bis unten. Ein hinterhältiges Grinsen machte sich auf seinem Gesicht breit. Auf einmal kroch Luzia die Angst den Rücken hinauf und ließ ihr eine Gänsehaut wachsen.

»Wisst ihr eigentlich, dass die Roten einen extra Zoll zu entrichten haben?«

Luzia erschrak und bedeckte ihr Haar mit dem dünnen Schultertuch. Mit so einem hatte sie es also zu tun. Aus den Augenwinkeln sah sie, wie sich Matthias' Kiefer spannte und er wütend die Zähne aufeinanderbiss. Seine Rechte ballte sich zur Faust.

Luzia legte ihre Hand auf seinen Unterarm. Dabei schüttelte sie kaum merklich den Kopf. Rasch sah sie sich um. Soviel sie wusste, bewachten die Posten das Tor immer zu zweit. Vielleicht wäre der Kollege dieses Grobians etwas zugänglicher. Doch außer den Bauersleuten, die ergeben neben ihrem Wagen standen, war niemand zu sehen. Nicht einmal die Bettler, die sonst vor den Toren lagen und um Almosen flehten.

»Absteigen!«, befahl der Wachmann rüde und rüttelte am Wagen.

Matthias' Gesicht wirkte so angespannt, dass die dicke, blaue Ader, die über seiner Schläfe verlief, deutlich hervortrat.

»Bleib ruhig!«, flüsterte Luzia ihm zu. Sie hätte ebenso gern wie Matthias eine Faust im Gesicht des unverschämten Mannes gesehen. Aber das würde ihnen schlecht bekommen. Sie mussten ruhig Blut bewahren.

Sie war bereits vom Wagen gestiegen, aber Matthias ließ sich unendlich Zeit.

»He! Wird's bald, oder soll ich nachhelfen?« Der Wachmann ging zum hinteren Teil des Wagens, öffnete ungefragt die Reisetruhe und stocherte mit seiner Hellebarde hinein. »Was ist das für ein Gerümpel?«

»Nun, da ich vorhatte, eine Bürgerin der Stadt zu werden, komme ich mit einem Teil meines Hausstandes«, brachte Luzia mühsam hervor. Ihre Hände zitterten vor Wut.

»So schnell geht das nicht. Zuerst muss ich prüfen, was ihr für einen Mist mitbringt. Also weg da!« Der grobe Kerl schwang seine Waffe, um sie und Matthias auf Abstand zu halten. Dann richtete er die Spitze seiner Hellebarde auf den Reisekorb. Dahinter fauchte Nepomuk. Der Torwächter wich etwas zurück, hatte sich aber gleich darauf wieder in der Gewalt.

»Was führt ihr da mit? Teufelszeug, Hexenwerk!«, spie er aus und spuckte zu Boden.

»Das ist Nepomuk! Nur eine gewöhnliche Katze.« Luzia konnte eine gewisse Schadenfreude in ihrer Stimme nicht verbergen.

Mit zusammengekniffenen Augen spähte der Wächter ins Innere des Weidenkorbs.

»Und er wird mich begleiten!«, stellte Luzia entschieden fest, dabei klang ihre Stimme um einiges schärfer als beabsichtigt. Die Blicke des Wächters wanderten vom Reisekorb zu ihr und wieder zurück. Wenn du es wagst, ihn anzurühren, schlage ich dir auf deine dreckigen Finger, dachte sie zornig und stemmte ihre Fäuste in die Hüften.

»Eine schwarze Katze? Ich hasse Katzen! Aber die schwarzen ganz besonders. Eine rote Hexe mit einer schwarzen Katze!« Seine Augen glitzerten gefährlich.

Luzia las in ihnen die Lust zur Gewalt. »Dann lasst uns passieren und Ihr müsst den Anblick nicht länger ertragen«, entgegnete sie so ruhig wie möglich.

Der Wächter grinste. Mit einem Ruck öffnete er den Korb und wollte nach dem Tier greifen. Nepomuk hob fauchend seine Pfote, doch der Kerl wollte sich dadurch nicht beeindrucken lassen.

Mit einem Sprung, den nur eine Katze zustande bringt, landete der Kater auf der Schulter des Mannes. Dort bohrte er seine Krallen in das dicke Lederwams, wobei er ein Stück des ungeschützten Halses erwischte.

»Verdammt! Zur Hölle, elendes Drecksvieh!«, brüllte der Wachmann wütend und versuchte Nepomuk abzuschütteln.

Doch Nepomuk hieb dem Kerl seine Pfote durchs Gesicht. Von der rechten Augenbraue bis zum linken Mundwinkel verlief die Spur seiner scharfen Krallen wie ein paar rote Fäden. Noch ehe der Mann etwas unternehmen konnte, war Nepomuk schon zu Boden gesprungen und wie ein geölter Blitz in der Gasse hinter dem Frauentor verschwunden.

»Zum Teufel, dieses dreckige Mistvieh hat mich erwischt! Verfluchter Teufelsfurz! Elender Hexenbastard!«, fluchte er und legte seine Hand schützend über die blutende Wunde, »wenn ich den erwische, zieh ich ihm das Fell über die Ohren!«

Luzias Mundwinkel zuckten unter dem kleinen Lächeln, das sie mühsam unterdrückte. Auch Matthias verkniff sich ein Grinsen.

»Was gibt es da so blöd zu glotzen?«, brüllte der Wächter, doch erst als er einen Schritt in Luzias Richtung tat, zuckte sie zusammen. Viel zu nah stand der schmuddelige Kerl jetzt bei ihr und bedrängte sie mit seinem massigen Leib. Der Gestank von saurem Schweiß und verfaulten Zähnen stach ihr in die Nase. Als seine Hand nach ihrem Kinn schnappte, glaubte Luzia für einen Moment in einen gähnenden Abgrund zu fallen. Die hasserfüllten Gedanken des Torwächters trafen Luzia wie ein Schlag ins Gesicht. Hinter dem Wachmann sah sie Matthias mit großen Schritten angelaufen kommen, die Fäuste zum Angriff geballt.

»He, Berthold, was treibst du da? Nimm sofort deine Finger von der Frau!«

Die rettende Stimme kam scheinbar aus dem Nichts. Der Angesprochene drehte sich so rasch herum, wie es ihm niemand zugetraut hätte.

Luzia griff nach ihrem schmerzenden Kinn. Mit der anderen Hand hielt sie Matthias am Arm fest, der sich sonst auf den Widerling gestürzt hätte.

»Misch dich nicht ein! Deine Schicht ist längst um. Also verzieh dich!« Bertholds Worte hörten sich längst nicht so selbstsicher an, wie er es beabsichtigte.

»Das glaube ich kaum!«, entgegnete der andere scharf. »Wenn du im Begriff bist, Reisende zu belästigen, bin ich zu jeder Zeit im Dienst. Führen sie etwa auffällige Waren mit sich?«

»Eine schwarze Katze«, stieß Berthold ungehalten hervor. »Sie hat mich angegriffen.« Damit wies er jammernd auf sein Gesicht.

Der andere sah sich suchend um. »Ich sehe hier keine Katze. Wie steht's mit verbotenen Gütern?«

Berthold schüttelte den Kopf.

»Also, dann lass die Leute augenblicklich durch, sonst melde ich, dass du schon wieder besoffen deinen Dienst versiehst und in übler Weise Frauen belästigst!«

Berthold setzte zu einer Entgegnung an, sah aber dann ein, dass er hier nicht gewinnen konnte. Fluchend räumte er das Feld.

Luzia fiel ein Stein vom Herzen. Auch Matthias entspannte sich zusehends.

»Lukas Feldmann, Hauptmann der Turmwache«, stellte sich der junge Mann vor.

»Matthias Weisner, Huf-, und Nagelschmied. Freut mich, Eure Bekanntschaft zu machen. Darf ich Euch Jungfer Luzia Gassner vorstellen?«

Feldmann nickte, während er sie zu ihrem Wagen begleitete.

»Was führt Euch noch so kurz, bevor die Tore schließen, in unsere Stadt?«

»Vor Euch steht die neue Hebamme«, klärte Matthias den Hauptmann auf.

»Meine Mutter ist erst vor kurzem gestorben, und ich trete ihre Nachfolge an«, ergänzte Luzia und ließ ihr Tuch wieder auf die Schultern gleiten.

»Ja, ich weiß, ich kannte Eure Mutter. Es tut mir sehr leid, dass sie schon so früh verstorben ist. Jungfer Gassner, darf ich Euch mein aufrichtiges Beileid aussprechen«, sagte Feldmann und drückte Luzias Hand.

»Ich danke Euch für Euer Mitgefühl und für die Rettung vor Eurem unverschämten Kollegen.«

»Um ihn solltet Ihr einen großen Bogen machen. Aber jetzt erst einmal herzlich willkommen in Ravensburg.«

Luzia trat einen Schritt vor. »Hauptmann, würdet Ihr Euch auch dieser armen Leute annehmen. Euer ungehobelter Kollege hat ihnen den Zugang zur Stadt verwehrt und nebenbei ihre Ernte mit seiner Hellebarde verwüstet.«

Der Hauptmann sah sie lange an. »Es ist mir eine Ehre, Euch einen Wunsch zu erfüllen«, sagte er dann.

Als sie das Tor passierten, entdeckte Luzia ihren Kater. Nepomuk schien auf sie gewartet zu haben. Sie streckte die Hand nach ihm aus. »Du hast gleich gewusst, dass der Kerl ein Scheusal ist!«

Als neben ihr geräuschvoll ausgespuckt wurde, erschrak sie. Sie wandte den Kopf und sah Berthold, der sich in eine Nische drückte. Hasserfüllt starrte er sie an und rieb sich in einer zutiefst anstößigen Geste an seiner Hellebarde.

Ich habe mir einen mächtigen Feind in Ravensburg gemacht, dachte Luzia sorgenvoll.

5

Sobald Luzia am nächsten Morgen, nach der etwas gequälten Verabschiedung von Matthias und nach der Morgensuppe mit ihrem redseligen Onkel, etwas Zeit erübrigen konnte, betrat sie den Innenhof der Apotheke. Niemand würde ein solches Kleinod inmitten der Stadt vermuten, aber Luzia konnte sich auch nach den vielen Jahren, in denen sie nicht mehr hier gewesen war, noch gut an den Garten erinnern. Die alte Linde stand noch genau in der Mitte. Noch größer als vor einigen Jahren beherrschte sie den Garten. In den Ecken gediehen Wachholder, eine Eibe und ein verwilderter Holunder. Auf Perchtas heilige Pflanzen muss ich also auch hier nicht verzichten, dachte Luzia erleichtert.

Die Kiste von Pater Wendelin hatte Matthias am Vorabend auf den kleinen Tisch unter der Linde gestellt. Luzia wollte keine Zeit verlieren, die Pflanzen mussten schleunigst in die morgenfeuchte Erde. Sie kniete sich vor das mit einer niedrigen Buchshecke umgebene Beet in der südlichen Ecke des Gartens. Kurz entschlossen riss sie die verblühten Ringelblumen gemeinsam mit dem sie umgebenden Unkraut heraus. Zwischen die letzten Seiten des Pflanzenbuches hatte Pater

Wendelin die gekürzte Abschrift des *Hortulus* geschoben, die sie nun entfaltete, obwohl sie das Lehrgedicht auswendig kannte und genau wusste, wo sie die einzelnen Pflanzen einsetzen musste.

Sie begann mit dem Salbei, den Walahfrid Strabo als Erstes nannte, gefolgt von Muskatellersalbei, Liebstock und Frauenminze. Durch die Fahrt waren ein paar Blättchen umgeknickt. Luzia entfernte sie ganz vorsichtig. Dann legte sie einen Setzling nach dem anderen in die Erde. Voller Wehmut ließ Luzia ihre Gedanken schweifen. Der würzige Duft der Kräuter mischte sich mit dem tiefen Aroma des feuchten Erdreichs. Sie sah Pater Wendelin vor sich, wie er in seinem schwarzen Habit vor ihr stand und sie unermüdlich die lateinischen Bezeichnungen der einzelnen Pflanzen abfragte. Seine warmen Augen glänzten vor Lehrerstolz. Als ihr Mund trocken wurde und ihr Herz zu schmerzen begann, vermischte sich die Erde mit ihren Tränen. Sie vermisste ihren weisen Lehrer, den väterlichen Freund und geistigen Mentor sehr. Stets hatten die wunderbaren Gespräche ihren Geist genährt und ihrer Seele Flügel verliehen. Schnell wischte sie die Tränen fort. Basilius sollte nicht sehen, wie sie weinte.

Luzia setzte Andorn, Schlafmohn und Katzenminze. Von dem verführerischen Duft angelockt, sprang Nepomuk durch die offene Tür in den Innenhof. Er streifte genießerisch um die kleine Pflanze herum, ehe er sich wieder aus dem Staub machte.

Als alle Pflänzchen eingesetzt waren, hob sie die leere Holzkiste vom Tisch herunter. Sie war schwer, und doch hatte Matthias sie ohne jede Mühe getragen. Matthias, der die Sonne in ihrem Herzen gewesen war ... Durch die Umarmung zum Abschied hatte Luzia seine Trauer gespürt, wie ein Leichentuch hatte sie ihn umgeben. Er hatte sich bemüht, seine Kränkung zu verbergen, doch die Blicke, mit denen er Luzia ansah, verrieten ihn. Immerhin waren sie als Freunde auseinandergegangen. Luzia seufzte, sie wünschte ihm nur das Beste und hoffte für ihn, dass er schon bald sein Glück finden würde.

Am späten Abend würde Matthias Seefelden erreichen. Sein erster Weg würde ihn zu Jakob und Elisabeth führen, um ihnen von der Reise zu berichten. Elisabeth ... Erleichtert vernahm sie die Stimme ihres Onkels, der in den Garten hinausgekommen war.

»Kaum ist eine Frau im Haus, schon beginnt sie meine kluge Ordnung zu zerstören!«, sagte Basilius in gespielter Empörung.

Luzia lachte. »Das nennst du Ordnung? Unkraut hast du hier gepflegt. Ich habe in dieses Beet meine Heilpflanzen gesetzt. Du wirst sie auch noch zu schätzen wissen.«

Basilius hob mahnend den Zeigefinger. »Wage es nicht, Hand an meine Apotheke zu legen!«

Luzia berührte mit der Hand ihr Herz. »Niemals würde ich das wagen«, versicherte sie ernsthaft und legte den Arm um seine Schultern. Zufrieden betrachtete sie ihr Werk und füllte den Ledereimer mit frischem Brunnenwasser. Nachdem sie das Beet gewässert hatte, beschloss sie, Seefelden und alles, was sie zurückgelassen hatte, tief in ihrem Herzen zu bewahren, jetzt aber entschieden nach vorn zu blicken.

Nachdem Luzia am Grab der Mutter ein Gebet gesprochen hatte, machte sie sich daran, die schmuddelige Hebammentasche, die sie ihr hinterlassen hatte, genauer in Augenschein zu nehmen. Es fiel ihr schwer zu glauben, was sie mit spitzen Fingern zutage förderte. Neben einem silbernen Kreuz befand sich noch eine alte Taufspritze in den Tiefen des alten Beutels. Alles andere war völlig wertlos. Schmutzige Leinenstreifen, die über und über mit Stockflecken bedeckt waren, und zerpflückte Scharpie, die bereits nach Schimmel roch. Eine Flasche, deren Inhalt mehr als zweifelhaft war, und ein kleines, blutverkrustetes Messer. Luzia nahm das Kreuz an sich, die Wundmaterialien verbrannte sie im Herdfeuer und den Rest schob sie im Keller in die hinterste Ecke eines Regals. Die Tasche war eine Schande für ihren Berufsstand.

»Seitdem meine Annegret nicht mehr ist, gab es neben meiner Arbeit in der Apotheke keine großen Freuden mehr. Doch du hast das Licht in meinem Herzen wieder entzündet«, sagte Basilius, als er sich zum Mittagsmahl niederließ. »Seit du bei mir bist, entdecke ich das Leben wieder jeden Tag aufs Neue. Ich bin wieder neugierig wie ein Fünfjähriger«, erklärte er mit einem Lächeln. Dabei leuchteten seine wachen, braunen Augen tatsächlich wie die eines kleinen Jungen. Sein eisgraues Haar wirkte immer ein wenig zerzaust, genau wie seine buschigen Augenbrauen. Dagegen wirkte Basilius' kurz gestutzter Bart geradezu modisch. Doch im Gegensatz zu den anderen wohlhabenden Bewohnern der Marktstraße achtete er weniger darauf, was das modebewusste Italien oder das feine Frankreich denen, die es sich leisten konnten, diktierte. Basilius war eher praktisch veranlagt und ließ sich von Äußerlichkeiten nicht so schnell beeindrucken.

»Heute zur zweiten Mittagsstunde habe ich eine Verabredung mit Johannes von der Wehr. Gemeinsam treffen wir uns im Kontor der Fernhandelsgesellschaft. In den frühen Morgenstunden ist ein Handelszug aus Genua eingetroffen und nun hoffen wir auf die bestellten Waren aus Afrika«, sagte Basilius und lehnte sich satt in seinem Stuhl zurück.

»Johannes von der Wehr?«, fragte Luzia lauernd. Ihr war nicht entgangen, dass ihr Onkel keine Gelegenheit ausließ, den jungen Medicus zu erwähnen. Nachdem sie Jakobs Vorhaben entgangen war, fürchtete Luzia bereits Basilius' Heiratspläne. Noch in diesem Jahr würde sie zwanzig werden. Nicht mehr lange, und sie würde als alte Jungfer gelten. Sie sah bereits die besorgten Gesichter und hörte die wohlmeinenden Ratschläge.

»Leider hattet ihr immer noch keine Gelegenheit, euch kennenzulernen, dabei habe ich Johannes schon so viel von dir erzählt. Immer wenn er zu mir in die Apotheke kommt, bist du gerade ausgegangen. Aus diesem Grund sollte ich ihn recht bald auf ein Nachtmahl zu uns nach Hause einladen.«

Es läutete zwei Uhr, und Luzia reichte ihm seinen schwarzen Talar und das Barett. In der Tracht des Gelehrten machte Basilius einen sehr respektablen Eindruck. Nachdem sie ihren Onkel zur Tür gebracht hatte, schloss sie die Apotheke für die Dauer seines Fortseins ab.

Luzia machte sich daran, den Boden aus schweren Eichenbrettern zu kehren. Zuerst in der großen Küche, weiter im behaglichen Wohnraum. Hier rückte sie die mit Schaffellen gepolsterten Scherenstühle um den großen, runden Tisch zurecht. Im offenen Kamin hatte Basilius bereits das Feuerholz aufgeschichtet. Entlang der weißgekalkten Wände standen einige Truhen und halbhohe Schränke. Als alles fertig war, ging sie über die reich geschnitzte Treppe in die Schlafkammern. Ihren Raum hatte Basilius besonders gemütlich eingerichtet. Neben einem schmalen Bett aus Kirschholz befand sich eine kleine Nachtkommode, und an der Wand stand ein zierlicher Schreibtisch, auf dem das *Herbarius Maguntie Impressus*, welches ihr Pater Wendelin zum Abschied geschenkt hatte, darauf wartete, bewundert zu werden. Luzia setzte sich und blätterte ein wenig darin.

Unter dem Fenster standen zwei Truhen für ihre Kleidung. Auf dem Boden lagen dicke Wollteppiche und an der Wand hatte Basilius einen gestickten Wandteppich befestigt.

Eine schmale Stiege mit knarrenden Stufen führte in den zweiten Stock. Hier, in einem schmalen, aber hohen Dachraum mit kleinen Fenstern befand sich die Bibliothek ihres Onkels. Langsam öffnete sie die Tür und sah hinein. An jeder Wand standen Regale, die bis unter die Decke reichten. Lediglich die bleiverglasten Fenster waren freigelassen. Sie waren schon lange nicht mehr geöffnet worden. Es roch nach Bienenwachs, Leder und vergilbtem Pergament. Wohl geordnet nach Themen standen die unvorstellbar vielen Bücher und Schriftrollen auf den grob gezimmerten Brettern. Voller Ehrfurcht ließ Luzia ihre Finger über die großen schweinsledergebundenen Folianten gleiten. Mit äußerster Vorsicht berührte sie die kleineren Quart- und Oktavbände. Eine Abschrift des *Libellus de aegritudinibus infantum*, ein Werk über Kinderkrankheiten von Paolo Bagellardi aus dem Jahre 1472, erregte Luzias Aufmerksamkeit. Vorsichtig öffnete sie die Abschrift und las ein wenig darin. Daneben stand das *Regiment der jun-*

gen Kinder, ein Werk des Doktor Mettler aus dem Jahre 1473, welches ebenfalls die Kinderkrankheiten behandelte. Noch niemals hatte Luzia so viele Bücher gesehen. Selbst die Benediktiner auf dem Martinsberg zu Altdorf beneideten ihren Onkel um einige Werke, und wenn sie sich umsah, mochte sie das gerne glauben.

Nachdem sie sich in der Bibliothek ausgiebig umgesehen hatte, stieg Luzia wieder ins Erdgeschoß des großen Hauses, um sich die Apotheke vorzunehmen. Auf den Regalbrettern des hinteren Raumes, in den keine Kunden kamen und wo ihr Onkel seine Mixturen herstellte, lag der Staub vergangener Monate. Luzia machte sich daran, die mannshohen Wandgerüste davon zu befreien. Die bleiverglasten Butzenscheiben ließen das Innere der Apotheke in einem geheimnisvollen Licht erscheinen. Sie säuberte die vielen Schränke aus dunklem Holz und wischte über die Knäufe der unzähligen Schubladen, dann zog sie einige davon auf und warf einen Blick hinein. Exotische Düfte von Zimt, Nelken, Pfeffer und anderen seltenen Gewürzen strömten ihr entgegen und erfüllten den hohen Raum. Sie verstärkten die geheimnisvolle Stimmung der Apotheke. Auch die scharfen Gerüche heilbringender Arzneien lagen in der Luft, und als Luzia ihre Augen schloss, um die schweren, leicht schwindelerregenden Aromen auf sich wirken zu lassen, erinnerte sie sich daran, dass sie all diese Gerüche bereits aus ihrer Kindheit kannte. Den hinteren Teil der Apotheke liebte Luzia ganz besonders. Hier befand sich über einer gemauerten Feuerstelle der Alambik. Während sie im kupfernen Destillierhelm ihr Spiegelbild betrachtete, überlegte sie, ob Basilius immer noch die Bestandteile seines Theriak darin braute.

Basilius traf nach einer guten Stunde wieder in der Apotheke ein, als Luzia gerade herumstehende Flaschen zusammenstellte und ein paar Becher ausrieb.

»Johannes lässt dich herzlich grüßen«, sagte der Onkel mit einem listigen Lächeln. »Und du bringst schon wieder meine heilige Unordnung durcheinander.«

»Was so alles zum Vorschein kommt, wenn erst der Staub beseitigt ist.« Luzia schwenkte die Vergrößerungsgläser, die Basilius schon seit einer Ewigkeit vermisste. »Die lagen zwischen den Seiten dieses Buches«, sagte Luzia und deutete lachend auf einen dicken Wälzer.

»Was würde ich ohne dich tun? Dafür lasse ich dich jetzt mein Elixier probieren.«

Er goss eine Winzigkeit auf den kleinen Probierlöffel aus Horn. »Koste es. Edles Theriak ist kaum mit Gold aufzuwiegen«, forderte er seine Nichte auf.

Bittere Süße breitete sich in ihrem Mund aus. Warm und rund schmiegte sich die dunkelbraune Flüssigkeit an ihren Gaumen. »Na, kannst du mir ein paar der Inhaltsstoffe nennen?«, fragte er herausfordernd. Als Luzia sah, wie seine Augen vor Freude leuchteten, wusste sie, dass er nicht einen Augenblick an ihren Fähigkeiten zweifelte.

»Mmh, mal sehen, ob ich das kann, bitter und aromatisch ... Engelwurz, Baldrian und vielleicht Myrrhe.«

Basilius nickte. »Kennst du auch die lateinischen Entsprechungen?«

»Angelica archangelica, Valeriana und Commiphora myrrha.«

»Ganz meine Nichte«, lobte Basilius, und seine Augen leuchteten voller Zufriedenheit.

Aufgeregt verließ Luzia das große Apothekerhaus. Obwohl ihr Basilius mehrfach versichert hatte, dass sie sich vor der Einschreibung ins große Buch der Stadt Ravensburg nicht zu fürchten brauche, beschlich sie ein mulmiges Gefühl. Sie wandte sich nach links, wo die Straße zum Marktplatz hin abfiel. Hier in der Marktstraße wohnten die wohlhabenden Patrizier. Ihre Häuser waren allesamt groß, prächtig und aufwendig verziert. Auf dem Katzenkopfstein hallten ihre Schritte unüberhörbar. Eine Frau öffnete die Fensterläden im ersten Stock und blickte hinaus. Luzia grüßte freundlich, die andere nickte nur. Nach wenigen Minuten öffnete sich die feine Marktstraße zum Marktplatz, an dessen Ende das Rathaus stand. Der Staffelgiebel mit seinen Zinnen erinnerte an eine mächtige Burg. An der Nordwand klebte der kleine Gerichtserker mit den Wappen der Stadt und des Reichs. Und auf dem Dach saß der Glockenturm, von wo aus die Stadträte zur allwöchentlichen Ratsversammlung gerufen wurden.

Zwei Frauen standen bereits im Eingangsbereich und führten ein angeregtes Gespräch. Sie warteten darauf, dass sie der Ratsknecht einließ. Beide trugen Kleider aus feinem Tuch. Mit Luzias Ankunft verstummten sie und musterten sie voller Neugier.

»Die neue Hebamme«, sagte die Ältere von beiden, wobei sie sich keine große Mühe gab, ihre Stimme zu senken.

»Sie hat ja rotes Haar«, bemerkte die Jüngere spitz.

»Natürlich hat sie rotes Haar. Das hatte sie schon, als sie noch ein Kind war.«

»Du kennst sie?«

»Ja, und ich bin gespannt, ob sie genauso grob ist, wie ihre Mutter es war«, überlegte die Ältere.

»Ich hoffe nicht«, gab die andere zur Antwort. »Mein Monatsblut ist bereits zum dritten Mal gestockt, langsam glaube ich, guter Hoffnung zu sein.« Die hübsche junge Frau lächelte bei diesem Geständnis.

Luzia wandte sich ihr zu und sagte freundlich: »Ihr seid guter Hoffnung, das erkenne ich gleich. Trinkt den Sud aus gekochten Himbeerblättern mit Fenchel und Frauenmantel, das ist wichtig, besonders wenn es das erste Mal ist.«

Die junge Frau schnappte nach Luft. »Das erste Mal! Wie könnt Ihr das wissen?«

In diesem Augenblick schwang die Tür auf, und Luzia ging an den beiden vorbei hinein. Hinter sich hörte sie erregtes Geflüster.

Das Innere des Rathauses umfing sie mit feuchter Kühle. Luzia stieg die große Treppe hinauf und klopfte an die schwere Eichentür, die viel höher war als sie selbst. Der Stadtmedicus, der sie empfing, war nicht Johannes von der Wehr, den sie vorzufinden erwartet hatte, sondern sein älterer Amtskollege, Doktor Friedrich Sauerwein. Der dicke Mann war ihr auf Anhieb unsympathisch. Seine feisten Wangen und sein Doppelkinn zeugten nicht gerade von Askese. Und die rote Gesichtsfarbe wies auf ein zorniges Gemüt.

»Wie ist Euer Name, Frau?«, fragte Sauerwein eisig, »und was wollt Ihr?«

Luzia knickste: »Luzia Gassner, ich bin die neue Hebamme, und als solche möchte ich mich bei Euch vorstellen.«

»So, so, Ihr seid also die Gassnerin?«, entgegnete Sauerwein. Widerwillig betrachtete er ihr rotes Haar.

Luzia nickte und senkte züchtig den Blick.

Der Stadtmedicus überprüfte Luzias Wissen mit ein paar

Fragen zur Geburtshilfe, und weil sie seiner Befragung mit den richtigen Antworten begegnete, hatte er keinen Anlass, ihr die Arbeit in der Stadt zu verwehren. Mit saurer Miene holte er das Register hervor, in das er Luzia als neue Hebamme registrieren musste.

»Wann seid Ihr geboren?«, wollte Sauerwein mit der Feder in der Hand wissen. Luzia räusperte sich, dann fasste sie Mut und antwortete mit fester Stimme:

»Wenn Ihr gestattet, ich kann mich selbst ins Register einschreiben.«

»Ihr seid des Schreibens mächtig? Ach, richtig, Kaplan Grumper hat mir ja bereits erzählt, welch fleißige Schülerin Ihr wart.« Ein böses Lächeln umspielte seine Lippen. Als sie den Namen des Schulmeisters hörte, erschrak Luzia. Für kurze Zeit drehte sich der Raum um sie. Erst als ihr Sauerwein die Feder reichte, stand die Erde wieder still.

Luzia Gassner, von Beruf Hebamme, geboren am Stephanstag, dem 2. Tag des elften Monats im Jahre des Herrn 1464, schrieb sie in das große Pergament. Sauerwein beobachtete sie misstrauisch und prüfte ihre Eintragung. Der Amtsmedicus übertrug Luzias Angaben sorgfältig auf eine Urkunde. Dann setzte er für die erfolgte Überprüfung seine Unterschrift darunter, siegelte das Schreiben mit dem Wappen Ravensburgs und überreichte ihr das Dokument. Jetzt war sie die neue Hebamme der Stadt. Sauerwein würdigte sie nicht eines Blickes mehr, sondern begann in einem Buch zu blättern.

»Gibt es eigentlich noch eine weitere Hebamme in der Stadt?«, wagte Luzia zu fragen. »Laut meinem Onkel, dem Apothekarius Basilius Gassner, zählt die Stadt immerhin um die viertausend Einwohner.«

»Befürchtet Ihr jetzt schon, unter Eurer Arbeit zu ersticken?«

Luzia schüttelte den Kopf und schalt sich eine Närrin, den Medicus gefragt zu haben. Sie wandte sich ab, um zu gehen.

Doch Sauerwein lehnte sich in seinem Stuhl zurück und legte die Kuppen seiner Finger aneinander. »Grete Muntz solltet Ihr vielleicht kennen, sie sorgt dafür, dass die Stadt nicht ganz verlottert. Ihre Art der Geburtshilfe ist auch im Sinn der heiligen Kirche, und wenn Ihr klug seid, lasst Ihr Euch von ihr unterweisen.«

»Also gibt es eine zweite Wehmutter?«

»Eine Wehmutter«, wiederholte Sauerwein abfällig. »Nun, die Muntzin ist doch wohl ein wenig mehr. Sie empfiehlt die Seelen in den Himmel. Wenn so viele Kinder unter der Geburt den Tod finden, nicht zu reden von den Weibern, ist es das einzig Sinnvolle«, entgegnete er kalt.

Luzia schüttelte den Kopf. »Deshalb ist es ja so wichtig, dass die Frauen eine Hebamme holen lassen und nicht unter den unwissenden Händen irgendwelcher Nachbarsfrauen niederkommen.«

Sauerwein musterte sie mit zusammengekniffenen Augen. »Merkt Euch eins, Jungfer Muntz ist nicht irgendeine Nachbarsfrau. Sie ist ohne Fehl und Tadel und sicher die ehrbarste Frau der ganzen Stadt.«

»Das bezweifle ich nicht. Dennoch sollte die Geburt von einer ausgebildeten Wehmutter mit Erfahrung begleitet werden.«

»Unsinn!«, fuhr ihr Sauerwein über den Mund. »Den Weibern ist die Fähigkeit, ihren Nachwuchs zu gebären, eigen.

Wir sehen es schließlich täglich bei Kühen und Schafen. Sie beherrschen es wie das Atmen, oder musstet Ihr erst lernen, wie man Luft holt?«, fragte er belustigt.

»Aber …«

»Spart Euch Eure Widerworte für einen anderen. Für störrische Weiber, wie Ihr eines seid, fehlt mir die Zeit«, sagte er scharf und wies ihr die Tür.

Ehe sich Luzia versah, hatte ihr der Stadtmedicus die Tür vor der Nase zugeschlagen. Sie spürte, wie ihr vor Empörung der Schweiß ausbrach.

Wütend machte sie sich auf den Heimweg. Einige Fremde kreuzten ihren Weg. Sie betrachteten sie mit einer Mischung aus Neugier und verhaltener Freundlichkeit. Die Ankunft der neuen Hebamme hatte sich in Ravensburg herumgesprochen, und durch ihr rotes Haar war sie leicht zu erkennen.

Luzia griff zum Henkelkorb und verließ die Apotheke. Sämtliche Vorräte waren aufgebraucht und so nutzte sie den Markttag, um sich mit frischen Lebensmitteln einzudecken. Basilius hatte wirklich einen verwöhnten Gaumen, und Luzia gab sich große Mühe, ihn zufriedenzustellen. Als sie ihm an einem der ersten Tage eine grobe Dinkelgrütze zum Morgenmahl vorgesetzt hatte, hatte ihr Onkel sie lange angesehen, war aufgestanden und hatte dann den Honig geholt. »Wenn schon Brei, dann wenigstens gesüßt«, hatte er gesagt. Seither servierte Luzia morgens eine warme Milchsuppe mit Dörrobst, was dem alten Mann besser schmeckte.

Nepomuk begleitete sie ein Stück weit, besann sich aber bald eines Besseren und verschwand in einer Seitengasse, aus der es schon nach Gekochtem roch.

Der Morgen war noch jung, dennoch lag bereits eine ungewöhnliche Schwüle über dem frühen Herbsttag. Als Luzia am Rathausbrunnen vorbeikam, schöpfte sie eine Handvoll Wasser. Kühl und frisch benetzte es ihre Lippen.

Wie ein großer, bunter Teppich breitete sich der Marktplatz vor ihr aus. Die Stimmen der geschäftstüchtigen Marktschreier erfüllten den gesamten Platz. Lautstark boten Bäuerinnen und Bauern ihr Obst und Gemüse feil. Bäcker und Metzger priesen ihre Waren als die besten. Hühner gackerten um ihr Leben, die Tautropfen auf den grüngrauen Wirsingköpfen glänzten in der Sonne. Vom Rand des Platzes kam wildes Hundegebell. In einer Ecke des Marktes hörte man das Klopfen und Hämmern der Kesselschmiede und Scherenschleifer. Korbflechter hatten ihre Waren vor sich aufgebaut und boten ihr Können feil. Es herrschten Lärm und Gedränge, die für Luzia ungewohnt waren. In Seefelden hatte es solche Menschenmengen nicht gegeben, nicht einmal sonntags in der Kirche.

»Aber, das ist doch Luzia! Gott zum Gruße, kennst du mich nicht mehr?«

Luzia drehte sich herum und fand sich in den Armen einer kleinen, älteren Frau wieder. Liebevoll drückte sie sie an ihren vollen Busen, und Luzia spürte ihre Wiedersehensfreude wie wärmende Sonnenstrahlen um sich.

»Johanna! Sei gegrüßt. Wie ich mich freue. Wie geht es dir?« Luzia kannte die Frau des Baders bereits aus Kindertagen. Früher waren Johannas Tochter Marianne und sie Freundinnen gewesen.

»Du trittst also in die Fußstapfen deiner Mutter, Gott hab sie selig?«

Luzia nickte. »Ich werde mir alle Mühe geben, Ravensburg eine gute Hebamme zu sein.«

Johanna sah sich vorsichtig nach Mithörern um, dann wisperte sie: »Versprich mir, dass du dich vor der alten Grete in Acht nimmst. Seit deine Mutter nicht mehr lebt, sieht sie sich als Hebamme der Stadt. Jetzt fürchtet sie sicher um ihre Arbeit, deshalb nehme ich nicht an, dass Grete Muntz sich besonders freut, dass du zurückgekommen bist.«

Schon wieder diese Grete, dachte Luzia. »Dann ist diese Frau also ebenfalls als Wehmutter tätig?«

Johanna schüttelte den Kopf. »Nein, sie hat den Beruf nie erlernt, aber sie geht schon seit vielen Jahren in die Häuser der Frauen. Nebenbei richtet sie unserem Kaplan Grumper den Haushalt.«

Luzia zuckte zusammen. Seit sie ihren Fuß wieder in diese Stadt gesetzt hatte, verfolgte sie Grumper, wenn auch nur mit seinem Namen.

»Manche glauben sogar, der Kaplan schickt sie in die Häuser, damit ihm ja nichts entgeht und er immer weiß, was in der Stadt geschieht. Du musst wissen, für Grumper gibt es den Beistand Gottes im Gebet, alles andere verteufelt er als lasterhafte Sünde. Er droht den Frauen sogar mit ewiger Verdammnis, sollten sie gegen den Willen der heiligen Kirche handeln, und Grete achtet peinlich genau auf die Einhaltung der kirchlichen Verbote.«

Urplötzlich hatte Luzia das Gefühl, als würde der Boden unter ihren Füßen wanken. Und wieder schwoll das gefährliche Flüstern, das Zischeln aus ihrer Vergangenheit, in ihrem Kopf an. Diesmal vernahm sie noch eine weitere Stimme, die ihr wie ein glühendes Schwert durch die Eingeweide fuhr. Luzia fühlte Todesangst, und schlagartig wusste sie, dass sie im Begriff war, Stimmen aus der Zukunft zu hören. Quälend und eiskalt verlangten sie nach Antworten. Etwas abgrundtief Böses fraß sich durch ihren Leib, bis es schließlich ihre ungeschützte Seele erreichte. Sie spürte, dass sie dem niemals würde entrinnen können. Als am Rand ihres Blickfeldes leckende Flammen auftauchten, wich der Albtraum wieder.

Luzia legte den Handrücken über die Augen und holte einmal tief Luft. Dann war sie wieder in der Gegenwart. Wie lange war sie in jener anderen Welt gewesen? Lange konnte es nicht gewesen sein, denn Johanna hatte nichts bemerkt und sprach zu ihr, als sei nichts gewesen.

»... Grete kam erst vor wenigen Jahren nach Ravensburg. Anfangs wohnte sie als Pfahlbürgerin außerhalb der Stadt.«

Luzia vernahm Johannas leise Stimme noch immer wie durch einen Nebelschleier.

»Sie kam morgens zur Öffnung der Tore und half tagsüber im Seelhaus bei der Zubereitung der Mahlzeiten für die Pilger. Vor Sonnenuntergang musste sie wieder verschwinden. Damals hatte sie keinerlei Rechte. Erst als Kaplan Grumper auf ihre gottesfürchtige Jungfräulichkeit aufmerksam wurde, erwirkte er für sie das Bürgerrecht und nahm sie bei sich auf. Kurze Zeit später begann Grete, in die Häuser zu gehen.«

Luzia atmete tief durch. Langsam verschwand das unangenehme Schwindelgefühl. »Mit welcher Begründung?«, wollte sie wissen.

Johanna hob ihre Schultern.

»Genau weiß das wohl keiner, aber Grumper sagte ihr schon

bald eine besondere Verbindung zur Muttergottes nach, und du weißt ja selbst, dass die Frauen in ihren schwersten Stunden gern auf die Schmerzensmutter vertrauen.«

Luzia nickte. Natürlich wusste sie das. »Göttlicher Beistand kann nie schaden. Aber durch das Beten allein kommt es selten zu einem guten Ende. Jetzt verstehe ich auch, was Doktor Sauerwein vor einigen Tagen meinte. Er erwähnte die hohe Sterblichkeit der Frauen und Kinder.«

»Da hat er wahrlich nicht übertrieben«, entgegnete Johanna traurig und raffte ihr Schultertuch vor der Brust zusammen.

»Aber bis vor wenigen Wochen gab es doch auch noch meine Mutter, sie hat den Beruf der Hebamme erlernt.«

Johannas Blick verhieß nichts Gutes, dann sagte sie: »Deine Mutter machte sich ungern ihre schönen Hände schmutzig, da kam ihr Gretes Art der Geburtshilfe gerade recht. Sie selbst hat auch gern auf die Gnade des Allmächtigen verwiesen.«

Luzia nickte, sie erinnerte sich noch gut an die Ansichten ihrer Mutter. Dass sie sich allerdings so weit von ihrem Weg entfernt hatte, erschreckte Luzia.

»Grete betet für das Seelenheil von Mutter und Kind, ansonsten behindert sie die Nachbarsfrauen eher. Doch niemand wagt der Muntzin zu widersprechen. Sie trägt ja alles zum Kaplan. Dabei schimpft sie jeden förderlichen Handgriff eine schwere Sünde. Allein wenn die Nabelschnur nicht mit einem geweihten Messer durchtrennt wird, meldet sie das dem Herrn Kaplan. An irgendeine Arznei, die gar den Schmerz lindert, darfst du erst gar nicht denken!«

Luzia war entsetzt. Wie oft hatte der Einsatz von Bilsenkraut oder Mutterkorn Leben gerettet!

»Über diese alte Vettel könnte ich dir noch einige Geschichten erzählen, bei denen dir das Blut in den Adern gefriert, aber ich muss jetzt weiter«, sagte Johanna mit einem Blick auf den Sonnenstand. »Möchtest du uns die nächsten Tage nicht einmal besuchen? Rochus und Nanne würden sich sehr freuen.«

Nachdenklich setzte Luzia ihren Einkauf fort. Sie dachte an diese alte Frau, diese Grete. Eine Begegnung mit ihr würde sich nicht vermeiden lassen, spätestens wenn man sie zu ihrer ersten Niederkunft rufen ließ. Und dann würde es darauf ankommen, wer von ihnen beiden sich durchsetzen würde. »Und jetzt genug damit«, schalt sie sich selbst. Sie hatte bisher weder Gemüse noch Äpfel, noch frisches Brot gekauft, von dem sie wusste, wie gern es der Onkel mochte. Und einen Topf Honig brauchte sie auch noch ...

Die Gemüsehändler standen vor dem stattlichen Lederhaus, in dem Gerber, Schuhmacher und Sattler ihre Waren verkauften. Die hölzernen Flügeltüren waren weit geöffnet und luden die Kaufwilligen ein.

Der Marktplatz hatte sich mittlerweile gefüllt. Vor jedem Stand drängten sich Frauen und Männer und feilschten mit den Händlern um den besten Preis. Viele Frauen grüßten Luzia, und den anderen schenkte sie wenigstens ein freundliches Lächeln. Ganz zu ihrer Freude sah sie genügend Frauen, die ein Kind unter dem Herzen trugen. Ihren wohlgerundeten Bäuchen nach würde bis zur Niederkunft nicht mehr allzu viel Zeit vergehen. Hoffentlich lassen sie dann nach mir rufen, überlegte Luzia.

Sie warf einen prüfenden Blick in ihren Korb, dann machte

sie sich auf den Heimweg. Am Anfang der Marktstraße erreichte sie der Duft frischgebackenen Brotes. Für einen Augenblick schloss Luzia ihre Augen und überlegte: der Duft von Buchenholzfeuer mit einem Hauch Honig, einer Winzigkeit Kümmel sowie einer Spur Koriander und Anis. Das alles in der Himmelsröte des herannahenden Tages gebacken – so würde sie vielleicht jemandem das einzigartige Aroma frischgebackenen Brotes beschreiben. Mit großen Schritten eilte sie zur Brotlaube, einem Tordurchgang, der die Marktstraße fast gegenüber der Marienapotheke mit der Herrengasse verband. Dort lagen in großen Weidenkörben die warmen haselnussbraunen Laibe. Luzia kaufte zwei runde Einpfünder mit knuspriger Rinde.

Auch an diesem Stand spürte Luzia die neugierigen Blicke der Leute auf sich.

»Das ist die neue Hebamme«, flüsterte jemand in der Schlange hinter ihr.

Als sie bezahlt hatte, hörte Luzia, wie der Brothändler zu seiner Frau sagte: »Hübsch ist sie ja, aber sie sollte ihr rotes Haar verbergen.«

Eilig strich Luzia sich ein paar lose Strähnen unter die Haube und setzte ihren Weg fort. Ganz am Schluss kaufte sie bei einem dürren, alten Weiblein ein Pfund gedörrte Zwetschgen. Ihr süßer Duft lockte selbst jetzt noch Wespen an.

»Seid Ihr neu in der Stadt?«, wollte die Obstfrau wissen.

Luzia nickte und antwortete: »Ich bin Luzia Gassner, die neue Hebamme.«

»Dann nehmt von diesen Birnen, sie sind besonders saftig und halten sich noch bis Weihnachten im Keller.« Dabei schob sie Luzia eine kleine, gelbe Frucht in die Hand. »Kostet sie, ich will sie Euch schenken.« Das leicht körnige, süße Fruchtfleisch schmiegte sich an ihren Gaumen und entlockte ihr ein zufriedenes Lächeln. Luzia nickte anerkennend und kaufte bereitwillig einige der reifen Früchte.

Am Abend saß sie mit ihrem Onkel vor dem wärmenden Kaminfeuer in der Stube.

»Und«, fragte er. »Wie war dein erster Markttag in Ravensburg?«

»Aufschlussreich«, antwortete Luzia eifrig. »Und ich habe einige Leute von früher wiedergetroffen.« Dass sie auch unangenehme Begegnungen gehabt hatte, erwähnte sie nicht. Ebenso wenig hatte sie von dem Streit mit dem Medicus Sauerwein einige Tage zuvor berichtet.

»Die Leute reden über dich«, sagte Basilius mit einem feinen Lächeln. »Du hast einige von ihnen aufgeschreckt und ihre Welt durcheinandergebracht.«

»Du meinst Grete?«, fragte Luzia schnell.

Das Lächeln auf dem Gesicht des Onkels verschwand und machte einer Sorgenfalte auf der Stirn Platz. »Was hast du über sie gehört?«

»Dass einige in der Stadt große Stücke auf sie halten und dass sie das Pfarrhaus bestellt.«

»Sie wird versuchen, dir das Leben schwerzumachen.«

Luzia nickte. »Solche gibt es immer und wird es immer geben«, sagte sie mutiger, als sie sich fühlte.

»Grete darfst du aber nicht unterschätzen«, entgegnete ihr Onkel und in seiner Stimme lag eine dunkle Warnung, die Luzia Angst machte.

Dann erzählte er von einer Geburt, bei der die junge Apollonia Häberlin ein Kind mit sechs Fingern an jeder Hand geboren hatte.

»Ja, das kommt schon einmal vor. Wenn die überzähligen Fingerchen gleich nach der Geburt stramm abgebunden werden, fallen sie nach ein paar Wochen, ähnlich wie der Nabel, von ganz alleine ab«, sagte Luzia leise.

»Apollonia wusste das nicht, und ihr Entsetzen über die Hexenfinger war groß. Also band sie dem Kind einen kleinen Blutstein ums Handgelenk, um das Unheil abzuwenden. Zwei Tage später war ihr Kind tot. Grete behauptete daraufhin, Apollonia habe ihr eigenes Kind getötet. Es gab eine Anhörung und Kaplan Grumper trat als Notar auf. Das Blutgericht beauftragte Grumper damit, mögliche Verbindungen Apollonias mit dem Bösen zu entlarven.«

»Wieso ausgerechnet Kaplan Grumper?«, wollte Luzia wissen.

Basilius sah sie lange an, bevor er antwortete.

»Grumper soll bereits vor einigen Jahren zusammen mit einem hohen Würdenträger des Dominikanerkonvents zu Schlettstadt eine Frau des Kindsmords überführt haben. Der Unbekannten aus Waldshut wurde ein Pakt mit dem Teufel vorgeworfen. Sie wurde hingerichtet. Ich will dir die Einzelheiten ersparen, jedenfalls wurde dank Gretes Aussage und Grumpers Dafürhalten auch Apollonia vom Gericht für schuldig befunden und draußen beim Galgenbühl gehängt.«

Luzia starrte ihn voller Entsetzen an. »Das Gericht hat sie wegen Kindsmord zum Tode verurteilt? Und das nur, weil sie ihrem Kind einen Blutstein ums Handgelenk gewunden hatte?«

Basilius seufzte tief. »Ich will dich nicht beunruhigen, aber vor Grete solltest du dich in Acht nehmen. Die Alte kann dir sehr gefährlich werden!«

Ohne ein weiteres Wort stand Luzia auf und trat näher ans Feuer. Ihr war plötzlich kühl, und das nicht nur, weil es bereits später Abend war.

6

»Jungfer Luzia, hört Ihr mich denn nicht? So macht doch die Tür auf! Meine Marie bekommt ihr Kind!«

Alois Weber klopfte wie wild gegen die dicke Eichentür, die unter seinen harten Schlägen bereits knirschte. Wie zähfließender Honig kam ihm die Zeit vor. Seine Frau hatte bereits zwei Kinder verloren, unter deren Geburt sie selbst nur um Haaresbreite dem Tod entgangen war. Laut Grete, die beide Male dabei war, hatten sie selbst Schuld am Tod der Kinder. Es stimmte schon, oft lagen sie auch an Fastentagen beieinander. In dieser Zeit gebot die Kirche, sich nicht nur beim Genuss von Fleisch und Speck zurückzuhalten, auch die Fleischeslust wurde als schwere Sünde verstanden. Deshalb versprach sich Alois nicht allzu viel davon, die neue Hebamme dabeizuhaben, aber Marie hatte darauf bestanden, die Gassnerin zu rufen. »Sie ist eine gute Frau und ich habe das Gefühl, sie kann uns helfen. Ihr Aussehen tut nichts zur Sache«, waren Maries Worte, als er auf das Äußere der Gassnerin anspielte. In seiner Vorstellung hatte eine Wehmutter anders auszusehen. Hässlicher, älter, aber allem voran ohne diese rote Feuermähne auf dem Kopf. Wie sollte ausgerechnet diese Feuerbraut ihnen zu einem lebenden Kind verhelfen? Aber er hatte Marie diesen Wunsch nicht abschlagen wollen.

Endlich wurde die Tür geöffnet! Vor dem Weber stand Luzia, in eine Decke gehüllt. Sie hatte sich bereits zu Bett begeben, aber das war Alois Weber egal.

»Gott zum Gruße, Jungfer Gassner. Kommt schnell, das Kind will auf die Welt kommen!«

Obwohl Luzia an nächtliche Besucher gewöhnt war, rauschte ihr vor Aufregung das Blut in den Ohren. Heute Nacht war es also so weit, endlich durfte sie ihr Können unter Beweis stellen. Marie Weber war eine patente, junge Frau, die sie bereits vor wenigen Tagen aufgesucht hatte, um sich vorzustellen.

»Ist Eure Frau allein?«

Ganz aus der Nähe kam der Ruf einer Eule, und der volle Mond verschwand hinter einer dunklen Wolke.

Alois schüttelte vorsichtig den Kopf. »Die Mutter ist bei ihr.«

»Dann kommt herein. Ich muss mich erst anziehen.« Sie führte den verunsicherten Mann in die Küche des Hauses. Im gemauerten Herd glomm der Rest eines Feuers.

Während Alois neben der Feuerstelle wartete, knetete er seine verbeulte Mütze durch die Hände und starrte in die rote Glut.

Als die junge Wehmutter zurückkam, verfolgte er aufmerksam, wie sie eine Handvoll getrocknete Wacholderbeeren in die Glut warf. Perchta betrachtete ihr Opfer mit Wohlwollen, denn es zischte, und das Feuer erwachte zu neuem Leben. Würziger Duft erfüllte die Küche, und Alois glaubte Luzias Haar in Flammen zu sehen. Wenige Augenblicke später standen sie bereits vor der Tür. Er hatte seinen Karren mitgebracht und der Braune zog sie wie der Wind durch das nächtliche Ravensburg.

Vom Blaserturm ertönten die Trompeten zur ersten Stunde. Der Mond zog unbeirrt seine nächtliche Bahn und übergoss die Welt mit seinem Silberlicht. Erst in den frühen Morgenstunden würde er Ravensburg ganz der Dunkelheit überlassen. Doch bis dahin würden noch einige Stunden vergehen. Stunden, die für alle Zeiten Luzias Leben hier in Ravensburg bestimmen würden – heute Nacht würde ihr Wissen geprüft werden. Ein wenig bang fühlte sie sich schon, schließlich war sie auf dem Weg zu ihrer ersten Geburt in der Stadt.

Die gurgelnden Geräusche des Gerberbachs erfüllten die Nacht. Luzia war, als würde der Bach, in dem Gerber, Färber und die Metzger ihre Abfälle entsorgten, in der Nacht noch weitaus schlimmer stinken, als es am Tag der Fall war. In der Manggasse betrieben Alois und sein Vater das Handwerk der Manger. Das Glätten und Veredeln der Leinenstoffe und schweren Wolltuche verlangte tagein, tagaus schwerste körperliche Arbeit. Die so verarbeiteten Stoffe genossen überall hohes Ansehen. Selbst den flandrischen Tuchen standen die der Ravensburger in nichts nach. Doch der Dunst aus faulenden Abfällen und zahlreichen Sickergruben hing wie eine Glocke über der Straße und über der Stadt.

Alois Weber schwieg während der gesamten Fahrt, erst kurz bevor sie in die Manggasse einbogen, fragte er leise:

»Glaubt Ihr, Gott hat diesmal ein Einsehen mit meiner Marie?«

»Das weiß ich nicht, aber ich verspreche Euch, alles zu tun, was in meiner Macht steht.«

Für einen Augenblick glaubte Alois eine alte Frau vor sich zu sehen. Einzig ihr flammendes Haar sagte ihm, dass es Luzia Gassner war, die zu ihm gesprochen hatte.

»Gott zum Gruße. Ihr seid also die neue Hebamme«, begrüßte sie die Altmutter. Gertrude Weber, eine sehnige, ältere Frau mit grauem Haar und freundlichen Augen, führte Luzia die schmale Stiege hinauf. Im ganzen Haus war es dunkel, einzig das Talglicht in Gertrudes Händen spendete ein wenig Licht. Schatten begleiteten Luzia die Stufen hinauf. Sie beachtete sie nicht.

In der Kammer brannten einige Talglichter und sogar eine echte Wachskerze. Die Gebärende lag im hinteren Bereich der großen Kammer auf einem einfachen Bett. Alle Fenster waren sorgfältig verschlossen und die Luft stickig und abgestanden. Weiter vorn, neben der Tür, standen einige Stühle und ein großer runder Tisch, auf dem ein paar saubere Leinen lagen. Eine ältere Frau, die sich Luzia als Annelie, die Frau des Küfers, vorgestellt hatte, brachte ein Weihwasserbecken und noch mehr Kerzen.

»Wir sollten auf Grete warten, sie kommt etwas später«, sagte Annelie, als Luzia Marie den Schweiß von der Stirn tupfte.

»Nein, das tun wir nicht«, entgegnete Luzia knapp und beugte sich wieder über Marie.

»Das dürft Ihr nicht sagen«, murmelte die Küferin ängstlich und bekreuzigte sich. »Wir brauchen zuerst die Fürsprache der Muttergottes. Als Schutzheilige der Geburt wacht sie über Marie, doch um ihre Hilfe zu erbitten, müssen wir auf Grete warten.«

»Und wo bleibt eure Grete?«, fragte Luzia. Sie drehte sich weg und ging vor Maries Lager in die Knie.

Die Schwangere wand sich mit offenem Haar auf ihrem Lager. Dunkel vom Schweiß klebte ihr das kastanienbraune Haar am Kopf. Ihr Gesicht wirkte bleich und vom Schmerz gezeichnet. Ein Blick in Maries Augen zeigte ihre Todesangst. Luzia berührte sie sanft. Sie fühlte die Furcht und all den Schmerz, die Marie gefangen hielten. Doch schon wenige Atemzüge später entspannte sich das Gesicht der jungen Weberin. Der harte Zug um ihren Mund war bereits gewichen.

»Ich bin so froh, dass Ihr da seid. Glaubt Ihr, heute kommt es zu einem guten Ende?«, flüsterte die junge Frau zwischen zwei Wehen.

Luzia nickte. In ruhigen und einfachen Worten erklärte sie Marie, wie sie jetzt gemeinsam vorgehen würden.

Die junge Frau nickte, und Luzia erkannte erleichtert, dass sie ihr Vertrauen gewonnen hatte.

Annelie und die Weberin Mutter wachten neugierig über Luzias Tun und all ihre Worte. Jeder Handgriff wurde gesehen und leise kommentiert.

Plötzlich wurde die Tür aufgerissen, und alle richteten ihre Blicke auf die hochaufgeschossene Gestalt, die die Kammer betrat. Ein scharfer Luftzug trug den Geruch von Weihrauch und Missgunst herein.

»Gegrüßet seist du, Maria«, herrschte Grete die Frauen an, dabei ließ sie einem Richter gleich ihren durchdringenden Blick durch die Kammer schweifen.

»In Ewigkeit. Amen«, kam die Antwort von Gertrude Weber und der Küferin.

Grete lächelte zufrieden.

Sie hatte etwas über sechzig Winter erlebt. Ihr bleiches Gesicht zeigte noch wenige Falten, dafür wirkte es kühl und unnahbar. Doch Gretes gesamte Erscheinung war tadellos. Zu allen Zeiten trug die Muntzin eine eng anliegende helle Haube, unter der nicht ein einziges Haar hervorschaute, was den Eindruck erweckte, als besäße sie gar keines. Der Stehbund von Gretes Hemd reichte ihr bis knapp unters Kinn. Hemden besaßen in der Regel einen Ausschnitt, und die Frauen fragten sich oft, wo Grete diese Ungetüme erstand. Auch die Ärmel des Gewands waren stets etwas länger als ihre Arme, sodass Grete auch ihre Hände vor fremden Blicken geschützt wusste. Darüber trug sie ein dunkles Überkleid. Bodenlang und völlig schmucklos, wie ein Büßergewand, dafür so wallend, dass es einer Schwangeren gute Dienste geleistet hätte.

Grete war sehr stolz darauf, stets als Vorbild für Tugendhaftigkeit und Anstand genannt zu werden. Oft schimpften die hohen Kirchherren des Sonntags in ihrer Predigt. Nannten die Frauen eitle, dem bunten Tand verfallene Weiber und verlangten lautstark danach, das gesamte Haar mit einer züchtigen Kopfbedeckung zu verhüllen. Üppige Ausschnitte und weite Ärmel prangerten sie ebenso an wie das Tragen von Schmuck und modischen Schuhen. Grete konnten sie damit nicht meinen. Die Muntzin hielt auch sämtliche Fastentage streng und ohne jede Ausnahme ein. Nicht einmal von einer Krankheit ließ sich die sehr schlanke Frau abhalten, ihren Körper zu kasteien und ihre Gedanken zu züchtigen.

Als Luzia den kühlen Blick der Älteren auf sich spürte, lief ihr ein kalter Hauch über den Rücken. Diese Frau konnte ihr gefährlich werden, das spürte sie sehr deutlich. Sie versuchte zunächst ein Lächeln, doch es wurde nicht erwidert. Es prallte einfach an Grete ab. Wurde gelöscht, wie Wasser eine Flamme zum Sterben brachte. Stattdessen traf sie Gretes überheblicher Blick.

»Grüß Gott, wir wurden uns noch nicht vorgestellt. Ich bin Luzia Gassner, die neue Hebamme«, sagte Luzia mit fester Stimme und wollte ihr die Hand reichen.

Grete würdigte sie keines Blickes und erwiderte auch Luzias Gruß nicht. Die Gedanken der Muntzin begannen bereits die Atmosphäre zu verpesten, als sie sich endlich zu einer Antwort herabließ.

»Feuerrotes Haar, als ob der Teufel selbst darin hockte, du bist also die Gassnerin?«, sagte sie schließlich. »Hat es dir bei den Barbaren die Sprache verschlagen?«

»Im Gegensatz zu Euch habe ich mich bereits vorgestellt. Wenn auch Ihr so freundlich wärt«, gab sie zurück.

Gretes herablassender Blick traf sie wie ein giftiger Pfeil.

»Ich glaube nicht, dass ich mich vorstellen muss! Schließlich bin ich keine Unbekannte.«

Luzia erwiderte nichts.

»So, und du willst also die Hebamme sein? Deine Mutter, Gott hab sie selig, war die Hebamme von Ravensburg. Gemeinsam brachten wir so manches Balg auf die Welt!«

Und wie viele erst unter die Erde, dachte Luzia grimmig.

»Für eine Wehmutter bist du noch viel zu jung. Viel zu unerfahren. Zudem sollte eine Hebamme etwas anständiger frisiert und gekleidet sein und nicht wie eine Hure auf die Gasse gehen. Allein dein unbedecktes Haar ist eine Schande.«

»Ich denke nicht, dass mein Aussehen etwas zur Sache tut, und Euch hat es nicht zu interessieren!«, gab Luzia mit fester Stimme zurück. Ihre Laune wechselte auf Sturm. »Doch vielleicht könnt Ihr mir sagen, was genau eigentlich Eure Aufgabe in diesem Haus ist?«

Noch immer standen sich die beiden Frauen gegenüber, und die Umstehenden warteten hilflos, was geschehen würde.

Keineswegs verunsichert antwortete Grete: »Einer jungen Gans wie dir bin ich gewiss keine Rechenschaft schuldig! Aber wenn du es genau wissen willst, ich bete für das Seelenheil von Mutter und Kind. Darüber hinaus bitte ich um die Fürsprache der Muttergottes und der heiligen Margarete.« Mit diesen Worten stellte sie ein Kruzifix auf den Tisch und brachte aus den Weiten ihres Gewandes einige Rosenkränze aus Korallen zum Vorschein.

»Bisher scheinen Eure Bemühungen eher ohne Erfolg gewesen zu sein, oder täusche ich mich etwa und Marie ist bereits Mutter eines Kindes?«, entgegnete Luzia spitz. Unter keinen Umständen durfte sie jetzt schweigen. Schließlich ging es um ihr Ansehen als Hebamme.

»Marie wird niemals ein gesundes Kind zur Welt bringen. Ihr Leben ist viel zu lasterhaft. Du wirst schon sehen, dass auch dieses Kind stirbt, ehe es Morgen wird.«

Bei Gretes Worten schluchzte Marie laut auf, und die Altmutter und Annelie bekreuzigten sich rasch.

»Nimm das Paternoster«, mit diesen Worten hielt ihr die Muntzin eine Zählkette aus roten Korallen hin. Als Luzia den angebotenen Rosenkranz achtlos auf den Nachtschrank legte und an Maries Bett trat, bekreuzigte sich Grete mehrmals.

»Denn wie das Gras werden sie bald verdorren und wie das grüne Kraut werden sie verwelken«, zitierte Grete einen Psalm.

Luzia spürte, wie Maries Hand angstvoll die ihre suchte. Entschlossen richtete sie sich auf und wandte sich der Muntzin zu: »Ich bin die von der Stadt bestellte Hebamme. Meine Aufgabe ist es, der Gebärenden zu helfen. Wenn Ihr meint, beten zu müssen, so tut es. Aber lasst mich jetzt meine Arbeit machen.«

Grete schnappte nach Luft. »Hüte dich, dem Allmächtigen ins Handwerk zu pfuschen, andernfalls wirst du mich kennenlernen!«

Obwohl ihr die Worte eine Gänsehaut bereiteten, reckte Luzia ihr Kinn und hielt Gretes Blick stand.

»Ich empfehle Euch, spitzt Eure Ohren, denn ich werde es nur dieses eine Mal sagen«, begann Luzia so ruhig wie möglich. Sie wollte sich um keinen Preis von der Muntzin zu einer Beleidigung hinreißen lassen. Eine Beleidigung, die sie hinterher gegen sie verwenden konnte – und ein Hinterher würde es geben, das spürte Luzia bereits jetzt. »Zunächst einmal unterlasst Ihr gefälligst, mich mit diesem freundschaftlichen Du anzusprechen, denn Freunde werden wir nie werden, des Weiteren lasst Ihr mich jetzt meine Arbeit tun, denn die Eure ist bereits beendet. Also geht mir aus dem Weg!«

Maries Schrei hallte durch die Kammer und unterbrach den Disput. Luzia drehte sich ohne ein weiteres Wort um und beugte sich über Marie, um sie zu beruhigen.

»Glaubt mir, rote Füchsin«, zischte Grete, die jetzt dicht

neben ihr stand, »ich werde jeden, wirklich jeden Eurer Handgriffe verfolgen.«

»Tut das!«, gab Luzia so unerschrocken wie möglich zurück.

»Hütet Euch davor, Euren Blick oder gar Eure Hände unter Maries Hemd zu stecken, sonst war es Eure erste und gleichzeitig die letzte Geburt in Ravensburg. In unserer Stadt gibt es weder geheimnisvolle Mittelchen noch Amulette oder gar gemurmelte Beschwörungen. Denn bereits in der heiligen Schrift steht geschrieben: Viel Mühsal bereite ich dir, sooft du schwanger wirst, und deine Kinder gebierst du unter Schmerzen!«, fügte Grete hinzu. Doch ihr Gesicht wirkte angespannt und ärgerlich.

Erleichtert nahm Luzia eine Spur von Unsicherheit in ihrer Stimme wahr. Und ihr entging auch nicht, dass die Altmutter langsam ungeduldig wurde.

»Setzt Euch in eine Ecke und ruft alle Heiligen an, aber geht mir aus den Beinen, denn Maries Kind möchte auf die Welt kommen, und diesmal wird es leben!« Zu welch großem Versprechen habe ich mich da hinreißen lassen? Große Mutter, hilf, dachte Luzia.

Zur Verwunderung aller verzog sich die Muntzin tatsächlich in den hintersten Winkel der Kammer. Ein erleichtertes Raunen kam von den Frauen.

Marie wand sich auf ihrem durchgelegenen Lager. Dazu bereiteten ihr die stickige, abgestandene Luft und die unerträgliche Hitze zusätzliche Qualen. Aus der hinteren Ecke marterte sie Gretes Blick, dem nichts entging, und der Weihrauch verursachte ihr zunehmende Übelkeit. Marie erbrach sich heftig. Gleich erfüllte der saure Geruch die ganze Kammer. Luzia wischte ihren Mund sauber und gab ihr einen

Schluck zu trinken, dann öffnete sie ohne ein Wort das Fenster. Grete saß mit dem Rosenkranz in der Ecke und schimpfte leise vor sich hin.

Die Geburt schien schnell fortzuschreiten. Die letzte Phase der Niederkunft kündigte sich an.

»Luzia, bitte, tut etwas! Ich kann es fühlen, etwas stimmt nicht.« Maries Augen schrien förmlich um Hilfe. »Es fühlt sich an wie die Male davor«, beharrte sie. Als sie erneut von einer Wehe überrollt wurde, schrie sie laut. »Ich bitte Euch, helft mir, mit dem Kind ist etwas, ich kann es nicht erklären.«

»Marie, ich würde Euch gern untersuchen. Euren Bauch, aber auch die Öffnung, durch die Euer Kind in die Welt schlüpft. Wenn Ihr mir diese Untersuchung gestattet, kann ich Euch mit großer Sicherheit sagen, wie lange es noch dauert, bis Ihr Euren Schatz in den Armen halten werdet.«

Die Weiber hielten den Atem an und die Stille in der Kammer tat fast weh. Grete und die beiden anderen starrten Luzia an, als habe sie den Teufel selbst geküsst.

»Heilige Margarete, steh uns bei. Die Unholdin will das Kind töten. Seht ihr denn nicht, sie will die Seele des Ungeborenen dem Teufel schenken.«

Luzia hörte nicht auf ihr Gekeife. »Habt keine Angst!«

Maries Augen weiteten sich, dann nickte sie aber und gab ihre Zustimmung. Behutsam legte Luzia ihre Hände auf Maries Bauch. Diese spürte eine Wärme, die sich wie ein Schild vor den Schmerz schob. Marie atmete aus und ließ sich zurück in die Felle sinken. Langsam tastete Luzia den weit vorgewölbten Bauch ab. Was sie fühlte, entsprach einer ganz normalen Kindslage. Der Kopf lag bereits so weit unten, dass Luzia ihn schon nicht mehr fühlen konnte. Als sie ihre Hand unter Maries Hemd schob, erhob sich Gretes Stimme wie ein donnerndes Gewitter.

»Was fällt dir ein, du elendes Weib? Zauberin! Unholdin! Nimm sofort deine dreckigen Finger von den unaussprechlichen Stellen. Sie sind zutiefst von Sünde befleckt. Nicht einmal Gott selbst blickt den Weibern unter die Röcke.«

Luzia ließ sich von dem Gekeife der Alten nicht beirren. Aus dem Augenwinkel sah sie, dass sich die Weberin und Annelie ängstlich ansahen. Sie wussten nicht, wessen Meinung sie teilen sollten.

Luzia schob ihre Finger ganz ruhig weiter und fühlte, dass etwas nicht stimmte. Sie erschrak, als sie Maries Geburtswege noch fast verschlossen vorfand. Normalerweise waren sie zu diesem Zeitpunkt weit, weich und offen. Kalter Schweiß trat ihr auf die Stirn. Das Herz klopfte ihr bis zum Hals und das Blut rauschte ihr wie ein Sturzbach in den Ohren. Luzia sah, wie die Schatten an den Wänden tanzten und sie mit ihrem irren Gekicher in den Wahnsinn treiben wollten. Wenn sie nicht schnell etwas unternahm, verletzte das Kind Marie mehr als nötig, was eine starke Blutung zur Folge hätte. Sicher wäre es möglich, die Wunden zu nähen, dafür befand sich eigens eine Dose mit Katzendarm in Luzias Tasche, aber die Blutungen wurden manchmal so stark und ließen sich nicht mehr beherrschen. Oft starben die Frauen noch am selben Tag. Wehen glichen einer Naturgewalt, deshalb musste schnell etwas geschehen.

»Nehmt diese Kräuter, macht einen sehr starken Aufguss und bringt ihn mir in einer großen Schüssel«, wies Luzia die Altmutter an, nachdem sie einigen ihrer Kräutersäckchen etwas entnommen hatte.

Die schwarzen Schatten leckten bereits an ihren Röcken. Schnell öffnete sie eine kleine Dose und entnahm ihr eine große Prise schwarzen Pulvers. Das Pulver streute sie in Maries Becher und gab es der Gebärenden zu trinken.

»Große Mutter, hilf uns, bitte, lass uns jetzt nicht im Stich«, betete Luzia stumm.

»Was habt Ihr Marie gegeben?«, keifte Grete und stürzte zum Bett.

»Pulverisierte Sepien«, antwortete Luzia wahrheitsgetreu. Wie sie es geahnt hatte, wusste Grete nicht, dass es sich dabei um gemahlenen Tintenfisch handelte. Und sie traute sich nicht, ihre Unwissenheit zuzugeben.

Kurze Zeit später trug die Weberin einen Holzbottich mit dem Kräutersud herein. Als Luzia Maries Hemd bis zu den Schenkeln hochschob, drehte sich Grete mit einem empörten Schrei um. Gleich darauf verzog sie sich wieder in ihre Ecke und begann laut zu beten: »*Ave Maria, gratia plena, Dominus tecum. Benedicta tu ...*«

Vorsichtig, um die dampfende Flüssigkeit nicht zu verschütten, stellten Luzia und die Weberin die Schüssel zwischen Maries geöffnete Beine. Damit der Dampf nicht entweichen konnte, legten sie ein paar Felle und Decken darüber. Der erdige Duft von Baldrian und Majoran erfüllte die Kammer und überdeckte den scharfen Schweißgeruch.

»Weshalb tut Ihr das?«, fragte die Altmutter zögernd.

»Der Dampf aus Baldrian, Hopfen und Majoran wird Maries Schoß wärmen, so kann das Kind leichter geboren werden«, sagte Luzia und zwang sich zu einem Lächeln.

»So einen Dreck habe ich beim besten Willen noch nicht gehört! Das ist doch alles Zauberei. Habt Ihr das schwarze

Pulver gesehen?«, versuchte Grete die Altmutter und Annelie auf ihre Seite zu ziehen. Die Frauen sahen sich verunsichert an. Sie wussten immer noch nicht, wem sie recht geben sollten.

Dampfbad und Sepiapulver zeigten jedoch bald ihre Wirkung, und als Luzia wenig später nochmals die Reife der Geburtswege überprüfte, war sie mit dem Ergebnis zufrieden. Die Geburt ging nun zügig voran. Marie schöpfte Hoffnung. Gerade so viel, dass sie erkannte, wie es um sie ein wenig heller wurde und sie den Weg sehen konnte.

»Ich glaube, langsam fühlt es sich ...«, die nächste Wehe kam und brachte Marie zum Schweigen. Sanft strich die Hebamme Marie das lange Haar aus dem schweißnassen Gesicht. Sie legte ihre Hand auf Maries Bauch. Ein leichtes Vibrieren erfasste beide Frauen. Luzia konnte den kleinen, feuchten Schopf des Kindes bereits sehen. Mit jeder neuen Wehe drängte das kleine Licht nun ins Leben.

»Du machst das ganz wunderbar«, lobte Luzia.

Marie keuchte, und der Kopf war geboren.

»Marie, noch einmal pressen, dann hast du es geschafft.«

Maries Augen glänzten feucht. Bei der nächsten Wehe glitt das kleine Mädchen mit Luzias Unterstützung ganz heraus. Schnell hob sie das Neugeborene hoch, sodass Marie ihr kleines Wunder sehen konnte.

»Es ist ein wunderschönes Mädchen!«, sagte Luzia triumphierend, dabei konnte sie nicht umhin, einen Blick zur alten Grete zu werfen. Die eilte mit unbewegter Miene zum Bett. Luzia schauderte, denn sie las in ihren Augen, dass es ihr lieber gewesen wäre, wenn das Kleine tot wäre. Ihre Lippen waren zu einer harten Linie verzogen und ihre Augen wirkten kalt. Marie weinte vor Glück und Erschöpfung. Die Weberin und Annelie traten ebenfalls heran, ihre Gesichter strahlten vor Freude. Mit Ausrufen des Entzückens bewunderten sie das Neugeborene.

Gretes sonst so bleiches Gesicht wies hektische rote Flecken auf. Ihre Fassung schwand gerade mit dem letzten Rest Misstrauen, den die Anwesenden gegenüber Luzia gehegt hatten.

Die Muntzin konnte nicht glauben, dass man einer dahergelaufenen Füchsin mehr Glauben schenkte als ihr. Warum war diese rote Hexe überhaupt zurückgekommen? Kaum war sie wieder in der Stadt, sprachen alle von ihr, dabei kannten sie dieses Weib doch gar nicht. Die Wollust schien ihr im Gesicht zu stehen. Rothaarig. Rot wie die ewigen Flammen der Hölle. In diese würde Grete sie nun schicken, selbst wenn es das Letzte sein würde, das sie tat.

»Die Kleine soll Ignatia Luzia heißen!« Alois' Stimme riss die alte Frau aus ihren hasserfüllten Gedanken. Der Kindsvater stand also auch auf der Seite der Füchsin. Und die Weberin nickte zustimmend und blickte in das friedliche Gesicht ihrer gesunden Tochter.

Mit Schwung warf Luzia eine Handvoll Holunderholz auf die glühende Feuerstelle. Zischend stoben ein paar Funken auf. Gretes Augen traten beinahe aus den Höhlen. Bald erfüllte der leichte Honigduft die Schlafkammer. Ein Geschenk an die große Mutter, die wie immer ihre weise Hand über die Geburt gehalten hatte.

Der erste Hahnenschrei kündigte den Morgen an und das Haus der Webers duftete bereits nach Wochenbettsuppe und süßem Morgenbrei.

Während Luzia ihre Tasche packte, erhob Grete Muntz noch einmal ihre Stimme.

»Wohl dem, der nicht wandelt im Rat der Gottlosen. Getäuscht hat sie euch, alle miteinander hat diese Hexe getäuscht. Nichts von alledem ist mit rechten Dingen zugegangen. Wer weiß, was du ihr da alles gegeben hast«, drohte Grete, an Luzia gewandt. »Ganz zu schweigen von all den Beschwörungen und Formeln, die du gemurmelt hast. Spätestens, wenn Kaplan Grumper von diesem Vorfall erfährt, wird dir das Lachen vergehen, das verspreche ich dir!«

Mit einem lauten Knall fiel die Tür ins Schloss. Gretes Kälte verursachte Luzia eine Gänsehaut, und die Angst schloss sich mit eiserner Faust um ihr Herz.

»Gott sei mit Euch, Luzia«, flüsterte die Altmutter zum Abschied.

»Und mit Euch«, entgegnete Luzia leise.

Am 11. des Nebelmondes begingen die Menschen den St.-Martins-Tag. Martini galt als wichtiger Zahltag und jedes Jahr fand zu Martini ein kleiner Jahrmarkt statt. Luzia und Marianne Rössler wollten den Martinimarkt gemeinsam besuchen, um sich die Gaukler anzusehen und sich ein wenig zu vergnügen.

Zur Badstube der Rösslers nahm Luzia das schmale Gässchen zwischen den Häusern, das geradewegs zum Badehaus führte. Die Badestube war noch völlig leer. Gebadet wurde erst gegen Abend, wenn das Tagwerk getan war.

»Luzia, wie ich mich freue. Seit du wieder in Ravensburg bist, bin ich ein anderer Mensch«, versicherte Nanne und herzte die Freundin. »Komm, lass uns gehen, sonst überlegt es sich Vater womöglich noch anders und ich darf dich doch nicht begleiten.«

»Ich freue mich auch. Wenn du nicht wärst, würde ich sicher gar nicht zum Markt gehen. Stell dir vor, jetzt bin ich schon seit zwei Monaten hier, doch über den Marktplatz hinaus bin ich ausschließlich zu einer Niederkunft gekommen«, entgegnete Luzia.

»Und wir haben uns nur so selten gesehen«, sagte Nanne und hakte sich bei Luzia unter. Gemeinsam schlenderten sie über den großen Platz, der mit all seinen bunten Ständen dazu einlud, den Alltag zu vergessen. Luzia hob den Kopf und erschnupperte über die Ausdünstungen der vielen ungewaschenen Menschen den Duft frisch gerösteter Maronen.

Die bunten Stände und Buden des Martinimarktes befanden sich zwischen dem Seelhaus und dem Lederhaus. Der Rossbach verlief hier, und weiter unten in der Gerberbachstraße befand sich das Hurenhaus. Überall drängten sich die Leute durch die Gassen und hielten für ein Schwätzchen an. Jeder, der einer Arbeit nachging und nicht vom Betteln leben musste, hatte heute seinen Lohn erhalten. Ein paar Angetrunkene torkelten ihnen bereits entgegen. Ihren zotigen Bemerkungen nach zu urteilen, hatten sie einen Großteil ihrer Entlohnung bereits in Branntwein gewechselt. Luzia und Nanne wichen ihnen geschickt aus. Bald holte sie der warme Duft von Esskastanien wieder ein. Er ließ Luzia das Wasser im Munde zusammenlaufen. Gemeinsam traten sie an einen Stand, wo ein alter Mann hinter dem eisernen Öfchen auf Kunden wartete. Mit einem Leinensäckchen voller Maroni schlenderten sie durch das laute Markttreiben. Obwohl sie sich an den heißen Schalen ihre Finger verbrannten, schmeckte es ausgezeichnet. Nanne zog Luzia vor eine kleine Bühne. Die bunt gekleidete Truppe führte ein Schauspiel auf, in dem es um einen Geizigen ging, dem übel mitgespielt wurde. Beide lachten aus ganzem Herzen und amüsierten sich prächtig.

»Komm weiter«, sagte Nanne.

Sie blieben bei einer Bäuerin aus dem nahen Vorarlberg stehen. Andächtig glitten ihre Finger über fein gearbeitete Spitzenborten. »Luzia, sieh nur, was für eine wunderschöne Borte man hier kaufen kann.«

»Wohl, wohl, die habe ich allesamt selber gemacht«, sagte die kleine Frau aus dem Vorarlberg. Sie hatte das runzeligste Gesicht, das Luzia je gesehen hatte. Nanne war begeistert von der nicht ganz billigen Handarbeit.

»Die ist wirklich sehr schön«, bestätigte auch Luzia. »Für so eine hübsche Handarbeit braucht Ihr sicher ganz viel Zeit?«, wollte Luzia von der freundlichen Frau wissen.

»Wohl, wohl, der Winter im Bregenzer Wald ist lang und dunkel«, sagte die Vorarlbergerin lachend und entblößte ihren letzten Zahn. Die Freundinnen nickten.

»Ich würde die Borte an meinem Sonntagshemd anbringen. Weißt du, so.« Dabei zeigte Nanne auf ihr Hemd. »Selbstverständlich ist das gute Hemd noch etwas tiefer ausgeschnitten«, fügte sie schnell hinzu.

Luzia nickte. Auch ihr gefiel der schöne Besatz. Nanne überlegte hin und her, letztlich verabschiedeten sie sich von der alten Bäuerin, denn Nannes Münzen reichten heute nicht. Sie setzten ihren Gang zwischen den reichbeladenen Ständen fort und ließen sich von Gerüchen und Farben einfangen. Plötzlich blieb Luzia stehen.

»Wir drehen jetzt um und kaufen dieses Zierband, ich weiß

genau, dass du es sonst bereust«, entschied sie und versetzte Nanne einen freundschaftlichen Knuff.

»Mein Geld reicht aber nicht, vielleicht ein andermal«, erklärte sie. Die Badstube der Rösslers brachte gerade so viel Geld ein, um einigermaßen davon zu leben, viele Extrawünsche konnten sie sich nicht erfüllen.

»Wenn du nichts dagegen hast, möchte ich dir die Spitze gerne schenken«, sagte Luzia. »Bestimmt gefällt sie auch Michel«, fügte sie mit einem verschmitzten Lächeln hinzu. Natürlich hatte Nanne ihr längst erzählt, dass sie mit Michael Weidacher, einem Bediensteten der Stadtwache, verlobt war.

Nannes Augen leuchteten vor Freude. »Ist das dein Ernst?«, wollte sie ungläubig wissen.

Luzia nickte und sagte: »Nach all den Jahren, die uns getrennt haben, bist du mir immer noch eine so liebe Freundin, und ich möchte dir gern eine Freude machen.«

Gemeinsam liefen sie zurück zum Stand der alten Frau. Außer Atem verfielen sie in ein lautes Gekicher. Die alte Frau schüttelte den Kopf. Luzia und Nanne war das völlig gleichgültig.

»Vielen, vielen Dank«, sagte Nanne, nachdem sie das kostbare Stück behutsam in ihren Korb gelegt hatte. Luzia fand sich in einer stürmischen Umarmung wieder, die sie wie ein Schwarm bunter Schmetterlinge berührte.

»Luzia, ich weiß, du hast bereits eingekauft, aber wir erwarten heute Abend Besuch, und es wäre schön, wenn du uns dann einen Hammelbraten oder einen Hasen servieren würdest.«

»Wen erwartest du denn so überraschend?«

»Oswald, ein alter Freund, er kommt aus Konstanz. Morgen zur achten Stunde erwartet ihn ein Schreiber im Kontor der Fernhandelsgesellschaft, deshalb wird er auch die Nacht in unserem Hause verbringen.«

Basilius überlegte, dann sagte er: »Fisch wäre noch besser. Sei so gut und geh noch einmal zum Markt, im Rathausbrunnen werden lebende Fische zum Kauf angeboten.«

»Lebende Fische aus dem See?«, fragte Luzia erstaunt.

Basilius nickte.

»Einige Ravensburger Bürger verlangen danach, und Oswald machst du eine große Freude, wenn du ihm einen Aal zubereitest. Er liebt Fisch über alles.«

Luzia nickte, obwohl sie alles andere als begeistert war, denn eigentlich hatte sie sich den Nachmittag anders vorgestellt. Nachdem sie Nanne nach Hause begleitet hatte, wollte sie noch Wäsche waschen und, vorausgesetzt, das Kind der Weißgerberin würde sich noch etwas gedulden, früh schlafen gehen.

Mit dem Weidenkorb am Arm eilte Luzia heute zum zweiten Mal auf den Markt. Der Fischmarkt um den Rathausbrunnen hatte sich bereits geleert. Als Luzia über den Rand des grauen Steinbeckens blickte, glaubte sie ihren Augen nicht zu trauen. Im Wasser des Brunnens schwammen tatsächlich lebende Fische. Sie erkannte Bodenseefelchen, einen großen Hecht und einige schlangenförmige Aale. Sie alle brachten einen Hauch der alten Heimat mit. Bei dem Gedanken, dass jemand sie essen würde, zog es ihr das Herz zusammen. Selbstverständlich hatte sie immer Fisch gegessen, auch Felchen, Hecht oder Aal. Sie alle galten als ausgesprochene Köstlichkeiten. Beinahe fühlte Luzia die kühlen, klaren Fluten, in denen die silbernen Tiere bis vor kurzer Zeit schwimmen durften. Sie sah das Wasser vor sich, wie es die Steine koste. Der Bodensee hatte eine Seele. Er atmete und lachte und tanzte und liebte und weinte. Behütet von gewaltigen Eisriesen. Wie achtunggebietende Wächter aus Kälte und Schnee ragten die erhabenen Gletscher aus Jahrtausende altem Eis in den Himmel. Mit einem Herz aus Kristall und einer Seele aus Mythen. Uralt und gleichzeitig immer neu und strahlend schön.

Langsam tauchte Luzia ihre Hand ins kühle Nass. Wie ein Handschuh aus längst vergangenen Tagen schmiegte sich das kalte Wasser an ihre Haut.

»Gefallen dir die Fische?«

Luzia fuhr herum.

»Ob dir die Fische gefallen, habe ich gefragt. Sie wecken sicher Erinnerungen an deine Zeit bei den Barbaren«, flüsterte jemand.

Bei Gott, diese Stimme raubte ihr fast die Sinne.

»Sieh sie dir an, ihre Leiber sind glitschig und kalt.«

Das kalte Flüstern mit den betonten Zischlauten würde Luzia unter allen Stimmen dieser Erde wiedererkennen. Angst schloss sich wie ein Band aus Eis um ihren Brustkorb und ließ ihren Atem stocken. Kalter Schweiß brach ihr aus und rann in einem salzigen Rinnsal zwischen ihre Schulterblätter. Sie hob den Blick, und da stand er. Kleingewachsen und schmalbrüstig. Für einen Mann eigentlich viel zu zart gebaut. Kühle Augen. Ein schmales Gesicht. Sein schulterlanges, einst dunkles Haar war mittlerweile von vielen grauen Strähnen durchsetzt: Eusebius Grumper.

»Ich ... nein, ich meine, ja. Ja, sie ...« Luzias Stimme brach. Völlig erstarrt stand sie da. Nach Atem ringend, blickte sie schnell wieder ins Becken. Suchte Halt bei den glitzernden Leibern der Seebewohner.

»Wie ich höre, willst du die neue Wehmutter der Stadt sein, dabei würdest du mit deinem Aussehen besser ins Hurenhaus passen. Grete hat mir von deinen zutiefst sündigen Handlungen berichtet.«

Seine Stimme zerschnitt Luzias Herz. Sie fühlte ihr Blut zu Eis erstarren.

»Willst du mich nicht wenigstens anständig grüßen und mir die Ehre erweisen, die mir gebührt? Oder hast du bei den Büffeln dort unten am See etwa die Sprache verloren?«, wollte Grumper wissen.

Luzia hob den Kopf und sah in seelenlose Augen. Sie konnte spüren, wie sein Blick ihre Brüste streifte. Ihre Wangen glühten vor Scham, schnell senkte sie ihren Blick wieder. Die Gänsehaut, die ihr wuchs, richtete jedes noch so kleine Härchen auf, das Gefühl war so unangenehm, dass es bereits an Schmerz grenzte. Jetzt trat er noch einen Schritt näher an sie heran. Der Geruch fast mitleiderregender Seelenkälte schlug ihr ins Gesicht.

»Wage nicht noch einmal, deine teuflischen Praktiken bei einem Weib dieser Stadt anzuwenden, sonst wird es dir schlecht bekommen. Habe ich mich klar genug ausgedrückt? Oder brauchen meine Worte«, er sah auf seine kleine Hand, mit den schmalen Fingern, »wie in früheren Zeiten einen gewissen Nachdruck?«, fragte er kühl. »Unholdinnen und Zauberweiber brauchen wir in Ravensburg gewiss keine, wenn sich aber herausstellen sollte, dass sie bereits unter uns sind, ziehen wir das Buch Mose zurate.« Er zitierte: »Zauberinnen sollst du nicht leben lassen.« Die letzten Worte kamen Grumper sehr leise und drohend über die Lippen und gruben sich in Luzias Herz. Sein Lächeln verstärkte jenen grausamen Zug, vor dem sich Luzia schon immer gefürchtet hatte.

Er wird mir nichts tun. Nicht hier zwischen all den Menschen, nicht inmitten dieses Trubels. Aber ein andermal, dessen war sie sich in diesem Augenblick gewiss.

»Nimm dich in Acht, ihn solltest du fürchten!« Das Flüstern kam aus dem Brunnen. Luzias Blick fand das rettende Nass.

»Sieh mich gefälligst an, wenn ich mit dir rede!« Grumpers kalte Hand schnellte nach vorn und schloss sich um ihren Arm. Sein Gesicht war jetzt ganz nah. Er zwang Luzia, seinem gierigen Blick standzuhalten. Wie in den eisernen Backen eines Schraubstocks gab es kein Entrinnen. Grumpers Blicke drangen durch ihr Kleid und verteilten ihren Geifer über ihren nackten Leib. Sein Hass und seine Gier rissen Luzia in einen Abgrund.

»Glaub mir, du wirst dir noch wünschen, nie geboren zu sein, schon sehr bald werden wir uns wiedersehen ...«

Grumpers letzte Worte verloren sich in dem Schwindel, der Luzia gefangen hielt.

Als sie sich wieder gefasst hatte, war er nicht mehr da. Sie sah nur noch den schmalen Rücken, der in der Menge verschwand.

7

Als es an diesem Abend noch spät an der Tür klopfte, machte Basilius nur höchst unwillige Anstalten, sich aus seinem mit Fellen gepolsterten Scherenstuhl zu erheben. Er hatte sich an die stillen Abende mit Luzia nur zu gern gewöhnt und glaubte ein Recht auf sie zu haben. Aber immer häufiger wurden die gemütlichen Plauderstunden gestört, weil eine schwangere Frau Luzias Hilfe brauchte.

»Warum bekommen die Frauen denn ihre Kinder nicht bei Tage, wie es sich gehört«, brummte er und stellte seinen Becher mit warmem Gewürzwein wieder ab.

»Bemüh dich nicht, ich gehe schon«, beschwichtigte ihn Luzia und eilte zur großen Vordertür. Schnell zog sie den Riegel zurück und öffnete die schwere Eichentür.

Michel Weidacher stand vor ihr. Mit der Hellebarde in der einen Hand, der Laterne in der anderen und dem bodenlangen Umhang der Stadtwache bekleidet, wirkte er Respekt einflößend und fast ein wenig bedrohlich.

Luzia erschrak. Michel Weidacher war der Verlobte von Nanne. Es war doch wohl nichts mit ihr?

»Jungfer Luzia, ich bitte um Entschuldigung, weil ich Euch

jetzt noch störe, aber Ihr seid meine letzte Hoffnung«, begann er.

Luzia erschrak und schnappte nach Luft. »Nanne ist doch nichts zugestoßen?«

Zu ihrer grenzenlosen Erleichterung sah Michel sie erst verständnislos an und schüttelte dann den Kopf.

»Nein, mit Nanne ist zum Glück alles in Ordnung. Es geht um etwas ganz anderes.«

Er stockte, und Luzia sah ihn gespannt an.

»Was gibt es denn dann noch zu dieser Stunde?«, fragte sie, um ihn zu ermuntern.

Michel reckte sich und nahm neben seiner Hellebarde Haltung an. »Oberst Feldmann hat mich heute zum Dienst im Gefängnisturm abgestellt. Dort im Grünen Turm sitzt derzeit Berta Vögelin bei schwerer Kerkerhaft in einer Einzelzelle ein.«

Luzia verstand immer noch nicht. Was wollte Michel ihr denn sagen?

»Sie ist hochschwanger und steht kurz vor der Niederkunft«, fügte er mit gepresster Stimme hinzu. Und darüber hinaus ist sie meine Stiefschwester, dachte er traurig. Doch das verschwieg er der Hebamme.

Bei seinen Worten überlief es Luzia eiskalt. Eine Geburt in einem feuchten, eiskalten Verlies, ohne Licht und ohne Beistand, in völliger Einsamkeit? Das war barbarisch!

Michel Weidacher wirkte mit einem Mal wie ein hilfloser Junge. »Ich verstehe ja nichts davon«, druckste er herum. »Aber ich fürchte, die Berta bekommt ihr Kind. Man muss ihr doch beistehen. Ihr helfen. Schließlich sind wir doch Christenmenschen.« Er wirkte ratlos.

Im Stillen beglückwünschte Luzia ihre Freundin Nanne zu diesem Mann. Michel Weidacher war vielleicht nicht der Klügste, aber er hatte das Herz auf dem rechten Fleck.

»Dann lasst uns keine Zeit verlieren. Ich hole nur meine Tasche, alles Weitere erzählt Ihr mir auf dem Weg zum Gefängnis.«

»Sieh dich vor«, flüsterte es aus den Flammen, als Luzia im Vorübergehen einige Wacholderbeeren in die Feuerstelle warf, denn obgleich sie in Eile war, versäumte sie nicht, Perchtas Hilfe zu erbitten. Ihr Blick fiel auf einige Leinensäckchen voller Nelken und Pfeffer, die sie am Nachmittag gefüllt hatte. Geschwind steckte sie ein paar davon in ihre Tasche. Vielleicht konnten sie von Nutzen sein.

Basilius gegenüber wollte sie lieber nicht erwähnen, wohin sie ging, deshalb verabschiedete sie sich nur mit wenigen Worten: »Ich werde zu einer Niederkunft gerufen. Mach dir keine Sorgen.«

Noch ehe Basilius Fragen stellen konnte, eilte Luzia neben Michel die dunkle Marktstraße hinunter. Es regnete in Strömen und die Trompeten kündigten mit der neunten Stunde den Beginn der Nachtzeit an. Michels Laterne spendete gerade genug Licht, dass sie die großen Pfützen direkt vor ihren Füßen erkennen konnten, die sich auf dem morastigen Boden gebildet hatten. Es war bitterkalt, und schon nach ein paar Schritten zog Luzia ihr wollenes Tuch enger um den Leib.

»Erzählt mir von Berta«, bat Luzia, während sie versuchte, den schmutzigen Lachen auszuweichen. »Was wirft man ihr vor, warum ist sie im Gefängnis?«

»Kirchendiebstahl und Hurerei«, sagte Michel, und aus der

Art, wie er das sagte, schloss Luzia, dass er nichts davon glaubte.

»So verächtlich, wie Ihr es sagt, hört es sich an, als würdet Ihr nicht an Bertas Schuld glauben.«

»Das tue ich auch nicht. Vor allem, seit ich erfahren habe, dass Kaplan Grumper sie anfangs der Hexerei bezichtigt hat.«

»Hexerei?« Luzia presste sich vor Entsetzen die Hand vor den Mund.

Michel nickte. »Er wirft ihr Unzucht mit dem Teufel vor. Aber keiner der Stadträte wollte ihm so richtig zuhören. Kurz darauf hat er dann behauptet, Berta habe ein geschnitztes Marienbild gestohlen.«

»Und das Kind?«, fragte Luzia bange.

»Berta ist unverheiratet, sie hat keinen Mann und deshalb auch keinen Vater für ihr Kind.«

Luzia verstand. »Wie lautet das Urteil, ich meine, wie soll sie bestraft werden?«

»Auf Kirchenraub steht die Todesstrafe. Die Richter haben sie zum Tod durch Ertränken verurteilt«, sagte Michel mit leiser Stimme.

Luzias Blick verdüsterte sich.

Dann erzählte Michel, wie er während des Nachmittagsdienstes ein Wimmern aus ihrer Zelle vernommen hatte. »Und als ich ihr das Essen brachte, klagte sie über Schmerzen. Später war sie nicht mehr ansprechbar. Selbst nachdem ihr Berthold einen Tritt versetzt hatte, gab sie keine Antwort.«

Luzia unterbrach ihn. »Ihr meint Berthold Schwarzenberger?«

Michel nickte. »Das Schwein hat ...«, er brach ab. »Den Rest erspare ich Euch.«

Luzia nickte dankbar, sie ahnte bereits, was Berthold der Gefangenen angetan hatte.

»Das Urteil wird erst vollstreckt, wenn sie ihr Kind zur Welt gebracht hat, deshalb sitzt sie schon seit einigen Wochen im Kerker.«

Die Kirchstraße mit der Stadtkanzlei und dem Klosterhof der Benediktinerabtei zu Altdorf hatten sie bereits hinter sich gelassen, mit langen Schritten eilten sie jetzt an der nächtlichen Liebfrauenkirche vorbei. Vom Grünen Turm, der zur Stadtbefestigung gehörte und in dem ein Teil des Gefängnisses untergebracht war, trennten sie nur noch wenige Schritte.

Michel klopfte.

»Wer da?«, kam die mürrische Antwort.

Angst durchfuhr Luzia, als sie die scharfe Stimme aus dem Inneren des wehrhaften Turmes erkannte. Kurz darauf hörte man das Ächzen von Metall, und Berthold Schwarzenberger öffnete die Tür. Bei seinem Anblick erstarrte Luzia. Sie hatte die Begegnung mit ihm an ihrem Ankunftstag in Ravensburg ganz bestimmt nicht vergessen und war froh gewesen, ihm seitdem nicht über den Weg gelaufen zu sein. Auch Schwarzenberger erkannte sie. Sie sah es beim Aufblitzen seiner Augen. Ohne es zu wollen, senkte Luzia den Blick und machte einen Schritt rückwärts. Sie bemerkte, wie Schwarzenberger sich an ihrer Angst weidete. Doch dann kehrte ihre Vernunft wieder. Sie wusste, heute konnte ihr Berthold nichts antun. Heute nicht. Heute hatte sie hier eine Aufgabe zu erfüllen, von der er sie nicht abhalten würde.

Rasch sah sie sich um. Die rußenden Pechfackeln in den

Wandhalterungen tauchten den kleinen Raum der Wachhabenden in ein gespenstisches Licht. Tisch und Stühle warfen schwarze Schatten an die Wände. An der Wand hinter Berthold sah sie eine eisenbeschlagene Tür. Dahinter musste die Treppe liegen, die zu den Verliesen hinunterführte und in der Gegenrichtung hinauf in die Folterkammern. Die Vorstellung jagte Luzia einen Schauer über den Rücken. Sie war noch nie hier gewesen, aber man erzählte sich einiges über das dunkle Verlies. Als sie auch noch einen gellenden Schrei aus den oberen Stockwerken vernahm, wurde ihr übel. Das laute Rasseln einer schweren Kette folgte, dann kehrte wieder Ruhe ein. Die fensterlosen Wände waren so dick, dass kein Laut nach außen drang. Sie strahlten eine Bedrohung aus, die Luzia fast zu Boden drückte. Ihr war, als würden die Wände atmen. Der Odem des Todes lähmte sie.

»Was willst du denn um diese Zeit im Kerker, und noch dazu mit diesem Weib?«, schnauzte Schwarzenberger und trat nach dem Stuhl. »Die Vögelin darf keinen Besuch bekommen, und die Chance auf eine Extraration Essen hat sie auch schon verwirkt«, schleuderte er ihnen ins Gesicht und bewegte sein Becken vor und zurück. »Wenn du verstehst, was ich meine«, sagte er, an Luzia gewandt, und grinste.

Angewidert senkte sie den Blick.

»Schwarzenberger, das ist Jungfer Gassner, die Hebamme.«

»Oh, wir kennen uns bereits«, schnitt ihm Berthold das Wort ab.

Luzia spürte, wie sich sein gieriger Blick zunächst in ihrem Haar verfing, um sich gleich darauf wie ein schmieriges Stück Seife über ihrem Leib zu verteilen. Sie sah die Narben, die ihr

Kater in seinem Gesicht hinterlassen hatte, aber sie konnte sich nicht darüber freuen.

»Wie ich dir bereits zu Mittag sagte, fürchte ich, die Gefangene liegt in den Wehen, also lass uns durch und mach keine Schwierigkeiten«, forderte Michel mit fester Stimme.

»Warum kommt Grete nicht?«, schnappte Schwarzenberger.

»Das weißt du ganz genau!« Als Michel Luzias fragenden Blick sah, fügte er hinzu: »Grete betritt den Kerker nicht. Sie hält ihn für einen gottlosen Ort. Und für eine ledige Mutter wie Berta kommt sie schon gar nicht.«

Schwarzenberger zog den Stuhl vor die Tür und setzte sich rittlings darauf. »Vergiss es, die Hure soll ihren Balg allein werfen! Und wenn sie dabei verreckt, spart sich der Henker schon die Arbeit!«

Es kostete Luzia alle Mühe, ihren Zorn zu unterdrücken, der ihr trotz der Angst vor diesem Mann in der Kehle brannte.

»Red keinen Dreck! Stell dir vor, das Kind stirbt, bevor es getauft wurde. Nimmst du das dann auf deine Kappe?«, wollte Michel wissen, während seine Stimme vor Abscheu zitterte.

»Das Kind gehört sowieso schon dem Teufel«, kicherte Schwarzenberger und lehnte sich gegen die Tür.

Luzia zog eines der Gewürzsäckchen aus ihrer Tasche. Die Worte dazu kamen ihr nur zögernd über die Lippen. Lieber hätte sie Schwarzenberger ins Gesicht gespuckt.

»Das ist Pfeffer. Teuer und kostbar zugleich. Er gehört Euch, wenn Ihr uns zu der Gefangenen lasst, und ein weiteres Säckchen soll Euch gehören, wenn Ihr uns das Kind mitnehmen lasst.«

Schwarzenberger dachte einen Augenblick nach. Gierig richtete sich sein Blick auf den Pfeffer in Luzias Hand. Verkaufen lässt sich das Gewürz allemal, dachte er und rieb sich nachdenklich das Kinn. Und letztlich war es ihm völlig gleichgültig, ob Michel die Rothaarige zu der Gefangenen brachte.

»Her damit, bevor ich es mir anders überlege!«, sagte er gereizt und riss Luzia die Kostbarkeit aus der Hand. Durch seine Berührung bekam Luzia Gewissheit darüber, was er der Gefangenen angetan hatte. Voller Entsetzen zuckte sie zusammen.

»Von mir aus kratzt das Weib vom Boden, wenn sie nicht schon krepiert ist«, grunzte der Wächter abfällig und gab den Weg frei.

Michel warf seinem Kollegen einen angewiderten Blick zu und öffnete die schwere, eisenbeschlagene Tür, die über eine steile Stiege zu den Verliesen hinunter führte. Modriger Gestank schlug ihnen von dort unten entgegen, so, als hätten sich die Angst und das Elend der Gefangenen über die Jahre in der Luft verdichtet. Es war stockdunkel, und nur Michels Fackel bewahrte Luzia davor, in die gähnende Finsternis zu stürzen. Stufe um Stufe wagte sie sich in die klamme Dunkelheit hinab. Zuerst tastete ihre Hand groben Fels, nach einigen Schritten war die Wand des Treppenabgangs mit glitschigem Moos und Flechten bedeckt. Diese Stiege führte zu einem Ort, der noch nie die Sonne gesehen hatte. Luzia schluckte schwer. Der sichtbare Teil des Grünen Turmes beherbergte die Wachstube, einige Vorratsräume und die Folterkammer. Die Gefängnisse selbst befanden sich tief unter der Erde.

Sie versuchte mit Michel Schritt zu halten, der sich hier auskannte und sich viel sicherer bewegte, als es ihr möglich war. Unter ihrer Hand bewegte sich etwas auf dem rauen Fels. Vor lauter Ekel schleuderte sie das Insekt oder was immer es war, in einer heftigen Bewegung von sich und glitt auf den glatten Stufen aus. Sie schrie entsetzt auf, als Michel mit seiner Fackel um die nächste Biegung verschwand und sie kaum noch die eigene Hand vor Augen sah. Erst im letzten Moment konnte sie sich fangen.

Michel kam zu ihr zurück. »Bitte entschuldigt«, sagte er, »ich vergesse immer, wie es hier unten für Fremde sein muss. Aber meine Gedanken sind bei Berta. Hoffentlich ist es noch nicht zu spät.«

Etwas langsamer setzten sie ihren Weg fort.

Nach einer gefühlten Ewigkeit endete die Stiege, und vor ihnen lag ein schmaler Gang. Michels Pechfackel reichte nur mit Mühe bis zum Ende des niedrigen Gewölbes, aber Luzia konnte die schweren eisenbewehrten Türen ausmachen, die in die einzelnen Verliese führten. Während im fahlen Feuerschein riesige Tausendfüßler und große Spinnen flohen, unterdrückte Luzia einen Schrei. Gleich darauf schämte sie sich dafür. Schließlich konnte sie im Gegensatz zu Berta Vögelin das Gefängnis jederzeit wieder verlassen.

Außer ihren eigenen dumpfen Schritten hörten sie nichts. Es herrschte Totenstille. Luzia trat auf etwas Weiches, von dem sie lieber nicht wusste, worum genau es sich dabei handelte. Ihr war, als atme sie das Leid all jener, die in diesen Mauern den Tod gefunden hatten. Verlassenheit und Seelennot griffen nach ihr und drohten sie zu ersticken.

Michel blieb vor einer der Türen stehen. Laut quietschend drehte sich der große Schlüssel zweimal im Schloss. Mit aller Kraft zog er die schwere Tür nach außen auf. Langsam, als schäme sich die Pforte, das Verborgene zu offenbaren, gab sie laut knarrend nach.

Vor ihnen lag eisige Schwärze. Luzia wuchs eine Gänsehaut, die ihr von den Zehen bis zu den Haarspitzen reichte. Der Gestank von faulendem Stroh und verschimmeltem Brot mischte sich mit einem leicht süßlichen Verwesungsgeruch.

Ihr Blick streifte den Eimer für die Notdurft. Die wenigen Strohhalme glänzten im schwachen Licht der Fackel feucht und schmierig. Ein paar fette Ratten stoben, gestört durch die unerwarteten Besucher, laut fiepend auseinander. In der Dunkelheit leuchteten ihre Augen hell und bedrohlich. Das Licht der Fackel glitt über den nackten Steinboden weiter an der rauen, kalten Felswand entlang und stieß auf einen Krug und ein paar Brocken Brot. Endlich erreichte das Licht Bertas zusammengerollte Gestalt. Dreckige Lumpen bedeckten sie nur dürftig. Schwarze Muster aus getrocknetem Blut überzogen ihre Haut. Beherzt raffte Luzia ihre langen Röcke und kniete sich neben Berta auf den Boden. Als sie sah, dass ihr Bauch flach war, erschrak sie.

Vorsichtig berührte sie den spindeldürren Unterarm der jungen Frau und schlug die Augen nieder. Berta Vögelin war eine Fremde und doch war sie Luzia in diesen Minuten so nah, als würden sie sich schon Ewigkeiten kennen. Wie alt mochte sie wohl sein? Ihre eingefallenen, grauen Wangen und die tiefliegenden Augen ließen sie sicher älter wirken, als sie war. Zweiundzwanzig, höchstens vierundzwanzig Sommer, älter nicht. Ihre Wangen zeigten Spuren brutaler Schläge, ihr rechtes Auge wirkte fast schwarz und Blut quoll aus einem tiefen Riss unterhalb der Augenbraue. Trotz der Kälte im Kerker glänzte ihre Stirn schweißnass. Erst jetzt bemerkte Luzia das rote Rinnsal, das sich unter Bertas Leib gebildet hatte.

»Hilf mir, wir müssen sie drehen!«, befahl sie Michel knapp. Vorsichtig legten sie die magere Gestalt auf den Rücken, dabei rutschte ein Bündel aus ihren leblosen Armen. Luzia hielt es für ein Knäuel dreckverkrusteter Lumpen. Sie starrte entsetzt auf Bertas Leib. Bauch und Brust waren blutverschmiert. Michels Blick richtete sich fragend an Luzia. Woher stammte das Blut?

Es herrschte Totenstille. Entlang der Wand tanzten schwarze Schatten, sie kicherten und kamen näher. Leckten mit schwarzen, langen Zungen über den Boden. Schlichen um das Bündel Lumpen wie die Katze um die Maus und griffen danach. Ein Luftzug streifte Luzias Wange. Noch ehe sie das Bündel berührte, wusste sie, was sich in diesem besudelten Stück Stoff befand. Es enthielt Bertas Kind, das sie in der Einsamkeit dieses dunklen Verlieses allein zur Welt gebracht hatte.

Luzias Herz gefror. Sachte schlug sie die Ecken des rauen Stofffetzens zurück. Jetzt erst sah sie, dass es sich um ein Stück aus Bertas härenem Büßergewand handelte. Rau und stachelig wie Sackleinen. Doch das Kind lag still inmitten des Schmutzes und der vielen stacheligen Härchen – und es lebte! Heilige Mutter, es atmete, ja, es atmete! Mit weicher Haut und rosigen Wangen lag es in all den Lumpen und blickte mit großen Augen in das staunende Gesicht der Hebamme. Selbst als Luzia den letzten Fetzen Gewand vom Bauch des Kindes zog, blieb es völlig ruhig. In völliger Dunkelheit war es Berta gelungen, die Nabelschnur durchzubeißen und einen breiten Stoffstreifen um den kleinen, rosigen Bauch zu knoten. Schnell raffte die Wehmutter die Ecken des Lumpens über dem Kind zusammen. Wie es aussah, war der Knabe völlig gesund, deshalb ließ ihn Luzia zunächst bei seiner Mutter liegen.

Wie auf ein geheimes Zeichen hin öffnete Berta ihre Augen. Zunächst irrte ihr Blick noch suchend umher. Doch schließlich fanden ihre Augen Luzia.

»Wo ist mein Kind?« Ihre Worte waren kaum noch ein Flüstern.

Behutsam strich Luzia über die feuchte Stirn der kranken Frau. Sie glühte vom Fieber.

»Hier ist es.« Vorsichtig legte sie ihr das Bündel auf die Brust.

Sanft umschloss es Berta mit beiden Armen und bewunderte es still. »Es schaut mich an ... als verstünde es ..., dass ich nicht bei ihm bleiben kann.« Jedes einzelne Wort kostete sie unendliche Kraft.

Luzia nickte. »Schaut ihn Euch an. Er ist wunderschön und Ihr habt alles so gut gemacht, so richtig!«

Ein Lächeln umspielte Bertas müdes Gesicht.

Für einen Moment fielen die Mauern des Gefängnisses. Gaben den Blick frei auf den klaren Horizont in der Ferne. Die Welt stand still. Für die Dauer eines Herzschlags hielt die Zeit ihren Atem an und doch war es eine Ewigkeit. Wie die ersten Strahlen der aufgehenden Sonne erreichte das Licht für einen Augenblick die düsteren Tiefen des Kerkers und erfüllte das tote Grau mit neuem Leben. Durchtränkte die Mauern mit Atem, wie dieser von Gott verlassene Ort es niemals zuvor gesehen hatte. Selbst das Leid verneigte sich und flüchtete beschämt in die hinterste Ecke.

Für Berta hatte der Tod allen Schrecken verloren. Sie wusste, ihr Kind würde leben. Selbst dann noch, wenn sie längst vergangen wäre. Sie hatte den alten Wucherer Tod besiegt. Ein bewegtes Raunen kam von Michel.

Luzia wusste, dass die Gefangene keinen weiten Weg mehr vor sich hatte. Rasch wurde die Blutung heller und sehr viel stärker. Der rote Lebenssaft rann unaufhaltsam aus ihrem erschöpften Leib und nahm alles Leben mit sich. So gut es ging, sammelten Luzia und Michel mit bloßen Händen die letzten Strohhalme aus allen Ecken zusammen und betteten Bertas Kopf darauf. Die wenigen Halme unter ihrem Leib waren mittlerweile blutgetränkt, gierig eroberte das Blut auch Luzias Röcke und kündete vom nahen Tod.

»Kannst du denn gar nichts mehr für sie tun?«, flüsterte Michel.

Luzia schüttelte stumm den Kopf. Natürlich könnte sie versuchen, die Blutung zu stoppen. Vielleicht würde Mutterkorn helfen. Doch wie lange durfte Berta dann leben? Nachdem sie jetzt das Kind geboren hatte, gab es keinen Aufschub mehr. Man würde sie in der Schussen ertränken wie eine räudige Katze.

Vor ihren Augen spielte sich das Drama der Berta Vögelin ab. Wie die Büttel sie mit dem Schinderkarren hinaus zur Schussen fuhren. Luzia spürte die neugierigen Blicke der Leute, die am Straßenrand standen, vielleicht waren sogar ihre Nachbarn darunter. Sensationsgierige Blicke, einige zeigten Mitleid. Andere steckten neugierig ihre Köpfe zusammen, zerrissen sich die Mäuler. Ganz Ravensburg würde Zeuge ihrer Pein werden. Zu einer Hinrichtung gab es immer einen regelrechten Volksauflauf. Niemand wollte das schaurige Schauspiel verpassen. Der Henker würde sie in einen Sack einnähen und in die Schussen werfen. Die Masse würde johlen. Luzia war, als spüre sie sogar die eiskalten Fluten des reißenden Flusses. Ein qualvolles Sterben ...

Sie hob die Schultern und sah Berta lange an.

»Bitte, ich bitte Euch von ganzem Herzen, wenn Ihr ein gutes Herz habt, und das habt Ihr«, ein Schluchzen drang aus Bertas Kehle, »dann lasst mich hier in Frieden sterben.«

Luzia nickte stumm. Bertas Kraft ging zu Ende. Müde schloss sie ihre Augen. Tiefe Schatten lagen darunter. Sie verkündeten die Rettung, die in ihrem Fall der Tod war.

»Ich bin nicht bereit, ihr Leiden zu verlängern«, sagte Luzia entschlossen, mehr zu sich selbst als zu Berta oder Michel.

»Er soll ..., nennt ihn Vinzenz«, flüsterte Berta matt. »Und bitte versprecht ..., dass Ihr ein gutes Plätzchen für ihn finden werdet.«

»Er wird es gut haben. Ich verspreche es Euch.«

Berta nickte. In ihren Augen spiegelten sich Dankbarkeit und Frieden. Ihr Blick glitt ein letztes Mal über ihren neugeborenen Sohn. Behutsam streichelte sie über den kleinen Kinderkopf, leicht und zart wie eine Feder. Mit letzter Kraft schob sie das Kind in Luzias Arme.

Der schöne, schwarze Engel wartete schon eine ganze Weile. Still und leise hatte er an der Wand gelehnt, doch jetzt war seine Zeit gekommen. Wie schon so oft zeigte Azrael Luzia auch heute seine ganze Schönheit. Seine samtene, freundliche Dunkelheit. Die sanften Arme, mit denen er die Seelen der Sterbenden davontrug. Seine weichen Augen, in denen die Ängstlichen Ruhe fanden.

Bertas Hand suchte die der Hebamme. Zum Abschied drückte sie sie. Leicht wie die Schwingen eines Vogels lag Luzias Hand auf Bertas Stirn. Half ihr auf den Weg. Begleitete sie ein kleines Stück hinüber.

Heute freue ich mich über dein Kommen, Azrael, dachte Luzia. Ich werde nicht um ihr Leben kämpfen. Zum Abschied berührte der Engel ganz leicht Luzias Wange. Ein Windhauch nur, und er war fort.

Lange war nur das leise Glucksen des Neugeborenen zu hören. Eine friedliche Ruhe lag über dem Kerker. Und obwohl Michel den Todesboten nicht hatte sehen können, wirkte sein Gesicht andächtig. Dankbar, wenigstens seinen Neffen gerettet zu haben, brach er mit heiserer Stimme das Schweigen: »Ich danke Euch, dass Ihr Berta beigestanden habt. Das werde ich Euch nie vergessen. Niemals!«

Luzia nickte. Michel spürte, wie sie ihm bis auf den Grund seiner Seele blickte. Ein warmes Gefühl durchströmte ihn.

»Das Kind«, Luzia hob das kleine Bündel Mensch in die Höhe, »bringe ich zu den Franziskanerinnen.«

Michel nickte erleichtert. Die Nonnen auf dem Berg über der Marktstraße würden den kleinen Vinzenz sicher bei sich aufnehmen.

Der Weg die steile Treppe hinauf war einerseits beschwerlicher, weil sie den kleinen Vinzenz auf den Armen trug und sehr aufpasste, nicht auszurutschen. Auf der anderen Seite war er leichter, denn er führte sie aus dieser Hölle wieder ins Leben. Luzia verbot sich den Gedanken daran, wer wohl hinter den anderen Türen schmachten mochte. Womöglich noch jemand, der unschuldig war? Sie drückte das Kind an sich und folgte Michel. Sie hatte hier getan, was sie konnte. Ein Leben hatte sie immerhin gerettet.

In dem Raum der Wachhabenden lauerte Berthold auf sie, die Füße auf dem Tisch, einen Becher Bier in der Hand. Er rülpste laut. Ohne ihn eines Blickes zu würdigen, warf Luzia das zweite Pfeffersäckchen auf den Tisch, wo es in einer Bierlache landete.

Sie war unendlich erleichtert, als sie neben Michel wieder auf der Straße stand. Sie spürte, wie Bertholds Blicke sie noch eine Weile verfolgten.

8

Luzia, so beeil dich doch, sonst kommen wir zu spät zur Messe!«, rief Basilius bereits zum dritten Mal. Luzia spürte Ärger in sich aufsteigen. Immerhin hatte sie die halbe Nacht bei einer Frau zugebracht, die letztlich doch noch eine Fehlgeburt erlitten hatte. Manchmal gelang es auch Luzia nicht, das Unabwendbare aufzuhalten. Jetzt wollte sie sich wenigstens waschen und umziehen.

Obwohl sie sich alle Mühe gab, ihr Haar zu bändigen, saßen ihr die roten Wellen wie eine Kappe aus Fuchspelz auf dem Kopf. Resigniert ließ sie den Hornkamm sinken und schob die Flechten unter eine einfache Spitzenhaube.

Auf dem Weg zur Liebfrauenkirche trafen sie noch weitere Bewohner der Marktstraße. Sonntags präsentierten die Ravensburger, die es sich leisten konnten, ihren prächtigen Sonntagsstaat. Teure Stoffe, schimmernde Seide aus Venedig und weicher Samt aus Genua verbanden sich mit aufwendig gearbeiteten Brokatborten und schimmernden, golddurchwirkten Spitzen aus Mailand. Leichte Wolltuche in allen Modefarben kamen aus Brügge und Antwerpen, irisierende Schildpattknöpfe aus Barcelona. Flauschige, spanische Wolle, aufwendig gearbeitete Spangen aus Silber und reich verzierte Goldknöpfe bezogen die mächtigen Herren der Ravensburger Handelsgesellschaft aus dem fernen Saragossa. Die Gesellschaft bezog Waren aus vielen Teilen der Welt, nicht nur Stoffe und Kleiderzubehör, sondern auch Gewürze und vielerlei anderes.

Halb Ravensburg kniete bereits nach Frauen und Männern getrennt in den Kirchenbänken. Lediglich die hintersten Reihen waren noch frei. Luzia und Basilius betraten das Gotteshaus, kurz bevor die großen Kirchenportale geschlossen wurden. Außer Atem schlüpfte Luzia in die vorletzte Bankreihe, gerade noch rechtzeitig, bevor die Andacht begann. Ihr klopfte das Herz bis zum Halse. Nicht auszudenken, wenn sie wieder einmal zu spät gekommen wäre. Kaplan Grumper maß sie dann immer mit einem abschätzigen Blick und sprach von ihr, wenn auch ohne ihren Namen zu nennen, in seiner Strafpredigt.

Pfarrer Riedmann zählte schon mehr als siebzig Winter. Er würde das Krankenlager nicht mehr verlassen, und bis ihnen das Kloster zu Altdorf einen Nachfolger überstellte, oblag das Lesen der Messe Kaplan Grumper allein.

Selbst der Weihrauch vermochte nicht den Geruch nach saurem Schweiß und ungewaschener Kleidung zu übertünchen, der den ganzen Innenraum der Kirche ausfüllte. Luzia gestand sich schuldbewusst ein, dass sie nichts dagegen hatte, zur Zeit der Messe zu einer Niederkunft gerufen zu werden. Obwohl sie im Gegensatz zu ihren Banknachbarinnen verstand, was der Kaplan las, betete und sang, fiel es ihr schwer, sich auf die heilige Messe zu besinnen. Erst als der Geistliche seine übliche Schimpftirade auf die eitlen Weibspersonen entfesselte, wechselte er vom Lateinischen in die Sprache des Volkes und genoss sogleich die volle Aufmerksamkeit der Kirchengemeinde. Weil er die tief ausgeschnittenen Kleider der Frauen anprangerte, zog Luzia eilends ihr Brusttuch zurecht.

Sie ließ ihren Blick ein wenig schweifen und erkannte Nanne, die einige Reihen vor ihr kniete. Viele der Anwesenden kannte Luzia mit Namen. Einige, weil sie sie noch aus ihrer Kindheit kannte, andere, weil sie durch ihre Arbeit Zutritt zu vielen Häusern hatte.

Weil sie sich durch ihren Platz im hintersten Teil des hohen Kirchenschiffs unbeobachtet fühlte, wagte sie sogar einen heimlichen Blick zur Seite der Männer hinüber.

Ein mittelgroßer Mann stach aus der Masse heraus. Seine Eleganz, seine Haltung, all dies machten ihn auf den ersten Blick zu etwas Besonderem. Er stand direkt am Gang auf gleicher Höhe zu ihrer Bankreihe. Also musste auch er sehr spät gekommen sein. Das machte ihn sympathisch. Sie schätzte ihn auf Ende zwanzig, höchstens Anfang dreißig. Er trug das Barett und den langen, schwarzen Gewandrock eines Gelehrten. Luzia dachte an einen Rechtsgelehrten oder einen Notar, doch dann kam ihr in den Sinn, dass es sich bei dem Unbekannten auch um den jungen Medicus handeln könnte. Basilius war voll des Lobes für den jungen Arzt. Nie wurde er müde, ihr sämtliche Vorzüge des Herrn von der Wehr anzutragen. Ganz nebenbei hatte er schon mehrfach versucht, ein Treffen zu arrangieren. Doch bisher war es Luzia gelungen, alle Bemühungen ihres Onkels zu durchkreuzen. Jetzt bereute sie es fast. Diese Erkenntnis verwirrte Luzia über die Maßen, denn ihr wurde soeben bewusst, dass sie wohl zum allerersten Mal in ihrem Leben einen Mann reizvoll fand.

Sein schulterlanges dunkelblondes Haar hielt er im Nacken mit einem ledernen Band zusammen, was ihr den freien Blick auf sein ebenmäßiges Gesicht erlaubte. Als er plötzlich in ihre Richtung sah, vergaß Luzia Atem zu holen. Sie fühlte sich ertappt. Der attraktive Fremde bedachte sie mit einem freundlichen Nicken. Die Röte schoss ihr in die Wangen und sie senkte rasch den Blick. »Nicht so schüchtern!«, schalt sie sich. Doch dann nahm sie sich vor, wieder den Worten des Pfarrers zu folgen, der immer noch von der Gefallsucht der Frauen sprach.

Doch es dauerte nicht lange, ehe ihre Augen erneut auf den Unbekannten trafen. Er schien alles andere als gewöhnlich zu sein. Sein Gesicht erinnerte Luzia an die griechischen Götterstatuen, von denen Basilius einige Nachbildungen besaß. Auch der Fremde hatte eine klassische Nase und ein markantes Kinn, beides verlieh ihm ein edles Aussehen. Sein bartloses Gesicht wirkte mannhaft und ein wenig herb. Luzia kam sich albern vor. Noch nie hatte sie sich Gedanken über das Aussehen eines Mannes gemacht. Als sein Blick sie erneut fand, glaubte Luzia im Boden zu versinken. Diesmal verneigte er sich leicht und schenkte ihr ein freundliches Lächeln. Sie bewunderte seinen Mut. Wenn Kaplan Grumper sein Fehlverhalten bemerkte ...

Schnell schlug sie die Augen nieder, nur um gleich darauf abermals hinüberzusehen. Seine klugen, grauen Augen warteten bereits. Luzia machte die Andeutung eines Nickens und senkte ihren Blick wieder. Ihre Wangen glühten und der Gedanke, dem Fremden nach der Andacht auf dem Kirchplatz zu begegnen, löste sehr widersprüchliche Gefühle in ihr aus. Eigentlich würde sie den freundlichen jungen Mann gern kennenlernen, doch andererseits, wenn es sich tatsächlich um den jungen Medicus handelte ...

Endlich war die Messe vorüber. Kaplan Grumper segnete die Gemeinde und entließ sie. Luzia wartete, bis sich die Kirche geleert hatte, erst dann trat sie langsam ins Freie. Die Menschen fanden sich in kleinen Grüppchen zusammen und tauschten Neuigkeiten aus. Viele klagten über das kalte Wetter und die vielen Fieberkranken.

»Luzia!« Das war Nannes Stimme. Die Freundin eilte geradewegs auf sie zu und umarmte sie stürmisch. »Wie schön, dass du es heute auch einmal in die Messe geschafft hast und nicht irgendwo einem Kind auf die Welt helfen musst.«

»Während ich einem kleinen Menschen ins Leben helfe, bin ich Gott sicher nicht weniger nah, als es in der Messe der Fall ist«, entgegnete Luzia und erntete Nannes tadelnden Blick.

»Lass das bloß nicht Kaplan Grumper hören!«, ermahnte sie die Freundin. »Du musst auch an dein Seelenheil denken. Wenn du später einmal vor unserem Herrn stehst, fragt dich keiner, wem du zur Zeit der Messe beigestanden hast.«

Luzia fragte sich, ob sich Nanne wirklich um sie sorgte oder ob sie nicht auch ein wenig verschnupft war. Es stimmte ja, sie fand fast nie mehr Zeit für die Freundin. Weder für einen gemeinsamen Spaziergang noch für eine andere Unternehmung. Immer war sie in Eile und die Arbeit als Hebamme wuchs ihr langsam über den Kopf. Selbst in den kleinen Ansiedelungen außerhalb der Stadt verlangten die Leute mittlerweile nach ihr. Sie war kaum einen Tag zu Hause. Und dort, im Haus, wartete ebenfalls Arbeit auf sie. Daneben forderte ihr Onkel noch die abendlichen Unterhaltungen ein, die Luzia manchmal fast ein wenig zu viel wurden.

»Kommst du, Luzia!«, rief Basilius just in diesem Moment und winkte von der gegenüberliegenden Seite des Kirchplatzes.

Erst jetzt hatte ihn Luzia bemerkt, und wie sie es bereits vermutet hatte, in Gesellschaft des jungen Gelehrten aus der Kirche. »Auf bald, Nanne, wir sehen uns. Spätestens Samstag wollte ich mir ein Bad bei euch gönnen.«

»Wie oft du das schon gesagt hast, kann ich gar nicht mehr zählen«, sagte Nanne und zog eine Grimasse.

Luzia nahm die Freundin in den Arm und wollte sie ein wenig trösten.

Doch Nanne schob sie beiseite. »Schon klar, wenn der Herr von der Wehr auf dich wartet, hast du keine Zeit für mich.«

Dann stimmt es also, dachte Luzia.

»Sieh nur, wie er dich anschaut«, neckte Nanne, die nun doch einlenkte.

»Unsinn! Er kennt mich doch gar nicht.«

Nanne sah sie ungläubig an. »Das wird sich sicher gleich ändern. Also benimm dich und sei freundlich und fügsam. Er ist nämlich derzeit der begehrteste junge Mann der ganzen Stadt. Leider zeigt er bislang keinerlei Interesse an den Ravensburgerinnen«, trällerte Nanne und zwinkerte Luzia zu.

»Von mir aus kann es auch so bleiben«, erwiderte Luzia mit einem Schulterzucken. Sie verabschiedete sich und überquerte den großen Kirchplatz. Dabei versäumte sie nicht, jedem Bettler und den Aussätzigen eine Münze in ihre Beutel zu legen.

»Gott sei mit Euch«, flüsterte eine zusammengesunkene Gestalt, die Luzia lediglich bis zur Hüfte reichte. Sie erkannte, dass dem Mann beide Beine fehlten.

»Das Antoniusfeuer?«, fragte sie.

Der Alte nickte, und Luzia sah in grüne Augen, die leuchteten wie das Leben selbst. »Das heilige Feuer hat mir die Beine genommen, aber noch habe ich Augen, um Gottes Schönheiten zu sehen.«

Erst im Weggehen bemerkte Luzia den schimmernden Flusskiesel in ihrer Hand. Als sie sich noch einmal nach dem Mann umsah, nickte er und zog sich auf den Händen davon. Sie schob den rötlichen Stein in ihre Tasche und ging weiter.

Als Luzia die Frau des Müllers zielstrebig auf sich zukommen sah, verlangsamte sie ihre Schritte.

»Gott zum Gruße, Jungfer Luzia. Marie Weber ist eine gute Freundin von mir und da dachte ich«, die Müllerin geriet ins Stocken, »ich habe bereits vier Kinder geboren. Alles Mädchen, drei hat der liebe Gott noch in der ersten Nacht heimgerufen. Und jetzt hofft Urban, mein Mann, so sehr auf einen Jungen. Schließlich muss ja einer das Korn mahlen, wenn wir selbst alt und grau sind. Darf ich Euch in den nächsten Tagen um einen Besuch bitten?«, fuhr die junge Frau mit dem wohlgerundeten Bauch fort und reichte Luzia die Hand.

»Ja natürlich, wann wäre es Euch denn recht?«, entgegnete Luzia freundlich. Nachdem sich die Frauen auf eine Stunde geeinigt hatten, verabschiedeten sie sich voneinander. Luzia drehte sich noch einmal um und sagte: »Ach übrigens, diesmal wird es ein Junge, und ab morgen solltet ihr mehrmals am Tag einen Sud aus Himbeerblättern trinken, denn Ihr werdet nicht mehr lange auf ihn warten müssen.«

Zunächst wirkte die Müllersfrau verwirrt, doch dann spiegelte sich in ihrem Gesicht nichts als Freude.

Grete Muntz trat mit saurer Miene aus dem Schutz der großen Eiche, die in der Mitte des Kirchplatzes stand. Luzia war sicher, sie hatte alles mit angehört, und das war Wasser auf ihre Mühlen. Die Muntzin weigerte sich selbst nach all den Monaten noch, mit Luzia zusammenzuarbeiten. Schlimmer noch, sie beharrte darauf, Luzia habe einen Bund mit dem Teufel geschlossen. Bisher war Grete mit ihrer Behauptung, abgesehen von Kaplan Grumper und einigen wenigen anderen, allein. Dennoch wusste Luzia um die Gefahr, die von diesen beiden ausging. Wenn sie Grumper nur aus der Ferne sah, suchte sie das Weite. Beim bloßen Gedanken an seine leblosen Augen gefror ihr das Blut in den Adern, und seit sie wusste, wie Gretes Beziehung zu Grumper war und dass sich die Muntzin dem Kaplan regelrecht unterwarf, war der jungen Hebamme klar, dass sie in Ravensburg halbe Wunder vollbringen musste, um auf Dauer bestehen zu können.

Nach wie vor saß Grete während einer Niederkunft mit in der Kammer und betete, doch die Leute äußerten zunehmend ihren Unmut. Denn die Muntzin verurteilte jeden helfenden Handgriff Luzias und verunsicherte die Leute mit ihrem Sündengeschwätz. Dabei hatte sich längst herumgesprochen, dass dank ihrer Hilfe die Aussicht auf ein lebendes Kind weitaus größer war, als es unter der Muntzin je der Fall sein würde.

»Luzia, so komm doch endlich, oder sollen wir hier erfrieren?« Während sich Luzia suchend nach ihrem Onkel umsah, konnte sie den vernichtenden Blicken der Alten nicht entkommen.

Beim Überqueren des Platzes wurde Luzia noch einige Male angesprochen, sie vereinbarte einige Besuche und tauschte Freundlichkeiten aus. Erleichtert stellte sie fest, dass sich Basilius, immer noch im Beisein des jungen Medicus, wieder recht angeregt mit einigen Herren unterhielt.

Zögernd ging sie auf die kleine Gruppe zu, dabei wurde sie das Gefühl nicht los, der junge von der Wehr habe nur Augen für sie. Sein Blick begleitete sie in einer ruhigen, fast feierlichen Weise, und sie fühlte sich beinahe getragen von der Wärme seiner Augen. Luzia knickste vor den sehr viel älteren Herren.

»Ah, da ist sie ja. Seid gegrüßt, Jungfer Luzia«, begrüßte der Bürgermeister sie. Der wohlbeleibte, ältere Mann trug einen Mantel aus bestem Wolltuch, als Kragen diente ein prachtvoller Fuchspelz. »Ihr seid eine große Bereicherung für unsere Stadt und eine Augenweide obendrein.« Er reichte Luzia die Hand und lächelte. Unter den lüsternen Blicken des Bürgermeisters fühlte sie sich unbehaglich. Jeder wusste, dass Burkhard Ettenhofer neben seiner Ehe immer eine ganze Menge Liebschaften suchte.

Als Luzia dem Anstand Genüge getan hatte, zog Basilius sie sanft an seine Seite und sagte: »Luzia, heute möchte ich dir endlich unseren Wundarzt Johannes von der Wehr vorstellen.«

Luzia spürte, wie ihr das Blut in die Wangen schoss, und mit Schrecken dachte sie an die schlichte Haube, unter die sie vorhin so leichtfertig ihr Haar geschoben hatte. Als ihr dann auch noch das abgewetzte Überkleid und der blaue, alte Mantel in den Sinn kamen ...

Von der Wehr begrüßte sie mit einem formvollendeten Diener und reichte ihr die Hand. Dabei schlossen sich seine Hände warm und schützend um ihre klammen Finger. Er vermittelte ihr ein Gefühl von Nähe und Geborgenheit, wie sie es noch niemals bei einem Fremden gespürt hatte. Seine Herzlichkeit umfing sie wie ein warmer Sommertag.

»Ich freue mich sehr, dass wir uns nun endlich kennenlernen«, sagte er mit einem Lächeln, von dem Luzia glaubte, dass es eigentlich verboten gehörte. Sie bemerkte, dass ihm nicht ein einziger Zahn fehlte, und seine Stimme erinnerte sie an alten Wein, sie klang tief und sehr männlich. »Basilius hat mir schon so viel von Euch erzählt«, fuhr er fort.

Allein die Gegenwart dieses Mannes brachte sie völlig durcheinander, und sie entschloss sich, die Flucht nach vorn anzutreten.

»Das glaube ich gern, und wie ich hoffe, nur Gutes«, antwortete sie mit einem charmanten Augenaufschlag, als sie ihre Stimme wiedergefunden hatte.

»Oh, er schwärmt in den höchsten Tönen von Euch, und wie ich feststelle, hat er dabei nicht übertrieben.«

Luzia schenkte ihm ein strahlendes Lächeln.

»Wenn Euch sogar Bürgermeister Ettenhofer die Hand reicht und ein öffentliches Lob ausspricht, habt Ihr es sehr weit gebracht. Die ganze Stadt verehrt Euch, denn soviel ich weiß, sind in den drei Monaten, die ihr jetzt hier seid, weit weniger Kinder gestorben, als es jemals zuvor der Fall war. Ihr seid ein echter Schatz und in aller Munde.«

»Ich danke Euch für Eure guten Worte«, sagte Luzia.

In diesem Augenblick ging Grete dicht an der Gruppe vorüber und spie ihr einen Strahl Speichel vor die Füße.

»Oh, ich sehe, Ihr habt Euch auch schon Feinde gemacht«, sagte von der Wehr, und seine Miene zeigte Besorgnis.

»Es kommt wohl darauf an, sich die richtigen Feinde zu machen«, gab Luzia leichthin zurück. Doch dann musste sie an die arme Berta Vögelin denken. Sie hatte nichts Böses getan, außer sich den Zorn von Kaplan Grumper und Grete Muntz zuzuziehen. Sie fröstelte plötzlich und zog den Mantel vor der Brust zusammen.

»Können wir das Gespräch nicht bei einem Becher Wein und einem Mittagsmahl fortsetzen? Hier ist es alles andere als gemütlich«, unterbrach Basilius und rieb sich die Hände. »Du bist natürlich herzlich eingeladen«, sagte er an den jungen Medicus gewandt. In Richtung der übrigen Herren der Gruppe sagte er: »Wenn uns die Herren entschuldigen. Gottes Segen und einen geruhsamen Sonntag.«

Gefolgt von den neugierigen Blicken der Umstehenden, nahmen sie den Weg Richtung Marktstraße. Luzia hörte, wie sich die Leute hinter ihrem Rücken bereits die Mäuler zerrissen …

»Johannes hat im Süden des französischen Königreichs, genauer in Montpellier studiert«, begann Basilius, als sie nach dem Essen mit warmem Wein und Gebäck am Kamin saßen. Nepomuk ließ sich vom jungen Medicus das Fell kraulen, ehe er sich auf seinem Schoß zusammenrollte. Eigentlich galt der Kater völlig zu Recht als Raubein, und dieses Verhalten war äußerst ungewöhnlich.

»Das ist unglaublich!«, entfuhr es Luzia lachend, als sie sah, wie sich der Kater unter von der Wehrs Streicheleinheiten wohlig streckte.

Johannes von der Wehr sah sie amüsiert an, und sein Blick ließ die Schmetterlinge in ihrem Bauch auffliegen. Um die Fassung wiederzugewinnen, griff sie schnell nach dem mit Wein gefüllten Becher und führte ihn an ihre Lippen. Sie wusste überhaupt nicht, was mit ihr geschah, aber dieser von der Wehr war dabei, ihr den Kopf zu verdrehen.

»Möchtet Ihr mir jetzt vielleicht ein wenig von Frankreich erzählen und davon, wie Ihr Medicus wurdet?«, fragte sie, nachdem sie sich wieder gesammelt hatte.

»Oh, Johannes ist nicht nur Medicus, er ist außerdem Chirurgicus«, half Basilius dem Gespräch auf die Sprünge.

»Ist das wahr?«, fragte Luzia überrascht. Sie wusste, dass die Heilkunde normalerweise eher von theoretischer Natur war. Neben dem Aderlass, der Urinschau und der Befragung der Gestirne gab es nicht viel, was die Ärzte den Menschen bieten konnten. Seit dem Konzil von Tours, das 1163 den akademischen Medizinern die Ausübung der Chirurgie verboten hatte, galten chirurgische Praktiken als zweitklassige Medizin. Zudem machten sich die Herren nur ungern ihre Hände schmutzig. Weshalb Amputationen und Operationen zumeist von Baderchirurgen ausgeführt wurden.

»Stell dein Licht nicht unter den Scheffel und erzähle meiner überaus wissbegierigen Nichte von dir«, forderte Basilius seinen Freund auf.

»Nun, das ist nichts so Besonderes, aber, ja, die medizinische Fakultät zu Montpellier achtet im Gegensatz zu anderen medizinischen Schulen darauf, die Chirurgie als wichtigen Bestandteil der medizinischen Tätigkeit zu verstehen. Die Studenten lernen, wie sie dem älteren Menschen wieder zu mehr Sehkraft verhelfen, indem sie den Star stechen, oder wie sie Blasensteine entfernen, bevor die Kranken am Schmerz zugrunde gegangen sind. Wie man brandige Glieder amputiert, ohne den Menschen zu töten, und einiges mehr.«

»Das ist faszinierend«, schwärmte Luzia, und in ihrem Eifer beugte sie sich vor und berührte dabei den Unterarm von Johannes von der Wehr. Dabei spürte sie, wie sich ihre Wangen röteten. Ihr Gesicht kribbelte bereits, als läge sie in einem Ameisenhaufen.

»Ja, die Jahre in Montpellier waren sehr lehrreich und abenteuerlich. Dort trifft die Medizin der Antike auf die arabischen Wissenschaften, und ich glaube, das Ergebnis kann sich sehen lassen.«

»Unsinn! Neben Salerno genießt die medizinische Schule in Montpellier das höchste Ansehen in der Welt. Dazu findet sich immer nur ein kleiner Kreis von Studierenden zusammen, was auch die Güte der Ausbildung ausmacht«, fuhr Basilius voller Ungeduld dazwischen. Für seinen Geschmack untertrieb Johannes wie immer, wenn er etwas über sich erzählte, doch er kannte Luzia und wusste, dass ihr Interesse zwar geweckt war, aber es für einen bleibenden Eindruck noch ein wenig Vertiefung bedurfte.

Seine Sorge war unbegründet. Luzia hätte den Ausführungen des jungen Arztes noch lange zuhören mögen, seiner Stimme ewig lauschen. Wenn diese Erkenntnis wie eine warme Welle ihre Gedanken umspülte, wollte sie es sich nicht eingestehen und sagte sich, dass es lediglich der Reiz der Medizin war, der sie gefangen hielt und ihr den Kopf verdrehte.

»Wie kommt es, dass sich nur wenige für ein Studium in Montpellier entscheiden, wenn die Welt gerade dieser Medizinschule eine so große Bedeutung beimisst?«

Der junge Medicus räusperte sich. »Das Entgelt, welches an die Professoren zu entrichten ist, beläuft sich auf ein kleines Vermögen«, erwiderte er verlegen.

»Und Ihr verfügt über derartige Summen?«, unterbrach Luzia ihn spitz. Doch gleich darauf ärgerte sie sich über sich selbst. Schließlich hatte sie ihn danach gefragt.

Von der Wehrs Blick verdüsterte sich, ehe er zu erzählen begann: »Mein Vater hat in Überlingen ein einträgliches Geschäft betrieben. Meine Familie war über Generationen hinweg im Fernhandel tätig. Mutter starb und wenig später folgte Vater ihr nach. Beide wurden innerhalb weniger Stunden von einem Fieber dahingerafft und ich konnte nichts tun, außer ihnen beim Sterben zuzusehen. Das war eine schlimme Zeit, aber sie steht zum großen Glück nicht still. Meine Eltern hinterließen mir ihren gesamten Besitz und ich habe mir geschworen, nie wieder so hilflos zu sein wie damals«, fuhr von der Wehr leise fort und sah zu Boden.

Luzia biss sich auf die Lippe. Sie schämte sich für ihre Taktlosigkeit.

»Es tut mir leid«, sagte sie sanft, doch sie wäre am liebsten in einer Ritze des Eichenbodens verschwunden.

»Das konntet Ihr nicht wissen«, versicherte er, und ein einnehmendes Lächeln bestätigte seine Worte.

»Darf ich Euch beiden noch einen Schluck von diesem fabelhaften Wein einschenken?«, durchbrach Basilius die darauffolgende Stille. »Und du, sei so gut, lauf in die Küche und hole uns noch ein wenig von deinem Honigkuchen.«

Während Luzia die Wohnstube verließ, fühlte sie von der Wehrs Blick auf sich ruhen.

»Wollt Ihr mir noch ein wenig mehr von Eurer Ausbildung erzählen?«, fragte sie, als sie kurze Zeit später den Zinnteller mit Honigkuchen vor ihm auf den Tisch stellte.

»Wenn Ihr möchtet, erzähle ich Euch von dem Hospital, in dem wir bis zum Umfallen arbeiten mussten.«

»Unbedingt!« Luzia konnte ihre Ungeduld kaum zügeln.

»Der Hochschule war nach arabischem Vorbild ein Hospital angeschlossen. Wer krank war, konnte sich dort behandeln lassen, und wir als Studenten erhielten allerlei Möglichkeiten zur Anwendung unseres Wissens. All jene, die neben ein paar wissenschaftlichen Sterndeutungen nicht viel für die Menschen und ihre Krankheiten übrighatten, schreckte das natürlich ab«, erklärte er belustigt und Luzia bemerkte die kleinen Grübchen, die sich in seinen Wangen bildeten, wenn er lachte.

»Das hört sich alles ganz wunderbar an.« Luzias Augen leuchteten vor Begeisterung. »Umfasste die Arbeit denn auch Pflanzenverordnungen?«

»Gewiss, schließlich gehörte Arnaldus de Villanova bis ins Jahr 1311 zu den bedeutendsten Professoren der Schule. Ihm haben wir neben vielen medizinischen Schriften auch das Eau de vie zu verdanken.«

Luzia nickte, wer kannte die meisterhafte Kräutereinreibung nicht? Sie hätte dem gut aussehenden Mann mit der unglaublichsten Stimme, die sie je vernommen hatte, noch ewig zugehört, wenn man sie nicht in die Unterstadt zu einer Entbindung gerufen hätte.

»Es war mir eine große Freude, Eure Bekanntschaft zu machen, und ich hoffe sehr, wir sehen uns bald einmal wieder.« Johannes von der Wehr hatte sich erhoben und sah ihr tief in die Augen.

Luzia erwiderte seinen Blick und nickte.

Basilius meldete sich zu Wort: »Wie wäre es, wenn wir Johannes für den nächsten Sonntag nach der Messe wieder zu uns einladen würden?«

»Wenn Ihr mir dann von Montpellier erzählt?«, entgegnete Luzia, doch tief in ihrem Inneren wusste sie, dass sie den Medicus nicht nur wegen seiner spannenden Erzählungen wiedersehen wollte.

»Wenn ich Euch damit nicht langweile?«

»Da kennst du meine Nichte aber schlecht. Zum einen interessiert sie sich für alles, was ihrer Arbeit zuträglich sein könnte, zum anderen konnte Luzia schon als Kind nicht genug über fremde Länder erfahren.«

Den dritten Grund kennt ihr zum guten Glück beide nicht, dachte Luzia und unterbrach den Redefluss ihres Onkels. »Er übertreibt wie immer«, bemerkte sie entschuldigend und strich sich eine Strähne ihres Haars zurück.

»Macht Euch keine Sorgen, ich kenne Euren Onkel schon eine ganze Weile.« Er verneigte sich wie zu Beginn ihrer Begegnung. »Ich habe mich in Eurer Gesellschaft sehr wohl gefühlt und ich freue mich bereits heute auf den nächsten Sonntag.«

Zum Abschied reichte er Luzia wieder die Hand und schenkte ihr ein Lächeln, das ihr Herz schneller schlagen ließ.

Luzia hatte sich gerade ihren guten Mantel für die Messe angezogen, als es an der Tür klopfte. Ihre Hilfe wurde in der Vorstadt Ölschwang benötigt, weil eine junge Frau, die ihre erste Schwangerschaft erlebte, Blutungen hatte. Luzia konnte sie beruhigen, weil es ihrem Kind gutging, und sie machte sich rasch auf den Heimweg. Als sie in der Marktstraße eintraf, war die Messe vorüber, aber sie hoffte, dass Johannes von der Wehr wie so häufig in den letzten Wochen Gast zum Mittagsmahl sein würde.

Zu ihrer großen Enttäuschung war der junge Arzt bereits im Begriff, das Haus zu verlassen, denn seine Anwesenheit wurde im Antoniterspital in der Herrengasse verlangt. Johannes half Luzia aus ihrem Mantel und zog dann den eigenen an.

Verlegen standen sie sich in der weitläufigen Wohnstube gegenüber.

»Ich denke, wir sollten Johannes zur Heiligen Nacht in die Marktstraße einladen. Was meinst du, liebe Luzia? Es wäre doch traurig, wenn ein junger Mann diesen besonderen Abend ganz allein verbringen müsste.« Bei diesen Worten zeigte Basilius ein feines Lächeln.

Zum ersten Mal war Luzia ihrem Onkel nicht böse wegen seiner Direktheit.

»Ich halte das für eine ausgezeichnete Idee. Außerdem gehört es zur Christenpflicht, in der Heiligen Nacht Fremde in sein Haus zu laden, nicht wahr?« Damit sah sie dem Medicus offen ins Gesicht.

»Wenn ich so charmant gebeten werde, nehme ich die Einladung sehr gern an«, entgegnete er mit einer leichten Verbeugung.

Luzia sah ihm nach, wie er eilends sein Pferd bestieg und auf der Marktstraße davonritt. Seit ihrer ersten Begegnung dachte sie häufiger an den jungen Mann, als schicklich war. Er hatte in ihr etwas zum Klingen gebracht, von dessen Existenz sie bisher nichts wusste.

Luzia ertappte sich, wie sie schon wieder an den jungen Medicus dachte. Dabei hatte sie einen ganzen Berg Wäsche zu flicken. Seufzend nahm sie das nächste Stück aus dem Korb. Ein paar Mal stach sie sich in den Finger, weil ihre Gedanken ständig abschweiften.

Als der berittene Bote an die Tür klopfte, fuhr sie erschrocken zusammen. Ihre Gedanken waren schon wieder davongeflogen.

Der Kurier übergab ihr eine große braune Holztruhe. *Für Jungfer Luzia Gassner* stand in großen Lettern auf dem zusammengefalteten Pergament, das ihr der kleine Mann ebenfalls übergab. Beim Anblick der geschwungenen Schrift wurde Luzia ganz heiß. Eilig ging sie zurück ins Haus und entfaltete den Brief.

Liebe Luzia,
ich hoffe, du bist gesund und es geht dir gut.
Elisabeth, Jakob und ich dachten, dass wir dir eine kleine Freude machen, und so haben wir diese Truhe gepackt und schicken sie auf den Weg zu dir nach Ravensburg. Ich bin sicher, dass dir die Schneerose gefallen wird. Die Helleborus niger, oder auch Christrose, blüht, wenn alles andere im Dunkeln der winterlichen Nacht erstarrt ist. Sie ist ein Bildnis der Hoffnung und des neuen Lebens.
Schon Pedanios Dioscurides, der berühmteste Pharmakologe des Altertums, empfahl die Wurzel bei Frauenleiden. Darüber hinaus ist sie hilfreich bei Kurzatmigkeit und Brustenge. Doch Vorsicht! Die Pflanze ist giftig, doch wie immer macht allein die Menge das Gift.
Halte sie in Ehren und pflege sie gut, dann wirst du viel Freude an ihr haben.
Außerdem schicke ich dir noch eine wirklich gute Abschrift des zweiten, dritten und vierten Buches des Kanons der Medizin von Avicenna. Alle Bände umfassen die allgemeinen Krankheiten und ihre Therapien sowie die Auflistung der Medikamente, eingeschlossen sind die Erkrankungen der Frau, wodurch die Bücher für dich besonders interessant werden.

Ich weiß, dass es schon ewig dein Wunsch ist, in diesen Seiten zu blättern. Ich wünsche dir viel Freude beim Studieren dieser großartigen Werke.

Elisabeth und Jakob geht es gut, sie haben auch noch etwas in die Weihnachtskiste gepackt. Es ist der letzte Fisch, den Jakob noch vor dem großen Eis gefangen hat. Inzwischen ist der ganze Bodensee mit einer durchgängigen Eisplatte verschlossen. So etwas haben wir noch nie erlebt! Bruder Markus vom Kloster Reichenau sagt, dass dieses Phänomen höchstens einmal alle hundert Jahre vorkommt.

Es ist ein wenig unheimlich und ich fürchte, wir gehen sehr gefährlichen Zeiten entgegen. Auf der anderen Seite des Sees, in Konstanz, geschehen derzeit furchtbare Dinge. Die Konstanzer ließen nicht davon ab, einige Frauen der Hexerei zu bezichtigen. Für kurze Zeit beherbergten sie einen Inquisitor. Dieser konnte laut Bruder Markus bereits eine Hebamme überführen. Die angebliche Hexe wurde auf dem Marktplatz verbrannt. Dieser neue Hexenwahn ist ganz entsetzlich und lehrt selbst mich das Fürchten.

Ich bin sehr froh, dich weit weg vom See zu wissen. Das Beste wäre, du könntest dich entschließen, bald zu heiraten. Eine verheiratete Frau genießt nun einmal ein höheres Ansehen und einen gewissen Schutz.

Ich sehe dich vor mir, wie du bei diesen Zeilen die Augen verdrehst, aber ich bitte dich, denk einmal darüber nach. Mit diesen Worten spreche ich auch Jakob aus dem Herzen, und wenn ich mich nicht täusche, wäre auch Basilius an einer baldigen Heirat gelegen.

Elisabeth und Jakob lassen dich und natürlich auch Basilius herzlich grüßen und wünschen euch das Beste. Genau wie

ich vermissen sie dich an jedem Tag. Du warst die Sonne meiner alten Tage.
Nicht zuletzt bat mich Matthias, dir seine besten Wünsche zu übermitteln. Er ist übrigens noch immer ohne Frau.
Ich würde mich sehr freuen, wenn du uns wieder einmal schreibst. Deine Briefe sind in letzter Zeit recht rar geworden.
Liebe Luzia, unsere Gedanken sind bei euch, und nun wünsche ich dir und deinem lieben Onkel ein gesegnetes Christfest und Gottes Segen für das neue Jahr.

Pater Wendelin, Pfarrherr zu Seefelden am Bodensee.
Zur heiligen Christnacht im Jahre des Herrn 1483.

Mit fliegenden Händen hob Luzia den Deckel an. Sie hatte schon einmal eine Abbildung der Christrose gesehen und konnte es kaum erwarten, diese kostbare Pflanze nun in Natur zu sehen. Behutsam hob sie die Schneerose aus der Truhe und befreite sie von der Strohmatte, mit der der Pater sie gegen Stöße und Kälte geschützt hatte. Die weißen Blüten waren bereits geöffnet und lächelten Luzia freundlich entgegen. Vorsichtig berührte sie die weichen Blütenblätter. Sie sah sich um und stellte die Pflanze dann vor das Westfenster in der Wohnstube. Hier würde sie sie am besten im Auge behalten können, bis die Erde wieder frostfrei wurde und die Pflanze in den Garten durfte.

Unten in der Truhe lagen die Abschriften. Sie waren allesamt in Schweinsleder gebunden und aufwendig gearbeitet. Pater Wendelin hatte sicher ein Vermögen dafür bezahlt. Als Luzia die ersten Seiten aufschlug, füllten sich ihre Augen mit Tränen.

An diesem Mittag servierte Luzia ihrem Onkel die Bodenseefelchen, die ebenfalls in der Truhe gelegen hatten, sorgfältig verpackt, damit sie die kostbaren Bücher nicht beschmutzten. Luzia meinte in dem Fisch den Geschmack der alten Heimat zu schmecken. Sie war ein wenig niedergeschlagen.

»Du solltest dich über die wunderbaren Gaben freuen und sie dankbar genießen«, versuchte Basilius sie zu trösten.

»Das tue ich ja. Aber gleichzeitig mache ich mir Sorgen. Du hast den Brief von Pater Wendelin doch auch gelesen. Was er über die religiösen Eiferer in Konstanz schreibt, macht mir Angst. Einen Inquisitor hatten sie dort! Er beschuldigt Hebammen und weise Frauen, mit dem Teufel im Bunde zu sein. Denk doch nur an Elisabeth.«

»Konstanz ist weit weg«, gab Basilius zu bedenken.

9

Ehe Grete an die Tür des Studierzimmers klopfte, in dem Kaplan Grumper bereits seit Stunden saß, strich sie ihr Gewand und ihre Haube sorgfältig glatt.

»Komm herein«, forderte er sie auf.

Grete trat in das hohe Zimmer des großzügigen Hauses, das gleich neben der Liebfrauenkirche in der Herrenstraße lag. Es war gut geheizt und sauber geputzt, wie sie befriedigt feststellte. Schließlich war sie diejenige, die in diesem Haus dafür sorgte, dass der Herr Kaplan es bequem hatte.

»Ich will Eure kostbare Zeit nicht über Gebühr in Anspruch nehmen, aber ich habe Euch etwas zu berichten«, begann Grete leise, fast unterwürfig.

»Du bist eine brave Frau. Setz dich für einen Moment. Was gibt es denn?«, entgegnete Eusebius Grumper und strich sich das grau durchzogene Haar aus der Stirn. Mit Spannung erwartete er Gretes Bericht und beglückwünschte sich einmal mehr, die Frau vor vielen Jahren bei sich aufgenommen zu haben. Arm und elend war Grete seinerzeit gewesen. Er hatte sie gespeist und ihr ein Dach über dem Kopf gegeben, seither verband sie beide eine unausgesprochene Abmachung. Er konnte sich auf Grete verlassen, sie informierte ihn über jede Verfehlung unter den Weibern.

Denn die Weiber waren es, die zusammen mit dem Teufel die Seelen der Männer fingen. Allein ihr wollüstiger Duft verleitete die Männer zur Sünde. Dazu ihr schmeichelndes Haar und ihre wohlgerundeten Brüste. Grumper wusste, wovon er sprach, jede Nacht drängten sie sich in seine Gedanken und raubten ihm den Schlaf. Meistens fand er erst gegen Morgen in der Marter seines Fleisches Erlösung. Besonders die Gassnerin quälte ihn und machte ihn rasend. Er hasste die junge Hebamme aus tiefster Seele. Ihren Verstand genau wie ihren Mut. Zuerst war sie nur vorlaut gewesen, doch bereits als sie noch ein halbes Kind war, hatte sie diesen süchtig machenden Reiz auf ihn ausgeübt. Ihr brennendes Haar und ihre weiße Haut verfolgten den Kaplan bis in seine Träume.

Grete war ganz anders. Alles an ihr erinnerte Grumper an die Jungfrau Maria, die Muntzin war keusch und rein. Ihr entströmte nicht diese feuchte Hitze, wie sie manchen Weibern zu eigen war und mit der sie jeden Mann zwischen ihre rosigen Schenkel lockten. Grete umgaben allenfalls die Ausdünstungen, die von harter Arbeit und stundenlangem Gebet zeugten. Allein die Art, wie sie sich auf dem äußersten Rand des Stuhls niedergelassen hatte und demütig darauf wartete, dass er ihr das Wort erteilte, sprach für ihre Untadeligkeit. Wenn doch bloß alle Weiber wären wie sie, dachte Grumper und forderte sie mit einem Nicken auf zu sprechen.

»Es geht um die Gassnerin, die neue Hebamme der Stadt. Immer öfter verlangen die Weiber nach ihr. Alle schreien sie nach diesem Malefizweib. Dabei flüstern sie sich allerlei wundertätige Geschichten über sie zu. Und niemand fragt, woraus diese Person ihren Erfolg bezieht. Wer ihr diese Macht verleiht.« Grete hob in einer klagenden Geste die Hände, den Blick schlug sie aber züchtig zu Boden.

Grumper nickte und sein Gesicht wurde zu Stein, wie immer, wenn diese verderbte Weibsperson ins Spiel kam.

Der Kaplan wusste nur zu gut, dass die Totenglocke sehr viel seltener für ein Neugeborenes geläutet wurde, seit die junge Wehmutter in der Stadt regierte. Weit seltener als in all den Wintern davor. Und das, obwohl der ganze Landstrich derzeit von einer eisigen Kälte heimgesucht wurde, wie es nicht alle Jahre vorkam.

»Wir beide wissen, dass die Gassnerin mittlerweile ein Ansehen genießt, wie es nicht gottgewollt sein kann. Allenfalls einem Kirchenmann oder einem anderen hohen Herrn sollte Derartiges zuteilwerden, und gewiss ist es nicht in meinem Sinne.«

Das war mehr, als Grete zu hoffen gewagt hatte. Sie war sich nicht sicher gewesen, wie der Kaplan zu der jungen Hebamme stand, die sie selbst aus ganzem Herzen hasste. Aber seine Worte zeigten ihr, dass er ähnlich dachte. Eine wilde Freude durchzuckte ihr Herz. Mutig geworden, fuhr sie fort:

»Wie ich Euch bereits mehrfach berichtet habe, ist ihr Tun abstoßend und zutiefst sündig. Ihr Gelingen verdankt sie einzig ihren Zauberkünsten. Sie ist«, Grete überlegte kurz, ihr Blick bekam etwas Verschlagenes »von einer anderen Welt«, stieß sie dann hervor. Jetzt war es heraus. Jetzt hatte sie vom Teufel gesprochen, ohne ihn beim Namen zu nennen, und der Kaplan konnte es verstehen, wie er wollte.

Grumper nickte. »Aber beweisen kannst du es nicht, und ohne Beweise sind auch mir die Hände gebunden. Dabei wäre ich der Erste, der diesem gottlosen Weib den Prozess machen würde.«

Bei seinen Worten hätte Grete am liebsten laut gejubelt. Sie hatte gewonnen!

Grumper sah aus dem Fenster, und seine Stimme klang, als würde er zu sich selbst sprechen: »In Waldshut habe ich einmal einen ganz ähnlichen Fall erlebt. Auch dieses durchtriebene Weib übte den Beruf der Hebamme aus. Bei dieser Tätigkeit ist ihre Macht am größten. Nur so haben sie die Möglichkeit, die ungetauften Seelen dem Teufel zu weihen.«

Selbst Grete schauderte bei den Worten des Kaplans. »Was wurde aus dieser Waldshuterin?«

Ein feines Lächeln bildete sich auf Grumpers schmalem Gesicht, und die Erinnerung spiegelte sich in seinem Blick. Sie verlieh ihm das Aussehen eines Raubvogels. »Oh, mit dieser sind wir anders verfahren. Dort wurde nicht lange gefackelt, statt langer Rede hat der Stadtrat den von Papst Sixtus ernannten Inquisitor, Doktor Heinrich Kramer, um Hilfe gebeten. Sein Zuständigkeitsbereich umfasst ganz Oberdeutschland und er ist ein wahrer Meister seines Fachs. Bruder Heinrich spürt jeden auf, der einen Pakt mit dem Teufel geschlossen hat. Er war es, der meinen Blick für die sündigen Weiber schärfte. Aufgrund der Sündhaftigkeit und Unvollkommenheit des Weibes bemächtigt sich der Teufel ihrer viel öfter. Heinrich Kramer kennt sie alle, die Zaubersprüche, mit denen der Teufel den Weibern die Macht zum Wettermachen gibt oder sie unter der peinlichen Befragung den Schmerz nicht spüren lässt.«

Gretes Augen wurden groß. Unwillkürlich bekreuzigte sie sich.

Grumper nickte. »Glaub mir, der Höllenfürst ist noch zu ganz anderem fähig. So flüstert er den Weibern während des Liebesaktes, den sie in höchst sündiger Form mit ihm vollziehen, Rezepte für allerlei Salben und Tränke ein. Die Hexen kochen aus dem Fett neugeborener Kinder eine Salbe. Sie entweihen Hostien, indem sie sie mit ihrem Monatsblut und dem Samen eines Gehängten vermischen. Diese Mixtur verleiht der Flugsalbe ungeahnte Kräfte. Mit ihrer Hilfe fahren die Hexen des Nachts auf einer Ofengabel oder einem Besen durch den Rauchfang aus und reiten durch die Lüfte.«

Grete lief es kalt den Rücken hinab. Wieder bekeuzigte sie sich. »Ihr sagt, die Hexen lassen sich vom Teufel begatten?«

Wieder nickte Grumper. »Dabei geben sie sich dem Herrn der Unterwelt aus freien Stücken hin, und in ihrer Begierde schreien sie wie wilde Tiere.« Er weidete sich an Gretes Entsetzen und an seinen eigenen Erinnerungen an das, was der Inquisitor ihm berichtet hatte. »Der Teufel begattet die Hexe im Stehen und von hinten. Sein Glied ist größer als das eines Hengstes, und es glüht. Im Anschluss stößt er es der Hexe tief in den Schlund und sie muss seinen Hintern küssen«, raunte Grumper, während in seinen Augen die blanke Gier schimmerte.

Grete konnte sich gut vorstellen, wie sich die rothaarige Gassnerin vom Teufel besteigen ließ. Wie er ihr sein glühendes Geschlecht in den sündigen Leib trieb …

»Warum schreibt Ihr diesem frommen Mann nicht und bittet ihn, nach Ravensburg zu kommen?«, fragte sie arglistig.

Auf diese Idee war Grumper bereits selbst gekommen. Er hatte schon einige Pergamente an den Dominikaner verfasst und sie letztlich wieder vernichtet, weil ihm ein wirklich handfester Beweis fehlte. Für die Gassnerin brauchte es ein augenfälliges Zeugnis und nicht nur den Bericht einer alten Dienerin.

»Lebt die Frau aus Waldshut denn noch?«, unterbrach die Muntzin Grumpers Gedanken.

»Nein, nachdem es Heinrich Kramer endlich gelungen war, den Schweigezauber zu lösen, den der Teufel über die Hexe verhängt hatte, bekam er das Geständnis der Zauberin. Der Teufel hatte ihr außerordentliche Kräfte verliehen und sie gegen jeden Schmerz unempfindlich gemacht, aber letztlich nutzte ihr das alles nichts, sie wurde gerichtet und lebendig verbrannt.« Grumper machte eine Pause. »Sei so gut und bring mir jetzt einen Becher Wein, und dann lass mich meine Briefe schreiben.«

Grete knickste mehrmals, bevor sie das Schreibzimmer verließ. Sie hatte die Tür schon beinahe hinter sich geschlossen, als sie die mahnende Stimme ihres Dienstherrn hörte:

»Halte stets deine Augen und Ohren offen und berichte mir auch weiterhin, was du weißt.«

Grete nickte gehorsam. Etwas anderes hatte sie nie getan. Für Eusebius Grumper würde sie durch die Hölle gehen, und das wusste er.

Der Christtag kam mit viel Schnee und eisigen Temperaturen. Luzia war froh, den Rehbraten, den Weihnachtskarpfen und alle Zutaten für Bratäpfel bereits im Haus zu haben. Seit die Turmbläser den Tag verkündet hatten, kochte und buk sie in der großen Küche des Apothekerhauses, sie wollte ihrem Onkel nach der strengen vierzigtägigen Adventsfastenzeit eine besondere Freude bereiten. Doch daneben gab es noch einen anderen Grund: Johannes von der Wehr! Gemeinsam würden sie zu Abend essen und im Anschluss die Christmette besuchen. Außerdem hatte ihr der Medicus seine Hilfe bei der Gabenverteilung für die Bedürftigen zugesagt. Luzia warf einen Blick auf den großen Korb voller rotwangiger Bodenseeäpfel und Lebkuchen, die sie nach der Messe verteilen wollten.

Sie kämmte sorgfältig ihr Haar. Heute würde sie auf keinen Fall den langweiligen Zopf tragen, zu dem sie an allen anderen Tagen ihr Haar bändigte. Sie teilte auf beiden Seiten eine Strähne ab und befestigte sie mit der kleinen silbernen Spange, die Elisabeth ihr zu ihrem siebzehnten Geburtstag geschenkt hatte, am Hinterkopf. So hatte sie den Blick frei und trug ihr Haar dennoch offen. In der Kirche würde sie es selbstverständlich bedecken, aber gleich während des Essens würde sie nur einen kleinen Schleier tragen. Sie befand das dunkelblaue Kleid mit dem etwas tieferen Dekolleté für das richtige. Ein Blick in den Spiegel sagte ihr, dass sie eine schöne junge Frau war. »Vorsicht vor der Eitelkeit, denn sie ist eine Sünde!«, rief sie ihrem Bild zu und lächelte sich an.

Sie ging durch die Wohnstube und legte auf alle Scherenstühle, die vor der Feuerstelle aufgestellt waren, ein paar zusätzliche Felle. Dazu entzündete sie zur Feier des Tages einige Wachskerzen und verteilte diese in der einladenden Wohnstube. Die Teppiche auf dem Boden hätten es nötig gehabt, genau wie die vielen Wandbehänge, welche vor den weißgekalkten Wänden hingen und dem Raum Behaglichkeit und Wärme verliehen. Sie strich mit dem Finger über die schwere Eichentruhe und über die Bücherregale die zu beiden Seiten des Kamins an der Wand standen, verächtlich blies sie den

Staub weg. »Siehst du dich noch?«, fragte sie laut. Elisabeths Worte, dachte sie, aber zum Saubermachen war es nun zu spät.

»Du siehst bezaubernd aus«, bemerkte Basilius, als er ins Zimmer kam.

Luzias Wangen röteten sich. Ein wenig verlegen legte sie ihm die Hand auf die Schulter. »Du hast dich aber auch fein gemacht«, erwiderte sie schmunzelnd.

»Jungfer Luzia, ich danke Euch nochmals für die herzliche Einladung. Das Essen war ganz wunderbar. Ich glaube, es war das Köstlichste seit vielen Jahren«, lobte von der Wehr einige Stunden später und schenkte Luzia ein Lächeln, das ihr Blut in Wallung brachte. Er reichte ihr die Hand, führte sie in einer eleganten Bewegung an seine Lippen und hauchte einen Kuss auf die zarte Haut. Noch nie hatte ihr ein Mann die Hand geküsst.

Luzia wurde ein wenig schwindelig. »Ihr übertreibt ebenso maßlos wie Basilius«, erwiderte sie lachend. »Aber ich freue mich, wenn es Euch geschmeckt hat.« Sie lehnte sich zurück, und das Licht der Kerzen fing sich in ihrem Haar. Es war wirklich ein gutes Essen gewesen, was auch an der heiteren Stimmung lag. Die Wortfetzen waren über den Tisch geflogen, sie hatte gelacht und gegessen und so manchen Becher Wein geleert.

Johannes von der Wehr war vom Tisch aufgestanden und lehnte lässig am Kamin. Luzia dachte wieder einmal, wie elegant und gewandt der junge Mann doch war. Er war nach der französischen Mode gekleidet und trug eine eng anliegende schwarze Hose sowie ein samtenes Wams in der gleichen Farbe, dazu ein blütenweißes Hemd und lederne Stiefel.

»Der Wein ist vorzüglich. Ein edler Bodenseewein, wenn ich mich nicht täusche?«, sagte er zu Basilius, der einige Scheite im Kamin nachlegte.

Basilius nickte anerkennend. »Hoher Besuch erfordert einen besonderen Tropfen. Was du trinkst, ist ein guter, alter Hagnauer, also genieß ihn. Auf unser Wohl.« Basilius hob den zinnenen Becher und prostete zuerst Luzia, dann Johannes zu.

»Jungfer Luzia, verratet Ihr mir, welche Kräuter und Gewürze dem Wein dieses wunderbare Aroma verleihen?«

Basilius kicherte leise vor sich hin.

»Da musst du früher aufstehen. Nicht einmal mir sagt sie, was diesem Getränk seinen Zauber verleiht.«

Luzia lächelte zufrieden. »So ist es. Es gibt Dinge, die ein Geheimnis bleiben sollten!«, stellte sie entschieden fest.

Von der Wehr erkannte ein geheimnisvolles Blitzen in ihren Augen. Für einen Augenblick befürchtete er, darin zu ertrinken, doch dann wünschte er sich, nicht mehr daraus aufzutauchen.

»Ich glaube, Ihr habt einen Zaubertrank daraus gemacht«, sagte er.

Das war eine äußerst kühne Bemerkung, die Luzia leicht aus der Fassung brachte. Sie war froh, den Raum verlassen zu können, um die Bratäpfel zu servieren. Als sie zurückkam, wartete sein warmer Blick schon auf sie, und sie spürte ein Kribbeln. Sie kannte sich selbst nicht mehr, denn irgendwie fand sie Gefallen daran. Sie fühlte sich zum ersten Mal in ihrem Leben als Frau. Ein rascher Blick auf ihren Onkel zeigte ihr, dass auch er die Spannung bemerkte, aber er schien keinen Grund für einen Tadel zu sehen. Stattdessen räusperte er sich lautstark und machte sich am Feuer zu schaffen.

Von der Wehr konnte sich nicht erinnern, schon jemals einer so sinnlichen Frau begegnet zu sein. Die Art, wie sie sich bewegte, die wiegende Bewegung ihres Gangs. Die Selbstverständlichkeit, mit der sie ihn anlächelte, um plötzlich doch errötend den Blick zu senken. Ihre kleine, schmale Hand, die sich in seiner so gut anfühlte. Die bezaubernde Mischung aus Verstand und vollkommener Weiblichkeit raubten ihm die Sinne. Ihr außergewöhnliches, in allen Rottönen schimmerndes Haar lebte in dem fast schmerzhaften Kontrast zu ihrer hellen Haut. Klar und rein, fand der Medicus, wie eine seltene und kostbare Austernperle. Er hätte sie gern ewig betrachtet. Die feine Linie ihres schlanken Halses. Ihren weichgeschwungenen Mund, das einzigartige Herz ihrer Oberlippe.

Erst als sie einen kleinen Schluck Wein in die Flamme des offenen Feuers goss, wo es mit fauchendem Zischen verdampfte, wurde er sich bewusst, in welchen Bann Luzia ihn gezogen hatte. »Einen Schluck Wein für die Götter?«

»Manchmal«, gab Luzia zurück.

Das flackernde Feuer tauchte den weißgekalkten Raum in zart schmelzendes Licht. Fast war es ihm, dass der Funke des Zunders auch das Haar dieser besonderen Frau erfasst hatte. Heute loderte es wie Flammenzungen um das helle Gesicht. Wie eine alles verzehrende, heiße Flamme, die Kühlung, ja Erlösung in ihrer schneeweißen Haut fand.

Eine weitere Stunde verflog im Nu, und Basilius lächelte immer wieder stillvergnügt in sich hinein. Von der Wehr genoss den Abend sichtlich, und auch Luzia schien sich gut zu unterhalten.

Sie erzählte von Seefelden, vor allem aber von den Umständen, die sie zurück nach Ravensburg geführt hatten. Über ihre frühe Kindheit hingegen schwieg sie eisern.

Später begann der Medicus ein wenig über Frankreich zu plaudern. »Ich glaube, der Jardin des Plantes würde Euch sehr gefallen.«

»Der Jardin des Plantes?« Luzias Lippen formten die fremden Wörter.

»Frankreichs ältester botanischer Garten. Er ist einzigartig und besonders. Eine geheimnisvolle Schönheit umgibt ihn, die jeden in seinen Bann zieht.« Genau, wie Ihr es tut, dachte er.

»Seltene Pflanzen wurden mühsam aus der ganzen Welt zusammengetragen. Teilweise handelt es sich dabei um die letzten ihrer Art.«

»Eine Arche Noah also?«, wollte Luzia wissen.

Von der Wehr nickte anerkennend. »Das ist ein sehr treffender Vergleich. Viele Künstler zieht es des Lichts wegen in diesen bezaubernden Park. Dichter beziehen ihre Inspiration aus der großen, grünen Seele, selbst wissenschaftliche Vorlesungen finden im Schutz jahrhundertealter Bäume statt, und nicht zuletzt finden Liebespaare ein lauschiges Plätzchen für ihre Zweisamkeit.« Mit den letzten Worten schenkte er Luzia wieder dieses bezaubernde Lächeln, dem sie sich nicht entziehen konnte. Wobei sie sich alle Mühe gab, seine letzten Worte einfach zu ignorieren.

»Mit dem Jardin des Plantes hast du Luzias Interesse geweckt«, schmunzelte Basilius.

»Wie gerne ich diesen Garten einmal sehen würde«, schwärmte Luzia. »Und wie gern ich Montpellier sähe. Die Universität und das Spital. Dort braucht es doch sicher auch eine Hebamme?«

»Da täuscht Ihr Euch ganz und gar nicht.«

Basilius räusperte sich: »Ich unterbreche euch beide nur ungern, aber ich glaube, wir sollten uns langsam auf den Weg in die Kirche machen. Niemandem von uns stünde es gut zu Gesicht, wenn wir schon wieder zu spät kämen.«

Gemeinsam spannten sie den Schlitten an und stellten den wilden braunen Araberhengst des Medicus neben den braven Wallach des Apothekers. Mit dem Korb voller Lebensmittel machten sie sich auf den Weg zur Messe.

Im Inneren der Liebfrauenkirche war es eng und kalt. Der Geruch von Weihrauch und Kerzenwachs hing wie Nebel über den Bänken. Es wurde gehustet und genießt. Einige flüsterten sogar, bis die Messe begann.

Kaplan Grumper ließ zuerst *In dulci iubilo* singen. Dann folgten von den Schülern der Lateinschule die beiden beliebtesten Weihnachtslieder. Zuerst das *Nunc angelorum gloria* und das *Quem pastores laudavere*. In bodenlange Gewänder gehüllt, standen die Schüler mit einer Kerze in der Hand links und rechts neben dem Altar. Ihre feierlichen Weisen erfüllten das hohe Kirchenschiff und bereiteten Luzia eine prickelnde Gänsehaut.

Als klassische Abfolge neben dem Evangelium erfolgte die Lesung aus dem Alten Testament. Es war Weihnachten, heute hatten alle Gelegenheit, die Messe zu besuchen, und so drängte sich die ganze Oberstadt in den Bänken der Liebfrauenkirche, die bis auf die letzte Bank besetzt war. Die Messe wurde auf Latein gelesen, und Luzia fand es schade, dass nicht jeder verstand, was der Kaplan sagte. Rosa Ölschneider, die Magd des Bürgermeisters, die neben ihr kniete, unterdrückte bereits zum wiederholten Male ein Gähnen. Anderen ging es ähnlich.

»Und bedenkt immer, nur die Gottlosen ziehen das Schwert und spannen ihren Bogen, dass sie fällen den Elenden und Armen und morden die Frommen. Aber ihr Schwert wird in ihr eigenes Herz dringen und ihr Bogen wird zerbrechen!«, zitierte Kaplan Grumper zum Ende der Andacht einen seiner liebsten Psalmen.

Nach der Messe knieten die Bedürftigen am Portal der Kirche und warteten auf die Gaben der Bessergestellten. Fast jeder verteilte etwas, denn die Kirche versprach für den Akt der Nächstenliebe eine Vergebung der Sünden. Von einigen hätte Luzia allerdings etwas mehr erwartet. Sie reichte jeder der zerlumpten Gestalten einige Äpfel und Lebkuchen. Als sie an der Zeuser Rita vorüberkam, die nach dem Tod ihres Mannes für drei kleine Kinder sorgen musste, drückte sie ihr ein paar Decken und einige gebrauchte Kleidungsstücke in die Arme.

»Was ist mit seinem Bein?«, fragte Johannes von der Wehr mit Blick auf den Ältesten ihrer Jungen.

»Augustin ist gestürzt«, antwortete Rita Zeuser.

Der Junge schrie vor Schmerz auf, als der Medicus sein rechtes Bein berührte, das seltsam verdreht war.

»Es ist gebrochen.« Er nahm eines der Leinenstücke, die Luzia der Frau gerade gegeben hatte. »Sucht mir einen Stock, möglichst gerade«, befahl er den beiden Brüdern, die sofort in Richtung der alten Eiche losliefen.

Luzia hatte sich bereits dem Nächsten zugewandt. Es war der alte Mann mit den grünen Augen, der ihr schon mehrfach einen Flusskiesel zugesteckt hatte. Sie hängte ihm einen gut gefüllten Beutel um den Hals.

»Ihr habt sogar eine Tasche mit Schlaufen gebracht! Gott segne Euch.«

»Sonst könntet Ihr die Sachen ja nicht mitnehmen«, erwiderte Luzia und legte dem Mann ohne Beine ihre Hand auf die magere Schulter.

»Habt Dank für die guten Gaben. Gott sei mit Euch.«

»Und mit Euch.«

Als Luzia die gefürchtete Stimme hörte, wollte sie sich aufrichten, doch eine knochige Hand drückte sie grob zu Boden und flüsterte: »All diese Almosen werden dir nichts nützen, denn du bist eine Hexe, und als solche wirst du in der Hölle brennen!« Grumpers Stimme ließ ihr das Blut gefrieren.

»Herr Kaplan, wieso beschimpft ihr unsere Hebamme? Sie ist ein guter Mensch und den Armen ein Engel«, wagte der alte Mann zu widersprechen.

»Schweig!«, zischte Grumper und versetzte dem Alten einen schnellen Tritt.

Luzia erstarrte. Sie sah sich nach Zeugen für Grumpers ungeheuerliches Verhalten um, doch außer ihr und einigen Bedürftigen hatte im Getümmel der durcheinanderrufenden und lachenden Menschen niemand etwas bemerkt. Entschlossen half sie dem Mann wieder auf die Beinstümpfe, als sie Grumpers grobe Hand abermals auf ihrem Arm spürte.

Sie fuhr herum. »Was fällt Euch ein! Untersteht Euch, nochmals mich oder einen dieser Leute anzufassen, sonst werde ich schreien!« Sie wusste nicht, woher sie diesen Mut nahm, aber gleich darauf lähmten sie Grumpers Worte.

»Schrei nur, und ich bezichtige deine Krüppel schon morgen des Kirchenraubs, dann kannst du bald zusehen, wie sie der Henker aufknüpft.« Er trat einen Schritt auf Luzia zu. »Andererseits, was würde wohl geschehen, wenn sie bei dir etwas aus der Kirche finden würden?«

Grumpers Speicheltröpfchen brannten auf ihren Lippen, und kalte Augen bohrten sich in ihr Herz.

10

Missmutig warf Basilius die schwere Tür, die Wohnstube und Apotheke voneinander trennte, ins Schloss, dann stapfte er geräuschvoll durch den hohen Arbeitsraum der Apotheke, zog hier eine Schublade und dort eine Schranktür auf, nur um sie gleich darauf wieder geräuschvoll zu schließen.

Luzia, deren Unterarme bis zu den Ellenbogen in getrockneten Lavendelblüten vom Vorjahr steckten, schluckte die Entrüstung, die sie angesichts des Verhaltens ihres Onkels empfand, hinunter. In ihren Augen benahm er sich wie ein ungezogener Flegel.

Jetzt füllte er getrocknete Pfefferminze in die dafür vorgesehenen dickwandigen Glasgefäße, und auch dabei verbreitete der alte Mann viel mehr Lärm, als nötig gewesen wäre. Er klapperte derart mit den Deckeln, dass Luzia schon befürchtete, er würde einen zerbrechen und sich dabei verletzen. Und jeder Schritt, den er mit unverhohlenem Zorn setzte, ließ die Holzdielen erbeben. Was war denn nur los mit ihm?

Eigentlich liebten sie diese Arbeit in der stillen Apotheke, inmitten der Gerüche, die die Heilpflanzen verströmten. In der Regel arbeiteten sie still und achtsam, ohne viel zu sprechen. Für Luzia kam diese Tätigkeit fast schon einer sakralen Handlung gleich. Wenn sich die weise, alte Muttelseele der Heilpflanzen im ganzen Raum verströmte und ihr Innerstes berührte, wurde ihr immer ganz heilig zumute.

Aber heute ist es dir mit deinem Gepolter gelungen, die ganze würdevolle Stimmung zu zerstören, dachte sie ärgerlich. Damit meinte sie nicht nur den Lärm, den er verbreitete, sondern auch die unausgesprochenen Vorwürfe, die schon seit dem Morgengrauen in der Luft hingen.

Bereits während der Morgensuppe war ihr Onkel einsilbig und voller Missmut gewesen, und dieses Auftreten zog sich nun offensichtlich durch den Tag. Es gab einige Eigenschaften ihres Onkels, die sie nicht mochte, aber die brummige Übellaunigkeit, die er bisweilen an den Tag legte, raubte ihr den letzten Nerv. Konnte er nicht einfach sagen, was ihn verärgert hatte? Luzia presste einige der violetten Blüten und versuchte sich durch den besänftigenden Duft ein wenig zu beruhigen. Alles wird gut, schien ihr der französische Geist des Lavendels zuzuflüstern.

Stattdessen griff die Spannung immer weiter um sich, und bald überschattete sie die Apotheke wie eine düstere Gewitterwolke. Plötzlich drehte sich Basilius um und holte tief Luft.

»Was hast du dir nur dabei gedacht, als du ohne mein Wissen in den Kerker hinabgestiegen bist?«, polterte er los. »Und wie kommst du nur dazu, auch noch ohne Genehmigung des Rats einer Gefangenen zu helfen?« Basilius schleuderte das mit Pfefferminz gefüllte Leinen auf den großen Eichentisch im Arbeitsraum und schritt wie ein düsterer Galgenvogel auf seine Nichte zu.

Luzia erschrak. Noch bevor sie eine Antwort hervorbringen konnte, setzte Basilius seine wütende Rede fort. »Um ihr im Anschluss auch noch beim Sterben zu helfen, damit sie dem Henker entgeht!«

Die Worte des Onkels ließen sie frösteln. Hatte sie tatsächlich geglaubt, ihr Besuch im Gefängnis würde kein Nachspiel haben? Wenn sie ehrlich war, war ihr gleich danach die Angst im Nacken gesessen, aber nach so langer Zeit? Schließlich war es zum Ende des Martinimondes gewesen, als Michel gekommen war und sie um Hilfe gebeten hatte. Mittlerweile hatten sie längst das neue Jahr begangen.

Aus Basilius' Mund klang es, als hätte sie in dieser Nacht eine andere Wahl gehabt. Doch in Luzias Erinnerung zählten die Stunden im Kerker zu den bittersten, die sie bisher in Ravensburg erlebt hatte. Was dachte sich ihr Onkel dabei, sie jetzt mit Vorwürfen zu überschütten? Eine hilflose Wut stieg in ihr auf und brachte ihr rotes Haar zum Knistern.

»Aber ...«, begann sie voller Ungeduld und stemmte die Hände in die Hüften.

»Es gibt kein Aber«, schnitt er ihr das Wort ab. »Und jetzt schweig! Ich bin noch nicht fertig!«

Luzia hatte ihren Onkel noch nie so zornig gesehen. Seine Augen traten fast aus den Höhlen, was durch die Augengläser, durch die er sie jetzt ansah, noch verstärkt wurde. Dazu pulsierte die dicke, blaue Ader entlang seines Halses bedrohlich.

»Du hast nicht nur den möglichen Tod der Vögelin hingenommen, nein«, Basilius hob wie auf einer Bühne die Arme und fuchtelte mit ihnen herum, während er ihren Tonfall nachahmte: »Du warst nicht bereit, ihr Leiden zu verlängern.«

Luzia erstarrte, als sie ihre eigenen Worte hörte, doch im nächsten Augenblick kehrte das Gefühl, nichts Unrechtes getan zu haben, zurück. Zornig reckte sie ihr Kinn vor und funkelte ihren Onkel an.

»Ich hatte keine andere Wahl …«

»Du bist jetzt still und hörst dir an, was ich zu sagen habe!«, fiel ihr der alte Mann abermals ins Wort. »Im Anschluss hast du noch genug Zeit, etwas zu deiner Verteidigung vorzubringen.«

»Einer Verteidigung bedarf es gewiss nicht, denn meine Entscheidung war die einzig richtige!«, schrie Luzia aufgebracht, bevor sie wütend ihre Unterlippe vorschob und sich notgedrungen anhörte, was ihr Onkel zu sagen hatte.

»Ist dir eigentlich klar, dass du mit deinem Handeln nicht nur den Rat der Stadt gegen dich aufgebracht hast, sondern auch dem Henker zwei Pfund schuldest?«

Die Worte des Onkels trafen sie wie Hammerschläge. Aber sie hatte doch nur einem unschuldigen Kind helfen wollen, sagte sich Luzia. Dagegen konnte Basilius doch wohl nichts vorbringen! Plötzlich wurde ihr bewusst, was ihr Onkel eben zu ihr gesagt hatte. Er hatte die Worte wiederholt, die sie im Kerker zu Berta Vögelin gesagt hatte. Also hatte sie jemand verraten. Aber wer? Michel konnte es nicht gewesen sein, denn bevor sie an jenem Tag den Kerker verlassen hatten, waren sie sich einig gewesen, was sie sagen wollten: Für Berta hatten sie nichts mehr tun können, sie war bereits tot gewesen. Es war ihnen lediglich gelungen, den kleinen Vinzenz zu retten, den Luzia gleich im Anschluss in die Obhut der Franziskanerinnen gegeben hatte.

Während alle Erinnerungen an diese schwarze Nacht zurückkamen, überfiel sie die plötzliche Angst, einen verhängnisvollen Fehler gemacht zu haben. Und statt ihr beizustehen, machte Basilius ihr auch noch Vorwürfe.

»Was hättest du denn an meiner Stelle getan, als Michel vor der Tür stand und von der bevorstehenden Geburt einer Gefangenen berichtete?«, fauchte sie aufgebracht und stapfte zum anderen Ende der Apotheke. Von dort aus schrie sie ihn weiter an. »Ein solch barbarisches Verhalten hätte ich nie hinter dir vermutet. Sonst ist dir die Nächstenliebe doch immer heilig! Ich hasse, wie du mit zweierlei Maß misst!«

»Luzia! Jetzt gehst du aber ...«

Luzia schnitt ihm das Wort ab. »Wärst du in der Gewissheit schlafen gegangen, dass sich ein Mensch zu Tode quält, während du ihm hättest helfen können?« Sie wollte sich abwenden.

»Du bleibst jetzt hier, ich bin noch nicht fertig!« Mit diesen Worten griff Basilius nach Luzias Arm, um ihre Flucht zu verhindern.

Mit seiner Berührung erfasste eine Welle der Sorge ihr Herz und trieb ihr die Tränen in die Augen. Basilius hatte furchtbare Angst um sie. Sein ungehaltenes Gehabe entsprang einzig seiner Furcht, und im Grunde wusste er, dass er an ihrer Stelle nicht anders gehandelt hätte.

»Glaub mir, ich kann sehr gut verstehen, dass du Michels Ruf gefolgt bist. Schließlich ließ dir dein Herz keine andere Wahl, aber damit hast du dich in große Gefahr gebracht. Manchmal haben die Wände Ohren. In diesem Fall waren es die von Schwarzenberger, und ihn gegen dich zu wissen, bereitet mir mehr Sorge als alle Vorwürfe seitens des Rats oder der Klage des Henkers«, sagte Basilius und streichelte über Luzias Haar. »Den entgangenen Lohn habe ich Meister Ungelehrt bereits heute Morgen ersetzt, und was den Rat angeht, hast du in Burkhard Ettenhofer einen mächtigen Fürsprecher. Nicht jeder kann sich der Gunst des Bürgermeisters gewiss sein. Aber Schwarzenbergers Klage kannst du dennoch nicht ungeschehen machen. Auch wenn es dem Bürgermeister nach der Anhörung gelingen wird, seine Räte von deiner Unschuld zu überzeugen, werden die Vorwürfe in den Köpfen einiger Männer weiterleben, um bei einer anderen Gelegenheit mit aller Kraft wieder an die Oberfläche zu kommen. Dann wird es heißen: ›Vielleicht war es die Gassnerin. Ihr hat man schon einmal vorgeworfen, ein Kind dem Teufel geweiht zu haben.‹« Basilius erschrak über seine eigenen Worte.

»Was?«, fragte Luzia. Das Entsetzen verschlug ihr beinahe die Sprache. »Dieser schmierige Kerl wirft mir vor, mit dem Teufel im Bunde zu sein?«

Basilius schloss resigniert die Augen.

»Du hast richtig gehört. Berthold Schwarzenberger besteht darauf, du habest das Kind der Vögelin den Mächten der Dunkelheit geweiht«, sagte er, und sein Gesicht wirkte plötzlich grau und alt.

Die ungeheuerliche Anschuldigung brannte sich wie Säure in ihre Haut. Dem Teufel ein Kind geweiht! »Warum besucht Bürgermeister Ettenhofer nicht einfach den kleinen Vinzenz bei den Franziskanerinnen?«

»Das hat er ja getan, aber Schwarzenberger behauptet, dass sich der Teufel das Kind erst später holt!«

Luzia starrte ihn fassungslos an. Ihr Mund fühlte sich an, als habe sie Mehl geschluckt.

»Luzia!« Der Apotheker umfasste die Schultern seiner Nichte und schüttelte sie leicht. »Berthold Schwarzenberger ist ein sehr gefährlicher Mann. Wahrscheinlich findest du in ganz Ravensburg keinen hinterhältigeren und gefühlloseren Menschen.«

O doch, dachte Luzia traurig. Schwarzenberger und Kaplan Grumper sind aus demselben Holz geschnitzt.

Basilius fing an, vor den Regalen mit den vielen Gefäßen auf und ab zu gehen. Er war jetzt überhaupt nicht mehr wütend, sondern nachdenklich und sprach mehr zu sich selbst.

»Die Herren der Fernhandelsgesellschaft haben Schwarzenberger seinerzeit als Söldner für einen Handelszug angeheuert. Soviel ich weiß, ging die Fahrt nach Saragossa und wieder retour. Unter den Wagen befand sich ein Gefährt mit kostbaren Reliquien für das Kloster zu Altdorf. In der Fremde machte Schwarzenberger auf sich aufmerksam, weil er einen drohenden Überfall vereitelte. Ich habe gehört, er soll den Anführer der Diebesbande mit einem einzigen Schwerthieb getötet haben, und daraufhin haben seine Kumpane ihr Heil in der Flucht gesucht. Bei seiner Rückkehr nach Ravensburg wurde seinem Gesuch, in der Stadt sesshaft zu werden und eine feste Anstellung bei der Torwache zu beziehen, auffallend schnell stattgegeben. Die Fürsprecher kamen ja auch aus höchsten Reihen.«

Luzia sah ihn fragend an. »Der Kaplan?«, flüsterte sie.

Basilius nickte, ohne seine Wanderung zu unterbrechen. »Obwohl seine Söldnerkollegen Schwarzenberger für gewalttätig und tyrannisch hielten, machte sich Kaplan Grumper für ihn stark. Immerhin hatte Schwarzenbergers Eingreifen eine Plünderung von Eigentum des Klosters verhindert, und wie wir beide wissen, untersteht die Liebfrauenkirche und damit auch Kaplan Grumper dem Kloster zu Altdorf.«

Luzia nickte schwach. Sie fühlte sich plötzlich, als habe man ihr den Boden unter den Füßen weggezogen. Mit hängenden Schultern ließ sie sich auf den dreibeinigen Schemel fallen, den Basilius heranzog.

»Seither gehört er der Stadtwache an. Dem Großteil seiner Kollegen gilt er als arbeitsscheu und geldgierig. Aber es gibt immer auch jene, die auf seiner Seite stehen, sei es, weil sie ihn fürchten oder weil sie Nutznießer seiner Machenschaften sind. Er erhebt nämlich auf die Einfuhr einiger Waren überhöhte Zölle. Es wird gemunkelt, Schwarzenberger und einige seiner Kollegen würden neben dem Klerus beim Reliquienhandel ordentlich Kasse machen.«

»Wie kann das sein?«

»Schwarzenberger soll angeblich beide Augen zudrücken, wenn abgeschnittene Locken oder ausgegrabene Knochensplitter bekannter Heiliger oder Märtyrer über welche Wege auch immer in die Stadt gelangen. Dafür hält er die Hand auf, wenn der Kaplan verbotenerweise eines dieser religiösen Überbleibsel für viel Geld an wohlhabende Bürger verkauft. Doch Genaueres weiß Gott allein.«

»Aber warum legt man einem wie ihm nicht einfach das Handwerk?«, fragte Luzia aufgebracht und verschränkte die Arme vor der Brust.

»Das ist eine berechtigte Frage. Leider fehlte bislang immer ein ausreichender Beweis.«

»Du meinst, er bekommt Rückendeckung?«

»So könnte man sagen. Ein paar Räte und Kaplan Grumper sind Schwarzenberger sehr gewogen.«

Das kann ich mir gut vorstellen, dachte Luzia.

»All das erzähle ich dir lediglich, damit du dir ein Bild von Schwarzenberger und den Machtverhältnissen in der Stadt machen kannst und dich zukünftig vor ihm in Acht nimmst!«, sagte Basilius sanft und streichelte Luzia wieder übers Haar.

»Das ist nicht mehr nötig«, gab sie leise zurück. »Ich kannte ihn bereits. Er war der diensthabende Wachmann, als ich in Ravensburg angekommen bin. Wir hatten einen ziemlich hässlichen Streit. Er hat meine Ehre beleidigt und wollte mich nicht in die Stadt hineinlassen.«

»Davon hast du mir nie erzählt.«

»Ich hielt es für nicht besonders wichtig.«

»Das wäre es aber gewesen!«, entgegnete der alte Mann tadelnd und rieb sich den kurzen grauen Bart. »Erzähl mir genau, was passiert ist«, wies er sie an und schob ihr einen gefüllten Becher zu. »Trink einen Schluck! Du bist ganz blass um die Nase.«

Luzia tat ihm den Gefallen und begann zu erzählen.

»Wäre Oberst Feldmann nicht gewesen ...«, beendete sie ihre Schilderung.

Basilius schwieg nachdenklich. »Mit den Männern der Torwache müssen wir alle leben. Ein Stück weit werden wir ihnen immer ausgeliefert sein«, sagte er schließlich und nahm seine Augengläser ab. »Aber in Berthold Schwarzenberger hast du dir einen erbitterten Feind gemacht, weil du ihn gedemütigt hast. Er ist nicht der Mann, der eine Erniedrigung jemals vergisst. Du musst mir versprechen, dich nicht mehr in eine solche Gefahr zu begeben. Sollte wieder einmal in den Kerkerzellen nach dir verlangt werden, werden ich selbst oder Johannes dich begleiten.«

Luzia nickte und nahm noch einen Schluck aus dem Becher. Verwundert stellte sie fest, dass ihr das Dünnbier gar nicht einmal so schlecht schmeckte.

»Wenn Schwarzenberger ein so rachsüchtiger Mann ist, wie du sagst, dann verstehe ich nicht, wieso er sich Zeit gelassen hat, ehe er ...«, Luzia brach ab und dachte einen Augenblick nach. »Von wem hast du die Geschichte eigentlich erfahren? Doch sicher nicht von diesem Mistkerl selbst?«

Basilius schüttelte den Kopf und rieb sich die müden Augen, bevor er das Glas wieder auf die Nase setzte.

»Ein Ratsknecht überbrachte mir ein persönliches Schreiben des Bürgermeisters. Darin unterrichtete Burkhard Ettenhofer mich über Schwarzenbergers Aussage. Laut Ettenhofer hat er seine Klage erst vor ein paar Tagen erhoben.«

Die schlimmste Nachricht, nämlich dass Luzia eine Vorladung erhalten hatte, wollte er noch ein wenig zurückhalten.

Natürlich!, dachte Luzia, als abermals unliebsame Bilder aus ihrer Erinnerung aufstiegen.

Es war in der letzten Woche des Taumonds gewesen, als sie in das Haus des Metzgers am Gerberbach gerufen worden war. Klara Löffler, die Frau des Metzgers, hatte einige Wochen vor der Zeit eine Totgeburt erlitten und blutete sehr stark. Luzia erkannte die Vorzeichen gleich, als sie sie sah. Die bläulich marmorierte Haut und die kalten Gliedmaßen waren eindeutige Boten des Todes. Weder die kalten Leinwickel noch die warmen Steine auf dem Unterleib vermochten den Zustand der Frau zu bessern. Sie hatte sich bereits von ihren beiden kleinen Töchtern verabschiedet, die weinend am Bett saßen, und dämmerte nur noch vor sich hin. Jetzt wäre Mutterkorn das Richtige gewesen, doch die letzten Körnchen des hochwirksamen Pilzes waren längst aufgebraucht. Erst mit der nächsten Getreideernte würde es diese Medizin wieder in der Hebammentasche geben. In ihrer Not erhoffte sich Luzia Rettung von dem Hirtentäschel, der in großen Mengen neben der Buche auf der Kuppelaue wuchs. Den Hebammen war die Pflanze mit den vielen weißen Blüten heilig. Freilich konnte sie jetzt lediglich die Wurzel verwenden, denn frisches Kraut gab es jetzt, zu Beginn des Jahres, noch lange nicht. Luzia beschloss, mit der frisch ausgegrabenen Wurzel des Kreuzblütengewächses den Kampf gegen den Tod aufzunehmen und der Frau ihre Leiden zu erleichtern, wenn sie ihm schon nicht das Zepter entreißen konnte. Sie erzählte der Löfflerin, was sie vorhatte, und die Frau bat sie, das Menschlein, welches ihr Leib nicht hatte halten können, bei dieser Gelegenheit mitzunehmen. »Die alte Buche wird der ungetauften Seele Mutter und Beschützerin sein«, flüsterte sie mit versagender Stimme.

Luzia zögerte, doch dann dachte sie daran, dass es nur dem geübten Auge möglich war, in den geronnenen Blutklumpen ein menschliches Wesen zu erkennen, und so willigte sie schließlich ein. Sie wollte der todgeweihten Frau diese Bitte, die vielleicht ihre letzte war, nicht abschlagen. Deshalb packte sie die Fehlgeburt in ein Leinen und nahm sie mit.

Als sie Schwarzenberger am Tor stehen sah, schwand ihr das Herz, und sie beschlich die beklommene Ahnung, einen Fehler begangen zu haben. Selbst jetzt, während sie ihrem Onkel davon erzählte, fühlte sie die Angst, die sie bei seinem Anblick befallen hatte. Eine begründete Angst, wie sie jetzt wusste.

Als sie ihm gegenübergestanden hatte, hatte er barsch gefragt, wohin sie wolle, und das Bündel zu sehen verlangt, welches sie bei sich trug. Während er seine Befehle erteilte, drängte er sie in eine Mauernische und blieb dicht vor ihr stehen. Er kam ihr sogar so nahe, dass sie sein steifes Glied an ihrem Schenkel spüren konnte.

Bei diesem Gedanken wurde ihr noch jetzt übel.

»Ihr verlangt zu sehen, was ich bei mir trage?«, fragte sie in ihrer Not und schlug das Leinen auseinander. Schwarzenberger fuhr mit einem verblüfften Schrei zurück.

»Es ist eine Nachgeburt«, sagte Luzia geistesgegenwärtig und tat einen Schritt nach vorn. »Ich werde sie an einem geschützten Platz vergraben, wie es für unseren Berufsstand Sitte ist.«

Sie hob das blutige Bündel in ihrer Hand und hielt es ihm vor das Gesicht, sodass er zurückweichen musste. Für einen Augenblick standen sie sich so gegenüber, dann kam glücklicherweise der Kollege Schwarzenbergers vom Abtritt zurück.

»Was treibt ihr da?«, fragte er ungeduldig. Er ließ sich den Inhalt des Bündels zeigen und hielt ihn für ungefährlich. Luzia durfte das Tor passieren.

»Weißt du denn nicht, was die Weiber bei einer Geburt so alles von sich geben?«, hörte sie in ihrem Rücken den zweiten Torwächter lachend sagen. Sie musste sich nicht umdrehen, um zu wissen, dass Schwarzenberger vor Zorn zitterte.

Natürlich!, dachte sie jetzt. Schwarzenberger hatte ganz andere Pläne mit ihr gehabt, und sie hatte ihn um sein Vergnügen gebracht und ihn ein weiteres Mal vor seinem Kollegen gedemütigt. Seine Klage war die Rache dafür! Luzia schluckte den bitteren Geschmack von Galle hinunter. Ihr Blick verschleierte sich, und als sie Basilius' Arme fühlte, die sich tröstend um ihren Leib legten, ließ sie ihren Tränen freien Lauf.

»Was geschieht denn nun?«, fragte Luzia, nachdem sie sich einigermaßen beruhigt hatte.

Basilius spürte, wie sich das zweite Schreiben, das sich noch in einer Tasche seines Hemdes befand, in sein Herz brannte. Zögernd kramte er es hervor und reichte seiner Nichte das vom Rat der Stadt gesiegelte Schriftstück. Mit zitternden Händen öffnete sie das glatte Pergament. Dieser Brief konnte nur eines bedeuten. Dennoch wollte sie die Zeit noch ein wenig anhalten, bevor die Gewissheit über sie hereinbrechen würde, dass sie ihren Häschern nicht entgehen konnte.

Als sie endlich zu lesen begann, tanzten die geschwungenen Buchstaben vor ihren Augen. Sie verschwammen zu einer furchteinflößenden Fratze und kicherten böse: »Du Närrin! Hast du geglaubt, du kommst davon?« Mit einem Aufschrei des Entsetzens schleuderte Luzia den Brief von sich. Basilius bückte sich, hob das Pergament auf und gab es ihr zurück. In einem neuerlichen Anlauf las sie:

Jungfer Luzia Gassner,
gegen Euch wurde Klage erhoben. Ihr wurdet von einem Mitglied der Torwache aufs schwerste belastet.
Zur Klärung des Sachverhalts bestelle ich, Ammann der freien Reichsstadt Ravensburg, Euch kraft des mir verliehenen Amtes zu einer Anhörung vor den Stadtrat.

Die Befragung wird am Benedikttag, dem 21. des Lenzmondes, um die dritte Stunde nach dem Mittagsläuten stattfinden.

Zacharias Jost, Ammann der Stadt als Vertreter des Kaisers.
Ravensburg im Jahre der Menschwerdung des Herrn 1484

Luzia ließ das Pergament sinken, sie fühlte, wie ihre Lippen taub wurden und sich ihr Magen verkrampfte. Hin- und hergerissen zwischen Wut und Angst, überkam sie das Gefühl völliger Hilflosigkeit. Sie war der Willkür Schwarzenbergers ausgeliefert und würde es immer sein, solange sie beide in dieser Stadt lebten. Plötzlich sehnte sie sich wie schon lange nicht mehr nach der alten Heimat.

Seefelden – dort hätte sie jetzt in Elisabeths Armen Trost gefunden. Sie hätte ihr einen Kräuteraufguss bereitet, der ihre Seele streichelte, um sie anschließend weinen zu lassen, bis sie der Schlaf auf den sanften Schwingen des Vergessens davongetragen hätte.

»Meinst du, es wird sehr schlimm?«, fragte Luzia, und ihre Stimme schien aus dem Nirgendwo zu kommen.

Basilius schüttelte den Kopf. »Nicht, solange Ettenhofer auf deiner Seite steht. Kraft seines Amtes wird es ihm gelingen, die meisten der Räte davon zu überzeugen, dass du nichts Unrechtes getan hast. Sorgen bereitet mir allerdings Grumper. Er will die Sache nicht auf sich beruhen lassen. Ettenhofer schreibt, er verhalte sich äußerst unversöhnlich.«

Luzia schluckte schwer und legte die Hand auf ihr Herz. »Wieso weiß der Kaplan davon?«

»Nun, wenn der Teufel ins Spiel kommt, lässt sich die Kirche schwerlich heraushalten.«

Natürlich, dann versucht man ihn mit dem Beelzebub auszutreiben, dachte sie bitter.

11

Macht endlich die Tür zu und setzt Euch!«, brummte Ettenhofer, an Benedict Egle gewandt. Obwohl er schon heißen Wein und geröstetes, mit Schmalz bestrichenes Brot hatte bringen lassen, fror der Bürgermeister sichtlich. Das lag nicht allein an den unwirtlichen Temperaturen, die selbst am Anfang des vierten Monats im Jahr noch wärmende Kohlebecken erforderlich machten. Voller Unbehagen blickte Ettenhofer in die Runde und nickte schließlich.

»Hiermit erkläre ich die Ratsversammlung für eröffnet. Wir schreiben den 8. des Ostermondes im Jahre des Herrn 1484.«

Alle Mitglieder des einundzwanzigköpfigen Stadtrates der freien Reichsstadt Ravensburg saßen auf ihren Plätzen und warteten darauf, dass der Bürgermeister, der dem Rat vorsaß, die Punkte der Sitzung verlas.

Der holzgetäfelte Ratssaal mit seiner gewölbten Bohlenbalkendecke war das Herz des Rathauses. Hier tagte neben dem Stadtrat auch das elfköpfige Blutgericht, das sich wiederum aus Mitgliedern des Stadtrats zusammensetzte. Die Amtsbrüder beider Räte stammten überwiegend aus dem Patriziat.

Den Rest der Ratskollegen stellten die acht Meister der Handwerkerzünfte.

Im Ratssaal herrschte immer eine besondere Stimmung, hier war die Macht fast greifbar und zog die Anwesenden in ihren Bann.

Die zur Straße gelegenen kleinen Fenster waren allesamt bleiverglast und zeigten die Wappen der Stadt und des Reichs. Von den schlichten Fensterpfeilern aus hellem Sandstein fielen dem Betrachter zwei besonders ins Auge. Sie zeigten in einer ausnehmend schönen Steinmetzarbeit eine Szene aus der Erzählung von Tristan und Isolde. Das ungetreue Liebespaar, welches als Gleichnis auf den Sündenfall von Adam und Eva anspielte, galt den Anwesenden als Symbol des Gerichtssaals. Hier sollte die göttliche Ordnung wiederhergestellt werden.

Alle einundzwanzig Räte saßen um den mächtigen ovalen Eichentisch, unter dem mehrere Kohlebecken Platz fanden. Bürgermeister und Ammann saßen sich gegenüber. Die mit feinen Schnitzarbeiten verzierten Wände wurden durch Porträts der vorangegangenen Amtsinhaber geschmückt. Überall hingen rußende Talglichter an den Wänden und vor beinahe jedem Ratsmitglied stand eine etwas weniger Ruß erzeugende Öllampe. Während Decke und Wände aus dunklem Holz bestanden, die das ganze Licht schluckten, ließen auch die Fenster fast keine Helligkeit herein, was zu allen Zeiten eine geheimnisvolle, beinahe gespenstische Stimmung erzeugte. Fast als atme der düstere Raum die Angst all jener aus, die hier schon auf ein hartes Urteil gewartet hatten.

Ettenhofer saß genau gegenüber dem Fenster, welches die Szene aus Tristan und Isolde zeigte. Er bemerkte, dass auch seine Nebensitzer einen Blick darauf warfen, als würden sie ein schlechtes Omen sehen. Um das schlechte Gefühl zu vertreiben, rausperte er sich energisch. Er wollte aus der Angelegenheit Schwarzenberger keine große Sache mehr machen und sie endlich vom Tisch haben. Schließlich hatten er selbst und der Ammann zusammen mit den Räten bereits viele Stunden über der Klagesache zugebracht und Luzia Gassner selbst befragt. Bei der heutigen Sitzung wollte er nur noch den sturen Rest seiner Gefolgsleute davon überzeugen, dass Schwarzenberger die Hebamme Luzia Gassner mit seiner Geschichte lediglich denunzieren wollte, und somit die unangenehme Angelegenheit endgültig zum Abschluss bringen. So sah er es und der Großteil seiner Männer ebenfalls.

Diesen neuen Wahn, der auf der anderen Seite des Sees Fuß gefasst hatte, wollte er in seiner stetig wachsenden Stadt auf gar keinen Fall zulassen. Das brachte nur Unruhe unter den Leuten und schadete dem Handel. Außerdem hielt Ettenhofer das ganze Gerede über Hexen für ausgemachten Humbug. Dieser Hexen- und Teufelsdreck, den Schwarzenberger mit seiner überaus dummen Klage angezettelt hatte, musste ein für alle Mal aus seiner Stadt verschwinden. Auch dieses Geschwätz ums Wettermachen, das einige seiner Männer immer wieder vorbrachten, hielt er, gelinde gesagt, für Blödsinn. Freilich ging es den Leuten momentan nicht besonders gut. Bereits das dritte Jahr in Folge waren die Ernten mehr als bescheiden ausgefallen, und nach einem ungewöhnlich kalten Winter zeigte sich das Frühjahr bislang mehr als dürftig. Die Speicher des Kornhauses standen leer. Die Preise waren ins Astronomische gestiegen und die Löhne in den Abgrund gefallen. Viele litten an Auszehrung und Krankheiten aller Art.

Besonders hart traf es dabei die einfachen Handwerker und die Bauern, die ohne eigenen Besitz dastanden. Nicht zu reden von den Tagelöhnern. Aber sie alle gehörten in diese Stadt wie der Blaserturm und der andere Turm, der weiße Mehlsack, der das Wahrzeichen Ravensburgs war. Einerlei, es würde auch wieder anders kommen. Davon war er überzeugt.

Noch einmal räusperte sich der Bürgermeister. »Meine Herren, lassen Sie uns nun zum ersten Punkt unserer Tagesordnung kommen. Dabei handelt es sich um den Vorschlag des Erzherzogs Sigmund von Österreich. Nachdem nun auch dem letzten Mann klar sein sollte, dass der Bodensee-Städtebund bereits im Jahre 1475 unwiederbringlich auseinandergebrochen ist, bleibt zu überlegen, ob wir dem Drängen des Vetters Kaiser Friedrichs III. nachgeben sollten. Erzherzog Sigmund drängt sich uns geradezu als neuer Bündnispartner auf. Dabei will er um jeden Preis die Städte der Landvogtei Schwaben, aber auch die um den Bodensee, also auch Lindau, Buchhorn und Überlingen, in sein österreichisches Bündnissystem eingliedern. Meine Herren, bitte bedenken Sie, Sigmunds Bündnis würde Ravensburg einerseits mehr Schutz gewähren, uns aber andererseits in unserer politischen Bewegungsfreiheit stark einschränken. Bislang ist Ravensburg als freie Reichsstadt einzig Kaiser Friedrich III. sowie dem Reich verpflichtet, und so sollte es nach Möglichkeit auch bleiben.«

Obwohl die Möglichkeiten eines Schutzbündnisses eingehend diskutiert wurden, kamen die Räte zu keiner Einigung. Zu unterschiedlich waren die Ansichten der einzelnen Männer.

An zweiter Stelle der Tagesordnung stand die Klage Berthold Schwarzenbergers gegen die Hebamme Luzia Gassner. Die Ratsmitglieder bestanden darauf, nochmals die Geschichte der Hebamme zu hören. Jede Einzelheit wurde von Neuem eingehend besprochen.

»Warum wurde eigentlich die Hebamme Luzia Gassner nicht einem Gottesurteil unterzogen?«, meldete sich Benedict Egle, Zunftmeister der Schneider, zu Wort. Der wohlgenährte, kleine Mann lehnte sich betont gelassen in seinem Stuhl zurück und leckte sich ein paar Weintropfen von den Lippen. Ludwig Bopfler, Zunftmeister der Bäcker, nickte heftig zu Egles Worten. Dem Rest der Stadträte wich genau wie dem Bürgermeister selbst die Farbe aus dem Gesicht.

In einem Gottesurteil hoffte man die Entscheidung bei ungeklärten Sachverhalten in einem Rechtsstreit durch ein göttliches Zeichen herbeizuführen. Verdächtige, die ihre Unschuld nicht eindeutig belegen konnten, mussten durch ein solches Ordal ihre Unschuld beweisen. Am häufigsten kam das Wasserbad zur Anwendung. Dabei machten es sich die Richter recht einfach: Der Beschuldigte wurde bis zur völligen Bewegungslosigkeit gefesselt, dann warf man ihn in ein stehendes Gewässer. Sank der Angeklagte auf den Grund und blieb dort, war seine Unschuld bewiesen. Oft war er bis dahin allerdings ertrunken. Trieb er dagegen nach geraumer Zeit zur Wasseroberfläche hinauf, konnte er sich einer Verurteilung nicht entziehen. Seit Jesus Christus mit dem Jordanwasser seine Jünger getauft hatte, wurde allen Gewässern eine gewisse Heiligkeit zugesprochen. Demnach war es die Entscheidung von Gott, den Übeltäter zu entlarven.

Ettenhofer konnte dieser Art der Wahrheitsfindung nichts abgewinnen. Er räusperte sich, bildete mit den Fingern eine

Pyramide und fixierte den Zunftmeister mit einem kühlen Blick.

»Weil Ammann Jost und ich keinen Anlass hatten, Jungfer Gassners Ausführungen keinen Glauben zu schenken. An ihren Worten bestand nicht der geringste Zweifel. Außerdem befragten wir den jungen Weidacher zu dem Hergang im Kerker. Beide Aussagen waren absolut identisch. Und jetzt ...«

»Das mag ja alles sein, und all das wissen wir bereits. Aber bedenkt, selbst wenn sich Schwarzenberger getäuscht hat und die Gassnerin nicht mit dem Teufel im Bunde steht, hat sich die Hebamme durch den Gnadenakt an der Vögelin schuldig gemacht. Einer zum Tode verurteilten die Gnade des schnellen Todes zu gewähren, steht einzig dem Vogt zu«, fiel ihm Ludwig Bopfler ins Wort. Er hatte nicht einen Augenblick an den Worten des Wachmanns gezweifelt. Freilich war Berthold nicht der Hellste, doch er hatte Augen im Kopf und feine Ohren. Was sich dort im Kerker abgespielt hatte, musste bestialisch gewesen sein. Nach Schwarzenbergers Worten fanden sie Berta Vögelins Leichnam in einem grausigen Zustand. Deshalb konnte er Ettenhofers Halsstarrigkeit nicht verstehen. Zum Teufel mit diesem geilen, alten Bock!, dachte er zornig.

Benedict Egle mischte sich ein: »So ist es. Und wenn Aussage gegen Aussage steht, kann das Gericht ein Gottesurteil verlangen. Nur weil die Gassnerin ein rassiges Weib ist, sollten wir uns nicht von ihr täuschen lassen«, pflichtete er ihm bei.

Bopfler nickte. Wie so häufig teilte sein Amtsbruder seine Meinung.

»Lieber Himmel!«, stöhnte Ettenhofer und hob die Hände zur Decke. »Eigentlich hatte ich gehofft, diese Angelegenheit schnell vom Tisch zu haben.«

Ein Großteil der Räte klopfte zustimmend auf die Tischplatte vor sich. Da es bereits gegen Mittag ging, neigte sich die Geduld der meisten dem Ende zu.

»Warum zweifelt Ihr eigentlich so sehr an Schwarzenbergers Geschichte?«, wollte Egle wissen und wartete mit gespannter Miene auf Ettenhofers Antwort. So schnell wollte er nicht klein beigeben, zumal er sich Bopflers Zustimmung sicher sein konnte.

»Mit Verlaub, wir sprechen über einen stadtbekannten Trunkenbold und einen Hurenbock obendrein.«

Einige Ratsmitglieder verkniffen sich mühsam ein Lächeln. Schließlich galt Ettenhofer selbst nicht gerade als Kind von Traurigkeit. Freilich verkehrte er, was die Damen betraf, in besseren Kreisen als Schwarzenberger, der alles nahm, was er kriegen konnte.

»Außerdem darf ich Euch vielleicht daran erinnern, dass es Jungfer Gassner war, die Eurer Tochter nach wie vielen Totgeburten endlich zu einem gesunden Kind verhalf«, sagte er an den Schneider gewandt. »Ihr könnt froh sein, dass Euer Mädel noch lebt! Darüber hinaus haben Ammann Jost und ich beschlossen, dass wir in unserem Städtchen keine Hexenverbrechen dulden. Es scheint zwar irgendwie in Mode zu kommen, unter den bis dahin unbescholtenen Bürgern plötzlich eine sogenannte Unholdin zu entlarven, aber diese neuartige Erscheinung wird um Ravensburg einen Bogen machen müssen«, fuhr Ettenhofer sichtlich gereizt fort.

»Dann glaubt Ihr also, dass sich die Konstanzer in ihrem Prozess gegen Ursel Hübner getäuscht haben? Immerhin wurde ihr Hexerei vorgeworfen. Mithilfe eines Wetterzaubers soll sie Stürme heraufbeschworen haben, die lediglich der Teufel zustande bringt«, warf Ludwig Bopfler mit einer wütenden Handbewegung ein.

Wie Ettenhofer diese Leier hasste! Er wettete mit sich selbst, ob diesmal Bopfler oder eher Egle das altbekannte Lied anstimmen würde, die Missernten der letzten Jahre seien der Hebamme anzulasten. Bereits beim letzten Mal wurde heftig darüber diskutiert, ob nicht auch der schlechte Zustand der Felder dem Tatbestand der Hexerei zuzuschreiben sei.

»Es gibt keine Hexen!«, wetterte der Bürgermeister und schlug mit der Faust auf den Tisch. »Vielleicht solltet Ihr Euch zur Nacht wieder einmal von Eurem Weib das Genick kraulen lassen. Möglicherweise würde sich Eure Stimmung dadurch ein wenig bessern und Eure Streitlust würde gemildert!«

Geziert kratzte sich Egle seine breite Nase. Er erinnerte Ettenhofer immer an eine dicke Unke. Sein großer Kopf mit den feisten, immer geröteten Wangen ging übergangslos auf den gedrungenen Rumpf über. Dazu kleidete er sich wie ein Geck. Egle galt unter den Mitgliedern des Rats als stur und unbelehrbar. Jetzt betrachtete er seine makellosen Hände, die nur knapp unter den bauschigen Ärmeln seines Hemdes hervorschauten. Zusammen mit seinem engsten Freund und Ratskollegen Bopfler gehörte er zu den weniger beliebten Stadträten.

»Zu bedenken bleibt auch, dass unser sehr verehrter Kaplan Grumper die Gassnerin für schuldig in Punkt zwei der Anklage befindet. Nach seiner Meinung besteht kein Zweifel, dass die Gassnerin mit den Mächten der Finsternis im Bunde steht. Und um noch einmal auf Schwarzenberger zurückzukommen: Nun, im Gegensatz zu Euch hält Kaplan Grumper große Stücke auf ihn. Im Übrigen auch auf einige seiner Kollegen. Michael Weidacher befindet sich allerdings nicht darunter«, entgegnete Egle spitz. Ein Raunen ging durch die Reihe der Räte.

»Humbug! Michael Weidacher ist Oberst Feldmanns bester Mann. Dafür erhielt er im letzten Jahr sogar ein öffentliches Lob. Und nun will ich diese überaus unangenehme Angelegenheit ein für alle Mal aus der Welt schaffen«, entschied Ettenhofer und nickte dem Ammann auffordernd zu.

Jost nickte erleichtert.

»Also stimmen wir ab«, sagte der Ammann mit strenger Miene. »Meine Geduld neigt sich genau wie die des Bürgermeisters dem Ende zu. Besonders wenn man bedenkt, dass wir bereits bei einem guten Mittagsmahl sitzen könnten.« Mit seinen tiefliegenden Augen blickte er drohend in die Runde. Er würde keinerlei Widerspruch mehr dulden. In seine Haltung legte er die ganze Autorität des Blutgerichts, dem er vorsaß, das aber ausschließlich bei todeswürdigen Verbrechen tagte. Ammann Jost teilte Ettenhofers Meinung. Wenn es ihnen jetzt nicht gelang, die Vorwürfe wegen Hexerei oder Verbindung zum Teufel aus dem Weg zu räumen, würden immer neue Anschuldigungen dazukommen.

»Also, Ihr werten Herren, wer von Euch dafür ist, dass wir die Geschichte Luzia Gassner und Berthold Schwarzenberger nicht mehr weiterverfolgen, hebe seine rechte Hand.«

Der Ammann zählte einschließlich Ettenhofers und seiner Stimme neunzehn Hände. Einzig Benedict Egle und Ludwig Bopfler stimmten dagegen, was alle anderen nicht verwunderte.

Der Abend war noch jung, als die dunkel gekleidete Gestalt wie ein unheimlicher Geist durch das verlassene Ravensburg schlich. Selbst so früh am Abend waren die Straßen wie leergefegt. Während die schwarzen Fenster wie finstere Augen auf die Gassen blickten, waberte Nebel zwischen den Häusern umher und umgab die Dachgiebel auf eine Art, wie es das weiße Haar bei den alten Weibern tat.

Die Wetterkapriolen der letzten Jahre schienen sich im Jahre des Herrn 1484 noch zu verschärfen. Obwohl sie sich am Anfang des sechsten Mondes befanden, wollte die Kälte nicht weichen und der Nebel, der tagein, tagaus wie zäher Schleim über der Stadt hing, machte den Menschen Angst. Eigentlich kannten die Ravensburger das Nebelwetter nur aus einzelnen Tagen im Herbst. Dann gab es ab und an einen nebligen Morgen, doch dass der undurchdringliche Dunst den ganzen Tag nicht aus den Gassen wich, war mehr als ungewöhnlich und sehr beängstigend.

Im Schutz des Nebels klopfte die finstere Gestalt an das schwere Eichentor des Pfarrhauses. Während der Mann wartete, bis endlich geöffnet wurde, scharrte er ungeduldig mit den Füßen auf der Treppe.

»Was wollt Ihr zu dieser Stunde noch von Kaplan Grumper?«, fragte Grete grob.

»Das geht Euch nichts an! Lasst mich erst einmal hinein, oder soll die ganze Stadt glauben, ich käme um diese Zeit noch zur Beichte? Niemand braucht etwas zu wissen und auch Euch rate ich zu schweigen. Also meldet mich dem Herrn Kaplan, aber schnell, ich hab nicht ewig Zeit!«, herrschte Berthold Schwarzenberger die Muntzin an.

Diesmal wollte er es geschickter anstellen. Er würde den

Teufel tun und sein Wissen noch einmal beim Bürgermeister zur Anzeige bringen. Gut, dass er Ettenhofer vor ein paar Wochen lediglich die Geschichte aus dem Kerker verraten hatte. Nicht auszudenken, wenn er schon all seine Trümpfe ausgespielt hätte. Ein böses Kichern stieg seine Kehle empor.

Im Gegensatz zum Bürgermeister war auch Kaplan Grumper daran gelegen, der roten Hexe ein Feuer unter ihren wohlgeformten Hintern zu legen, dachte Schwarzenberger siegesgewiss, während seine Finger den struppigen Bart kraulten.

Davor aber würde sie noch ein Weilchen im Grünen Turm zubringen. Den Komfort der Zellen kannte sie ja bereits, alles andere würde die Gassnerin noch kennenlernen. Allein bei dem Gedanken trat ein erwartungsvolles Lächeln auf sein Gesicht.

»Setzt Euch ins Studierzimmer, Kaplan Grumper empfängt Euch zu gegebener Zeit«, sagte die Muntzin, als sie aus einer der Türen trat, und führte ihn in die mit allen Annehmlichkeiten ausgestattete Stube. Schwarzenberger setzte sich auf einen mit dunklem Schaffell gepolsterten Stuhl. Er stand gegenüber von Grumpers mächtigem Schreibtisch, dessen Platte mit goldenen Intarsien ausgelegt war. Selbst die prunkvollen Füße des Möbels schimmerten golden. Dies war der Platz eines mächtigen Mannes. Zwar war Grumper selbst nicht anwesend, aber seine Präsenz war zum Greifen. Sie verleitete selbst Schwarzenberger dazu, aufrecht zu sitzen und nicht wie ein Lümmel im Stuhl zu fläzen.

In der Ecke ruhte ein gewaltiger gemauerter Ofen, und auf den Eichendielen des Fußbodens lagen dicke Teppiche, die jeden Schall schluckten. Bertholds neugieriger Blick glitt zuerst zu der stattlichen Truhe unter dem Fenster und blieb schließlich an dem gegenüberliegenden Regal hängen. Auf den Brettern aus poliertem Kirschholz standen Grumpers Bücher. Lückenlos reichten die Reihen vom Boden bis zur Decke. Berthold fragte sich, was Grumper mit dem ganzen unnützen Kram wollte. Er hätte damit den Ofen geheizt, denn lesen konnte er nicht, genauso wenig wie er des Schreibens mächtig war. Wozu auch? Es war ihm noch nie abgegangen.

Als Grumper endlich kam, brachte Grete heißen Wein, der teuer und kostbar duftete, dazu in Honig eingelegte Datteln. Nachdem sie beides auf dem Schreibtisch abgestellt hatte, verschwand sie unter allerlei demütigen Gesten.

»Was führt dich zu dieser späten Stunde noch hierher?«, wollte Grumper mit einem Lächeln wissen. Eigentlich ärgerte er sich über die Störung, dennoch wollte er einen seiner besten Informanten nicht verprellen. Erst vor ein paar Tagen hatte Schwarzenberger einige Abgesandte aus Rom mit überaus wertvollen Reliquien ohne die Erhebung irgendwelcher Zölle passieren lassen. Dass er die Zölle bei der Einfuhr von Lebensmitteln manchmal verdreifachte, interessierte Grumper hingegen nicht. Wenn die einfältigen Bauern nicht rechnen konnten, waren sie selbst schuld.

Schwarzenberger versorgte ihn für ein kleines zusätzliches Einkommen mit allem, was er wissen musste. Der Wachmann war erbarmungslos genug, seine gesponnenen Fäden zu Ende zu weben, und dumm genug, um nicht zu merken, dass er nur eine Marionette in seinem Spiel war.

In der Gewissheit dessen störte sich Grumper an seinem nächtlichen Besuch schon weitaus weniger. Er nahm einen großen Schluck Wein, lehnte sich zurück und versuchte sich zu entspannen.

Schwarzenberger begann mit ein paar Nichtigkeiten, doch als Grumper aufstehen wollte, warf er den Namen der Hebamme in den Raum.

»Es war noch während des Taumondes, als die Gassnerin an einem Morgen das Tor mit einem blutbeschmierten Bündel passieren wollte. Doch das geht schließlich nicht so einfach, schon gar nicht, wenn der Wachmann Schwarzenberger heißt«, brüstete er sich.

Grumpers Miene entnahm er, dass ihn diese Lobhudelei langweilte. Schnell fuhr er in seiner Geschichte fort.

»Also habe ich sie aufgefordert, mir das Bündel zu zeigen. Aber die rote Schlange zierte sich, und so blieb mir nichts anderes, als ihr das dreckige Leinen zu entreißen. Währenddessen beschimpfte sie mich wild und unflätig und wünschte mir die Pest an den Hals.«

»Gut, gut, ich kann es mir vorstellen.« Mit einer Handbewegung schnitt Grumper Schwarzenberger das Wort ab. »Was enthielt denn nun dieses geheimnisvolle Bündel?«

»Na, ein neugeborenes Balg. Eben erst aus der Mutter gekrochen, alles war noch voller Blut und Gott weiß was«, sagte Schwarzenberger, während sich in seinem Gesicht Ekel spiegelte.

Jetzt war Grumpers Interesse geweckt. Nur mit Mühe unterdrückte er seine wachsende Erregung.

»Die Gassnerin hatte das Kind in ein dreckiges Leinen gewickelt und trug es unter ihrem Arm, als sei es Unrat oder das Fressen für die Schweine. Dabei lebte das Kind noch. So wahr mir Gott helfe, es hat noch geatmet, und die Augen waren geöffnet. Sie aber behauptete, dass es sich bei dem blutverschmierten Kind nur um die Überreste einer Geburt handle.

Sie hat etwas von Häuten und einer Nabelschnur gemurmelt. Aber beim Allmächtigen, das Leinen enthielt ein Kind!«

Grumper nickte, doch er verzog keine Miene. Die anschließende Stille brachte Schwarzenberger fast um den Verstand.

»Nur eine Barbarin entreißt ein Neugeborenes seiner Mutter«, murmelte Grumper, um dann die Stimme zu einem Donnern zu erheben, »oder eine Hexe!«

Schwarzenberger nickte erleichtert. Sein Gefühl hatte ihn nicht getäuscht. Herzukommen war die richtige Entscheidung gewesen.

»Ich hätte der Hexe das Kind auch abgenommen und es der Mutter zurückgebracht oder es in die Obhut der Nonnen gegeben. Ich wollte die Gassnerin einsperren und alles Weitere dem Ammann überlassen!« Schwarzenbergers Stimme überschlug sich beinahe vor Diensteifer.

»Und warum hast du es dann nicht getan?«, fuhr Grumper mit eisiger Stimme dazwischen. Dabei gelang es ihm nicht ganz, seine Anspannung zu verbergen. Seine bleiche Haut wies an einigen Stellen rote Flecke auf, voller Ungeduld trommelte er auf die Schreibtischplatte.

Schwarzenberger schluckte. »Nun, der Kollege Bauhofer, der wenig später dazukam, konnte in dem Bündel nichts Unerlaubtes feststellen.« Er hob entschuldigend die Hände. »Im Gegenteil, er schalt mich einen Ochsen und beschuldigte mich gar, die Hebamme belästigt zu haben. Bauhofer zweifelte weder an ihrem Tun noch an ihrer Aufrichtigkeit und ließ sie gehen.«

Voller Enttäuschung ließ Grumper seine Hand auf den Schreibtisch niedersausen und erhob sich, um unruhig im Zimmer auf und ab zu gehen. Doch gleich hatte er seine Gefühle wieder unter Kontrolle. So ärgerlich es auch war, dass die Gassnerin offensichtlich ein weiteres Mal ihrer gerechten Strafe entgehen konnte, hier vor diesem Tölpel durfte er sich unter keinen Umständen seiner Heftigkeit hingeben.

Schwarzenberger gab sich einen Ruck. »Jetzt kommt doch erst das Beste«, sagte er vorsichtig und öffnete die Knöpfe seines ledernen Wamses. Es schien ihm mit einem Mal viel zu eng. Mit den Fingern fuhr er sich durch das lange Haar und rutschte unbehaglich auf dem Stuhl vor und zurück. »Ich bin der Gassnerin unauffällig gefolgt. Zur Kuppelaue ist sie gerannt.«

»Zur Kuppelaue?«, fragte Grumper rasch.

Schwarzenberger nickte heftig. »Ja, geradewegs zu der großen Buche, die dort steht. Dort habe ich sie dabei beobachtet, wie sie das Kind unter Aufsagen allerlei Beschwörungsformeln verhext hat. Es war wahrlich ein grausiges Schauspiel, bei der Erinnerung daran wird selbst mir die Hose eng. Schließlich hat sie ein Messer aus ihrer Tasche gezogen und das Kind damit abgestochen, wie der Metzger es bei einer Sau tut. Die Gassnerin hat das Kind regelrecht geschlachtet. Glaubt mir, es war furchtbar«, jammerte Schwarzenberger.

Grumper presste die Hand auf den Mund, und in seinem bösen Herzen ging eine schwarze Sonne auf. Endlich hatte er die Gassnerin, wo er sie schon vor langer Zeit hatte haben wollen. »Was hast du sonst noch gesehen? War der Teufel selbst anwesend? Hast du ihn gesehen oder hielt er sich im Verborgenen?«, wollte Grumper wissen. Jetzt gab er sich kaum noch Mühe, seine Erregung zu verbergen.

Schwarzenberger schüttelte den Kopf. »Nein, den Teufel habe ich nicht gesehen und auch sonst nichts. Das war alles.«

Grumper lächelte zufrieden. Einerlei, es reichte für eine Klage. Freilich gab es lediglich einen einzigen Zeugen, denn den anderen hatte die Gassnerin ja verhext. Sonst hätte auch dieser Bauhofer das Kind gesehen. Selbstverständlich galt es jetzt, auch ihn zu befragen. Vielleicht würde dem blinden Tölpel bei guter Zurede noch das eine oder andere einfallen.

»Was wurde aus den Überresten des Kindes?«

»Die hat die Gassnerin unter der großen Buche verscharrt. Anschließend ist sie seelenruhig in die Stadt zurückgelaufen, dabei wurde sie nicht müde, dem Michel Weidacher, der meine Schicht abgelöst hatte, schöne Augen zu machen.«

»Wir beide wissen, warum.«

Schwarzenberger gab ihm recht. »Michel war dabei, als die Gassnerin das Kind der Vögelin dem Teufel weihte. Hätte er die Wahrheit aus dem Kerker erzählt, wäre es für die Gassnerin nicht so gut gelaufen. Vielleicht besinnt er sich ja noch eines Besseren, dann müsste endlich auch dieser Narr von Ettenhofer einwilligen, der roten Hexe den Prozess zu machen!« Schwarzenberger kniff die Augen zusammen. Er wusste, Michel würde seine Aussage nicht ändern. Dieser dumme Furz war nun einmal der Stecher der Baderstochter, und die war die beste Freundin der Hexe.

Kurze Zeit später stand Berthold Schwarzenberger wieder auf der Straße. In seiner Hand lag ein dicker Beutel voller Münzen. Grinsend stapfte er Richtung Goldenes Lamm davon. Heute war ein rechter Abend zum Saufen, und bestimmt würde sich noch eine kleine Schlägerei vom Zaun brechen lassen. Schwarzenberger kratzte sich den Hosenlatz und quetschte einen lauten Furz zwischen seinen Hinterbacken hervor. Er verspürte große Lust, ein paar dieser geschniegelten Weicheier zu Brei zu schlagen.

In der Bachstraße hatte sich der Nebel jetzt aufgelöst. Ihm sollte es recht sein, da hatte er freien Blick auf die Kothaufen, die sich neben dem Wasser türmten. Dem schwefelgelb verfärbten Himmel im Westen schenkte Schwarzenberger keinerlei Beachtung.

12

Der folgende Tag begann mit unerträglicher Hitze. Einer Schwüle, wie sie Ravensburg lange nicht mehr erlebt hatte. Dazu lag über der ganzen Stadt eine seltsame, fast gespenstische Stille. Gerade als ob die Erde ihren Atem anhielt und das große Rad der Zeit stillstand. Als Luzia den grünen Innenhof des Apothekerhauses betrat, bemerkte sie, dass nicht einmal der Sperling zwitscherte, der in den Zweigen der Linde wohnte. Die ganze Welt schien auf etwas zu warten, selbst Nepomuk hatte sich geweigert, ihr hinaus in den Garten zu folgen. Zusammengerollt lag er unter ihrem Bett und ließ sich nicht einmal durch süßen Rahm hervorlocken.

Sie setzte sich für einen Moment auf die kleine Steinbank und sah zum Himmel hinauf. In einem bedrohlichen Schwefelgelb lag er wie Blei über der Stadt. Einzelne dunkelgraue Wolken türmten sich riesig auf. Luzia fürchtete, sie würden den Kirchturm verschlucken, so tief hingen die finsteren Gebilde. Abermals irritierte sie das beunruhigende Schweigen der Natur. Von der Straße kam ebenfalls kein Laut. Kein Lachen, kein Hundegebell, kein Rattern eines Fuhrwerks. Nicht ein Lüftchen bewegte sich, dennoch ließ sie etwas schaudern.

Als sie zurück zum Haus ging, traf sie auf Johannes von der Wehr, der sie und Basilius zum gemeinsamen Kirchgang abholte, wie es sich in den letzten Wochen stillschweigend zwischen ihnen eingebürgert hatte. Selbst der junge Medicus wirkte heute still und verschlossen. Er nahm zwar Luzias Hand und küsste sie, doch nicht einmal die Schmetterlinge in ihrem Bauch wollten zum Leben erwachen. Johannes klagte über Kopfschmerzen.

»Spürt Ihr auch das herannahende Unwetter?«, fragte Luzia. »Wartet, ich hole Pfefferminzöl. Damit könnt Ihr Euch den Nacken kühlen.«

Von der Wehr nickte dankbar. »Mein Kopf fühlt sich an, als habe ich die Nacht durchzecht, dabei bin ich früher als sonst zu Bett gegangen.«

Luzia kam mit dem Fläschchen des kostbaren Öls aus der Apotheke. Johannes senkte den Kopf, und Luzia rieb ihm einige Tropfen in den Nacken.

»Die Nacht war für niemanden von uns erholsam«, sagte sie. Plötzlich wurde sie sich bewusst, dass ihre Hände zart über Johannes' Haut strichen, und sie wurde verlegen. Rasch nahm sie ihre Hände weg. Er wandte den Kopf und sah sie auf eine Art an, die ihr das Blut in den Adern heiß werden ließ.

»Das kannst du laut sagen! Ich habe mich noch weit nach Mitternacht auf meinem Lager herumgewälzt«, polterte Basilius mit grimmiger Miene, und Luzia war ihm dankbar für die Ablenkung.

Sie nahm den Krug und goss auch Johannes etwas von der Weidenrindenabkochung ein, die sie bereitet hatte.

Der junge Medicus nickte zustimmend. »Mir ging es ganz ähnlich. Als ich in der Nacht noch einmal vor die Tür trat, zeigte der Himmel bereits die Vorboten eines gewaltigen Wetters. Eine so bedrohlich gelbe Verfärbung des Himmels habe ich nicht einmal während meiner Kindheit am See erlebt. Dabei zählt der Bodensee in der Tat zu einer sturmerprobten Gegend.«

Später, als sie sich gemeinsam auf den Weg zur Liebfrauenkirche machten, waren sie sich einig, dass die Luft noch ein wenig drückender über der Stadt lastete als noch eine Stunde zuvor. Unterwegs trafen sie auf andere Kirchgänger, und auch diese klagten über die unerträgliche Schwüle.

Im Westen türmten sich jetzt bedrohlich wirkende, dunkle Wolken zu einer düstergrauen Wand auf. Ein paar Böen trieben sie über den Himmel, und sie verdunkelten das letzte Licht einer trüben Sonne, die kaum die Kraft hatte, durch das schwefelgelbe Licht zu brechen. Die ersten hellen Blitze zuckten vom Himmel, ein lautes Donnergrollen folgte. Jemand schrie erschrocken auf, einzelne Frauen bekreuzigten sich. Alle beschleunigten ihren Schritt, sie wollten schnell in den Schutz der Kirche gelangen.

»Ich glaube, da kommt ein gewaltiges Unwetter auf uns zu«, sagte Johannes, während er besorgt zum Himmel sah.

»Gewöhnlich gibt es diese Wetterstimmung nur am Bodensee«, sagte Luzia mit einem Blick zum Himmel. »Doch so dunkel war es selbst dort nie.«

Wind kam auf und trieb ein paar Blätter in einem wilden Strudel vor sich her. Ein weiterer Blitz zuckte aus den Wolken und verfehlte den Kirchturm nur knapp.

In diesem Augenblick preschte ein Reiter auf den Kirchplatz und kündete die Rückkehr eines Handelszuges an.

»Glaubst du, die Leute schaffen es noch rechtzeitig in die Stadt, bevor es wirklich gefährlich wird?«, fragte Luzia an Basilius gewandt. Sie fürchtete um die Sicherheit und das Leben der Männer der Handelsgesellschaft.

»Das hoffe ich für sie«, erwiderte der alte Apotheker.

Nun begannen auch die Glocken der Liebfrauenkirche mit dem Sturmläuten. Von weiter unten ertönte das dringende Geläut der St.-Jodok-Kirche. Die Geistlichen hofften, durch den Klang der geweihten Glocken das Unwetter abzuwenden.

Während Luzia und ihre Begleiter die Kirche betraten, fielen die ersten großen Tropfen. Von weiter hinten drängten die Leute in das schützende Innere. Wobei der erhoffte Schutz nicht nur aus dem Dach über dem Kopf bestand. Auch die Nähe zu Gott ließ die Ravensburger hoffen.

Während sich auch die Bettler hinter den letzten Kirchenbänken in Sicherheit brachten, betrat Kaplan Grumper bereits mit düsterer Miene die Kanzel und wartete, bis Ruhe eingekehrt war. Als Luzia ein letztes Mal über die Schulter sah, blieb ihr Blick an dem verkrüppelten Bettler mit den Flusskieseln hängen. Obwohl auch in seinen Augen die Angst flackerte, bedachte er Luzia mit einem freundlichen Lächeln, ehe die laute Stimme des Kaplans Aufmerksamkeit gebot.

»Hört, ihr Brüder und Schwestern, ich sage, der Antichrist ist unter uns! Er greift nach uns und sucht uns hinabzuziehen in seinen Höllenschlund, auf dass wir ewig in der Verdammnis harren und das Licht Gottes nicht einmal mehr aus der Ferne sehen. Kehrt um und tuet Buße!«, wetterte Grumper aus schwindelnder Höhe auf seine Gemeinde herab.

Die Kirchgänger duckten sich unter den düsteren Prophezeiungen des aufgebrachten Kaplans und machten sich daran, das Unheil im Gebet abzuwenden. »*Pater noster, qui es in caelis ... sed libera nos a malo. Amen.*«

Nachdem die letzten Worte verklungen waren, stimmte Kaplan Grumper das Ave-Maria an und die ganze Gemeinde betete laut: »*Ave Maria gratia plena, Dominus tecum ... Sancta Maria, Mater Dei ... nunc et in hora mortis nostrae. Amen.*«

Der Wind heulte mit einem schaurigen Lied um die Kirche und ließ die heiligen Steine unter der Macht seines Atems erzittern. Selbst das massive Eichenportal der Kirche ächzte unter der Kraft des Sturms. Als es schließlich unter lautem Krachen aufschwang, klagte die ganze Gemeinde, bekreuzigte sich mehrmals und rief nach Gottes Beistand. Einige Kinder begannen zu weinen. Während ihre Mütter sie zu beruhigen suchten, trug der wütende Sturm große Regentopfen ins Kircheninnere und färbte den grauen Stein schwarz.

Grete bekreuzigte sich hastig ein paar Mal und trat aus der ersten Bank. Ihr Gesicht wirkte eingefallen und starr vor Angst. Mit großen Schritten eilte sie Richtung Apsis, dort warf sie sich mit weit ausgebreiteten Armen und dem Gesicht nach unten vor das Allerheiligste und betete mit lauter Stimme: »Errette mich von den Blutschulden, Gott, der Du mein Gott und Heiland bist.«

Luzia spürte, wie sich Nannes Fingernägel schmerzhaft in ihren Arm gruben. Wie so oft saßen sie nebeneinander in einer der letzten Bänke, und einzelne Regentropfen, die nach wie vor durch das offene Portal gepeitscht wurden, erreichten die Plätze, auf denen sie saßen.

»Das ist doch kein gewöhnlicher Sturm mehr, oder?«, schluchzte Nanne entsetzt.

Luzia zog die Schultern hoch. »Nanne, ich weiß es auch

nicht! Lass uns hoffen, dass wenigstens der Turm nicht einstürzt. Er würde uns alle unter sich begraben.« Sie hielten sich an den Händen, und Luzia spürte Nannes Angst. Doch heute konnte sie ihr keinen Trost spenden, sie fürchtete sich selbst. Sie warf einen Blick hinüber in die Bankreihe, in der ihr Onkel und Johannes saßen. Beide blickten besorgt nach oben zum Kirchendach.

»Betet, um Gottes willen! Betet weiter!«, schrie Kaplan Grumper von der Kanzel, sobald er das Gefühl hatte, die Bemühungen und die Ernsthaftigkeit der Leute ließen nach. Das Gebälk ächzte unter den scharfen Zähnen des Windes und drohte einzustürzen. Vereinzelt rieselten Sand und Mörtel zu Boden und bedeckten die Kirchgänger mit einer staubigen Puderschicht. Einige duckten sich ängstlich, manche schrien und zeigten entsetzt zur Decke hinauf. Kaplan Grumper stürzte die Treppe der Kanzel hinunter und hetzte in Richtung Altar. Dort hing an einer geschmiedeten Kette das ewige Licht. Die immerwährende Flamme hinter dem roten Lampenglas zeigte den Standort des Tabernakels, in dem das Allerheiligste aufbewahrt wurde. Daneben ruhte die Monstranz, in deren Inneren sich die geweihte Hostie befand.

Jetzt hing alles von ihm ab. Grumper griff nach der goldenen Monstranz und eilte zum Ausgang der Liebfrauenkirche.

Mühsam stemmte er sich gegen die Wand aus Regen und Sturm. Seine Soutane wurde vom Wind gepackt. Wie ein geblähtes Segel bauschte sie sich in seinem Rücken und drohte ihn von den Füßen zu reißen. Mit zitternden Händen hob er das edelsteinbesetzte Schmuckstück in die Höhe. Regen peitschte auf ihn herunter und schien die geweihte Hostie mit eisigem Wasser zu bespucken. Unter anderen Umständen würde er sich jetzt allen vier Himmelsrichtungen zuwenden, das Unwetter machte diese Handlung aber unmöglich, und so blieb er einfach vor der Kirche stehen. Ein Großteil der Gemeinde war ihm gefolgt und stand ebenfalls draußen auf dem Platz. Auch Nanne drängte, begleitet von Luzia, ins Freie. Luzia hörte, wie Johannes von der Wehr nach ihr rief und ihr ebenfalls folgte. Binnen weniger Augenblicke waren sie bis auf die Haut durchnässt. Das nasse Haar klebte ihnen am Kopf und ließ ein ganz unwirkliches Bild entstehen. Die Menschen wirkten wie aus dem Wasser ragende Felsen. Niemand bewegte sich. Dicht gedrängt, mit der Angst im Nacken warteten sie auf die rettenden Worte des Kaplans.

Mit lauter Stimme begann er den Wettersegen zu sprechen: »*Fulgure, grandine et tempestate libera nos, domine Jesu Christe. Ostende nobis, Domine, misericordiam tuam et salutare tuum da nobis. Domine, exaudi orationem meam et clamor meus ad te veniat. Dominus vobiscum. Ex hoc nunc et usque in saeculum. Adjutorium nostrum in nomine Domini qui fecit caelum et terram. Benedictio Dei omnipotentis, Patris et Fili et Spiritus Sancti, descendat super vos, locum istum et fructus terrae et maneat semper. Amen.*«

Luzia flüsterte: »Von Blitz, Hagel und Unwetter erlöse uns, Herr Jesus Christus. Erzeige uns Deine Huld, o Herr und schenke uns Dein Heil. Herr, erhöre mein Gebet und lass mein Rufen zu Dir kommen. Der Herr sei mit euch. Von nun an bis in Ewigkeit. Unsre Hilfe ist im Namen des Herrn, der Himmel und Erde erschaffen hat. Der Segen des allmächtigen Gottes, des Vaters und des Sohnes und des Heiligen Geistes komme herab auf euch, auf diesen Ort und auf die Früchte der Erde und verbleibe allezeit. Amen.«

Für eine Sekunde schien der Sturm ein wenig von seiner ungeheuren Wucht zu verlieren, doch nur wenige Augenblicke später brauste eine mächtige Böe über die Köpfe der Menschen hinweg und lehrte sie das Fürchten. Die Welt schien aus den Fugen zu sein. Der schwarze Himmel hatte sich wie ein gieriges Maul über Ravensburg gestülpt und versuchte die ganze Stadt zu ersticken. Kurze Zeit später mischten sich erste Hagelkörner unter die Wassermassen, die vom Himmel strömten. Überall sprachen die Menschen in ängstlichem Ton miteinander. Selbst Kaplan Grumper machte jetzt keine Anstalten mehr, das Gemurmel zu unterdrücken.

»Ich glaube nicht, dass dieses Unwetter noch mit rechten Dingen zugeht!«, schrie Nanne über das Heulen des Sturms hinweg. Dabei blickte sie sich um, als säße ihr der Leibhaftige im Nacken. Alle Umstehenden pflichteten ihr bei und nickten zu ihren Worten.

»Das ist Hexenzauber und Teufelswerk. Wenn wir nicht bald die Schuldige finden, wird ihr Tun uns alle vernichten! Wir alle werden daran zugrunde gehen!«, rief Kaplan Grumper mit dröhnender Stimme.

Mit ohrenbetäubendem Lärm schlugen bald münzgroße Eisklumpen auf den Platz, auf das Kirchendach und auf die Häupter der Menschen, die immer noch auf dem Kirchplatz ausharrten und auf Wetterbesserung hofften. Vergeblich versuchten sie, mit den Händen ihre Köpfe zu schützen.

»Nehmt das und gebt mir Eure Hand!«, brüllte Johannes von der Wehr über das Unwetter hinweg neben ihr und legte sein samtenes Wams über Luzias Kopf. Er trug jetzt nur noch sein Hemd und schlang den Arm um ihre Hüfte, um sie zu schützen und sie mit sich unter den schmalen Vorsprung des seitlichen Kirchendachs zu ziehen.

Wie eine wild gewordene Horde Stiere rannten die Menschen in die Kirche zurück. Auch Nanne war unter ihnen. Luzia konnte sehen, dass Michel Weidacher bei ihr war.

»Wartet, bis sich die Meute wieder im Inneren der Kirche befindet, sonst werden wir von den panischen Leuten niedergetrampelt.«

Luzia nickte. Sie würde alles tun, was Johannes von der Wehr von ihr verlangte, so erleichtert war sie, den Hagelkörnern, die wie Geschosse ihre Haut getroffen hatten, entkommen zu sein. Zitternd vor Kälte und Angst schmiegte sie sich eng an die Seite des jungen Medicus.

Inmitten der schreienden Menschenmasse hastete nun auch Kaplan Grumper zurück in das sichere Kirchenschiff.

Von der Wehr hatte seine Arme immer noch schützend um Luzia gelegt und wartete, bis der Platz sich leerte. Immer noch drängten sich gut hundert Menschen vor dem Kirchenportal. Sie versuchten sich in Sicherheit zu bringen, während Hagelkörner von Umfang und Größe eines Taubeneis auf sie niedergingen. Der Himmel über ihnen glich einer eisigen Hölle.

Luzias Wange ruhte an Johannes' Schulter. Als ihr der holzige Duft seiner Marseiller Seife in die Nase stieg, wünschte sie sich, der Augenblick möge nie enden. Im nächsten Moment schämte sie sich der Gedanken, die in ihr aufstiegen, obwohl die Umstände furchtbarer nicht sein konnten.

Ihr Kleid war klatschnass, ihr kupferrotes Haar klebte ihr in nassen Strähnen im Gesicht. Johannes hielt sie die ganze Zeit gegen die Kirchenmauer gepresst und stand wie ein schützendes Schild vor ihr.

Auch er atmete den kostbaren Augenblick ihrer Nähe. Luzias Haar duftete nach Blumen und Honig. »Großer Gott, wie ich diese Frau liebe!«, dachte er und berührte eine Strähne ihrer glühenden Locken mit den Lippen. Durch sein nasses Hemd hindurch, das ihm wie eine zweite Haut am Körper klebte, spürte er jede weiche Rundung ihrer Weiblichkeit.

»Ihr holt Euch noch den Tod!«, flüsterte er zärtlich.

Obwohl Luzia zitterte, bis ihre Zähne aufeinanderschlugen, schüttelte sie den Kopf.

»Ihr seid klatschnass und friert, wir sollten langsam wieder hineingehen.« Zögernd löste er seine Arme von Luzias Hüfte. Er fürchtete auch um ihren Ruf, wenn sie noch längere Zeit allein hier draußen zubrachten. Die Leute redeten sowieso schon.

Mittlerweile hatte es aufgehört zu hageln, und die Welt hatte sich völlig verändert. Still und weiß erinnerte der Platz um die Kirche an einen Wintertag. Überall lagen die Eisklumpen zentimeterhoch und hatten den Weg zurück in eine halsbrecherische Eisbahn verwandelt. Weil der Medicus nicht wollte, dass Luzia fiel, trug er sie die wenigen Schritte zum Kirchenportal auf seinen Armen. Sanft setzte er sie ab. Als sie die Tür öffneten, verstummte Grumper, und alle drehten sich zu ihnen herum.

»Das Wetter ist vorbei!«, sagte von der Wehr laut.

Die Leute sahen sich an und bekreuzigten sich. Nach einem kurzen Dankgebet entließ der Kaplan die Gemeinde.

Draußen herrschte blendendes Weiß. Die Schwüle des Morgens war einem frostigen Eishauch gewichen. Über allem lag eine unheimliche Stille, als hätte das Himmelseis den ewigen Atem der Erde erstickt.

Die Aufräumarbeiten begannen noch am selben Tag. Überall schippten die Leute mit Schaufeln und Eimern, viele auch mit bloßen Händen die Unmengen von Hagel beiseite.

Der Handelszug hatte den Großteil seiner Ladung eingebüßt. Die Achsen der meisten Wagen waren gebrochen, weil die Pferde mit der kostbaren Fracht durchgegangen waren. Der größte Planwagen, der mit Gewürzen und Salz beladen war, lag umgekippt im Morast. Ein mit Stoffen beladener Karren hatte seine schimmernden Seidenballen beim Überqueren der Schussen verloren. Während die sterbenden Pferde gequälte Laute von sich gaben, irrten die verwundeten Männer umher.

Bald stellte sich heraus, dass einige Männer vermisst wurden. Keiner hatte sie, nachdem der Zug in Ravensburg eingetroffen war, wiedergesehen. Sicher waren auch sie in den reißenden Fluten der Schussen umgekommen, die nach dem sintflutartigen Regen so angeschwollen war, dass sie weite Teile der Felder überschwemmte. Die Obstbäume standen kahl und leer in ihren Reihen. Ohne ihre Knospen und Blüten sahen sie aus, als wäre es tiefster Winter. Sämtliche Reben, die rund um Ravensburg wuchsen, hatte der Hagel blattlos zurückgelassen. Das gesamte Sommergetreide, welches im Juli erntereif gewesen wäre, war zermalmt. Alle frühen Gemüse waren durch die Wucht des Hagels zerschmettert und die frisch gesäten Felder verheert. Ravensburg glich einem Bild des Jammers.

13

Obwohl die Aufräumarbeiten längst in vollem Gange waren, wirkte die Stadt am Tag nach dem großen Unwetter wie aus einer unbekannten Welt. Menschen und Tiere standen noch immer unter Schock und konnten nicht glauben, was sich vor ihren Augen abgespielt hatte. Während die allermeisten Ravensburger stumpf und schweigend vor sich hin arbeiteten, um die Straßen und Gassen vor ihren Häusern wieder halbwegs passierbar zu machen, brüllten die Kühe und Ochsen in den Ställen, als wäre ihr Leben immer noch in Gefahr. Überall bellten die Hunde, als habe ihr letztes Stündlein geschlagen. Während des Hagelsturms hatte man ihr ängstliches Kläffen nicht gehört, doch seitdem wieder Ruhe eingekehrt war, bellten sie ununterbrochen. Sie fürchteten ein neuerliches Unwetter. Die Stimmen der Tiere hallten wie ein Wehklagen durch die Stadt und schließlich zum Himmel hinauf. Angesichts der schaurigen Laute bekreuzigten sich die Leute, ehe sie ihre Arbeit wiederaufnahmen.

Das ganze Ausmaß des Hagelunwetters zeigte sich erst nach und nach. Das grauenhafte Gesicht der Verwüstung wurde mit jeder Stunde deutlicher.

Bürgermeister Ettenhofer hatte ein paar Reiter ausgesandt, um wenigstens annähernd erfassen zu können, was der Hagelsturm außerhalb der Stadtmauern angerichtet hatte. Als sie verstört und voller Entsetzen zurückkamen, war klar, Wiesen und Äcker glichen auf der Gemarkung Ravensburg und in weiten Teilen der Umgebung dem gepflügten Erdboden der Wintermonate.

»Sämtliche Dinkelfelder sind nicht wiederzuerkennen. Die meisten Obstbäume sind dem Sturm zum Opfer gefallen. Viele alte Bäume sind entwurzelt, andere liegen umgeknickt im Morast, als wären es Kienspäne gewesen«, berichtete der jüngere der beiden Reiter atemlos.

Ettenhofer wurde mit jedem Wort der beiden Männer blasser und stiller. Ihm war durchaus klar gewesen, dass es so etwas wie den Sturm des vergangenen Abends nicht alle Tage gab, aber mit diesen Ausmaßen hatte er nicht gerechnet.

»In der kleinen Kapelle vor den Stadttoren steht das Wasser mindestens kniehoch«, jammerte der ältere der beiden Ratsknechte. »Und der Marienstatue, die auf dem Altar stand, hat es sogar den Kopf zertrümmert.«

Ettenhofer schloss die Augen und zwickte sich in die Nasenwurzel. Seine Kopfschmerzen brachten ihn fast um.

»Die uralte Pappel, die seit Menschengedenken neben dem heiligen Schrein steht, wurde grausam verstümmelt. Der Sturm hat den Stamm um die Hälfte gefällt und von den Seitentrieben stehen lediglich noch zwei. Aus der Ferne wirkt der Baum wie ein Kreuz. Theodor und ich glaubten sogar, einen Menschen daran hängen zu sehen.«

»Ich schwöre beim Leben meiner Alten, so etwas Unheimliches habe ich noch nie gesehen«, versicherte der andere

Ratsknecht, der Theodor hieß, hastig und raufte sich seinen kurzen Bart.

»Erst als wir näher kamen, sahen wir, dass es nur eine Vogelscheuche war, die in den Ästen der Pappel hing. Aber selbst der Strohmann wirkte wie der Gekreuzigte selbst«, murmelte der andere, dabei legte er in einer frommen Geste die Hand auf sein Herz. »Der Sturm hat den Strohmann ans Kreuz gehängt. Es war ein Zeichen oder eine Warnung. In jedem Fall aber schaurig anzusehen.«

Die Boten berichteten von weiteren Schrecklichkeiten, die sie gesehen hatten. Abgedeckte Dächer, totes Vieh auf den Weiden, hilflos herumirrende Menschen. Dabei bekreuzigten sie sich mehrmals und wirkten immer noch völlig konfus.

»Glaubt mir, die Gegend sieht aus, als würde sie selbst in drei Jahren keine Ernte hervorbringen. Wir alle werden hungern müssen, und die Leute reden bereits vom Wettermachen«, erklärte Theodor mit ängstlicher Miene und zog den Umhang fester um den Leib.

»Bei Gott, Ihr könnt gehen, und Dank für Eure ausführliche Berichterstattung«, entließ sie Ettenhofer. Er blieb allein im kleinen Ratssaal zurück und ging neben den Fenstern auf und ab.

Bereits seit der vergangenen Nacht stand Johannes von der Wehr im Operationssaal des Antoniterspitals. Dorthin hatte man nach und nach all die Verletzten und Verwundeten des Handelszuges gebracht. Die Spitze des Kaufmannszugs hatte die Stadt gleich nach dem Hagelwetter erreicht. Erst viele Stunden später hatte sich geklärt, dass er mindestens zweihundert Menschen umfasste, die nach und nach eingetroffen waren. Wie es hieß, war er aus dem spanischen Saragossa gekommen. Kurz vor den rettenden Toren der Stadt, zwischen Markdorf und Ravensburg, war er Opfer eines Überfalls geworden. Die Reisenden hatten sich gerade halbwegs wieder gesammelt, die Verletzten eingesammelt und die Schäden begutachtet, als der Sturm über sie hereingebrochen war.

Während die Ravensburger überall in den Gassen noch die umgestürzten Bäume mühsam zersägten und abtransportierten, Berge von Unrat und Schlamm beseitigten, um ein Mindestmaß an Leben wieder möglich zu machen, kämpfte der Medicus im Antoniterspital in der Herrenstraße zusammen mit den Brüdern des Ordens um das Überleben der Männer und Frauen.

Zweihundert Menschen, allesamt am Ende ihrer Kräfte, ohne Waren, ohne Geld hofften auf Versorgung ihrer Wunden, auf Trost und gute Worte.

Den Anfang eines Handelszugs machten die Fahnenschwinger, Pfeifer und Trommler, die den Transportzug zur Abschreckung von Wegelagerern und anderem Gesindel begleiteten. Ihnen folgte das Geleit, welches dem Schutz der Handelsherren, ihrer Waren und dem Geld diente. Es setzte sich aus Spießgesellen, Reitknechten und Söldnern zusammen. Dann kamen die schweren, vierspännigen Planwagen, welche von Fuhrknechten gelenkt wurden und die Waren aus aller Welt transportierten. Ihnen rückten die prächtigen Reisewagen nach, in denen es den Handelsherren möglich war, einigermaßen bequem zu fahren. Dann folgten das Fußvolk, bestehend aus Knechten, welche mit Waren beladene Pferde und Maultiere führten, und Versorgungswagen, die nicht nur in kürzester Zeit eine Feldküche einrichten konnten, sondern auch Planen und Zelte für einen Unterstand mit sich führten. Gefolgt von einigen Soldaten aus dem Geleit bildeten die Trosshuren den Schluss des Handelszuges.

Alle Gruppen hatten Verluste zu beklagen, einzig die Insassen der Reisewagen waren allesamt unverletzt geblieben.

Zu den Verletzten des Handelszugs kamen noch unzählige Verwundete aus der Stadt und den umliegenden Dörfern hinzu, die von dem Unwetter betroffen waren.

Gut fünf Dutzend Verwundete harrten bereits auf Strohsäcken aus. Doch der Strom der Verletzten riss nicht ab. Selbst auf Schubkarren oder Ochsengespannen wurden die teils schwerverletzten Männer herbeigefahren. Irgendwann wurden selbst die strohgefüllten Säcke knapp, nicht zu reden von den Decken, die Johannes von der Wehr herbeigeordert hatte, um die Verwundeten vor Unterkühlung zu bewahren. Einige besonders arme Teufel hatten die Helfer einfach vor das große Gebäude in den Matsch gelegt. Viele der Männer hatten längst das Bewusstsein verloren, andere warteten, teils unter qualvollen Schmerzen, bis Johannes oder ein Bruder des Antoniterordens Zeit fand, sich ihrer anzunehmen.

Unter der Anleitung des jungen Medicus hatten Bruder Walko, Bruder Edmund und Bruder Anselm bereits viele Verletzte versorgt. Am schlimmsten hatte es die Opfer des Überfalls getroffen: eingeschlagene Schädel, schwere Stich- und Hiebverletzungen. Hier waren besonders viele Amputationen nötig gewesen. Dazu kamen Verletzungen durch herabstürzende Äste oder einstürzende Gebäude während des Hagelsturms. Viele Wunden hatten sich entzündet. Johannes und seine Helfer versorgten die Kranken pausenlos, doch es zeichnete sich immer deutlicher ab, dass sie dringend weiterer

Hilfe bedurften. An helfenden Händen mangelte es zwar nicht, aber die wenigsten von ihnen waren imstande, eine Blutung zu stillen oder eine Wunde zu nähen.

Im Erdgeschoss des Spitals befand sich ein Raum, den der Medicus als Operationssaal nutzte. Hier waren die Fensteröffnungen im Gegensatz zu vielen anderen Ravensburger Gebäuden, die noch mit Schweinsblasen verschlossen waren, bereits verglast. Zusammen mit den weiß gekalkten Wänden machte das den Raum sehr hell und erleichterte ihm die Arbeit. Direkt unter eines der Fenster hatte Johannes eine schmale Untersuchungsliege stellen lassen, daneben mehrere kleine Tische. Für gewöhnlich liebte der junge Arzt ein aufgeräumtes Arbeitszimmer, jetzt aber lagen lange silberne Sonden, gebogene Messer und Skalpelle in einem unüberschaubaren Durcheinander herum. Auf einem der Tische lag die blutige Knochensäge zwischen der Dose mit Katzendarm, dem Glas mit Seidenfäden und den chirurgischen Nadeln. Ein kleines Regal beherbergte Unmengen gerollter Scharpie und hohe Stapel Leinenstreifen, die zum Wundauflegen und als Verband gebraucht wurden. Daneben standen Gläser mit dunkelbrauner Bilsenkrauttinktur und dem Schlafmittel aus destillierter Mandragora. Die Flüssigkeit war von einem hellen Grün und schillerte geheimnisvoll. Johannes warf einen besorgten Blick auf die Medizin. Es waren seine beiden letzten Gläser, dann waren alle Vorräte aufgebraucht. Aber es gab noch so viele Patienten zu versorgen. Gerade wurde wieder ein Ochsenkarren angekündigt, der neue Verletzte brachte.

Auf dem Boden hinter der Untersuchungsliege stand seine geräumige Tasche. Johannes fing zum wiederholten Mal Bruder Anselms neugierigen Blick auf. In dem braunen Lederkoffer warteten Dinge, die der Medicus lieber nicht offen zur Schau stellen wollte. Aber wenn das Betäubungsmittel zur Neige gehen sollte ...

Von der Wehr stand neben der Untersuchungsliege, seine Füße steckten in hohen ledernen Stiefeln, die mittlerweile staubig und matt waren. Seine schwarze Hose und das weiße Hemd, dessen Ärmel er bis weit über die Ellenbogen zurückgerollt hatte, zeigten überall große Blutflecke. Wams und Talar hingen bereits in der Ecke, ihrer hatte sich der Arzt gleich zu Beginn entledigt. Selbst sein dunkelblondes Haar zeigte einige dunkelrote bis rostbraune Strähnen.

»Reicht mir die Scharpie«, wies er Bruder Edmund an. Der junge Antoniterbruder zählte gerade achtzehn Sommer. Sein Haar trug er kurz, aber ohne Tonsur. Auch Edmunds graue Kutte zeigte viele blutige Stellen. Obwohl er der jüngste unter den Laienbrüdern war, schätzte der Medicus seine Fähigkeiten sehr. Johannes nahm ihm das Verbandmaterial ab und legte es auf die Wunde des Verletzten. »Ihr könnt ihn wegtragen«, wies er zwei Männer an, die nahe der Tür warteten, »und richtet Bruder Walko aus, er soll das Leinen mit Wein tränken, ehe er es um die Brust des Verletzten legt.«

Die Helfer aus der Stadt nickten und trugen den schlafenden Mann an Beinen und Armen davon.

»Der Nächste. Wir bringen den Nächsten!«, riefen zwei ältere Ravensburger.

Johannes stand mit dem Rücken gegen die blutbefleckte Wand gelehnt und schöpfte Atem. Selbst wenn sie alle ohne Pause weiterarbeiteten, würde es ihnen nicht gelingen, bis zum Abend alle Leiden zu lindern. Seine besondere Sorge galt den beiden Frauen. Sie gehörten den Trosshuren an und hatten durch die brutale Vergewaltigung der Wegelagerer schwerste Verletzungen erlitten.

»Wir brauchen die Hilfe einer erfahrenen Hebamme, sonst werden die Frauen sterben«, murmelte er mehr zu sich selbst als zu Bruder Edmund, bevor er sich dem nächsten Patienten zuwandte. »Jungfer Gassner kennt sich mit Verletzungen dieser Art aus. Zudem kann sie ihre Heilkräuter und Tinkturen mitbringen.«

Der Klosterbruder nickte zustimmend.

»Soll ich der Hebamme ein paar Zeilen schreiben?«, schlug er hilfsbereit vor.

»Das ist nett von Euch, aber das möchte ich lieber selbst tun«, erwiderte von der Wehr und beugte sich über den nächsten jungen Mann, der bereits halb nackt vor ihnen auf der Liege lag. »Was erkennt Ihr, Bruder Edmund?«

»Sein Arm steht in einem sehr ungewöhnlichen Winkel zum Körper. Darüber hinaus leidet der Patient wohl unter starken Schmerzen«, zählte der junge Mönch auf. Dabei klang seine Stimme weich und voller Mitgefühl.

»Ganz recht. Hier haben wir eine Luxation des Schultergelenks. Eine Verrenkung«, fügte er hinzu, als er den fragenden Blick sah. »Die Schulterpfanne ist gegenüber dem Gelenkkopf sehr klein, weshalb es bei Kämpfen relativ häufig zu dieser äußerst schmerzhaften Verletzung kommt.« Eigentlich fehlte ihm die Zeit für eine Lehrstunde, doch Bruder Edmunds Fragen nahmen kein Ende und sein Interesse war groß und ernsthaft, sodass der Medicus dazu übergegangen war, jedem Leiden ein paar Worte anzumerken. Mit einer entschlossenen Bewegung zog er den Arm in einem genau berechneten

Winkel aus dem Gelenk und renkte ihn so wieder ein. Der Patient schrie vor Schmerz auf, dann entspannte er sich.

»Langsam, Bruder Walko!«, mahnte er den anderen jungen Mönch, der vor einer zweiten Krankenliege stand und das Messer für eine Beinamputation ansetzen wollte. Angesichts der Dringlichkeit waren sie übereingekommen, dass Bruder Walko und Bruder Anselm einfachere Amputationen vornehmen durften, bei denen das Glied nicht völlig zerfetzt war. Die beiden Mönche hatten schon mehrfach zugesehen und gingen dem Medicus auch zur Hand, wenn er mehrmals in der Woche ein vom Antoniusfeuer befallenes Glied entfernte.

»Ihr müsst darauf achten, die Haut für den Beinstumpf großzügig zu bemessen. Tut Ihr das nicht, heilt die Wunde schlecht und der Patient wird immer unter Schmerzen leiden«, sagte von der Wehr zu Bruder Walko.

Der hagere Laienbruder des Antoniterordens nickte und hob das Messer wieder an, konnte sich aber nicht entschließen, es anzusetzen.

»Sollen wir die Operation noch ein letztes Mal gemeinsam durchführen?«, fragte Johannes, der die Unsicherheit des Mönchs deutlich spürte.

Bruder Walko nickte dankbar und legte das Messer mit einem tiefen Seufzen zurück auf den kleinen Holztisch.

Während er von der Wehr heute schon bei der dritten Beinamputation assistierte, wiederholte er in Gedanken nochmals jeden einzelnen Schritt. Die nächste Amputation würde er in jedem Fall selbst vornehmen müssen, und bei diesem Gedanken wurde ihm bereits jetzt übel. Er sah sich lieber in der Krankenpflege als im Entfernen zerhauener Glieder. Aber auch er genoss wie Bruder Edmund die Zusammenarbeit mit dem jungen Arzt. Walko schätzte den Medicus sehr und wurde nicht müde, ihm über die Schulter zu sehen. Jetzt kam allerdings der Augenblick, bei dem er lieber selbst auf der Liege gelegen hätte. Der Arzt begann, mit einer Knochensäge den massigen Oberschenkelknochen zu durchtrennen. Allein das schreckliche Geräusch erzeugte bei ihm eine Gänsehaut. Er wollte sich lieber die vorangegangenen Handgriffe einprägen, als sich auf das scharfe Reißen des Sägeblatts zu konzentrieren. In Gedanken wiederholte der junge Mönch: Wenn der Patient entweder ausreichend Branntwein getrunken oder die grüne Mandragoramischung zu sich genommen hatte, konnte man beginnen. Nach dem Anlegen einer Aderpresse mittels eines breiten Lederriemens vergewisserte sich der Doktor abermals, dass der Patient auch wirklich schlief. Zuerst durchtrennte er dann eine Handbreit unter der Amputationsstelle die Haut und das darunterliegende Gewebe der roten Muskeln. Nun folgte eben dieser Handgriff, den Walko am meisten fürchtete …

»Rasch, die Scharpie, sonst verblutet unser junger Freund. Und das wollen wir doch beide nicht!«

Schnell drückte Bruder Walko einen großen Bausch des gezupften Leinengewebes auf den blutenden Stumpf und schluckte.

»Und nun kommt das Wichtigste! Haltet die ausreichend groß bemessenen Hautstücke zusammen und fixiert sie mit einigen Klammern«, erklärte der Medicus und zog die dicke Haut zusammen. »Inzwischen fädelt Ihr bitte den Katzendarm in die Nadel und beginnt die Wundränder Schicht für Schicht von innen heraus zu verschließen. Mit dem Rest kennt Ihr Euch besser aus, als ich es je tun werde«, sagte er, nickte dem jungen Mönch aufmunternd zu und eilte zu einem Eimer mit frischem Wasser.

Während des Studiums hatten die arabischen Ärzte darauf geachtet, dass sich die Studenten ihre Hände wuschen. So hielt er es auch hier und ermahnte seine Helfer, es ebenso zu machen.

Ohne sich eine Pause zu gönnen, hetzte er zu seinem nächsten Patienten. Ein älterer Mann lag auf dem Strohsack zu seinen Füßen und wand sich unter großen Schmerzen.

»Seid Ihr der Medicus?«, krächzte der Mann mit dem groben Gesicht.

Von der Wehr nickte und kniete zu seiner Rechten.

»Bitte helft mir«, flehte der grauhaarige Söldner mit belegter Stimme.

Der Medicus nickte und platzierte seine Hand oberhalb der klaffenden Wunde im Bereich des Schlüsselbeins.

»Ein Pfeil hat mich erwischt. Der Dreckskerl von einem Banditen hat mich geradewegs durchlöchert«, schimpfte der Verletzte mit zusammengebissenen Zähnen.

»Dann hat das Geschoss Euren Körper wieder verlassen?«, fragte der Medicus erstaunt. In der Regel blieben Pfeile im Gewebe stecken. Oft wurde der herausragende Teil später durch die Hand eines Kollegen abgebrochen, was zu schwersten inneren Blutungen führte.

»So wahr ich hier liege, Doktor! Das vermaledeite Ding hat mich nicht aufgespießt, wie es bei Karl dem Stotterer der Fall ist«, erwiderte der Söldner schwach und deutete auf den Kameraden neben sich. Der Medicus nickte und zog vorsichtig die Wundränder der Verletzung auseinander, um sich die tiefe Wunde genauer anzusehen. Das war nicht so einfach, denn dickes Blut quoll aus der Wunde, und der Mann stöhnte laut auf.

»Helft mir, den tapferen Kerl hier auf den Tisch im großen Saal zu bringen«, sagte der Medicus zu einem vorbeieilenden Mann, den er nicht kannte.

Johannes strich sich mit beiden Händen die losen Strähnen seines Haars zurück und seufzte: »Bruder Anselm, seid so gut und bringt mir eine weitere Lichtquelle! Bei diesem Licht kann ich beim besten Willen nichts erkennen.«

Bruder Anselm, der dritte der Mönche, die ihm zur Hand gingen, war ein älterer, kleiner Mann mit grauer Tonsur und und geröteten Wangen. Eilfertig rannte er los und brachte eine flackernde Öllampe mit.

»Ich danke Euch, und wenn Ihr schon hier seid, könnt Ihr mir auch gleich berichten, wie es um den jungen Reitknecht bestellt ist, dem wir gleich zu Anfang den Arm nehmen mussten.«

Bruder Anselm senkte den Kopf und antworte schleppend, als würde er es selbst nicht glauben: »Er ist schon vor einer Stunde verstorben. Ich konnte nichts mehr für ihn tun.«

Der Medicus nickte. »Und wie geht es dem Älteren der beiden Spießknechte, dem mit der tiefen Kopfverletzung?« Eigentlich kannte er die Antwort bereits.

Bruder Anselm trat von einem Bein auf das andere. »Auch um ihn müssen wir trauern«, sagte er geknickt und bekreuzigte sich.

Von der Wehr presste die Kiefer aufeinander und nickte schwach. »Ihr habt Euer Bestes gegeben, es ist nicht Eure Schuld«, versuchte er den Ordensbruder aufzurichten.

»Da habt Ihr völlig recht!«, begann der Mönch in einer

Heftigkeit, die ihm der Medicus niemals zugetraut hätte. »Nichts geht mehr mit rechten Dingen zu. Weder das Unwetter noch der Überfall waren in meinen Augen Zufall. Bei meiner Seele, einen solchen Hagelsturm habe ich meiner Lebtage nicht gesehen! Ich sage Euch, es ist etwas Gefährliches, etwas sehr Böses unter uns. Geht hinaus und Ihr werdet es riechen. Auf der anderen Seite des Sees erzählt man sich von einem teuflischen Weib, das für die ganze Misere verantwortlich sein soll. Die Unholdin soll mit einem Wetterzauber die sintflutartigen Regenfälle der letzten Zeit herbeigerufen haben!« Anselm steigerte sich immer weiter in eines seiner liebsten Gespräche.

»Lasst uns ein andermal darüber sprechen, im Moment wird meine Aufmerksamkeit hier benötigt«, beendete der Medicus die Unterhaltung, welche in seinen Augen völlig sinnlos war. Auch er hatte bereits davon gehört, aber sein Verstand weigerte sich, einen derartigen Unsinn zu glauben.

Er beugte sich über das verletzte Schlüsselbein des Söldners. Als er die Wunde von Neuem untersuchte, fiel ihm auf, dass der Pfeil nur um Haaresbreite die Arteria subclavia, das unter dem Schlüsselbein verlaufende Gefäß, verfehlt hatte. »Da hattet Ihr aber Glück im Unglück«, erklärte er dem Patienten und nickte ihm zu.

»Die Arteria subclavia entspringt der Hauptschlagader und ist für die Blutversorgung des gesamten Armes zuständig. Weitere Gefäße zur Durchblutung des Kopfes und des Halsbereichs zweigen von ihr ab«, hörte von der Wehr die Stimmen seiner Lehrer, die sich auch auf die Lehren des Guy de Chauliac bezogen, der mit seiner *Chirurgia Magna* ein Monument seiner Zeit geschaffen hatte. De Chauliac hatte die

Pest überlebt und empfahl bereits im Jahr 1363 die Mandragora zur Schmerzstillung bei chirurgischen Eingriffen.

Nachdem von der Wehr die tiefe Wunde genäht hatte, ordnete er einen dicken, weingetränkten Verband an. Die Naht selbst bestrich er mit einer Mischung aus Honig und Arnika.

Für die Länge eines Atemzugs schloss er die Augen. Sie brannten, als habe er sie mit Seife behandelt. Er hob die Schultern. Es wunderte ihn nicht, schließlich war er seit vielen Stunden auf den Beinen. Nicht einen Schluck Wasser hatte er zu sich genommen, dafür klebte ihm jetzt die Zunge wie ein trockener Schwamm am Gaumen und machte das Schlucken schwer.

Die Tür schwang auf, und Friko Hofmeister stand betroffen und bleich wie ein Leichentuch im Erdgeschoss des Spitals. Hofmeister stand dem Neunerausschuss der Ravensburger Handelsgesellschaft vor, der ein Teil des aus Saragossa kommenden Handelszugs gehörte.

»Wo ist der Doktor?«, wollte er wissen.

Bruder Anselm verwies ihn in die hinteren Räume, wo der Medicus gerade dabei war, eine klaffende Kopfwunde zu nähen.

Hofmeister, der aus dem Geschlecht der großen Ravensburger Kaufmannsfamilie stammte, wusste, wie gefährlich die wochenlangen Gütertransporte waren. Die Hofmeisters hatten zusammen mit der Familie Salzmann aus Konstanz und der in Buchhorn ansässigen Kaufmannsfamilie Zainer bereits im Jahre des Herrn 1380 die Ravensburger Fernhandelsgesellschaft gegründet. Friko fühlte sich seinen Leuten verpflichtet und wollte sich wenigstens nach ihrem Befinden erkundigen. Das verlangte schon seine Stellung in der Stadt. Freilich hatte auch ihn die Erinnerung an das verheerende Unwetter noch im Griff, aber das musste jetzt warten. Zuerst wollte er wissen, ob seine besten Leute mit dem Leben davongekommen waren. Andernfalls sah er bereits die nächsten Schwierigkeiten auf die Gesellschaft zukommen.

Als er sich im Eingangsbereich umsah, wusste er, dass seine Hoffnungen vergebens gewesen waren. Dort lagen einige seiner Männer, für die jede Hilfe zu spät gekommen war. Gute Männer, treue Spießknechte, die für den sicheren Transport der Waren aus aller Herren Länder ihr Leben riskiert hatten, lagen tot auf dem blutgetränkten Stroh. Ihnen war es nicht einmal vergönnt gewesen, ihre Sünden zu bekennen. Womöglich schmorten sie in diesem Augenblick bereits in der Hölle! Bei diesem Gedanken fröstelte der dicke Mann. Schnell schlug er das Kreuzzeichen. Er würde den Kaplan bitten, im Spital eine Messe zu lesen. Gleich nachher wollte er ihn aufsuchen. Dieser Gedanke beruhigte Hofmeister ein wenig, er atmete mit einem tiefen Seufzer aus und ging weiter an der Reihe der toten Männer vorbei. Einige der Verstorbenen kamen ihm bekannt vor, viele hatte er mit Namen gekannt.

»Maucher, Ihr Teufelsbraten!« Hofmeister reichte einem Vorübereilenden die Hand. »Wenigstens seid Ihr den Banditen entkommen, und wie ich sehe, ist auch noch alles dran!«, bedeutete er einem seiner festangestellten Söldner.

»Zumindest fehlen mir weder Arme noch Beine.«

»Bei Gott, da hattet Ihr mehr Glück als viele Eurer Kameraden.«

Als Friko Hofmeister den großen Operationssaal betrat, würgte ihn heftige Übelkeit. Schlimmer noch als der Gestank nach menschlichen Ausscheidungen ekelte ihn der Anblick eines Weidenkorbs von der Größe eines Wagenrades, der in der Ecke stand. Aus ihm ragten abgetrennte Arme und Beine, und um das Weidengeflecht hatte sich bereits eine große dunkelrote Blutlache gebildet. Der Kaufmann schluckte mühsam und schloss einen Moment die Augen. Dann atmete er ein paar Mal tief ein, zog seinen Umhang fest um den Leib und ging auf den jungen Arzt zu.

»Gott zum Gruße, Herr Medicus, wie ich sehe, leistet Ihr hier Großartiges!«

Johannes hob den Kopf und sah den älteren Kaufmann aus ruhigen, grauen Augen an. »Wir alle tun unser Bestes, dennoch sieht es nicht gut aus. Die Wegelagerer haben wirklich ganze Arbeit geleistet.«

Hofmeister nickte und fuhr sich mit beiden Händen durch sein schütteres, graues Haar und den kurz gestutzten Bart. Während er sich zwang, eisern durch den Mund zu atmen, dachte er unentwegt an den Korb in der Ecke.

»Die Brüder und ich mussten bereits Wunden versorgen, dass es nach einem Kampf auf dem Schlachtfeld nicht hätte schlimmer sein können. Einige Eurer Männer sind gestorben, ehe ich überhaupt nach ihnen sehen konnte«, sagte von der Wehr leise und rieb sich die Schweißperlen von der Stirn. »Viele von ihnen haben unmäßig viel Blut verloren. Ob sie überleben werden, ist mehr als fraglich. Uns fehlen ausgebildete Helfer. Wo treibt sich eigentlich Sauerwein herum?«

Hofmeister räusperte sich. »Nun, die Helfer haben einen Teil der Verwundeten ins Heiliggeistspital gebracht, und die lässt Sauerwein jetzt zur Ader. Er weigert sich, die zermalmten Glieder abzuschneiden. Lieber lässt er den ganzen Kerl verrecken!«, schimpfte er plötzlich wütend.

»Er hat nie gelernt, wie man ein Glied opfert, damit der Mensch weiterleben kann«, erklärte von der Wehr mit einem milden Lächeln.

»Weil Ihr während des Vollmondes ins Gewebe schneidet, schimpft Euch Sauerwein einen elenden Mörder. Er selbst weigert sich, ein Messer auch nur in die Hand zu nehmen.«

»Dann öffnet er die Adern der Männer wohl mit seinen Zähnen«, stellte von der Wehr sarkastisch fest. Er hatte Sauerwein noch nie sonderlich gemocht, und dass der alte Medicus außer den Aderlässen, die er selbst bei einer Leiche noch anwandte, nichts vorzuweisen hatte, wusste Johannes, aber was er sich jetzt leistete, war einfach zu viel. Dieser alte Quacksalber ...

»Er hält bereits nach einem fahrenden Baderchirurgen Ausschau, der die Drecksarbeit übernehmen könnte, aber ich fürchte, bis dahin sind jene, die bisher noch kriechen können, längst tot.«

»Da liegt Ihr wohl richtig. Wenn Ihr noch ein paar Eurer Männer retten wollt, veranlasst, dass sie hergebracht werden.«

»Ihr meint ...? Daran habe ich noch gar nicht gedacht. Wann soll ich ...?«

»Sofort!«, fiel ihm Johannes ins Wort. »Andernfalls braucht Ihr Euch die Mühe nicht mehr zu machen.«

Hofmeister machte auf dem Absatz kehrt und eilte zur Tür.

»Außerdem wäre eine Versorgung der weniger schwer Verletzten mit einem Teller Suppe nicht zu verachten, und Wein, lasst bitte ein Fass Wein bringen. Die Männer mussten schon genug leiden, aber Verdursten sollen sie nicht auch noch«, rief Johannes ihm nach.

Der wohlbeleibte Kaufmann drehte sich nicht um, nickte aber. Während er sich auf den Weg machte, um den Wünschen des Arztes nachzukommen, grübelte er über seine Lage nach. Es würde Jahre dauern, ehe er seine Mannschaft wieder so beieinander hätte. Schließlich fingen die Burschen als Lehrlinge bei ihm im Kontor in der Marktstraße an. Erst nach und nach stellte sich heraus, ob einer als Wagenbegleiter taugte. Dafür waren Mut und gute Nerven unerlässlich. Erst dann konnte er den jungen Mann als Kurier und vielleicht sogar als Einkäufer einem Handelszug mitgeben. Herrgott noch mal! Das Glück schien ihm wie Sand durch die Finger zu rieseln, um auf Nimmerwiedersehen zu verschwinden. Erst der Überfall, und dazu noch dieses verdammte Unwetter. Hofmeister war sich sicher, wäre nicht auch noch das Hagelunwetter dazugekommen, sähe es bedeutend besser aus. Der Sturm hatte die Versorgung der Verletzten verzögert. Während der Hagel über das Land gefegt war, blieb einem Großteil seiner Kaufmänner und Begleiter nur, den Schutz des Waldes zu suchen, und danach waren die meisten Wege unpassierbar. Jetzt bestand sein Verlust nicht nur aus geraubten und verdorbenen Waren, jetzt fehlte ihm auch eine vertrauenswürdige Gruppe, welche er zu seinen Außenlagern in Spanien oder Frankreich schicken konnte, um die verlorenen Waren zu ersetzen. Wenn er an den unvorstellbaren Verlust dachte, den er erlitten hatte, wurde ihm ganz anders.

In den hohen und weitläufigen Räumen des Spitals herrschte ein Lärm wie auf dem Schlachtfeld. Einige Männer schrien sich fast die Seele aus dem Leib, manche, vor allem die jüngeren, weinten vor Schmerz und Verzweiflung. Die Luft war getränkt von den Ausdünstungen ungewaschener Leiber und hing wie eine Dunstglocke aus Urin und Erbrochenem in den mit dunklem Fachwerk durchzogenen und nur schwach erleuchteten Räumen. Obwohl die Türen und Fensterluken weit geöffnet waren, schien die Luft darin zu stehen. Während die leeren weißen Wände bereits überall vom Leid der Verletzten erzählten, färbte sich nun selbst der helle Boden aus groben Lärchenbrettern rot.

Johannes von der Wehr tauchte seine Hände in den Eimer mit frischem Wasser. Er wusste nicht mehr, wie oft er das an diesem Tag schon getan hatte. Vor Erschöpfung und Durst verschwammen ihm die Bilder vor den Augen. Er setzte sich an einen Tisch und ließ sich einen Krug Wasser, Papier und Feder bringen.

Mit zitternden Händen begann Luzia, das graue Papier zu entrollen. Briefe bedeuteten selten etwas Gutes. Weil sie nicht Herrin ihrer Aufregung wurde, fiel es ihr bereits zum zweiten Mal aus der Hand. Es stammte ganz eindeutig aus den Papiermühlen der Stadt und war mit schwarzer Tinte in eleganten Buchstaben beschrieben. Als sie sah, dass das Schreiben von Johannes von der Wehr kam, schluchzte sie vor Erleichterung auf. Sie hatte ihn seit dem Vorabend, als er sie vor dem Hagel beschützt hatte und sie ihm so nahe gewesen war, nicht mehr gesehen. Sie ahnte, dass er im Spital alle Hände voll zu tun hatte.

Hastig las sie, was er schrieb.

Werte Jungfer Gassner,
bitte verzeiht, dass ich nicht selbst komme. Ich hoffe, Ihr konntet den ersten Schock nach dem Unwetter hinter Euch lassen und es geht Euch den Umständen entsprechend gut. Um wenigstens die größte Not zu lindern, arbeiten die Brüder des Antoniterordens und ich selbst im Spital. Bei der Versorgung der Verwundeten geben wir unser Möglichstes, dennoch reicht unsere Kraft nicht, um allen helfen zu können. Daneben befinden sich noch zwei Frauen unter den Verwundeten, ihnen wurde Gewalt angetan. Sicher wäre es weitaus angenehmer, wenn sich eine Frau ihrer Leiden annähme. Darüber hinaus wäre eine weitere helfende Hand sehr von Vorteil. Jungfer Luzia, bitte verzeiht, dass ich dabei an Euch dachte, aber darf ich Euch bitten, sofern es Eure Zeit zulässt, uns im Spital zu unterstützen? Ich wäre Euch zu ewigem Dank verpflichtet. Bitte kommt bald.

Meine Gedanken sind immer bei Euch.
Euer Johannes von der Wehr.

Als sich Luzia wenig später durch die Straßen kämpfte, glaubte sie im Matsch zu versinken. Er stand immer noch knöchelhoch und schmatzte bei jedem ihrer Schritte. Sie kletterte über gesplitterte Holzbalken und haufenweise Steine hinweg, um in die Herrenstraße zu gelangen. Männer, Frauen, selbst kleinere Kinder waren immer noch dabei, die Wege durch die Stadt wieder befahrbar zu machen. Auf dem Rathausplatz stapelten ein paar Männer Geröll und Ziegelsteine. Die Wucht des Hagels hatte einen Teil des kleinen Gerichtserkers zerstört, von dem aus der Ammann den Stab als Symbol für das zu vollstreckende Todesurteil brach.

»Gott zum Gruße, Jungfer Gassner!«, sprach sie der Weber Alois an. Er half den Männern mit den Steinen. »Dann kommen also selbst nach so einem Unglück wieder Kinder auf die Welt.«

Luzia schüttelte den Kopf.

»Nein, ich bin auf dem Weg zum Antoniterspital. Dorthin haben sie gestern die Verwundeten des Handelszuges gebracht. Der Medicus schreibt, dass sie für jede Hilfe dankbar sind.«

»In dem Fall stimmt es, dass der Handelszug überfallen wurde?«

Luzia nickte.

»Ein schlechtes Zeichen. Zuerst kam dieses Wetter, das uns alle ins Unglück stürzen wird, und dann auch noch das! Stellt Euch nur vor, um wie viel die Preise nochmals steigen werden.«

Luzia nickte und bestätigte Alois' Befürchtungen.

»Man munkelt ja bereits, das Wetter sei durch einen Zauber entstanden«, flüsterte Alois Weber vorsichtig, als wolle er keine schlafenden Hunde wecken.

»Wer behauptet denn so etwas?«, fragte Luzia erschrocken.

»Oh, die halbe Stadt spricht schon davon. Und Grete rennt seit der Frühmesse durch die Gassen und erzählt jedem, der es wissen will, Kaplan Grumper behaupte, das Hagelwetter sei das Werk einer Hexe gewesen. Heute Abend wird es eine weitere Messe geben, spätestens dann wird es die ganze Stadt wissen.«

Bei Alois Webers Worten lief es Luzia eiskalt den Rücken hinunter, und als sie hinauf zum Himmel sah, glaubte sie in den vorbeiziehenden Wolken eine grausige Fratze zu erkennen. Ihr war, als schlugen die Wellen eines kalten, grauen Wassers über ihrem Kopf zusammen und pressten sie auf den sumpfigen Grund.

Hastig verabschiedete sie sich und setzte ihren Weg fort. Als sie wenig später abermals in den Himmel sah, war er dunkelblau und ohne jede Wolke. Eine seltsame Ahnung überkam sie, doch dann schalt sie sich eine Närrin und schob die bedrückende Stimmung lediglich ihren überreizten Sinnen zu.

Jetzt ging es erst einmal darum, den Unglücklichen zu helfen. Luzias Gedanken weilten bereits im Antoniterspital und bei Johannes von der Wehr. Wir oft hatte er ihr vom besonderen Geschick der arabischen Ärzte erzählt. Insbesondere im Bereich der Chirurgie schienen die Männer aus dem Orient große Kenntnisse zu besitzen. Auch ihre Kunde von der Anatomie des menschlichen Körpers schien der abendländischen Medizin weit überlegen. Die arabischen Gelehrten hatten schon früh begonnen, den Körper von innen zu betrachten. Was in der okzidentalischen Medizin lange Zeit als Sünde betrachtet wurde und selbst heute nicht von jedem gern gesehen wurde.

Den Wunsch, Johannes von der Wehr einmal über die Schulter zu sehen, wenn seine chirurgischen Fähigkeiten zum Einsatz kamen, hegte Luzia schon lange. Wobei das nicht der alleinige Grund war, weshalb ihre Hände jetzt feucht und ihr Mund trocken wurden. Allein seine wachen, grauen Augen, die sie wie ein samtenes Tuch einhüllten und ihr das Gefühl gaben, einzigartig zu sein, ließen die Schmetterlinge in ihrem Bauch wieder tanzen ...

In der Kirchstraße hatte der Sturm das gesamte Dach des roten Ochsen abgedeckt. Während der Ochsenwirt mit einigen Helfern nach unversehrten Ziegeln Ausschau hielt, warf er der rothaarigen Hebamme ein paar unfreundliche Blicke zu.

Während sie vorübereilte, ohne auf den Weg zu achten, kam ein Windstoß aus dem Nichts, er bauschte ihre Röcke und fuhr ihr mit stürmischen Fingern durchs Haar. Dem kahlköpfigen Ochsenwirt war, als leckten Flammen um den Kopf der jungen Wehmutter. Er hieb seinem Nachbarn in die Seite: »Das ist sie, die Hebamme, die Kaplan Grumper für das Hagelwetter verantwortlich macht«, flüsterte der dicke Ochsenwirt seinem Helfer zu.

»Woher weißt du das?«, fragte der andere erschrocken.

»Die Küferin hat es mir nach der Frühmesse erzählt. Sie weiß es von Grete Muntz, und die trägt lediglich die Worte des Kaplans weiter.«

»Glaubst du das etwa?«, wollte sein junger Nachbar mit der Hakennase und dem blonden Bart wissen.

»Wenn der Kaplan es sagt, wird schon was dran sein«, entgegnete der Wirt mit einem Schulterzucken. »Schließlich ist das Wetter aus dem Nichts gekommen, und so Gott mein Zeuge ist, ich habe noch nie etwas Ähnliches erlebt!«

»Beim Allmächtigen, das habe ich auch nicht«, erwiderte der Blonde und bekreuzigte sich in Erinnerung an das Wetter rasch.

»Siehst du, und irgendjemand muss ja schuld sein.«

14

Als Luzia im Antoniterspital eintraf, wies ihr Bruder Edmund den Weg zu den hinteren Räumen.

»Danke, dass Ihr gekommen seid«, sagte er erfreut. »Der Medicus erwartet Euch bereits. Folgt einfach dem Gang und Ihr gelangt zu den Krankensälen.«

Luzia schenkte dem Mönch ein warmes Lächeln und eilte weiter. Die rußenden Fackeln in den Wandhalterungen sorgten für eine schaurige Stimmung. Einige Männer warteten immer noch auf dem düsteren Korridor, bis sich jemand ihrer annahm. Luzia schenkte den verletzten Männern ein freundliches Nicken und erwiderte ihren Gruß.

Anselm, der hinter einer Säule stand, beobachtete die Hebamme mit gemischten Gefühlen. Er hatte die junge Frau vom ersten Tag an nicht sonderlich gemocht. Freilich konnte niemand leugnen, dass sie ein Händchen für das Kinderkriegen hatte, doch wer diesem Weib dazu verhalf, stand in den Sternen. Hier im Spital wollte er seine Meinung lieber für sich behalten, denn der Medicus hielt große Stücke auf die junge Frau. Wenn Anselm sie so gehen sah, konnte er sich gut vorstellen, was den Medicus veranlasste, vor der Rothaarigen das

Knie zu beugen. Schnell wandte er den Blick von ihr ab und schlug das Kreuzzeichen.

Johannes fiel ein Stein vom Herzen, als er sah, dass Luzia den Korridor entlangeilte.

»Luzia!«, begrüßte er sie und ging ihr auf halbem Weg entgegen. »Ihr könnt Euch nicht vorstellen, wie erleichtert ich bin, dass Ihr meiner Bitte gefolgt seid«, sagte er und nahm ihre Hand. »Gott sei Dank geht es Euch gut!«

Während ihr seine bittersüßen Worte eine zarte Gänsehaut bereiteten, sah ihr Johannes von der Wehr tief in die Augen, hauchte einen sanften Kuss auf ihren Handrücken und begrüßte sie trotz seiner beschmutzten Kleidung mit einem formvollendeten Diener.

Ein Raunen ging durch die Reihen der Verletzten, als sie gemeinsam an den letzten Strohsäcken vorübergingen.

Obwohl es wahrlich nicht der geeignete Augenblick war, kam ihm Luzia noch begehrenswerter vor als sonst. Heute trug sie ihr feuriges Haar offen. Nur zwei Silberkämme und ein kleiner Schleier bändigten die seidigen Wellen. Ihre feine Haut leuchtete fast von innen heraus. Das zarte Weiß ihres herzförmigen Gesichts erinnerte den Medicus an Alabaster, wie es vor allem im italienischen Volterra vorkam. Ihre Anmut schien ihm aus einer anderen Welt zu kommen. Luzia ging nicht, sie tanzte ihre Schritte wie eine Elfe, wenn es die denn gab.

»Ich bin sehr froh, dass Ihr Euch vor der schweren Arbeit nicht fürchtet«, gestand Johannes, nachdem sich Luzia einen raschen Überblick im Spital verschafft hatte. »Wir bewältigen all das nicht mehr allein. Bruder Walko, Bruder Edmund

und Bruder Anselm geben sich alle Mühe, sie verrichten ihre Arbeit tapfer und ohne ein Murren. Dennoch haben wir längst nicht alle untersucht, nicht zu reden von den noch anstehenden Operationen.«

»Ihr müsst Euch nicht erklären! Ich bin davon überzeugt, Ihr gebt Euer Bestes, genauso, wie Ihr es immer tut, und jetzt sagt mir einfach, wo ich beginnen soll. Ihr kennt meine Fähigkeiten, Amputationen kann ich zwar nicht selbstständig durchführen, aber es gelingt mir, alle Wunden fachgerecht zu reinigen, eine ordentliche Naht zu legen und Verbände aller Art anzubringen.« Und denen beim Sterben zu helfen, für die es keine Rettung mehr gibt, dachte Luzia bitter.

»Allein Eure Anwesenheit wird alles zum Guten wenden. Danke, dass Ihr gekommen seid.«

Vom Augenblick, in dem sie das Spital betreten hatte, schien sich etwas verändert zu haben. Von der Wehr hatte das Gefühl, als habe Luzia einen Keim der Hoffnung in die Herzen der verwundeten Männer gepflanzt und die Leiden aller ein wenig gelindert.

In den einzelnen Räumen lagen dicht an dicht Männer unterschiedlichen Alters. Viele stöhnten laut oder flüsterten ein Gebet. In jeder Ecke stand ein Schemel, auf dem sich ein Talglicht befand, das tapfer gegen die stetig zunehmende Dunkelheit ankämpfte. Luzia roch das Dünnbier, welches in Krügen und Bechern neben den Verwundeten wartete, ihren Durst zu löschen. Hier und da sah sie ein paar verwaiste Strohsäcke. Sie hoffte, die Patienten seien zur Behandlung in einem anderen Raum, fürchtete aber, sie seien gestorben.

Der Medicus hatte sie gebeten, sich zuerst der beiden Huren aus dem Tross anzunehmen. Sie lagen etwas abseits auf strohgefüllten Säcken und dämmerten vor sich hin. Die Brüder des Antoniterordens hatten ihnen graue Pferdedecken übergelegt, um sie vor den neugierigen Blicken der Männer zu schützen.

Luzia raffte beherzt ihre Röcke. Ohne sich um die Bitten der Männer auf ihren Lagern zu kümmern, kniete sie sich zwischen die beiden Frauen. Die jüngere der beiden wirkte zart und verletzlich, ihre Augäpfel bewegten sich unter den geschlossenen Lidern in einem wilden Auf und Ab. Die ältere Frau schätzte Luzia auf achtundzwanzig, höchstens dreißig Sommer. Sie wirkte schon ein wenig welk.

»Das sind Josie und Emma«, hörte sie hinter sich eine Stimme. Ein Mann war näher getreten. Er trug den Arm in einer Schlinge und stützte sich auf einen zurechtgeschnitzten Ast. Er war einer der Kaufmänner, die leichter verletzt waren. Offensichtlich fühlte er sich in der Pflicht, durch die Krankensäle zu gehen und für die Verwundeten zu sprechen.

»Den beiden wurde übel mitgespielt. Die ganze Bande hat sich über die Frauen hergemacht, als wären sie lebloses Fleisch. Ich lag währenddessen eingeklemmt unter einem der großen Planwagen und war nicht imstande, mich zu rühren. Paarweise sind sie über die armen Dinger hergefallen, beim Zehnten empfahl ich ihre Seelen dem Allmächtigen.«

Luzia nickte.

Der blonde Mann im mittleren Alter wurde nicht müde, ihr Einzelheiten der Vergewaltigung zu schildern, doch Luzia hörte ihm nicht wirklich zu. Zwar fand sie den Mann nicht unsympathisch, aber er redete eindeutig zu viel.

Vorsichtig berührte sie den Arm der jüngeren Frau, die der

Kaufmann ihr als Josie vorgestellt hatte. Ihr Unterkleid wies nicht eine heile oder saubere Stelle auf. Ihr Körper befand sich in einer tiefen Erschöpfung, aus der sie, wenn überhaupt, nur sehr viel später wieder erwachen würde. Vielleicht gelang es Luzia gerade deshalb, Josies Gefühle so deutlich wahrzunehmen. »Große Mutter, lass uns nicht allein!«, flüsterte sie mit bangem Herzen.

Sie spürte all die Pein und den Schmerz, welche ihr die Verbrecher zugefügt hatten. Die Wucht der Empfindungen traf Luzia wie eine Ohrfeige ins Gesicht. Aber der Mann hinter ihr, der einfach nicht aufhören wollte, ihr in allen Einzelheiten von dem Überfall zu berichten, lenkte sie ab.

»Würdet Ihr uns jetzt bitte allein lassen, ich möchte nach Josies Verletzungen sehen«, forderte Luzia den Kaufmann freundlich auf.

»Ich bin übrigens Wilhelm Stadler«, stellte er sich vor. »Ich sehe mich derweilen um, wie es den anderen geht. Irgendwo wird meine Hilfe sicher gebraucht.«

Als Luzia die Decke zurückschlug, drang ihr der kupferartige Geruch von Blut in die Nase. Die Innenseiten von Josies Oberschenkeln schimmerten fast schwarz, flächendeckende Blutergüsse überzogen das Gewebe bis unterhalb der aufgerissenen Knie. Ihre Schamlippen waren blutbeschmiert und dick geschwollen. Sie wiesen zu beiden Seiten tiefe Risse auf, wie es nach einer Geburt manchmal der Fall war.

Bruder Anselm brachte frisches Wasser in einem Ledereimer. Bevor Luzia ihn bemerkte und die Decke über den Unterleib der Frau breiten konnte, hatte er einen Blick darauf geworfen. Als habe er den Teufel leibhaftig vor sich, wendete er sich ab und murmelte einen Psalm.

Luzia tauchte einen Streifen Leinen in das kühle Nass und wusch behutsam das Blut von Josies Unterleib. Die Kerle haben wirklich vor nichts haltgemacht, dachte Luzia, als ihre Finger den zerrissenen Anus berührten. Aus beiden Körperöffnungen rann ein dünnes Rinnsal Blut. Luzia tastete Josies weichen Bauch ab. Oft erlitten die Frauen durch eine brutale Vergewaltigung auch innere Verletzungen. Bei Josie deutete glücklicherweise nichts darauf hin. Deshalb legte sie ihr mit geübten Fingern entlang der aufgeworfenen Schamlippen eine kleine Naht. Anschließend versorgte sie die Wunde mit Calendulasalbe.

Dann wandte sie sich der zweiten Frau zu. Emma ging es nicht besser. Die Männer hatten sie schlimm zugerichtet. Auch sie litt unter den Folgen mehrfacher Vergewaltigungen, zusätzlich hatten ihr die Verbrecher noch in den Bauch getreten, was die Abdrücke der Stiefel eindeutig belegten. Dazu war den Schlächtern nichts Besseres eingefallen, als ihr am Unterleib mit einem Messer tiefe Wunden beizubringen. Luzia schüttelte über die rohe Brutalität der Plünderer den Kopf. Vorsichtig wusch sie Brust und Bauch der Verwundeten und nähte die tiefen Verletzungen, alle anderen bestrich sie mit einer Salbe aus Beinwell und Kamille. Emma hatte viel Blut verloren und Luzia machte sich nicht allzu viel Hoffnung auf ihre Genesung. Nicht seit sie den Todesboten gesehen hatte. Still und achtsam lehnte er schon eine Weile an der geöffneten Tür. Sie beide hatten sich schon erbitterte Kämpfe geliefert, wobei Luzia wusste, dass sie nie als Siegerin hervorgegangen war. Hinterher empfand sie ihr Eingreifen immer als falsch, denn Azrael täuschte sich nie, und seine Ankunft erlöste die Sterbenden oft von den Qualen einer schweren

Krankheit. Schon seit geraumer Zeit hatte sie seine Anwesenheit gespürt. Er wartete geduldig, bis sich die Uhr des Lebens ihrem letzten Glockenschlag näherte. Bis das Herz für immer verstummte und der Atem der Unendlichkeit den Leib berührte. Dann breitete der schöne Todesbote seine seidigen Flügel aus und brachte die Seele heim.

Für Emma war die Zeit gekommen. Luzia nickte, als der silberne Nebel aus ihrem Mund glitt und sich in Azraels Armen davontragen ließ. Sie wusch Emmas Gesicht und ihren gemarterten Leib. Dann faltete sie ihre Hände über der Brust, ehe sie Bruder Anselm half, die Tote in ein Leinen zu wickeln und neben die anderen Verstorbenen zu legen.

Endlich waren alle Schwerverletzten versorgt, und es begann etwas ruhiger zu werden. Friko Hofmeister veranlasste einen der Helfer aus der Stadt, einen Krug Wein zu bringen.

»Wir trinken jetzt einen Becher zusammen. Auch Ihr könnt Euch Eure Widerworte sparen!«, sagte er an Luzia gewandt und lächelte ihr aufmunternd zu. »Setzt Euch einen Augenblick.«

Hofmeister hatte in aller Eile die blutgetränkten Leinen beiseitegeräumt und ein paar Schemel und einen kleinen Tisch zusammengestellt. Ohne Zögern verrichtete der dicke Mann Arbeiten, die weit unter seinem Stand waren. Selbst Wilhelm Stadler bedeutete er, sich dazuzusetzen. Gemeinsam leerten sie einen Becher dünnen Wein.

»Bei Gott, da habe ich schon Besseres getrunken!«, schimpfte Hofmeister mit saurer Miene und schenkte nach. »Täusche ich mich, oder ist bald ein Ende in Sicht?«

»Ihr täuscht Euch nicht. Wir haben es geschafft und können bereits ein wenig aufatmen«, gab Johannes von der Wehr zurück. Er sah erschöpft aus und unter seinen Augen lagen tiefe Schatten.

Hofmeister nickte und prostete in die Runde. »Jungfer Luzia, Euch möchte ich meinen besonderen Dank aussprechen. Ohne Eure Hilfe wäre es unserem fleißigen Medicus nicht gelungen, so viele Leben zu retten.«

»Da bin ich ganz Eurer Meinung«, versicherte ihm von der Wehr und schenkte Luzia ein warmes Lächeln. Als er unter dem Tisch heimlich ihre Hand nahm und sie zärtlich drückte, stand ihr Herz in Flammen. Verlegen strich sie sich eine Locke ihres roten Haares aus der Stirn und spürte, wie sich ihre Wangen röteten.

»Nun, Stadler, erzählt. Was hat sich auf der unglücklichen Reise zugetragen?«

Eifrig strich sich der blonde Kaufmann durch den kurzen Bart und nickte.

»Der Weg von Ravensburg nach Saragossa verlief ohne einen einzigen Zwischenfall. Selbst an den Grenzen kam es zu keiner Verzögerung. Auch in Saragossa klappte alles völlig reibungslos. Wolle und Safran haben wir bekommen. Die Ware war von auserlesener Qualität. Selten habe ich eine so weiche Rohwolle gefühlt. Dazu Zuckerhut, Reis, Datteln und Feigen.«

»Das dachte ich schon«, murmelte Hofmeister und rieb sich das Kinn.

»Erst auf der Rückfahrt hat der Ärger begonnen, genauer auf dem Alpabstieg. Zuerst lahmte eines der Pferde, dann hat es wie aus Kübeln geregnet und zu guter Letzt erkrankten einige der Männer des Geleits an Durchfall. Die Krankheit schwächte sie so sehr, dass wir sie neben den Waren auf die Pferde und Wagen laden mussten, um vorwärtszukommen.«

»Ein gefundenes Fressen für Wegelagerer und Halsabschneider«, murmelte Hofmeister bitter, und Stadler nickte dazu.

»Auf der Höhe Zürich schwoll der Verkehr auf der Straße stark an. Ochsengespanne, Eselkarren, aber auch Menschen mit einem Handkarren schienen alle nur ein Ziel zu haben. Wir alle waren müde und hungrig, deshalb folgten wir der Menge. Außerdem hofften wir auf einen fahrenden Bader oder einen kundigen Medicus, der sich unserer siechen Männer annehmen würde. Wir kamen zu einem kleinen Kaff, dessen Namen ich schon wieder vergessen habe. Zimmerer waren dabei, eine große Tribüne zu errichten, sodass wir glaubten, es gebe ein Schauspiel oder etwas Ähnliches«, berichtete Wilhelm Stadler mit leiser Stimme.

»Spannt uns nicht länger auf die Folter, was gab es denn dann zu sehen?«, wollte Hofmeister wissen.

Ihr Gefühl sagte Luzia bereits, dass sie nicht hören wollte, was jetzt folgte.

»Noch während wir rasteten und unsere Tiere versorgten, schichteten die Büttel einen gewaltigen Holz- und Reisighaufen um einen Pfahl, an dem eine dicke Kette mit Eisenringen befestigt wurde. Und jetzt kommt das Schaurigste«, raunte er und rieb sich die Arme, als wolle er die Gänsehaut vertreiben, die sich mittlerweile auch auf Luzias Armen gebildet hatte.

Alle warteten gespannt, wie es weiterging.

»Die herbeiströmenden Leute erzählten uns, dass sie alle gekommen waren, weil hier auf dem Marktplatz mit der dritten Stunde nach dem Mittagsläuten eine Hexenverbrennung stattfinden sollte.«

»Hexen, so ein Unsinn!«, stieß der Medicus hervor und stellte den Becher mit einem lauten Knall zurück auf den Tisch.

»Ihr glaubt nicht an das Hexenunwesen?«, fragte Stadler vorsichtig.

»Nein, mein Menschenverstand weigert sich, an einen derartigen Unsinn zu glauben. Verwünschungen und Flüche wurden von den Menschen schon seit jeher ausgesprochen, Hexen sind mir aber noch nie begegnet.«

»Seid Ihr denn geblieben, bis, na, bis, also ich meine, bis die Hinrichtung stattfand?«, wollte Friko Hofmeister voller Bestürzung wissen.

Stadler schüttelte den Kopf.

»Ein paar der Männer wollten das Schauspiel unbedingt mit ansehen, aber weil die Zeit drängte und wir noch gut anderthalb Tagesmärsche vor uns hatten, brachen wir auf. Nun, und am Tag darauf sind wir in die Fänge der Wegelagerer geraten.«

»Herr Medicus! Schnell! Hier ist ein Junge aus dem Heiliggeistspital. Er stirbt!«, schrie einer der Helfer aufgeregt, während er mit der Schubkarre durch den Flur rannte.

Johannes sprang auf und schob den Tisch beiseite. »Assistiert Ihr mir?«

»Sicher«, antwortete Luzia knapp.

Behutsam legten sie den Verwundeten auf eine Liege. Der junge Mann krümmte sich vor Schmerz und erbrach sich vor ihre Füße. Während der raschen Untersuchung erkannten sie eine tiefe Wunde im Bereich der Lende. Johannes stellte neben hohem Fieber einen bretthарten Bauch fest.

»Lechner! Das ist einer meiner besten Einkäufer«, rief Hofmeister, der ihnen gefolgt war, bestürzt. »Der Junge wüsste selbst einem Wüstenbewohner eine Kiste Sand zu verkaufen. Großer Gott, ich bitte Euch, rettet dem Burschen das Leben«, rief er besorgt.

»Der Medicus wird alles tun, was in seiner Macht steht«, versicherte Luzia und half, dem jungen Mann das Hemd vom Leib zu schneiden.

»Wir brauchen mehr Licht!«, verlangte von der Wehr.

Während die Helfer weitere Öllampen heranschleppten, wusste Johannes bereits, dass es sehr schlecht um den jungen Mann bestellt war. Der scharfe Geruch nach Eiter und faulendem Fleisch lag bereits in der Luft. Er drang aus der Wunde, von der der Medicus annahm, dass sie gar nicht so tief sein konnte. »Gebt ihm bitte ein wenig von der Mandragoraessenz«, wies von der Wehr Luzia an. Doch die Flasche mit der schillernden Flüssigkeit war leer.

»Dann nehmt von der frischen Wurzel. Sie befindet sich in meiner Tasche dort auf dem Tisch.«

Luzia bereitete nach Johannes' Anweisung eine Mischung aus Alraunenwurzel und Schlafmohn. Sie war fasziniert von der Wurzel, die dem Aussehen eines Menschen glich.

»Mandragora oder Alraune. Ein sehr starkes Betäubungsmittel«, erklärte Johannes, als er ihren fragenden Blick bemerkte.

Sie nickte nur und flößte dem fiebernden Jungen einige Schlucke, mit Wein verdünnt, ein.

Bald darauf erzählte er wirre Dinge und begann zu weinen, bevor ihn endlich der Schlaf übermannte. Luzia strich ihm sanft das nachtschwarze Haar zurück und beließ ihre Hand über den leicht schräg gestellten Augen, bis sich wenige Augenblicke später auch das Wimmern beruhigt hatte.

Eine lange silberne Sonde half dem Medicus dabei, die Tiefe der Wunde auszuloten. Mithilfe eines kleinen Messers öffnete er die Bauchdecke auf beiden Seiten der Wunde um einige Zentimeter. »Hier ist das Bauchfell verletzt«, sagte er und deutete in die Tiefe. Mit zwei fingerähnlichen Haken zog er die Wunde auseinander und blickte in die schwarze Bauchhöhle. Schweißperlen bildeten sich auf seiner Stirn, als er ein wenig Wein in die tiefe Wunde goss. Luzia hielt den Atem an, als er sie nah zu sich bat, um auch ihr einen Blick auf die Organe zu ermöglichen. Vor ihr breitete sich das größte Geheimnis der menschlichen Natur aus.

»Heilige Mutter«, dachte Luzia voller Ehrfurcht.

»Das ist der Darm«, erklärte von der Wehr und griff mit drei Fingern tief in die Wunde hinein. Mit geübter Hand nahm er ein Stück des glatten Organs heraus. Luzia erinnerte es beinahe an ein Stück Wurst. Glatt und glänzend lag es in den Fingern des Arztes. Aufmerksam zog er weitere Zentimeter Darm heraus. Als Johannes abermals in den Bauch griff, schlug ihnen wieder der durchdringende Geruch nach Eiter entgegen.

»Hier muss es irgendwo sein«, flüsterte der Medicus mehr zu sich selbst. »Hier! Seht Ihr, wie sich das Gewebe verfärbt hat?«

Luzia nickte und achtete auf die immer dunkler werdende Darmschlinge. Für die Dauer eines Herzschlags berührten sich ihre Hände. Gemeinsam standen sie um den geöffneten Bauch eines lebendigen Mannes und hielten einen Teil seiner warmen, lebenden Organe in ihren Händen. Das Innerste, von Gott Geschaffene. War es tatsächlich eine Sünde, den Menschen von innen zu betrachten, wie die Kirche sagte?, fuhr es Luzia durch den Kopf.

Die Pfeilspitze hatte sich tief in die Darmwand gebohrt und das Gewebe drum herum wies bereits eine ungesunde schwarze Färbung auf.

»Wenn Ihr das Darmstück haltet, werde ich versuchen, die abgebrochene Spitze zu entfernen.«

Luzia nickte. Warm und glitschig fühlte sich der Darm in ihren Händen an, und sie gab sich alle Mühe, dass er ihr nicht entglitt und zurück in die schützende Körperhöhle rutschte. Nachdem Johannes die Pfeilspitze mit zwei weiteren Schnitten entfernt hatte, begann er auch das grauschwarze Gewebe um die Eintrittsstelle zu entfernen. Luzia bewunderte sein Geschick und die Sicherheit, mit der er die scharfen Instrumente führte.

»Wir brauchen Wein, um die Wunde zu säubern.« Wieder trafen sich ihre Augen. Luzia brachte den Weinschlauch und goss kleine Schlucke in die Wunde. Diesmal berührten sich nicht nur ihre Hände, auch ihre Herzen verstanden sich und schlugen im Gleichklang ihrer noch nicht eingestandenen Liebe. Als sie sich für die Dauer eines Atemzugs in die Augen sahen, wusste Luzia, dass er es war, den sie begehrte, den sie schon vom allerersten Augenblick an gewollt hatte. Trotz der ernsten Lage zersprang ihr Herz fast vor Glück. Sein Atem streifte ihre Wange und das Grau seiner klugen Augen umfing sie mit einer Warmherzigkeit, dass Luzia der Atem stockte. Sie wusste, dass er das Gleiche dachte.

»Reicht mir bitte noch einmal den Wein«, sagte der Medicus und sah ihr abermals in die Augen. »Wir müssen den Bauch spülen, sonst ist unser junger Freund tot, bevor es wieder Morgen wird. Sorgfältig begann er das Darmstück mit Wein zu säubern, bis Eiter und Blut verschwunden waren.

Dann fixierte er die Darmschlinge mit einem Stab, den er vorsichtig hinter das Gewebe schob, um ein Zurückgleiten zu verhindern.

»Jetzt zeige ich Euch etwas ganz Wunderbares«, versprach er mit einem kühnen Lächeln. »Wir nähen die Wunde nicht, sondern verschließen sie mithilfe einiger Hirschkäferzangen.« Mit diesen Worten deutete er wieder auf seine Tasche. »In ihrem Inneren befindet sich ein Glas, bitte bringt es mir.«

Die großen, schwarzen Käfer krabbelten übereinander und klopften mit ihren geweihähnlichen Greifzangen gegen die Glaswand. Luzia glaubte zu träumen. Fasziniert hob sie das Gefäß zum Licht und staunte über die Kraft der dunklen Tiere.

Der Medicus reichte ihr eine Pinzette. »Bitte fügt damit die Wundränder zusammen.«

Er öffnete den Deckel des Glases und nahm einen der schwarzbraunen Käfer heraus. Luzia schüttelte verwundert den Kopf. Sie wollte nicht glauben, was sich vor ihren Augen abspielte. Der Medicus hielt den Hirschkäfer an die zusammengefügten Ränder des verletzten Darmes. Als er seine Mundwerkzeuge mit einem lauten Knacken in die Darmwand schlug, entfuhr Luzia ein faszinierter Schrei. Nachdem sich der Käfer festgebissen hatte, drehte der Arzt den Leib des zappelnden Tieres ab. Zurück blieb lediglich der Kopf mit den Greifzangen. Ein weiterer Käfer war erforderlich und schließlich sogar ein dritter. Den Luzia auf seine Anweisung selbst herausnahm und an die Wunde setzte.

»Das macht Ihr ganz hervorragend!«, würdigte er Luzias Geschick.

Ihre Wangen glühten. Sie hatte jedes Zeitgefühl und die Welt um sich vergessen.

Erst Bruder Anselms entsetzter Schrei ließ ihre Gedanken in den großen Saal des Spitals zurückkehren. Der Mönch stand hinter ihr und starrte voller Ekel auf ihre Hände und weiter auf die zappelnden Hirschkäfer.

»Keine Angst, die Käfer schaden dem Jungen nicht. Sie werden sich nach gegebener Zeit von selbst auflösen, aber bis dahin ist die Wunde längst verheilt«, versuchte von der Wehr den entrüsteten Mönch zu beruhigen.

Der Antoniter bedachte ihn nur mit einem fassungslosen Blick und verließ auf der Suche nach dem Weihwasser den Raum. Ein solch grässliches Tun wollte er ohne göttlichen Beistand unter dem Dach des Spitals nicht dulden. Er hatte mit eigenen Augen gesehen, wie die rothaarige Hebamme dieses Höllentier in den geöffneten Bauch des Mannes gesetzt hatte.

Als die Darmschlinge wieder im Bauchraum verschwand, kamen Luzia leise Zweifel. Bruder Anselms Blick hatte nichts Gutes zu bedeuten.

Das bimmelnde Geräusch einer Glocke kündigte das Eintreffen des Kaplans an. Glocke und Laterne repräsentierten die Anwesenheit Jesu Christi. Ein junger Messdiener trug die kleine Klingel voraus und benutzte sie fleißig. Während Grumper das Symbol des Allmächtigen in jeden Raum trug, drang der schrille Ton der Schelle in Luzias Ohr.

»Gelobt sei Jesus Christus«, schnarrte Grumper und maß den Saal aus frostigen Augen.

»In Ewigkeit. Amen«, flüsterte Luzia. Sie spürte bereits, wie sein bohrender Blick durch ihr Kleid in ihr Herz drang. Bruder Anselm und Kaplan Grumper tauschten einen langen Blick, ehe ihm der Antoniter etwas ins Ohr flüsterte. Der Kaplan nickte und steuerte mit großen Schritten auf Luzia zu.

»Du solltest jetzt besser nach Hause gehen, ehe du noch mehr Schaden anrichtest«, sagte er kalt. »Wenn ich schon dulden muss, was hier geschieht, so unterbinde ich ganz sicher, dass ein Weib in die innersten Geheimnisse des göttlichen Leibes eingeweiht wird. Es ist eine schwere Sünde, den Menschen in seinem Inneren zu betrachten. Wenn es Gott gefällt, seinen Diener zu sich zu rufen, soll der Mensch nicht eingreifen!«, zischte Grumper mit eisiger Miene.

Luzia wich einen Schritt zurück und geriet ins Wanken. Johannes stützte sie, als sie zu fallen drohte.

»Alles in Ordnung, geht es Euch gut?«

Luzia schluckte und nickte zögernd.

Fragend sah Johannes den Kaplan an. »Jungfer Gassner hat sich als äußerst geschickt und wissend erwiesen. Ohne ihre tatkräftige Unterstützung wäre es uns nicht gelungen, so vielen Männern das Leben zu retten. Nicht zu reden von der Frau, die ohne die Hilfe einer Wehmutter niemals überlebt hätte. Vielleicht solltet Ihr das bedenken, bevor Ihr die Jungfer mit Eurem Auftreten ängstigt.«

»Welche Frau?«, fragte Kaplan Grumper empört.

»Sie gehört zu mir, und wenn Ihr erlaubt, werde ich Euch gerne aufklären«, antwortete Friko Hofmeister. »Josie bietet ihre Dienste normalerweise im Haus am Gerberbach an …« Unter dem unduldsamen Blick Grumpers geriet selbst Hofmeister ins Stocken. Seine Wangen waren von einem Hauch Rot überzogen.

»Die Fernhandelsgesellschaft, deren Vorstand die Herren Salzmann, Zainer und meine Wenigkeit sind, halten es für klug, den Männern auf ihren langen Reisen ein wenig Zerstreuung zu verschaffen. Die Erfahrung hat gezeigt, dass es gefahrloser ist, gesunde Frauen mitzunehmen, bevor sich die jungen Hirsche Gott weiß was in den Freudenhäusern dieser Welt holen. Ihr versteht, was ich meine«, fuhr Friko Hofmeister fort. »Die meisten sind noch unverheiratet und versündigen sich nicht, wenn sie an einsamen Abenden Trost in Josies Armen suchen und ...«

»Es genügt«, schnitt ihm Kaplan Grumper das Wort ab, »vollkommen!« Gereizt ging er davon.

Wenig später spendete der Kaplan einem Sterbenden die Krankensalbung. »Wo ist die Frau mit dem roten Haar?«, wollte der Todkranke wissen, während ihm Grumper mit geweihtem Öl ein Kreuz auf die Augenlider zeichnete. Dem kleinen Messdiener, welcher die Laterne als Symbol für die Gegenwart Christi trug, klappte vor Schreck der Mund auf.

»Auf dem Weg zur Hölle, und wenn Ihr Euch nicht eines Besseren besinnt, werdet Ihr sie dort treffen«, zischte Grumper leise und vollzog die Sterbesakramente in aller Eile und ohne jede Liebe.

»Dietrich Klingeisen verlangt nach Euch.«

Luzia, die in der Spitalküche stand und eine irdene Schüssel mit Kamillenaufguss füllte, drehte sich um, doch Bruder Anselm war bereits verschwunden. Sie klemmte sich die Schüssel unter den Arm und eilte den dunklen Korridor entlang in den zweiten Saal auf der rechten Seite. Obwohl der

Raum hoch und weitläufig war, schrumpfte er in diesen Augenblicken auf die Größe eines Strohsacks zusammen. Stunden zuvor hatte sie dem Medicus assistiert, als er dem jungen Klingeisen den Arm nehmen musste. Jetzt lag er im Sterben, und sie konnte nichts mehr für ihn tun. Während Kaplan Grumper mithilfe seines Ministranten etwas abseits einen kleinen Altar errichtete, kniete sich Luzia neben den jungen Mann und strich ihm das schweißnasse Haar aus der Stirn. Blut sickerte aus der Wunde seines Armstumpfes.

»Bitte, lacht mich nicht aus, aber ich fürchte mich, und da dachte ich, Ihr könntet vielleicht ein wenig bei mir bleiben«, flüsterte der kräftig gebaute junge Mann.

Luzia nickte und flößte ihm einen Löffel Wein ein. »Es gibt keinen Grund zu lachen«, versicherte Luzia und berührte sanft seine große Hand, die sich sogleich auf der Suche nach Trost um die ihre schloss. Während sie die wilde Not seiner Seele am eigenen Leib spürte, bohrte sich der durchdringende Blick des Kaplans in ihren Rücken.

»Wollt Ihr nicht mit Hochwürden Grumper ein Gebet sprechen?«

Klingeisen schüttelte den Kopf. »Er mag mich nicht. Ihr hingegen ... Euch umgibt etwas Heiliges, etwas, das ich nicht beschreiben kann«, flüsterte er und versuchte ein Lächeln.

Luzia spürte, wie sich Grumpers Augen in ihr Fleisch brannten. Sie wusste, er hörte jedes Wort, das der junge Mann an sie richtete. »Meine Beine, sie sind eiskalt, und in der Ecke dort, ist das nicht mein Vater?«, murmelte er ängstlich. »Er ist doch schon viele Jahre tot.«

Luzia zog die raue Pferdedecke über seine Beine und berührte seine bleiche Stirn. »Er ist gekommen, damit Ihr den

Weg nach Hause findet«, sagte sie sanft und streichelte seine mit Bartstoppeln bedeckte Wange.

»Er wirkt gelassen, fast heiter. So habe ich ihn früher nie erlebt. Damals war er immer grimmig, und wir Kinder hatten Angst, dass er uns schlägt.«

Luzia nickte. »Heute braucht Ihr ihn nicht zu fürchten«, versicherte sie.

Klingeisen nickte schwach.

»Glaubt Ihr, da, wo ich hingehe, ist es sehr dunkel?«

Luzia schüttelte den Kopf. »Nein, seht Ihr nicht das Licht in seiner Hand?«

Klingeisen sah in die Ecke, in der schon seit geraumer Zeit Azrael wartete. Der schöne Engel, dessen Flügel schwarz wie die Schwingen eines Raben glänzten, wartete geduldig, bis das letzte Sandkorn durch das Glas der Zeit gefallen war. Dann endlich würde die Seele den geschundenen Körper verlassen können, um in seinen Armen gesund zu werden.

»Was redest du da für einen Unsinn?«

Luzia fuhr zusammen, als Grumper wie eine Krähe über ihr stand und sie aus zusammengekniffenen Augen anfunkelte.

»Klingeisen wird in der Hölle schmoren, denn er hat sich geweigert, seine Sünden zu bereuen«, stellte der Geistliche entschieden fest.

Luzia schüttelte über so viel Herzlosigkeit den Kopf.

»Ich habe keine Angst mehr«, versicherte der Sterbende leise. »Ich muss jetzt gehen, Vater wartet, und der Weg ist noch weit.«

Luzia nickte stumm.

Während der Kaplan die heilige Messe las, schwebte er wie ein Schatten von Raum zu Raum, um die heilige Kommunion zu verteilen. Luzia, die gerade ein Leinen, das sie zuvor in eine Mischung aus Hirtentäschel und Schafgarbe getaucht hatte, auf den Bauch eines jungen Mannes legte, bemerkte den Kaplan gar nicht, als er den Raum betrat. Erst Johannes' warme Hand auf ihrer Schulter veranlasste sie aufzuschauen.

»Legt Eure Arbeit einen Augenblick zur Seite und lasst Euch von Hochwürden Grumper stärken.«

Zögernd folgte sie dem Medicus, der sie ein wenig abseits der Strohsäcke führte. Neben dem Tisch mit chirurgischen Instrumenten knieten bereits Bruder Anselm, Bruder Walko und Bruder Edmund neben Friko Hofmeister und Wilhelm Stadler. Sie alle warteten auf die heilige Kommunion. Zögernd nahm auch Luzia ihren Platz ein. Grumper starrte voller Ekel auf die gebogenen Messer, die blutgetränkte Scharpie und auf das Glas mit Hirschkäfern.

»Der Leib Christi.« Luzia wich ein wenig zurück, als sich Grumpers Hand ihrem Gesicht näherte. Als sie mit dem Schuh gegen die Wand in ihrem Rücken stieß, lockerte sich das Kreuz über ihr und fiel neben ihren Füßen zu Boden. Ein erschrockener Schrei löste sich aus ihrer Kehle. Der Medicus sprang auf.

»Bruder Anselm, Ihr solltet dafür Sorge tragen, dass uns das Kreuz trägt und uns Trost spendet und uns nicht auf den Kopf fällt«, tadelte von der Wehr den älteren Antoniter.

Grumper fixierte Luzia währenddessen wie eine Schlange das Kaninchen. Luzia spürte die Hostie auf ihrer Zunge. Doch der Leib Christi schenkte ihr weder Ruhe noch Stärke. Nicht aus der Hand des Kaplans.

Wenig später sprach Grumper den Segen, packte seine Gegenstände zusammen und begab sich auf den Heimweg. Dort würden sich schon bald die ersten Ravensburger zur Abendmesse einfinden. Ein kaum wahrnehmbares Lächeln bildete sich um seine schmalen Lippen. Es gab ihm das Aussehen eines Raubvogels.

15

Während die sichtbaren Wunden zum größten Teil verheilt waren, krankte Ravensburgs Seele immer noch. Das klaffende Loch, welches das Unwetter ins Herz der Stadt gerissen hatte, blutete nach wie vor und lähmte die Bewohner. Seit dem Unwetter vor vierzehn Tagen herrschte in der freien Reichsstadt eine gedrückte Stimmung. Doch weil die ganz alltäglichen Geräusche unverändert durch die Gassen dröhnten, war die Veränderung nicht offensichtlich. Noch immer drangen die Hammerschläge aus den geöffneten Türen der vielen Schmieden. Auch die Sägegeräusche der Zimmerleute, das Hämmern und Rufen der Kesselflicker und die wütenden Rufe der Gerber suchten sich ihren Weg in die Ohren der Menschen, und dennoch ging etwas Seltsames in der Stadt vor. Selbst die Luft roch anders. Misstrauen und Kälte schürten die stetig wachsende Angst der Menschen und ließen sie frösteln, was nicht nur daran lag, dass sich die Sonne die meiste Zeit hinter dichten, grauen Wolken verbarg. In sämtlichen Gassen war das Lachen gestorben. Die Menschen hatten es zu Grabe getragen und anschließend vergessen. In den Hinterhöfen war es still geworden. Nicht einmal das fröhliche

Kindergeschrei war zu hören. Das Gerassel der Eisenreifen, welche die Jüngsten mithilfe eines Steckens gewöhnlich durch die Gassen trieben, gab es nicht mehr. Verschwunden war das Geklapper der Steine, die mit Begeisterung von den Kindern durch die Löcher in den Holzwänden der Schuppen geworfen wurden. Ihr munteres Geplapper war ausgelöscht. Selbst wenn sich die Frauen trafen, um an der Schussen gemeinsam ihre Wäsche zu waschen, herrschte eine Stille, die es noch nie zuvor gegeben hatte.

Trostlosigkeit lag über der grauen und erstarrten Stadt und griff nach den Herzen der Menschen, um sie zu quälen.

Niemand wagte mehr der täglichen Messe fernzubleiben. Niemand außer Luzia, nach deren Hilfe zur Zeit der Andacht zweimal in der Unterstadt verlangt worden war. Beide Kinder hatten die Geburt überlebt, was von einem Teil der Bevölkerung als gutes Zeichen gewertet wurde, die anderen hingegen ließen sich von der Stimmung, die der Kaplan täglich ein wenig mehr anheizte, mitreißen.

Ängstlich knieten die Menschen in den überfüllten Bänken der Liebfrauenkirche und duckten sich unter den Beschuldigungen Grumpers. Manchmal richteten sich seine Worte an einen Einzelnen. Ein andermal schoss er seine Blitze wahllos durch die ganze Kirche und übergoss die gesamte Gemeinde mit seinen Drohungen.

Während Kaplan Grumper unentwegt von den Versuchungen durch den Teufel sprach, geriet Nanne Rössler immer häufiger zwischen die Mahlsteine ihres eigenen Gewissens. Der Gottesmann predigte immer wieder über die Gefährdungen der menschlichen Seele, und in diesem Zusammenhang verdammte er die Anbetung anderer Götter. Aber hatte sie nicht selbst gesehen, wie Luzia immer einen Schluck Wein oder Bier ins Feuer ihres Herdes goss? Weshalb eigentlich? Nanne wusste es nicht. Oder wie sie Holunderholz und Wacholderbeeren in die Glut warf, die daraufhin zu neuem Leben erwachte und lodernde Flammenzungen hervorbrachte? Währenddessen wirkte Luzia immer wie aus einer anderen Welt. Dann leuchteten ihre Augen wie Lapislazuli und ihr Gesicht bekam einen entrückten Ausdruck, der ihr Angst machte.

Als Bademagd erfuhr Nanne immer die neuesten Geschichten. So erzählten sich die Ravensburger, Grete Muntz wolle gesehen haben, wie Luzia kurz vor Beginn des Unwetters und auch schon etliche Male davor ein paar Raben mit Brotkrumen gefüttert habe. Nanne fiel es nicht schwer, den Erzählungen Glauben zu schenken, schließlich war sie selbst schon dabei gewesen, als Luzia das Rabenvolk im Innenhof von Basilius' Haus gefüttert hatte.

Die Baderstochter erinnerte sich noch gut an die Begebenheit. Während sie alles unternommen hatte, die schwarzen Vögel zu verscheuchen, hatte Luzia die Unglücksboten noch angelockt und mit ihnen gesprochen. Als Nanne ihre Bedenken geäußert hatte, hatte ihr die Freundin die Geschichte der Nordmänner erzählt. Hoch im Norden hatten die Menschen in früheren Zeiten zu einem anderen Gott gebetet. Sein Name war Odin. Odin sendete täglich seine beiden Raben aus, um zu erfahren, was sich in der Welt tat. Den einen rief er Hugin, was Luzia mit »Gedanken« gleichsetzte. Der andere hörte auf den Namen Munin, was wohl Erinnerung bedeutete. »Selbst die Raben sind Kinder Gottes, und die Menschen fürchten sie nur, weil sie schwarz und klug sind. Aber fürchten wir uns vor allem Schwarzen und vor jedem, der sein Licht leuchten lässt?«

Darauf hatte Nanne keine Antwort gewusst, und so war es häufig, wenn Luzia ihre merkwürdigen Fragen an sie richtete. Allein wenn sie sich vorstellte, dass es einen Gott gegeben hatte, dem das Rabenpack heilig war, schauderte Nanne. Nicht zu reden vom ersten Gebot, in dem es heißt: Du sollst keine anderen Götter neben mir haben!

Nanne kämpfte mit sich, schließlich forderte Kaplan Grumper sie alle täglich auf, die Namen derer preiszugeben, die ihre Seele in Gefahr brachten. Nanne sorgte sich ernsthaft um die Freundin, schließlich bedeutete dieses armselige Erdenleben nicht wirklich etwas. Weitaus wichtiger war es, das Höllenfeuer abzuwenden. Wer dort schmorte, dem konnte bis in alle Ewigkeit nicht mehr geholfen werden.

Fürs Erste wollte Nanne einfach ein wenig Abstand von Luzia halten.

Die Grundbesitzer, Bauern und alle, deren Felder und Weinberge durch den Hagel verheert worden waren, fanden sich zum wiederholten Male bei Bürgermeister Ettenhofer ein. Sie alle forderten, die Verantwortlichen zu bestrafen. Schließlich konnte das Wetter nur durch einen Wetterzauber entstanden sein. Ettenhofer tat alles, um die aufgebrachten Bürger zu besänftigen, doch seine Worte verhallten ungehört.

»Meine beste Milchkuh gibt seit dem Hagelwetter keinen Tropfen Milch mehr. Der Kaplan behauptet, die Wettermacherin habe bei sich zu Hause ihre Axt in einen Balken getrieben, aus deren Schaft sie nun die gute Milch melke. Und was soll ich sagen, es stimmt, Sentas Euter füllt sich wie das Euter der anderen Kühe, doch abends, wenn es ans Melken geht, ist es plötzlich leer. Leergemolken von einer Unholdin!«, rief Blasius Steffelin, ein wohlhabender Bauer, der mit seinem ältesten Sohn erschienen war. Dabei fuchtelte er wild mit den Armen und ballte die Hand zur Faust.

Ettenhofer nickte ergeben, schließlich war Steffelins Klage nicht die erste dieser Art. Und das Schlimmste war, dass mehr und mehr Ravensburger ebenso dachten. Sie jammerten und verlangten, dass er als Bürgermeister etwas gegen die vermeintlichen Unholde unternehmen solle. Es war zum Davonlaufen. Gestern war es der Moser Caspar. Dessen Pferde fielen eins ums andere dem Wahnsinn anheim, sobald die Kirchenglocken läuteten. Zwei der Tiere hatte er bereits dem Metzger am Gespinstmarkt zum Schlachten bringen müssen. Wenn es so weiterginge, wäre er bald völlig verarmt, hatte der Fuhrmann behauptet.

Ettenhofer hörte sich weitere Vorwürfe und Klagen an, dann scheuchte er die Bürger und Bauern aus seinem Amtszimmer. Er musste jetzt allein sein und nachdenken. Er legte die Arme auf den Rücken und wanderte in seinem Schreibzimmer auf und ab. Allein die rauen Bärenfelle auf den Eichendielen dämpften die Heftigkeit seiner Schritte. Während sein Blick über die gekalkten Wände glitt und die seidenen Wandteppiche streifte, beschleunigte er seine Schritte nochmals. Nervös schlug er die Bücher auf seinem schweren Schreibtisch zu und warf sie auf einen Stapel Pergamente. Dann stapfte er ungestüm zu einem fein gearbeiteten, mit hellen Intarsien ausgelegten Schrank. Ettenhofer öffnete die mit einer filigranen Windrose verzierte Tür und zog im Inneren einen kleinen Hebel, worauf ein zierliches Geheimfach aufsprang. Zuerst genehmigte er sich einen tiefen Schluck des kostbaren Branntweins, den er hier versteckt hielt. Dann zog er ein zusammengefaltetes Pergament heraus und setzte sich an den dunklen Schreibtisch. Wieder und wieder las er die Zeilen.

Werter Herr Bürgermeister Ettenhofer,
ich hoffe, Ihr erfreut Euch auch nach dem Hagelwetter noch bester Gesundheit und seid wohlauf!
Der Grund meines Briefes ist leider nicht von angenehmer Natur.
Schweren Herzens muss ich Euch mitteilen, dass der kleine Vinzenz, den die Hebamme in unsere Obhut gegeben hatte, nachdem seine Mutter unter der Geburt verstorben war, während des Hagelwetters von uns gegangen ist.
Der Bub versprach bis zu jenem unseligen Tag prächtig zu gedeihen.
Doch sein Sterben war geradezu unheimlich. Aus völliger Gesundheit begann der Kleine, mit dem Niedergang der ersten Hagelkörner, zuerst am ganzen Leib zu zittern, ehe er seine Augen verdrehte, bis einzig das Weiße sichtbar war. Daraufhin erbrach er eine Art Stinkasant. Jene übelriechende krautige Pflanze, deren Blüten eine grüngelbe, gallige Färbung aufweisen und die im Volksmund auch als Teufelsdreck bezeichnet wird.
So viel steht fest, das Kind hatte den Teufel im Leib. Ehe es starb, klang seine Stimme wie die eines Erwachsenen, und mit seinen Schreien antwortete es den Donnerschlägen, die unsere Mauern erzittern ließen.

Geschätzter Bürgermeister Ettenhofer, bitte bedenkt, wer den Jungen in unsere Obhut gegeben hat, und Ihr werdet dem Verursacher des Unwetters auf die Spur kommen.
Ich selbst dachte schon immer, dass mit dieser zutiefst sündig wirkenden Person etwas nicht stimmt. Wer sonst, wenn nicht der Leibhaftige selbst, hat diesem Weib das Haar in Feuer getaucht? Sie sucht es nicht einmal zu verbergen, sondern trägt es öffentlich zur Schau. Und bitte verzeiht, aber habt Ihr je gesehen, wie dieses Weib seine Hüften schwingt? Sie ist die Sünde selbst!
Den Stadtmedicus hat sie bereits verhext. Er ist ihrem Liebesgeflüster schon verfallen. So häufig, wie der Hengst des Herrn Medicus vor der Apotheke steht und auf seinen Reiter wartet, treiben die beiden sicher Unzucht miteinander. Bitte verzeiht, dass ich mich in diesem Brief so sehr echauffiere, aber die Gassnerin hat, wie es bereits überall erzählt wird, die Seele des kleinen Vinzenz dem Teufel versprochen. Als sie das Unwetter heraufbeschworen hat, hat er sich nur geholt, was ihm zustand. Arme kleine Seele!
Eine Abschrift des Schreibens geht in dieser Stunde noch an Kaplan Grumper. Bis zur Beisetzung liegt der Junge aufgebahrt in unserer kleinen Kapelle.
Wenn Ihr Euch von ihm verabschieden wollt, seid Ihr im Kloster jederzeit willkommen. Ich muss Euch jedoch warnen, sein Leichnam gleicht dem eines Greises, und nichts erinnert mehr an ein nur wenige Monate altes Kind.
Das Böse ist unter uns. Kaplan Grumper, Bruder Anselm und ich wussten das schon von Anfang an. Doch nun ist es an der Zeit, dass auch Ihr, hochgeschätzter Herr Bür-

germeister, Euren Standpunkt überdenkt und das Richtige tut.

Es grüßt Euch Schwester Immaculata als ehrwürdige Mutter der Franziskanerinnen.

Ettenhofer warf den Brief auf den Schreibtisch und schloss für einen Augenblick die Augen. Dann stand er auf und trat ans Fenster.

Neben den Franziskanerinnen saßen ihm Benedict Egle und Ludwig Bopfler im Nacken, die weitere Räte aufstachelten und ihn bedrängten, seine Augen nicht mehr länger vor dem Hexentreiben zu verschließen. Nicht zu reden von Kaplan Grumper, der geradezu davon besessen war, das Unwetter einem Wetterzauber zuzuschreiben. Nicht zu vergessen Bruder Anselm, der ihm etwas wirklich Ekelhaftes berichtet hatte. Angewidert schüttelte Ettenhofer den Kopf, ließ sich wieder in seinen Stuhl fallen und versuchte Bruder Anselms Käfergeschichte zu verdrängen.

Wenig später erhob er sich erneut, um die Wanderung durch sein Zimmer fortzusetzen.

Herrgott noch einmal! Hatten die Leute denn völlig den Verstand verloren? Da hatten sie schon das Glück, die tüchtigste Wehmutter im ganzen Schussental auf der Gemarkung Ravensburg zu wissen, und einigen Spinnern fiel nichts Besseres ein, als der Jungfer Hexerei anzulasten!

Von ihrem Onkel wusste er, wie sehr die junge Frau den Bodensee vermisste, und dennoch hatte sie Ravensburg nicht einmal für einen Besuch bei ihren Zieheltern verlassen. So sehr fühlte sie sich den Menschen dieser Stadt verpflichtet. Mit großen Schritten eilte Ettenhofer zu der mit wertvoller

Schnitzarbeit verzierten Tür, die sein geräumiges Amtszimmer von dem kühlen Treppenhaus trennte, und riss sie auf.

»Nikolaus!«, rief er gereizt nach dem Ratsknecht.

»Herr Bürgermeister, was kann ich für Euch tun?«, fragte der in devoter Haltung herbeieilende junge Mann.

»Ich möchte Wein. Viel Wein! Der Kellermeister soll dir einen großen Krug mit dem alten Hagnauer befüllen. Lauf! Du könntest schon wieder hier sein.«

Nikolaus entfernte sich mit einer Verbeugung und kam bald darauf mit dem Gewünschten zurück.

»Geh jetzt! Ich muss nachdenken, und keine Besucher, hörst du! Sag den Leuten, ich ...«, nachdenklich rieb sich Ettenhofer das Kinn. »Ach, zum Kuckuck, es ist mir völlig egal, was du ihnen sagst. Ich bin für niemanden zu sprechen!«

Der schwere Rotwein schimmerte im Schein der Wachskerzen rubinrot und verströmte den Duft nach sonnenwarmem Eichenholz und reifen Kirschen. Bereits nach dem ersten Schluck wärmte er Ettenhofers verkrampften Magen und brachte die eisigen Steine zum Schmelzen. Durstig leerte der Bürgermeister einen weiteren Becher und lehnte sich bereits ein wenig entspannter zurück.

Während der Messe lag neben Grete Muntz nun auch Bruder Anselm mit ausgebreiteten Armen in der Apsis und flehte darum, gehört zu werden. Die beiden rührten sich während des gesamten Gottesdienstes nicht vom Fleck, sondern lagen wie zwei lebensgroße Heiligenfiguren rechts und links neben dem Tabernakel unter dem ewigen Licht. Die restliche Bevölkerung kniete in den Bänken der Liebfrauenkirche und lauschte von dort Grumpers warnenden Worten. Dabei wirkten ihre Gesichter nicht andächtig, sondern versteinert und voller Gram. Wie eine giftige Schwefelwolke schwebte das Misstrauen über den Köpfen der Ravensburger. Grumper predigte, die Unholdin, die dieses Wetter herbeigerufen habe, lebe noch immer unbescholten in ihrer Mitte. Auf diese Missstände wies er täglich hin, und jedes Mal klang seine Stimme eindringlicher und drohender.

»Rettet eure unsterbliche Seele und bringt die in Sicherheit, die in Gefahr sind, vom wahren Glauben abzufallen! Wenn es sein muss, gegen ihren Willen. Merkt euch, die Wettermacherin, die Unholdin, die Teufelsbraut wartet nur auf einen geeigneten Zeitpunkt, um erneut zuzuschlagen. Um euch zu zermalmen, eure Kinder zu verhexen, euer Vieh zu töten und eure Felder zu verwüsten!«

In all seiner Pracht stand Kaplan Grumper auf der goldornamentierten und mit kostbaren Schnitzereien verzierten Kanzel und schmetterte seine Worte in die Menge. Auf der Brüstung der Kanzel leuchteten im Abstand eines Fußes echte Wachskerzen in goldenen Leuchtern. In seinem über und über mit Goldfäden bestickten liturgischen Gewand aus kostbarem Brokat und schimmernder Seide wirkte der Kaplan unantastbar. Drohend erhob er die Arme und fuhr mit donnernder Stimme fort: »Ich sage euch, die Welt ist voller Fallstricke und Täuschungen! Wir alle haben gesehen, wozu eine Bestie, die sich auf einen Pakt mit dem Teufel eingelassen hat, fähig ist! Luzifer, der gefallene Engel, verleiht seinen Mägden Mächte, von denen ihr alle nicht einmal zu träumen wagt, dabei tarnt sich das unsagbar Böse immer mit dem Gesicht des Freundes, des Helfers, des freundlichen Nachbarn … oder der Hebamme!« Das letzte Wort kam wie Donnergrollen aus seinem Mund.

Die Stille in der Liebfrauenkirche wurde plötzlich greifbar. Die Luft fühlte sich an, als würde sie jeden Moment die Lungen verbrennen. Gleichzeitig wuchsen die Zweifel wie scharfkantige Eiskristalle, um sich schließlich wie Raureif über die Ravensburger zu legen. Dabei gelang es weder dem Verstand noch dem Herzen, das kalte Gefühl des Argwohns aufzuhalten. Beinahe alle Besucher der Kirche drehten sich um und richteten ihren Blick auf Luzia. Während sie zur Kanzel hinaufsah, fühlte sie ihre Lippen taub werden, und ein Zittern erfasste ihren Leib. Luzia fror, aber es war die Seelenkälte, die ihr ins Gesicht schlug.

Sie sah in die Augen all jener, denen sie die Stirn gekühlt und das Blut abgewaschen hatte. Die sie davor bewahrt hatte, während vieler qualvoller Stunden den Mut und die Zuversicht aufzugeben. Die vor Glück geweint hatten, als sie ihr gesundes Kind in den Armen hielten. Deren letzte Hoffnung sie allein gewesen war.

Sie alle gafften, als wäre sie Luzifer. Während sich ihr hilfesuchender Blick zur Seite der Männer hinüberstahl, wurde ihr schmerzlich bewusst, was sie über alldem vergessen hatte: Dort gab es heute niemanden, dessen warmer Blick sie gestreichelt hätte, der ihr mit einem einfachen Nicken versichert hätte, dass sie nicht allein war, der sie auffangen und sie, wenn nötig, auf seinen Armen heimbringen würde.

Johannes von der Wehr hatte sich bereits vor drei Tagen zusammen mit Basilius einer kleinen Reisegruppe nach Ulm angeschlossen. Gemeinsam wollten sie dort auf einen Handelszug aus Nürnberg treffen. Unter den Handelsherren befand sich ein ehrbarer Mann, der chirurgische Instrumente und geeichte Apothekerwaagen von höchster Qualität verkaufte.

Eisige Kälte umfasste Luzias Herz und schnürte ihr die Kehle zu.

Was Grumper ihr vorwarf, war ungeheuerlich, und noch ungeheuerlicher war, dass die Menschen begannen, ihm Glauben zu schenken. Mit einem einzigen Blick durchstach Grumper Luzias Herz. Eine Mischung aus wilder Angst und heißem Zorn erfasste ihre Sinne und ließ sie erschaudern.

Kaplan Grumper stand noch immer auf seiner Kanzel und genoss die prickelnde Atmosphäre, die seine Rede heraufbeschworen hatte. Er sah die Angst in den Augen derer, die auf ihn vertrauten. Wie sie schon jetzt wuchs und reiche Früchte trug. In manchen Augenpaaren las er die Erleichterung über die längst erhoffte Bestätigung eines Gerüchts, das nun endlich grausame Tatsache geworden war.

Aber noch immer gab es die Unverbesserlichen. Ettenhofer und einige seiner Gefolgsleute. Ihnen genügte es noch immer nicht, sie warteten auf weitere Beweise. Grumper erkannte zwar auch in ihren Gesichtern erste Zweifel, aber er bemerkte auch jenen trotzigen Widerstand, den er abgrundtief hasste!

Nach der Messe drängten die Ravensburger hinaus, wo sie endlich ihrer ungeheuren Redelust nachgeben durften.

Bürgermeister Ettenhofer nickte Luzia aufmunternd zu, auch der Ammann und einige Bürger, die Kaplan Grumpers Worte nicht überzeugend genug fanden, schenkten Luzia im Vorbeigehen ein schüchternes Lächeln.

Der Heimweg glich dann allerdings einem Spießrutenlauf. Die Leute standen in kleinen Gruppen beieinander und steckten ihre Köpfe zusammen.

»Seht nur, da kommt sie!«, hörte Luzia sie tuscheln, als sie mit schnellen Schritten vorüberging.

»An ihrer Stelle würde ich meinen Kopf nicht mehr allzu hoch tragen«, lästerte Agathe Steffelin und beteuerte, sie habe Luzia noch nie gemocht.

»Scht! Sei still, sie hat den bösen Blick«, mahnte Amalia Moser, und in ihrem Gesicht zeigte sich Furcht. Voller Sorge breitete sie die Arme schützend über ihren prall gerundeten Bauch und senkte vorsichtshalber den Blick. Ihr blieben nur noch wenige Tage bis zur Niederkunft, und man konnte nie wissen.

»Auf mich hat die Gassnerin schon lange den Eindruck gemacht, dass sie neben ihrer Hebammentätigkeit noch anderen Künsten nachgeht, oder was glaubt ihr, weshalb sie sich den jungen Medicus angeln konnte?«, gab Ottilia Zengerle zu bedenken und zog den hellen Mantel vor ihrem gewölbten Leib zusammen. »Immerhin hat sich zuvor schon so manches Frauenzimmer ihre Zähne an dem stattlichen Mannsbild ausgebissen. Nie hat er uns auch nur mit einem Blick bedacht. Die Flickschneiderin glaubte bereits, er sei mehr an seinesgleichen interessiert«, sagte die Zengerle und biss sich auf die Lippe.

Mit eisernem Willen straffte Luzia ihren Rücken, um den giftigen Pfeilen der geschwätzigen Weiber standhalten zu können. Die Mehrzahl der Männer schwieg, sie machten sich wohl ihre eigenen Gedanken.

Angesichts der öffentlichen Anfeindungen einiger Frauen wuchs ihr Zorn über die Blindheit dieser leichtgläubigen Menschen.

Nicht einmal Nanne hatte sich nach der Messe zu ihr gestellt, um ein paar Worte zu wechseln. Diese Tatsache traf

Luzia am härtesten, doch wenn sie genauer über das Verhalten der Freundin nachdachte, fiel ihr auf, dass sich die Baderstochter bereits seit einiger Zeit immer mehr von ihr entfernt hatte.

Ohne auf die Pfützen zu achten, rannte Luzia mit wehendem Haar und gebauschten Röcken die Kirchstraße entlang und am Rathaus vorbei. Das Wasser im gewaltigen Rathausbrunnen schürte ihre aufkeimende Furcht noch weiter. Es klang wie tausend Stimmen und doch wie eine einzige.

»Luzia, lauf! Lauf schnell!«, raunte es aus dem Brunnen. Während sie in die Marktstraße einbog, zitterte sie, dennoch stand ihr der Schweiß auf der Stirn und suchte sich einen Weg über ihren Hals zwischen ihre Brüste. Sie achtete nicht auf den Weg und trat in die tiefe Fahrspur, die ein schwer beladenes Ochsengespann in den feuchten Boden gegraben hatte, knickte um und stolperte. Noch während sie fiel, verließ sie die gesamte Kraft, und sie glaubte, nicht wieder aufstehen zu können.

Dann sah sie in die grünen Augen des verkrüppelten Bettlers, der sich über sie beugte. Er war auf dem Weg zum Frauentor, wo er die meiste Zeit des Tages auf Almosen wartete. Der Mann ohne Beine reichte ihr die Hand und half ihr beim Aufstehen.

»Geht es Euch gut?«, wollte der Krüppel voller Besorgnis wissen.

Luzia nickte und rannte ohne Dank weiter. Atemlos erreichte sie nach einer gefühlten Ewigkeit endlich die schützenden Mauern der Apotheke. Ihre Hand zitterte so sehr, dass sie mehrere Versuche benötigte, um den großen Schlüssel ins Schloss zu befördern.

Im Inneren war es dunkel und still. Luzia sank hinter der

Tür zu Boden. Nepomuk begrüßte sie mit einem langgezogenen Maunzen und strich um ihre schlammigen Röcke. Ein tiefes Schluchzen befreite sich aus ihrer Brust und ließ ihr Herz endlich wieder atmen.

Leichtfüßig sprang der Kater auf ihren Schoß und rieb seinen Kopf an ihrer Wange. Luzias Tränen netzten sein weiches Fell, und während der Rabenpelz geduldig darauf wartete, dass sie sich den Schmerz von der Seele wusch, atmete sie den tröstlichen Duft von Heu und Wiesenkräutern, der seinem Fell entströmte. »Alles wird gut!«, schienen seine klugen Augen zu sagen, doch heute schenkte ihm Luzia keinen Glauben. Sie sehnte sich wie noch nie in ihrem Leben nach Seefelden. In Elisabeths schützende Arme ...

Der Markttag begann trüb und viel zu kühl. Während die Turmbläser mit der fünften Stunde auch die Öffnung der Stadttore ankündigten, machte sich Luzia auf den Weg zum Markt. Auf diese Weise hoffte sie, auf möglichst wenige der geschwätzigen Weiber zu treffen, die ihr das Leben zur Hölle machten. Mit dem großen Weidenkorb unter dem Arm eilte sie über den weiten Marktplatz, auf dem sie trotz der frühen Stunde nicht die einzige Besucherin war. Dennoch war das Markttreiben noch sehr überschaubar.

Zwei Frauen aus der Unterstadt betraten den Marktplatz von der krummen Gasse her. Während sie mit tief in die Stirn gezogener Haube warteten, bis Luzia an ihnen vorüberging, steckten sie ihre Köpfe zusammen und starrten sie an. Scheinbar zufällig blieben sie dann hinter ihr und tuschelten.

»Hast du schon gehört, die Moser Amalia hat nach zwei ganzen Tagen in den Wehen ein totes Kind geboren!«

»Wer weiß, vielleicht hat ihr das die Gassnerin angetan, weil sie nicht zur Niederkunft gerufen wurde.«

»Das Wetter hat sie ja auch herbeigerufen. Warum soll sie nicht auch so etwas können? Ja, und die beste Milchkuh des Blasius Steffelin soll sie auch verzaubert haben. Sie gibt keinen Tropfen Milch mehr und treibt den Hof in den Ruin.«

»Die Gassnerin war doch lange unten am Bodensee. Vielleicht lernt man dort solche Dinge. Soviel ich weiß, wurde in Konstanz schon eine Frau wegen Hexerei hingerichtet.«

Dieses oder ganz Ähnliches widerfuhr Luzia seit Grumpers öffentlichem Angriff beinahe täglich, seither interessierte sich die ganze Stadt für nichts anderes mehr, und der Kaplan sorgte dafür, dass es auch weiterhin so blieb.

Drehte sich Luzia dann zu den Leuten um, die über sie sprachen, senkten sie den Kopf oder murmelten einen unverständlichen Gruß und verschwanden in der nächsten Gasse.

»Einen Sack Dinkel, ein paar Karotten, ein Pfund Butter und ein paar Eier«, zählte Luzia leise auf, um nicht weiter auf das Geschwätz hören zu müssen.

Die Marktstände wirkten im Zwielicht des Morgens wie in graue Lumpen gekleidete Klageweiber. Die hellen Stoffbahnen, die manche Händler zum Schutz vor Regen und Sonne über ihre Waren gespannt hatten, bewegten sich im leichten Wind wie langes, dünnes, eisgraues Haar.

Während Luzias Schritte über das Pflaster hallten, kam ihr die Stadt ringsum noch völlig still vor. Für das laute Schreien der Händler war es noch zu früh und für die emsigen Geräusche des Aufbaus schon ein wenig zu spät. Die schwarzen Fensterluken glotzten ihr aus leeren, blicklosen Augen nach und verfolgten sie über den ganzen Platz. Überall wendeten die ersten Marktbesucher ihre Köpfe nach ihr um.

Die, die mir vorher vertraut haben, behandeln mich jetzt wie eine Aussätzige, dachte Luzia bitter.

Eine Leinweberfrau grüßte verhalten. Die Frau des Pfannenschmieds senkte ihren Blick und murmelte etwas Finsteres, ehe sie zwischen den Marktständen in der Steiggasse verschwand.

Als sie sich zu den Wartenden am Stand für die Eier gesellte, vernahm Luzia, wie zwei Weiber miteinander flüsterten.

»Nicht einmal jetzt trägt sie eine Haube, um ihr fürchterliches Haar zu verbergen!«, schimpfte die eine. Wie so oft trug Luzia ihr Haar zu einem Zopf geflochten, der ihr bis weit über den Rücken reichte.

»Das ist doch kein Wunder, der Doktor liebt ihr rotes Haar«, entgegnete die andere.

»Das habe ich auch gehört. Meinst du, sie ist untenrum auch so feurig?« Ein kicherndes Glucksen folgte.

»Über die geheime Stelle spricht man doch nicht«, wies sie die erste in gespielter Entrüstung zurecht und kicherte weiter. »Kaplan Grumper behauptet, sie reitet das ärztliche Zepter jede Nacht und dass sie dabei Tierlaute von sich gibt!«

Die andere sog scharf die Luft ein.

»Unmöglich! Das wäre ja …«

»Unzucht in ihrer widerlichsten Art!«, beendete eine dritte Frau, die sich dazugesellt hatte, die Überlegungen der beiden anderen.

»Natürlich treibt sie es mit ihm, oder weshalb, glaubst du, steht sein Pferd unentwegt vor der Apotheke?«

»Sicher nicht wegen des alten Apothekers!«

»Ja, der arme Basilius! Er hat auf seine alten Tage wahrlich etwas Besseres verdient als diese rote Hexe. Aber ich habe schon immer gesagt, mit der stimmt was nicht.«

»Ich möchte zwanzig Eier, bitte«, sagte Luzia, als sie an der Reihe war, und reichte der älteren Marktfrau ihren Henkelkorb. Sie nahm ihn mit spitzen Fingern entgegen. Ehe sie ihre Arbeit fortsetzte, schnäuzte sie sich geräuschvoll in ihre blaue Schürze.

»Zwanzig?«, fragte sie unfreundlich.

Luzia nickte zögernd. Ihre Brust hielt ein viel zu enges Band aus Eisen gefangen und erstickte ihren Atem. Ihre Zunge klebte wie ein trockenes Leder an ihrem Gaumen und machte das Schlucken unmöglich. Während sie die Münzen aus ihrem Beutel zählte, rempelte eines der Weiber sie von hinten an.

Luzia glaubte in Flammen zu stehen. Selten hatte sie so niederträchtige Gedanken wahrgenommen. Mit Entsetzen erkannte sie, auf welch fruchtbaren Boden die Worte des Kaplans gefallen waren. Ein lähmendes Gefühl der Hilflosigkeit legte sich wie ein Mantel aus Hass und Angst um sie und zwang sie fast in die Knie. Während sie den Korb wieder entgegennahm, stieß sie an die beiden anderen.

»Da hat es aber jemand eilig!«, lachte Christina Bühler, die Kürschnerfrau aus der Veitsgasse voller Hohn.

Luzia hatte sie erst im Lenzmond von ihrem ersten Kind entbunden. Die schwere Geburt hätte die Bühlerin fast das Leben gekostet. Sie erinnerte sich an die starke Blutung, die oft den Tod zu Folge hatte. Nachdem Gretes Gebete ohne Erfolg geblieben waren, hatte Mutterkorn der Kürschnerfrau das Leben gerettet.

Sie presste den Korb an ihre Brust, als wäre er ihr Schild gegen die bösen Zungen. Das Beste wäre es gewesen, einfach weiterzugehen, ihre Einkäufe in Ruhe fortzusetzen. Ein wenig Butter und Dinkel ... Aber die Worte formten sich von ganz allein auf ihrer Zunge.

»Ich wünsche Euch bereits heute viel Glück!«, sagte Luzia so ruhig wie möglich und sah der Bühlerin in die Augen.

»Sie wünscht mir Glück!«, spottete die Bühlerin kichernd. Die beiden anderen Frauen fielen in ihr Lachen ein. »Und wobei, wenn ich fragen darf?«

Luzia lächelte milde.

»Wenn Ihr Euch in weiteren sieben Monden auf Gretes Gebete verlassen werdet. Ich hoffe für Euch, dass der Himmel ihr beim nächsten Mal mehr Gehör schenken wird, sonst sehe ich schwarz«, entgegnete sie völlig teilnahmslos, kehrte den Frauen den Rücken und ging langsam davon.

Das Lachen blieb der Kürschnerfrau im Hals stecken, wusste sie doch selbst erst seit ein paar Tagen, dass sie wieder neues Leben in sich trug.

Sobald sich Luzia außer Sichtweite wusste, beschleunigte sie ihren Schritt. Schließlich raffte sie ihre Röcke und rannte in Richtung Rathaus davon. Tränen brannten in ihrer Kehle und nahmen ihr die Sicht. Ein paar Mal strauchelte sie und entging nur mit knapper Not einem Sturz auf den morastigen Boden. Vereinzelt blieben die Leute stehen und blickten ihr nach. Sie kam sich vor, als bewege sie sich in einem Tunnel aus bösen Gedanken, dessen Ende noch in weiter Ferne lag.

Aus allen Ecken und Gassen strömten jetzt die Kaufwilligen auf den Marktplatz. Manche zogen einen scheppernden

Handkarren hinter sich her, andere brachten gleich ein Lasttier mit. Während die Männer den Holzmarkt oder die Viehhändler aufsuchten, wollten die Frauen zu den Obst- und Gemüseständen oder zur Brotlaube. Selbst im Salzhaus, das in der Verlängerung des Rathauses stand, warteten bereits einige Leinweber und Färber mit ihren Schubkarren, bis sie an der Reihe waren.

Luzia rannte hastig weiter. Sie geriet abermals ins Straucheln, und dabei fielen zwei Eier aus ihrem Korb und zersprangen auf dem Boden. Augenblicklich stürzten sich zwei Hunde kläffend auf die unerwartete Beute. Darüber erschrak Luzia dermaßen, dass ihr um ein Haar der ganze Korb aus den Händen geglitten wäre. Mit laut klopfendem Herzen hastete sie davon. Matsch spritzte bei jedem Schritt über ihre Röcke und ließ sie feucht und klamm werden. Sie sah weder nach rechts noch nach links, sondern folgte einer unsichtbaren Linie, die sie geradewegs in die Marktstraße lenkte.

Als endlich die Apotheke in Sicht kam, beschleunigte Luzia ihren Schritt nochmals. Sie wollte sich nur noch in die stille Dunkelheit der schützenden Mauern zurückziehen und das Haus nie mehr verlassen.

Als sie den Blick hob, entdeckte sie zu ihrer grenzenlosen Erleichterung Johannes von der Wehr. Lässig stand er neben seinem Pferd und befestigte die Zügel am Eisenring in der Mauer neben der Apotheke. Abrupt blieb Luzia stehen, um ihn anzusehen. Johannes erschien ihr wie ein Ritter in strahlender Rüstung. Seine Füße steckten in eleganten Reitstiefeln, die ihm bis unters Knie reichten. Wie immer trug er enge schwarze Hosen und ein blütenweißes Hemd, dazu ein burgunderrotes Wams aus Samt. Vom Reiten hatten sich einzelne

Strähnen seines Haares aus dem dunklen Lederband gelöst, was ihn ein wenig verwegen wirken ließ.

Sie musste sich zusammenreißen, um nicht dem übermächtigen Wunsch nachzugeben, sich in den warmen Schutz seiner Arme fallen und sich von ihm davontragen zu lassen. Endlich trafen sich ihre Blicke. Luzias endlos blaue Seen und seine wissenden, grauen Augen. Nur noch wenige Schritte trennten sie voneinander und Luzia wusste, er fühlte ihren Schmerz bereits aus der Ferne. Er würde sie auffangen und sie nach Hause bringen, und dann würde sie endlich weinen können.

Mit einem langen Schritt war er bei ihr, und sie fiel ihm in die Arme und begann zu schluchzen:

»Ich bin so froh, dass du zurück bist! Es ist schrecklich, wie sie mich anstarren, wie sie sich die Mäuler über mich zerreißen, wie sie ...«, rief sie und ließ ihren Tränen freien Lauf. Sie spürte die schützende Wärme seiner Arme um sich, die sich weich und gleichzeitig fest um sie schmiegten. Selbst ohne Worte fühlte sie sich verstanden und heil. Während sie ihre Augen schloss, fühlte sie sich geborgen. Der sommerliche Duft seiner herben Seife streichelte ihre Nase.

Sie hob den Kopf und sah in sein männliches Gesicht. Über seinem zärtlichen Blick lag ein dunkler Schatten, und seinen weichen Mund umgab eine nachdenkliche Linie, die sich immer bildete, wenn er lange gegrübelt hatte. Luzia hätte ewig in seinen Armen liegen und ihn anschauen mögen, doch während das scharfe Gefühl der Angst und des Zorns zurückkehrte, spürte sie, wie ihr die Röte in die Wangen schoss. Während sie sich aus seiner Umarmung löste und ihn ansah, verstärkte sich das Prickeln in ihren Wangen noch.

»Bitte verzeiht! In der Aufregung habe ich mich völlig vergessen«, begann sie stockend und senkte verlegen die Augen.

Ein warmes Lächeln teilte seine Lippen, während er kopfschüttelnd nach ihren Händen suchte.

»Bitte seht mich an«, bat er, und seine Stimme klang wie schwerer Wein.

Luzia hob den Kopf und begegnete seinem liebevollen Blick.

»Ich liebe Euch bereits seit dem Tag unserer ersten Begegnung.«

»Aber ...«

»Schsch«, flüsterte er zärtlich und berührte sanft ihre Lippen. »Bitte hört mich an. Seit ich Euch das erste Mal gesehen habe, denke ich immerzu an Euch. An Euer überaus großes Herz, Euren Verstand, Euren Mut. Ich liebe Euer besonderes Haar, aber das wisst Ihr ja bereits.«

Die Wahrheit in seiner Stimme überwältigte sie, und Luzia spürte ein erneutes Kribbeln in ihren Wangen. Sachte berührte von der Wehr die verräterische Stelle, die unter seiner kühlen Hand zu pochen begann.

»Und das liebe ich ganz besonders«, flüsterte er und zog sie in seine Arme.

Sie nickte und sah ihn lange an. Erst als sie seine Lippen sanft auf ihren spürte, wusste sie, dass sie nicht träumte.

Der Sturm, der ihr Herz eroberte, glich einem alles verzehrenden Flächenbrand. Der Kuss fühlte sich so richtig an, als hätte Gott sie nur erschaffen, um sie einander in die Arme zu führen. Luzia vergaß die Welt um sich herum und überließ sich ganz dem berauschenden Gefühl seiner Lippen.

Zärtlich sah er sie an. »Ihr seid die Sonne meiner Seele und das Licht meines Herzens und ich warte schon so lange auf

Euch, dass es nun wahrlich an der Zeit ist, das wir alles Steife hinter uns lassen«, sagte er und verneigte sich in einem formvollendeten Diener. »Ich bin Johannes, und du bist Luzia. Luzia, mein Augenstern«, fügte er noch hinzu und berührte leicht ihre Wange.

Luzia spürte, wie die Hitze ihr Gesicht eroberte. Sie wusste, ihre Stimme würde zittern, deshalb beließ sie es bei einem zustimmenden Lächeln.

Erst als Basilius unter der Tür erschien und leicht gegen den Türrahmen klopfte, lösten sie ihre Blicke voneinander.

Der alte Mann räusperte sich:

»Wie ich sehe, bist du vom Markt zurück.«

Luzia nickte und biss sich auf die Unterlippe.

»Das ist schön, dann darf ich euch nun in die Wohnstube bitten. Wir haben uns eine Menge zu erzählen«, sagte ihr Onkel, und es war nicht eindeutig, ob in seiner Stimme Tadel oder stillvergnügte Freude lag.

Einige Tage später erschien ein berittener Bote in der Marktstraße. Er überbrachte Luzia und Basilius eine mündliche Einladung. Dazu verbeugte sich der in einen abgetragenen Umhang gehüllte Mann und räusperte sich:

»Der Huf- und Nagelschmied Matthias Weisner aus Seefelden am Bodensee lässt Euch seine besten Grüße ausrichten. Er bat mich, Euch seine allerherzlichste Einladung zur Hochzeit zu überbringen.«

Voller Überraschung sah Luzia zu ihrem Onkel, der den Mann mit einem Nicken aufforderte fortzufahren.

»Die Vermählung mit Ida Allgaier ist auf Mariä Himmelfahrt in der Stunde vor dem Mittagsläuten angesetzt. Und ich soll Euch ausrichten«, wandte sich der Mann speziell an Luzia, »dass er sich auf ein Wiedersehen mit Euch freut und dass er ein Nein nicht gelten lässt.« Der junge Mann mit dem Pferdegebiss und den staubigsten Stiefeln, die Luzia je gesehen hatte, leierte den auswendig gelernten Text herunter.

»Matthias heiratet«, flüsterte Luzia. »Ich freue mich sehr für ihn.«

Basilius pflichtete ihr bei. Für ihn bedeutete die Nachricht ein Geschenk des Himmels, wenn auch aus einem ganz anderen Grund.

Nach jener unseligen Woche, in der der Apotheker mit Johannes in Ulm geweilt und Kaplan Grumper begonnen hatte, seine Nichte öffentlich in der Kirche anzuklagen, verging kein Tag, an dem Luzia nicht angefeindet wurde. Immer häufiger kam sie verstört von ihren Besorgungen zurück. Sie war blass und dünn geworden. Und seitdem dachte Basilius darüber nach, wie er Luzia unter irgendeinem Vorwand aus der Stadt bringen könnte. Doch all seine Versuche waren bislang kläglich gescheitert. Weder Pater Wendelin, mit dem er gleich nach seiner Rückkehr aus Ulm in Briefwechsel getreten war, noch ihm selbst war bislang etwas Vernünftiges eingefallen. Zwar wollte der Pfarrer zu Seefelden Bruder Markus, dem Botanicus des Klosters Reichenau, einen Brief schreiben, damit er die vor einem Jahr ausgesprochene Einladung bekräftigte, doch eine Antwort hatte Basilius bisher nicht erhalten. Basilius wusste, wie gern Luzia die Gärten Walahfrid Strabos besuchen würde. Gemeinsam hofften sie nun, Luzia würde dann einem Aufenthalt am Bodensee zustimmen, denn bisher wollte sie von einer Reise nichts wissen.

Selbst Johannes, der sogar mit Luzia schimpfte und sie als störrisch und rechthaberisch bezeichnete, hatte bislang keinen Erfolg gehabt. Alle Ermahnungen schienen an ihr abzuprallen.

»Die Frauen sollen sich auf meine Hilfe verlassen können, wenn ihre schwere Stunde naht. Und außerdem: wenn ich Ravensburg jetzt den Rücken kehre, liegt der Verdacht nahe, ich würde vor etwas davonlaufen, das ich nie begangen habe! Einzig mein Bleiben wird die Leute davon überzeugen, dass ich weder das Wetter herbeizaubere noch ihre Tiere verenden lasse«, beharrte Luzia entschieden und warf die Zwiebel, der sie gerade die Haut abzog, mit einer energischen Geste auf den Tisch.

Basilius und Johannes wussten, wie sehr sie unter den Vorwürfen litt und wie viele Sorgen es ihr bereitete, dass immer seltener nach ihr verlangt wurde. Freilich rief man sie noch ab und an zu einer Niederkunft, aber die Ravensburger vertrauten wieder sehr viel öfter auf Gretes Gebete als auf Luzias tatkräftige Unterstützung. Was sich augenblicklich an der steigenden Zahl der Sterbefälle ablesen ließ.

Deshalb erschien Basilius die Einladung zu Matthias' Hochzeit wie eine Rettung aus allerhöchster Not. Er wusste, Luzia würde Matthias diesen Wunsch nicht abschlagen können, auch wenn sie das jetzt noch nicht zugeben wollte.

»Bruder Markus lädt uns alle zu einem Besuch in das Kloster Reichenau ein«, verkündete Luzia nicht ohne Stolz einige Tage später. »Er schreibt, er würde sich auf einen regen Austausch mit Pater Wendelin und mir freuen.« Während ihr Blick über Pater Wendelins Brief flog, röteten sich ihre Wangen. Basilius seufzte erleichtert auf. Endlich war eine günstige Antwort des Pfarrers aus Seefelden gekommen.

»Und Abt Johann von Nordstetten freut sich im besonderen Maße auf dich, Onkel Basilius. Pater Wendelin schreibt, wenn es die Zeit des Abtes gestatte, widme er sich gerne der Pharmakologie. Nun scheint ihm unser Besuch Anlass für einen persönlichen Austausch mit euch beiden zu sein«, trug Luzia weiter vor.

Basilius sah auf. »Abt Johann von Nordstetten?«, wiederholte er und rieb sich erfreut die Hände. Für eine ordentliche Fachsimpelei unter Spezialisten würde er sogar eine Fahrt auf dem rumpelnden Wagen auf sich nehmen.

»Glaubst du, die Ravensburger können eine Zeitlang auf dich verzichten?«, fragte er Johannes mit einem Augenzwinkern.

»Wenn auch Luzia möchte, dass ich euch begleite, wird ihnen nichts anderes übrigbleiben!«

Luzia wusste nicht, was sie sagen sollte, denn seit ihrem Kuss ging sie dem Medicus ein wenig aus dem Weg, doch jetzt sprach die verräterische Röte ihrer Wangen Bände. Er hatte ihr seine Liebe gestanden, aber er hatte bislang nicht um ihre Hand angehalten. Dennoch habe ich mich von ihm küssen lassen. Nein, eigentlich habe ich seinen Kuss erwidert ...

»Dann ist es abgemacht, du begleitest uns zum Bodensee?«

Johannes nickte und Basilius lächelte zufrieden. Aber dann fiel ihm ein, dass der eigentliche Grund für ihre Reise war, Luzia in Sicherheit zu bringen. Noch einmal seufzte er vor Erleichterung. Die letzten Tage waren wirklich anstrengend gewesen, mit Eselsgeduld hatten sie Luzia davon zu überzeugen versucht, Ravensburg eine Zeitlang zu verlassen. Aber diese

Einladung auf die Insel Reichenau schien Luzias Einwände endgültig zu zerstreuen. Basilius hoffte inständig, dass sich der Kaplan, einzelne Ravensburger Bürger und das Bauernpack wenigstens wieder annähernd beruhigen würden, bis Luzia zurückkäme. Dankbar dachte er an Bürgermeister Ettenhofer, der sich bisher weigerte, an die Existenz der Hexerei zu glauben, und sich standhaft gegen eine öffentliche Anklage wehrte.

16

Die ersten Truhen waren bereits gepackt und weitere folgten.

Johannes lud alles auf den Wagen, dem zwei braune Kaltblüter vorgespannt waren. Während Luzia einen letzten Gang durchs ganze Haus antrat, stattete Basilius dem Bürgermeister einen Besuch ab.

»Ihr tut gut daran, wenn Ihr Eure Nichte eine Weile aus diesem verrückten Hexenkessel fortbringt. Noch besser wäre es, wenn sie dort unten am Bodensee die Frau des Medicus werden würde. Ihr wisst, einer verheirateten Frau kann nicht so leicht am Kittel geflickt werden«, sagte Ettenhofer und lächelte müde. Er saß hinter seinem mächtigen Schreibtisch und nahm einen Schluck aus seinem Weinbecher. »Den Vorwürfen ist fast nicht mehr beizukommen, und Kaplan Grumper drängt das Blutgericht, öffentliche Klage zu erheben. Er ist sich sehr bewusst, dass er ohne uns nichts ausrichten kann. Einzig dem weltlichen Gericht obliegt es, eine Verhandlung einzuberufen. Bisher konnten Ammann Jost und ich den eifrigen Gottesmann noch hinhalten, aber die Argumente gehen uns langsam aus.«

Basilius nickte sorgenvoll und lehnte sich in den Scherenstuhl zurück, den ihm der Bürgermeister angeboten hatte. Er nahm ebenfalls einen Schluck aus seinem Becher. Eigentlich war es noch viel zu früh für unverdünnten Wein, aber er wollte Ettenhofer nicht kränken. Sie sprachen noch über die Fahrt und das Wetter, ehe sich Basilius verabschiedete.

»Gehabt Euch wohl, und gute Reise. Ach ja, und entrichtet dem jungen Arzt meine besten Wünsche und sagt ihm, er möge auf Eure Nichte achtgeben. Sie ist ein verdammt hübsches Mädel und gescheit obendrein. Wenn einem als Mann so etwas vor die Flinte läuft, bei Gott, dann darf man nicht zögern.«

Ettenhofer schloss die Tür hinter dem Apotheker und sandte ein stilles Stoßgebet zum Himmel. Mochten die Schwierigkeiten mit dieser Hebamme doch nur endlich vorüber sein!

Als das Fuhrwerk durch Ravensburg rumpelte, verkündeten die Bläser die neunte Stunde. Das Letzte, was Luzia sah, bevor sie die Stadt durch das Untertor verließen, waren die Bettler. Unter ihnen befand sich auch der Verkrüppelte mit den grünen Augen. Als das Fuhrwerk vorüberfuhr, nickte er zum Gruß.

Mit gemischten Gefühlen saßen Luzia und ihre Begleiter auf dem Planwagen, den Johannes für die Fahrt gemietet hatte. Jeder von ihnen ließ etwas anderes zurück. Basilius seine Apotheke, Johannes seine Patienten und Luzia die Frauen und Kinder, die trotz der Gerüchte und Beschuldigungen an sie glaubten. Dennoch hofften sie alle, das Richtige zu tun.

Der Reisewagen war gefüllt mit Truhen voller Lebensmittel und Leinen. Schließlich war Luzia nichts anderes übriggeblieben, als die Speisekammer vollständig auszuräumen. Alles Essbare musste regelmäßig auf Schädlingsbefall kontrolliert werden, sonst hielten die Maden ein Festmahl. Auch einige Meter Wolltuch hatte sie am Gespinstmarkt noch abschneiden lassen, ehe sie den Deckel der Kleidertruhe geschlossen hatte. Wolltuche waren kostbar und teuer und Elisabeth träumte schon lange von einem eisblauen Mantel, den sie mit einer Silberfibel schließen wollte. Deshalb hatte Luzia auch noch eine besonders schöne Brosche beim Silberschmied in der Wollgasse erstanden.

Die Reise versprach recht unbequem zu werden, denn es regnete bereits seit der vergangenen Nacht, und eine Wetterbesserung war nicht in Sicht. Überall stand das Wasser in den ausgefahrenen und unbefestigten Wegen. Johannes wählte den gleichen Weg zurück, den Luzia vor etwas weniger als einem Jahr gemeinsam mit Matthias gekommen war.

Außerhalb der Stadtmauern wirkte die Landschaft wie mit einer Sense niedergemäht oder dem Zorn Gottes ausgesetzt. Die Felder lagen brach und glichen eher Schlammlöchern als einer Heimat für die Ähren. Nicht eine Kornblume und kein Klatschmohn säumten ihren Weg, dafür lagen immer noch stark verweste Tierkadaver in den flachen Seen, die vor dem Unwetter saftige grüne Wiesen gewesen waren.

»Man sollte den Wasenmeister dafür zur Verantwortung ziehen. Schließlich ist es seine Aufgabe, verendete Tiere zu verbrennen oder zu verscharren. Dieser Gestank ist geradezu bestialisch!«, schimpfte Basilius leise vor sich hin.

»Nun, wahrscheinlich gibt es so viele tote Tiere, dass er seiner Arbeit nicht Herr werden kann«, antwortete Johannes.

»Im Korb hinter der Wolle habe ich ein paar Seifenstücke eingepackt, wenn du möchtest, halten wir an, damit du nicht so sehr leiden musst«, schlug er fürsorglich vor, als er Luzias wächsernes Gesicht sah, doch sie schüttelte den Kopf.

»Dann nimm wenigstens das«, sagte er und reichte ihr ein sauberes Tuch aus den Taschen seines Gewandrocks. Während sich Luzia das Leinen vor die Nase hielt, atmete sie den Duft von Verbene.

»Ist das Eisenkraut?«, fragte sie verwundert.

Johannes nickte. »Ja, die Franzosen lieben es. Es soll nicht nur gegen allerlei Verwünschungen zum Einsatz kommen, sondern wird dort auch als Likör getrunken.«

»Ich habe davon gehört. Die heilige Hildegard von Bingen empfahl das blühende Kraut bereits bei Steinleiden der Niere und der Galle und, etwas weniger dramatisch, bei Halsentzündungen und schlecht heilenden Wunden. Darüber hinaus habe ich in einer uralten Schrift, die mir in Basilius' Bibliothek in die Hände fiel, gelesen, dass unsere Vorfahren mit seiner Hilfe in die Zukunft sahen«, sagte Luzia, während sie über eine Brücke rumpelten.

»Die Wurzel wird bevorzugt von Mitte Juli bis Mitte August geerntet, während der Hundsstern aufgeht und weder die Sonne noch der Mond am Himmel stehen. Allein Sirius darf dabei zusehen, wenn die hochwirksame Wurzel mit einem eisernen Werkzeug ausgegraben wird«, ließ sie Basilius an seinem Druidenwissen teilhaben. Ein feines Lächeln umspielte seinen Mund. Er freute sich über ihre angeregte Unterhaltung. Luzia hatte sogar den Gestank darüber vergessen und wirkte lange nicht mehr so bleich wie noch zuvor.

Doch die Freude war von kurzer Dauer, denn bald zogen

Obstbäume an ihnen vorbei, die weder Blätter noch Früchte trugen.

»Dabei wären jetzt die ersten wilden Zwetschgen reif, und Äpfel gäbe es auch schon bald«, flüsterte Luzia traurig.

Die gesamte Landschaft war in Mitleidenschaft gezogen. Selbst im Wald hatte der Sturm eine breite Schneise aus umgestürzten Bäumen hinterlassen.

Sie trafen auf ein paar Männer, die noch immer die umgeknickten Stämme der Fichten und Kiefern zersägten.

»Johannes, bitte halte die Pferde an, ich möchte die Bauern etwas fragen«, bat Basilius.

Der Medicus nickte und lenkte die Braunen an den Wegrand, wo Basilius abstieg und über dicke Baumstämme kletterte.

»Gott zum Gruße!«, begann Luzias Onkel. »Da habt ihr bei Gott eine schwere Arbeit zu verrichten.«

Die in einfache braune Kittel gekleideten Männer nickten und stimmten dem Apotheker zu. Sie waren argwöhnisch und blickten etliche Male über die Schulter hinter sich, ehe sie ihre Arbeit erneut aufnehmen wollten, doch Basilius ließ nicht locker.

»Sind die Schäden auf den Sturm zurückzuführen?«, fragte er vorsichtig. Ihm entging nicht, dass die Leute nicht mit ihm sprechen wollten. Als fürchteten sie sich vor etwas, ging es Basilius durch den Kopf.

Der Jüngste, ein schlaksiger Bursche, der weniger misstrauisch wirkte als die anderen, legte die Axt beiseite und rieb sich die schmutzigen Hände am Kittel sauber.

»Hört, ich weiß nicht, wer Ihr seid, aber Ihr solltet sehen, dass Ihr weiterkommt. Hier geht der Teufel selbst um«, gab der Mann zur Antwort.

»Wie kommt Ihr denn darauf?«, wollte Johannes wissen, der ebenfalls vom Wagen gestiegen war.

»Wir bewirtschaften die Höfe um Ravensburg herum, und der Sturm hat uns alles genommen, womit wir unsere Familien hätten ernähren können. Einzig das Holz können wir noch verkaufen und ein paar Ziegen sind uns geblieben, aber der Rest …« Die Hände des jungen Mannes vollführten eine vernichtende Geste, ehe er langsam weitersprach. »Kaplan Grumper ist zu uns hinausgekommen, um uns zu erklären, wie die Wettermacherin den Hagel mithilfe des Teufels auf der Kuppelaue und an der Schussen herbeigerufen hat. Angeblich hat sie verfaulten Salbei in den Fluss geworfen und ein paar Kinder getötet, deren Blut sie erst getrunken und dann das Fleisch gesotten hat«, berichtete der Mann und zog seine blaue Kappe vom Kopf, um sich zu kratzen. »Dieses Weib hat uns alles genommen!«

Luzia erschrak zu Tode, die Furcht fuhr ihr wie ein glühender Dolch in die Eingeweide. Sie zog ihr Tuch vor der Brust zusammen.

Basilius und Johannes nickten nachdenklich, sie hatten genug gehört. Basilius drückte dem dürren Kerl ein paar Münzen in die Hand.

»Hab Dank für deine Auskunft, und Gott schütze dich.«

Der Bursche starrte auf die Münzen.

»Gott schütze Euch!«, rief er ihnen nach, ehe er seine Arbeit wieder aufnahm.

Als sie weiterfuhren, sprach eine Weile lang niemand ein Wort. Der Weg führte sie an drei nebeneinanderstehenden Bäumen vorbei, der Blitz hatte sie gespalten und sein schauriges Werk zurückgelassen. Die verkohlten Hälften wirkten so beklemmend, dass Luzia eine Gänsehaut wuchs.

Irgendwann brach Johannes dann doch das Schweigen.

»Vielleicht solltest du darüber nachdenken, Ravensburg für längere Zeit fernzubleiben. Dieser Grumper ist in der Tat unberechenbar«, sagte er, an Luzia gewandt, doch sie blieb ihm die Antwort schuldig.

Langsam ließen die Verheerungen nach und das Gras wirkte nicht mehr wie von der Erde verschluckt. Hier und da erkannten sie sogar ein Kornfeld. Selbst der Regen ließ mehr und mehr nach, und der Himmel klarte auf. Mit den tiefhängenden Wolken wich auch ein wenig von dem beklemmenden Gefühl, das seit dem Gespräch mit den Bauern ihre Stimmung beherrscht hatte. Auf einer kleinen Anhöhe zwischen Markdorf und Bermatingen entschied Johannes, dass es nun Zeit für eine Pause wäre. Er lenkte den Wagen vom Feldweg und half Luzia beim Absteigen.

Gemeinsam tranken sie den Wein, den Luzia eingepackt hatte, und aßen ein wenig Brot und Käse. Wann immer sie Johannes' liebevollen Blick auf sich spürte, sah Luzia rasch zu Boden. Die Zweifel hatten sie wieder fest im Griff. War es überhaupt recht gewesen, die Reise in Johannes' Begleitung zu unternehmen? Was sollte sie zur Antwort geben, wenn Jakob sie auf ihr Verhältnis zu Johannes ansprach? Wenn ich doch nur wüsste, woran ich mit ihm bin, ... und seit dem Kuss blickt er mir noch tiefer in die Augen, dachte Luzia mit einem leisen Seufzen.

»Lasst uns aufbrechen, ich möchte Seefelden heute noch erreichen!« Die Worte des Onkels rissen sie aus ihren Gedanken.

Schnell packten sie zusammen und setzten ihren Weg fort. Diesmal ging die Fahrt sehr viel zügiger, als es bei ihrer Abreise im letzten Sommer der Fall gewesen war. Pferde zogen den Wagen bedeutend schneller, als Ochsen es vermochten. Bald kam die massive Wehranlage der Burg Meersburg in Sicht. Dort wurde gerade Markttag abgehalten.

Luzia bat Johannes, den Wagen anzuhalten. Er tat es mit Freuden, als er sah, wie Luzias Augen leuchteten. Johannes war verunsichert. Luzia war in sich gekehrt und hatte ihre Unbeschwertheit durch die Ereignisse in Ravensburg verloren. Seit ihrem Kuss schien sie ihm aus dem Weg zu gehen. Erleichtert stellte Johannes fest, dass es Luzia besser ging, je näher sie dem Bodensee kamen. Noch in Seefelden würde er Luzia fragen, ob sie seine Frau werden wollte.

Nachdem sie der Torwache erklärt hatten, dass sie lediglich den Markt besuchen wollen, ließ der Mann sie ohne Zoll passieren. Gemeinsam schlenderten sie durch die engen Gassen und begutachteten die angebotenen Waren, die lautstark angepriesen wurden. Das Angebot war hier in Meersburg reicher und bunter, als es in Ravensburg der Fall gewesen war. Sie rochen duftendes Brot und Gesottenes. Ein paar Männer brieten ein ganzes Schwein am Spieß. Während sie weitergingen, kamen sie an mehreren Marktständen vorüber, an denen Bäuerinnen gelbe Augustbirnen und frühe Zwetschgen verkauften. Das hatten sie in Ravensburg in diesem Jahr noch gar nicht gesehen. Sie kauften ein paar goldgelbe, nach Honig duftende Kürbisstücke, die ein altes Weiblein über einem offenen Feuer garte. Weiter unten erstanden sie noch eine Handvoll blutroter Wildkirschen. Ein paar Hühner flogen gackernd davon, sie hatten sich aus ihrem Käfig befreit und nutzten die unerwartete Gelegenheit zur Flucht, ehe sie der Marktaufseher wieder einfing. Bei einem Zuckerbäcker kaufte Luzia weiche, mit Apfelmus gefüllte Törtchen, die sie sich einpacken ließ, bevor Johannes alle gegessen hatte.

Sie fragten eine ältere Frau, die ihnen mit einem Laib Brot unter dem Arm entgegenkam, nach dem fürchterlichen Hagelunwetter.

Die Alte bekreuzigte sich rasch. »Plötzlich wurde es dunkel. Der Wind schob eine schwarze Walze aus Wasser und Eis über den See herein. Das Wasser brodelte wie in einem Wurstkessel und verschluckte einige Fischer, die gerade dabei waren, ihre Netze einzuholen. Gelbe Blitze zuckten vom Himmel, und der Donner dröhnte weit übers Land!«

»Und die Schäden?«, wollte Johannes wissen.

»Die haben sich Gott sei Dank in Grenzen gehalten. Sicher gibt es auch hier einige Felder und Weinberge, die dem Unwetter zum Opfer gefallen sind. Schlimmer ist es, glaube ich, weiter oben, bei den Markdorfern oder in Ravensburg gewesen. Unlängst erzählte ein Wanderprediger, dort stehe kein Stein mehr auf dem anderen und kein Feld sei heil geblieben. Dort oben hungern sie bereits.«

Johannes bestätigte das Gesagte für Ravensburg und verabschiedete sich. Der Eindruck hatte nicht getäuscht, dass es hier ein wenig glimpflicher abgegangen war.

Luzia wollte unbedingt noch über die steile Steigstraße zum See hinunter, ließ sich aber von Basilius umstimmen. Der alte Mann hatte genug von der Reise, er wollte sich endlich in einen bequemen Stuhl setzen und sich einen Becher Bodenseewein munden lassen.

Nach Meersburg ging es weiter am Bodenseeufer entlang, Richtung Seefelden. Mittlerweile hatte es die Sonne vollends geschafft, sich gegen die Wolkendecke durchzusetzen, und verwandelte das vormals graue Wasser in einen glitzernden, in allen Blautönen schimmernden Saphir. Letzte Wolkenschleier gaben den Blick auf die schneebedeckten Eisriesen im Osten frei, die sie willkommen hießen.

Sie hatten bereits die lichten Wälder, die Seefelden umgaben, erreicht, als einige Schwäne von einem entlegenen Weiher über ihre Köpfe hinwegflogen, ehe sie auf dem See landeten.

Hinter der nächsten Biegung erblickte Luzia bereits den Kirchturm von St. Martin. Ihr Herz sprang ihr vor Freude fast aus der Brust, es hämmerte wie wild gegen ihre Rippen.

Johannes spürte ihre lebendige Freude und suchte nach ihrer Hand, was Luzia auch gestattete. Das warme Gefühl des Heimkommens erfüllte auch ihn, und sogar Basilius wagte noch ein Lächeln, obwohl er endgültig genug hatte vom Gerumpel der Fahrt.

17

Das Fuhrwerk wurde von einer Gruppe lachender Kinder begleitet. Einigen hatte Luzia selbst auf die Welt geholfen. »Sie sind da! Luzia ist wieder daheim! Elisabeth, Jakob, Mechthild, Matthias! Luzia ist zurück!«, schrien sie im Chor und sorgten dafür, dass die halbe Gemeinde aus den Häusern sprang, um zu sehen, was es in der Gasse Aufregendes gab.

Zu Hause in der Fischergasse hießen Elisabeth und Jakob sie mit der ganzen Freude ihrer Elternherzen willkommen, und während sich Befürchtungen zerstreuten und Sorgen lösten, wurde Luzia nicht müde, ihre Fragen zu beantworten.

»Geht es euch gut? War die Fahrt anstrengend? Warum bist so blass?«, und noch vieles mehr wollten sie wissen.

Sie hatte noch nicht die Schwelle übertreten, da stürmte Matthias übermütig herbei. Er riss Luzia an sich und umarmte sie so fest, dass ihr die Luft knapp wurde, ehe er sie wie in Kindertagen im Kreis schwang.

»Es tut so gut, dich zu sehen und dich in den Armen zu halten«, rief er überschwänglich und lachte genau wie früher. Doch plötzlich besann er sich und schien sich an etwas zu erinnern. Er räusperte sich und ließ Luzia los. Dann drehte er sich nach der Frau um, die mit ihm gekommen war.

Auf einmal fühlt es sich nicht mehr wie in Kindertagen an, dachte Luzia. Zwar war die Wärme geblieben, aber die Leichtigkeit, die Matthias immer umgeben hatte, war einer Ernsthaftigkeit gewichen, die sie dem jungen Schmied nie zugetraut hätte. Er räusperte sich noch einmal vernehmlich und klemmte die widerspenstigen Locken hinters Ohr.

»Luzia, Ida, ihr kennt euch ja von früher«, begann Matthias vorsichtig. Er suchte nach Worten. »Ja, also, so Gott will und sie es sich nicht noch anders überlegt, wird Ida in ein paar Tagen meine Frau«, sagte er schließlich und lächelte schüchtern.

Luzia hielt ihr die Hand hin. »Ich freue mich, dich wiederzusehen. Ich hoffe, diesmal werden wir Freundinnen.«

Ida zögerte, doch dann nickte sie und drückte Luzias Hand.

Ein wenig herb fand Luzia die junge Frau mit der dunklen Aufsteckfrisur. Aber die rehbraunen Augen strahlten Gutmütigkeit und Herzenswärme aus. Luzia freute sich für die beiden. Ganz besonders natürlich für Matthias. Nun hatte er sein Glück also doch noch gefunden. Und das auch noch so nah. Immerhin lebte Ida genau wie Matthias schon ein Leben lang in Seefelden, doch früher hatten die beiden keine Augen füreinander gehabt.

Das Wiedersehen mit ihren Lieben legte sich wie ein warmer Sonnenstrahl auf Luzias Seele, und auch Basilius, der seine schmerzenden Glieder verstohlen reckte und streckte, gewann seine gute Laune wieder.

»Darf ich euch Johannes von der Wehr vorstellen?«, begann Luzia, nachdem sich der erste Sturm endlich gelegt hatte.

Johannes stand ein wenig abseits am Wagen und hatte bereits begonnen, die schweren Reisetruhen herunterzuheben. Selbst die lange staubige Reise hatte seiner Erscheinung nichts anhaben können. Er würde immer etwas Besonderes sein, ganz gleichgültig, wo er auftauchte, dachte Luzia mit einem wehmütigen Seufzen. In seinem schwarzen Gewandrock wirkte er elegant und ein wenig erhaben, aber das vom Fahrtwind zerzauste Haar verlieh ihm ein leicht verwegenes Aussehen, was ihm sehr schmeichelte, wie Luzia fand.

»Seine Familie kommt aus Überlingen, doch nach einer langen Lehr- und Studienzeit in Frankreich lebt und arbeitet er nun in Ravensburg. Er bekleidet das würdige Amt des Stadtmedicus, und wir alle dürfen uns ganz auf sein medizinisches Wissen verlassen«, erklärte Luzia und lächelte in die Runde der neugierigen Dorfbewohner.

»Schön, dass wir uns endlich kennenlernen, Luzia hat mir schon viel von Euch erzählt«, sagte Johannes und reichte Matthias die Hand.

Er kratzte sich verlegen am Kopf. »Nur Gutes, wie ich hoffe!«

»Selbstredend!«, bestätigte Johannes, nickte in die Runde und erntete ein Lachen.

»Jetzt lasst uns erst einmal hineingehen. Unsere lieben Gäste möchten sicher einen Schluck zur Erfrischung«, sagte Elisabeth schließlich und schob ihren Mann durch die geöffnete Haustür.

»Der junge Herr von der Wehr gefällt mir«, sagte Elisabeth später zu Luzia, als sie allein in der Küche standen. »Man spürt, wie viel du ihm bedeutest.«

Um ihre Tante nicht ansehen zu müssen, machte sich Luzia am Geschirrschrank zu schaffen. »Ja, er ist sehr charmant.«

»Hat er schon um deine Hand angehalten?«, fragte Elisabeth so beiläufig wie möglich. Immerhin unternahmen die beiden, wenn auch in Basilius' Begleitung, eine gemeinsame Reise, und die Blicke, die der junge Medicus ihrer Luzia zuwarf, waren eindeutig.

Luzia schüttelte den Kopf und begann plötzlich zu weinen. Verwirrt legte Elisabeth von hinten ihre Arme um sie und murmelte ein paar Trostworte. Offensichtlich ist das die falsche Frage gewesen, dachte sie schuldbewusst.

»Ich hoffe, er hält mich nicht für unbesonnen«, murmelte Luzia mit tränenerstickter Stimme.

»Wieso sollte er das tun?«

»Ich habe ihn bereits geküsst, und nun weiß ich nicht ...«

Elisabeth schüttelte den Kopf. »Du wirst sehen, er fragt dich schon sehr bald, ob du ihn heiraten möchtest. Das sehe ich an seinen verliebten Blicken«, sagte die Tante. Sie drehte Luzia zu sich herum und trocknete ihre Tränen mit dem Tassentuch, während sie in sich hineinlächelte. Die Verwirrungen des Herzens kannte sie nur zu gut. Aber wer hätte gedacht, dass sich auf dieser Welt doch noch ein Mann finden würde, dem ihre störrische Nichte die Hand fürs Leben reichen wollte!

Pater Wendelin hatte die Messe feierlich gestaltet und Luzia verließ nach langer Zeit das erste Mal die Kirche wieder mit einem guten Gefühl.

Im Anschluss saßen sie in der gemütlichen Stube des Paters und tranken bei einem ersten Kennenlernen einen Becher

Wein. Erst als Pater Wendelins Fragen persönlicher wurden, sah sich Luzia in der Pflicht, Johannes zu erlösen.

Der alte Pater wirkte heiter, als er Luzia am nächsten Tag bedeutete, sich zu ihm zu setzen. Gemeinsam saßen sie dicht an der hohen Friedhofsmauer unter der alten Eibe. Schon früher war das einer der Lieblingsplätze des Paters gewesen. Gemeinsam atmeten sie die Würde des alten Gehölzes, bevor Wendelin das vertraute Schweigen brach. »Der junge Medicus ist ein sehr liebenswerter Mann«, begann er und nickte Luzia zu. »Er gefällt mir! Macht er dich glücklich?«, wollte der Pater ohne Umschweife wissen.

Luzia lächelte.

»Gemeinsam haben wir schon so viel erlebt«, sagte sie und berichtete dem Pater ausführlich über ihre Arbeit im Antoniterspital.

Wendelin nickte. Er spürte Luzias Begeisterung und die Liebe, die sie dem jungen Mann entgegenbrachte.

»Ihr würdet ein schönes Paar abgeben«, sagte er mehr zu sich selbst. Dann wechselte er das Thema. »Freust du dich auf unseren Besuch im Kloster?«

»Ich kann es kaum erwarten, das wisst Ihr doch! Und ich habe in der Zwischenzeit in Ravensburg meine Kenntnisse der Botanik erweitert. Wie Ihr vermutet habt, besitzt mein Onkel eine Bibliothek ganz nach meinem Geschmack.«

Der Pater drohte ihr spielerisch mit dem Zeigefinger. »Eitelkeit ist eine Sünde, auch wenn sie die Wissbegier und nicht die Schönheit betrifft. Aber ich weiß ja, du lernst, um anderen zu helfen.«

Sie saßen einen Moment schweigend nebeneinander und hingen ihren Gedanken nach. Schließlich erhob sich der Pater von der kleinen Holzbank. »Ich habe mich sehr gefreut, dass du mir ein wenig von deiner Zeit geschenkt hast«, sagte Wendelin, während er Luzia die Hand zum Segen auflegte.

»Ich habe die Stunde mit Euch auch sehr genossen. Die Gespräche mit Euch fehlen mir in Ravensburg am meisten«, erwiderte sie und schluckte.

»Ich weiß, was du meinst«, entgegnete Wendelin seufzend, »so geht es auch mir. Doch während der nächsten Tage werden wir noch viele Gelegenheiten haben, unsere Unterhaltung fortzusetzen.«

Johannes wollte die Reise nach Seefelden nutzen, um seine Geschäfte und Besorgungen in Überlingen zu tätigen. So machten sich Luzia und Johannes mit Basilius zwei Tage später, gleich nach der Morgensuppe, auf den Weg. Der Tag versprach trocken und heiß zu werden. Die kurze Fahrt führte sie entlang des Bodensees, vorbei an weitläufigen Weinbergen und durch lichte Mischwälder zum Hofgut Maurach und zu der Schiffsanlegestelle des Klosters Salem. Weiter an einzelnen Fischerhäusern und einigen Bauernhöfen vorbei kamen sie nach Überlingen.

Bereits hinter dem Stadttor kündigte ein buntgekleideter Gaukler den Jahrmarkt auf der Hofstatt an. »Überlinger! Zugereiste! Kommt zur Hofstatt! Dort erwartet euch, neben Speis und Trank, eine Vielzahl der unglaublichsten Attraktionen!«

Luzia war, als spreche der junge Mann nur zu ihr, als er sein glattes Gesicht zu einer schaurigen Grimasse verzog und verkündete:

»Zwerge und Missgestaltete lehren euch das Fürchten,

Feuerspucker und Jongleure rauben euch den Atem, und nicht zuletzt«, er machte eine kurze Pause, um die Spannung zu heben, »wirft Ilonka für euch einen Blick in die Zukunft, indem sie die Karten befragt!«

»Das dürfen wir nicht versäumen!«, freute sich Luzia, »oder seid ihr anderer Meinung?«

Johannes pflichtete ihr bei. Dankbar bemerkte er die neue Heiterkeit, die Luzia umgab.

Sie fuhren durch die Gassen, in denen bereits geschäftiger Trubel und ohrenbetäubender Lärm herrschten. In der oberen Marktstraße wurde es so eng, dass Luzia die Luft anhielt, weil sie nicht glaubte, heil an einem Karren mit Baumaterial vorbeizukommen.

»Pass doch auf, du Hornochse!«, tadelte der schweißgebadete Maurermeister seinen nicht minder schwitzenden Lehrling, der den Karren lenkte. Letztlich fielen aber nur einige Ledereimer und ein mit Sand gefülltes Fass auf den Boden. Niemand kam dabei zu Schaden, aber der Fahrer des nachfolgenden Wagens fluchte lautstark, weil es nicht weiterging, bis der Lehrling vom Bock gesprungen war und die verlorene Ladung wieder auf den Wagen gehievt hatte.

Johannes lenkte den Wagen entlang der viel befahrenen Gasse zu dem im Mittelpunkt stehenden Münster, das dem heiligen Nikolaus von Myra geweiht war. Über dem Kirchplatz lag das laute Rufen der Maurer und Zimmerleute, die im Begriff waren, die Räume zwischen den Seitenverstrebungen zu kleinen Kapellen auszubauen.

Vor einem der prächtigen Bürgerhäuser hielt Johannes an und half Luzia vom Wagen. Basilius entschuldigte sich, um einige Besorgungen zu tätigen.

Die freie Reichsstadt Überlingen verfügte über weitreichende finanzielle Mittel und unterhielt sogar eine eigene Armenspeisung. Die meisten Häuser waren nicht mehr aus Holz, sondern schon aus Stein errichtet. Prächtige Blendbögen schmückten die Fassaden, und die meisten Fenster waren bereits bleiverglast.

»Das ist also das Haus deiner Eltern?«, fragte Luzia, als sie vor dem stattlichen Herrenhaus standen.

Johannes nickte und führte sie durch die offen stehende Tür in einen hellen Vorraum.

»Ah, Herr Medicus, Gott zum Gruße. Schön, dass Ihr wieder einmal hier seid!« Aus einem großen Kontor gegenüber der Tür kam ein drahtiger Mann eilig auf sie zu. »Und wie ich sehe, seid Ihr in entzückender Begleitung.«

Luzia spürte, wie sich die Wärme ihrer Wangen bemächtigte, als der dunkel gekleidete Kaufmann ihr die Hand reichte und sie mit Blicken maß.

»Darf ich Euch Jungfer Gassner vorstellen? Und dies ist Kaufmann Mänzel, der das Fernhandels-Kontor meines Vaters weiterführt und meine Interessen vertritt. Daneben bewohnt er mit seiner Frau und seinen Kindern die Kammern im ersten und zweiten Stock.«

Mänzel führte sie in das helle Schreibzimmer mit breiten Scherenstühlen und Fenstern, die zur Straße hin lagen.

»Und, Meister Mänzel, wie gehen die Geschäfte?«

»Es könnte wahrlich besser sein, aber was soll man erwarten, wenn die Leute verrückt werden und das Unheil überall lauert«, jammerte Mänzel und machte ein besorgtes Gesicht. »Aber ich möchte Euch nicht langweilen«, sagte er schnell, an Luzia gewandt. »Auf der Hofstatt über dem Kornhaus hat sich bereits gestern ein kleiner Jahrmarkt niedergelassen. Einen Besuch bei den Feuerschluckern solltet Ihr nicht versäumen«, sagte Mänzel mit einem vielsagenden Lächeln.

Luzia lächelte ebenfalls. »Die Fahrenden wurden uns bereits am Tor angepriesen«, gab sie zurück. An Johannes gewandt, sagte sie: »Was hältst du davon, wenn ich mir, derweil du mit Meister Mänzel die Geschäfte besprichst, das fahrende Volk ansehe?«

»Das ist eine wunderbare Idee!«, bestätigte Johannes. »Die Besprechung der Geschäftsbücher ist furchtbar langweilig und ein mehr als trockenes Geschäft. Geh nur, und sobald wir hier fertig werden, komme ich nach.«

Luzia verabschiedete sich von Mänzel und schenkte Johannes ein glückliches Lächeln.

Eine Minute später sah Johannes sie unter dem Fenster vorübergehen.

»Ich konnte Euch vorhin nicht ganz folgen«, nahm Johannes das Gespräch wieder auf. »Was meintet Ihr mit dem Unheil?«

»Habt Ihr nicht gehört, dass die Konstanzer eine Frau als Hexe verbrannt haben?«

Der Medicus nickte. »Ja, von dieser Torheit habe ich bereits erfahren! Ich hoffe, Ihr seid nicht auch ein Anhänger dieser neuen Verwirrung des Geistes«, sagte er knapp und musterte den Kaufmann wachsam.

Meister Mänzel hob die Schultern. »Schließlich soll das Weib allein mit seinem bösen Blick die Kinder auf der Gasse verhext haben, während sie den Alten Siechtum und Gebrechen an den Hals gewünscht hat. Angeblich soll sie das Unwetter herbeigerufen und die Hühner, die seither keine Eier mehr legen, behext haben. Geht einmal durch die Stadt, Ihr werdet nicht ein einziges Ei aus Konstanz finden!«

Johannes winkte ab.

»Das ist doch alles Unsinn. Es gibt keine Hexen!«

»Und wie erklärt Ihr Euch, dass die Hühner plötzlich keine Eier mehr legen?« Johannes bedachte den Kaufmann mit einem warnenden Blick.

»Wahrscheinlich hat das Federvieh beschlossen, keine Eier mehr zu legen, weil auch sie genug davon haben, dass unschuldige Menschen der Hexerei bezichtigt werden!« Die letzten Worte kamen Johannes so heftig über die Lippen, dass der Kaufmann einen Schritt zurücktrat.

»Es tut mir leid, wenn Ihr eine andere Meinung vertretet. Vielleicht sollten wir lieber von etwas ...«

»Ganz richtig. Lasst uns nun endlich zum geschäftlichen Teil kommen. Ich möchte Jungfer Gassner nicht allzu lange warten lassen.«

Als Luzia den großen Platz zwischen Kornspeicher und Nikolauskirche betrat, hatte sich bereits eine große Menschentraube um die Fahrenden gebildet. Ein buntgekleideter Mann, dessen Haar gänzlich geschoren war, spie zur Freude der Umstehenden große Stichflammen in den Himmel. Zur Begeisterung aller jonglierte er anschließend mit gefährlich aussehenden Messern und erntete auch damit brausenden Applaus.

Bei einem alten, schrumpeligen Männlein kaufte Luzia ein paar mit Honig glasierte Haselnüsse. Mit der Köstlichkeit in der Hand schlenderte sie weiter, als sie von einer jungen Frau mit dunkler Haut und schwarzen Augen angesprochen wurde.

»Kommt herein! Ilonka wird Euch sagen, was die Zukunft

bringt!« Mit diesen Worten lud die hübsche Zigeunerin Luzia in ihr buntes Zelt ein.

Luzia winkte ab.

»Es tut mir leid, aber ich glaube nicht an die Wahrsagerei«, entgegnete sie, »und Geld habe ich auch keines mehr.«

»Es ist nur ein Spiel. Glaubt, was Euch gefällt, das andere vergesst ganz schnell«, schmeichelte die junge Frau.

Luzia zögerte für eine winzige Sekunde, und das nutzte eine alte Zigeunerin aus, die im Eingang des mit allerlei Orakelzeichen geschmückten Zeltes gewartet hatte. Ihr geflochtenes Haar und ihre Augen hatten die Farbe von Kohlen, und ihre Stimme glich dem Schnurren einer Katze. Unerwartet griff sie nach Luzias Hand, und Luzia glaubte zu verbrennen. Während die Fahrende etwas Unverständliches murmelte und ihre Augen verdrehte, lief es ihr eiskalt den Rücken hinunter. Sie fürchtete sich auf einmal.

»Nimm dich in Acht, Mädchen!«, flüsterte die Zigeunerin eindringlich. »Ich sehe einen heiligen Mann. In seinem Gepäck befindet sich Feuer. Ich fühle die Flammen bereits auf deiner Haut.« Die Alte verstärkte ihren Griff noch einmal und murmelte: »Noch ehe das Jahr um ist ... etwas Schreckliches steht dir bevor ...«

In Panik entriss Luzia der Alten ihre Hand und rannte durch die Menschenmenge davon, dabei fielen ihr die Nüsse aus der Hand. Mit zitternden Knien und einem Herzen, das ihr bis zum Hals schlug, eilte sie Richtung Münster davon. Ein paarmal drehte sie sich um und blickte zurück, doch keiner der Fahrenden folgte ihr. Stattdessen begegneten ihr Frauen jeden Standes, die mit schwer beladenen Körben vom Markt kamen und ihre plärrenden Kinder hinter sich her zogen. Innerhalb einer hölzernen Umzäunung quiekten Schweine, und Hähne krähten ein letztes Mal, bevor ihnen eine vierschrötige Marktfrau den Hals umdrehte und sie für immer verstummten. Der Lärm schien Luzia mit einem Mal ohrenbetäubend. Sie drängte sich weiter durch die Menschenmenge, die sich, wie sie glaubte, immer enger um sie schloss.

Der Gestank des Fischmarkts waberte durch den ganzen Oberen Markt und verursachte ihr Übelkeit. Während sich die lärmenden Fischweiber beim Anpreisen ihrer Waren übertrumpften, glänzten vor ihnen die silbernen Fischleiber in der Mittagssonne. Unter den schweren Holzständen lagen überall abgetrennte Fischköpfe und Schwanzflossen auf dem Boden. Eine Meute wilder Hund zankte sich um die besten Brocken, ehe sie der Marktaufseher mit dem Stecken auseinandertrieb. Luzia eilte weiter. Als sie nur noch wenige Schritte vom Kirchplatz trennten, atmete sie auf.

Auf der Treppe zum Münster knieten Bettler. Sie warteten, bis ihnen die Betwilligen und Pilger, die auf dem Weg nach Santiago de Compostela in Überlingen rasteten, ein Almosen in den Beutel legten.

Die wilde Furcht entließ sie nur langsam wieder aus ihren Klauen. Luzia hatte keine Augen für die Basilika, sie hielt nach Johannes Ausschau. Auf keinen Fall würde sie abermals hinunter zum Markt gehen, denn dort würde sie wieder auf die Zigeunerin treffen. Obwohl sie den wahrsagerischen Prophezeiungen der Alten keine Bedeutung schenken wollte, konnte sie die Worte der exotischen Frau nicht abstreifen. Düster und unheilschwanger hallten sie in ihrem Kopf. Kraftlos ließ sie sich auf die steinernen Stufen vor dem Gotteshaus sinken.

Hier fand Johannes sie kurze Zeit später. »Was ist denn geschehen? Du zitterst ja«, stellte er besorgt fest. »Du bist ganz bleich.«

Luzia hätte am liebsten alle Benimmregeln über Bord geworfen und wäre ihm um den Hals gefallen, aber dann würde die Möglichkeit bestehen, dass sie ihn nie wieder losließ. Allein der Gedanke sorgte dafür, dass sie sich besser fühlte.

Johannes zog sie hoch und führte sie zum hohen Portal der Basilika. Im Inneren nahm sie die sanfte Kühle der Kirche in die Arme. Sie strebten dem rechten Seitenaltar zu, der schon seit langem fertiggestellt war. Hier hatte Luzia bereits früher manchmal zur Muttergottes gebetet. Sie setzten sich in die kleine Bank vor der goldenen Madonna, und während Luzia die Stille atmete, spürte sie die beruhigende Anwesenheit von Johannes neben sich. Bevor er seine Hände zum Gebet faltete, nahm er ihre Hand und folgte in einer glühenden Spur der Linie ihrer Handfläche. Als er einen zarten Kuss darauf hauchte, brannten Luzias Wangen. Ich liebe ihn, dachte sie, ehe sie ihr Wort an Gott wandte.

Nach den ausgiebigen Regenfällen der Nacht klarte der Himmel etwas auf, und die Sonne trat ihren Weg durch die Wolken an. Gleich nach der Morgensuppe hatte Johannes mit Basilius' Hilfe begonnen, den Wagen mit Reisekörben zu beladen. Noch vor dem Achtuhrläuten half er Luzia auf das Gefährt, dessen Dach sie vor Sonne und Regen schützte. Basilius folgte ihr, und begleitet von herzlichen Abschiedsgrüßen von Elisabeth lenkte Johannes den dunklen Wagen zum Pfarrhaus. Pater Wendelin lehnte bereits reisefertig an dem großen Stein neben seiner Kirche. Nach einer kurzen Begrüßung stieg auch er auf den Wagen.

»Und bist du bereit, dich einer der interessantesten Abteien unserer Zeit anzuvertrauen?«, fragte Wendelin geheimnisvoll, als die Hälfte des Weges hinter ihnen lag.

Luzia nickte voller Vorfreude. Schließlich war es alles andere als selbstverständlich, als Frau in einen Männerkonvent geladen zu werden. Während der folgenden Tage würde die Benediktinerabtei Reichenau ihre Unterkunft sein. Die Fahrt entlang des Bodenseeufers verlief ohne einen Zwischenfall, und als sie wenige Stunden später die weitläufige Abtei erreichten, wurden sie vom Abt des Klosters bereits an der Pforte in Empfang genommen. Nach einer herzlichen Begrüßung wies ihnen Abt Johann Pfuser von Nordstetten geräumige Zimmer zu. Der hagere Abt, dessen graue Tonsur nur einen schmalen Haarkranz zurückließ, begleitete sie selbst zu ihren Unterkünften. Luzia hatte das Gefühl, seinen ruhigen Augen entgehe nichts.

»Die Vesper beten wir zur sechsten Stunde, bevor wir uns im Anschluss zum Nachtmahl im Refektorium treffen. Ihr seid natürlich herzlich eingeladen«, sagte der Abt freundlich, bevor er die Kammertür schloss.

Luzias Kammer war zwar einfach gehalten, dennoch ließ sie eine behagliche Gemütlichkeit nicht vermissen. Die weißgekalkten Wände des Fachwerkbaus strahlten Wärme und Ruhe aus. Den kühlen Steinboden bedeckte ein kleiner Teppich aus dunkler Wolle, und unter dem winzigen Fenster, von wo aus Luzia auf den Bodensee sehen konnte, stand ein zierlicher Schreibtisch mit geschnitzten Beinen. Schließlich befanden sich an der gegenüberliegenden Wand ein schmales Bett und eine einfache, aber geräumige Truhe. Während Luzia ihre Habe auspackte, genoss sie immer wieder den Blick über das spiegelglatte Wasser. Als grüne Insel lag die Reichenau im westlichen Teil des Bodensees zwischen Radolfzell und Konstanz. Sie sah schwerbeladene Lädinen vorüberziehen. Die bauchigen Lastensegler transportierten auf dem Seeweg, was zwischen den Städten und dem weiten Hinterland ausgetauscht und verkauft wurde. Allem voran Wein, Salz, Getreide und Sandstein aus dem eidgenössischen Rohrschach.

»Ich bin so aufgeregt!«, gestand Luzia später. »Schließlich weiß ich überhaupt nicht, was ich dem ehrwürdigen Abt zur Antwort geben soll, wenn er meine Glaubensfestigkeit prüfen möchte.«

An Pater Wendelins Seite eilte sie durch den Kreuzgang, vorbei an den großzügigen Arkaden, die das Klostergebäude zum begrünten Innenhof hin öffneten. Das Refektorium, wo jeden Moment das Nachtmahl eingenommen wurde, lag im westlichen Teil des Gebäudes.

»Sei unbesorgt! Du bist fest genug in deinem Glauben, und für den Rest empfehle ich dir, sei einfach du selbst, und du wirst das Herz des Abtes im Sturm erobern.«

Der Pater sollte recht behalten. Nach dem Essen begegnete Abt von Nordstetten seinen Gästen äußerst freundlich und offen. Er lobte Luzias Tätigkeit als Hebamme der Stadt Ravensburg als wichtig und unverzichtbar. Weiter bestand er darauf, alles über den Kräutergarten in Seefelden und die neuesten Beete in Ravensburg zu erfahren.

»Bruder Markus kann es kaum erwarten, bis er Euch morgen all seine Pflanzen zeigen darf«, sagte von Nordstetten mit einem warmen Lächeln.

Die Abtei umfasste mehrere Gebäude und schien äußerst bequem zu sein. Besonders den begrünten Innenhof schloss Luzia in ihr Herz. Viele Stunden verbrachte sie hier im Gespräch mit Abt von Nordstetten. Innerhalb der kunstvoll beschnittenen Buchshecken gediehen auf einem Teppich aus dichten Farnen mehrere Inseln der dunkelblauen Schwertlilie.

»Die Iris ist ein Symbol für das Überbringen der göttlichen Botschaft«, klärte sie der Abt auf.

Einst hatte das Kloster eine der bedeutendsten Malschulen für Buchkunst in ganz Europa beherbergt, und noch immer wurden im Skriptorium die lateinischen Texte ins Althochdeutsche übersetzt. Ehrfürchtig stand Luzia vor den Regalen und bewunderte den St. Galler Klosterplan, der vor fünfhundert Jahren im Kloster Reichenau erstellt worden war. Er umfasste die Grundrisse von rund vierzig Gebäuden sowie die Gartenanlagen und Wege und galt als Ideal für die Planung und den Bau vieler Klosteranlagen in ganz Europa.

Während sie mit Bruder Markus auf der kleinen Sitzgruppe im Garten saßen und den Tag genossen, näherte sich Abt von Nordstetten, von der Rückseite der Abteikirche kommend. Die Hände wie zum Gebet gefaltet, wirkte er ernst und still.

»Pater Wendelin, habt Ihr die Güte, mir ins Parlatorium zu folgen? Dort sind wir um diese Zeit ungestört.«

Der Abt stellte seine Bitte mit der gewohnten Liebenswürdigkeit, doch in seiner Stimme war eine gewisse Dringlichkeit zu ahnen.

Dann muss es etwas Wichtiges geben, dachte Wendelin, denn für die Brüder galt um diese Zeit wieder das absolute

Schweigegebot. Bis zur Vesper verbot die Benediktinerregel außerhalb des Parlatoriums Gespräche jeglicher Art. Wendelin nickte, schob die Ärmel seiner Soutane zurück und wischte sich den Schweiß von der Stirn. Dann folgte er dem Abt.

Basilius erhob sich ebenfalls und entschuldigte sich. Sein Lieblingsplatz in der Abtei war die Klosterapotheke. Hier verbrachte er Stunde um Stunde beim Studium der verschiedenen Ingredienzien und im fachlichen Gespräch mit dem zuständigen Mönch.

Luzia und Johannes blieben mit Bruder Markus im Klostergarten zurück. Er lag umgeben von einer dichten Hecke aus Hainbuche, ein wenig den Hang hinunter, hinter dem Gebäude. Jetzt im August waren die meisten Kräuter bereits verblüht und leicht verholzt, dafür verbreiteten die Pflanzen in der Nachmittagshitze ihren betörenden Duft. Bruder Markus, ein junger, äußerst gesprächiger Mann mit dunkler Tonsur und hellen, wissbegierigen Augen, führte sie, nicht ohne Stolz, durch die Gartenanlage. Trotz seiner Jugend waren sein Wissen auf dem Gebiet des Gartenbaus und der Heilpflanzenkunde äußerst umfangreich und sein Rat sehr begehrt. Abt von Nordstetten hatte für den jungen Mönch während der Dauer des Besuchs aus Seefelden das Schweigegebot auch außerhalb des Parlatoriums ein wenig gelockert, was ihm sehr gelegen kam.

»Der Garten ist wunderschön! Fast schon paradiesisch«, lobte Luzia das großzügige Land hinter dem Klostergebäude. »Und es ist so friedlich. Fast wie in einer anderen Welt.«

»Wir fühlen uns sehr wohl in Eurer Abtei«, bestätigte auch Johannes.

»Nun, das freut mich! Dem heiligen Benedikt bedeutete

die Gastfreundschaft sehr viel. ›Fremde, die kommen, sollt ihr aufnehmen wie Christus selbst‹, lautete eine seiner Regeln. Und wenn sich die Gäste als so genügsam und wohlwollend erweisen, wie Ihr es seid ...«, sagte Bruder Markus mit einem freundlichen Lächeln und führte sie die Wege entlang, vorbei an alten Apfelbäumen und Gemüsebeeten, in denen zwei Brüder Unkraut zupften. Rundum fand der Garten seine Begrenzung durch schützende Mauern, die die gesamte Klosteranlage umgaben. Ein Durchlass und ein schmaler Weg führten zu einem kleinen Steg ans Seeufer.

Während sich Johannes mit Bruder Markus über die Bienenzucht unterhielt, wanderte sein Blick immer wieder zu Luzia. Die Sonne des Erntemondes brachte ihr mit silbernen Nadeln aufgestecktes Haar zum Leuchten. Seit Wochen hatte sie nicht mehr so glücklich gewirkt, so unbeschwert.

»... im Winter stellen wir die Bienenkörbe dicht an die Südwand, dort haben sie es warm.«

»Wie meint Ihr?«

»Die Bienen, wir überwintern die Körbe dicht am Haus.« Bruder Markus sah ihn überrascht an.

»Ja, da haben sie es behaglich«, sagte Johannes und nickte.

Voller Anmut beugte sich Luzia zu einer besonders schönen Blüte einer violetten Akelei hinab, auf der ein Tagpfauenauge nach Nektar suchte.

Johannes' liebevoller Blick fing sich am sanften Schwung ihres Nackens, und als sich ihre Augen trafen, begannen ihre Herzen zu brennen. Er schwelgte im zarten Erröten ihrer Wangen, bis sie sich wieder aufrichtete und vor ihm den festgetretenen Weg durch den Garten zum See hinunterging. Johannes meinte in ihrem wiegenden Gang ihre Verwirrung und gleichzeitig eine herausfordernde Verlockung zu spüren. Er konnte den Blick nicht von ihrer Gestalt wenden und hatte keinen Blick für die rosaroten Stockrosen und goldenen Sonnenblumen, die den Weg zu beiden Seiten säumten. Vorbei an dunkelblauem Rittersporn und schneeweißen Astern gelangten sie schließlich in die hinterste Ecke des Blumengartens.

»Oh, wie schön! Bruder Markus, welch eine wundersame Pflanze wächst denn hier?«, rief Luzia begeistert.

»Das ist die Iris nigricans oder auch die schwarze Schwertlilie«, sagte der Mönch leise, als fürchte er, ihren Namen laut auszusprechen. Bruder Markus deutete auf mehrere nachtschwarze Blüten, die einen außergewöhnlichen Kontrast zu den hellgrünen Stängeln bildeten. »Ein befreundeter Bruder des Klosters Beuron hat sie mir von einer langen Reise mitgebracht. Eigentlich ist sie eine Wüstenbewohnerin. Deshalb habe ich die Zwiebeln auch in ein Sandbeet gepflanzt, und ich glaube, sie fühlt sich ganz wohl.«

Luzia kniete nieder und berührte die samtene schwarze Blüte behutsam. »Sie ist ungewöhnlich, aber wunderschön.«

»Ja, das ist sie, und gerade weil eine schwarze Blüte im Herzen der Menschen sehr unterschiedliche Gefühle weckt, ist sie eine meiner Lieblingspflanzen. Leider ernte ich nicht nur Begeisterung für diese seltene Schönheit. Manche halten sie gar für eine Teufelsblume.«

Johannes schüttelte unwillig den Kopf. »Wer behauptet denn so etwas?«

»Der ehrwürdige Heinrich Kramer, Prior des Dominikanerordens zu Schlettstadt, ist dieser Meinung. Er verbrachte erst vor kurzem ein paar Nächte als unser Gast in dieser Abtei, bevor er die letzten Kilometer nach Konstanz zurücklegte, wo man ihn bereits erwartete. Eigentlich sollte ich das nicht sagen, aber wir alle sind froh, dass er sich nur auf der Durchreise befand. Wo er auftaucht, fürchten ihn die Menschen. Unseren Bruder Kellermeister und Bruder Jonathan, der für unsere Mahlzeiten Sorge trägt, hat er aufs Tiefste beleidigt und mir warf er gar vor, vom wahren Glauben abgefallen zu sein!« Bruder Markus bekreuzigte sich mehrfach.

»Wer ist dieser Heinrich Kramer?«, wollte Johannes wissen.

»Ihr habt noch nie von ihm gehört?«, fragte Bruder Markus ungläubig.

Auch Luzia schüttelte den Kopf.

»Er ist als päpstlicher Inquisitor zuständig für die Untersuchung des Hexenwesens in ganz Oberdeutschland. Argwöhnisch beäugte er jede Pflanze unseres Kräutergartens, die nicht in Walahfrid Strabos Lehrgedicht vorkommt, und bedachte mich während meiner Arbeit mit finsterem Blick, als würde ich Gott weiß was daraus bereiten.«

»Das Hexenwesen!«, entfuhr es Luzia, während sich ein kalter Schauer auf ihrem Rücken ausbreitete.

»Wie kann ein Mensch, der wenigstens ein Mindestmaß an Bildung erfahren hat, einem derartigen Irrglauben verfallen«, erwiderte Johannes heftiger als beabsichtigt, ehe sich seine Lippen zu einem Strich verhärteten.

Bruder Markus nickte und rollte die langen Ärmel seiner Kutte auf. »Ich glaube auch nicht an die Existenz von Hexen, allerdings verstehe ich davon zu wenig, als dass ich mir ein Urteil bilden könnte.« Er wandte sich an Luzia. »Aber solltet Ihr ihm je begegnen, so tragt Sorge dafür, dass Ihr Euer Haar bedeckt und Euer züchtigstes Kleid wählt.«

Angesichts der warnenden Worte des Bruders erfasste Luzia eine seltsame Furcht und ein eisiger Luftzug streifte ihre Wange, ehe er ein paar trockene Blätter aufwirbelte und sich in der Weite des völlig windstillen Tages verlor. Trotz der stehenden Mittagshitze fröstelte sie, als sei es bereits Winter. Plötzlich hatte sie das Gefühl, als verdunkle sich der Himmel. Luzia fühlte sich wie von dunklem Wasser umgeben. Eiskalt drang es ihr in Mund und Nase und drohte sie zu ersticken.

»Fühlst du dich nicht wohl, du bist ganz blass«, vernahm sie Johannes' besorgte Stimme.

»Die Hitze macht mir zu schaffen, aber es geht schon wieder.«

»Lass uns dort in den Schatten der alten Linde setzen«, schlug er liebevoll vor und lenkte Luzia bereits zu der moosbewachsenen Steinbank am Fuße des Lindenstamms.

Bruder Markus hatte einen besseren Vorschlag zu machen: »Herr Medicus, begleitet die Dame lieber hinauf zu Bruder Jonathan, er bereitet um diese Zeit immer eine köstliche Erfrischung aus Zitronenmelisse und Minze. Diese Stärkung würde ihr sicher guttun, und bald treffen wir uns zum Stundengebet in der Abteikirche. Ihr seid natürlich wieder herzlich eingeladen. Dort ist es still und kühl.«

Johannes dankte dem Mönch und führte Luzia den kleinen Hang hinauf, der an der Schwelle der Klosterküche endete.

Als Luzia zum Himmel blickte, sah sie nicht eine Wolke. Er war tiefblau und strahlte wie Lapislazuli.

Das Parlatorium war ein großer, hoher, weißgekalkter Raum mit kleinen Fenstern, durch die man auf den Bodensee sehen konnte. An den Wänden hingen Bilder des heiligen Benedikt und anderer Heiliger und Märtyrer, und rechts an der Wand über der mächtigen Truhe ruhte ein fein gearbeitetes Kreuz. Der Abt bot Pater Wendelin den Platz neben dem Lehmofen und ließ sich mit einem tiefen Seufzen auf einem der anderen Stühle nieder. Mit den Fingern beider Hände strich er erst über sein müdes Gesicht, ehe er sich den grauen Haarkranz rieb.

»Ihr wirkt erschöpft.«

»Ja, die letzten Tage waren sehr anstrengend. Heinrich Kramer war für einige Tage unser Gast«, klärte ihn der Abt auf.

»Eurer Miene entnehme ich, dass es kein angenehmer Besuch war.«

»Bei Gott, da habt Ihr recht!«, sagte von Nordstetten und schob seine Hände in die weiten Ärmel. Er zögerte für einen Augenblick, bevor er weitersprach. »Ihr seid ein Mann der Kirche und ein Freund, deshalb will ich mich Euch anvertrauen. Ich möchte Eure Meinung über Heinrich Kramer hören, deshalb habe ich Euch um diese Unterredung gebeten.«

Pater Wendelin nickte. »Mit mir könnt Ihr offen sprechen!«

»Nun, ich weiß nicht, was über den Dominikaner bekannt ist«, begann der Abt zögernd.

»Man erzählt sich allerhand über ihn, doch bislang ist er mir nicht begegnet«, erwiderte Wendelin.

Der Abt hob in einer hilflosen Geste die Hände. »Als Fanatiker des wahren Glaubens ist er davon beseelt, jede noch so geringe Abweichung zu verurteilen. Kramer bezeichnet jene bereits als Ketzer, die sich dem Hexenglauben verschließen und behaupten, es gäbe ihn nicht. Glaubt mir, dieser Mann hat in den zwei Tagen seiner Anwesenheit in unserem friedlichen Kloster Angst und Schrecken verbreitet. Und jede Erzählung über ihn ist im Höchstfall nur halb so furchtbar wie der sogenannte Institoris selbst.«

»Was ist über seinen Werdegang bekannt?«, fragte der Pater.

»Seine Karriere begann schon früh im Dominikanerkonvent seiner Heimatstadt Schlettstadt, wo er auch das Grundstudium des Ordens absolvierte. Dann folgte ein Studium der Philosophie. Vor der Verbrennung des Waldenserbischofs Reiser zu Straßburg übte er sein Priesteramt als dessen Beichtvater aus. Später beteiligte er sich an der Verfolgung der Hussiten sowie an einigen Ritualmordprozessen gegen die Juden. Ehe er in Waldshut eine Hebamme als Hexe verbrannte.«

Bei diesen Worten zuckte Pater Wendelin zusammen.

»Dazwischen saß er einmal wegen Beleidigung Kaiser Friedrichs III. im Kerker. Die Haft wurde allerdings durch Führsprecher in Rom und Schlettstadt wieder aufgehoben. Im Frühjahr 1478 wurde er vom Papst selbst zum Inquisitor der ganzen oberdeutschen Region ernannt und durch den Ordensgeneral der Dominikaner in Rom zum Doktor der Theologie promoviert.« Nachdenklich legte Abt von Nordstetten die Fingerspitzen aneinander und presste die Zeigefinger an die Lippen, bis sie fast blutleer waren. Dann sagte er mit finsterer Miene: »Dieser Mann verfolgt sein Ziel mit unnachgiebiger Härte. Er ist äußerst gefährlich und, wie ich fürchte, durch nichts aufzuhalten.«

»Dieser ganze Wahnsinn, was die Zauberweiber angeht, ist doch Unsinn. Nichts als Torheit!«, gab Wendelin aufgebracht zurück.

»Eure Annahme beruht auf dem *Canon episcopi*«, erwiderte der Abt.

Wendelin nickte. Auch er kannte die kirchenrechtliche

Verfügung, die jede Art der Zauberei sowie die Geschichten der Frauen, die behaupten, nachts im Schutz der heidnischen Göttin Diana weite Strecken im Flug zurückzulegen, als bloße Einbildung bezeichnete.

»Doch ich habe nun erfahren«, fuhr von Nordstetten fort, »dass Heinrich Kramer täglich die von ihm selbst verfasste und durch Papst Innozenz bestätigte Hexenbulle *Summis desiderantes affectibus* zurückerwartet. Die päpstliche Urkunde gibt ihm das Recht, die im Verdacht der Hexerei stehenden Frauen ausfindig zu machen und sie zu bestrafen. Er bezeichnet die Verbindung mit dem Teufel als ein reales Geschehen. Schon jetzt pflastert er Kirchentüren und die Portale der Rathäuser mit den Abschriften seiner Ernennung zum päpstlichen Inquisitor!« Von Nordstetten war nicht entgangen, dass seinem Glaubensbruder die Farbe aus dem Gesicht gewichen war. »Wenn ich Euch raten darf, solltet Ihr uns bald wieder verlassen, denn auf seinem Rückweg aus Konstanz wird Kramer ganz sicher nochmals vor den Reliquien des heiligen Markus eine Zwiesprache mit Gott halten wollen. Solltet Ihr Institoris begegnen, würde ich vorschlagen, dass Jungfer Luzia ihr Haar sorgfältig bedeckt. Es ist besser, wenn man sich seiner Aufmerksamkeit entzieht, um sich nicht dem Zorn der Inquisition auszusetzen«, sagte Abt von Nordstetten abschließend und erhob sich.

18

Mit allergrößter Sorgfalt schob Klara jedes noch so kleine Härchen unter ihre Haube und strich die Schürze glatt, ehe sie es wagte, an die Tür des ehrwürdigen Herrn Inquisitor Doktor Heinrich Kramer zu klopfen.

Nichts als Stille war die Antwort auf ihr zaghaftes Pochen. Erst als Klara bereits wieder den Rückweg in die Küche antreten wollte, vernahm sie die kalte Stimme, die sie in der Nacht bis in ihre Träume verfolgte. Ein Schaudern ließ sie erzittern, es würde erst weichen, wenn sie die abgeschiedene Kammer am Ende des düsteren Flurs wieder verlassen durfte. Sie alle ängstigten sich fast zu Tode, wenn eine von ihnen die Räume des Dominikaners betreten musste.

»Herr, ein Brief wurde für Euch abgegeben«, sagte sie schüchtern und blieb auf der Schwelle stehen.

»Wer hat ihn gebracht?«, fragte Kramer grob. Er saß mit dem Rücken zu ihr an einem Tisch, auf dem eine Menge Papiere und einige Bücher lagen.

»Ein Bote, er hoffte, Euch zunächst im Kloster unten am See anzutreffen, aber die Brüder haben ihn zu uns in den Schwarzen Adler geschickt.«

»Dann leg ihn dort auf den Tisch und geh!«, stieß er hervor, ohne sich umzuwenden.

Regelmäßig zankte sich Klara mit den anderen Mägden des Gasthauses, wer diesmal in den ersten Stock hinauf musste, um dem ehrwürdigen Doktor Kramer dienlich zu sein. Seit einer kleinen Woche weilte er jetzt hier im Schwarzen Adler zu Konstanz, doch Klara kam es vor, als dauerte es schon einen ganzen Monat oder noch länger, dass er sie mehrmals täglich aus leblosen Augen anstarrte. Eigentlich wollte der Inquisitor längst im Dominikanerkloster am Ufer des Sees wohnen, aber dort stand das Wasser kniehoch in den Schlafräumen, und die Brüder suchten der Rattenplage Herr zu werden.

»Der Koch lässt fragen, ob der ehrwürdige Herr Doktor Kramer heute eine besondere Vorliebe betreffend das Mittagsmahl hat? In der Frühe haben wir einige Hühner geschlachtet, so würde er Euch heute eine Suppe oder ein Brathuhn empfehlen.«

Während der darauffolgenden Stille, die einfach kein Ende nehmen wollte, zählte Klara die Astlöcher in den schweren Brettern, die den Fußboden bildeten. Am liebsten hätte sie sich in einem dieser dunklen Löcher versteckt, bis Heinrich Institoris, wie er sich auch nannte, endlich zum Kloster übersiedeln konnte. Der Inquisitor zählte zu den bedrohlichsten Menschen, denen sie je begegnet war. In Konstanz erzählte man sich allerhand von ihm. Auch dass er die Ursel Hübner als Hexe entlarvt hatte, bevor er sie hatte auf dem Marktplatz verbrennen lassen. Sie selbst hatte die Ursel gekannt, aber als die Knechte des Henkers die junge Frau auf den Marktplatz zum Scheiterhaufen geschleppt hatten, war sie nicht wiederzuerkennen gewesen. Ihr geschundener Körper war mit tiefen Wunden übersät, und sie konnte nicht einmal mehr selbstständig gehen. Klara schauderte bei dem Gedanken an das grausige Schauspiel. Ob Ursel eine Hexe war, wusste sie nicht, aber der Doktor musste es ja wissen. Überall hingen seine Urkunden. Zwar konnte sie sie selbst nicht lesen, aber das Siegel des Papstes, das erkannte sie noch im Dunkeln. Nach dem Urteil des Inquisitors war der Henker gezwungen gewesen, die Hübnerin auf dem Marktplatz bei lebendigem Leib zu verbrennen, dass wenigstens ihre Seele nicht bis in alle Ewigkeit in der Hölle schmoren musste. Wenn sie daran dachte, wie die Ursel in ihrer Qual geschrien hatte, während die Flammen immer höher schlugen ...

Klara schluckte schwer und trocknete ihre schweißnassen Hände an der Schürze, ehe sie sich räusperte: »Bitte verzeiht, aber was darf ich dem Koch ausrichten?«, flüsterte sie so leise, dass sie ihre Worte selbst kaum verstand.

Als sich Heinrich Kramer erhob, erstarrte die Luft zu Eis. Nur zwei große Schritte waren nötig, bevor er neben ihr stand und sie aus seelenlosen Augen anstarrte, die ihr so erbarmungslos und hart erschienen, dass sie ein ängstliches Schluchzen nicht vermeiden konnte. Sein mageres Gesicht glich einem Totenschädel. Über den eingefallenen Wangen spannte seine bleiche Haut wie Pergament, und mit den schmalen, blassen Lippen wirkte der Dominikaner eher wie ein unheimlicher Geist als ein Mensch aus Fleisch und Blut. Noch bevor er zu sprechen begann, verbarg er seine Hände in den weiten Ärmeln seines makellos weißen Habits.

»Du kannst dem Koch ausrichten, dass ich Wasser nehme. Nur Wasser und ein Stückchen trockenes Brot. Jede weitere

Nahrung kommt heute der Völlerei gleich und ist nur eine Versuchung des Teufels. Er ist es, der unseren Leib träge und den Geist dumpf werden lasst, auf dass er leichtes Spiel mit uns hat«, zischte Kramer, während sein ekelerfüllter Blick ihr üppiges Dekolleté streifte.

Klara fühlte sich unter Kramers Augen wie ein Insekt, das er jeden Augenblick unter seinen Sohlen zertreten würde. Sie knickste eilig und wollte sich schon abwenden, um sich endlich der bedrückenden Umgebung des Inquisitors entziehen zu können.

Seine kalte Hand stieß aus dem Ärmel des Gewandes hervor und schloss sich wie eine eiserne Klammer um Klaras Unterarm. Er machte keine Anstalten, sie vorbeizulassen. »Meine Mahlzeit werde ich hier in der Abgeschiedenheit meiner Kammer einnehmen«, sagte er drohend und sah ihr in die Augen, bis sie ängstlich ihren Blick abwendete. »Und nun wünsche ich nicht mehr gestört zu werden, bis mich zur dritten Stunde ein Fuhrknecht zum Kloster hinunterbringen wird!« Er gab ihr Handgelenk so abrupt frei, dass Klara rückwärts taumelte. »Und jetzt geh! Halt, eines noch.« Seine Stimme war voller Verachtung. »Der Teufel fängt zwar mit einem Netz aus Frauenhaar die Seelen der Männer, aber ihre Brüste sind noch weitaus gefährlicher, sie sind geschaffen, um den Mann ins Verderben zu stürzen. Das Weib ist zutiefst verderbt und eine einzige Sünde. Merk dir das und kleide dich beim nächsten Mal züchtiger, sonst könnte man am Ende denken, du bietest deine Dienste auch in anderen Häusern an.«

Heilige Maria Muttergottes! Alles, nur das nicht!, dachte Klara und errötete bis in die Haarspitzen, ehe Kramer sie endgültig entließ.

Der glühende Schmerz, den die Lederpeitsche auf seinem mageren Fleisch hinterließ, zwang ihn auf die Knie. Noch zwei weitere Male ließ Bruder Heinrich die bereits blutgetränkten Knoten am Ende der Lederriemen auf seinen Rücken niedersausen, bevor er endlich Erleichterung verspürte. Allein der Schmerz war imstande, die sündigen Gedanken des Fleisches zum Schweigen zu bringen. Obwohl sich das unbändige Verlangen, das die Weiber in ihm auslösten, nur für kurze Zeit verbannen ließ, genoss Kramer die Leere, welche die Marter hinterlassen hatte.

Großer Gott!, dachte er keuchend. Kein Wunder, dass der Teufel weitaus öfter die Weibspersonen heimsuchte. Sie waren leichtgläubig und in ihrem Wesen schwach, in ihrer Natur aber boshaft und hinterlistig. Die Frau war ein einziger Fehler der Natur. Sie besaß eine spitze, schlüpfrige Zunge und das feuchte, rosige Fleisch ihres Schoßes trieb die Männer ins Verderben. Der Weiber unstillbares Verlangen war der Tod eines jeden Mannes. In ihrer Begehrlichkeit und Unbeherrschtheit verlangte es die Frau nach immer mehr. Eine gute Frau hatte die Begierde ihres Fleisches besiegt. Aber die meisten Weiber waren schlecht, durch und durch.

Später, als Kramer seine karge Mahlzeit zu sich nahm, entrollte er endlich den Brief, den Klara gebracht hatte.

Ehrwürdiger Doktor Heinrich Kramer,
in meiner Verzweiflung wende ich mich an Euch, dem das Amt des päpstlichen Inquisitors für ganz Oberdeutschland zuteilwurde. Ihr erinnert Euch sicher an mich, wir kennen uns bereits aus Waldshut, wo wir mit vereinten Kräften eine Hebamme der Hexerei überführen konnten.

Heute benötige ich dringend Euren weisen Rat und Eure Unterstützung in Ravensburg. Wobei es sich diesmal ganz anders verhalt, als das in Waldshut der Fall war.
Luzia Gassner, um die es geht, wurde nicht durch ihre Unwissenheit oder durch ihre Leichtgläubigkeit vom Teufel heimgesucht, sie hat das Böse selbst herbeigerufen. Sie ist kein Opfer, sondern die Täterin. Als Hebamme opfert die Gassnerin die Neugeborenen, wie man es früher mit den Opfertieren getan hat. Sie verspricht die unschuldigen und noch ungetauften Seelen dem Satan. Ihr selbst sagtet, dass die Macht des Weibes nie gewaltiger ist, wie wenn es um die Frucht des Leibes oder die Lenden der Männer geht.
Die Gassnerin besaß schon als Kind auffallend rotes Haar, und ihre ungezügelte Fragelust zeugte schon damals von den Versuchungen durch das Böse.
Mittlerweile befindet sich die halbe Stadt im Bann dieses rothaarigen Weibes. Selbst Personen von Rang wie der Bürgermeister und einige Räte zählen dazu. Nicht zu reden vom Stadtmedicus, ihm hat die Gassnerin völlig den Verstand vernebelt und ihn zur Unzucht gezwungen.
Zu guter Letzt sehe ich die Hebamme Luzia Gassner auch als die Verantwortliche für das schwere Unwetter, das im Weidemond über Ravensburg und das gesamte Schussental niedergegangen ist und alles zermalmte, auf dass der Boden selbst nach Ablauf einiger Jahre kein Leben mehr hervorbringen wird!
Wir müssen diesem Treiben Einhalt gebieten, deshalb bitte ich Euch, kommt, sobald es Euch möglich ist, nach Ravensburg.

Erst dann können die Bürger wieder ruhig schlafen und die Kinder wieder auf der Gasse spielen.

In der Hoffnung auf baldige Nachricht verbleibe ich, Magister Eusebius Grumper, Kaplan der Liebfrauenkirche und Notar.

Kramer eilte zur Tür und rief nach der Magd. Als Klara eintrat, warf er ihr einen Haufen Wäsche vor die Füße.

»Ich brauche noch heute ein sauberes Gewand, also geh und reinige es! Hast du mich verstanden?«

Klara nickte stumm und sammelte eilig die Kleidung zusammen.

»Und jetzt verschwinde endlich!«

Als er ans Fenster trat, um auf die Gasse hinunterzusehen, zeigte sich ein zuversichtliches Lächeln auf seinem Gesicht. Er lebte für die Hexenjagd, und gerade jetzt erklang das Jagdhorn erneut in seinen Ohren. Am Ende der Woche würde er nach Ravensburg reisen.

Seit sie Pater Wendelins Unpässlichkeit veranlasst hatte, der Klosterinsel früher als beabsichtigt den Rücken zu kehren, vergingen die Tage wie im Fluge. Zwischenzeitlich fühlte sich der Pater wieder wohl und konnte nach eigenen Angaben auch wieder schlafen.

Weil Seefelden über keinen eigenen Medicus verfügte, ging Johannes die Arbeit nicht aus. Geduldig lauschte er den Geschichten der Leute, setzte alles daran, ihre Leiden zu lindern und erfuhr dabei auch manch Amüsantes. Er nahm es gelassen und mit dem nötigen Humor, wenn sich herausstellte, dass der eine oder andere Dorfbewohner lediglich nach ihm gerufen hatte, um dem jungen Arzt über das letztjährige Hochwasser oder die Hochzeitsfeier eines Freundes zu berichten.

Luzia ging Elisabeth zur Hand. Gemeinsam flochten sie dicke Zwiebelzöpfe und ernteten Bohnen und den ersten Kürbis.

Basilius' Tage waren von etwas mehr Muße begleitet. Manchmal folgte er Jakob auf den See hinaus oder erkundete in langen Spaziergängen die Umgebung, ansonsten saß er vor dem Haus und studierte die *Materia Medica* des Dioscurides. Oder er beobachtete Nepomuk, wie er mit steil aufgerichtetem Schwanz und zitternden Schnurrhaaren im hohen Gras verschwand, um mit einer fetten Maus zurückzukehren.

Der Tag von Matthias' Hochzeit rückte näher, und Ida bestand darauf, dass Luzia bei den Hochzeitsvorbereitungen half.

»Ich finde es schade, Luzia nicht während der Geburt unseres ersten Kindes dabeizuhaben. Ich hätte mich in ihren Händen sicher gefühlt«, sagte Ida zwei Tage vor der Hochzeit zu Matthias, während sie gemeinsam auf der Bank vor dem Haus saßen und den Abend genossen. »Es wäre schön, wenn sie in Seefelden bliebe. In ein paar Jahren wird Elisabeth mit dem Haus und dem Garten genug zu tun haben und Luzia könnte ihre Arbeit übernehmen, und wenn sie erst die Frau des Medicus ist ...«

»Das wird nicht passieren«, fiel ihr Matthias heftiger als beabsichtigt ins Wort. Er war sich sicher, Luzia würde wieder nach Ravensburg zurückkehren. Selbst wenn es ihm schwerfiel, war er gezwungen, sich mit dem zweiten Platz in ihrem

Leben zufriedenzugeben. Schließlich hatte Luzia es ihm selbst gesagt, aber die Erkenntnis, dass sie ganz offensichtlich einen anderen gewählt hatte, schmerzte mehr, als sich Matthias je eingestehen würde. Allein die Blicke, die sie dem jungen von der Wehr zuwarf, wenn sie sich unbeobachtet fühlte, stießen ihm einen Dolch ins Herz. Obwohl Matthias für den jungen Arzt eine gewisse Sympathie empfand, fiel es ihm schwer, sich vorzustellen, dass Luzia bald seine Frau werden würde. Immer war sie seine Luzia gewesen! Zum Henker damit, dachte er bitter.

Seit den frühen Morgenstunden glühte der gemauerte Herd in Elisabeths Küche, und nebenan bei Mechthild verhielt es sich nicht anders. Matthias' Mutter bereitete die Fleisch- und Fischspeisen zu: Aal in Kräutersoße, gefüllter Hecht, Wildente mit Dörrpflaumen, Fischpastete und ein honigglasiertes Spanferkel, während Elisabeth die Suppe und einige Nachspeisen vorbereitete. Im großen Eisentopf schmorten braune Linsen mit Räucherspeck und Karotten. Während der süße Duft von Mohnpudding und Honigkuchen aus dem Feuerraum des Ofens drängte und die ganze Küche erfüllte, trug Luzia den Korb mit dem frischgebackenen Brot herbei und stapelte die braunen Laibe auf dem Tisch neben dem Bierfass. Später half sie Ida, die Teller zu zählen und die Becher aus sämtlichen Haushalten der Straße zusammenzutragen. Spät in der Nacht war dann alles bereit für den großen Tag der Hochzeit.

Luzia erwachte, als der Hahn weit vor Tagesanbruch krähte. Im Haus war es noch völlig still, alle schienen noch fest zu schlafen. Sie wollte die Gelegenheit nutzen und ein Bad in den Fluten des Bodensees nehmen. Nur mit einem bodenlangen Hemd bekleidet, rannte sie den schmalen Weg zum Ufer hinunter. Unerwunschte Zuschauer musste sie zu dieser frühen Stunde nicht fürchten. Selbst Jakob lag noch auf seiner Schilfgrasmatratze und schlief. Dafür erwachten die Vögel gerade und begannen ein großartiges Konzert anzustimmen. Die kleinen Sänger saßen in den Ästen der uralten Weiden, die den Uferweg säumten, und schenkten Luzia ihre fröhlichen Weisen. Während der junge Morgen noch frisch und klar roch, sammelten sich die Tränen der Erde als Tautropfen auf jedem Grashalm und jeder schlafenden Blüte. Sie nahm den schmalen Weg, der sie dicht neben dem murmelnden Flüsschen zum Ufer des Sees brachte. Das feuchte Moos unter ihren nackten Füßen fühlte sich kühl und lebendig an. Dicht neben dem Platz, auf dem immer das Sonnwendfeuer errichtet wurde, suchte Luzia nach einer geeigneten Stelle am flachen Ufer. Schnell zog sie das Hemd über den Kopf und setzte ihre Füße ins kühle Nass. Die sanften Wellen küssten ihre Zehen und der aufkommende Wind streichelte ihre nackte Haut. Er brachte den Geruch von Fisch und Seegras mit. Sie legte den Kopf in den Nacken und betrachtete die Venus. Die anderen Sterne waren bereits verblasst, denn im Osten überhauchte der herannahende Tag den Horizont mit Purpur und Gold. Die Zeit vor Sonnenaufgang war geprägt von geheimnisvoller Magie und sagenumwobenen Geschichten. Hier in den Fluten schlossen sich der Beginn und das Ende der Zeit zu einem endlosen Kreis, und der ewige Puls des Lebens wurde fühlbar. Während sich Luzia ganz den sanften Wogen hingab, umschmeichelte die kühle Flut ihre warme Haut und wiegte sie sanft.

Johannes saß ganz still auf einem Stein unter den herabhängenden Zweigen einer Weide. Er selbst hatte bereits gebadet, und als er den Weg zurück antreten wollte, war Luzia bereits nackt am Ufer des Sees gestanden. Sie hatte ihn nicht bemerkt, und jetzt war es zu spät, um den Rückweg anzutreten. Auf gar keinen Fall wollte er riskieren, dass sie sich zu Tode erschreckte, deshalb blieb ihm jetzt nur zu warten, bis sie ihr Bad genossen hatte und wieder fort war.

Er begehrte Luzia so sehr, dass er kaum wagte, Atem zu holen. Ihre zarte Haut schimmerte im morgendlichen Zwielicht wie elfenbeinfarbene Seide, und ihr rotes Haar fiel ihr in üppigen, weichen Wellen bis zu den Hüften. Während sie es wusch und den warmen Honigduft ihrer Haut dem Wasser schenkte, spürte Johannes ein leichtes Ziehen in seinen Lenden. Wie gerne er jetzt das Bad mit ihr teilen würde! Er stellte sich vor, wie er ihre samtene Haut streicheln und ihre weichen Lippen küssen würde. Wie eine anmutige Nixe bewegte sie sich im Rhythmus der Wellen und schien eins zu sein mit dem glasklaren Wasser.

Als sie schließlich ans Ufer zurückkehrte, hielt er für einen Augenblick den Atem an. Die ersten Sonnenstrahlen brachen sich in den tausend Wassertropfen, die Luzias Haut bedeckten. Wie kostbare Diamanten schimmerten die nassen Perlen auf ihrem schlanken Hals und erweckten die rosigen Knospen ihrer Brüste zum Leben. Bei jedem ihrer Schritte sendeten sie kleine Leuchtfeuer aus, doch ehe er vollends den Verstand verlor, schloss er abermals seine Augen, um Luzias Bild für immer in seinen Gedanken zu bewahren. Noch heute wollte er sie fragen, ob sie für immer sein werden wolle, denn sie war die Richtige, die Einzige, für immer. Als seine Augen Minuten später zu der Stelle im Wasser zurückkehrten, wo Luzia ihr Bad genommen hatte, flirrte die Luft, als hätte sie für immer ein Stück ihrer Seele zurückgelassen.

Die jungen Frauen aus dem Dorf hatten die kleine Kirche mit bunten Wiesenblumen geschmückt und eine dicke Blütengirlande über dem Portal befestigt. Nicht nur das Wetter sorgte dafür, dass die Hochzeit von Ida und Matthias unvergesslich wurde, auch Pater Wendelins Worte ließen den Tag bedeutungsvoll werden.

»Lebt als Kinder des Lichts, die Frucht des Lichts ist lauter Güte und Gerechtigkeit und Wahrheit. Und fördert euch gegenseitig, jeder mit der Gabe, die ihm Gott geschenkt hat«, sagte der Pater und legte ihnen die Hand zum Trausegen auf.

Während die Frauen vor Rührung schluchzten und ihre Tränen trockneten, genossen die Männer des Dorfs einfach die festliche Stimmung.

Nach der Trauung wurde das junge Brautpaar mit Glückwünschen und Segenssprüchen überhäuft. Einige hatten eine Handvoll Linsen mitgebracht, um sie über den Köpfen des Brautpaares zu entleeren. Die Hülsenfrüchte versprachen Gesundheit und reichen Kindersegen.

Luzia und Johannes reihten sich in die lange Schlange der Gratulanten ein. Während sie warteten, sah er immer wieder zu ihr hinüber und schenkte ihr ein vielsagendes Lächeln, das Luzias Blut in Wallung versetzte.

Als sie an der Reihe waren, küsste Johannes die Hand der Braut, was Ida ein wenig verwirrte. Dann reichte er Matthias die Hand und klopfte ihm anschließend auf die Schulter. Eine Geste, die Luzia noch nie bei ihm gesehen hatte, aber sie war froh, dass es Johannes mühelos gelungen war, Matthias' Freundschaft zu gewinnen.

Luzia umarmte beide und küsste auch Matthias auf die Wange. »Ich freue mich so für euch und wünsche euch alles Glück der Welt!«, sagte sie fröhlich.

Für einen Augenblick trübte ein flüchtiger Schatten seinen Blick, und während er stockend ein paar Worte des Danks hervorbrachte, sah Matthias ihr ein wenig zu lange in die Augen.

Im Garten vor Matthias' Elternhaus wurde den ganzen Tag ein fröhliches Fest gefeiert. Nicht eine Wolke zeigte sich am Himmel, und die Hochzeitsgäste aßen, tranken und feierten ausgelassen. Heute wollte niemand seinen trüben Gedanken nachhängen, sondern lachen und fröhlich sein. Als es Abend wurde, entzündete Jakob ein kleines Feuer und Mechthild verteilte flackernde Talglichter auf den Tischen. Wenig später begann Hans auf seiner Flöte zu spielen, der junge Metzger und der Schuster holten beide ihre Fidel hervor und fielen in das lustige Lied des Flötenspielers ein. Matthias eröffnete mit seiner Braut den Tanz. Ein Raunen ging durch die Reihen, als Ida in ihrem bodenlangen Kleid aus hellem Leinen Matthias auf die Tanzfläche folgte. Auf ihrem dunklen Haar lag ein zarter Kranz aus blühenden Myrtenzweigen und ein einfacher Schleier.

Die Zimmerer hatten aus nebeneinandergereihten Brettern einen kleinen Tanzboden gebaut, und bald hatten sich alle Tanzwilligen in einem Kreis versammelt. Während sich die jüngeren Hochzeitsgäste in einem schnellen Kreistanz drehten, klatschten die anderen im Rhythmus der fröhlichen Melodie.

Neben Johannes fühlte sich der Abend leicht und fröhlich an. Ihre Hände lagen ineinander und Luzia gab sich ganz dem Gefühl des Schwebens hin. Sie fühlte sich leicht und frei wie ein Vogel. Wäre es nach ihr gegangen, hätte der Tanz nie geendet.

Die Nacht war lau und trug den warmen Duft der Holzfeuer durch die Luft. In der Dunkelheit meinte Luzia, es sei Johannes, doch es war Matthias, der mit zwei weingefüllten Bechern herbeischlenderte.

»Ida ist eine wunderbare Frau, und ich hoffe, ihr werdet glücklich miteinander«, sagte Luzia, als er ihr einen der Becher reichte.

Er nickte und lachte sein warmes heiteres Lachen. »Ja, Ida ist eine wunderbare Frau, und ich werde ihr immer in Liebe begegnen.« Sein Blick wurde ernst. »Aber du, Luzia, bist die Frau, die mein Innerstes berührt hat. Ich werde dich mein Leben lang lieben.«

Luzia schluckte schwer. »Dann ist es besser, wenn ich jetzt gehe«, flüsterte sie mehr zu sich selbst und rannte, ohne sich umzusehen, an all den Tanzenden vorbei.

Sie nahm den Weg in Richtung Ufer. Unten am Wasser ließ sie sich verwirrt auf einen großen Stein fallen und blickte in die sternenklare Nacht.

Johannes' Räuspern und die Wärme seiner Hände auf ihren Schultern ließen sie aufschrecken.

»Es tut mir leid, ich wollte dich nicht ängstigen, aber ich sitze schon eine Weile hier am Wasser.«

Die weit hinabhängenden Zweige der Trauerweiden schützten sie wie ein silbernes Dach vor fremden Blicken.

»Ich brauchte ein wenig Luft zum Atmen.«

»Möchtest du lieber allein sein?«

Luzia schüttelte den Kopf. Im silbernen Licht des Mondes schimmerte ihre Haut feucht und warm. Ein zarter Schweißfilm bedeckte ihren Hals und sammelte sich glitzernd zwischen dem weichen Ansatz ihrer Brüste. In der schwülen Nacht des Erntemondes duftete ihr Haar nach wilden Sommerblumen und warmem Regen. Johannes suchte nach ihrer Hand und drückte sie leicht, ehe er einen Kuss darauf hauchte.

Die Nacht war wunderschön. Der leichte Wind trug die fröhlichen Klänge von Fidel und Flöte bis an das leise gurgelnde Wasser. Der Ruf einer Eule drang durch die Dunkelheit, und im Gebüsch raschelte irgendwo eine Maus.

»Sieh nur, dort im Osten geht Pegasus auf! Das auf dem Kopf stehende Flügelross kündigt bereits den Herbst an«, sagte Johannes und deutete zum östlichen Horizont. Seine warme Stimme klang rau.

Luzia spürte seinen schützenden Arm an ihrer Schulter. Sie schmiegte den Kopf an seine Seite und atmete den holzigen Duft seiner Haut. Ihr Herz klopfte in wildem Galopp gegen die Rippen, und als sie seinen weichen Mund auf ihren Lippen spürte, zersprang sie beinahe vor Glück.

Während sie in seinen Armen lag, spürte Johannes jede ihrer weichen, weiblichen Rundungen durch den dünnen Stoff ihres Kleides. Im Mondlicht wirkte sie fast wie eine Elfe. Er küsste sie wieder und schmeckte die süße Saftigkeit ihres warmen Mundes.

Als sie sich wenig später voneinander lösten, machte Johannes einen Kniefall und nahm ihre Hand.

»Luzia, ich liebe dich mehr als alles auf der Welt und ich

warte schon so lange auf dich. Es wird nie eine andere geben, deshalb frage ich dich, willst du meine Frau werden?«

Luzia spürte, wie ihr das Blut in den Ohren rauschte und wie ihr Herz in seine Arme flog.

»Ja, ich möchte deine Frau werden. Für jetzt und für immer.«

Ein leidenschaftlicher Kuss besiegelte ihr Versprechen für die Ewigkeit.

In der Ferne erkannten sie bereits das Untertor und die mächtige Wehranlage der Stadt Ravensburg.

Der Abschied am Morgen war Luzia weniger schwergefallen, als es beim letzten Mal der Fall gewesen war. Nach Matthias' überraschendem Geständnis hatte Luzia beinahe die Stunden gezählt, die sie noch von der Rückfahrt trennten. Obwohl die Erinnerung an die Beschuldigungen von Kaplan Grumper mit der Abfahrt wie ein Donnerschlag zurückgekehrt war, fühlte sie sich auf eigenartige Weise befreit, als der Reisewagen Seefelden verließ. Wenn ihr Blick auf Johannes fiel, fühlte sie ein leichtes Kribbeln, und wenn sie an seinen Heiratsantrag dachte, berührten sie die Schmetterlinge in ihrem Inneren. An seiner Seite verloren die Verdächtigungen und Anschuldigungen der Ravensburger ihren Schrecken und glichen bald nur noch einem undeutlichen Nebel.

Inzwischen hatte ihr Fuhrwerk das Vortor passiert und nun warteten sie neben der kleinen Brücke, bis der Torposten sie zur Durchfahrt heranwinken würde.

»Da vorne scheint es Schwierigkeiten zu geben«, sagte Johannes, und er klang nicht sehr erfreut.

Ein älterer Bauer mit wettergegerbtem Gesicht, der eine

ärmliche Fuhre halb verfaulter Kohlköpfe geladen hatte, und ein weiterer mit schrumpeligen kleinen Rüben warteten mit ihnen auf eine Passage, als ein weiteres Fuhrwerk auf die Brücke rollte.

»Da kommt bereits der Nächste«, brummte der Rübenbauer ungeduldig.

Ein einfacher Reisewagen mit halbrundem Dach steuerte auf das Tor zu. Gelenkt wurde er von einem sauertöpfisch dreinblickenden Knecht in einem schlichten, braunen Kittel. Er fuhr geradewegs an den anderen Wagen vorbei und kam neben dem Wachhäuschen zum Stehen.

»He, was fällt Euch ein, stellt Euch gefälligst hinten an! Wir warten schon seit einer halben Ewigkeit auf den Durchlass«, schimpfte der ältere der Bauern.

»Bauern haben nichts zu melden, also halt dein dummes Maul und mach, dass du fortkommst, oder willst du dich mit der päpstlichen Inquisition und dem ehrwürdigen Doktor Kramer anlegen?«, rief der Kutscher drohend.

Luzia, die abgestiegen war, um sich die Beine zu vertreten, erstarrte, als sie den Namen des Reisenden hörte. Ihre Furcht steigerte sich noch, als der Inquisitor aus dem Wagen stieg, um zu sehen, weshalb die Fahrt nicht weiterging. Sein weißes Ordensgewand mit dem darüberliegenden schwarzen Kapuzenmantel gehörte unverkennbar einem Dominikaner. Zuerst steuerte er auf den Wachmann zu, der sich bereits nach einer kurzen Unterhaltung eilfertig verneigte. Während er den Rückweg zu seinem Wagen antrat, fiel sein Blick auf Luzia, die ihr offenes Haar nur notdürftig mit einem dünnen Schleier bedeckt trug.

»Heilige Maria Muttergottes!« flüsterte Luzia, als sie in das unnachgiebige Gesicht des Mönchs sah. Seine Augen wirkten grausam und eiskalt, und sie bohrten sich hart und gnadenlos in Luzias Herz. Der Dominikaner erinnerte sie an einen Knochenmann aus Basilius' Schriften. Ausgezehrt und bleich, mit blutleeren Lippen hielt er geradewegs auf sie zu, und noch ehe Luzia flüchten konnte, stand er bereits vor ihr.

»Gelobt sei Jesus Christus«, erklang seine frostige Stimme, die selbst einen Diamanten mühelos durchtrennt hätte.

»In Ewigkeit Amen«, flüsterte Luzia und senkte ihren Blick.

»Ich bin Heinrich Kramer und in päpstlichem Auftrag unterwegs. Ich brenne darauf, Euren Namen zu erfahren«, sagte er.

Verängstigt wich Luzia einen Schritt zurück.

»Darf ich vorstellen, das ist meine zukünftige Gemahlin, Jungfer Luzia Gassner, und ich bin Johannes von der Wehr, der Stadtmedicus«, kam ihr Johannes zuvor, der in Windeseile vom Wagen gestiegen war.

»Was Ihr nicht sagt! Na, dann will ich Euch nicht aufhalten. Wir werden noch genügend Zeit miteinander verbringen. Ich lasse Euch den Vortritt«, entgegnete Kramer kühl und trat zur Seite.

Erst als Luzias Wagen in der Stadt verschwunden war, reichte er dem Wächter eine Abschrift seiner päpstlichen Ernennung zum Inquisitor.

»Heftet diese Urkunde gut sichtbar neben den Durchlass, und für die Gassnerin ist bis auf weiteres jede Passage verboten. Keinen Fuß setzt sie mehr vor die Stadt! Habt Ihr mich verstanden?«

19

Bereits wenige Tage nachdem Heinrich Kramer sein Quartier im Pfarrhaus in der Herrenstraße bezogen hatte, erreichte ihn das sehnsüchtig erwartete Antwortschreiben der päpstlichen Kanzlei. Es war doch richtig und hilfreich gewesen, dass er sein Gesuch, die Hexenjagd voranzutreiben und offiziell zu erlauben, in Rom persönlich vorgetragen hatte.

Die brave Grete Muntz hatte ihm die feierliche Verkündung aus Rom in seine Kammer gebracht und jetzt lag sie endlich in seinen Händen. Die Hexenbulle *Summis desiderantes affectibus.*

Mit einem zufriedenen Lächeln las Kramer, dass Innozenz in allen Punkten seinen Vorschlägen gefolgt war. Die Unzucht mit dem Teufel, die Schädigung von Mensch, Tier und Umgebung durch Zaubersprüche und gotteslästerliche Handlungen wurden als Tatsachen anerkannt und unter Strafe gestellt. Weiterhin die Hexenkünste, mit welcher die lasterhaften Weiber ehrbare, gewissenhafte Männer mit teuflischer List zur fleischlichen Lust verführten. Endlich wurde auch nicht mehr infrage gestellt, dass es bereits Fälle von Hexerei gegeben hatte, in denen die Unholdinnen den Männern das Glied und den Frauen die Gebärmutter verhext hatten.

Kramer wog das Schriftstück in den Händen und hielt es ins Licht der Kerze. Mit diesem Dokument waren endlich alle Hindernisse aus dem Weg geräumt. Ab heute konnte die Inquisition auch ohne Kläger das Verfahren gegen eine Hexe eröffnen. Fanden sich doch Kläger, so durften diese anonym bleiben. Jeder durfte Anschuldigungen erheben, auch Kinder und Schwachsinnige wurden gehört. Zur Wahrheitsfindung diente nach wie vor die hochnotpeinliche Befragung, die das wahre Gesicht der Hexe an den Tag bringen und ihr bereits nach kurzer Zeit ein reumütiges Geständnis entlocken würde. Weiter las Kramer, dass im Falle einer Verurteilung der verderbten Weiber zu einer Leibes- oder Lebensstrafe diese durch ein weltliches Gericht zu vollstrecken sei. Den Abschluss der Bulle bildete die Androhung der Exkommunikation für jeden, gleich, welcher adligen Abstammung, welchen Standes er sei, der der heiligen Inquisition im Wege stehe.

Noch am selben Tag ließ Kramer alle Abschriften der Urkunde, welche die päpstliche Kanzlei ebenfalls mitgeliefert hatte, am Portal der beiden Kirchen, an der Rathaustür und an sämtlichen Stadttoren befestigen. Die Pergamente strahlten die ganze Macht und Würde des Papstes aus. Sie waren nicht mit dem roten Fischerring gesiegelt, der den heiligen Petrus in seinem Boot zeigte, wie es bei seiner Ernennungsurkunde zum Inquisitor der Fall gewesen war. Diese Siegel bestanden aus Blei. Auf der einen Seite waren Petrus und Paulus abgebildet, auf der anderen stand der Name des amtierenden Papstes.

Bereits während der Amtsknecht im Beisein Kramers die Nägel einschlug, um die Pergamente zu befestigen, erntete der Inquisitor die volle Aufmerksamkeit der Bevölkerung. Ehrerbietig bildeten die Menschen lange Schlangen vor den Türen und Toren. Jeder wollte das Siegel wenigstens berühren oder im Gedenken an den Papst die Lippen darauf pressen. Ein Erlass des Oberhirten bedeutete Nachricht von allerhöchster Stelle. Selbst der Kaiser erhielt seine Macht erst durch die Hände des Papstes. Sein Wille galt als unumstößlich, er war Gesetz!

Während Luzia ihrem Onkel half, Extrakte aus Mönchspfeffer, Kuhschelle und falscher Einhornwurzel miteinander zu vermischen und unter stetem Rühren einer scharf riechenden Alkohollösung zuzuführen, klingelte das kleine Glöckchen über dem Eingang der Apotheke und Johannes trat ein.

»So eine Überraschung, ich dachte, du arbeitest heute bis in die Nacht hinein im Antoniterspital«, sagte Basilius lächelnd und nahm seine Augengläser ab.

»Das tat ich bis gerade eben auch«, entgegnete Johannes, ehe er Luzias Hand nahm und an seine Lippen führte.

Luzia schenkte ihm ein Lächeln, obwohl ihr nicht nach Scherzen war. Ihr Herz wog schwer, und sie weinte nächtelang. Seit sie bei ihrer Rückkehr aus Seefelden diesem Heinrich Kramer begegnet waren, redeten die Leute noch hemmungsloser über sie, als das vor ihrer Abreise der Fall gewesen war.

Basilius dachte mit leidvoller Miene, dass er ein Narr gewesen war, weil er Luzias Wunsch nachgegeben und die Rückkehr nach Ravensburg gestattet hatte.

Auch Johannes machte sich zum wiederholten Male den Vorwurf, nicht alles getan zu haben, um Luzia vor diesen Demütigungen zu schützen.

Nichts hatte sich während ihrer Abwesenheit gebessert, niemand hatte sich beruhigt, nicht eine einzige Woge hatte sich geglättet – nein, das wäre bei weitem untertrieben! Auch viele von denen, die bisher zu Luzia gehalten oder zumindest nicht gegen sie gesprochen hatten, waren jetzt ganz vorn dabei, wenn es darum ging, sich über sie das Maul zu zerreißen. Die gottesfürchtigen Ravensburger Bürger feindeten sie öffentlich an, jeder Gang glich einem Spießrutenlauf. Doch Luzia, ihr Onkel Basilius und Johannes von der Wehr waren sich einig, dass Luzia nur mit ihrem öffentlichen Auftreten den Menschen zeigen konnte, dass sie immer noch zu ihnen gehörte und sich nicht verunsichern ließ.

»Ich habe meine Arbeit vorzeitig beendet, weil ich keine vom Antoniusfeuer abgestorbenen Glieder mehr sehen kann«, fuhr Johannes fort und rollte die Ärmel seines weißen Hemdes zurück, ehe er sich an Luzia wandte.

»Darf ich dich zu einem Spaziergang einladen? Die Tage werden schon wieder kürzer und ich dachte ...«

»Das ist eine ausgezeichnete Idee«, fiel ihm der Apotheker ins Wort und rieb sich die Hände an seiner Leinenschürze trocken. »Geht! Das bisschen hier«, sagte er und deutete auf den mit allerlei Gläsern und anderen Gefäßen beladenen Tisch, »schaffe ich auch allein.«

Luzia war skeptisch, denn vor nicht einmal einer Stunde hatte er genau das Gegenteil behauptet und sie für das Mischen der Medizin um Hilfe gebeten. »Aber ich dachte ...«

»Nichts da! Keine Widerrede, schließlich bin ich kein kleiner Junge mehr«, sagte er und scheuchte die beiden mit wedelnden Handbewegungen aus seiner Apotheke.

Während Luzia an Johannes' Seite die Apotheke verließ, verkündeten die Glocken der Liebfrauenkirche die Stunde der Vesper. Ihr Blick streifte seine elegante Gestalt, und seine kühne Haltung forderte einmal mehr ihre Bewunderung. Seit Johannes sie vor einiger Zeit am See gefragt hatte, ob sie ihr Leben an seiner Seite verbringen wolle, konnte sie ihr Glück kaum fassen, dass sie schon bald seine Frau sein würde. Selbst wenn die Umstände alles andere als günstig waren, wurde Luzia stets aufs Neue von einer hellen Woge des Glücks erfasst, wenn sie daran dachte. Die Gewissheit, diesen wunderbaren Mann lieben zu dürfen, streichelte selbst in der dunkelsten Stunde wie ein heiterer Sonnenstrahl ihr Herz. Dann fegte ein einziger Hauch seines Atems jede Kümmernis und alle Last hinweg. Allein bei Johannes' Anblick wurde ihr heiß, und wenn sie an seinen gestrigen Kuss dachte, überlief sie ein wohliges Zittern. Fordernd und doch zart hatte er ihren warmen, feuchten Mund erkundet, während seine Hände einen glühenden Pfad auf ihrem Rücken über ihren Nacken bis hin zu der kleinen Vertiefung ihres Schlüsselbeins hinterlassen hatten. Als er die zarte Stelle an ihrem Hals geküsst hatte, unter der das warme Blut ganz nah vom steten Strom des Lebens erzählte, war ihr ganzes Sein von einem heißen, nie gekannten Verlangen erfüllt gewesen. Selbst beim bloßen Gedanken daran röteten sich Luzias Wangen. Nie zuvor war sie den verzehrenden Flammen seiner Leidenschaft so nahe gekommen und hatte die eigene heiße Begierde so tief in sich gespürt ...

»Hast du einen besonderen Wunsch, oder sollen wir ein wenig Landluft schnuppern?«, fragte Johannes und drückte zärtlich ihre Hand, weil gerade niemand zu sehen war.

»Ja, lass uns ein wenig durch den Wald gehen, vielleicht finden wir schon die ersten reifen Ebereschen.«

Johannes nickte und schenkte ihr ein bedeutungsvolles Lächeln.

Luzias Knie wurden weich, als sie daran dachte, dass sie eine Weile ganz allein sein würden. Selbst Nepomuk hatte es vorgezogen daheimzubleiben.

Seite an Seite folgten sie der Marktstraße zum Rathausplatz.

Der Platz wimmelte von Menschen. Es hatte den Anschein, als sei ganz Ravensburg auf den Beinen. Neben Bruder Anselm, Grete Muntz und dem dicken Ochsenwirt sahen sie noch viele andere Ravensburger. Sie alle drängten sich um die schwere Rathaustür.

»Was gibt es denn da zu sehen?«, fragte Luzia.

»Sollen wir hingehen?«, bot Johannes an, obwohl er Luzias Antwort bereits kannte. Sie mied in der letzten Zeit jede Menschenansammlung.

Wie er es erwartet hatte, schüttelte sie den Kopf. »Vielleicht auf dem Rückweg«, gab sie leise zurück. Sie erkannte Nanne, die sich ebenfalls an das Tor drängte. Als die Baderstochter sie mit Johannes vorbeigehen sah, wandte sie den Blick ab und eilte mit großen Schritten davon.

Luzia sah der Freundin traurig nach. Nanne hat sich von mir zurückgezogen, dachte sie, und sie möchte nicht mit mir gesehen werden. Das befremdende Gebaren der Freundin stach Luzia wie ein glühender Stachel ins Fleisch. Eine tiefe

Wehmut überkam sie, doch als sie Johannes' warmen Blick auf sich spürte, zwang sie sich zu einem Lächeln.

Einige Ravensburger drehten sich um und starrten ihnen nach, ehe sie zu flüstern begannen. Luzia zuckte zusammen, als sie glaubte das Wort »Hexe!« in ihrem Rücken zu hören.

In der sonst so belebten Kirchstraße trafen sie auf keine Menschenseele, erst vor den Toren der Liebfrauenkirche drängten sich die Leute wieder zusammen. Auch hier strebten sie dem Portal zu, als gäbe es etwas umsonst.

»Was gibt es denn dort? Warum drängen sich alle um die Kirchentüren?«

»Da scheint etwas über dem Eingang zu hängen. Es ist ein Anschlag.«

»Eben!«, gab Johannes zurück. »Aber von den Leuten dort an der Kirche können die wenigsten lesen. Am Rathaus war es nicht anders. Mit Ausnahme von Bruder Anselm hat auch dort niemand den Anschlag entziffern können.«

Luzia wusste, dass Johannes recht hatte.

Wenige Minuten später erreichten sie das Frauentor, und auch dort drängten sich die Menschen um einen Aushang, der ein wenig höher hing, als der Größte unter ihnen an Länge maß.

Michel Weidacher stand in den dunklen Umhang des Wachhabenden gehüllt und mit der Hellebarde in der Hand im Durchgang des Turms, der zur Stadtbefestigung gehörte.

Wenigstens müssen wir uns nicht mit so einem gemeinen Kerl wie Schwarzenberger herumschlagen, dachte Luzia erleichtert, als sie Nannes Verlobten erkannte. Michel grüßte ein wenig zurückhaltend, aber nicht unfreundlich.

»Wir wollen ein wenig der Stadtluft entfliehen«, klärte Johannes den Wachmann auf.

Der junge Weidacher schüttelte den Kopf. »Es tut mir leid! Ihr könnt gehen«, sagte er, an Johannes gewandt, »aber Euch«, er fasste Luzia ins Auge, »darf ich nicht durchlassen.«

»Dabei kann es sich doch nur um ein Missverständnis handeln«, gab Johannes freundlich, aber bestimmt zurück.

»Leider nicht! Befehl der heiligen Inquisition. Auf Geheiß des ehrwürdigen Doktor Kramer darf die Hebamme Luzia Gassner die Stadt nicht mehr verlassen.«

Luzias Lippen wurden taub, und sie taumelte rückwärts. Hätte Johannes sie nicht gehalten, wäre sie in den Unrat neben dem Tor gestürzt. Sie sah, wie die Pechfackel in dem düsteren Durchgang um ihr Leben flackerte und schließlich doch verlosch. Gleichzeitig erstarb jeder Windhauch um sie herum. Für einen Augenblick kam es Luzia so vor, als wäre ihr Körper in einem Gewirr aus engen Seilen gefangen. Sie roch modriges Wasser und spürte, wie es über ihrem Kopf zusammenschlug und sie in die Tiefe riss.

»Es tut mir wirklich leid«, bekundete Michel ehrlich. Der Medicus tat einen Schritt auf Michel zu und funkelte ihn wütend an.

»Mit welcher Begründung belegt die Inquisition meine zukünftige Frau mit einer Ausgangssperre?«, fragte er ungehalten. Sein Ton ließ jede Freundlichkeit vermissen.

Während Michel langsam die Schultern hob, versuchte er dem zornigen Blick des Medicus standzuhalten.

»Das solltet Ihr Bruder Heinrich besser selbst fragen. Ich tue hier nur meine Pflicht.«

Johannes nickte. »Ich verstehe!«, gab er eisig zurück. »Doch merkt Euch, es gibt durchaus Befehle, über deren Sinn oder Unsinn der Verstand eines Menschen entscheiden sollte! Eure Haltung sagt mir, dass Euch der Eure abhandengekommen ist!«, spie Johannes aus. Er legte Luzia seinen Arm um die Hüfte und zog sie mit sich. Wie eine leblose Puppe ließ sie alles mit sich geschehen. Sie wollte nur noch all den Menschen, die sich bereits neugierig nach ihnen umdrehten und ihre Hälse reckten, entkommen.

»Es tut mir leid, und wenn ich könnte ...«, rief Weidacher ihnen nach.

Johannes schüttelte den Kopf und maß den Wachmann mit einem geringschätzigen Blick.

»Weidacher! Irgendwann werdet Ihr Euch entscheiden müssen, auf welcher Seite Ihr steht. Momentan ist es jedenfalls die falsche!«, gab er ungerührt zurück und ließ Michel stehen.

Ein paar Schaulustige begannen zu tuscheln.

»Gibt es ein Problem?« Johannes' Erscheinung hatte jede Wärme verloren, als er in die Augen der Umstehenden blickte und wartete, bis auch der letzte seine Lider gesenkt hatte. Erst dann lenkte er Luzia zu einem kleinen Mauervorsprung, wo sie sich setzen konnte.

»Dieser Heinrich Kramer macht mir entsetzliche Angst«, flüsterte Luzia, aus deren Lippen jede Farbe gewichen war.

Johannes nickte und streichelte zärtlich über ihr Haar. »Ich werde später noch zum Bürgermeister gehen, dann werden wir ja sehen.«

Luzia glaubte nicht, dass irgendjemand in der Stadt zu ihr halten würde und Johannes' Bemühungen Erfolg versprachen. Dennoch tat es unendlich gut, ihn an ihrer Seite zu wissen.

»Es muss etwas mit diesem Anschlag zu tun haben«, flüsterte sie nach einer Weile tonlos, ehe sie sich erhob.

Vor dem Rathaus standen nur noch ein paar Ravensburger zusammen vor dem Aushang. Als sie sahen, wer sich da näherte, bekreuzigten sie sich hastig und zerstreuten sich. Mit bebenden Lippen las Luzia. »*Summis desiderantes affectibus* ...«, »In unserem sehnlichsten Wunsche ...«

»Papst Innozenz erkennt mit dieser Urkunde die Existenz der Hexen an und beauftragt Heinrich Kramer damit, die Unholdinnen ausfindig zu machen und nach eigenem Gutdünken zu bestrafen!«

Johannes von der Wehr war so erregt, dass er die Worte kaum über die Lippen brachte.

Luzia war sofort in ihr Zimmer gegangen, nachdem er sie nach Hause gebracht hatte. Basilius hatte nach ihr gesehen, sie hatte vor Angst geradezu gezittert. Er hatte ihr Baldriantinktur und Melissentee verabreicht, damit sie wenigstens etwas Ruhe fand. Jetzt saß er mit Johannes vor dem Feuer und ließ sich alles berichten.

»Rom ermächtigt Heinrich Kramer, bei der Wahrheitsfindung wie beim Festlegen des Strafmaßes nach eigenem Gutdünken zu verfahren. Und zu allem Überfluss stellt Papst Innozenz ihm auch noch Eusebius Grumper als Notar der Inquisition zur Seite.«

Basilius erschrak bis ins Mark. »Grumper? Aber das ist doch Wahnsinn! Er hasst Luzia schon, seit sie ein Kind ist.«

Erschöpft lehnte Johannes sich zurück. Allein der Gedanke, dass Luzia den rohen Blicken und schmutzigen Fragen von

Kramer und Grumper ausgeliefert sein könnte, machte ihn rasend. Und dabei brauchte er gerade jetzt einen kühlen Kopf.

Luzia war ein Geschenk des Himmels. Erst sie hatte sein Herz zum Leben erweckt und seiner Seele Atem eingehaucht. Bei allem, was ihm heilig war, er würde sie mit seinem Leben schützen.

»Was sollen wir jetzt tun?«, fragte Johannes und begann unruhig auf und ab zu gehen.

Basilius schüttelte nur sorgenvoll den Kopf.

Zur Frühmesse trafen sich die Menschen in der Liebfrauenkirche. Ein Ausscheller hatte bereits mehrfach gemahnt, die Messe nur ja nicht zu versäumen. Dazu war der Gemeindeknecht unter dem schrillen Gebimmel seiner Glocke laut rufend durch Ravensburgs Straßen gezogen und hatte verkündet, Heinrich Kramer predige und erwarte die ganze Gemeinde. Als Grund für ein Nichterscheinen lasse Institoris allenfalls den Tod gelten. Die Lebenden erwarte er pünktlich zur siebten Stunde vor dem Mittagsläuten in der Kirche.

Dicht an dicht knieten die Ravensburger in den Bänken. Weil der Platz nicht ausreichte, waren viele gezwungen, mit dem nackten Boden vorliebzunehmen. Bald knieten die Menschen auch im Mittelgang und in den seitlichen Gängen, die zum Altar führten.

Luzia, die von Basilius und Johannes begleitet wurde, betrat das düstere Kirchenschiff als eine der Letzten, ehe die Tore geschlossen wurden. In den vergangenen Tagen war Johannes, wann immer es seine Zeit zugelassen hatte, in die Marktstraße gekommen. Er war kaum von ihrer Seite gewichen, und bevor der Messner sie jetzt am Portal trennte, um

Luzia nach links und die Männer auf die andere Seite zu drängen, fühlte sie noch einmal, wie sich seine warme Hand schützend um ihre klammen Finger schloss. Ein einsamer Funke aus Hoffnung und Trost sprach ihrer bleiernen Seele Mut und Zuversicht zu. Ein kurzes Nicken, und vor ihr lag die Leere. Der gähnende Abgrund der Einsamkeit zwischen all den Menschen, die ihr so fremd geworden waren. Luzia wollte sich neben zwei alte Frauen in den Mittelgang knien, doch die machten sich so breit, dass sie nicht dazwischenpasste. Sie war gezwungen, ganz nach vorn zu gehen. Dort kniete sie neben der dritten Bank nieder, für alle sichtbar.

Ein unheimliches Knistern lag über der beklemmenden Stille. Dazwischen drängten sich etliche bellende Hustengeräusche. Einzelne schnäuzten sich in ihre Ärmel. Vielfach greinte dazwischen ein Kind, aber nicht ein einziges Flüstern war zu hören.

Als Heinrich Kramer in seinem schneeweißen Ornat die Kanzel bestieg, wirkte er wie aus einer anderen Welt. Ängstlich zogen die Menschen ihre Köpfe zwischen die Schultern. Viele wagten kaum zu atmen, weil ihnen die ganze Macht der heiligen Inquisition die Luft aus den Lungen presste. Die Kanzel wurde durch eine Vielzahl von Kerzen erleuchtet und vorne in der Apsis schwangen die Messdiener ihre Weihrauchkessel.

»Wisst ihr, was eine Hexe ist?«, donnerte Kramer über ihre Köpfe hinweg. Ein Raunen breitete sich wie eine Welle über die gesamte Länge des düsteren Kirchenschiffs aus. In ehrfurchtsvoller Erstarrung hingen die Blicke der Ravensburger an der leuchtenden Gestalt.

»Hexen graben nachts im Mondschein die Leiber eurer toten Kinder aus und kochen sie mit Frauenmilch in einem großen Kessel!«, mahnte Kramer von der Kanzel, die wie ein Schwalbennest unter der Kirchendecke schwebte. Ein Großteil der Gemeinde bekreuzigte sich ängstlich. Luzia spürte brennende Blicke in ihrem Rücken.

Sie hob die Augen und begegnete Kramers Blick. Der Inquisitor fuhr in seiner Anklage fort, und während er sprach, ließ er Luzia nicht aus den Augen. Sie wagte nicht, den Blick abzuwenden.

»Während des schwarzen Mondes malen sie mit ihrem Monatsblut geheime Zeichen auf die Türschwellen derer, die sie quälen oder mit einem Fluch belegen wollen. Manche brauen aus den gesottenen Kindern eine Salbe, der sie geheime Zauberkräuter beifügen. Alsdann reiben sie mit dieser Flugsalbe die Besenstiele und Ofengabeln ein, ehe sie sich mit den Stecken in die Lüfte erheben, um sich an einem geheimen Platz zu treffen. Dort tanzen sie mit dem Teufel, bis sie das Bewusstsein verlieren. Wenn sie sich von ihrem Meister besteigen lassen, nimmt der Teufel die Hexenweiber von hinten und treibt es mit ihnen, wie die Tiere es auf den Feldern tun!«

Grete entfuhr bei den Worten des Inquisitors ein entsetzter Schrei. Dann nickte sie heftig nach rechts und links, um zu zeigen, dass sie von diesen Dingen bereits wusste, weil ihr Kaplan Grumper über dieses Satanspack etwas ähnlich Abscheuliches erzählt hatte.

Der päpstliche Inquisitor ließ der Gemeinde keine Zeit, um diese Ungeheuerlichkeiten zu begreifen. Er sprach bereits mit donnernder Stimme weiter. »Eine Hexe ist in der Lage, allein durch eine Berührung einem Mann das Glied wegzuzaubern! Ich selbst habe viele dieser Männer gesehen. Erst mit dem Tod der Unholdin haben diese Bedauernswerten ihre Männlichkeit zurückerhalten. Dies sind die härtesten Worte, die diese Kirche je gehört hat, aber ihr alle sollt sie hören! Ihr sollt begreifen, dass eine Hexe gefährlicher ist als der schlimmste Meuchelmörder! Verwerflicher noch als ein Sodomit!«

Ein paar Männer stießen laut hörbar den Atem aus und blickten ängstlich in Luzias Richtung.

»Hexen sind fähig, mit einem einzigen Blick die Ernte verdorren, die Milch versiegen und ganze Flüsse vertrocknen zu lassen! Auch das Hagelwetter, das euch alle in die Not getrieben hat, ist das Werk einer Hexe gewesen! Sie sind das Schrecklichste, das Böseste und Gefährlichste, was diese Welt hervorgebracht hat, und es ist jetzt an uns, jede von ihnen zu entlarven!« Die letzten Worte hatte der Inquisitor förmlich gebrüllt. Speicheltröpfchen entwichen seinen Lippen, und fast hätten sie zischend eine der Kerzen gelöscht. Er hatte beide Arme über den Kopf erhoben, als hielte der die Gesetzestafel Moses in ihnen. Er machte eine kunstvolle Pause und ließ die Arme wie in großer Erschöpfung sinken. »Kaplan Grumper bat mich um Hilfe, und ich werde nicht eher ruhen, bevor die ganze Teufelsbrut ausgelöscht ist und sich Ravensburg wieder als sicherer Ort bezeichnen kann!«

Leise Zustimmung ging durch die Reihen der entsetzten Menschen. Einige Frauen legten sich die Hand über den Mund, als gelte es, einen Schrei zu unterdrücken.

»Kraft des heiligen Amtes, das mir der Papst verliehen hat, fordere ich euch auf, mir noch am heutigen Tag, gleich nach der Messe, all diejenigen zu benennen, von denen ihr wisst, dass sie sich der Hexerei schuldig machen. Weiter erwarte ich von euch, dass ihr auch jene bei mir meldet, von denen ihr nur glaubt, sie stünden unter dem Einfluss des Teufels. Kommt auch dann, wenn euer Verdacht nur von geringer Natur ist!«

In die Gemeinde kam Bewegung. Ein jeder sah seinen Nachbarn an und fühlte misstrauische Blicke auf sich ruhen. Doch Kramer hatte immer noch nicht genug gedroht. »Als Erstes nennt ihr mir die Namen derer, die heute nicht zur Messe erschienen sind. Und lasst euch sagen, dass jedem, der es wagen sollte, meinen Forderungen nicht Folge zu leisten, die Exkommunikation durch den Papst droht!«

Vom Chorgestühl aus verfolgte Kaplan Grumper Kramers eindrucksvolle Predigt. Als er sah, wie sich die Leute unter den Worten des Inquisitors mehrfach bekreuzigten und sich ängstlich duckten, nickte er zufrieden. Er wusste, jetzt befand sich Ravensburg in ihrer beider Hände. Fortan würde geschehen, was Kramer und er wollten, und nicht ein Einziger würde es wagen, sich ihrem Willen zu widersetzen.

Ein wenig milder fuhr Heinrich Kramer fort. »Als Beauftragter der heiligen Inquisition kenne ich jeden Winkelzug einer Hexe. Glaubt mir, ich weiß, wozu sie fähig ist! Ich will euch jetzt sagen, was ihr tun könnt, um euch vor ihren Flüchen und Verwünschungen zu schützen.«

Für jeden sichtbar hielt er ein Leinensäckchen hoch. »Das ist geweihtes Salz. Ein unfehlbares Mittel gegen Zauber jeder Art. Streut es auf die Türschwelle, und die Hexe kann euer Haus nicht betreten. Unsere brave Grete Muntz und der Messdiener verkaufen das geweihte Salz vom heutigen Tag an im Pfarrhaus.«

In der Folge sprach Kramer über den Häuptern der Ravensburger den Segen und entließ sie nach Hause.

»Hochwürden Kramer wird sich sicher über meine Aussage freuen«, flüsterte Schwarzenberger voller Häme, als er nach der Messe plötzlich dicht neben Luzia war und sie am Arm zurückhielt. Sein fauliger Atem streifte ihr Gesicht.

Luzia glaubte, über den abgrundtief bösen Gedanken des Torwächters zu verbrennen. Schwarzenberger feixte und stolzierte in Richtung Pfarrhaus davon.

Auch der alte Stadtmedicus Sauerwein, der Luzia vom ersten Tag an gehasst hatte, eilte zum Pfarrhaus. Luzia sah, wie er sich an die Brust griff, während er die niedrige Schwelle übertrat.

Der dicke Ochsenwirt, die Bühlerin, Agathe Steffelin und einige andere folgten ihm. Bruder Anselm, Stadtrat Egle und sein Ratskollege Ludwig Bopfler mit Ehefrauen und weitere Räte schlugen das Kreuzzeichen, als sie an Luzia vorbeikamen, und eilten ebenfalls in Richtung Pfarrhaus. Vor dem eindrucksvollen Fachwerkbau hatte sich bereits eine große Menschentraube gebildet.

Luzia ging Johannes im Antoniterspital zur Hand. Als Hebamme gab es in diesen Tagen in Ravensburg nichts für sie zu tun, denn niemand rief mehr nach ihr. Zwei Tage zuvor war ein schüchternes junges Mädchen in die Apotheke gekommen und hatte sie gebeten, ihrer Mutter in der Unterstadt beizustehen, die in den Wehen lag. Doch als Luzia in dem Haus eintraf, wies der Vater ihr unter Verwünschungen die Tür.

Als sie an diesem Tag nach Hause ging, sah sie, wie Marianne Rössler im Begriff war, das Pfarrhaus zu betreten.

»Nanne! Mein Gott, wie schön, dass ich dich endlich wieder einmal treffe«, rief Luzia und wollte wie immer die Arme um die Freundin legen.

Aber Nanne machte keine Anstalten, es ihr gleichzutun. Wie versteinert stand sie ihr gegenüber und verbreitete eine Kälte, die Luzia frösteln ließ.

Sie fühlte sich wie vor den Kopf gestoßen. Die kalte Ablehnung der Freundin schmerzte sie mehr als all die feindlich gesinnten Blicke und Äußerungen der anderen Ravensburger. »Als ich gestern auf einen Sprung bei dir vorbeischauen wollte, schickte mich deine Mutter fort, weil du nach ihrer Auskunft ausgegangen warst. Jetzt weiß ich, dass es eine Lüge war. Ihr fürchtet euch vor mir, weil auch ihr glaubt, dass ich eine Hexe bin!«, schrie Luzia, während heißer Zorn in ihr hochkochte. Am liebsten hätte sie die Freundin geschüttelt, bis sie wieder vernünftig würde, aber wie sollte das gehen, solange Nanne davon überzeugt war, dass bereits ihr Blick einen tödlichen Fluch brachte? Luzia bemühte sich, ihre Stimme wieder zu senken, weil sich bereits ein paar Neugierige eingefunden hatten, die das Schauspiel aus nächster Nähe verfolgten. »Was gibt es denn hier zu glotzen? Macht, dass ihr fortkommt!«, rief Luzia voller Zorn in die Richtung von zwei Frauen, die begierig näher kamen.

»Komm schon, bei einer Hexe weiß man nie«, entschied die Jüngere der beiden, während sie ihre Begleiterin am Ärmel mit sich zog. Hastig bekreuzigten sie sich und gingen weiter.

»Nanne, ich bin immer noch Luzia, deine Freundin! Erinnerst du dich nicht mehr, wie wir als Kinder gemeinsam

Maikäfer gefangen und sie deinem Vater unter sein Schlaffell gelegt haben? Wie alt waren wir damals, sieben oder acht? Oder als wir zwei Nächte hindurch an der dicken Blumengirlande zur Hochzeit deiner Schwester gearbeitet haben? Oder als ich nach all den Jahren in Seefelden wieder zurückgekommen bin und wir die kleine Höhle oben am Bach wiedergefunden haben, in der wir uns schon in Kindertagen versteckt hielten, wenn ich Mutters Zorn wieder einmal aus dem Weg gehen wollte?«

Nanne starrte sie aus angstgeweiteten Augen an. Aus der Freundin aus Kindertagen war eine Fremde geworden.

»Luzia, du musst das verstehen, all das war, bevor du deine Seele in Gefahr gebracht hast und dich hast vom Teufel heimsuchen lassen! Die ganze Stadt redet über dich, und warum sonst würde der Papst Hochwürden Heinrich Kramer als Vertretung für die heilige Inquisition zu uns nach Ravensburg schicken?«, fragte Nanne mit frostiger Stimme. »Hier steht es doch geschrieben«, fuhr sie fort und zeigte auf Kramers Ernennung, die neben dem Pfarrhaus an der Wand hing.

Verzweifelt schüttelte Luzia den Kopf. Übelkeit stieg in ihr auf und kroch wie eine feurige Schlange durch ihre Eingeweide. »Kannst du die Worte des Papstes denn überhaupt lesen? Oder küsst du genau wie alle anderen dieses Siegel nur, weil es von höchster Stelle kommt?«

Nanne spürte, wie unter Luzias spitzen Worten die Wut nach ihr griff. Luzia wusste doch ganz genau, dass sie weder lesen noch schreiben konnte. Im Gegensatz zu ihr wusste Nanne aber, wo ihr Platz als Frau war. Sie hatte sich noch nie dazu verleiten lassen, einem der hohen Herren zu widersprechen, wie Luzia das manchmal tat. Sicher war es auch ihrem Eigensinn und ihrem Wissensdurst zuzuschreiben, dass der Teufel es geschafft hatte, Luzia zu seiner Dienerin zu machen.

»Jeder in Ravensburg weiß, dass seine Heiligkeit der Papst mit diesem Pergament Doktor Heinrich Kramer damit beauftragt hat, Hexen, Ketzern und allen, die vom wahren Glauben abgefallen sind, den Garaus zu machen!«, erwiderte Marianne gereizt.

»Nanne, es tut mir leid, ich wollte dich nicht kränken«, versuchte Luzia ihren Anflug von Überheblichkeit abzumildern.

»Spar dir deine Worte und geh deiner Wege, ich möchte nicht mit dir gesehen werden«, sagte Nanne schnell und ließ sie stehen.

Als Luzia sah, wie Marianne ihre Lippen auf das Siegel der Papstbulle drückte, sprudelte es einfach aus ihr heraus: »Oh, Nanne, warum seid ihr alle so blind? Jeder von euch würde, ohne es zu merken, sein eigenes Todesurteil küssen!«

Luzia wollte davongehen, als ihr Marianne in den Weg trat.

»Ich bin nicht dumm! Ich glaube lediglich, was uns die hohen Herren über die Hexen berichten, und weißt du was, ich habe schon immer gewusst, dass du eine von ihnen bist!«, schrie Marianne schrill, vor Wut bebend.

Luzia tat einen großen Schritt auf die junge Rösslerin zu und funkelte sie zornig an. Dann gab sie ihr eine schallende Ohrfeige.

»Du bist noch weitaus dümmer, als ich dachte!«, spie Luzia aus und eilte davon. Sie spürte, wie sich ihre Augen mit Tränen füllten und ihr Herz von den Dornen der Bitternis durchbohrt wurde.

Die Sitzung im kleinen Ratssaal fand bereits im Morgengrauen statt. Neben Bürgermeister Ettenhofer, dem Ammann und den Räten des Blutgerichts waren auch Heinrich Kramer und Kaplan Grumper anwesend. Auf dem großen Tisch flackerten ein paar Talglichter und verbreiteten eine unheimliche Stimmung, als der Inquisitor selbst alle Anzeigen verlas, welche die Ravensburger tagelang bei ihm getätigt hatten. Dass er den Zeugen dabei viele Suggestivfragen gestellt und damit ihr Denken und Fühlen beeinflusst hatte, spielte für ihn keine Rolle.

»Ein paar Beschwerden beziehen sich auf zwei andere Weiber. Beide können wir aber getrost vernachlässigen. Für sie bleibt später immer noch Zeit. Alle anderen Aussagen belasten die Hebamme Luzia Gassner schwer«, begann Kramer seinen Vortrag. »Ihr wurde neben den bekannten Vorwürfen des Kindsmords, des Wettermachens und des Ausübens diverser Schadenszauber an Mensch und Tier auch angelastet, mehrere Fehlgeburten ausgelöst zu haben. Zu diesem Zweck hat sie offensichtlich in der Liebfrauenkirche ein wenig Farbe eines Wandgemäldes mit einem Messer abgeschabt. Wir alle kennen das schaurige Bild, es zeigt den gefallenen Engel Luzifer. Dieses Pulver habe sie den Schwangeren in einem Getränk gereicht und damit die Leibesfrucht getötet.«

Ein entsetztes Raunen ging durch die Reihe der Räte. In ihren müden Gesichtern zeigten sich Ekel und Abscheu. Bopfler und Egle nickten zustimmend und flüsterten miteinander. Bei Konrad Ettenhofer erkannte Kramer allerdings immer noch jene Zweifel, die laut Grumper nur schwer zu beseitigen waren. Nun, man würde sehen, was passierte, wenn die Räte gleich seine ganze Macht zu spüren bekamen. Mit feierlicher Miene erhob sich Kramer aus seinem Scherenstuhl und blickte in die Runde der Männer. Über dem Saal lag eine erwartungsvolle Spannung, der sich niemand entziehen konnte. Allein Kramers Anwesenheit sorgte dafür, dass die Anwesenden fröstelten. Bevor er zu sprechen begann, räusperte sich der Inquisitor laut und ausgiebig und verbarg seine Hände in den weiten Ärmeln seines weißen Habits. Bevor er seine Entscheidung verkündete, genoss Kramer einen Augenblick die ganze Aufmerksamkeit, die ihm die Räte in der völligen Stille des düsteren Saals entgegenbrachten.

»Kraft des mir verliehenen Amtes und im Namen der heiligen katholischen Kirche eröffne ich hiermit das Inquisitionsverfahren gegen die Hebamme Luzia Gassner und übernehme gleichzeitig den Vorsitz!«

Vereinzeltes Nicken bestärkte ihn in seinem Vorhaben. »Bei der Wahl des Notars entspreche ich mit Freuden dem Wunsch des Papstes und erkläre Eusebius Grumper zu meinem Beisitzer und Schreiber. Und jeder, der sich unserer heiligen Arbeit in den Weg stellt, sollte sich ernsthaft fragen, ob er nicht selbst einen Pakt mit dem Teufel geschlossen hat!«, mahnte Kramer scharf und ließ seinen Blick, einem Raubtier gleich, in die Runde der Räte schweifen, ehe er sich wieder setzte und einen Schluck Wasser trank.

Grumper nickte und lehnte sich zufrieden in seinem Stuhl zurück. Bürgermeister Ettenhofer und Ammann Jost sahen sich über den großen Tisch hinweg an. Wortlos wusste jeder, was im anderen vorging. Doch nach der öffentlichen Drohung galt es, die engsten Angehörigen zu schützen und den eigenen Kopf aus der von Kramer geknüpften Schlinge zu befreien.

Nachdem der Inquisitor festgestellt hatte, dass es keinen

Einspruch gegen seinen Beschluss gab, ließ er eine Klageschrift aufsetzen und rief den Büttel Meinrad Feuersinger herein.

Der Mann mit dem groben Gesicht wartete in demütiger Haltung neben dem großen Tisch, bis Kramer ihm alles erklärt hatte. Ein wenig mulmig war ihm bei dem Gedanken schon. Immerhin hatte ihm der Inquisitor geweihtes Salz auf sein Haupt und in die Kitteltaschen gestreut. Wenn die Hexe wirklich so gefährlich war ...

In Kramers Auftrag sollte er mit dem amtlichen Schriftstück in die Marktstraße gehen und die Hebamme Luzia Gassner mit Stricken binden und sie in den Grünen Turm bringen. Das würde er schaffen! Schließlich diente er jetzt der heiligen Inquisition, dachte er stolz und straffte seinen Rücken.

20

Sosehr sich Luzia auch bemühte, in der schwarzen Dunkelheit des Verlieses wenigstens einen winzigen Hoffnungsschimmer zu erkennen, es wollte ihr nicht gelingen. Die undurchdringliche Stille, die Einsamkeit und die eisige Kälte des Gefängnisses drohten ihre Seele aufzufressen. Ihre klammen Finger griffen immer wieder neben sich in das schmierige Stroh. Es fühlte sich feucht und kalt an und stank nach Schimmel und den menschlichen Ausscheidungen all jener, die vor ihr ein Stück ihrer Seele hiergelassen hatten. Viele hatten den Kerker nur noch tot verlassen. Berta Vögelin war eine von ihnen gewesen. Luzia spürte, wie ihr in der Schwärze des Verlieses eine Ratte über die nackten Beine lief. Sie rüttelte an den schweren Fußfesseln, aber die ließen ihr nicht viel Spielraum, um den Attacken des hungrigen Tiers auszuweichen. Allerlei Getier krabbelte über ihren schutzlosen Körper, während ihr die Angst beinahe die Sinne schwinden ließ.

Nicht der kleinste Sonnenstrahl verirrte sich hierher. Bereits an der Pforte des Kerkers wurde jede Helligkeit gelöscht, ausgeblasen wie die Flamme einer Kerze. Zurück blieb nichts als eisige Kälte und nicht enden wollende Einsamkeit. Selbst das Atmen schmerzte hier unten im Vorhof zur Hölle.

Meinrad Feuersinger hatte sie vor ein paar Tagen in der Frühe verhaftet und hierhergebracht. Seitdem wurde sie jeden Morgen vor Tagesanbruch in Fesseln in den kleinen Ratssaal geschleppt. Am ersten Tag hatte ihr Kaplan Grumper alles, was man ihr vorwarf, aufgezählt. Luzia schüttelte sich vor Ekel, wenn sie an die Selbstzufriedenheit dachte, mit der Grumper stundenlang ihre angeblichen Verfehlungen herunterbetete, wobei er seine Litanei mit ihrer Aufsässigkeit und Gottlosigkeit in der Kindheit begann. Heinrich Kramer hatte sie unentwegt mit Fragen bedrängt. Über Vinzenz, Bertas Kind aus dem Kerker. Über das Unwetter, das man ihr zur Last legte. Er hatte ihr Fragen bezüglich mehrerer Fehlgeburten gestellt, die sie mithilfe eines Trankes ausgelöst haben sollte. Und er hatte von dem Kind gesprochen, das sie nach Aussage von Berthold Schwarzenberger draußen bei der Kuppelaue geopfert haben sollte. Immer wieder hatte der Inquisitor ihr dieselben Fragen gestellt, wohl hunderte Male, so oft, bis sie ganz wirr im Kopf wurde. Abends wurde sie wieder in ihren Kerker gebracht, und am nächsten Tag begannen die Fragen von neuem.

Während des gesamten Verhörs hatte ihr Institoris Antworten in den Mund gelegt und ihr mehrfach geraten, alles zu gestehen. Die schmutzigen Phantasien seiner Worte verstörten Luzia noch immer. Manchmal hatte sie geglaubt, jeden Augenblick müsste Kramer die Zunge herausfallen, so grausam waren die Dinge gewesen, die sie hätte zugeben sollen. Peinlich berührt dachte Luzia an Kramers Fragen, was die Unzucht mit dem Teufel anging. Unter den gierigen Blicken der Räte hatte er wissen wollen, wie der Teufel sie zu nehmen pflegte und ob sich der Dämon je in ihr ergossen habe. Weiter hatte er sie gefragt, mit welcher List er Luzia dazu gebracht habe, den ehrbaren Medicus Johannes von der Wehr zur sittenlosen Fleischlichkeit zu verführen. Mit lüsternem Blick hatten Heinrich Kramer und sein Notar ihr die Antworten bis ins kleinste Detail in den Mund legen wollen. Luzia schauderte selbst jetzt noch beim Gedanken an die Schamlosigkeit der beiden Kirchenmänner. Selbst als sie darauf beharrte, noch Jungfrau zu sein, hatten ihr weder der Inquisitor noch Grumper geglaubt. Die anwesenden Ratsmitglieder hatten sich vor Lachen gegenseitig in die Rippen gestoßen. Noch immer hörte sie ihr zynisches Gelächter. Nur Bürgermeister Ettenhofer hatte verlegen den Blick abgewandt. Kaplan Grumper hatte für den Beweis ihrer Jungfräulichkeit eine körperliche Untersuchung durch den Medicus Sauerwein angeordnet. Allein der Gedanke, wie der alte Quacksalber seine Finger in ihre Weiblichkeit versenken würde, ließ Luzia eine Scham empfinden, wie sie sie noch nie erlebt hatte. Dabei tröstete sie allerdings der Gedanke, dass der alte Arzt ihre Aussage nur bestätigen konnte und sie vor den Räten entlasten würde.

Weil Luzia Gassner sich selbst nach tagelangem Verhör weigerte, wenigstens in einem einzigen Punkt der Anklage geständig zu werden, hatte das Blutgericht Kramer schließlich als Hexenprobe ein Gottesurteil abverlangt. Das war dem Inquisitor nicht recht. Kramer war bewusst, dass er dem Drängen der Räte nicht hätte nachgeben müssen. Durchaus wäre es der kirchlichen Macht möglich gewesen, ohne Aufschub mit der peinlichen Befragung zu beginnen. Dennoch wollte er nicht gleich zu Beginn seines Wirkens in der freien Reichsstadt alles auf den Kopf stellen und hatte letztlich, wenn auch äußerst unwillig, einer Wasserprobe zugestimmt.

Seinen Gedanken nachhängend, schritt Kramer in seiner Kammer im Pfarrhaus auf und ab. Kaplan Grumper hatte sich auf einen Stuhl in der Ecke verzogen und wartete darauf, dass die Wut des Inquisitors sich legte. Die Wasserprobe hatte Kramer eigentlich nicht vorgesehen. Er brauchte ein Geständnis der Gassnerin, und das konnte sie ihm nur liefern, wenn sie bei dieser völlig überflüssigen Probe nicht ersoff! Einzig die Folter lockerte die Zunge der Delinquenten und sorgte dafür, dass sie geständig wurden. Auch die Gassnerin würde gestehen, wenn man ihn nur machen ließe! Während sein Blick durch die niedrige Kammer glitt und vom deckenhohen Bücherregal zum sorgfältig geordneten Schreibtisch flog, kam er zu dem Schluss, dass die Gassnerin die Wasserprobe nicht bestehen konnte. »Sie wird vom Wasser abgestoßen werden, schließlich ist sie eine Hexe!«, murmelte er vor sich hin.

»Natürlich ist sie eine Hexe! Sonst hätte ich Euch nicht herbemüht«, beeilte sich Grumper einzuwerfen, obwohl ihn Kramer nicht gefragt hatte. »Diese Probe wird sie als Hexe entlarven, und im Anschluss können wir ohne Aufschub mit der peinlichen Befragung beginnen!«, stieß er eifrig hervor.

»Dann fehlt uns nur noch der Nachweis der Unzucht durch den ehrenwerten Sauerwein«, gab Kramer zu bedenken. »Seid Ihr sicher, dass ...«

»Das lasst allein meine Sorge sein! Die erste Ravensburger Hexe ist uns sicher!«, versicherte ihm Grumper.

Der schwere Riegel wurde zurückgeschoben. Ein Schlüssel quietschte im Schloss. Luzia schreckte in wilder Panik zusammen. Am Vortag hatte der Rat verlangt, sie der Hexenprobe zu unterziehen. Und jetzt kamen sie, um sie zu holen. »Heilige Maria Muttergottes!«, flehte sie. Luzia wusste nicht, was ihr mehr Angst bereitete: die Blicke der Neugierigen, die sich immer scharenweise einfanden, wenn sich ihnen ein Schauspiel bot, oder die Aussicht, wie eine räudige Katze zu ertrinken. Sie hatte beschlossen, darauf zu hoffen, dass die Büttel sie rechtzeitig wieder aus dem Wasser ziehen würden. Dann steht mir nur noch die Untersuchung bevor, dachte sie. Sauerwein würde zu dem Ergebnis gelangen, dass sie die Wahrheit gesagt hatte und immer noch unberührt war. Sie konnte nur hoffen, dass Gott sich ihrer Seele gnädig erwies.

Knarzend wurde die schwere Tür aufgestoßen und eine Pechfackel in dem Eisenring in der Wand befestigt. Zuerst sickerte das rußende Licht über Boden und Wände, dann übergoss es den Wachmann mit seinen schaurigen Zungen.

»Schwarzenberger! Heilige Maria Muttergottes, jeder, nur nicht Schwarzenberger!« Die Angst leckte ihr wie ein nasses Ungeheuer über den Rücken und grub sich in ihre Eingeweide.

Höhnisch grinsend schob Berthold Schwarzenberger die Tür zu und kam geradewegs auf sie zu. Er beugte sich über Luzia und schlug ihr ohne ein Wort ins Gesicht. Vom Grauen gepackt, wollte sie zurückweichen, doch die schweren Eisenfesseln und die Kette, die ihre Füße am Boden fixierten, hinderte sie daran.

»Bevor ich dich morgen zur Hexenprobe fahre, vergnügen wir uns noch ein wenig. Schließlich wäre es doch schade, wenn du diese Welt verlassen würdest, ohne jemals einen richtigen Mann in dir gespürt zu haben!«

Jetzt erst verstand Luzia. Sie wollte schreien, aber ihre Kehle war wie zugeschnürt.

Berthold griff in die Tasche seines Lederwamses und förderte ein prall gefülltes Salzsäckchen zutage. »Kaplan Grumper hat das Pech der Fackel gesegnet, und das heilige Salz kennst du ja sicher!«, spottete Schwarzenberger und streute die weißen Kristalle auf Luzias Haar. Dann packte er ihre Beine und zerrte sie aus ihrer kauernden Lage derb auf den Rücken.

Erst als sich ein lauter Schrei aus ihrer zusammengeschnürten Kehle befreite, begann sie zu treten und wild um sich zu schlagen. »Verschwinde! Lass mich in Ruhe, oder ich kratze dir die Augen aus!«, schrie Luzia außer sich und spuckte ihrem Peiniger ins Gesicht.

»Ja, wehr dich! Ich mag es, wenn die Weiber wie Wildkatzen kratzen und um sich beißen!«, feuerte der Wachmann sich an und riss ihr das Hemd entzwei. Ihr Kleid und die Schuhe hatten ihr die Büttel gleich zu Beginn genommen. Sein gieriger Blick wanderte von Luzias nackten Brüsten zu ihrem unbedeckten Schoß. »Rot und feurig, wie es sich für eine Hexe gehört!«, grunzte er, während er hastig seinen Hosenlatz öffnete und sein schnell wachsendes Glied hervorholte. Mit wildem Gelächter verhöhnte er Luzia und genoss sichtlich, wie sie in wilder Panik zurückwich, bis sie die Fußfesseln jäh stoppten und es kein Entrinnen mehr gab. Schwarzenberger schlug ihr abermals hart ins Gesicht. Sie spürte, wie ihre Lippe aufriss, und schmeckte Blut.

Ohne ein weiteres Wort stieß er sie grob auf den Rücken.

Als er sich auf sie warf und sich zwischen ihre nackten Beine drängte, glaubte Luzia zu ersticken. Sie roch seinen fauligen Atem und den ekelerregend sauren Schweiß. Mit seinem ganzen Gewicht lastete der widerliche Kerl auf ihr und drang mit einem rohen Stoß in sie ein. Glühender Schmerz zerriss ihr Innerstes und spülte sie mit Wellen der Übelkeit, die sich aus ihrem Magen emporkämpften, an den Rand eines tiefschwarzen Abgrunds. Wieder und wieder stieß Schwarzenberger mit erbarmungsloser Gewalt in ihr Innerstes und bald bestand ihr ganzes Sein nur noch aus Schmerz. Rote, alles verzehrende Qual brannte sich durch ihren Leib und fraß, was sich ihr in den Weg stellte. Sie fühlte den zähen Speichel, der aus seinem geöffneten Mund auf ihre Lippen tropfte. Sie hörte das wilde Keuchen des Wachmanns, ehe er sich in ihr aufbäumte und mit einem tiefen Seufzen neben sie rollte. Gnädige Schwärze griff nach Luzia und zog sie in die Tiefe des Vergessens.

Erst der tobende Schmerz in ihr und Sauerweins ausdruckslose Stimme – »Lieg still, sage ich!« – brachte Luzia in den Kerker zurück. Sie lag in einer Lache ihres eigenen Blutes, während die Geschehnisse der vergangenen Nacht durch einen Nebel aus Schmerz und Angst in ihr Gedächtnis drängten.

Schwarzenberger hat mich geschändet und Sauerwein weiß davon!, fuhr es ihr durch den Kopf.

Der alte Medicus stopfte scheinbar gleichgültig einen mit Eiswasser getränkten Schwamm in ihren blutenden Schoß, um ihn gleich darauf wieder herauszuziehen und abermals mit Wasser zu tränken. Wieder und wieder presste Sauerwein ohne die geringste Rührung das eisige Nass zwischen ihre

Schenkel und entfernte jede äußere Spur der brutalen Vergewaltigung.

Währenddessen stand Kaplan Grumper in seinem bodenlangen Ornat neben der geschlossenen Tür und nickte zufrieden. Sein gieriger Blick brannte sich auf ihren nackten Leib und brachte Luzia an den Rand des Wahnsinns. Luzia fühlte abgrundtiefen Hass in sich aufsteigen.

»Verehrter Sauerwein, welches Ergebnis hat nun die Untersuchung der Gassnerin ergeben? Ist sie noch unberührt, oder hat der Teufel womöglich bereits seinen Samen in das verderbte Weib gepflanzt?«

In Grumpers Augen erkannte Luzia jenes gierige Glitzern, welches sie bereits aus Kindertagen kannte. Sauerweins rotes Gesicht zeigte immer noch nicht die geringste Regung. Luzia erkannte nicht einmal die Spur von Mitleid auf seinen kühlen Zügen.

»Wenn die Gassnerin noch Jungfrau ist, sind wir beide Knaben. Der Teufel reitet sie sicher schon seit vielen Jahren!«, stieß Sauerwein hervor und erhob sich aus dem Unrat.

Als Luzia wieder allein war, weinte sie, bis sie keine Tränen mehr hatte. Zurück blieb nichts als Schmerz und Finsternis.

Allein bei dem schrillen Quietschen der schweren Kerkertür krampfte sich Luzias Leib zusammen und gab grüne, bittere Galle von sich. Als Michel in der dunklen Uniform des Wachhabenden mit einer Fackel unter der Tür stand, rollte sie sich auf die Seite und zog die Beine an. »Hier ist dein Essen und ein frisches Hemd«, bemerkte er laut und sachlich. Er schob einen alten Blechnapf und einen schmierigen Steinkrug bis vor ihre Füße. Das grobe Hemd aus Sackleinen legte er in eine trockene Ecke des Verlieses. Dann zündete er neben Luzia einen Kerzenstummel an und klebte ihn mit einigen Tropfen Wachs am Boden des Kerkers fest. »Schaut unter das Brot!«, flüsterte er eindringlich und versuchte ein aufmunterndes Lächeln, bevor er verschwand und die Tür wieder ins Schloss fiel. Was immer sich auch unter dem Brot befinden mochte, Luzia war es gleichgültig. Sie fühlte sich unendlich müde und krank. Von dieser Beschmutzung konnte sie lediglich der Tod reinigen.

Das goldene Licht der kleinen Flamme kämpfte so tapfer gegen die finstere Dunkelheit in ihrer Seele, dass irgendwann doch ein wenig Leben zurückkehrte.

Mit zitternden Händen folgte Luzia Michels Anweisungen und drehte den halben Laib herum. Zu ihrer Verwunderung fanden ihre Finger ein Loch in der harten Kruste. Vorsichtig vergrößerte sie die Öffnung und fand ein zu einer kleinen Kugel zusammengerolltes Papier. Sie strich es glatt, so gut es ging, und las.

Geliebte Luzia!
Mir bleibt nicht viel Zeit, ich habe die Wache bestochen, dass dir der junge Weidacher meine Nachricht mit der Mahlzeit überbringen konnte.
Luzia, bitte, lies meinen Rat und befolge ihn genau, nur dann kannst du die Wasserprobe bestehen!
Im Wasser musst du versuchen die Ruhe zu bewahren! Kannst du dich an das Sternbild des Pegasus erinnern? Wir konnten es gemeinsam in Seefelden bewundern. Versuche dir jeden einzelnen Stern des geflügelten Pferdes ins Gedächtnis zu rufen, wenn du unter Wasser bist.

Doch jetzt kommt das Wichtigste:
Solange sich in deinen Lungen noch Luft befindet, treibst du zur Wasseroberfläche – und Kramer wird behaupten, das heilige Wasser stoße dich ab, weil du eine Hexe bist!
Atme ein, aber wenn sich dein Kopf erst unter Wasser befindet, musst du unter allen Umständen ausatmen. Hörst du, du musst langsam ausatmen!
Lass nach und nach die ganze Luft durch deinen Mund entweichen. Nur so sinkt dein Körper auf den Grund des Wassers!
Luzia, ich bin bei dir. Mein Herz schlägt in diesen Stunden allein für dich. Hab keine Angst, alles wird gut.

In ewiger Liebe. Johannes.

Johannes! Luzia spürte die Wärme seiner Hände wieder, und in ihrer Erinnerung hörte sie den tröstenden Klang seiner tiefen Stimme. »Johannes! Wenn ich dich nur ein einziges Mal wiedersehen darf, war all das nicht umsonst!« Ihr Herz wog schwer und Tränen brannten sich durch ihren Hals in ihre müden Augen. Schnell entzündete sie das kleine Papier an der verlöschenden Flamme, niemand durfte es finden, sonst schwebte ihr Geliebter in höchster Gefahr. Nicht einmal die Asche wollte sie an diesem furchtbaren Ort wissen. Schnell verteilte sie seine liebevollen Zeilen wie einen schützenden Panzer über ihrem Herzen und rieb sie auf die Haut ihrer Beine. Niemand würde etwas bemerken.

Wieder zogen sich die Stunden in einer endlosen Reihe düsterer Minuten dahin. War es draußen hell, oder schliefen die

Ravensburger schon wieder? Jenseits jeglichen Zeitgefühls hatte die feuchte Kälte des Kerkers ihren Leib längst gefühllos werden lassen. Einzig in ihrem wunden Schoß brannte ein rasendes Feuer. In der eisigen Stille hörte Luzia, wie ihre Zähne klapperten, und irgendwann versank sie in schwarzer, traumloser Erschöpfung.

»Vorwärts, Gassnerin, sonst muss ich dir Beine machen!« Mit diesen Worten trieb sie Berthold Schwarzenberger die glitschige Treppe hinauf. Weil Luzias Hände auf den Rücken gefesselt waren, konnte sie sich nicht festhalten und stolperte zum wiederholten Male. Die scharfen Stufenkanten bohrten sich in die Haut ihrer Schienbeine, Blut rann in feinen Linien bis hinab zu den Füßen. Berthold zerrte sie nach draußen, wo die ungewohnte Helligkeit in Luzias Augen brannte, obwohl der Tag kühl und trüb war. Ihr Schinder schob sie auf einen Karren und fesselte ihre Hände an den seitlichen Streben. Noch schienen die Straßen leer zu sein, doch das änderte sich, als sie die Stadt durch das Frauentor verließen. Am Straßenrand standen die Ravensburger und gafften. Weil sie die Schmach nicht ertragen wollte, hielt Luzia während der gesamten Fahrt die Augen geschlossen. Aber dem Grölen und den zotigen Rufen der Schaulustigen konnte sie nicht entkommen.

Hinter der Kuppelaue lag ein von vielen Bäumen umgebener Weiher. Er war nicht groß, aber sehr tief. Er war vom Blutgericht für die Wasserprobe ausgesucht worden.

Der Schinderkarren hielt, und Luzia öffnete die Augen. Sie sah, wie sich die Leute um sie drängten und sich um den Weiher unter den Bäumen verteilten. Einige hatten sogar etwas zu essen mitgebracht oder prosteten sich mit Bierkrügen zu.

»Wann wissen die frommen Herren, ob die Gassnerin eine Hexe ist?«, fragte ein junges Mädchen in ihrer Nähe.

»Wenn das Wasser die Gassnerin abstößt und sie zur Wasseroberfläche treibt, ist sie eine Hexe. Wenn sie keine ist, sinkt sie wie ein Stein zum Grund, wo sie bleibt, bis die hohen Herren befinden, dass ihre Unschuld erwiesen ist.«

Das Mädchen kicherte nervös.

Die Umstehenden zitterten vor Aufregung. Schließlich gab es ein solches Spektakel nicht alle Tage zu sehen. Und das Volk hielt große Stücke auf diese Art der Wahrheitsfindung. Ein Knistern lag in der Luft, dem sich kaum einer entziehen konnte.

Schwarzenberger genoss seine Rolle. Er löste die Stricke von den seitlichen Verstrebungen, zerrte Luzia vom Schinderkarren und stieß sie vor sich her. Voller Entsetzen entdeckte sie den Steg, der in die Mitte des Weihers hinausführte, wo das Wasser endlos tief war und bleigrau schimmerte. Dort warteten Heinrich Kramer, der in seinem weißen Habit beinahe wie eine Lichtgestalt wirkte, und Kaplan Grumper in einer einfachen, dunklen Soutane. Schwarzenberger trieb sie wie ein Maultier vor sich her.

Während sie vorwärtstaumelte, sah sie in die Augen der Menschen, denen sie die Stirn gekühlt und die Hände gehalten hatte. Egles Tochter, die Frau eines wohlhabenden Kaufmanns und glückliche Mutter eines Sohnes, rümpfte ganz in ihrer Nähe die Nase.

Ohne meine Hilfe hätte auch Eure vierte Schwangerschaft in einer Fehlgeburt geendet, dachte Luzia bitter und warf ihr einen hochmütigen Blick zu. Hermine Schmölzer, die Frau des Nagelschmieds, die neben ihr stand, wäre wahrscheinlich tot, hätte sie ihr kein Mutterkorn verabreicht. Nicht zu reden von dem vielen Beifuß, der den Frauen die Schmerzen erleichtert hatte, oder den warmen Leibwickeln. Dem Bilsenkraut, mit dessen Hilfe sie vielen Kindern die Mutter gerettet hatte. Den vielen getrockneten Tränen, den durchwachten Nächten, den gehaltenen Händen und den unzähligen Gebeten.

Halb Ravensburg hatte sich eingefunden, um zu sehen, ob sie tatsächlich eine Hexe war.

Sie suchte Johannes in der Menge. Er stand am Anfang des Stegs, nur noch wenige Meter von ihr entfernt. Sein gefasster Blick suchte sie zu beruhigen, doch seine Fäuste waren so stark geballt, dass sämtliches Blut aus seinen Händen gewichen war. Neben ihm stand ihr Onkel, gebeugt, die Augen zu Boden gerichtet, ein alter Mann am Ende seiner Kraft. Als sie auf seiner Höhe war, streckte Johannes die Hand nach ihr aus. Luzia wollte nach ihr greifen, doch Schwarzenberger, dem die Szene nicht entgangen war, riss brutal an dem Strick und ließ gleichzeitig die Rute schmerzhaft auf ihren Rücken sausen. Hilflos drehte sich Luzia nach Johannes um. Dann hatten sie schon den Steg erreicht. Der Inquisitor und sein Notar waren nur noch wenige Meter entfernt.

Luzia hörte, wie hinter ihr Johannes wütend aufschrie. Er wollte sich auf Schwarzenberger stürzen, doch zwei mit Hellebarden bewaffnete Büttel bezogen mit grimmiger Miene Stellung am Fuße des Stegs.

Die Büttel richteten ihre tödlichen Waffen auf Johannes und hielten ihn in Schach. Während er wilde Flüche ausstieß und die Fäuste schüttelte, redete Basilius, in den plötzlich

Leben gekommen war, unentwegt auf ihn ein und versuchte ihn wegzuziehen. Luzia sah immer noch über die Schulter nach hinten, obwohl Schwarzenberger sie vorwärtszerrte, und suchte Johannes' Blick mit ihren Augen. Sieh mich an, dachte sie, ein letztes Mal noch, sieh mich an!

»Zieh das Hemd aus!«, befahl Schwarzenberger in diesem Augenblick.

Die Leute johlten. Einige applaudierten.

Luzia glaubte vor Scham vergehen zu müssen, als Schwarzenberger ihr das Hemd vom Leib riss. Nackt war sie den gierigen Blicken ausgeliefert, die ihre Brüste und die Scham begafften. Ein paar schlüpfrige Rufe und schrille Pfiffe flogen über die gekräuselte Wasseroberfläche.

Ihre Beine wurden mit Stricken umwunden, die ihr ins Fleisch schnitten, schließlich war ihr ganzer Leib in ein enges Geflecht aus rauen Seilen gezwängt. Sie hatte jetzt schon das Gefühl, keine Luft mehr zu bekommen. Sie stand am Rand des Stegs. Sie wusste, dass Johannes irgendwo hinter ihr war. Sie ergab sich in ihr Schicksal.

Die Messdiener schwangen ihre Weihrauchgefäße, und der heilige Rauch wehte über den Weiher.

Luzia sah in die unergründliche Tiefe des grauen Gewässers, das sich wie ein Rachen vor ihr auftat. Undeutlich nahm sie wahr, dass Schwarzenberger ein langes Seil an den Verschnürungen, die sie an jeglicher Bewegung hinderten, befestigte. Angesichts des gähnenden Abgrunds, der mit eisigen Fingern nach ihr griff, steigerte sich Luzias Angst in wilde Panik. Ihr Herz hämmerte laut gegen die Rippen und das Band um ihre Brust wurde mit jedem Atemzug enger. Heftig und stoßartig atmete sie ein und aus.

Schwarzenberger schob sie noch ein Stück weiter an den Rand des Stegs. Dort wartete sie, bis er ihr auf Kramers Zeichen hin einen Stoß versetzen würde, der sie in die Tiefe des Weihers beförderte. Dort unten wartete die Freiheit auf sie oder, wenn Schwarzenberger sie nicht rechtzeitig herauszog, der Tod.

»Wohl dem, der nicht wandelt nach dem Rat der Gottlosen ...«, intonierte Kramer einen Psalm.

Als das Wasser über ihrem Kopf zusammenschlug, empfand Luzia die Kälte wie einen Schock. Die Wucht des Sturzes beförderte sie bis zum Grund des Weihers und für einen Augenblick spürte sie den morastigen Boden unter ihren nackten Füßen. Während sie die Augen aufriss, wurde das grünliche Wasser Wirklichkeit.

Bereits nach einigen Herzschlägen nahm die Enge, die ihren Leib gefangen hielt, zu, und bald empfand Luzia sie als unerträglich. Sie versuchte sich gegen die Stricke zu wehren. In ihrem Brustkorb brannte ein loderndes Feuer und ihr langes Haar, das sich wie ein roter Schleier ausbreitete, nahm ihr zeitweise die Sicht. Panik ergriff sie, und sie spürte, dass sie langsam, aber unaufhaltsam nach oben stieg. Schließlich trennten sie nur noch wenige Handbreit von der Wasseroberfläche. Vom Atem, aber auch von dem unwiderruflichen Beweis, eine Hexe zu sein. Ihr Herz schlug wild gegen ihre Rippen und verwandelte den roten Lebensstrom in einen reißenden Fluss. Luft! Ich brauche Luft, dachte Luzia verzweifelt. Mit aller Kraft versuchte sie dem Unabwendbaren zu entgehen. Sie wollte strampeln und sich zur Wehr setzen, aber all ihre Bemühungen, erneut auf den Grund des Weihers zu sinken, wurden von den Tauen erstickt. Ihre Versuche, sich gegen das Auftauchen zu wehren, brachten sie der tödlichen Grenze nur immer näher...

»Atme langsam aus!«, hallten Johannes' Worte plötzlich in ihrem Kopf. »Nur wenn sich in deinen Lungen keine Luft mehr befindet, sinkst du zum Grund. Bewahre die Ruhe und rufe dir die Sterne ins Gedächtnis!«, vernahm sie seine Stimme.

Luzia schloss die Augen, und mit der Dunkelheit kam die Erinnerung an das Sternbild des fliehenden Flügelrosses. Eins, zwei, drei, vier ... sie zählte jeden einzelnen Stern, der ihr ein rettendes Leuchtfeuer war. Hinter ihren Lidern bildete sich das große Viereck. Vom südöstlichen Eckpunkt folgte eine weitere Reihe Sterne. Insgesamt zählte sie siebzehn Lichtpunkte. Siebzehn Rettungsanker ... eine Sommernacht in Seefelden ... Johannes, ich liebe dich!

»Sie wird ertrinken! Los, zieht sie gefälligst wieder hinauf! Oder genügt Euch Euer barbarisches Gottesurteil immer noch nicht als Beweis für Jungfer Gassners Unschuld? Sie ist nicht aufgetaucht, also gebt sie frei! Sofort!«, rief Johannes außer sich. Er stand, immer noch von den Bütteln bewacht, neben Basilius am Ufer.

»Haltet Eure Zunge im Zaum, sonst dürft Ihr eine Weile im Grünen Turm zubringen, und wer weiß, vielleicht schlägt Euch der Henker für Eure unverschämten Äußerungen noch einen Arm ab!«, brüllte ihm der Büttel ins Gesicht und versetzte Johannes einen Stoß, der ihn rückwärtstaumeln ließ.

Das stürmische Rauschen ihres Blutes war gewichen. Luzia vernahm nichts als Stille. Sie fühlte sie in jeder Pore und dann sah sie das Licht. Zart und leicht durchflutete es ihr Herz, und mit ihm kam der Friede. Sie blickte in das warme Licht, in welches sie der schöne schwarze Engel trug. So nah war sie ihm bislang noch nie gekommen. Jetzt sah sie sogar den feuchten Schimmer seiner nachtschwarzen Augen, sein tröstendes Lächeln. Azraels kühle Finger berührten ganz zart ihre Wange ...

»Zieh sie hoch!«, befahl Kramer dem Wachmann, als er den Unmut der Umstehenden nicht länger ignorieren konnte. Um ganz sicherzugehen, dass Luzia nicht doch noch von der Reinheit des Wassers abgestoßen wurde, hatte Kaplan Grumper darauf bestanden, sie sehr viel länger im Weiher zu belassen, als gewöhnlich bei einer Wasserprobe verlangt wurde.

»Aus dem Weg!« Mit diesen Worten stieß Johannes die beiden Büttel zur Seite. »Aus dem Weg! Lasst mich durch!«, schrie er und packte den größeren der beiden Männer am Lederwams.

Auf Kramers Nicken ließ der andere seine Waffe sinken und ließ den Medicus passieren. Von der Wehr rannte über den Steg.

Kaplan Grumper verstand die Welt nicht mehr. Jetzt lag die Gassnerin vor seinen Füßen. Nass und tot! Wie hatten sie sich nur so täuschen können? Rot und lüstern, mit verlockenden Brüsten und einem Arsch, wie ihn nur der Teufel schuf, war sie dennoch keine Hexe gewesen!

Johannes stürzte an ihm und dem Inquisitor vorbei auf Schwarzenberger zu und versetzte ihm einen Tritt, der den Wachmann beinahe ins Wasser befördert hätte.

»Weg da, oder ich mache dich kalt!«, brüllte der Medicus scharf. Mit fliegenden Fingern löste er das wirre Geflecht der Taue und riss Luzia in seine Arme.

Ihre Haut war weiß wie das Wachs der geweihten Kerzen, die Kramer hatte auf dem Steg aufstellen lassen. Zart und verletzlich lag sie in seinen Armen. Alles Blut war aus ihren Lippen gewichen, und ihre Lider wirkten gläsern.

»Luzia, Liebes! Großer Gott, hilf mir!«, schrie er gequält.

Er spürte eine Hand auf seiner Schulter.

»Es sollte Euch trösten, dass die Gassnerin keine Hexe war«, sagte Kramer, dessen Gesicht keine Regung zeigte.

»In der Tat solltet Ihr froh sein, dass die Gassnerin nicht mit dem Teufel verkehrt hat. Immerhin hat sie auch Euch des Öfteren empfangen!«, versicherte ihm Grumper im Gehen.

Johannes ballte seine Hand zur Faust, bis die Knöchel weiß hervortraten.

»Ihr seid die wahren Teufel! Einer wie der andere sollt Ihr in der Hölle schmoren«, sagte er sehr leise, aber deutlich.

»Das habt Ihr nicht umsonst gesagt!«, drohte Grumper.

Alles Weitere hörte Johannes nicht mehr, denn seine ganze Aufmerksamkeit gehörte Luzia. In Windeseile legte er sie flach auf den Rücken. Nachdem er ihren Mund geöffnet hatte, fanden seine Hände die Stelle wie im Schlaf. Mit übereinandergelegten Händen presste er Luzias Brustkorb zusammen. Nur so würde es ihm gelingen, das Wasser aus ihren Lungen zu pumpen und das leblose Herz wieder in Gang zu bringen. Ihr Herz, das viel zu kurz für ihn geschlagen hatte.

Die Leute glotzten noch immer vom Ufer her. Ein paar Frauen weinten laut, einige beteten oder bekreuzigten sich.

Zuerst verließen die Messdiener den Steg, ihnen folgten die

beiden Geistlichen. Als Schluss der mörderischen Prozession kam Schwarzenberger. In Begleitung der Büttel machten sie sich bereits an den Rückweg.

Endlich war der Steg frei, und auch Basilius konnte in Luzias Nähe. Sein Gesicht wirkte grau. Er fiel neben seiner Nichte auf die Knie und begann zu weinen. »Glaubst du, es besteht noch Hoffnung?«, fragte er mit tränenerstickter Stimme.

Johannes antwortete nicht. Er presste weiter und weiter, bis das Wasser endlich schwallartig aus Luzias Mund floss. Ein Aufschrei ging durch die Menge.

Heinrich Kramer bemerkte, dass in seinem Rücken etwas vor sich ging, und blieb samt seinem Notar am Ufer des Weihers stehen. Gespannt verfolgte er, was geschah.

Johannes presste Luzias Brust wieder und wieder. Dazwischen schrie er laut ihren Namen. Irgendwann hörte er Basilius' matte Stimme. »Lass sie gehen! Es hat keinen Sinn mehr.«

Doch Johannes wollte nicht aufgeben.

Plötzlich riss die dichte Wolkendecke auf, und die Sonne schien auf den Weiher und auf den Steg. Ein Murmeln und Raunen erhob sich unter den Leuten am Ufer.

»Das ist ein Zeichen von Gott!«, flüsterte jemand und bekreuzigte sich rasch. Eine alte Frau stimmte das Ave-Maria an. Augenblicke später fielen weitere ein. Nanne, die mit einem Herzen aus Blei das Geschehen aus der Ferne beobachtet hatte, fiel auf die Knie und betete um Vergebung ihrer Schuld.

Luzias lavendelfarbene Lider flatterten wie die Flügel eines kleinen Vogels, ehe sie sie öffnete und Johannes wie aus weiter Ferne ansah. Dann fiel sie wieder in die Bewusstlosigkeit.

»Luzia! Luzia, mein Gott, du lebst!«, rief Johannes und

strich ihr das nasse Haar aus der Stirn. Er riss sie an sich und bedeckte ihr Gesicht mit Küssen.

Basilius kniete neben ihnen und rieb Luzias Hände, während ihm die Tränen über das Gesicht liefen.

Die Leute drängten näher an den kleinen Steg heran. Einige begannen zu weinen. »Es ist ein Wunder!«, flüsterten sie von allen Seiten. »Die Gassnerin ist unschuldig!«, schrien einige und riefen die zurück, die sich bereits auf den Heimweg gemacht hatten. Die Menge bebte.

»Untersteht euch und bleibt, wo ihr seid!«, donnerte der Inquisitor und stellte sich der Menge in den Weg. Er hielt ein silbernes Kreuz in die Höhe und bellte: »Wahrlich ist es ein Zeichen. Aber es ist die Handschrift des Teufels! Oder was glaubt ihr, hat sie nach dieser langen Zeit ins Leben zurückgebracht? Jeder Sterbliche wäre in den Fluten des Weihers umgekommen! Nie habe ich ein eindeutigeres Zeichen gesehen. Luzia Gassner ist eine Hexe!« Eilig bekreuzigten sich die Leute und wichen ängstlich zurück.

»Betet! Betet für eure verwirrten Seelen und für eure blinden Augen!« Grumper konnte sein Glück über diese unverhoffte Wendung kaum fassen. »Büttel! Bindet die Gassnerin und bringt sie zurück in den Grünen Turm, wo wir noch heute mit der hochnotpeinlichen Befragung beginnen werden.«

»Oder der Folter, wenn euch das besser schmeckt!«, sagte Kramer.

21

Noch vor dem ersten Hahnenschrei hatten die Büttel Luzia aus ihrem Verlies gezerrt, um sie zwei Treppen hinauf in die Folterkammer zu bringen. Wie die Gefängniszellen bestand auch dieser Raum aus übergroßen grob behauenen Steinblöcken. Nur dass hier im Abstand mehrerer Meter Pechfackeln in den Ringhalterungen der rußgeschwärzten Wände qualmten. Ein winziges Fenster in Luzias Augenhöhe grinste sie höhnisch an und erzählte ihr von der Freiheit, vom alltäglichen Leben draußen, die so nah und doch so unerreichbar waren. Vor der groben Wand stand ein schmaler, langer Tisch, dahinter befanden sich mit Schaffellen ausgelegte Scherenstühle und ein übergroßer Kastenstuhl, der beinahe wie ein Thron wirkte. Von diesem Stuhl aus leitete Kramer in seinem schneeweißen Habit Luzias Befragung. Neben ihm saß Kaplan Grumper, der als Notar fungierte.

Luzia wurde in den Raum gestoßen. Man befahl ihr, sich auf einen niedrigen Schemel zu setzen. Gehetzt sah sie sich nach einem Fluchtweg um, doch die Tür schlug bereits hinter ihr zu. Grumper sah die Panik auf ihrem Gesicht, und sein

Nicken bestätigte ihr: Fürchte dich! Nie hattest du mehr Grund, dich zu fürchten! Auf dem Tisch vor den beiden Männern sorgten Talglichter für ein wenig Helligkeit in der Düsternis des kalten Raumes. Ihr züngelndes Licht erhellte das Gesicht des Inquisitors und das seines Notars von unten und ließ ihre Züge wie in Stein gemeißelt wirken. Die Gesichter der beiden anderen lagen im Halbdunkel. Luzia konnte sie nicht gleich erkennen, war dann aber erleichtert, als sie Bürgermeister Ettenhofer und den Ammann erkannte, die vom Gericht als Zeugen einbestellt waren.

Ihr banger Blick blieb an einem Flaschenzug hängen, der fast in der Mitte des beklemmenden Raumes, nur einen guten Meter von ihr entfernt, von der Decke hing. Weiter rechts, vor einem unheimlich aussehenden Holzpferd, stand ein mit langen Eisenstacheln bewehrter Stuhl, und auf einem kleinen Tisch daneben lagen furchterregend wirkende Zangen und Haken sowie gefährlich aussehende Messer mit gebogenen Klingen und eine rostige Schere. An der Wand lehnten Ruten und Stöcke in allen Längen. Die Peitsche, deren Lederriemen in grauen Bleikugeln endeten, kicherte Luzia voller Schadenfreude ins Gesicht. Von ihrem schmalen Schemel in der Mitte des Raumes konnte sie das schaurige Arsenal quälender und todbringender Instrumente einsehen. Lähmende Angst goss Luzia eisiges Wasser in die Adern und presste ihr Herz in einen Eisblock.

Auch der Inquisitor sah Luzias Angst mit großer Befriedigung. Beim Anblick der Folterwerkzeuge würde sie endlich bereit sein, all die furchtbaren Dinge zu gestehen, die er ihr bereits vor der Wasserprobe in den Mund legen wollte. Nachdem auch das Verhör am Tag zuvor im kleinen Ratssaal zu keinem Ergebnis geführt hatte, hatte er das Inquisitionsgericht heute gleich im Grünen Turm tagen lassen.

Grumper hatte jetzt keine Eile mehr. Siegesgewiss erhob er sich und kam hinter seinem Tisch hervor. Er machte die vier Schritte, die ihn von Luzia auf ihrem Schemel trennten, und beugte sich ganz dicht zu ihr herunter. Zum Teufel! Dieses Weib benebelte seine Sinne. Selbst in Anbetracht ihrer aussichtslosen Lage entströmte ihrem Leib jener schwüle Duft, für den Männer bisweilen töteten. »Wie eine rossige Stute!«, dachte Grumper gierig und schluckte. Besonders ihr Haar war durchtränkt von der hitzigen Feuchtigkeit. Er hatte längst beschlossen, die roten Flechten der Gassnerin an sich zu nehmen, wenn man ihr das Haar scheren würde. Er würde das Hexenhaar sicher verwahren, um sich jeden Abend an seinem besonderen Duft zu berauschen. Dieses Weib war das pure Gift!

Allein die Marter ließ sein Verlangen für kurze Zeit verstummen, und wenn jetzt sein Hemd über die kleinen Wunden auf seinem Rücken scheuerte, bebte er bereits vor Freude auf die heutige Nacht. Ein kaum wahrnehmbares Stöhnen bahnte sich den Weg über seine Lippen.

Obwohl Heinrich Kramer den Medicus, zur Strafe für seine lose Zunge am Tag des Hexenbads, mit strengem Fasten sowie einem dreitägigen Hausarrest belegt hatte, ritt Johannes im Schutz der abendlichen Dunkelheit zum Rathaus und verlangte den Bürgermeister zu sehen. Der Ratsknecht führte ihn in das prachtvolle Amtszimmer des Bürgermeisters.

»Gott zum Gruße, verehrter Herr Doktor von der Wehr!«

»Spart Euch die Freundlichkeit!«, gab Johannes zur Antwort und eilte ohne Gruß auf den gewaltigen Schreibtisch zu, hinter dem Ettenhofer saß. Seine Hand griff nach dem samtenen Wams des Bürgermeisters und zog den Amtmann von seinem Stuhl in die Höhe. In seinen zornigen Augen flackerte es gefährlich.

»Warum befindet sich Jungfer Gassner noch nicht auf freiem Fuß? Antwortet gefälligst!«

Als Johannes seinen Griff löste, kam Ettenhofers Stuhl ins Wanken. Um ein Haar wäre er rückwärts gefallen.

»Können wir das nicht in Ruhe besprechen?«, versuchte Ettenhofer den jungen Medicus zu beruhigen.

»In Ruhe?«, wiederholte Johannes scharf. »Für Euch wird es keine Ruhe mehr geben! Zumindest nicht, solange sich Jungfer Gassner nicht auf freiem Fuß befindet.«

Ettenhofer, der sich ans Fenster geflüchtet hatte, wich angesichts des Zorns, den der Doktor verbreitete, noch einen Schritt zurück. Bei Gott, so hatte er den Medicus noch nie gesehen. Jede Güte war aus seinen grauen Augen gewichen und sein Gesicht wirkte kalt und hart. Fast fürchtete sich der Bürgermeister vor dem sonst so besonnenen Mann.

»Ich bitte Euch, beruhigt Euch erst einmal und trinkt einen Becher Wein«, bat Ettenhofer, während seine Hände eine beschwichtigende Geste vollführten.

»Danke, mit Euch trinke ich nicht!«, spie Johannes aus. »Doch wenn Ihr einen Umtrunk wünscht, empfehle ich Euch die Schergen der heiligen Inquisition!«

Dem Bürgermeister fiel es schwer, seine Anspannung zu verbergen. Zwar hatte er auf den Besuch des Medicus gewartet, doch dass dieser bereits während des Hausarrests stattfinden würde, hätte er nicht gedacht. Der Doktor hatte wahrlich Nerven. Wenn Kramer oder sein Notar ihn auf offener Straße antrafen, musste er damit rechnen, selbst eingekerkert zu werden. Von der Wehr mochte ja glauben, die Amtsmacht des Bürgermeisters sei ungebrochen, doch die Wirklichkeit sah anders aus: Im Rathaus hatte längst die Inquisition das Ruder übernommen, und solange er nicht selbst in die Fänge der Hexenverfolgung geraten wollte, waren ihm die Hände gebunden. Herrgott, er hatte es von Anfang an gewusst, dass dieser ganze Hexendreck nichts Gutes brachte. Andererseits, immerhin reiste Hochwürden Kramer in päpstlicher Mission, und die furchtbaren Umstände, die ihn letztlich hierhergeführt hatten, durfte man einfach nicht ganz außer Acht lassen. Und nun stand von der Wehr vor ihm und stellte unannehmbare Forderungen …

»Ihr wisst genauso gut wie ich, dass Jungfer Gassner keine Hexe ist! Deshalb verlange ich von Euch, dass Ihr Luzia Gassner auf freien Fuß setzt. Sofort! Und kommt mir nicht mit fadenscheinigen Ausflüchten, schließlich untersteht das Gefängnis den Befehlen der Stadt und ist keinesfalls eine kirchliche Einrichtung!«, stieß der Medicus wütend hervor. Dabei klang seine Stimme nicht, als lasse er dem Bürgermeister eine Möglichkeit, sich aus der Affäre zu ziehen. Ettenhofer schluckte und trocknete den Schweiß, der ihm mittlerweile auf der Stirn stand, mit einem Ärmel seines Gewandes. Er hatte es ja gewusst …

»Glaubt mir, wenn es nach mir ginge …«, begann der Bürgermeister. »Aber hier haben wir es mit der Inquisition zu tun …« Er lenkte seine Schritte zu einem zierlichen Stehpult.

Sein Gesicht wirkte gehetzt. Johannes' Stiefel erzeugten einen bedrohlichen Klang, als er sich mit energischen Schritten dem Pult näherte.

»Ich bin nicht gekommen, um Eure Hilfe zu erbitten«, setzte Johannes seine scharfe Rede fort, »ich verlange jetzt und hier, dass Ihr etwas unternehmt! Wie Eure Räte es wollten, hat sich Jungfer Gassner einem Gottesurteil unterzogen, und wenn man derartigen Modellen der Wahrheitsfindung Glauben schenken mag, hat Gott sie für unschuldig befunden! Und nun sitzt sie erneut im Grünen Turm und wird gefoltert!« Diesmal packte er den Bürgermeister am Ärmel und zog ihn zu sich heran. »Wisst Ihr, was es heißt, aufgezogen und mit Peitschenschlägen gequält zu werden?«, wollte Johannes ungerührt wissen. Abrupt ließ er das Hemd des Bürgermeisters wieder los und betrachte ihn voller Abscheu. »Wohl nicht, sonst würdet Ihr nicht seelenruhig zusehen, wie diese Teufel genau das tun. Wenn es Euch gefällt, nehme ich Euch bei der nächsten Gelegenheit mit, wenn der Henker nach mir verlangt, weil er den Gefangenen bis zur Todesgrenze gemartert hat.«

Ettenhofer wich erschrocken zurück. Alles Blut war aus seinem Gesicht gewichen. Er wollte sich gar nicht vorstellen, was von der Wehr mit ihm anstellen würde, wenn er wüsste, dass er jeden Tag der Folter der Gassnerin beiwohnen musste. Er seufzte ergeben.

»Es ist mir gleichgültig, wie Ihr Eure Macht ausspielt und wie Ihr den beiden Kirchenmännern das Handwerk legt, aber Ihr werdet es tun! Ich gebe Euch Zeit bis morgen, bis dahin sollte Euch besser etwas eingefallen sein, sonst werdet ihr mich kennenlernen!«

Ehe der Bürgermeister etwas sagen konnte, war der Medicus wieder verschwunden.

Am dritten Tag der Befragung stieß der Büttel Luzia wie immer die zwei Treppen hinauf. Doch heute hielt er sie, als sie sich schon wie gewohnt auf den Schemel setzen wollte, brutal zurück und zog ihr mit einem Ruck das graue Büßerhemd so heftig über den Kopf, dass der Stoff mit einem hässlichen Laut zerriss. Entsetzt sah sie an sich herunter und dann in die Augen der Männer hinter dem Tisch. Die endlosen Fragen, die Drohungen, die Versprechungen hatten die eherne Festung, in der ihr Herz und ihre Seele Zuflucht gefunden hatten, mehr und mehr in sich zusammenfallen lassen. Dass sie nun völlig nackt vor diesen Männern stand, ließ sie beinahe aufgeben. Zitternd vor Scham und Ekel setzte sie sich auf die äußerste Kante des Schemels, der unangenehm kalt ihr Gesäß und die empfindliche Stelle zwischen den Oberschenkeln berührte.

»Also, Gassnerin, ist es wahr, dass dich der Teufel jede Nacht besucht? Dass du ihm zu Willen bist und er dir dafür die Macht zu zaubern verleiht?« Kramers Stimme donnerte durch die Folterkammer.

Müde schüttelte Luzia den Kopf. Hinter ihren Augäpfeln brannte ein loderndes Feuer, das sie wieder und wieder mit ihren eigenen Lidern löschte. Aber sie würde weder Kramer noch seinem Notar eine Träne gönnen. Nicht eine einzige!

»Antworte gefälligst! Dein Kopfschütteln kann der Herr Notar nicht aufschreiben!«

»Verzeiht, Bruder Heinrich«, erhob Grumper die Stimme. »Wir sind nun schon seit einer halben Ewigkeit zugange und befinden uns von einem erfreulichen Ausgang so weit entfernt wie ganz am Anfang. Wenn ich Euch also einen Rat geben darf?«

»Nur zu!«, ermutigte ihn Heinrich Kramer.

»Bei der Gassnerin kommt Ihr ohne Peitsche nicht weit! Noch nie ist mir ein verstockteres Weib untergekommen«, sagte Grumper, während er sich langsam erhob. Er trat ganz nah an ihr elendes Bänkchen und beugte sich zu ihr herunter. »Du erinnerst dich sicher noch, mit welch heilsamer Behandlung wir deinem Starrsinn bereits in deiner Schulzeit beigekommen sind?«

Luzia hielt ihren Blick starr geradeaus auf die gegenüberliegende Wand gerichtet. Sie hatte versucht, in Ettenhofers Augen zu lesen, der sie in den letzten Tagen manchmal durch einen heimlichen Blick aufzurichten versucht hatte, doch als sie jetzt sein verlegenes Gesicht in Anbetracht ihrer Nacktheit sah, wandte sie sich angewidert ab.

»Schau mich gefälligst an, wenn ich mit dir spreche!«, befahl Kaplan Grumper. Er griff nach ihrem Kinn und zwang ihr seinen gierigen Blick auf. Seine lodernden Augen streiften nur kurz ihr Gesicht, ehe sie an ihren rosigen Brustwarzen hängenblieben. Ihr war, als lecke Grumpers klebrige Zunge darüber. Ekel überzog Luzias Leib und krampfte ihren Magen zusammen, ehe er rebellierte und grüne Galle von sich gab.

»Antworte meinem Notar!«, zischte Institoris und nickte Grumper zu. »Ihr seid geschickt, also macht ruhig weiter! Derweil schreibt der Herr Bürgermeister.«

»Nein, es ist nicht wahr! Ich habe den Teufel nie gesehen!«, sagte Luzia und konnte nicht verhindern, dass ihre Stimme zitterte.

»Stimmt es, dass du mit seiner Hilfe auch das Hagelunwetter verursacht hast? Im klaren Bewusstsein, die Felder, Weinstöcke und Bäume auf Jahre hin zu verderben? Menschen und Tiere durch umstürzende Bäume, durch Blitze und durch den Hagel selbst, der taubeneigroß aus den Wolken gefallen ist, zu töten? Antworte!«, befahl ihr Grumper und stieß wie ein Raubvogel auf sie zu. In seinen unersättlichen Augen flackerte es gefährlich, als er begann, ihr Herz in Stücke zu reißen und ihr Blut zu trinken.

Luzia glaubte, allein durch den Blick in die Abgründe seiner unbarmherzigen Seele zu verbrennen.

»Antworte!«, befahl er wieder, während seine Speicheltropfen Luzias Gesicht trafen.

»Oder willst du eine Weile auf dem spanischen Bock reiten?«, flüsterte ihr Kramer ins Ohr, der plötzlich auf der anderen Seite des Schemels stand, und deutete auf ein scharfes, dreikantiges Holzungetüm, das auf vier hohen Beinen stand.

In ihrer Angst riecht die Gassnerin noch weitaus betörender, dachte der Kaplan. Er hasste sie für diesen Duft, der ihn bis in seine Träume verfolgte. »Erklär ihr die Wirkung des scharfen Ritts«, forderte der Inquisitor den kahlköpfigen Henker auf, der auf einem Schemel neben dem Flaschenzug saß und vorgab, seine Fingernägel mit einem Messer zu reinigen, obwohl er den Blick kaum von der nackten Frau vor ihm lassen konnte.

Jerg Ungelehrt erhob sich eilfertig. Während er seine klobige Hand über den zugespitzten Rücken des Holzpferdes gleiten ließ, erklärte er mit ausdrucksloser Miene: »Die Kante martert allein durch dein eigenes Gewicht und gräbt sich tief in deine heimlichen Stellen. Keine angenehme Folter, also rate ich dir zu gestehen!«

Luzia konnte nicht zählen, wie oft sie bereits gesagt hatte, dass sie weder den Sturm noch den Hagel herbeigerufen habe, weil sie keine Hexe sei. »Ich bin keine Hexe und habe das Unwetter nicht gemacht! Soll ich Euch etwa belügen?«

»Nein! Gelogen hast du bereits mehr als genug, oder hast du etwa nicht im Beisein der heiligen Inquisition behauptet, du seist noch unberührt?«, fragte Grumper lauernd.

»Das war ich auch!«, schleuderte ihm Luzia ins Gesicht. »Bis mir Schwarzenberger im Gefängnis Gewalt angetan hat! Er hat mich geschändet!« Allein der Gedanke an die furchtbare Nacht sorgte dafür, dass sich ihr Magen wieder schmerzhaft zusammenkrampfte.

Kramer umrundete ihren Schemel und trat an den Tisch, um in einigen Papieren zu blättern.

»Unsinn! Wäre dem so gewesen, wäre es dem ehrwürdigen Doktor Sauerwein aufgefallen. In seinem Bericht«, er hielt ein Pergament in die Höhe, »erklärt er eindeutig, dass du schon seit langer Zeit, mit wem auch immer, fleischlich verkehrst! Also bezichtige zu allem Überfluss nicht auch noch den Medicus der Lüge! Deine Lage ist bereits schlimm genug«, zischte Kramer und durchmaß die Folterkammer mit langen Schritten, ehe er sich erneut zu Luzia herabbeugte. »Hat dir der Teufel befohlen, das ungetaufte Kind der Löfflerin bei der Buche auf der Kuppelaue zu schlachten und den armen Wurm anschließend ohne Taufsegen zu verscharren?«

Luzia schüttelte den Kopf. »Die Metzgersfrau hatte eine Fehlgeburt erlitten. Das Kind war ohne Atem, ohne Herzschlag, ohne Leben! Und weil die Blutung nicht nachlassen wollte, suchte ich auf der Kuppelaue neben der Buche nach den Wurzeln des Hirtentäschels.«

»Und was hast du dort vergraben? Der Torwächter Schwarzenberger behauptet, es sei ein lebendes Neugeborenes gewesen …«

So ging es über Stunden weiter. Die triste Helligkeit war längst wieder aus dem kleinen Fenster gewichen, hinter dem der Holzmarkt lag.

»Du untersuchst jeden Zentimeter der Gassnerin nach dem Hexenmal, mit dem der Teufel sie gezeichnet hat. Wenn du es gefunden hast, zeige ich dir, wie die Nadelprobe durchgeführt wird!«, befahl Kramer dem Henker.

Jerg Ungelehrt nickte. Er befahl Luzia, aufzustehen, und drehte sie hin und her, um ihren nackten Leib abzusuchen.

Luzia zuckte unter seinen groben Händen zusammen.

»So nicht!«, fuhr Kramer den Henker an und schob ihn zur Seite. »Was glaubst du, wie der Teufel die Gassnerin vor dem Tod im Weiher bewahrt hat?«

»Von diesen Dingen weiß ich nichts«, sagte Jerg entschuldigend. Er übte den Henkerberuf bereits seit etlichen Jahren aus, aber mit einer Hexe kannte er sich nicht aus. »So sagt Ihr es mir!«

»Zuallererst rasierst du die Hexe. Jedes einzelne Haar muss von ihrem Körper geschoren werden, denn ein Teil der Hexenkraft liegt im Weiberhaar. Ihr stimmt mir sicher zu?«, fragte Kramer seinen Notar, der mit begierigen Blicken Luzias vergebliche Bemühungen verfolgte, Brüste und Scham zu bedecken.

»Ja, die Zauberkraft schwindet mit den Haaren«, bestätigte Grumper.

»Deshalb schlage ich vor, du beginnst unter den Achseln der Hexe!«, wies Kramer den Henker an.

Eusebius Grumper lehnte sich in seinem Stuhl zurück. Ein begieriges Lächeln spielte mit den Mundwinkeln des Kaplans und setzte sich im begehrlichen Glanz seiner Augen fort.

Auch Heinrich Kramer wandte nicht einen Moment seine Augen ab, während der dicke Ungelehrt Luzias Achseln mit einem stumpfen Rasiermesser zu Leibe rückte.

»Das genügt! Jetzt rasierst du der Hexe den Kopf.«

Luzia verabschiedete sich von den dichten, roten Strähnen wie von einer lebenslangen Freundin, die stets ihre Seele behütet hatte. Mit ihrem langen Haar hatte sie wenigstens noch einen Teil ihres Gesichts und die Brust verbergen können, nun kam sie sich noch nackter vor. Völlig schutzlos zitterte sie unter der plötzlichen Kälte.

Kramer schob Luzias Haar mit dem Fuß in eine Ecke. »Teufelszeug!«, zischte er und sprengte Weihwasser darüber. »Wende dich jetzt der geheimsten Stelle der Gassnerin zu!«, befahl Grumper.

Luzia entging die erregte Spitze in seiner Stimme nicht.

»Aber ich kann doch nicht ...«

»Doch, du kannst!«, schnitt Heinrich Kramer dem Henker das Wort ab. In seinen Worten lag so viel Schärfe, dass Jerg Ungelehrt nicht wagte, noch einmal zu widersprechen. Mit eiserner Hand zwang der Henker sie auf den Tisch neben die Folterwerkzeuge, um ihr im Anschluss das rote, lockige Dreieck ihrer Weiblichkeit zu nehmen. Zweimal schnitt er sie in die empfindliche Haut, und Luzia schrie auf. Während der ganzen Zeit hielt sie ihre Augen geschlossen, aber sie spürte dennoch, wie sich die Blicke der Kirchenmänner und der Zeugen tief in ihre Seele gruben.

»Nun zu den Hexenmalen«, nahm Kramer die Belehrung des Henkers wieder auf und suchte auf Luzias ebenmäßiger Haut nach einer auffälligen Stelle. Luzia wollte sich aufrichten, doch der Henker drückte sie mit seinem ganzen Gewicht zurück auf den Tisch.

»Mit dem Hexenmal besiegelt der Teufel das Abkommen mit der Hexe. Seht es als seine Unterschrift auf einem unsichtbaren Vertrag. Viele davon entpuppen sich als gewöhnliche Muttermale, andere sind für das ungeübte Auge eines Laien nicht auszumachen.« Institoris reichte dem Henker eine dicke Nadel und deutete auf die Stellen, die Ungelehrt bearbeiten sollte.

Bald spürte Luzia den scharfen Schmerz der Nadel in ihrem rechten Arm, in der Innenseite ihres Oberschenkels und ein paar Mal auf dem Bauch. Über jeder Stelle bildete sich ein kleiner Blutstropfen, die ein feines rotes Netz auf Luzias helle Haut zeichneten.

»Das hier«, rief Institoris aufgeregt und deutete auf einen kleinen dunklen Punkt, nicht größer als der kleinste Kopf eines Eisennagels, den Luzia schon immer auf ihrer rechten Brust neben der Brustwarze trug. »Das ist ein sichtbares Hexenmal. Du wirst sehen, dass die Hexe dort keinen Schmerz empfindet und keinen Tropfen Blut gibt!«

Der Henker nickte zögernd.

»Halt ein! Lass mich zuerst etwas geweihtes Salz auf die Hexe streuen, es wird uns vor ihrer Zauberkraft bewahren«, unterbrach Kramer den Henker in seinem Tun. Die weißen Kristalle schimmerten im Licht der Fackeln wie Schnee. »Das sichtbare Hexenmal überlässt du besser meinen kundigen Händen.«

Ungelehrt nickte dankbar. Ihm war nicht wohl bei der Sache.

»Hier benutze ich eine geweihte Nadel. Sie ist dicker, und das Ergebnis wird eindeutiger ausfallen«, dozierte Kramer und deutete auf das spitze Instrument in seiner Hand. Mit ernster Miene setzte der Inquisitor den Dorn auf den dunklen Fleck. Während Luzia auf den spitzen Schmerz wartete, schloss sie die Augen. Doch es geschah nichts! Sie fühlte keinen Stich, und als sie leicht den Kopf hob, sah sie, dass kein Blut austrat.

»Da seht Ihr es!«, rief Kramer triumphierend.

Die Männer sogen scharf den Atem ein. Grumper, der dicht neben Kramer und dem Henker gestanden hatte, streckte einen Zeigefinger aus und berührte Luzias Haut, um sich zu vergewissern, dass er richtig sah. Sogar Ettenhofer und der Amman verließen ihre Plätze, um das Unglaubliche aus der Nähe zu verfolgen.

Mit dem Werkzeug in Kramers Hand stimmt etwas nicht!, dachte Luzia entsetzt, als sie Institoris beobachtete, wie er wieder und wieder in den kleinen Fleck stach, während sie nicht den geringsten Schmerz fühlte. Wenn sie daran dachte, wie weh die anderen Einstiche getan hatten!

Institoris beglückwünschte sich einmal mehr zu diesem begnadeten Instrument. Einmal mehr berauschte die Freude darüber seine Sinne. Während die gefährlich wirkende Spitze unter der geringsten Berührung im Schaft nach innen glitt, sahen alle, dass sie es offenkundig mit einer Hexe zu tun hatten. Die Dummen muss man vor sich selbst bewahren, indem man ihnen zeigt, was sie sehen wollen. Anders glauben diese Tölpel nicht, dass die Welt aus Teufelsdirnen besteht, dachte Kramer zufrieden. Ohne seine Hilfe würde die Welt unaufhaltsam ihrem Ende zuschlittern. Da war es nicht mehr als recht, dass unter seinen Händen jedes Mal zu einem Hexenmal taugte.

»Wann hat dich der Teufel das erste Mal besucht und wie hat er dich dazu gebracht, den Hagel zu machen?«

»Ich kenne den Teufel nicht und habe auch nie mit ihm gesprochen!«

»Wenn du dem Teufel abschwörst und dich zur heiligen Mutter Kirche bekennst, bleibt dir jede weitere Folter erspart. Wenn dein Onkel dann noch ein paar Münzen in Meister Ungelehrts Beutel wirft, erweist der Henker dir sicher die Gnade, dich zu erdrosseln, ehe die Flammen deine Seele läutern.«

»Es gibt nichts, was ich gestehen könnte. Ich habe mich zu keiner Zeit von unserem Schöpfer abgewandt«, flüsterte Luzia. Sie fror so entsetzlich, dass ihre Zähne aufeinanderschlugen. Das Salz brannte in den vielen kleinen Wunden, welche die Nadel hinterlassen hatte.

»Nenn uns jetzt deine Gehilfen. Wer war noch dabei, als du das Wetter gemacht hast?«

»Ich habe das Wetter nicht gemacht und deshalb kann ich Euch auch niemanden nennen, der dabei gewesen wäre!«

Kramer ließ ihr nicht einmal die Zeit für ein weiteres Wort.

»Hast du schon einmal einen Raben gefüttert?«

Nanne! O Gott, Nanne!, dachte Luzia verzweifelt und nickte schwach.

»Also ja. Und zu welchem Zweck, wenn nicht, um dem Höllenfürsten zu gefallen?«

»Sind die Raben nicht auch Geschöpfe Gottes?«

»Ich glaube nicht, dass du beurteilen kannst, was ein Gottesgeschöpf ist, und wenn du genau das in diesen Höllenvögeln siehst, ist deine Seele noch schwärzer, als ich bislang angenommen habe«, sagte Kramer drohend und wandte sich ab.

»Zieh die Hexe auf!«, befahl er dem Henker schroff.

Der ließ Luzia los und zerrte sie von dem Tisch. Während er ihre Arme auf dem Rücken mit einem Seil band und den Haken des Seilzugs daran befestigte, wusste Luzia noch nicht, was auf sie zukommen würde. Erst als ihre Füße mehr und mehr den Bodenkontakt verloren und Ungelehrt Luzia höher zog, fühlte sie den lodernden Schmerz in ihren Schultergelenken. Es fühlte sich an, als würden ihre Gelenke herausgebrochen. Der grausame Schmerz grinste ihr ins Gesicht und erfasste mit eisernen Spitzen ihren ganzen Leib. Die unvorstellbare Qual löschte alles Vorangegangene aus. Der Henker ließ sie einen halben Meter über dem Boden hängen und setzte sich auf seinen Hocker.

»Willst du uns jetzt vielleicht erzählen, wie du den Hagelsturm heraufbeschworen hast? Oder warum du das Kind der Löfflerin getötet hast?«

Luzia schloss die Augen.

»Waren nicht Brigitta Lanzner und Franziska Egolf deine Komplizinnen?«

»Ich habe das Wetter nicht gemacht und schon gar kein Kind getötet! Und die beiden Frauen kenne ich lediglich vom Markt. Ich habe nie ein Wort mit ihnen gewechselt«, schrie Luzia.

»Das Weib ist derart verstockt!«, flüsterte Kramer mehr zu sich selbst.

»Wie ich bereits gesagt habe, empfehle ich Euch die Peitsche!«, wandte Grumper ein. Ettenhofer schlug entsetzt die Hand vor den Mund, der Kaplan quittierte die Geste des Bürgermeisters mit unsanften Worten. »Euer Mitgefühl ist völlig unangebracht. Ihr solltet nicht vergessen, dass wir es hier mit einer Hexe zu tun haben.«

Auch der Inquisitor nickte und wies den Henker mit einer nachlässigen Handbewegung an, die nächste Stufe der Folter auszuführen.

Während sich die kleinen Bleikugeln tief in Luzias Fleisch schnitten, wurden schreckliche Erinnerungen wach. Der lodernde Schmerz zerrte an ihren Sinnen und drängte sie in eine längst vergangene Zeit. Wieder kniete sie auf scharfen Holzscheiten, während sich der Kaplan an ihrer Angst ergötzte und die Peitsche auf ihrem unbedeckten Rücken tanzen ließ. Der Schmerz und die namenlose Angst überschwemmten ihren Geist und rissen Luzia in einer roten Welle davon. Sie vergaß Raum und Zeit, und erst das kalte Wasser in ihrem Gesicht brachte sie in die Wirklichkeit der Folterkammer zurück.

Bürgermeister Ettenhofer besaß den unglaublichen Mut, den Inquisitor darauf hinzuweisen, dass es untersagt war, die Folter zu wiederholen. Kramer bedachte ihn mit einem Blick, der den mächtigen Amtsvorsteher für immer zum Schweigen brachte, und setzte die Tortur tagelang fort. In den Prozessakten ließ er vermerken, dass die peinliche Befragung lediglich ihren Fortgang fand und er sie keinesfalls für beendet erklärt hatte.

In den Nächten lag Luzia in der kalten Stille ihres Kerkers und versuchte sich an die Gesichter ihrer Lieben zu erinnern.

Sie suchte Trost bei dem Gedanken an Elisabeth und Jakob, an Basilius und immer wieder an Johannes. Doch von der Welt draußen brach jeden Tag ein wenig mehr entzwei und segelte auf ihren Qualen davon. In lichten Momenten, wenn sich ihre geschundene Seele nicht in die sanften Arme des Todes sehnte, betete sie zu Gott und zur großen Erdenmutter.

22

Wie geht es Luzia? Weißt du etwas Neues?«, fragte Basilius, der nur mühsam seine Ungeduld zügeln konnte.

Johannes schüttelte den Kopf.

»Aber ich dachte, Ettenhofer hat dir einen Passierschein gegeben?«

»Das hat er«, bestätigte Johannes, »doch Schwarzenberger und sein Kollege haben mir den Besuch verwehrt.« Er ballte die Hand zur Faust und ließ sie auf den Tisch niedersausen. »Irgendwann bringe ich diesen Schwarzenberger um!«

»Versündige dich nicht! Schwarzenberger ist es nicht wert, dass du dir die Hände schmutzig machst«, mahnte Basilius und klopfte seinem jungen Freund auf die Schulter. »Mit welcher Begründung haben dir die Wachen trotz Ettenhofers Erlaubnis den Besuch verwehrt?«

Johannes rieb sich das Gesicht und atmete ein paarmal tief durch, ehe er sich fähig fühlte zu antworten. »Offensichtlich handelt es sich beim Tatbestand der Hexerei um ein Sonderverbrechen und Heinrich Kramer hat kurzerhand jeden Besuch untersagt!«

Bei dieser Nachricht fiel der alte Mann noch ein wenig

weiter in sich zusammen. Johannes' Sorge weitete sich zunehmend auf seinen alten Freund aus. Schon für den Medicus bedeutete die aussichtslose Lage mehr, als er ertragen konnte, doch er ersann Nacht für Nacht Pläne, um Luzia aus dem Kerker zu befreien. Basilius hingegen war zur Untätigkeit verdammt. Er quälte sich tagein, tagaus mit der Frage, ob es seine Christenpflicht war, Elisabeth und Jakob in Seefelden zu unterrichten, oder ob er ihnen ihren Frieden lassen sollte.

Luzia hatte jedes Gefühl für Zeit verloren. Sie glaubte, bereits eine Ewigkeit in dieser Hölle zuzubringen. Sie konnte schon lange nicht mehr auf eigenen Füßen die steile Treppe zur Folterkammer hinaufgehen, zwei Büttel nahmen sie in die Mitte und schleppten sie hinauf. Mehrmals hatte sie während der Befragungen das Bewusstsein verloren, dann lag sie zusammengekrümmt neben dem Schemel.

An einem dieser Tage behauptete Kramer, zwei weitere Frauen hätten ihre gemeinsamen Gräueltaten gestanden. Triumphierend las er ihr Geständnis vor:

»Beide haben behauptet, der Teufel habe sie mit dir zusammen am Tag des Unwetters draußen auf die Kuppelaue unter die alte Buche bestellt. Dort hat Luzifer ihnen befohlen, eine kleine Grube auszuheben und sie mit Wasser zu füllen. Alsdann hast du über die Wasseroberfläche gepustet und mit dem Finger Wellen erzeugt. Bald darauf sind die ersten Hagelkörner vom Himmel gefallen. Anschließend hat Luzifer dir, seiner Dienerin, befohlen, die vertrocknete Nabelschnur des kleinen Vinzenz in die Kuhle zu legen. Dann hast du die Raben herbeigerufen, und die Höllenbrut ist mit dem Hautstück, welches einem kleinen Menschen geglichen habe, davongeflogen. Gib zu, dass es so war!« Sein Zeigefinger stieß auf ihr Gesicht zu.

Luzia stritt nach wie vor alles ab, und weil Kramer befürchten musste, dass Luzia unter der Tortur sterben könnte, wurde die Folter für einige Tage ausgesetzt.

Sie tunkte das uralte Brot in das brackige Wasser und aß seit langer Zeit wieder ein paar Bissen. Seit vielen Tagen spürte sie heute wieder die Kraft in sich, die sie brauchte, um nicht aufzugeben. Ich muss bei Kräften bleiben, sagte sie sich und zwang sich, das schimmlige Brot hinunterzuwürgen. Draußen wurde der Riegel zurückgeschoben. Luzia schreckte auf. Doch Schwarzenberger steckte nicht einmal die Fackel in die Halterung, sondern stieß nur mit grober Hand zwei Frauen vor Luzias Füße. Dann herrschte wieder Dämmerung.

»Wer seid ihr?«, fragte Luzia.

»Ist noch jemand hier?«, kam die erschrockene Antwort.

»Ich bin es, Luzia Gassner.«

»Luzia Gassner, die Hexe?«

Luzia wusste jetzt, dass sie Brigitta Lanzner und Franziska Egolf vor sich hatte, ihre angeblichen Komplizinnen. »Seid ihr denn welche?«, fragte sie zornig zurück.

Lange Zeit kauerten die beiden Frauen nebeneinander und wimmerten leise vor sich hin. Luzia kannte sie vom Sehen. Weil ihre Augen so gut an die Dunkelheit gewöhnt waren, sah sie, dass beide ebenfalls die Spuren der peinlichen Befragung trugen. Brigitta hatte der Henker die Finger gequetscht. Blut quoll unter den Nägeln hervor, und Franziskas leichte Verletzungen rührten von einem Riemen. Ihr Rücken wies ein paar blutunterlaufene Striemen auf, doch die Haut schien noch unverletzt. Wortlos setzte sich Luzia neben die Frauen, die sich aneinanderklammerten.

»Kühlt Eure Finger in dem Krug«, wies sie die kahl geschorene Lanznerin an und deutete auf das abgestandene Wasser. Sie riss einen Streifen ihres eigenen Hemdes ab, tauchte es ins Wasser und kühlte Franziskas Rücken.

Nach langem Zureden erzählten sie stockend und unter Tränen, wie Kramer sie befragt hatte.

»Der Inquisitor hat uns getäuscht«, sagte Franziska Egolf mit bitterer Stimme. »Während meiner Befragung hat er behauptet, Brigitta habe bereits gestanden, mit meiner und Eurer Hilfe den Hagel gemacht zu haben.«

»Und während er mich befragte, bestand er darauf, Franziska und Ihr hättet all die furchtbaren Dinge zugegeben«, ergänzte Brigitta schluchzend. »Irgendwann waren wir so erschöpft, dass wir alles gestanden haben, was er von uns hören wollte.«

Luzia nickte. Sie kannte das Geschick, mit dem Institoris seine Fragen formulierte. Sie wusste von dem unerträglichen Schmerz, von der Angst, die die Sinne narrte und schwarze Gestalten an die Wände malte. Die vielen Stimmen, die höhnten und kicherten, ehe sie sich wieder im Nichts des Kerkers auflösten. Luzia konnte keinen Hass, nicht einmal Zorn auf die beiden empfinden, denn sie selbst war so oft schon kurz davor gewesen, alles zu gestehen, nur um dem ein Ende zu machen.

»Was ist mit Euren Wunden?«, fragte Franziska vorsichtig.

Luzia antwortete nicht, doch als Brigitta sie vorsichtig an der Schulter berührte, schrie sie vor Schmerz auf.

Die Frau wich entsetzt zurück. »Mein Gott, was haben sie Euch angetan«, flüsterte sie. »Das ganze Blut …«

»Und auf dem Holzmarkt errichten sie schon den Scheiterhaufen. Wir alle werden brennen«, schrie Franziska Egolf und sank schluchzend zusammen.

Jedes Mal, wenn der Riegel an der Tür ihres Kerkers zurückgezogen wurde, hoffte Luzia auf Michel. Sie wollte den Wachmann um ein Stück Pergament bitten und Johannes ein paar Zeilen schreiben. Er sollte wissen, wie sehr sie ihn liebte und wie gern sie seine Frau geworden wäre. Luzia wusste, dass Michel ihr diesen Wunsch nicht abschlagen würde. Nur einmal musste Michel noch kommen! Stattdessen kam Schwarzenberger, immer wieder Schwarzenberger, um sie zum Verhör zu bringen.

Inzwischen ließen Johannes und Basilius auch weiterhin nichts unversucht, um Luzia zu helfen. Johannes hatte Bürgermeister Ettenhofer unter allerlei Drohungen gezwungen, einen Brief an Erzherzog Sigmund zu verfassen. Mittlerweile war das Schreiben mit einem Boten in die Grafschaft Tirol unterwegs.

»Ihr habt sie doch gesehen! Wie geht es ihr? Könnt Ihr ihr wenigstens eine Nachricht von mir überbringen?«, fragte Johannes barsch.

Ettenhofer wurde aschfahl, und Johannes befürchtete, er würde sich übergeben. »Ihr könnt nichts mehr für sie tun. Niemand kann das«, sagte er tonlos.

»Was tut Kramer ihr an?«, schrie Johannes voller Zorn und packte Ettenhofer am Arm.

»Wenn ich Euch einen Rat geben darf, verlasst zusammen mit dem alten Starrkopf für eine Weile die Stadt. Wenn ich könnte ...«

»Ihr seid ein solcher Feigling!«, brüllte Johannes schließlich und spuckte vor dem Bürgermeister auf den Boden. »Pfui Teufel! Glaubt nicht, dass Ihr mich los seid! Ich komme wieder!«

Der junge Medicus war bereits vor dem Morgengrauen in die Marktstraße gekommen und seither wanderte er unablässig in den weiten Räumen der Apotheke auf und ab. Unter seinen Augen lagen dunkle Schatten, und auf seinen eingefallenen Wangen zeigten sich dunkle Bartstoppeln. Auf den völlig erschöpften Basilius machte er bisweilen den Eindruck eines Wahnsinnigen.

»Ich schreibe selbst an Erzherzog Sigmund!«, rief Johannes entschlossen und brachte Papier und Tinte.

»Du glaubst doch nicht ernsthaft, dass dein Wort schwerer wiegt als das des Bürgermeisters«, wagte Basilius einzuwenden.

Johannes schüttelte den Kopf. »Du hast recht. Schließlich stand ich selbst daneben, als Ettenhofer an Sigmund geschrieben hat. Auch den Boten habe ich selbst gesehen. Der Erzherzog muss das Schreiben längst in Händen halten, und dennoch hat er nichts unternommen. Kein Besuch, nicht einmal eine Antwort war ihm die Nachricht wert!«

Basilius legte seine Hand auf Johannes' Schulter und versuchte ihn zu beruhigen.

»Aber es muss doch eine Lösung geben! Wir können Luzia nicht einfach ihrem Schicksal überlassen!«, rief Johannes unbeherrscht und rieb sich in einer zornigen Geste die Stirn.

Basilius nickte. Er würde sein eigenes Leben geben, um seine Nichte zu retten.

Obwohl dem alten Mann die Zeit bislang nichts anhaben

konnte, war Basilius in den Tagen, in denen seine Nichte nun schon im Grünen Turm saß, um Jahre gealtert. Sein Gesicht zeigte tiefe Falten und seine Augen wirkten so traurig und leer, dass es Johannes schmerzte, wenn er seinen alten Freund ansah.

»Für wichtig halte ich, dass du Kramers Zorn nicht noch mehr auf dich ziehst, sonst lässt er auch dich noch in den Grünen Turm sperren.«

»Du hast ja recht«, murmelte Johannes abwesend und starrte zum Fenster hinaus. »Das Beste wäre, wenn ich Kramer samt seinem Notar in die Hölle befördern könnte!«

Basilius schüttelte milde den Kopf. Er wusste, wie sehr der junge Arzt die beiden hasste. »Und im Anschluss würde der Henker dir den Kopf abschlagen, und du könntest gar nichts mehr für Luzia tun.«

Johannes setzte seinen Weg durch die Apotheke fort. Schritt für Schritt hämmerten seine Sohlen auf dem harten Holzboden und klangen wie ein Requiem.

»Wir beide sind die Einzigen in der ganzen Stadt, die bereit sind, Luzia zu helfen. Alle anderen haben Angst vor Heinrich Kramer.« Johannes blieb stehen und hieb mit der Faust auf den Tisch. »Ettenhofer ist der charakterloseste Feigling, den ich je gesehen habe. Und der alte Ammann ebenfalls. Ohne ihre Hilfe kann die Inquisition mit Luzia machen, was sie will, und Kramer ist davon besessen, dass sie eine Hexe ist. Das Unwetter und die darauffolgende Not lähmen die Menschen immer noch. Ihre Angst, ihr Zorn, ihr ganzer Hass schreit nach einem Schuldigen, und das macht er sich zunutze.«

Basilius wusste von einem weiteren Unheil zu berichten. »Es kommt noch schlimmer. Erst gestern Abend habe ich von

Friko Hofmeister erfahren, dass einer seiner Handelszüge aus Augsburg die Nachricht brachte, die Stadt habe einige Pesttote zu beklagen. Die Augsburger denken bereits darüber nach, die Stadttore zu schließen.«

Johannes fuhr herum. »Was sagst du da? Wenn das stimmt, wird es noch aussichtsloser, Luzias Leben zu retten. Nicht umsonst sprechen die Pfaffen, wenn es um die Pest geht, gern von der Geißel Gottes. Die Pest würde der Inquisition einen Grund liefern, ihre Anklage noch um einen Punkt zu erweitern. Aber vielleicht sollte diese ganze verdammte Stadt der Pest zum Opfer fallen.« Er machte ein paar große Schritte durch den Raum, bevor er abrupt stehen blieb. »Doch andererseits ... Die Pest, sagst du?«

Basilius konnte förmlich sehen, dass sich in Johannes' Kopf eine Idee formte, aber er wagte nicht zu fragen, welche. »Du solltest dich nochmals an den jungen Weidacher wenden. Vielleicht können wir mit seiner Hilfe Luzia wenigstens einmal besuchen«, schlug er stattdessen vor und legte dem jungen Mann seine Hände auf die Schultern.

»Das habe ich bereits getan!«, antwortete Johannes gereizt und entwand sich der Berührung des Freundes. Mit zornigen Schritten begann er wieder die Apotheke zu durchschreiten, um schließlich ans Fenster zu treten. »Er wurde nach dem Gottesurteil nicht mehr zur Wache im Grünen Turm eingeteilt.« Johannes schüttelte unwillig den Kopf.

»Hast du gehört, mittlerweile wurden zwei weitere Frauen der Hexerei überführt«, unterbrach Basilius die Gedanken des jungen Arztes und drückte ihm einen Becher Wein in die Hand. »Trink!«

Alle Farbe war aus Johannes' Gesicht gewichen. »Ich habe

das bisher für ein böses Gerücht gehalten, um die Menschen gefügiger zu machen.«

»Setz dich zu mir!«, forderte ihn Basilius mit strenger Stimme auf. Der alte Mann saß bereits vor dem großen Kamin und rieb sich nachdenklich den Bart.

Johannes war viel zu aufgebracht, um sich zu setzen. »Kennst du die Frauen?«

»Nein, aber es wird nicht lange dauern, bis die Klatschweiber zu ihrem Aufklärungszug durch die Stadt streifen!«, spie Basilius erbost aus.

»Ob Luzia wenigstens das Brot bekommt, das ich fast täglich zur Gefängnispforte bringe?«, überlegte Johannes laut.

»Darauf müssen wir hoffen. Und die Briefe an Pater Wendelin und Abt von Nordstetten sind ebenfalls unterwegs. Allerdings erhoffe ich mir von beiden nicht mehr als geistigen Beistand. Was sollen sie auch anderes tun? Die Inquisition ist unfehlbar.«

»Dann müssen wir zu anderen Mitteln greifen«, sagte Johannes finster und sah Basilius an. »Wärst du bereit, auch zu äußersten Mitteln zu greifen, um Luzia zu retten?«

»Ich würde mein Leben für sie geben«, antwortete er ohne Zögern.

»Habt ihr schon gehört, Brigitta Lanzner und die Egolf Franziska sollen ein Geständnis abgelegt haben«, flüsterte die zierliche Christina Bühler in die Runde der Frauen. Das Kleid der Kürschnersfrau zierte ein weicher, dunkler Marderpelzbesatz. Ihr Mann gehörte zum Stadtrat, und deshalb wusste sie wichtige Neuigkeiten immer vor den anderen.

Die Ravensburgerinnen hatten bereits alle ihre Einkäufe

erledigt und trafen sich jetzt zu einem Schwätzchen neben dem Rathausbrunnen auf dem immer noch belebten Marktplatz.

»Glaubt ihr, das ist mehr als ein Gerücht?«, fragte Ottilia Zengerle und rückte ihre helle Haube zurecht.

»Mir kam zu Ohren, dass die beiden bereits zu Michaeli den Tod finden sollen«, wollte die Bühlerin wissen und zog bei dem Gedanken ihr helles Schultertuch enger um den Leib.

Marianne Rössler presste vor Schreck die Hand auf ihren Mund. Sie wollte nicht an die Hexen erinnert werden, die im Grünen Turm saßen und auf den Tod warteten. Unter ihnen befand sich auch Luzia. Jede Nacht haderte Nanne mit ihrem Gewissen. Mit Schaudern dachte sie an die Wasserprobe. Für sie selbst und auch für viele andere Ravensburger hatte das Gottesurteil Luzia freigesprochen. Doch die Inquisition war anderer Meinung und keinesfalls von ihrer Unschuld überzeugt gewesen.

Selbst die Beichte, die Marianne Rössler bereits mehrfach bei Hochwürden Gebrath abgelegt hatte, verschaffte ihr keine Erleichterung. Kaplan Grumper war für die gesamte Dauer des Inquisitionsprozesses von seinen seelsorgerischen Aufgaben freigestellt, und der junge Pfarrer, den das Kloster zu Altdorf der Gemeinde Liebfrauen überstellt hatte, war voll des Lobes für Nannes Mithilfe im Kampf gegen die Hexen gewesen. Doch verging keine Nacht, ohne dass Marianne von Luzia träumte, während sie tagsüber der Gedanke nicht losließ, etwas Unrechtes getan zu haben. Hätte sie Institoris doch nur nicht erzählt, dass Luzia bisweilen die Raben unter der alten Buche auf der Kuppelaue fütterte …

»Wisst ihr etwas über Luzia Gassner?«, fragte Ottilia Zengerle jetzt leise.

Marie Weber schüttelte den Kopf, während Nanne betroffen auf ihre Schuhspitzen starrte.

»Die Hebamme wird wohl zu Michaeli neben der Lanznerin und ihrer Komplizin brennen«, sagte die Bühlerin hart und streichelte ihren Marderpelz. »Bisweilen soll sie des Nachts den Kerker verlassen und in Gestalt einer schwarzen Katze den Neugeborenen die Kehle herausreißen.«

»Das glaubst du doch selbst nicht. Das ist doch Unsinn! Sicher hast du Nepomuk gesehen, er streift seit Luzias Verhaftung Tag und Nacht um den Grünen Turm«, entgegnete Marie Weber energisch.

»Das stimmt, auch ich habe Luzias Kater schon dort gesehen«, sagte Marianne tonlos.

Die Bühlerin schüttelte den Kopf. »Nun ja, wenn man bedenkt, welches Glück ich hatte, dass die Gassnerin unter der Geburt weder mich noch mein Kind verhext hat ... Grete Muntz schreibt es allein meiner Bußfertigkeit und meiner Festigkeit im wahren Glauben zu, dass die Hexe mir nichts anhaben konnte. Die guten Worte waren mir dann auch eine großzügige Kirchenspende wert«, bemerkte die Bühlerin.

»Es gab eine Zeit, da warst du voll des Lobes für die Wehmutter«, sagte Marie Weber scharf. »Damals warst du davon überzeugt, dass du die Geburt ohne Luzias Hilfe nicht überlebt hättest!«

»Tja, und wenn man bedenkt, dass vielleicht in jeder von euch eine Hexe steckt und ihr alle bereits morgen neben der Gassnerin im Grünen Turm auf den Tod warten könntet, wird mir ganz bang ums Herz.«

Entsetzt starrten die Frauen Christina Bühler an.

»Was glotzt ihr so? Denkt lieber über meine Worte nach!«

In Marie Webers Blick spiegelte sich Fassungslosigkeit, ehe sie sich bekreuzigte und eilends davonging. Sie wollte mit alldem nichts zu schaffen haben. Auch Nanne Rössler verabschiedete sich mit einem gemurmelten Gruß.

Eine neue Bedrohung ritt in Begleitung eines schwarzen Reiters durch Ravensburg. Der Reiter kam aus Augsburg und hatte den Tod im Gepäck. Er nahm sich ein Bett im Goldenen Anker, wo ihn der Wirt bereits am nächsten Morgen tot auffand, das Gesicht vom Todeskampf entstellt, mit schwarzen Beulen in der Leistengegend und unter den Achseln. Als Nächstes traf es den Wirt selbst und einige seiner Gäste, dann hatte die Pest sich eingerichtet und schlug wahllos in den Ravensburger Häusern zu. Lautlos und schnell löschte der Schnitter ganze Familien aus. Niemand entging seiner Sense, er unterschied nicht nach Reich oder Arm, nach Alt oder Jung. Von den ersten Krankheitszeichen bis zum Tod vergingen nur wenige Tage. Den an Lungenpest Erkrankten blieben oft nur wenige Stunden.

Der Pestkarren, ein großer Wagen ohne Plane, der von zwei Maultieren und den Knechten selbst gezogen wurde, fuhr beinahe Tag und Nacht durch die Straßen, um die vielen Opfer einzusammeln.

Der Leichnam eines Wachmanns wurde aus der Breiten Gasse in der Unterstadt geschleppt. Der dicke Ochsenwirt war innerhalb weniger Stunden gestorben. Auf dem Karren lagen auch der Leichnam von Doktor Sauerwein und der tote Bader, Meister Rochus, der Mariannes Vater gewesen war.

Der junge Bruder Walko aus dem Antoniterspital war der furchtbaren Krankheit ebenso zum Opfer gefallen wie die Altmutter Weber und deren Sohn. Der Pestkarren brachte die Leichen zum nächstgelegenen Tor hinaus, wo sie noch in derselben Stunde in einem Gemeinschaftsgrab verscharrt wurden.

Gleich nachdem bekannt wurde, dass die Schussenstadt von der Pest heimgesucht wurde, verkündete Heinrich Kramer, genau wie Johannes es vorausgesagt hatte, dass die Pest eine von Gott geschickte Strafe sei. Er mahnte die Bevölkerung, ihre Seelen durch strenges Fasten und Beten zu läutern.

Am Tag des heiligen Michael erschienen Schwarzenberger und ein weiterer Wachmann noch vor dem Mittagsläuten im Kerker. Zu zweit banden sie Brigitta Lanzner und Franziska Egolf mit Stricken und trieben sie unter Rutenschlägen zum Holzmarkt.

Bis zuletzt hatten sich Luzia und die beiden Frauen an den Händen gehalten und gemeinsam gebetet. Nachdem die letzten Schritte der beiden Frauen verklungen waren, fühlte sich Luzia so einsam wie schon lange nicht mehr. Die Tränen, die seit geraumer Zeit hinter ihren Augäpfeln brannten, fanden endlich ihren Weg. Das Entsetzen griff nach ihrem Herzen und zerschmetterte es an der Wand. Luzia wusste, dass auch ihre Tage gezählt waren. Schon so oft war sie kurz davor gewesen, all die Taten zu gestehen, die sie bereits weit über hundertmal abgestritten hatte. Doch irgendwann würde die Inquisition gewinnen, und dann würde die Mühsal enden, die bereits in ihrer Kindheit begonnen hatte. Heinrich Kramer und Kaplan Grumper würden siegen, während sie die letzte Schlacht verlieren würde ...

Ein Priester vom Kloster zu Altdorf hatte Brigitta und Franziska die letzte Beichte abgenommen. Jetzt standen sie Rücken an Rücken, mit dicken Eisenketten umwunden, an einem Pfahl und konnten sich nicht mehr rühren. Der brennende Schmerz überstieg alles, was die Frauen je gefühlt hatten, und sorgte dafür, dass sich ihre Haltung, die sich die beiden bis zuletzt bewahrt hatten, buchstäblich in Rauch auflöste. Brigitta schrie bereits seit einer gefühlten Ewigkeit. Aus Franziskas Mund drang ein verzweifeltes Wimmern. Dazwischen betete sie laut ein Ave-Maria, dann begann auch sie zu schreien. Die Flammen leckten bereits an ihren nackten Beinen und hatten ihre Haut mit großen Brandblasen überzogen. Bald begannen die Füße der Frauen, einem eigenartigen Rhythmus folgend, zu zucken und wild um sich zu schlagen.

»Seht, jetzt beginnen die Hexen ihren letzten Tanz!«, rief Heinrich Kramer, der das grausige Schauspiel neben Kaplan Grumper von einem grobgezimmerten Podest aus verfolgte. Der Notar nickte zustimmend.

Johannes bahnte sich, aus der Judengasse kommend, seinen Weg zwischen den Schaulustigen hindurch. Ihren letzten Tanz!, dachte er erbittert. Im Vorbeigehen warf er Kramer und seinem Notar einen finsteren Blick zu. Wie gern er den Schergen der Inquisition den Hals umdrehen würde. Zum Teufel mit euch! Ich hasse euch mehr als alles andere!, dachte er voller Abscheu und kämpfte sich weiter durch die dichtgedrängten Menschenleiber, die sich nicht einmal durch die Pest an ihrer Schaulust hindern ließen.

Die Schreie der Frauen hallten über den Platz und fingen sich in hohlen Gassen und offenen Scheunen. Ihre Stimmen klangen durchdringend und schaurig. Sie klagten und weinten über das laute Tosen der Flammen hinweg und wurden doch nicht erhört. Die unkontrollierten Zuckungen steigerten sich irgendwann ins Groteske, denn unter der geschwärzten Haut kochte das Blut bereits und trieb die Gliedmaßen in ein wildes Beben.

Einen ungünstigeren Zeitpunkt für seine Rückkehr in die Frauengasse hätte Johannes nicht wählen können, doch in der Turmstraße hatte man ihn zu einem Kranken gerufen.

Er hätte seine Ohren gern vor den entsetzlichen Schreien und dem Rasseln der Ketten verschlossen, doch sie waren über das Brüllen der Flammen hinweg zu hören. Johannes mühte sich, seinen Blick stur auf den Weg zu richten, doch die unmenschlichen Schreie der beiden Frauen, deren Fleisch langsam von den Knochen brannte, drangen ihm durch Mark und Bein. »Großer Gott, ich muss zu Luzia!«, flüsterte er. Ihm war, als stünde sie in den Flammen des Scheiterhaufens.

Ein paar Frauen bekreuzigten sich und knieten auf der Erde. Manche weinten, vielleicht auch nur des dichten Qualms wegen, der den ganzen Platz erfüllt hatte. Alle, die der schwarze Tod noch nicht dahingerafft hatte, waren gekommen, um zu sehen, wie die beiden Hexen brannten. Ein solches Spektakel gab es selten genug. Junge und Alte standen nebeneinander und starrten gebannt in die Flammen. Die Gewissheit, dass es den Hexen dort oben in ihrer Hölle noch weitaus schlechter ging als ihnen, erzeugte einen wohligen Schauer auf dem Rücken der Schaulustigen. Viele wollten zumindest darin ein klein wenig Gerechtigkeit sehen. Schließlich hatte der von den Hexen gemachte Hagel sie alle um ihr Auskommen gebracht, und an der Pest waren sie auch schuld.

Obwohl sich Johannes im Randbereich des Holzmarktes bewegte, hatte er alle Mühe durchzukommen. Ab und an wurde er angerempelt oder durch ein ungünstig gestelltes Bein in seinem Fortkommen gebremst. Er wollte den Platz so schnell wie möglich hinter sich lassen und zwang sich, nicht zu dem brennenden Scheiterhaufen zu sehen. Einmal mehr fragte er sich, warum sich die Menschen schlimmer als die wildesten Tiere verhielten. Blutrünstig und barbarisch kamen sie ihm vor. Die meisten starrten mit offenen Mündern in das große Feuer, das zwischen Liebfrauenkirche, Stadttor und Grünem Turm brannte. Sie begriffen nicht, dass ihre Frauen, Töchter, Schwestern und Tanten bereits die Nächsten sein konnten, die man als Hexen verbrannte.

Mittlerweile hatten die gierigen Flammen Brigittas und Franziskas Büßerhemden erreicht. Die härenen Kittel brannten lichterloh. Jetzt glichen die Frauen einer lebenden Fackel. Bald machten ihre Schreie einem erstickten Keuchen Platz und irgendwann verstummten sie ganz.

Über den Platz waberte ein unerträglicher Gestank nach verbranntem Fleisch und verkohltem Haar. Einige atmeten durch den Stoff ihrer Ärmel, was aber ihre Sensationsgier nicht bremste.

Johannes schüttelte angewidert den Kopf. Das begierige Glotzen der Leute erregte auf unmäßige Weise seinen Zorn. Nie würde er zulassen, dass Luzia die Nächste wäre.

Als wäre das Gedränge auf dem Richtplatz noch nicht dicht genug, erschien in diesem Augenblick der Pestwagen. Die Pestknechte klingelten die Glocke, um sich bemerkbar zu machen, und die Menschen wichen ängstlich zurück. Niemand wollte dem Gefährt zu nahe kommen und sich mit dem schwarzen Tod anstecken lassen. Widerwillig bildeten die Menschen eine Gasse, die sich gleich wieder schloss, nachdem der Wagen vorüber war.

Johannes beobachtete die Szene genau. Sein Plan nahm langsam Gestalt an.

23

Luzia Gassner zeigte dem Inquisitor täglich aufs Neue, dass sie nicht ansatzweise so schnell einbrechen würde wie die beiden anderen Frauen. Der Henker hatte ihre Asche bereits in alle vier Winde verstreut, doch sie leugnete immer noch.

Obwohl er und vor allem Eusebius Grumper mit der Gassnerin bereits seit neun Tagen überaus hart ins Gericht gingen, saß die Hexe noch immer auf ihrem Schemel und brachte sie täglich dem Wahnsinn ein Stückchen näher.

Mit fester Hand strich sich Heinrich Kramer über den kahlen Kopf, der im Zwielicht des herannahenden Abends einem Totenschädel glich. Energisch verließ er seinen Platz am Fenster und trat zur gegenüberliegenden Seite an Kaplan Grumpers Bücherregal. Bereits mehrmals war er im Kloster zu Altdorf gewesen, um die Schriften hochgestellter Kirchenfürsten einzusehen und einige Texte auszuleihen. Jetzt suchte er nach einer Stelle im zweiten Buch Mose. Zufrieden trug er das in vierzig Kapitel unterteilte Buch zu Grumpers Schreibtisch und ließ sich nieder. Vorsichtig blätterte er in den gebleichten Seiten aus Tierhaut, ehe er die Stelle fand. Seine Finger strichen mehrfach darüber: Zauberinnen sollst du nicht am Leben lassen! Ein zufriedenes Lächeln breitete sich auf seinem mageren Gesicht aus.

Nachts schrieb er jetzt immer neue Entwürfe und Gedanken zum peinlichen Verhör auf. Er durchsuchte die Niederschriften jedes Kirchenmannes und forschte in den Abfassungen sämtlicher Philosophen, um Nachweise dafür zu finden, dass das Böse untrennbar mit dem Weiblichen verbunden war. Bei Sokrates hatte er angefangen, nach Belegen für das Böse, das Teuflische zu suchen. Seine Lektüre bestärkte ihn in der Befürchtung, dass es neben der Gassnerin und den beiden verbrannten Hexen viele weitere Weiber gab, die mit dem Teufel im Bunde waren.

Und wie gefährlich sie waren, das bekam er jeden Tag persönlich zu spüren, wenn ihn die Gassnerin, trotz ihres geschundenen Leibes, in Verwirrung stürzte. Täglich kämpfte er darum, sich nicht im sorgfältig gesponnenen Netz ihrer Lügen zu verfangen.

Die Schwierigkeiten im Gerichtsverfahren gegen die Gassnerin hatten ihn in seiner Meinung bestärkt, dass die Welt unter allen Umständen einen Leitfaden benötigte, eine detaillierte Anleitung zur Hexenjagd. Eine Schrift, auf welche die kirchlichen wie auch die weltlichen Gerichte jederzeit zurückgreifen konnten. Und er allein war in der Lage, ein solches Werk zu verfassen! Kramer sah es bereits vor sich. Das Buch der Bücher würde fortan nicht mehr die Bibel sein, sondern seine Unterweisung zur Vernichtung aller Hexen. Mit einem leisen Seufzen lehnte er sich in seinem Stuhl zurück und sah zur Decke.

Auf einem Pergament hatte er sein Werk in drei große Kapitel unterteilt.

Im ersten Abschnitt wollte er darauf eingehen, wer der Hexerei angeklagt werden müsse, welche Zeugen zu hören seien und was als Schuldbeweis anerkannt werden solle. Mit flinken Fingern notierte er, dass jeder eine Hexe sein könne, aber Frauen weitaus häufiger vom Teufel heimgesucht wurden, weshalb man auf sie ein besonderes Augenmerk legen solle. Ihre bösen Zungen, ihre Leichtgläubigkeit und die Gier ließen sie zu leichten Opfern für den Satan werden. Frauen waren die größten Feinde der Freundschaft. Sie stellten ein notwendiges Übel dar. Körperlich schwach, im Geiste zurückgeblieben und geschwätzig wie die Elstern, die zur Familie der Raben zählten, blieben sie lebenslang ein unfertiger Mann und damit diesem auf alle Zeiten unterstellt. Weiter notierte er, dass jeder als Zeuge gehört werden und ausnahmslos alles als verdächtig angesehen werden solle. Ein Blick oder ein bloßes Vorbeigehen sollte genügen, um aus einer Frau eine Hexe zu machen. Grundsätzlich sollte es den Hexenrichtern möglich sein, das Inquisitionsverfahren jederzeit ohne einen einzigen Zeugen zu eröffnen.

Im zweiten Teil wollte er über die Besonderheiten einer Hexe schreiben. Darüber, was eine Frau zur Hexe machte. Hier wollte er vor allem auf das Bündnis und die fleischliche Vereinigung mit dem Teufel eingehen und über die Macht der Hexe schreiben, im Manne stets aufs Neue die Lust des Fleisches zu wecken. Er würde erläutern, dass die Hexe durch Wegzaubern seines Gliedes einen Mann an der Ausübung seiner ehelichen Rechte hindern könne. Dass sie Kinder schon in den Leibern ihrer Mütter verhexen oder töten konnte. Über Schadenszauber aller Art und das Wettermachen wollte er schreiben und vom Anhexen furchtbarer Krankheiten bis hin zum qualvollen Tode des Opfers. Auch die Verwandlung in Tiergestalten musste erwähnt werden. Schwarze Katzen, Raben oder Wölfe waren in Wahrheit wandelnde Hexen. Dann wollte Kramer noch auf die Hexenhebammen eingehen, sie bereiteten ihm besonders große Sorgen. Die Hebammen saßen an den Quellen der ungetauften Seelen. Aus seiner Sicht ging von den Hebammen die allergrößte Gefahr aus, weshalb er den unheilvollsten aller Weiber einige zusätzliche Seiten widmen wollte.

Das letzte Kapitel sollte ein Kriminalkodex werden. Hier wollte er Richtlinien für das Gerichtsverfahren verfassen. Welche Methoden zur Wahrheitsfindung zugelassen werden sollten und wie die geständige Hexe zu bestrafen sei. Hier durfte auch die Belehrung der weltlichen Gerichte nicht zu kurz kommen. Die Henker mussten unterwiesen werden, wie sie der Hexe ein Geständnis entlocken konnten. Dazu durfte alles Verwendung finden: Versprechungen, Drohungen und jede Form der Folter, die nicht zum Tode führte.

Kramer ersann sich bereits einen Titel für sein Werk, das dank des modernen Buchdrucks die Welt erobern sollte:

Malleus Maleficarum – Der Hexenhammer!

Mit seiner Veröffentlichung würde es noch nachfolgenden Generationen leichtfallen, die Unholdinnen zu enttarnen und sie für alle Zeiten auszurotten!

Grete Muntz klopfte und trat ein.

»Wünscht Ihr zu Abend zu essen?«, fragte sie. »Der Kaplan begibt sich gerade zu Tisch. Ich habe den Herren Linsensuppe und Huhn in Zimtsoße bereitet.«

Sie lächelte ihn auf eine Art an, in der sich Unterwürfigkeit und Komplizenschaft die Waage hielten. Seit Grete den Verkauf des geweihten Salzes übernommen hatte, war das Essen im Pfarrhaus noch üppiger geworden. Nicht, dass sie sich der Todsünde der Völlerei hingegeben hatten, beileibe nicht, aber die Veränderung hatte Kramer sehr wohl bemerkt. Missmutig stellte er fest, dass Grete eine neue Schürze trug, die sogar bestickt war.

»Ich faste heute Abend. Ich habe zu arbeiten. Lass mich allein!«, gab er unfreundlich zurück.

Grete verschwand eilig, und Kramer wandte sich wieder seinem Hexenhammer zu.

»Nun, Gassnerin, wann hast du der heiligen Kirche abgeschworen und dich dem Teufel zugewandt?«

»Ich habe mich zu keiner Zeit von Gott abgewendet, und der Teufel ist mir nie begegnet«, flüsterte Luzia schwach. Seit Tagen erbrach sie unter Krämpfen nur noch bittere, grüne Galle. Ihr Mund und ihre Lippen fühlten sich an, als wären sie aus altem Pergament.

»Zieh die Hexe auf und befestige die Gewichte an ihren Füßen!«, befahl Eusebius Grumper dem Henker ungerührt. Mittlerweile führte er einen großen Teil der Verhandlung selbst.

»Herr Notar, es liegt mir fern, Euch in irgendeiner Weise zu kritisieren, aber ...«

»Dann tut es nicht!«, schnitt Grumper dem Bürgermeister das Wort ab und fixierte Ettenhofer, bis dieser schließlich seinen Blick abwendete. Erst dann bedeutete er dem Henker fortzufahren.

»Ich dachte nur, am Ende haben wir uns in der Gassnerin getäuscht und sie ist ...«, dachte Ettenhofer laut.

Der Ammann nickte zu seinen Worten. Auch er glaubte schon lange nicht mehr an die Schuld der Hebamme.

Wie ein Greifvogel schoss der Kaplan auf den Tisch zu, hinter dem die beiden saßen, und beugte sich mit glühenden Augen über ihre Köpfe.

»Schweigt!«, schrie Grumper wütend. »Ettenhofer! Ihr tätet besser daran, Eure Zunge zu hüten. Außerdem solltet Ihr das Denken jenen überlassen, die etwas davon verstehen!«

Der Bürgermeister musste sich abwenden, als der Henker der Hebamme, die in sich zusammengesunken auf dem Schemel kauerte, das zerrissene Hemd über den Kopf zog. Im Anschluss fesselte er mit versteinertem Gesicht der nackten Frau die Arme auf den Rücken und zog ihre zerbrechliche Gestalt mittels Seilzug einen halben Meter in die Höhe. Als er die Steine an ihre Füße hängte, stöhnte Luzia auf.

Wehmütig dachte Ettenhofer an die herrlichen Rundungen, welche die Gassnerin einst ausgemacht hatten. Bei Gott, jetzt war die schöne Frau bis auf die Knochen abgemagert und ihre helle Haut, die ihn immer an frische duftende Sahne erinnert hatte, bedeckte ein grausames Muster, das aus blutverkrusteten Striemen und bizarren Kreuzen bestand. Kramer hatte dem Henker befohlen, die Zeichen mit einem geweihten Messer in Luzias Haut zu schneiden. Jeden Tag lebte Ettenhofer in der Hoffnung, die Hebamme möge endlich gestehen, was Kaplan Grumper oder Bruder Heinrich ihr vorwarfen. Dann erst würde dieses nervenaufreibende Drama ein Ende finden. Wenn er daran dachte, wie schnell die beiden anderen Weiber alles zugegeben hatten, was Institoris ihnen in den Mund gelegt hatte.

Eine Welle der Übelkeit krampfte Ettenhofers Magen zusammen, als er sah, wie Grumper zuerst einen Schluck Wein trank und sich genussvoll eine Honigdattel in den Mund schob, ehe er mit einer dünnen, biegsamen Rute beinahe zärtlich über Luzias Brüste und ihren eingefallenen Bauch strich.

»Sag es! Ich will es hören: Ja, ich bin eine Hexe. Ja, ich habe das Wetter gemacht und die Kinder getötet. Sag es!«, befahl Grumper ungerührt.

»Nein!«, schrie Luzia, und in diesem Schrei schien sich alle Qual der Welt zu vereinen.

Wenige Augenblicke später sauste die Gerte auf Luzias Brüste und brannte neue grausame Muster auf ihr gemartertes Fleisch. Mit grimmiger Miene rollte Kaplan Grumper die Ärmel seines dunklen Gewandes auf und gab dem Henker ein Zeichen, fortzufahren. Nach zwei weiteren Schlägen sank Luzias Kopf auf die Brust.

»Lass die Hexe herunter!«, befahl Heinrich Kramer scharf. Die Gassnerin durfte unter keinen Umständen unter der Tortur sterben. Er wollte ihre Beichte, und Ravensburg brauchte dieses Geständnis! Es konnte nicht angehen, dass ein derart verdächtigtes Weib sich am Ende als unschuldig erwies.

Als Luzia wieder zu sich kam, war Grumpers Gesicht dicht vor ihrem.

»Wie sieht der Teufel aus, und wie oft hast du es mit ihm getrieben? Und wann hast du dich das erste Mal in eine Katze verwandelt?«

Luzia kauerte auf ihrem winzigen Bänkchen und rang mit der Ohnmacht, die ihren ausgebrannten Leib vor weiteren Qualen bewahren wollte. Seit zwölf Tagen saß sie nun im Kerker und kämpfte gegen die Klauen der Inquisition. Manchmal nahm ihr der Schmerz alle Kraft, dann rauschte ihr das Blut in den Ohren, und sie hoffte auf den Tod.

Doch Nacht für Nacht öffnete Johannes die schweren Ketten um ihre Fußgelenke und befreite sie aus dem Gefängnis des Schmerzes. Dann lag sie in der feuchten Kälte des Kerkers und hörte sein Herz schlagen. Es klang wie der endlose Rhythmus der Zeit und setzte sich über alle Grenzen hinweg. Heilend legte sich die Erinnerung an ihn auf ihre Wunden und wiegte sie schützend in den Schlaf. Im Traum begegneten sich ihre Seelen und wurden zu einem hellen Licht, das erst wieder zum Ende der Nacht der Dunkelheit des Kerkers Platz machte.

Grumper durchschritt die Folterkammer und fegte wie ein schwarzer Alb in die Mitte des niedrigen Raumes. Ehe er sich zu Luzia herunterbeugte, umkreiste er sie, wie es der Raubvogel mit seiner Beute tat.

»Vielleicht ist es an der Zeit, deinen Onkel zu befragen.«

Ettenhofer und Jost sahen sich entsetzt an, doch Grumper sprach bereits weiter.

»Immerhin haben einige Zeugen ausgesagt, er unterhalte eine wahre Alchemistenküche in den Tiefen seiner Apotheke. Und wer weiß schon, was der Alte dort alles zusammenbraut? Zaubertränke oder Giftmischungen, mit deren Hilfe du wer weiß wen getötet hast? Glaubst du wirklich, der alte Mann überlebt es, wenn der Henker ihn aufzieht und seinen zittrigen Leib brandmarkt, ehe er ihm die Finger zerquetscht und die Beine zermalmt?«

Luzia hob den Kopf und sah in die siegesgewissen Gesichter der Inquisition. In den Augen der beiden erkannte sie die Zufriedenheit über die abscheulichsten Worte, die sie in dieser

Kammer je gehört hatte. Sie kämpfte gegen die Übelkeit und gegen die heiße Wut in ihrem Kopf. Sie war bereit gewesen, alles zu ertragen, aber der Gedanke, dass die, die sie liebte, für sie leiden sollten, schürte einen nie gekannten Hass in ihrem Herzen. Luzia fühlte das Brodeln unter ihrer kahlen Schädeldecke. Das Blut schoss ihr wie ein rotes Meer durch die Adern, während die ersten Blitze aus den nachtschwarzen Wolken ihrer Seele zuckten.

Grumper traute seinen Augen nicht, als sich die Hebamme Luzia Gassner von ihrem Schemel erhob. Plötzlich sah er sie wieder heil und ganz. Sie wirkte jung wie das erste Licht eines neugeborenen Tages und gleichzeitig uralt wie die Zeit selbst. Die weiblichen Rundungen ihrer aufgerichteten Gestalt schimmerten zart und rein wie Perlmutt. Das volle fuchsrote Haar floss ihr in sanften Wellen fast bis zur Hüfte. Sie wirkte wie eine machtvolle Muttergöttin aus vergangenen Zeiten. Eine Hexe! Das geheimnisvolle Glitzern in Luzias blauen Augen riss ihn unaufhaltsam in die Tiefe.

»Was glaubst du, wer du bist, dass du derartige Drohungen aussprechen darfst?«, erhob sie ihre Stimme, die in seinem Kopf vielfach widerhallte.

Grumper fühlte, wie sich die Hand der Hexe um seine Finger schloss. Ein unerträgliches Brennen erfasste seinen Leib. Er wollte die Hand zurückziehen, doch wie sollte das gehen, wo doch die Gassnerin nicht einmal in seiner Nähe war?

»Ich verfluche dich für alle Zeiten und durch alle Leben bis ans Ende aller Tage! Und denk daran, dass das letzte Körnchen deines Lebenssandes schon bald durch deine schwarze Seelenuhr rinnt und dich jeder Atemzug der Hölle einen Schritt näher bringt!«

Verstört lenkte der Kaplan seinen Blick zu Kramer, dessen Gesicht noch immer kalt und ausdruckslos wirkte. Da wusste Grumper, dass die Hexe nur ihm so erschienen war. Er unterdrückte das Zittern seiner schweißnassen Hände und stotterte eine Entschuldigung, ehe er die Tür aufriss und die Kammer verließ. Wenig später folgte ihm Heinrich Kramer.

Luzia blieb auf ihrem Schemel sitzen. Sie hatte sich mit einer mächtigen Quelle verbunden gefühlt. Es war der Atem der großen Mutter gewesen, die den Anfang und das Ende allen Lebens und der Zeit selbst bedeutete. Ihr Geist hatte sie berührt.

Ettenhofer und Jost rührten sich nicht vom Fleck, sondern starrten auf ihre Hände und den Tisch vor sich. Jerg Ungelehrt beschäftigte sich mit seinen Fingernägeln. Niemand sprach ein Wort.

Während sich Institoris die wirren Worte seines Notars anhörte, stieg seine Ungeduld ins Unermessliche. »Bei Gott, haltet Euren Mund und reißt Euch gefälligst zusammen!«, stieß Kramer ungehalten hervor und reichte seinem Notar einen Becher Wein. Er erfasste nicht, was genau Grumper gesehen hatte, aber er wusste, dass sie nun zu einem baldigen Ende kommen mussten. Mit energischen Schritten durchschnitt Kramer die Luft in der kleinen Wachstube, die direkt neben der Folterkammer lag. Den Wachmann hatte er mit einer Handbewegung hinausgeschickt.

»Ihr überlasst alles Weitere mir und haltet Euch zurück. Und, bei Gott, offenbart keinem diesen Schwachsinn, den Ihr mir aufgetischt habt! Ein feiger Hexenjäger ist das Letzte, was wir jetzt brauchen!«

Grumper setzte sich an den kleinen Tisch und leerte bereits den zweiten Becher Wein, den Kramer ihm eingeschenkt hatte.

Institoris dachte lange nach, ehe er zum glimmenden Kohlebecken ging und ein kleines silbernes Kreuz in die Glut legte. So viel stand fest, noch immer lag der Schweigezauber des Teufels auf der Gassnerin. Solange dieser machtvolle Bann bestand, durfte sie nicht gestehen. Doch jetzt würde er den bocksbeinigen Höllenfürsten mit seinen eigenen Waffen schlagen. Er befeuchtete ein Stück Leinen, fischte mit ihm das glühendheiße Silber aus den Kohlen und umwand es locker mit dem Stoff. Die enorme Hitze, die von dem Kreuz ausging, fühlte Kramer durch das feste Leinengewebe. Er hoffte inständig, es möge sich nicht entzünden. Jetzt war es an der Zeit, den Ravensburger Tölpeln endgültig zu zeigen, was Macht bedeutete.

»Lasst uns das jetzt beenden!«, befahl Kramer knapp und schob Grumper in die Folterkammer zurück.

Grumper bemühte sich um Haltung und zeigte fast wieder die alte Überlegenheit, die er so gern zur Schau trug. In Wahrheit saß ihm aber noch immer die Furcht im Nacken, und das Ringen um Gleichmut zeigte ihm seine Grenzen auf. Er warf einen scheuen Blick auf Luzia, die ihn offen ansah. Natürlich wusste er, dass die Hexe ihm nichts anhaben konnte, solange er geweihtes Salz in den Taschen trug und sich mit seinem silbernen Kreuz schützte. Doch ihr Fluch hallte noch immer in seinem Kopf.

Heinrich Kramer trat vor Luzia und besprengte sie mit Weihwasser. Ettenhofer und Jost saßen hinter seinem Rücken und konnten nicht wirklich sehen, was er tat. Kramer legte das glühend heiße Kreuz frei, das ihm durch den Stoff hindurch bereits eine rote brennende Stelle beschert hatte, und drückte das heiße Metall auf Luzias Brust. Sie schrie auf und wollte zurückweichen, aber Kramer hatte ihren Nacken fest im Griff und ließ nicht locker. Ein leises Zischen war zu hören, und ihre Brust brannte, als stünde sie in Flammen. Dann ließ Kramer sie abrupt los und ließ das Leinen in seine weiten Ärmel gleiten. Luzia fiel rückwärts auf den Boden. Das Kreuz hatte sich rot und gut sichtbar in ihre Haut gebrannt.

»Seht her, das geweihte Silberkreuz hat die Hexe gezeichnet, auf dass wir uns nicht vom rechten Weg abbringen lassen!«, rief er siegessicher.

Die Zeugen reckten ihre Hälse und erkannten die Rötung auf Luzias Brust.

»Schaut Euch das Zeichen genau an!«, verlangte Kramer, während der Henker die Angeklagte wieder auf ihren Hocker setzte. »Herr Notar, bitte vermerkt in den Akten: Das heilige Kreuz hat im Beisein der Zeugen Ettenhofer und Jost die Hebamme Luzia Gassner als Hexe enttarnt. Des Weiteren hat sie dem Teufel abgeschworen und war in allen Punkten der Anklage geständig.«

»Wann das? Bei Gott, ich habe nicht das Geringste gehört«, entfuhr es Ettenhofer. Auch der Ammann schüttelte verwundert den Kopf.

»Dann liegt wohl der Verdacht nahe, dass Ihr mit offenen Augen geschlafen habt. Bleibt nur zu hoffen, dass Euer Urteilsvermögen bei Euch zuhause ein Besseres ist, sonst lebt die nächste Hexe am Ende unter Eurem Dach. Mir war so, als habe die Gassnerin die Namen Eurer Weiber erwähnt!«

Während Kramer das sagte, blieb sein Gesicht völlig reglos und eiskalt.

Ettenhofer und Jost sahen sich kurz an. In ihren Augen zeigte sich Todesangst.

»Herr Notar, bitte schreibt, dass wir die Hebamme Luzia Gassner nun dem weltlichen Gericht überantworten, auf dass die Hexe vom Leben zum Tode durch Verbrennen gerichtet werden soll!«

Grumper schrieb und reichte Jost Amman die Feder und das Tintenfass. Mit zitternder Hand unterschrieb der Ammann als Vertreter für den Kaiser Luzias Todesurteil und reichte das Pergament an Ettenhofer weiter. Dann unterzeichneten Doktor Heinrich Kramer und der Notar der heiligen Inquisition. Als alle ihre Namen auf das Dokument gesetzt hatten, wurde das Schreiben durch die Plombe des päpstlichen Untersuchungsgerichts und das Siegel der Stadt Ravensburg beglaubigt.

24

Als Johannes in die Herrengasse einbog, erkannte er Eppo, den jungen Knecht aus dem Hause Friko Hofmeisters. Mit angespannter Miene marschierte er unablässig vor dem Anwesen des Doktors auf und ab.

»Gott zum Gruße!«, rief der einfach gekleidete Mann, als er Johannes heranreiten sah. »Herr Medicus, der Herr schickt mich, weil er befürchtet, seine Frau habe die Pest. Ob Ihr wohl nach ihr sehen könnt?«

Johannes nickte. Er wendete sein Pferd und folgte dem Mann, wie er es in den letzten Tagen oft getan hatte. Unterwegs trafen sie auf die Pestknechte, die im Auftrag der Stadt den vollbeladenen Karren in Richtung der Stadttore lenkten. Johannes hatte sie im Lauf der vergangenen Tage kennengelernt und nickte ihnen zu.

»Keine gute Zeit, in der wir leben!«, murmelte Eppo und bekreuzigte sich beim Anblick der in Leinen gewickelten Leichname. »Der Adlerwirt behauptet sogar, der schwarze Tod soll bereits im Gefängnis logieren! Bei Gott, wenn das wahr ist! Dann kann sich auch der Henker seine Arbeit bald sparen. Der heilige Sebastian stehe uns bei, wenn die da«, dabei reckte

Eppo sein unrasiertes Kinn in Richtung des Pestkarrens, der die Gasse hinunterrumpelte, »die Toten bald auch aus dem Kerker schleppen müssen!«

»Was hast du gesagt? Wer muss die Toten aus dem Kerker schleppen?« Johannes' Stimme klang ruppiger als beabsichtigt. Er hatte Eppos Geschwätz keine besondere Aufmerksamkeit geschenkt. Außerhalb seiner Arbeit gehörten all seine Gedanken allein Luzia und einer möglichen Rettung.

»Na, die städtischen Pestknechte. Die armen Teufel. Offenbar hat es dem Allmächtigen gefallen, seine Geißel auch in den Gefängnisturm zu schicken. Kein Wunder bei dem Gesindel, das dort unten sitzt!«, presste der Knecht hervor.

Die Pest im Grünen Turm!, dachte Johannes und begann einen neuen Faden in seine Überlegungen einzuweben. Bis sie in der oberen Marktstraße ankamen, überschlugen sich seine Gedanken. Wenn Eppo die Wahrheit gesagt hatte ...

Als Johannes die Schlafkammer der Hofmeisters betrat, hustete die Frau des Fernhändlers bereits unter unsäglichen Schmerzen große Mengen eines schwarz-blutigen Auswurfs ab. Am Auswurf und an den blauverfärbten Lippen der Kranken erkannte Johannes gleich, dass es sich diesmal um die Lungenpest handelte. Sie galt als eine noch mörderischere Form der gefürchteten Krankheit. Hier war es nicht die Sepsis, welche den Patienten das Leben kostete, sondern eine Lungenentzündung, die mit grausamster Atemnot unabdingbar zum Tod führte. Friko Hofmeister fiel bei Johannes' Worten sichtbar in sich zusammen.

Alles, was Johannes für Irma Hofmeister noch tun konnte, bestand darin, ihre Schmerzen und ihre Atemnot ein wenig zu lindern. Deshalb verabreichte er in großzügigen Mengen Mandragoraessenz und schob ihr sämtliche Decken und Felle in den Rücken.

Stunden später, als Hofmeisters Frau verstorben war, glich der wohlhabende Kaufmann einem Häuflein Elend. Er weigerte sich strikt, den Medicus gehen zu lassen. Stattdessen ließ er immer mehr Branntwein bringen, um den Schmerz zu betäuben. Johannes hielt ihn nicht davon ab. Wer wusste schon, ob er morgen noch am Leben war?

Der Abend dämmerte bereits, als Hofmeister und Johannes endlich das Herrenhaus in der oberen Marktstraße verließen. Der Fernhändler war nicht davon abzubringen, seine Irma selbst vor die Tore der Stadt zu begleiten.

»Wenn sie schon kein anständiges Begräbnis bekommen soll, sondern in dieser ... dieser«, ihm fehlten die Worte, doch Johannes verstand ihn auch so. Hofmeister bettete den in Leinen gewickelten Leichnam mit Johannes' Hilfe auf den Rücken seines Pferdes.

Obwohl die Schließung der Tore bevorstand, ließen die Wachen sie ungehindert das Frauentor passieren. Um den schwarzen Tod machte jeder einen großen Bogen.

Als sie die Stadt wieder betraten, war Johannes erleichtert, als sich der Fernhändler gleich hinter dem Tor verabschiedete und sich ihre Wege trennten. Hofmeister trieb es die Judengasse hinunter, während Johannes seinen Weg über den Marktplatz lenkte.

Seit er mit Eppo gesprochen hatte, drängte sich ihm ein gewagter Gedanke auf, der mittlerweile noch wagemutiger geworden war. Neue Möglichkeiten taten sich vor seinen Augen auf. Johannes beschleunigte seinen Schritt.

Aus dem Goldenen Lamm drang Lärm auf die Gasse. Das gedrungene Fachwerkhaus schien unter den lauten Schimpftiraden des Wirts zu erzittern. Johannes hörte, wie etwas zu Bruch ging, und als wenige Augenblicke später die baufällige Tür aufschwang und Schwarzenberger vor seine Füße auf die Gasse gestoßen wurde, wäre er um ein Haar über den Wachmann gestolpert.

»Wenn du das nächste Mal wieder eine Keilerei anzettelst, lasse ich die Büttel kommen. Und dann bin ich gespannt, wie dir die Nacht im Grünen Turm schmeckt!«, rief der Lammwirt wütend, ehe er die Tür mit einem lauten Krachen ins Schloss warf.

»Nein, beim nächsten Mal steche ich dich ab!«, brüllte Schwarzenberger zornig und spuckte Richtung Tür. »Zum Teufel mit dir, du Idiot hast mich um eine Schlägerei gebracht!«

Johannes musste kein Medicus sein, um zu wissen, dass Schwarzenberger getrunken hatte und auf Krawall aus war. »He, von der Wehr, nicht so schnell!«, rief ihm der Wachmann nach.

Johannes achtete nicht auf ihn, sondern setzte seinen Weg fort. Erst als ihn der Torwächter in der Nähe des Kirchbrunnens fast eingeholt hatte, blieb er stehen und drehte sich herum. Lieber wollte er sich von einer Meute Wölfe gehetzt wissen, als Schwarzenberger den Rücken kehren.

»Was gibt es?«, fragte er kühl.

»Da gibt es etwas, das Euch interessieren dürfte«, sagte Schwarzenberger und schnalzte mit der Zunge.

Johannes war bereits im Gehen, als Schwarzenberger weitersprach. »Ich habe Eure Blume gepflückt, als sie noch all ihre Blütenblätter hatte. Als sie voll erblüht und erntereif war, und was soll ich Euch sagen«, Schwarzenberger machte eine kurze Pause und sah den Medicus herausfordernd an, »ich habe sie genossen. Sie schmeckte süß und saftig und die Angst in ihren Augen hat es zu einem ganz besonderen Erlebnis werden lassen …«

Mit einem hässlichen Laut traf Johannes' Faust auf Schwarzenbergers Kinn. Der gewaltige Schlag riss seinen Kopf zur Seite und ließ ihn taumeln. Er stützte sich vornüber auf dem Brunnenrand ab, dann hatte er sich wieder unter Kontrolle. Blitzschnell zog er mit der rechten Hand seinen Dolch aus dem Stiefelschaft und stürzte auf den Medicus zu. »Das hast du nicht umsonst getan!«, rief er drohend und ließ die scharfe Klinge durch die Luft sausen. Johannes wich zurück und griff nach einem der Holzeimer, die neben dem gemauerten Brunnen standen.

Schwarzenberger lachte höhnisch und stieß die Klinge wild und unkontrolliert in Johannes' Richtung. Während der Wachmann keiner Rauferei aus dem Weg ging und kampferfahren war, besaß der Medicus den Vorteil, nüchtern zu sein. Schwarzenberger hieb ein paarmal mit aller Kraft auf Johannes ein und verfehlte ihn dabei immer nur knapp. Überraschend geschickt drehte er sich um die eigene Achse und fügte dem Medicus am Oberarm eine tiefe Schnittwunde zu. Der Hass, der Johannes' Brust durchpflügte, sorgte dafür, dass er den Schmerz nicht fühlte. Während sein Leib empfindungslos blieb, fühlte er, wie die Wut in seinem Schädel kochte. Rot und heiß befahl sie seinen Händen. In Schwarzenbergers Augen blitzte die Mordlust. Johannes wusste, Schwarzenberg würde ihn töten, wenn er könnte. Er holte aus und schwang den schweren Eimer mit aller Kraft in Richtung seines Widersachers. Schwarzenberger wich zurück, dabei stolperte er rückwärts über die Holzeimer, die in unmittelbarer Nähe zum Brunnen standen. Er glotzte dumm, als er mit den Armen rudernd versuchte, den Sturz zu verhindern.

Das laute Knacken klang hässlich und gleichzeitig befreiend. Beim Aufprall auf dem gemauerten Brunnenrand brach Schwarzenbergers Genick. Jetzt lag der Wachmann auf dem Boden und starrte Johannes aus leblosen Augen an.

Voller Abscheu schmetterte Johannes den Eimer gegen den Brunnen und eilte, ohne zurückzublicken, davon.

25

Ohne auf den Weg zu achten, hastete Basilius um die neunte Stunde durch die morgendliche Kirchstraße. Er hatte sich nicht die Zeit genommen, seinen Mantel überzuwerfen, und als er jetzt im Schatten der Liebfrauenkirche stehen blieb, um keuchend nach Luft zu ringen, vermisste er das schützende Kleidungsstück, denn es regnete leicht. Er stemmte die Hände in die Seiten und lief weiter, um in die Herrenstraße einzubiegen.

Dabei hätte er Grete Muntz bemerken können, die unter der Tür des Pfarrhauses stand. Sie presste ein »Gott zum Gruße!« zwischen den zusammengekniffenen Lippen hervor, wie es sich gehörte, und ärgerte sich, weil der Apotheker sie übersah. Doch ein Blick auf ihren kleinen Handkarren ließ sie das Ärgernis gleich wieder vergessen. Der Karren war mit geweihtem Salz und gesegneten Kerzen beladen. Beides verkaufte sich mittlerweile auch im Seelhaus ganz hervorragend. Die vorbeiziehenden Pilger ließen sich gern auf ein Gespräch mit ihr ein, und später befand sich beinahe in jedem Reisegepäck ein Leinensäckchen mit dem schützenden Salz. Nur die Pest erschwerte die Geschäfte. Die Menschen hatten Angst und reisten in diesen Zeiten nicht gern. Grete wandte sich nach links, während der Apotheker in die andere Richtung weitereilte.

Als er endlich das massive Eichenportal des mehrstöckigen Antoniterspitals erreichte, schlug ihm das Herz bis zum Halse. Um Atem ringend, trat er durch das Tor, wo er zuerst auf Bruder Anselm traf.

»Wo finde ich Doktor von der Wehr?«, fragte Basilius den grauhaarigen Antoniter, während er sich den Schweiß von der Stirn wischte.

»Ihr könnt jetzt nicht zu ihm, er möchte unter keinen Umständen gestört werden!«, entgegnete der Mönch bissig.

»Ich habe nicht gefragt, was der Doktor möchte, sondern wo er sich zum gegenwärtigen Zeitpunkt aufhält.«

»Ihr findet ihn im großen Saal, aber wie ich bereits sagte, möchte er nicht ...«

Basilius maß dem blasierten Geschwätz Bruder Anselms keine weitere Bedeutung bei, sondern hastete den düsteren Flur entlang und klopfte an die breite Tür, die in den großen Saal führte. Ohne auf eine Antwort zu warten, betrat er den hellen Raum.

Johannes hob überrascht den Kopf. Er war im Begriff gewesen, Messer, chirurgische Nadeln und eine Rolle mit Katzendarm vor sich auf dem kleinen Tisch auszubreiten. Mit Basilius' Besuch hatte er zu dieser Stunde nicht gerechnet.

»Jetzt haben wir Luzia endgültig verloren!«, flüsterte der alte Mann mit tränenerstickter Stimme. Er wirkte grau und alt, alle Kraft hatte ihn verlassen.

Johannes sah ihn verständnislos an.

»Ich habe es gerade erfahren. Sie soll alles gestanden haben, was die heilige Inquisition ihr vorwirft! Hier, lies selbst.«

Basilius machte den Eindruck eines gebrochenen Mannes, als er Johannes das Schreiben des Ammanns reichte.

Der überflog das offizielle Schriftstück. Wie betäubt schüttelte er den Kopf und las die Zeilen ein zweites Mal. Als er den Inhalt erfasst hatte, geriet er ins Taumeln. Seine Hände tasteten nach dem kleinen Hocker, der immer neben dem hochbeinigen Untersuchungstisch stand. Mit einem erschöpften Seufzen ließ er sich auf das knarrende Holz fallen und schlug die Hände vors Gesicht. Was der Amman schrieb, konnte nur absoluter Irrsinn sein, und doch wusste er, dass es die Wahrheit war. Wie auch immer Kramer und sein Notar an dieses Geständnis gekommen waren, es spielte keine Rolle mehr! Die furchtbaren Erinnerungen vom Holzmarkt kamen ihm ungefragt in den Sinn. Das verzweifelte Weinen. All die Qual. Das Rasseln der Ketten im Feuer und die Schreie der beiden Frauen, die noch immer durch die ganze Stadt hallten. Der Wind trug ihre Stimmen durch die Gassen, und in jeder Regenpfütze glaubte Johannes dem Schein der Flammen zu begegnen.

Behutsam legte Basilius seine Hände auf den bebenden Rücken des Freundes. Für eine Weile überließ sich der Medicus ganz seinem Schmerz.

»Nein!«, schrie er dann und trat gegen das abgegriffene Holz der Untersuchungsliege. Als er den Kopf hob, wirkten seine Augen eiskalt.

»Wann?«

»Zu St. Dionys!«

»Dann bleibt uns nicht mehr viel Zeit!«, sagte Johannes und erhob sich. Ein entschlossenes Glitzern trat in seine Augen.

»Was hast du jetzt vor?«, fragte Basilius vorsichtig, während er Mühe hatte, das Zittern in seiner Stimme zu unterdrücken.

Johannes legte seinem alten Freund die Hand auf die Schulter. »Das lass meine Sorge sein. Ich muss jetzt gehen!«

Ehe sich Basilius versah, hatte Johannes den Saal bereits verlassen.

»Du willst doch nicht ...«, rief ihm Basilius noch nach. Doch das hörte er schon nicht mehr.

»Warum verbrennen wir die Gassnerin nicht schon morgen?«

»Weil alles seinen rechten Gang gehen muss! Bedenkt, wir sind die päpstliche Inquisition und keine fahrenden Akrobaten, die ihr Schauspiel aufführen, wann immer ihnen danach ist.«

Heinrich Kramer war Grumpers Veränderung nicht entgangen. Seit dem letzten Tag der peinlichen Befragung machte Eusebius Grumper von Tag zu Tag einen erschöpfteren Eindruck. Seine Bewegungen wirkten zunehmend fahrig und seine Stimme hatte einen unangenehmen, schrillen Beiklang. Er sah aus, als habe er seit langem weder geschlafen noch gegessen. Fasziniert hörte der Inquisitor zu, wenn Grumper über die Gassnerin sprach, wobei seine Äußerungen zwischen mörderischem Hass und nackter Angst schwankten. Selbst ihm war noch niemals etwas Derartiges widerfahren. Fast beneidete er den Kaplan um die durchdringenden Erfahrungen, und er hatte beschlossen, sie allesamt in allen Einzelheiten in seinem Hexenhammer zu berücksichtigen.

»Hat Euch die Hexe gestern auf die Nacht wieder belästigt?«, fragte er und konnte seine Neugierde kaum bezähmen.

Grumper nickte, ehe er den Platz neben dem gemauerten Ofen in der Ecke seines Arbeitszimmers verließ und zum Fenster wanderte. Dabei rieb er sich unentwegt die Hände und hauchte zeitweilig hinein. Seit die Hexe diesen Fluch über ihn gesprochen hatte, fror er bei Tag und in der Nacht. Grete heizte zwar den Ofen und hatte ihm bereits sein wollenes Nachthemd herausgesucht, doch all das war nicht einmal der berühmte Tropfen auf dem heißen Stein.

»Letzte Nacht hat mich die Hexe in der Gestalt eines Raben heimgesucht. Die Nacht davor war es eine schwarze Katze. Sie wartet, bis ich mich zur Ruhe begeben habe, dann erscheint sie mir in ihrer ganzen, verfluchten Weiblichkeit. Nacht für Nacht locken mich ihre nackten Brüste wie die Äpfel vom Baum der Erkenntnis. Das rote Hexenhaar wallt ihr wie lebende Feuerschlangen um den Kopf, während mich ihre Augen jede Nacht ein wenig tiefer in die eisblauen Fluten reißen. Die ganze Nacht quält sie mich und erst mit dem Morgengrauen verschwindet sie in Gestalt eines Tieres.« Grumper hatte nicht bemerkt, dass seine Stimme stetig angeschwollen war.

Kramer hatte atemlos zugehört. »Beruhigt Euch und trinkt einen Schluck Wein. Die Hexe kann Euch nichts anhaben, jedenfalls nicht, solange Ihr geweihtes Salz mit Euch führt. Streut heute zur Nacht einen Ring aus Salz um Euer Bett. Die Hexe kann diesen Bannkreis nicht durchbrechen und Ihr bekommt wieder etwas Schlaf.«

»Was glaubt Ihr, was ich die letzten Nächte bereits getan habe? Dazu brennen von Sonnenuntergang bis zur Dämmerung am Morgen mehrere gesegnete Altarkerzen. Ich wasche mich nur noch mit geweihtem Wasser und schlafe mit einem

Silberkreuz auf der Brust. Doch die Hexe sucht mich jede Nacht aufs Neue heim. Mittlerweile ist es mir, als rieche ich sie überall.« Grumper hob den Kopf und witterte. »Riecht Ihr es nicht? Nicht nur Kleidung und Bettstatt sind durchtränkt von ihrer hitzigen Schwüle, selbst auf der kleinen Kniebank vor meinem privaten Altar in der Schlafkammer finde ich keine Ruhe mehr. Nicht einmal in der Kirche bleibt sie mir fern. Wenn das so weitergeht, treibt mich diese Hexe in den Wahnsinn! Bei Gott, ich hätte gut daran getan, sie als Kind zu töten. Ich habe schon immer gewusst, dass von dieser roten Schlange eine besondere Gefahr ausgeht.«

Kramer nickte.

»Betet zum heiligen Michael und übt Euch noch drei Tage in Geduld, dann erfährt ihre schwarze Seele durch die reinigenden Flammen Läuterung, und Ihr seid wieder ein freier Mann.«

Luzia lag in der Dunkelheit ihres Verlieses und kämpfte gegen die Verzweiflung, die ihr Herz marterte. Ihr Leib bestand aus Schmerz, Entbehrung und blutverkrusteten Wunden, von denen sich einige im Schmutz des Kerkers entzündet hatten. Die Schwäche zog sie immer wieder in einen schwarzen Schlund, in dem sie alles vergaß. Wenn es ihr möglich war, eine Weile wach zu bleiben, fragte sich Luzia, wozu sie so lange geleugnet hatte. Sie hatte all die geschickt formulierten Fragen, die ihr die Inquisitoren gestellt hatten, pariert. Sie hatte jeder Versuchung widerstanden, die Geständnisse und Geschichten, die ihr die beiden so geschickt in den Mund gelegt hatten, zu gestehen. Nicht ein einziges Mal war sie eingebrochen. Für Johannes' Liebe hatte Luzia um ihr Leben gekämpft und letztlich doch alles verloren. Kramers letzter perfider Schachzug hatte jeden Keim der Hoffnung in ihrem Herzen ausgelöscht.

Wenigstens hatte man sie, nachdem die Inquisition ihr Todesurteil unterschrieben hatte, nicht mehr gefoltert. Aber bald würde sie ihren letzten Gang auf den Marktplatz antreten. Dort würde sie Franziska und Brigitta bei lebendigem Leib in die Flammen folgen.

Luzia hoffte nur noch darauf, ein einziges Mal in Johannes' Augen sehen zu dürfen. Noch einmal wollte sie seine Lippen berühren und seine warme Stimme hören. »Johannes, ich liebe dich! Ich werde dich immer lieben!«, flüsterte Luzia in die eisige Schwärze des Kerkers.

Sie dachte an diejenigen, die sie zurücklassen musste. An Basilius, der ihr im Lauf des vergangenen Jahres wie ein Vater ans Herz gewachsen war. Sie sann über die Menschen in Seefelden. Allen voran Elisabeth, Jakob und Pater Wendelin. Pater Wendelin! Wie sehr es ihre Seele trösten würde, wenn ihr ein letztes Gespräch mit ihm vergönnt wäre. Luzias Gedanken gehörten auch Nepomuk! Wie oft schon hatte sie ihre Tränen in seinem warmen Fell getrocknet?

Sie versuchte sich etwas aufzurichten, doch die Schmerzen in ihrem Körper und quälender Durst ließen sie zurücksinken. Sie versuchte sich zu erinnern, wann sie zum letzten Mal einen Wachmann im Kerker gesehen hatte. Ihr Gefühl sagte ihr, dass schon mehr als zwei Tage vergangen waren, seitdem Schwarzenberger ihr das letzte Brot vor die Füße geworfen hatte. Seitdem war auch kein anderer mehr erschienen. Wollte man sie hier verhungern und verdursten lassen? Sie ertastete den Krug, in dem schon lange kein Wasser mehr war, und warf ihn in einer verzweifelten letzten Kraftanstrengung gegen die Tür.

»Ist denn da niemand?«, schrie sie.

Niemand antwortete ihr.

Basilius konnte sich nicht erinnern, sich jemals so elend gefühlt zu haben. Mühsam schleppte er sich von seiner Schlafkammer im ersten Stock des Apothekerhauses hinunter in die Arbeitsräume im Erdgeschoss. Obwohl er ein dickes Leinenhemd, das bis zum Boden reichte, und eine Schlafmütze aus Wolle trug, fror der alte Mann entsetzlich. Mit zitternden Händen nahm er ein Gefäß, das Weidenrinde enthielt, vom Regal. Dann setzte er sich, in eine Decke gehüllt, an den Tisch und schluckte den bitteren Aufguss. Die schwarzen Schwellungen im Halsbereich und unter den Achseln sagten ihm, was er schon geahnt hatte. Auch er war an der Pest erkrankt. Bereits gestern hatte er den Großteil seiner Habe in schweren Reisekisten verstaut, die er mit letzter Kraft herbeigeschleppt hatte. Der Schweiß floss ihm in Strömen über das Gesicht, dennoch fror er und zitterte so stark, dass seine Zähne aufeinanderschlugen. Mit zitternder Hand begann er einen Brief an Johannes zu schreiben. Basilius vermachte den gesamten Hausstand, alle seine Bücher und Gerätschaften dem jungen Doktor. Bevor er weiterschreiben konnte, wischte sich der alte Mann den Schweiß von der Stirn. Unter anderen Umständen wäre selbstredend seine Nichte die Begünstigte gewesen. Wenn er aber seinen Besitz Luzia hinterließ, würde das Erbe nach ihrem Tod ganz automatisch an die Kirche fallen. Das Vermögen einer Hexe wurde immer eingezogen. So wahr ihm Gott helfe, das wusste er zu verhindern!

Die Sorge um seine Nichte nahm ihm die letzte Kraft, und als Johannes am nächsten Tag in die Marktstraße kam, hatte Basilius bereits zeitweise das Bewusstsein verloren.

Mit kundigen Händen versuchte der Medicus dem alten Mann die kurze Zeit, die ihm noch bleiben würde, zu erleichtern. Er kühlte seine Stirn und die schwarzen Beulen, die einen rasenden Schmerz durch den Körper des Kranken jagten. Mit warmen Steinen hoffte der Medicus das Kältegefühl, mit welchem das Fieber den entkräfteten Mann zusätzlich quälte, ein wenig zu lindern. Wäre der ausgezehrte Leib seines alten Freundes nicht bereits mit zahlreichen Geschwüren bedeckt gewesen, hätte Johannes sich auf die Empfehlungen seiner Lehrer zu Montpellier berufen. Sie waren dazu übergegangen, die Pestbeulen mit einem glühenden Eisen auszubrennen, um die Wunden anschließend mit einer Mischung aus Wein und Essig zu versorgen. Einige Leben hatten sie auf diese Weise sogar gerettet. Doch für Basilius würde diese Behandlung den sicheren Tod bedeuten, so wollte Johannes wider besseres Wissen darauf hoffen, dass sein alter Freund zu den wenigen gehörte, die die Pest überlebten und wieder gesund wurden.

»Dort auf dem Tisch liegt ein Brief. Er ist für dich bestimmt«, flüsterte Basilius mühsam und griff zitternd nach Johannes' Hand. »Der bloße Gedanke, dass sich die Kirche nach Luzias Tod auch noch an ihrem Erbe bereichert, lässt mir schon jetzt keine Ruhe. Ich müsste mich im Grabe herumdrehen, wenn dem so wäre! Deshalb hinterlasse ich dir meinen gesamten Besitz. Verfahre nach eigenem Gutdünken damit.«

Johannes streichelte die Hand des alten Freundes.

»Ich werde nicht zusehen, wie die Häscher der Inquisition ihre höllischen Pläne in die Tat umsetzen, und wenn der Allmächtige uns beisteht, wird es mir vielleicht gelingen, Luzias Leben zu retten.«

Ein Leuchten erhellte Basilius' müde Augen. Tränen sammelten ihre salzige Botschaft in den Augenwinkeln des alten Mannes, ehe sie seine faltigen Wangen netzten. Er nickte matt. Nach einer Pause, in der Johannes ihm die Stirn trocknete, nahm Basilius das mühevolle Gespräch wieder auf.

»Wenn das wirklich wahr ist ... Mein Gott, Johannes. Ich habe dich immer wie einen Sohn geliebt. Rette Luzia und bring sie weit fort von hier!« Mit letzter Kraft malte Basilius dem jungen Arzt ein Kreuz auf die Stirn, ehe er seine Augen für immer schloss.

Behutsam faltete Johannes die Hände des alten Mannes zum Gebet. Er gab ihm seine Stimme und betete für Basilius ein Paternoster und ein Ave-Maria, ehe er den Leichnam in ein sauberes Leinen bettete. Obwohl alle Türen und Fenster geschlossen waren, begannen die Kerzen zu flackern, die Johannes zum Gebet entzündet hatte. Für einen Moment war ihm, als höre er Luzias sanfte Stimme, und während ein Windhauch seine Wange streifte, glaubte er sogar ihre Wärme zu spüren.

Die Turmbläser verkündeten die Mitternacht. Johannes wusch sich die Hände, verriegelte die Fensterläden und die schwere Eichentür, bevor er in der Dunkelheit davonritt. In seinem Gepäck befanden sich nur Basilius' Testament, ein paar wertvolle Bücher und ein Beutel voller Goldstücke. Um alles andere würde er sich später kümmern.

Wie jeden Tag klopfte Johannes an die schwere Gefängnistür. Obwohl er genau wusste, dass man ihn nicht zu Luzia vorlassen würde, konnte er nicht von der Gewohnheit lassen. Er konnte nicht einmal sagen, ob sie das Brot erhielt, das er tagtäglich für sie vorbeibrachte.

Zu seiner Verwunderung öffnete ihm Michel Weidacher den oberen Teil der zweigeteilten Eichentür. Aber auch er ließ ihn nicht eintreten, so reichte Johannes' Blick wieder nur bis in die düstere, kleine Wachstube, die sich hinter Michels Rücken auftat.

»Ihr?«, fragte Johannes überrascht.

Michel nickte.

»Das stimmt mich ein wenig zuversichtlicher!«

»Das sollte es nicht«, entgegnete Michel knapp. »Dem Kollegen Schwarzenberger hat das letzte Stündlein geschlagen. Wahrscheinlich hat sich der Trunkenbold im Rausch das Genick gebrochen«, sagte Michel ohne eine Spur des Bedauerns. In seinem Gesicht zeigte sich keine Regung. »Und einige Kameraden hat die Pest dahingerafft. Deshalb hat sich Heinrich Kramer ausnahmsweise nicht in Feldmanns Wacheinteilung eingemischt. Nun ist er froh, dass die Stadt noch über einige gesunde Männer verfügt.«

»Dann bitte ich Euch, lasst mich zu Luzia«, sagte er hoffnungsvoll.

»Ich darf Euch nicht hinunterlassen«, entgegnete Weidacher kurz. »Es gelten noch immer die Befehle des Inquisitors. Er befürchtet, sie könnte einem Besucher schaden, indem sie ihn verhext.«

Zornig schüttelte Johannes den Kopf und verpasste dem Türrahmen einen wütenden Tritt.

»Verdammt, Weidacher, Ihr wisst doch, dass Luzia Gassner keine Hexe ist!«, rief Johannes aufgebracht.

Michel nickte zwar, machte aber keine Anstalten, Johannes einzulassen. Stattdessen machte er eine leichte Kopfbewegung nach hinten, und Johannes konnte sehen, dass noch ein weiterer Wachmann sich in der kleinen Wachstube auf einem alten Schemel fläzte. Er sah grimmig drein und wirkte nicht, als wolle er eine Ausnahme gestatten.

Während Johannes seine Augen schloss und geräuschvoll ausatmete, verfluchte er sein Pech. Wäre Michel Weidacher allein gewesen, hätte er bestimmt mit sich reden lassen.

»Dann sagt mir wenigstens, wie es ihr geht«, verlangte er grimmig.

Michel wich seinem Blick aus.

»Ich werde sie erst heute Abend sehen, wenn ich den Gefangenen ihre Mahlzeit bringe«, lautete seine knappe Antwort.

»Und jetzt müsst Ihr gehen!«, sagte Michel schnell, nahm das Brot aus Johannes' Händen und schob die Tür zu, bis sie mit einem dumpfen Scheppern ins Schloss fiel.

Lange bevor das erste Licht des Tages durch die Fenster sickerte, floh Johannes das Lager, das ihn seit Stunden quälte, und wanderte wie ein gefangenes Tier von einem Raum zum anderen.

Während er ans Fenster trat und hinaussah, fügte er seinem nächtlichen Plan einen neuen Gedanken hinzu. Langsam fügte sich alles wie ein schimmerndes Mosaik zusammen. Seine Überlegungen waren gewagt, doch während das erste Tageslicht die Welt in tristes Grau tauchte, stand sein

Entschluss fest! Er wollte Weidacher aufsuchen und ihn für seinen waghalsigen Plan gewinnen …

Als sich Johannes auf den Weg machte, waren die Straßen noch leer. Außer dem Pestkarren begegnete er nur ein paar Tagelöhnern, die auf dem Holzmarkt Arbeit für den Tag suchten, und den Bettlern, die wie jeden Tag an einem der Stadttore um Almosen baten. Selbst der arme Teufel, dessen Beine dem Antoniusfeuer zum Opfer gefallen waren, zog sich bereits auf seinen Händen über den Platz. Er lag den ganzen Tag zwischen dem Frauentor und dem Grünen Turm und war über die Ein- und Ausreisenden bestens informiert. Wie immer, wenn Johannes in die grünen Augen des Bettlers sah, fühlte er einen Stich in der Brust. Luzia hatte den alten Mann immer gemocht.

»Bitte verzeiht, Herr Medicus!«, murmelte der Alte, an Johannes gewandt, und sagte mit lauter Stimme: »Ich bitte Euch, denkt an Euer Seelenheil und werft einem armen Krüppel etwas in den Beutel! Wisst Ihr, wie es Jungfer Gassner geht?«, fügte er flüsternd hinzu.

Johannes schüttelte den Kopf.

»Wäre es zu viel verlangt, wenn ich Euch um Nachricht bäte? Ihr wisst, wie sehr mir die Jungfer am Herzen liegt?«

Johannes nickte. Er wusste, Luzia war in der Vergangenheit immer sehr großzügig gewesen. Und zu diesem Bettler hatte sie eine besondere Freundschaft gepflegt.

»Gott schütze Euch und die Euren!«, sagte er und flüsterte im Anschluss: »Ich halte ebenfalls Augen und Ohren offen und den Mund geschlossen.«

Michel Weidacher bewohnte mit seiner Mutter zwei kleine Zimmer in der St.-Veit-Gasse. Johannes führte den Araberhengst zum Hintereingang des Hauses und klopfte an die wettergegerbte Tür.

»Was wollt Ihr von meinem Sohn?«, fragte die ältere Frau neugierig. Während Johannes noch überlegte, was er sagen sollte, erschien gottlob der junge Weidacher selbst in der Tür und ließ den Medicus eintreten. Während Johannes wartete, bis Michels Mutter endlich die Tür hinter sich schloss, entging ihm das Mienenspiel des Wachmanns nicht. Er deutete es irgendwo zwischen Überraschung und leiser Furcht.

»Weidacher, seht mich an!«, begann Johannes scharf, »glaubt Ihr, Luzia Gassner ist eine Hexe?«

Michel schüttelte den Kopf und versuchte dem Blick des Medicus standzuhalten.

»Dann sind wir immerhin zu zweit«, sagte Johannes und berührte den Wachmann an der Schulter.

Michel schüttelte wieder den Kopf.

»Zu dritt!«, erwiderte er leise, »Nanne glaubt schon lange nicht mehr an Jungfer Gassners Schuld. Glaubt mir, wenn wir eine Möglichkeit sähen ...« Michel brach ab und rieb sich das müde Gesicht.

»Ich muss Euch nicht daran erinnern, dass Euch Jungfer Gassner unter Einsatz ihres Lebens in den Kerker gefolgt ist und erst durch ihre selbstlose Tat den Verdacht der Hexerei auf sich gezogen hat?« Michel schüttelte den Kopf.

»Das werde ich ihr nie vergessen«, murmelte Michel in der Erinnerung an diese furchtbare Nacht.

»Dann lasst jetzt Taten folgen!«

»Sagt mir, was ich tun kann, und ich werde Euch helfen«, beteuerte Michel.

Johannes wusste, dass er auf dem richtigen Weg war.

»Uns bleibt nicht viel Zeit, doch ich werde mit Eurer Hilfe verhindern, dass Luzia morgen auf dem Scheiterhaufen den Tod findet. Der Plan ist waghalsig und kühn ...«

Michels Augen leuchteten. Bei Gott, er fühlte sich waghalsig und kühn! Schon häufig hatte er sich nach einer solchen Gelegenheit gesehnt. Er war es der Hebamme schuldig.

»Eine gewagte Idee, aber sie könnte funktionieren«, bestätigte Michel, nachdem ihm von der Wehr sein Vorhaben verdeutlicht hatte. »Das Wichtigste ist, dass Ihr keine Zeit verliert, wenn ich Euch rufen lasse. Sicher haben wir die größte Chance während der Wachablösung. Wenn die einen bereits fort sind und die Nachfolgenden noch nicht über alle Geschehnisse der vergangenen Schicht unterrichtet wurden.«

Johannes verstand und nickte.

»Jetzt benötigen wir nur noch einen zuverlässigen Boten«, überlegte Johannes laut. »Kennt Ihr den Bettler mit den auffallend grünen Augen?«

Michel nickte.

»Niemand wird Verdacht schöpfen. Bettler bewegen sich bisweilen beinahe unsichtbar. Doch das Wichtigste ist«, Johannes machte eine kurze Pause, »er ist Luzia mehr als wohlgesonnen und würde mit Sicherheit einen kurzen Botengang übernehmen.«

»Also gut! Ich sehe ihn häufig am Frauentor. Von dort ist es nicht weit bis zum Grünen Turm, und wenn es dunkel wird, öffne ich den kleinen Verschlag neben dem Eingang. Dort soll er heute Nacht auf mich warten.«

Johannes verabschiedete sich mit leichtem Gepäck von Michel. Hoffnung wiegt nicht schwer …

26

Mit einem Schrei des Entsetzens schleuderte Eusebius Grumper das Bündel von sich. Er verfluchte sich dafür, die roten Flechten der Gassnerin heimlich an sich genommen zu haben, nachdem der Henker ihr das Haar geschoren hatte. Seit dem vermaledeiten Tag hielt er sie auf dem untersten Brett seines Bücherregals vor den neugierigen Blicken Gretes und Bruder Heinrichs versteckt.

Beinahe täglich hatte Grumper an dem Haar gerochen und die seidigen Flechten durch seine Finger gleiten lassen, doch jetzt lagen sie in der glimmenden Feuerstelle seiner Wohnstube. Als die Flammen in einem Fauchen erwachten, wich er ängstlich zurück. Der Kaplan glaubte in den lodernden Zungen das Antlitz der Gassnerin zu erkennen. Während sich ihr dichtes, rotes Haar wie lebende Schlangen wand, erinnerte es Grumper an das Haupt der Medusa. Aus dem Zischen des Feuers vernahm er die drohende Stimme der Hexe: »Ich verfluche dich für alle Zeiten und durch alle Leben, bis ans Ende aller Tage!« Ein wehklagendes Stöhnen entwand sich seiner Kehle, ehe er nach dem geweihten Salz griff und eine Handvoll in die Feuerstelle warf. Abermals prasselten die

Flammen hoch und leckten gierig an dem Stein, der es gefangen hielt.

So ging es nun schon seit dem letzten Tag in der Folterkammer. Die Gassnerin verfolgte ihn bis in seine Träume. Die Hexe begegnete ihm überall. Selbst in der spiegelnden Oberfläche des Weihwasserbeckens bedrängte sie ihn mit ihrer verführerischen Schönheit. Sie erschien ihm in jeder Pfütze und ließ ihm keine Ruhe mehr. Der warme Duft der Gassnerin verfolgte ihn überallhin. Selbst seinen Schlaffellen und seiner Strohmatratze entstieg die Blume ihrer Weiblichkeit und tauchte seine Gedanken in ein loderndes Meer. Seit Ewigkeiten hatte er kein Auge mehr zugetan, und wenn er tatsächlich einmal schlief, erwachte er aus einem furchtbaren Albtraum. Dann erschien ihm die Gassnerin als eine uralte Göttin, die ihm ihre Allmacht aufzeigte, indem sie ihn zwang, ihre Milch aus einem geschliffenen Kelch zu trinken. Doch es kam noch schlimmer, manchmal hatte er schon geträumt, dass die Hexe seinen nackten Leib mit ihrem Mondblut besudelte. Mit Fingern, so filigran wie Feenhaar, malte sie heidnische Zeichen auf seine Brust, ehe sie ihn in das ewige Höllenfeuer verbannte und selbst im Strom der Zeit verschwand.

Es gab kein Eckchen in seinem Haus, in dem er vor ihr sicher war, deshalb irrte der Kaplan jede Nacht stundenlang durch die Stadt.

Erleichtert sah er zu, wie sich das Haar der Hexe mit einem letzten Zischen in Rauch auflöste. Doch da erschien ihm die Gassnerin schon wieder so wahrhaftig, dass er sich mit bebenden Fingern in seinen schwarzen Mantel hüllte und das Pfarrhaus eilends verließ. Auf dem Weg zur Kirche war alles ruhig, selbst der Wind schien bereits zu schlafen. Mit einer Laterne in der Hand eilte er die Gasse hinunter. Als Grumper eine Stunde nach Mitternacht das schwere Eichenportal zur Kirche öffnen wollte, erhob sich ein scharfer Luftzug aus dem Nichts. Mit zitternden Händen steckte er den großen Schlüssel ins Schloss. Die Tür sprang auf, und er rettete sich mit klopfendem Herzen ins Innere des dunklen Gotteshauses. Er hastete zum Altar, wo der Tabernakel in eine steinerne Stele eingelassen war. Darüber leuchtete rot und tröstend das ewige Licht. Während seine Lippen ein stummes Gebet formten, suchte der Kaplan nach dem Schlüssel zum Allerheiligsten. Im Tabernakel befanden sich als Symbol für den Leib Christi die geweihten Hostien. Als er das Sühneopfer aus Weizenmehl an seinem Gaumen spürte, streifte ein weiterer Hauch sein Gesicht. Obwohl in der Liebfrauenkirche völlige Windstille herrschte, begann das milchige Licht seiner Laterne zu flackern. Angsterfüllt starrte der Kaplan in die zuckende Flamme.

»Kinder, es ist die letzte Stunde!«, begann Grumper die Verführung durch den Antichristen aus dem ersten Brief des Johannes zu rezitieren. Schweiß brach aus jeder Pore, und gleichzeitig zitterte er vor Kälte. Als er glaubte, in dem tanzenden Schein des ewigen Lichts Luzias Haar zu erkennen, stieß er in wilder Hysterie seine Laterne von sich, deren Licht verlosch, und sank auf die Knie. Mit zitternden Händen bekreuzigte er sich mehrmals, als plötzlich auch die ewige Flamme hinter dem roten Glaszylinder zu flackern begann. Dann erlosch auch dieses Licht.

Als sich Grumper in völliger Dunkelheit wiederfand, klopfte sein Herz wie Trommelschläge gegen die Rippen. Er kroch auf allen vieren zur ersten Bankreihe. Erst dort erhob er sich und tastete sich blind bis zum Portal. Ein Blick zurück sagte ihm, dass die Hexe ihn nur getäuscht hatte. Die Flamme des ewigen Lichts brannte rot und still. Selbst seine erloschen geglaubte Laterne warf ihren warmen Schein wieder auf den grauen Steinboden.

In wildem Entsetzen riss Grumper die schwere Kirchentür auf und stolperte auf den dunklen Platz. Wie vom Teufel selbst gehetzt, eilte er durch die finsteren Gassen der Stadt davon. Der Wind erhob seine sanfte Stimme zu einem bedrohlichen Brausen und trieb ihn wie eine Strohpuppe vor sich her. Sein Herz schlug gegen die Rippen, als wollte jeder einzelne Schlag die Knochen zum Bersten bringen. Schweiß rann ihm den Rücken hinunter, ehe sich die kalten Tropfen in der Gesäßfalte sammelten. Die Angst hetzte ihn quer durch das nächtliche Ravensburg. Ein paarmal geriet er ins Straucheln, und einmal stolperte Grumper in der Dunkelheit und fiel in den klammen Matsch. Mühsam erhob er sich und rannte weiter. Hinter jeder Biegung und an jeder Hausecke stand die Hexe in ein silberweißes Gewand aus Mondschein gehüllt. Es tauchte ihren nackten, weißen Leib in einen zarten Nebelschleier und wollte ihn zur Sünde verführen. Während sein Herz ins Stolpern geriet, fiel ihm das Atmen immer schwerer. Obwohl er sich am anderen Ende der Stadt glaubte, erblickte er mit einem Mal den Grünen Turm.

»Das kann nicht sein! Die Hexe täuscht meine Sinne. Sie will mich ins Verderben locken! Herr, ich habe getan, was gut und richtig ist, darum überlass mich nicht der Willkür meiner Feinde!«, rief Grumper in die Finsternis und rannte halb wahnsinnig vor Angst zur Stadtmauer. Der weißgekalkte Frauenturm schimmerte im Mondlicht, aber das rettende Tor war längst geschlossen. Weit und breit sah Grumper keine Menschenseele. Nicht einmal der Nachtwächter sang sein Lied.

»Ich verfluche dich bis ans Ende aller Tage!«, raunte ihm der Wind ins Ohr.

In seiner Brust wurde es immer enger. Sein Atem ging stoßweise, als sein Blick auf den luftigen Wehrgang über der Stadtmauer fiel. Dort oben hoffte er besser atmen zu können. Seine letzte Hoffnung war die Notleiter, die außer im Brandfall ausschließlich von den Torwachen erklommen werden durfte. Im bleichen Mondlicht sah er den rettenden Fluchtweg. Immer zwei Sprossen auf einmal nehmend, stieg er die wackelige Leiter empor.

Hier oben auf der Brüstung fühlte sich Grumper dem Himmel näher. Während sich der rasselnde Atem des Geistlichen langsam beruhigte, verlor sich sein Blick über den schwarzen Wäldern, die Ravensburg wie eine schützende Hand umgaben. Während der dünne Wolkenschleier den vollen Mond aus seiner weißen Umarmung entließ, trieb die leichte Brise ein paar trockene Eichenblätter vor sich her. Lange blickte Grumper über die Brüstung nach unten. Das silberne Licht ergoss sich wie Elfenblut über die in dichter Reihe stehenden Holzpfähle. Ihre angespitzten Enden ragten wehrhaft aus der Erde. Erschöpft lehnte sich der Kaplan gegen die Bretter des Wehrganges und glitt an der Wand hinunter. Zwar wusste er nicht wie, aber er schien der Hexe entkommen zu sein.

Die Bläser verkündeten die elfte Stunde, als Johannes zu Hause in der Frauenstraße seinem Araberhengst endlich den Sattel abnahm. Heute hatte er neben zahlreichen Krankenbesuchen viele Male den Pestkarren rufen lassen. Einen Toten hatte er noch vor Schließung der Stadttore selbst zu einer der Kalkgruben gebracht.

Mittlerweile waren viele Pestknechte selbst erkrankt, und einen Ersatz für die tüchtigen Männer gab es nicht. Jeder fürchtete, selbst der Nächste zu sein. Die von der Stadt bestellten Pestknechte arbeiteten von früh bis spät und schafften es dennoch nicht, alle Verstorbenen gleich vor die Stadtmauer zu bringen.

Während Johannes sein Pferd tränkte, dachte er an den Scheiterhaufen, der bereits auf dem Holzmarkt aufgeschichtet war und der nur darauf wartete, Luzia den Tod zu bringen.

Das leise Klopfen an der Stalltür, riss ihn aus seinen Gedanken. Sofort öffnete er sie einen Spaltbreit.

»Gott zum Gruß, Herr Medicus!« Der Mann mit den grünen Augen kauerte zu seinen Füßen. Heute Abend lag ein Schatten unter ihnen. Das Grün war nicht mehr so lebendig.

»Michel Weidacher schickt mich«, brachte der Alte mühsam hervor und zog sich in den Stall.

Johannes nickte voller Ungeduld, als sich der Bettler ins Stroh fallen ließ.

»Was hat er dir aufgetragen?«, entgegnete Johannes schroffer als beabsichtigt. Die Anspannung der letzten Stunden zerrte zusätzlich an seinen Nerven.

»Ich soll Euch ausrichten, Ihr sollt zum Grünen Turm kommen!«, sagte der Alte leise, »er erwartet Euch zur fünften Nachtstunde an der Gefängnispforte. Sollte Euch jemand fragen, sagt, man habe Euch zum alten Burger gerufen, weil die Wachen vermuten, er habe die Pest. Doch nur Herr Michel weiß, dass der Dieb bereits mit dem Beginn seiner Schicht gestorben ist. Herr Michel wird Euch einen Schlüssel reichen und Euch in die erste Zelle nach dem Abgang schicken. Dort werdet Ihr auf Jungfer Gassner treffen. Herr Michel lässt Euch außerdem ausrichten, dass er ein großes Leinen hinter Jungfer Gassners Zellentür legt.«

Johannes wusste, dies würde seine einzige Möglichkeit sein. Seine Hände zitterten vor Ungeduld, als er daran dachte, dass er in wenigen Stunden Luzia wiedersehen würde.

Doch nun galt es einen kühlen Kopf zu bewahren. Zuerst musste er mit ihr als Pesttote das Gefängnis verlassen. Kurz bevor die Stadttore geöffnet wurden, wechselte auch dort die Wache. Dann wurden die vielen Pestleichen, die die Knechte während der Nachtruhe neben den Toren abgelegt hatten, zu den Kalkgräbern gebracht. An den Durchgängen gab es dann immer ein Durcheinander, dachte Johannes. Ja, so musste es gehen! Er spürte, wie sein Mund trocken wurde. Seine Hände kribbelten vor Erregung. Noch konnte er nicht glauben, dass sein Vorhaben gutgehen würde. Was, wenn die anderen Wachen den alten Burger vorzeitig entdeckten? Wenn jemand Luzia erkannte? Aber was hatten sie schon zu verlieren außer ihrem Leben?

Johannes bückte sich zu dem Bettler hinunter.

»Ich danke dir für deine Hilfe! Aber sag mir, wie ist dein Name?«, fragte er sanft.

»Wenzel. Ich bin Wenzel«, entgegnete der Alte mit einem müden Lächeln.

»Warte hier!«, sagte Johannes und eilte ins Haus. Wenig später kam er mit einem kleinen Beutel voller Goldstücke zurück und reichte ihn Wenzel.

»Nimm diese Münzen. Es sind genug, damit du dir einen

Platz in der Armenstube des Spitals kaufen kannst. So musst du dein Lebtag nicht mehr frieren noch hungern.«

»Lasst es gut sein«, unterbrach ihn der Alte mit matter Stimme und gab den Beutel zurück. Er schnürte seinen grauen Kittel auf und entblößte seine Halsbeuge. Johannes konnte den Blick nicht von den dunklen Beulen wenden.

»Wenn Ihr mir etwas aus Eurem Zauberkasten geben könntet, wäre ich schon zufrieden«, gab der Bettler mit einem klugen Lächeln zurück. Ihm war der schmerzvolle Blick des jungen Arztes nicht entgangen.

Johannes schluckte schwer. »Ich könnte versuchen die Beulen zu behandeln. Einigen hat …«

»Vergesst es gleich wieder!«, entgegnete Wenzel entschieden. »Rettet die Jungfer vor dem Feuertod! Sie war immer mein guter Geist. Ich bin nicht traurig, wenn dieses arme Erdenleben ein Ende hat, denn dann darf ich die ganze Herrlichkeit Gottes schauen«, sagte der Alte zuversichtlich. »Zudem sind die Beulen auch in der Leiste und unter den Achseln.«

Erst als Johannes die Laterne zu Hilfe nahm, fiel ihm auf, dass der Schatten des Todes bereits deutlich über Wenzel schwebte. Der Medicus reichte dem alten Mann ein Fläschchen Mandragoraessenz und nickte ihm zu.

»Und das lindert den Schmerz?«, fragte der Bettler skeptisch.

»Damit kannst du ganz Ravensburg den Schlaf bringen. Ich führe mithilfe der Alraune regelmäßig Amputationen durch.«

Der Alte nickte schwach. Seine Stirn glänzte feucht und seine grünen Augen wirkten fiebrig.

»Wie lange habe ich noch Zeit?«

»Ein paar Stunden, höchstens einen Tag«, entgegnete Johannes sanft.

Wenzel packte die Flasche in seinen Beutel und zog sich zur Stalltür.

»Gott segne dich!«, sagte Johannes und reichte dem Alten die Hand.

Der lächelte müde. »Und Euch! Habt Dank für die Medizin und bestellt der Jungfer meine besten Wünsche.«

Als sich Wenzel auf seinen Händen über den Hof zog, wünschte Johannes dem alten Mann, dass sich seine Hoffnungen erfüllten und ihn ein besseres Dasein erwartete. Dann wandte er sich ab. Ihm blieb nicht mehr viel Zeit, und er hatte noch sehr viel zu erledigen.

27

Johannes' Hände zitterten, als er den Schlüssel aus Michels Händen entgegennahm. Nichts deutete im reglosen Gesicht des Wachmanns darauf, dass auch er Luzias Leben retten wollte.

»Nehmt Euch in Acht vor der Hexe! Bisweilen dringt ihre Zauberkraft durch die verschlossene Tür!«, rief ihm Michel nach, als er sich bereits in der Mitte des düsteren Abgangs befand.

Johannes war zur fünften Stunde im Grünen Turm erschienen und nun stand er vor der einzigen Tür, die ihn noch von Luzia trennte. Wilde Freude erfasste sein Herz, und es gelang ihm erst nach mehrmaligem Versuch, den großen Schlüssel in das dunkle Schloss zu befördern. Als die schwere Tür endlich unter lautem Quietschen nachgab, schlug ihm feuchter, eiskalter Modergeruch entgegen. Er wollte jetzt nur noch Luzia in seine Arme reißen. Das schwache Licht seiner Pechfackel reichte nur wenige Schritte weit, aber was er sah, reichte aus, damit sich sein Herz zusammenkrampfte. Gewiss hatte er schon viel Leid gesehen, aber Luzias Anblick überstieg alles, was ihm je begegnet war. Sie lag zusammengerollt auf der

Seite. Ein zerrissenes Hemd bedeckte ihren abgemagerten Leib nur an manchen Stellen. Dazwischen waren Luzias Rücken, ihre Schultern und ihre Brüste zu sehen. Die Haut war von einem wirren Netz blutverkrusteter Wunden überzogen. Ihre Beine zeigten überall blaue Male und offene Stellen. Als Johannes' bestürzter Blick auf Luzias kahlgeschorenen Kopf fiel, traten ihm Tränen in die Augen. »Allmächtiger, was haben dir diese Bestien nur angetan?« Er ließ sich neben Luzias zusammengekauerter Gestalt auf die Knie fallen und berührte behutsam ihre schmale Hand. »Luzia, Liebes. Großer Gott!«, entfuhr es ihm, als sein ungläubiger Blick an ihren leblosen Zügen hing. Sie wirkte so verletzlich, so zart und hilflos, dass er für einen Augenblick befürchtete, zu spät gekommen zu sein. Ihre geschlossenen Augen lagen, von schwarzen Schatten umgeben, tief in den Höhlen. »Luzia, Liebes, kannst du mich hören?«, rief er voller Angst.

Luzia erwachte nur zögernd. Sie wollte ihren Traum nicht verlassen, in dem sie Johannes' warme Stimme hörte. »Johannes!« Mehr brachte sie nicht hervor, denn ein Schluchzen und Zittern erfasste ihren Leib.

Er riss sie in seine Arme. Benommen fühlte sie zuerst seine tröstende Hand auf ihrer Wange, ehe sie seinen warmen Mund auf ihren Lippen spürte. Vor Glück, ihn wenigstens ein letztes Mal wiedersehen zu dürfen, konnte sie nicht aufhören zu weinen.

Während er Luzias Gesicht mit zarten Küssen bedeckte, wiegte er sie still in seinen Armen. Für einen Augenblick war es, als hielte die Zeit das Pendel des Lebens an, um ihre Seelen für die Dauer einiger Herzschläge zu vereinen.

»Uns bleibt nicht viel Zeit!«, flüsterte er und weihte Luzia, die nur langsam verstand, dass sie nicht träumte, in seinen Plan ein.

»Wir fliehen gemeinsam?«, murmelte sie schwach.

Johannes nickte. Mit fliegenden Händen legte er das Leinen bereit. Dann löste er Luzias Fußfesseln und trug sie hinüber, denn sie war viel zu schwach, um ohne seine Hilfe gehen zu können.

»Du musst mir jetzt vertrauen! Ich gebe dir von der Alraune. Sie nimmt dir die Schmerzen und lässt dich tief schlafen.«

Luzia schluchzte und nickte dankbar. Sie wollte endlich keine Schmerzen mehr fühlen und sich von Johannes davontragen lassen. So oft hatte sie auf ihn gehofft. Hatte gebetet und manchmal auch geflucht, und jetzt endlich war er doch noch gekommen. Der Medicus legte ihr ein zusammengerolltes Rosenblatt unter die Zunge. Luzia fühlte die starke Wirkung der frischen Alraune, die in Verbindung mit dem Schlafmohn bald dafür sorgte, dass sie müde wurde und sich ihre Glieder entspannten.

Ehe sich der Stoff endgültig über ihr schloss, berührte Johannes ihre Wange.

»Wenn du wieder aufwachst, bist du in Sicherheit, und ich werde nie wieder von deiner Seite weichen«, flüsterte er.

»Was habt Ihr hier zu schaffen?«

Ein gewaltiger Schreck fuhr Johannes durch die Glieder. Wer war das? Was sollte er antworten? Er holte Atem, ehe er sich zur Tür drehte. Unter der Tür stand ein kräftiger Mann, dessen Gesichtsausdruck auf Heftigkeit schließen ließ. Auf Antwort wartend, stemmte er ungeduldig die Hände in die Hüften. Johannes setzte das strenge Gesicht des Medicus auf, der wusste, was er tat.

»Wer will das wissen?«, fragte er mit der ganzen Autorität, die er in diesem Augenblick aufbringen konnte.

»Urban Stauber, ich bin als neuer Wachmann durch die Stadt Ravensburg beauftragt, zu sehen, was Ihr hier unten treibt!«, gab Stauber zur Antwort.

»Was ich hier unten treibe?«, wiederholte der Medicus die Worte des Wachmanns. »Macht besser, dass Ihr hinauskommt, oder wollt Ihr dem alten Burger in den Tod folgen?«, fuhr Johannes den Wächter an.

»Das magere Gerippe soll Burgers Leiche sein?«, fragte Stauber misstrauisch und deutete auf Luzias in Leinen gehüllte Gestalt.

Johannes spürte, wie unter der enormen Anspannung seine Hände zu zittern begannen. Sein Mund fühlte sich an, als würde ein Sandsturm darin toben. Er schluckte trocken.

»Kanntet Ihr Magnus Burger denn?«

Der Wächter schüttelte den Kopf und murmelte etwas Unverständliches.

»Immerhin schmachtete er bereits seit zwei Wochen in diesem Loch. Kost und Logis scheinen mir nicht gerade vom Feinsten gewesen zu sein. Allein das hat seinen Leib stark geschwächt, dazu die furchtbare Geißel der Pest. Habt Ihr je einen Pestkranken versorgt?«

»Bei Gott, nein!«, entfuhr es dem Wachmann, und er bekreuzigte sich rasch.

»Dann geht hinauf und schickt nach Michel Weidacher, oder wollt Ihr mir helfen, den Leichnam nach oben zu schleppen?«

Stauber riss vor Schreck die Augen auf und verschwand ohne ein weiteres Wort.

Johannes führte seinen Araber am Halfter und ließ ihn nur sehr langsam gehen. Er hatte den Rücken des Tieres mit einem Schaffell gepolstert, ehe er Luzia bäuchlings vor den Sattel legte. Pünktlich zur Öffnung der Stadttore erreichte er das Frauentor. Niemand kam ihm oder seinem Pferd zu nahe. Die Menschen wichen zurück. Jeder konnte die schaurige Last des Medicus deuten und wusste, dass der Arzt im Begriff war, einen weiteren Pesttoten hinaus vor die Stadtmauer zu bringen.

»Pest?«, fragte der Torwächter, dessen Wams noch die Flecken der Morgensuppe trug, knapp.

Johannes nickte.

»Der alte Burger. Für ihn ist jede Hilfe zu spät gekommen.«

»Dann seht zu, dass Ihr weiterkommt!«, ordnete der Wachmann an und ließ den Medicus noch vor allen anderen passieren.

Ein kühler Luftzug streifte seine Wange, als Kaplan Grumper im Morgengrauen auf dem Wehrgang erwachte. Mühsam befreite er sich aus der unbequemen Lage und rieb sich die Augen. Er hatte tatsächlich geschlafen! Und heute schrieben sie den neunten des Herbstmondes – St. Dionys. In wenigen Stunden würde die Hexe endlich den Feuertod sterben, und er wäre wieder frei! In freudiger Erwartung ließ er seinen Blick über die Brüstung schweifen. Unter ihm ragten die angespitzten Pfähle, die Stadtmauer und Wehrgang umgaben, wie eine Reihe scharfer Zähne aus dem Boden. Die ersten Strahlen der aufgehenden Sonne fingen sich im Morgentau, der die scharfkantigen Spitzen zum Leuchten brachte. Kaplan Grumper rieb sich die klammen Hände und sah in die Ferne.

Sein Blick blieb an einem schwarzgekleideten Mann hängen. Er führte sein Pferd am Zügel, und über dem Pferderücken hing ein lebensgroßes Bündel, das auf die Entfernung wie ein in Leinen gewickelter Leichnam wirkte. Grumper fragte sich, was der Mann dort draußen, weitab von den großen Gräbern der Pesttoten, mit einem Leichnam zu schaffen hatte. Weil ihn die hellen Sonnenstrahlen blendeten, beschattete er seine Augen, und als der kalte Herbstwind mit eisiger Hand unter seinen Mantel fuhr, sah er sie. Die Hexe – sie war entkommen! Er hatte es immer wieder geträumt, und Bruder Heinrich hatte ihm keinen Glauben geschenkt. Der dunkel gekleidete Mann war Johannes von der Wehr, jetzt erkannte er auch ihn! Grumper wollte seinen Augen nicht trauen. Nun saß die Gassnerin nackt auf dem Rücken des Hengstes. Die Sonnenstrahlen fingen sich in ihrem fuchsroten Haar, das ihr wie ein kupferner Mantel um den Leib fiel.

Die schwarze Katze, die plötzlich unter dem Wehrgang auftauchte, ließ ihn zurückschrecken. So nah war die Erlösung bereits gewesen! Doch nun hatte sich die Hexe aus dem Kerker befreit und verhöhnte ihn von dort unten. Ihre Stimme erhob sich wie ein alles vernichtender Wirbelsturm und gellte in seinem Kopf. »Ich verfluche dich für alle Zeiten und durch alle Leben, bis ans Ende aller Tage!«, dröhnte es unter seiner Schädeldecke. Mit den Händen an den Ohren rannte der Kaplan den Wehrgang entlang. Jeder Schritt wurde zur Qual, jeder Atemzug ein kleiner Tod. Die Hexe war überall. Der zarte Windhauch hüllte ihn in den schweren, salzigen Duft, der die Gassnerin umgab.

Jemand musste die beiden aufhalten, denn er sah, wie sie bereits von den ersten Bäumen verschluckt wurden. Plötzlich schien ihr Gesicht ganz nah zu sein. Zum Greifen nah. Ihr Haar leuchtete. Sie lachte und erfreute sich an seiner Pein. Besessen von der Vorstellung, die Hexe würde ihn quälen, solange er lebte, stürzte er auf die niedrige Brüstung zu und griff in wildem Zorn nach diesem Teufelsweib. Jetzt war sie direkt vor ihm. Er musste lediglich die Hände um ihren Hals legen. Fast spürte Kaplan Grumper Erlösung, als seine Füße die Verbindung zum Boden verloren.

Während ihm sein eigener Schrei in den Ohren gellte, stürzte er in die Tiefe.

Der unvorstellbare Schmerz, der das schmatzende Geräusch begleitete, öffnete ihm die Tür zur Realität. Einer der Pfähle im Durchmesser seines eigenen Handtellers hatte ihn in Höhe des Magens aufgespießt. Nun schwebte er zwischen Himmel und Erde, und mit jedem seiner letzten Atemzüge bohrte sich das Holz ein wenig tiefer durch seinen Leib. Blut quoll aus seinem Mund und tropfte vor ihm auf die feuchte Erde. Der todbringende Schmerz raste durch seine Sinne. Während ihn der schwarze Abgrund, der sich vor ihm auftat, mit kalten Armen unaufhaltsam in die Tiefe zog, tauchten ihn die wärmenden Sonnenstrahlen in ein gleißendes Licht. Grumper glaubte in ihnen etwas Göttliches zu erkennen, doch es vermochte weder sein kaltes Herz zu berühren, noch spendete es seiner Seele Trost.

»Schnell! Alles muss in die Reisetruhe!«, herrschte Heinrich Kramer Grete an. »Ist der Wagen schon bestellt?«

Die Muntzin nickte ergeben. »Er steht bereits vor der Tür«, sagte Grete und knickste, ehe sie die schwere Truhe schloss.

Seit man vor nicht einmal zwei Stunden seinen Notar tot

aufgefunden hatte, verbreitete sich das Gerücht, Grumper sei einem Mord zum Opfer gefallen, wie ein Lauffeuer. Einige wollten gar gehört haben, dass er der Nächste sei. Darüber hinaus schien die ganze Stadt an der Pest zu sterben. Zumindest kam es Institoris so vor.

Bedeutender, als dem Verbrennen der Gassnerin beizuwohnen, war seine Mission. Die Hexe brannte in ein paar Stunden auch ohne ihn, dafür hatte er gesorgt.

In seinen Unterlagen befanden sich in ihrer Rohfassung, die ersten Kapitel des Hexenhammers. Weitere würden folgen. Dann brauchte er Zeit für die Überarbeitung und die Reinschrift. Er hatte nicht all diese Mühen auf sich genommen, um nun sein Dasein zu beenden, bevor sein Lebenswerk abgeschlossen war und endlich Verbreitung fand.

Während Heinrich Kramer kurze Zeit später eilends die Stadt verließ, bekreuzigte sich der Totengräber. Raben hatten dem Leichnam des Kaplans bereits die Augen ausgehackt.

Luzia blinzelte in die hellen Sonnenpunkte, die das Licht zwischen Ästen und all den bunten Blättern hindurch auf die Erde sandte. Das Dach der gewaltigen Eiche, unter der sie rasteten, behütete sie wie die schützende Hand der großen Erdenmutter. »Wo sollen wir jetzt nur hin?«, fragte Luzia zögernd.

»Wolltest du nicht schon immer das Meer sehen?«, sagte Johannes sanft und streichelte ihre Wange. Luzia nickte und schloss die Augen. »Dann fahren wir in den Süden Frankreichs. Dort habe ich Freunde, die sich sicher über unseren Besuch freuen.«

Luzia lag in eine dicke Decke gehüllt in Johannes' Armen

und genoss die Wärme und die Kraft, die er ihr schenkte. Noch war sie sehr schwach, und die betäubende Wirkung der starken Medizin lähmte noch immer ein wenig ihre Glieder, aber ihr Herz lief über vor Glück, und ihre Seele hatte wieder Flügel bekommen.

Sie wusste immer noch nicht genau, was eigentlich alles passiert war. Johannes hatte ihr in dürren Worten das Wichtigste berichtet. Für alles andere sei später Zeit, hatte er sie vertröstet. Aber dass ihr Onkel Basilius tot war, hatte er ihr erzählen müssen, als Luzia nach ihm gefragt hatte. Sein Tod überschattete ihr zartes Glück. Luzia wusste, sie musste noch viele Tränen weinen, ehe sich Trauer und Schmerz in ihrer Brust besänftigen ließen. Sie hatten alles zurücklassen müssen, und ihre Reise würde noch Tage, wenn nicht Wochen in Anspruch nehmen.

»Ich werde dich immer lieben. In jeder Stunde meines Lebens. Und so wahr mir Gott helfe, verspreche ich dir, dass dir nie wieder jemand wehtut!«, sagte Johannes und küsste zärtlich die kupfernen Stoppeln auf ihrem Kopf, bevor sich seine Lippen warm und weich auf ihren Mund senkten.

Luzia spürte seinen Herzschlag. Sie fühlte ihn durch sein Hemd, das dicke, rote Wams und durch den schwarzen Mantel hindurch. Endlos und ewig schlug sein Herz nur für sie.

Der feine Windhauch streichelte sie, ehe er mit einer verwegenen Haarsträhne spielte, die sich aus Johannes' dunklem Lederband gelöst hatte.

»Und ich liebe dich für alle Zeiten und durch alle Leben, bis ans Ende aller Tage«, sagte sie.